NOVELLEN

Conrad Ferdinand Meyer

NOVELLEN

Vollständige Ausgabe

V. 3

Th. Knaur Nachf. Verlag
Berlin W 50

Textrevifion von Friedrich Michael
Druck der Spamerfchen Buchdruckerei in Leipzig
Printed in Germany

Inhalt

Das Amulett   9

Der Schuß von der Kanzel   73

Plautus im Nonnenkloster. 124

Gustav Adolfs Page . . .   155

Die Hochzeit des Mönchs . 202

Das Leiden eines Knaben   295

Die Richterin 352

NOVELLEN

DAS AMULETT

*Alte vergilbte Blätter liegen vor mir
mit Aufzeichnungen aus dem Anfange
des siebzehnten Jahrhunderts.
Ich übersetze sie in die Sprache unserer Zeit.*

ERSTES KAPITEL

Heute am vierzehnten März 1611 ritt ich von meinem
Sitze am Bieler See hinüber nach Courtion zu dem alten
Boccard, den Handel um eine mir gehörige mit Eichen und
Buchen bestandene Halde in der Nähe von Münchweiler abzu-
schließen, der sich schon eine Weile hingezogen hatte. Der alte
Herr bemühte sich in langwierigem Briefwechsel um eine
Preiserniedrigung. Gegen den Wert des fraglichen Waldstrei-
fens konnte kein ernstlicher Widerspruch erhoben werden,
doch der Greis schien es für seine Pflicht zu halten, mir noch
etwas abzumarkten. Da ich indessen guten Grund hatte, ihm
alles Liebe zu erweisen und überdies Geldes benötigt war, um
meinem Sohn, der im Dienste der Generalstaaten steht und
mit einer blonden runden Holländerin verlobt ist, die erste
Einrichtung seines Hausstandes zu erleichtern, entschloß ich
mich, ihm nachzugeben und den Handel rasch zu beendigen.

Ich fand ihn auf seinem altertümlichen Sitze einsam und
in vernachlässigtem Zustande. Sein graues Haar hing ihm
unordentlich in die Stirn und hinunter auf den Nacken. Als
er meine Bereitwilligkeit vernahm, blitzten seine erloschenen
Augen auf bei der freudigen Nachricht. Rafft und sammelt
er doch in seinen alten Tagen, uneingedenk, daß sein Stamm
mit ihm verdorren und er seine Habe lachenden Erben lassen
wird.

Er führte mich in ein kleines Turmzimmer, wo er in einem
wurmstichigen Schranke seine Schriften verwahrt, hieß mich
Platz nehmen und bat mich, den Kontrakt schriftlich aufzu-
setzen. Ich hatte meine kurze Arbeit beendigt und wandte mich
zu dem Alten um, der unterdessen in den Schubladen gekramt

9

hatte, nach seinem Siegel suchend, das er verlegt zu haben schien. Wie ich ihn alles hastig durcheinanderwerfen sah, erhob ich mich unwillkürlich, als müßt' ich ihm helfen. Er hatte eben wie in fieberischer Eile ein geheimes Schubfach geöffnet, als ich hinter ihn trat, einen Blick hineinwarf und — tief aufseufzte.

In dem Fache lagen nebeneinander zwei seltsame, beide mir nur zu wohl bekannte Gegenstände: ein durchlöcherter Filzhut, den einst eine Kugel durchbohrt hatte, und ein großes rundes Medaillon von Silber mit dem Bilde der Mutter Gottes von Einsiedeln in getriebener, ziemlich roher Arbeit.

Der Alte kehrte sich um, als wollte er meinen Seufzer beantworten, und sagte in weinerlichem Tone:

„Jawohl, Herr Schadau, mich hat die Dame von Einsiedeln noch behüten dürfen zu Haus und im Felde; aber seit die Ketzerei in die Welt gekommen ist und auch unsre Schweiz verwüstet hat, ist die Macht der guten Dame erloschen, selbst für die Rechtgläubigen! Das hat sich an Wilhelm gezeigt — meinem lieben Jungen." Und eine Träne quoll unter seinen grauen Wimpern hervor.

Mir war bei diesem Auftritte weh ums Herz und ich richtete an den Alten ein paar tröstende Worte über den Verlust seines Sohnes, der mein Altersgenosse gewesen und an meiner Seite tödlich getroffen worden war. Doch meine Rede schien ihn zu verstimmen, oder er überhörte sie, denn er kam hastig wieder auf unser Geschäft zu reden, suchte von neuem nach dem Siegel, fand es endlich, bekräftigte die Urkunde und entließ mich dann bald ohne sonderliche Höflichkeit.

Ich ritt heim. Wie ich in der Dämmerung meines Weges trabte, stiegen mit den Düften der Frühlingserde die Bilder der Vergangenheit vor mir auf mit einer so drängenden Gewalt, in einer solchen Frische, in so scharfen und einschneidenden Zügen, daß sie mich peinigten.

Das Schicksal Wilhelm Boccards war mit dem meinigen aufs engste verflochten, zuerst auf eine freundliche, dann auf eine fast schreckliche Weise. Ich habe ihn in den Tod gezogen. Und doch, so sehr mich dies drückt, kann ich es nicht bereuen und müßte wohl heute im gleichen Falle wieder so handeln, wie ich es mit zwanzig Jahren tat. Immerhin setzte mir die Erinnerung der alten Dinge so zu, daß ich mit mir einig wurde, den ganzen Verlauf dieser wundersamen Geschichte schriftlich niederzulegen und so mein Gemüt zu erleichtern.

ZWEITES KAPITEL

Ich bin im Jahre 1553 geboren und habe meinen Vater nicht gekannt, der wenige Jahre später auf den Wällen von St. Quentin fiel. Ursprünglich ein thüringisches Geschlecht, hatten meine Vorfahren von jeher in Kriegsdienst gestanden und waren manchem Kriegsherrn gefolgt. Mein Vater hatte sich besonders den Herzog Ulrich von Württemberg verpflichtet, der ihm für treu geleistete Dienste ein Amt in seiner Grafschaft Mümpelgard anvertraute und eine Heirat mit einem Fräulein von Bern vermittelte, deren Ahn einst sein Gastfreund gewesen war, als Ulrich sich landesflüchtig in der Schweiz umtrieb. Es duldete meinen Vater jedoch nicht lange auf diesem ruhigen Posten, er nahm Dienst in Frankreich, das damals die Pikardie gegen England und Spanien verteidigen mußte. Dies war sein letzter Feldzug.

Meine Mutter folgte dem Vater nach kurzer Frist ins Grab, und ich wurde von einem mütterlichen Ohm aufgenommen, der seinen Sitz am Bieler See hatte und eine feine und eigentümliche Erscheinung war. Er mischte sich wenig in die öffentlichen Angelegenheiten, ja er verdankte es eigentlich nur seinem in die Jahrbücher von Bern glänzend eingetragenen Namen, daß er überhaupt auf Bernerboden geduldet wurde. Er gab sich nämlich von Jugend auf viel mit Bibelerklärung ab, in jener Zeit religiöser Erschütterung nichts Ungewöhnliches; aber er hatte, und das war das Ungewöhnliche, aus manchen Stellen des heiligen Buches, besonders aus der

Offenbarung Johannis, die Überzeugung geschöpft, daß es mit der Welt zu Ende gehe und es deshalb nicht rätlich und ein eitles Werk sei, am Vorabend dieser durchgreifenden Krise eine neue Kirche zu gründen, weswegen er sich des ihm zuständigen Sitzes im Münster zu Bern beharrlich und grundsätzlich entschlug. Wie gesagt, nur seine Verborgenheit schützte ihn vor dem gestrengen Arm des geistlichen Regimentes.

Unter den Augen dieses harmlosen und liebenswürdigen Mannes wuchs ich — wo nicht ohne Zucht, doch ohne Rute — in ländlicher Freiheit auf. Mein Umgang waren die Bauernjungen des benachbarten Dorfes und dessen Pfarrer, ein strenger Calvinist, durch den mich mein Ohm mit Selbstverleugnung in der Landesreligion unterrichten ließ.

Die zwei Pfleger meiner Jugend stimmten in manchen Punkten nicht zusammen. Während der Theologe mit seinem Meister Calvin die Ewigkeit der Höllenstrafen als das unentbehrliche Fundament der Gottesfurcht ansah, getröstete sich der Laie der einstigen Versöhnung und fröhlichen Wiederbringung aller Dinge. Meine Denkkraft übte sich mit Genuß an der herben Konsequenz der calvinischen Lehre und bemächtigte sich ihrer, ohne eine Masche des festen Netzes fallen zu lassen; aber mein Herz gehörte sonder Vorbehalt dem Oheim. Seine Zukunftsbilder beschäftigten mich wenig, nur einmal gelang es ihm, mich zu verblüffen. Ich nährte seit langem den Wunsch, einen wilden jungen Hengst, den ich in Biel gesehen, einen prächtigen Falben, zu besitzen, und näherte mich mit diesem großen Anliegen auf der Zunge eines Morgens meinem in ein Buch vertieften Oheim, eine Weigerung befürchtend, nicht wegen des hohen Preises, wohl aber wegen der landeskundigen Wildheit des Tieres, das ich zu schulen wünschte. Kaum hatte ich den Mund geöffnet, als er mit seinen leuchtend blauen Augen mich scharf betrachtete und mich feierlich anredete: „Weißt du, Hans, was das fahle Pferd bedeutet, auf dem der Tod sitzt?" —

Ich verstummte vor Erstaunen über die Sehergabe meines Oheims; aber ein Blick in das vor ihm aufgeschlagene Buch belehrte mich, daß er nicht von meinem Falben, sondern von einem der vier apokalyptischen Reiter sprach.

Der gelehrte Pfarrer unterwies mich zugleich in der Mathematik und sogar in den Anfängen der Kriegswissenschaft, soweit sie sich aus den bekannten Handbüchern schöpfen läßt; denn er war in seiner Jugend als Student in Genf mit auf die Wälle und ins Feld gezogen.

Es war eine ausgemachte Sache, daß ich mit meinem siebzehnten Jahre in Kriegsdienste zu treten habe; auch das war für mich keine Frage, unter welchem Feldherrn ich meine ersten Waffenjahre verbringen würde. Der Name des großen Coligny erfüllte damals die ganze Welt. Nicht seine Siege, deren hatte er keinen erfochten, sondern seine Niederlagen, welchen er durch Feldherrnkunst und Charaktergröße den Wert von Siegen zu geben wußte, hatten ihn aus allen lebenden Feldherrn hervorgehoben, wenn man ihm nicht den spanischen Alba an die Seite setzen wollte; diesen aber haßte ich wie die Hölle. Nicht nur war mein tapferer Vater treu und trotzig zum protestantischen Glauben gestanden, nicht nur hatte mein bibelkundiger Ohm vom Papsttum einen übeln Begriff und meinte es in der Babylonerin der Offenbarung vorgebildet zu sehn, sondern ich selbst fing an, mit warmem Herzen Partei zu nehmen. Hatte ich doch schon als Knabe mich in die protestantische Heerschar eingereiht, als es im Jahre 1567 galt die Waffen zu ergreifen, um Genf gegen einen Handstreich Albas zu sichern, der sich aus Italien längs der Schweizergrenze nach den Niederlanden durchwand. Den Jüngling litt es kaum mehr in der Einsamkeit von Chaumont, so hieß der Sitz meines Oheims.

Im Jahre 1570 gab das Pazifikationsedikt von St. Germain en Laye den Hugenotten in Frankreich Zutritt zu allen Ämtern und Coligny, nach Paris gerufen, beriet mit dem König, dessen Herz er, wie die Rede ging, vollständig gewonnen hatte, den Plan eines Feldzugs gegen Alba zur Befreiung der Niederlande. Ungeduldig erwartete ich die jahrelang sich verzögernde Kriegserklärung, die mich zu Colignys Scharen rufen sollte; denn seine Reiterei bestand von jeher aus Deutschen und der Name meines Vaters mußte ihm aus früheren Zeiten bekannt sein.

Aber diese Kriegserklärung wollte noch immer nicht kommen und zwei ärgerliche Erlebnisse sollten mir die letzten Tage in der Heimat verbittern.

Als ich eines Abends im Mai mit meinem Ohm unter der blühenden Hoflinde das Vesperbrot verzehrte, erschien vor uns in ziemlich kriechender Haltung und schäbiger Kleidung ein Fremder, dessen unruhige Augen und gemeine Züge auf mich einen unangenehmen Eindruck machten. Er empfahl sich der gnädigen Herrschaft als Stallmeister, was in unsern Verhältnissen nichts andres als Reitknecht bedeutete, und schon war ich im Begriff, ihn kurz abzuweisen, denn mein Ohm hatte ihm bis jetzt keine Aufmerksamkeit geschenkt, als der Fremdling mir alle seine Kenntnisse und Fertigkeiten herzuzählen begann.

„Ich führe die Stoßklinge", sagte er, „wie wenige und kenne die hohe Fechtschule aus dem Fundament." —

Bei meiner Entfernung von jedem städtischen Fechtboden empfand ich gerade diese Lücke meiner Ausbildung schmerzlich und trotz meiner instinktiven Abneigung gegen den Ankömmling ergriff ich die Gelegenheit ohne Bedenken, zog den Fremden in meine Fechtkammer und gab ihm eine Klinge in die Hand, mit welcher er die meinige so vortrefflich meisterte, daß ich sogleich mit ihm abmachte und ihn in unsre Dienste nahm.

Dem Ohm stellte ich vor, wie günstig die Gelegenheit sei, noch im letzten Augenblick vor der Abreise den Schatz meiner ritterlichen Kenntnisse zu bereichern.

Von nun an brachte ich mit dem Fremden — er bekannte sich zu böhmischer Abkunft — Abend um Abend oft bis zu später Stunde in der Waffenkammer zu, die ich mit zwei Mauerlampen möglichst erleuchtete. Leicht erlernte ich Stoß, Parade, Finte, und bald führte ich, theoretisch vollkommen fest, die ganze Schule richtig und zur Befriedigung meines

Lehrers durch; dennoch brachte ich diesen in helle Verzweiflung dadurch, daß es mir unmöglich war, eine gewisse angeborene Gelassenheit loszuwerden, welche er Langsamkeit schalt und mit seiner blitzschnell zuckenden Klinge spielend besiegte.

Um mir das mangelnde Feuer zu geben, verfiel er auf ein seltsames Mittel. Er nähte sich auf sein Fechtwams ein Herz von rotem Leder, das die Stelle des pochenden anzeigte, und auf welches er im Fechten mit der Linken höhnisch und herausfordernd hinwies. Dazu stieß er mannigfache Kriegsrufe aus, am häufigsten: „Alba hoch! — Tod den niederländischen Rebellen!" — oder auch: „Tod dem Ketzer Coligny! An den Galgen mit ihm!" — Obwohl mich diese Rufe im Innersten empörten und mir den Menschen noch widerlicher machten, als er mir ohnehin war, gelang es mir nicht mein Tempo zu beschleunigen, da ich schon als pflichtschuldig Lernender ein Maß von Behendigkeit aufgewendet hatte, das sich nun einmal nicht überschreiten ließ. Eines Abends, als der Böhme gerade ein fürchterliches Geschrei anhob, trat mein Oheim besorgt durch die Seitentüre ein, zu sehen was es gäbe, zog sich aber gleich entsetzt zurück, da er meinen Gegner mit dem Ausruf: „Tod den Hugenotten!" mir einen derben Stoß mitten auf die Brust versetzen sah, der mich, galt es Ernst, durchbohrt hätte.

Am nächsten Morgen, als wir unter unsrer Linde frühstückten, hatte der Ohm etwas auf dem Herzen und ich denke, es war der Wunsch, sich des unheimlichen Hausgenossen zu entledigen, als von dem Bieler Stadtboten ein Schreiben mit einem großen Amtssiegel überbracht wurde. Der Ohm öffnete es, runzelte im Lesen die Stirn und reichte es mir mit den Worten: „Da haben wir die Bescherung! — Lies, Hans, und dann wollen wir beraten, was zu tun sei."

Da stand nun zu lesen, daß ein Böhme, der sich vor einiger Zeit in Stuttgart als Fechtmeister niedergelassen, sein Weib, eine geborene Schwäbin, aus Eifersucht meuchlerisch erstochen; daß man in Erfahrung gebracht, der Täter habe sich nach der Schweiz geschlagen, ja, daß man ihn, oder jemand der ihm zum Verwechseln gleiche, im Dienste des Herrn zu Chaumont

15

wolle gesehen haben; daß man diesen, dem in Erinnerung des
seligen Schadau, seines Schwagers, der Herzog Christoph
sonderlich gewogen sei, dringend ersuche, den Verdächtigen zu
verhaften, selbst ein erstes Verhör vorzunehmen und bei be=
stätigtem Verdachte den Schuldigen an die Grenze liefern zu
lassen. Unterzeichnet und besiegelt war das Schreiben von dem
herzoglichen Amte in Stuttgart.

Während ich das Aktenstück las, blickte ich nachdenkend
einmal darüber hinweg nach der Kammer des Böhmen, die
sich, im Giebel des Schlosses gelegen, mit dem Auge leicht
erreichen ließ und sah ihn am Fenster beschäftigt, eine Klinge
zu putzen. Entschlossen den Übeltäter festzunehmen und der Ge=
rechtigkeit zu überliefern, erhob ich doch unwillkürlich das
Schreiben in der Weise, daß ihm das große, rote Siegel, wenn
er gerade herunter lauerte, sichtbar wurde, — seinem Schick=
sal eine kleine Frist gebend ihn zu retten.

Dann erwog ich mit meinem Ohm die Festnehmung und
den Transport des Schuldigen; denn daß er dieses war, daran
zweifelten wir beide keinen Augenblick.

Hierauf stiegen wir, jeder ein Pistol in der Hand, auf die
Kammer des Böhmen. Sie war leer; aber durch das offene
Fenster über die Bäume des Hofes weg — weit in der Ferne,
wo sich der Weg um den Hügel wendet, sahn wir einen Rei=
ter galoppieren, und jetzt beim Hinuntersteigen trat uns der
Bote von Biel, der das Schreiben überbracht hatte, jam=
mernd entgegen, er suche vergeblich sein Roß, welches er am
hintern Hoftor angebunden, während ihm selbst in der Küche
ein Trunk gereicht wurde.

Zu dieser leidigen Geschichte, die im Lande viel Aufsehn
erregte und im Munde der Leute eine abenteuerliche Gestalt
gewann, kam noch ein anderer Unfall, der machte, daß meines
Bleibens daheim nicht länger sein konnte.

Ich ward auf eine Hochzeit nach Biel geladen, wo ich, da
das Städtchen kaum eine Stunde entfernt liegt, manche, wenn
auch nur flüchtige Beziehungen hatte. Bei meiner ziemlich
abgeschlossenen Lebensweise galt ich für stolz, und mit meinen

16

Gedanken in der nahen Zukunft, die mich, wenn auch in bescheidenster Stellung, in die großen Geschicke der protestantischen Welt verflechten sollte, konnte ich den innern Händeln und dem Stadtklatsch der kleinen Republik Biel kein Interesse abgewinnen. So lächelte mir diese Einladung nicht besonders, und nur das Drängen meines ebenso zurückgezogenen, doch dabei leutseligen Oheims bewog mich, der Einladung Folge zu leisten.

Den Frauen gegenüber war ich schüchtern. Von kräftigem Körperbau und ungewöhnlicher Höhe des Wuchses, aber unschönen Gesichtszügen, fühlte ich wohl, wenn ich mir davon auch nicht Rechenschaft gab, daß ich die ganze Summe meines Herzens auf e i n e Nummer zu setzen habe, und die Gelegenheit dazu, so schwebte mir dunkel vor, mußte sich in der Umgebung meines Helden finden. Auch stand bei mir fest, daß ein volles Glück mit vollem Einsatz, mit dem Einsatze des Lebens wolle gewonnen sein.

Unter meinen jugendlichen Bewunderungen nahm neben dem großen Admiral sein jüngerer Bruder Dandelot die erste Stelle ein, dessen weltkundige, stolze Brautfahrt meine Einbildungskraft entzündete. Seine Flamme, ein lothringisches Fräulein, hatte er vor den Augen seiner katholischen Todfeinde, der Guisen, aus ihrer Stadt Nancy weggeführt, in festlichem Zuge unter Drommetenschall dem herzoglichen Schlosse vorüberreitend.

Etwas Derartiges wünschte ich mir vorbestimmt.

Ich machte mich also nüchternen und verdrossenen Herzens nach Biel auf den Weg. Man war höchst zuvorkommend gegen mich und gab mir meinen Platz an der Tafel neben einem liebenswürdigen Mädchen. Wie es schüchternen Menschen zu gehen pflegt, geriet ich, um jedem Verstummen vorzubeugen, in das entgegengesetzte Fahrwasser und um nicht unhöflich zu erscheinen, machte ich meiner Nachbarin lebhaft den Hof. Uns gegenüber saß der Sohn des Schultheißen, eines vornehmen Spezereihändlers, der an der Spitze der aristokratischen Partei stand; denn das kleine Biel hatte gleich größeren Republiken seine Aristokraten und Demokraten. Franz Godillard, so hieß der junge Mann, der vielleicht Absichten auf meine Nachbarin haben mochte, verfolgte unser Gespräch, ohne daß ich anfänglich dessen gewahr wurde, mit steigendem Interesse und feindseligen Blicken.

Da fragte mich das hübsche Mädchen, wann ich nach Frankreich zu ziehen gedächte.

„Sobald der Krieg erklärt ist gegen den Bluthund Alba!" erwiderte ich eifrig.

„Man dürfte von einem solchen Manne in weniger respektwidrigen Ausdrücken reden!" warf mir Godillard über den Tisch zu.

— „Ihr vergeßt wohl", entgegnete ich, „die mißhandelten Niederländer! Keinen Respekt ihrem Unterdrücker, und wäre er der größte Feldherr der Welt!"

— „Er hat Rebellen gezüchtigt", war die Antwort, „und ein heilsames Beispiel auch für unsre Schweiz gegeben."

— „Rebellen!" schrie ich und stürzte ein Glas feurigen Cortaillod hinunter. „So gut, oder so wenig Rebellen, als die Eidgenossen auf dem Rütli!" —

Godillard nahm eine hochmütige Miene an, zog die Augenbrauen erst mit Wichtigkeit in die Höhe und versetzte dann grinsend: „Untersucht einmal ein gründlicher Gelehrter die Sache, wird es sich vielleicht weisen, daß die aufrührerischen Bauern der Waldstätte gegen Österreich schwer im Unrecht und offener Rebellion schuldig waren. Übrigens gehört das nicht hieher; ich behaupte nur, daß es einem jungen Menschen ohne Verdienst, ganz abgesehen von jeder politischen Meinung, übel ansteht, einen berühmten Kriegsmann mit Worten zu beschimpfen."

Dieser Hinweis auf die unverschuldete Verzögerung meines Kriegsdienstes empörte mich aufs tiefste, die Galle lief mir über und: „Ein Schurke!" rief ich aus, „wer den Schurken Alba in Schutz nimmt!"

Jetzt entstand ein sinnloses Getümmel, aus welchem Godillard mit zerschlagenem Kopfe weggetragen wurde und ich

mich mit blutender, vom Wurf eines Glases zerschnittener
Wange zurückzog.

Am Morgen erwachte ich in großer Beschämung, voraus-
sehend, daß ich, ein Verteidiger der evangelischen Wahrheit, in
den Ruf eines Trunkenboldes geraten würde.

Ohne langes Besinnen packte ich meinen Mantelsack, beurlaubte mich bei dem Oheim, dem ich mein Mißgeschick andeutete, und der nach einigem Hin- und Herreden sich damit
einverstanden erklärte, daß ich den Ausbruch des Krieges in
Paris erwarten möge, steckte eine Rolle Gold aus dem kleinen Erbe meines Vaters zu mir, bewaffnete mich, sattelte
meinen Falben und machte mich auf den Weg nach Frankreich.

DRITTES KAPITEL

Ich durchzog ohne nennenswerte Abenteuer die Freigrafschaft und Burgund, erreichte den Lauf der Seine und näherte
mich eines Abends den Türmen von Melun, die noch eine
kleine Stunde entfernt liegen mochten, über denen aber ein
schweres Gewitter hing. Ein Dorf durchreitend, das an der
Straße lag, erblickte ich auf der steinernen Hausbank der nicht
unansehnlichen Herberge zu den drei Lilien einen jungen Mann,
welcher wie ich ein Reisender und ein Kriegsmann zu sein
schien, dessen Kleidung und Bewaffnung aber eine Eleganz
zeigte, von welcher meine schlichte calvinistische Tracht gewaltig
abstach. Da es in meinem Reiseplan lag, vor Nacht Melun zu
erreichen, erwiderte ich seinen Gruß nur flüchtig, ritt vorüber und glaubte noch den Ruf: „Gute Reise, Landsmann!“
hinter mir zu vernehmen.

Eine Viertelstunde trabte ich beharrlich weiter, während
das Gewitter mir schwarz entgegenzog, die Luft unerträglich
dumpf wurde und kurze, heiße Windstöße den Staub der
Straße in Wirbeln aufjagten. Mein Roß schnaubte. Plötzlich
fuhr ein blendender und krachender Blitzstrahl wenige Schritte
vor mir in die Erde. Der Falbe stieg, drehte sich und jagte

in wilden Sprüngen gegen das Dorf zurück, wo es mir endlich unter strömendem Regen vor dem Tore der Herberge gelang, des geängsteten Tieres Herr zu werden.

Der junge Gast erhob sich lächelnd von der durch das Vordach geschützten Steinbank, rief den Stallknecht, war mir beim Abschnallen des Mantelsacks behilflich und sagte: „Laßt es Euch nicht reuen, hier zu nächtigen, Ihr findet vortreffliche Gesellschaft."

„Daran zweifle ich nicht!" versetzte ich grüßend.

— „Ich spreche natürlich nicht von mir," fuhr er fort, „sondern von einem alten ehrwürdigen Herrn, den die Wirtin Herr Parlamentrat nennt — also ein hoher Würdeträger — und von seiner Tochter oder Nichte, einem ganz unvergleichlichen Fräulein..... Offnet dem Herrn ein Zimmer!" Dies sprach er zu dem herantretenden Wirt, „und Ihr, Herr Landsmann, kleidet Euch rasch um und laßt uns nicht warten, denn der Abendtisch ist gedeckt." —

„Ihr nennt mich Landsmann?" entgegnete ich französisch, wie er mich angeredet hatte. „Woran erkennt Ihr mich als solchen?" —

„An Haupt und Gliedern!" versetzte er lustig. „Vorerst seid Ihr ein Deutscher, und an Eurem ganzen festen und gesetzten Wesen erkenne ich den Berner. Ich aber bin Euer treuer Verbündeter von Fryburg und nenne mich Wilhelm Boccard." —

Ich folgte dem voranschreitenden Wirte in die Kammer, die er mir anwies, wechselte die Kleider und stieg hinunter in die Gaststube, wo ich erwartet war. Boccard trat auf mich zu, ergriff mich bei der Hand und stellte mich einem ergrauten Herrn von feiner Erscheinung und einem schlanken Mädchen im Reitkleide vor mit den Worten: „Mein Kamerad und Landsmann" ... dabei sah er mich fragend an.

„Schadau von Bern," schloß ich die Rede.

„Es ist mir höchst angenehm," erwiderte der alte Herr verbindlich, „mit einem jungen Bürger der berühmten Stadt zusammenzutreffen, der meine Glaubensbrüder in Genf so viel zu danken haben. Ich bin der Parlamentrat Chatillon, dem der Religionsfriede erlaubt, nach seiner Vaterstadt Paris zurückzukehren."

„Chatillon?" wiederholte ich in ehrfurchtsvoller Verwunderung. „Das ist der Familienname des großen Admirals."

„Ich habe nicht die Ehre, mit ihm verwandt zu sein," versetzte der Parlamentrat, „oder wenigstens nur ganz von fern; aber ich kenne ihn und bin ihm befreundet, so weit es der Unterschied des Standes und des persönlichen Wertes gestattet. Doch setzen wir uns, meine Herrschaften. Die Suppe dampft und der Abend bietet noch Raum genug zum Gespräch." —

Ein Eichentisch mit gewundenen Füßen vereinigte uns an seinen vier Seiten. Oben war dem Fräulein, zu ihrer Rechten und Linken dem Rat und Boccard und mir am untern Ende der Tafel das Gedeck gelegt. Nachdem unter den üblichen Erkundigungen und Reisegesprächen das Mahl beendigt und zu einem bescheidenen Nachtisch das perlende Getränk der benachbarten Champagne aufgetragen war, fing die Rede an zusammenhängender zu fließen.

„Ich muß es an Euch loben, Ihr Herren Schweizer," begann der Rat, „daß Ihr nach kurzen Kämpfen gelernt habt, Euch auf kirchlichem Gebiete friedlich zu vertragen. Das ist ein Zeichen von billigem Sinn und gesundem Gemüt und mein unglückliches Vaterland könnte sich an Euch ein Beispiel nehmen. — Werden wir denn nie lernen, daß sich die Gewissen nicht meistern lassen, und daß ein Protestant sein Vaterland so glühend lieben, so mutig verteidigen und seinen Gesetzen so gehorsam sein kann, als ein Katholik!"

„Ihr spendet uns zu reichliches Lob!" warf Boccard ein. „Freilich vertragen wir Katholiken und Protestanten uns im Staate leidlich; aber die Geselligkeit ist durch die Glaubensspaltung völlig verdorben. In früherer Zeit waren wir von Fryburg mit denen von Bern vielfach verschwägert. Das hat nun aufgehört und langjährige Bande sind zerschnitten. Auf der Reise", fuhr er scherzend zu mir gewendet fort, „sind wir

21

uns noch zuweilen behilflich; aber zu Hause grüßen wir uns kaum.

"Laßt mich Euch erzählen: Als ich auf Urlaub in Fryburg war, — ich diene unter den Schweizern seiner allerchristlichsten Majestät — wurde gerade die Milchmesse auf den Plaffeyer Alpen gefeiert, wo mein Vater begütert ist und auch die Kirchberge von Bern ein Weidrecht besitzen. Das war ein trübseliges Fest. Der Kirchberg hatte seine Töchter, vier stattliche Bernerinnen, mitgebracht, die ich, als wir Kinder waren, auf der Alp alljährlich im Tanze schwenkte. Könnt Ihr glauben, daß nach beendigtem Ehrentanze die Mädchen mitten unter den läutenden Kühen ein theologisches Gespräch begannen und mich, der ich mich nie viel um diese Dinge bekümmert habe, einen Götzendiener und Christenverfolger schalten, weil ich auf den Schlachtfeldern von Jarnac und Moncontour gegen die Hugenotten meine Pflicht getan?"

"Religionsgespräche", begütigte der Rat, "liegen jetzt eben in der Luft; aber warum sollte man sie nicht mit gegenseitiger Achtung führen und in versöhnlichem Geiste sich verständigen können? So bin ich versichert, Herr Boccard, daß Ihr mich wegen meines evangelischen Glaubens nicht zum Scheiterhaufen verdammt, und daß Ihr nicht der letzte seid, die Grausamkeit zu verwerfen, mit der die Calvinisten in meinem armen Vaterlande lange Zeit behandelt worden sind."

"Seid davon überzeugt!" erwiderte Boccard. "Nur dürft Ihr nicht vergessen, daß man das Alte und Hergebrachte in Staat und Kirche nicht grausam nennen darf, wenn es sein Dasein mit allen Mitteln verteidigt. Was übrigens die Grausamkeiten betrifft, so weiß ich keine grausamere Religion als den Calvinismus."

"Ihr denkt an Servet?" — sagte der Rat mit leiser Stimme, während sich sein Antlitz trübte.

"Ich dachte nicht an menschliche Strafgerichte," versetzte Boccard, "sondern an die göttliche Gerechtigkeit, wie sie der finstere neue Glaube verunstaltet. Wie gesagt, ich verstehe nichts von der Theologie, aber mein Ohm, der Chorherr in

Fryburg, ein glaubwürdiger und gelehrter Mann, hat mir versichert, es sei ein calvinistischer Satz, daß eh' es Gutes oder Böses getan hat, das Kind schon in der Wiege zur ewigen Seligkeit bestimmt oder der Hölle verfallen sei. Das ist zu schrecklich, um wahr zu sein!"

"Und doch ist es wahr," sagte ich, des Unterrichts meines Pfarrers mich erinnernd, "schrecklich oder nicht, es ist logisch!"

"Logisch?" fragte Boccard. "Was ist logisch?"

"Was sich nicht selbst widerspricht," ließ sich der Rat vernehmen, den mein Eifer zu belustigen schien.

"Die Gottheit ist allwissend und allmächtig," fuhr ich mit Siegesgewißheit fort, "was sie voraussieht und nicht hindert, ist ihr Wille, demnach ist allerdings unser Schicksal schon in der Wiege entschieden."

"Ich würde Euch das gern umstoßen," sagte Boccard, "wenn ich mich jetzt nur auf das Argument meines Oheims besinnen könnte! Denn er hatte ein treffliches Argument dagegen..."

"Ihr tätet mir einen Gefallen," meinte der Rat, "wenn es Euch gelänge, Euch dieses trefflichen Argumentes zu erinnern."

Der Fryburger schenkte sich den Becher voll, leerte ihn langsam und schloß die Augen. Nach einigem Besinnen sagte er heiter: "Wenn die Herrschaften geruhn, mir nichts einzuwerfen und mich meine Gedanken ungestört entwickeln zu lassen, so hoff' ich nicht übel zu bestehn. Angenommen also, Herr Schadau, Ihr wäret von Eurer calvinistischen Vorsehung seit der Wiege zur Hölle verdammt — doch bewahre mich Gott vor solcher Unhöflichkeit — gesetzt denn, ich wäre im voraus verdammt; aber ich bin ja, Gott sei Dank, kein Calvinist"... Hierauf nahm er einige Krumen des vortrefflichen Weizenbrotes, formte sie mit den Fingern zu einem Männchen, das er auf seinen Teller setzte mit den Worten: "Hier steht ein von Geburt an zur Hölle verdammter Calvinist. Nun gebt acht, Schadau! — Glaubt Ihr an die zehn Gebote?"

"Wie, Herr?" fuhr ich auf.

„Nun, nun, man darf doch fragen. Ihr Protestanten habt so manches Alte abgeschafft! Also Gott befiehlt diesem Calvinisten: Tue das! Unterlasse jenes! Ist solches Gebot nun nicht eitel böses Blendwerk, wenn der Mann zum voraus bestimmt ist, das Gute nicht tun zu können und das Böse tun zu müssen? Und einen solchen Unsinn mutet Ihr der höchsten Weisheit zu? Nichtig ist das, wie dies Gebilde meiner Finger!" und er schnellte das Brotmännchen in die Höhe.

„Nicht übel!" meinte der Rat.

Während Boccard seine innere Genugtuung zu verbergen suchte, musterte ich eilig meine Gegengründe; aber ich wußte in diesem Augenblicke nichts Triftiges zu antworten und sagte mit einem Anfluge unmutiger Beschämung: „Das ist ein dunkler, schwerer Satz, der sich nicht leichthin erörtern läßt. Übrigens ist seine Behauptung nicht unentbehrlich, um den Papismus zu verwerfen, dessen augenfällige Mißbräuche Ihr selbst, Boccard, nicht leugnen könnt. Denkt an die Unsitten der Pfaffen!"

„Es gibt schlimme Vögel unter ihnen," nickte Boccard.

„Der blinde Autoritätsglaube..."

„Ist eine Wohltat für menschliche Schwachheit," unterbrach er mich, „muß es doch in Staat und Kirche wie in dem kleinsten Rechtshandel eine letzte Instanz geben, bei der man sich beruhigen kann!"

„Die wundertätigen Reliquien!"

„Heilten der Schatten St. Petri und die Schweißtüchlein St. Pauli Kranke," versetzte Boccard mit großer Gelassenheit, „warum sollten nicht auch die Gebeine der Heiligen Wunder wirken?"

„Dieser alberne Mariendienst..."

Kaum war das Wort ausgesprochen, so veränderte sich das helle Angesicht des Fryburgers, das Blut stieg ihm mit Gewalt zu Haupte, zornrot sprang er vom Sessel auf, legte die Hand an den Degen und rief mir zu: „Wollt Ihr mich persönlich beleidigen? Ist das Eure Absicht, so zieht!"

Auch das Fräulein hatte sich bestürzt von seinem Sitze erhoben und der Rat streckte beschwichtigend beide Hände nach dem Fryburger aus. Ich erstaunte, ohne die Fassung zu verlieren über die ganz unerwartete Wirkung meiner Worte.

"Von einer persönlichen Beleidigung kann nicht die Rede sein," sagte ich ruhig. "Wie konnte ich ahnen, daß Ihr, Boccard, der in jeder Äußerung den Mann von Welt und Bildung bekundet und der, wie Ihr selbst sagt, gelassen über religiöse Dinge denkt, in diesem einzigen Punkte eine solche Leidenschaft an den Tag legen würdet."

"So wisset Ihr denn nicht, Schadau, was im ganzen Gebiete von Fryburg und weit darüber hinaus bekannt ist, daß Unsere liebe Frau von Einsiedeln ein Wunder an mir Unwürdigem getan hat?"

"Nein, wahrlich nicht," erwiderte ich. "Setzt Euch, lieber Boccard, und erzählt uns das."

"Nun, die Sache ist weltkundig und abgemalt auf einer Votivtafel im Kloster selbst.

In meinem dritten Jahre befiel mich eine schwere Krankheit und ich blieb infolge derselben an allen Gliedern gelähmt. Alle erdenklichen Mittel wurden vergeblich angewendet, aber kein Arzt wußte Rat. Endlich tat meine liebe gute Mutter barfuß für mich eine Wallfahrt nach Einsiedeln. Und, siehe da, es geschah ein Gnadenwunder! Von Stund an ging es besser mit mir, ich erstarkte und gedieh und bin heute, wie Ihr seht, ein Mann von gesunden und geraden Gliedern! Nur der guten Dame von Einsiedeln danke ich es, wenn ich heute meiner Jugend froh bin und nicht als ein unnützer, freudeloser Krüppel mein Herz in Gram verzehre. So werdet ihr es begreifen, liebe Herrn, und natürlich finden, daß ich meiner Helferin zeitlebens zu Dank verbunden und herzlich zugetan bleibe."

Mit diesen Worten zog er eine seidene Schnur, die er um den Hals trug und an der ein Medaillon hing, aus dem Wams hervor und küßte es mit Inbrunst.

Herr Chatillon, der ihn mit einem seltsamen Gemisch von Spott und Rührung betrachtete, begann nun in seiner verbindlichen Weise: "Aber glaubt Ihr wohl, Herr Boccard, daß jede

Madonna diese glückliche Kur an Euch hätte verrichten können?"

„Nicht doch!" versetzte Boccard lebhaft, „die Meinigen versuchten es an manchem Gnadenorte, bis sie an die rechte Pforte klopften. Die liebe Frau von Einsiedeln ist eben einzig in ihrer Art."

„Nun," fuhr der alte Franzose lächelnd fort, „so wird es leicht sein, Euch mit Euerm Landsmanne zu versöhnen, wenn dies bei Euerm wohlwollenden Gemüt und heitern Naturell, wovon Ihr uns allen schon Proben gegeben habt, noch notwendig sein sollte. Herr Schadau wird seinem harten Urteile über den Mariendienst in Zukunft nicht vergessen die Klausel anzuhängen: mit ehrenvoller Ausnahme der lieben Frau von Einsiedeln."

„Dazu bin ich gerne bereit," sagte ich auf den Ton des alten Herrn eingehend, freilich nicht ohne eine innere Wallung gegen seinen Leichtsinn.

Da ergriff der gutmütige Boccard meine Hand und schüttelte sie treuherzig. Das Gespräch nahm eine andere Wendung und bald erhob sich der junge Fryburger gute Nacht wünschend und sich beurlaubend, da er morgen in der ersten Frühe aufzubrechen gedenke.

Nun erst, da das erregte Hin- und Herreden ein Ende genommen hatte, richtete ich meine Blicke aufmerksamer auf das junge Mädchen, das unserm Gespräch stillschweigend mit großer Spannung gefolgt war, und erstaunte über ihre Unähnlichkeit mit ihrem Vater oder Oheim. Der alte Rat hatte ein fein geschnittenes, fast furchtsames Gesicht, welches kluge, dunkle Augen bald wehmütig, bald spöttisch, immer geistvoll beleuchteten; die junge Dame dagegen war blond und ihr unschuldiges, aber entschlossenes Antlitz beseelten wunderbar strahlende blaue Augen.

„Darf ich Euch fragen, junger Mann," begann der Parlamentrat, „was Euch nach Paris führt? Wir sind Glaubensgenossen und wenn ich Euch einen Dienst leisten kann, so verfügt über mich."

26

„Herr," erwiderte ich, „als Ihr den Namen Chatillon aussprracht, geriet mein Herz in Bewegung. Ich bin ein Soldatenkind und will den Krieg, mein väterliches Handwerk, erlernen. Ich bin ein eifriger Protestant und möchte für die gute Sache so viel tun, als in meinen Kräften steht. Diese beiden Ziele habe ich erreicht, wenn mir vergönnt ist, unter den Augen des Admirals zu dienen und zu fechten. Könnt Ihr mir dazu verhelfen, so erweist Ihr mir den größten Dienst." —

Jetzt öffnete das Mädchen den Mund und fragte: „Habt Ihr denn eine so große Verehrung für den Herrn Admiral?"

„Er ist der erste Mann der Welt!" antwortete ich feurig. —

„Nun, Gasparde," fiel der Alte ein, „bei so vortrefflichen Gesinnungen dürftest du für den jungen Herrn ein Fürwort bei deinem Paten einlegen."

„Warum nicht?" sagte Gasparde ruhig, „wenn er so brav ist, wie er das Aussehen hat. Ob aber mein Fürwort fruchten wird, das ist die Frage. Der Herr Admiral ist jetzt, am Vorabend des flandrischen Krieges, vom Morgen bis in die Nacht in Anspruch genommen, belagert, ruhelos, und ich weiß nicht, ob nicht schon alle Stellen vergeben sind, über die er zu verfügen hat. Bringt Ihr nicht eine Empfehlung mit, die besser wäre als die meinige?"

„Der Name meines Vaters", versetzte ich etwas eingeschüchtert, „ist vielleicht dem Admiral nicht unbekannt." — Jetzt fiel mir aufs Herz, wie schwer es dem unempfohlenen Fremdling werden könnte, bei dem großen Feldherrn Zutritt zu erlangen, und ich fuhr niedergeschlagen fort: „Ihr habt recht, Fräulein, ich fühle, daß ich ihm wenig bringe: ein Herz und einen Degen, wie er über deren tausende gebietet. Lebte nur sein Bruder Dandelot noch! Der stünde mir näher, an den würde ich mich wagen! War er doch von Jugend auf in allen Dingen mein Vorbild: Kein Feldherr, aber ein tapferer Krieger; kein Staatsmann, aber ein standhafter Parteigenosse; kein Heiliger, aber ein warmes treues Herz!" —

Während ich diese Worte sprach, begann Fräulein Gasparde zu meinem Erstaunen erst leise zu erröten und ihre mir

27

rätselhafte Verlegenheit steigerte sich, bis sie mit Rot wie über=
gossen war. Auch der alte Herr wurde sonderbarerweise ver=
stimmt und sagte spitz:

„Was werdet Ihr wissen, ob Herr Dandelot ein Heiliger
war oder nicht! Doch ich bin schläfrig, heben wir die Sitzung
auf. Kommt Ihr nach Paris, Herr Schadau, so beehrt mich
mit Euerm Besuche. Ich wohne auf der Insel St. Louis. Mor=
gen werden wir uns wohl nicht mehr sehen. Wir halten Rast=
tag und bleiben in Melun. Jetzt aber schreibt mir noch Euern
Namen in diese Brieftasche. So! Gehabt Euch wohl, gute
Nacht." —

VIERTES KAPITEL

Am zweiten Abende nach diesem Zusammentreffen ritt ich
durch das Tor St. Honoré in Paris ein und klopfte müde,
wie ich war, an die Pforte der nächsten, kaum hundert Schritte
vom Tor entfernten Herberge.

Die erste Woche verging mir in der Betrachtung der mäch=
tigen Stadt und im vergeblichen Aufsuchen eines Waffenge=
nossen meines Vaters, dessen Tod ich erst nach mancher An=
frage in Erfahrung brachte. Am achten Tage machte ich mich
mit pochendem Herzen auf den Weg nach der Wohnung des
Admirals, die mir unfern vom Louvre in einer engen Straße
gewiesen wurde.

Es war ein finsteres, altertümliches Gebäude und der Pfört=
ner empfing mich unfreundlich, ja mißtrauisch. Ich mußte
meinen Namen auf ein Stück Papier schreiben, das er zu
seinem Herrn trug, dann wurde ich eingelassen und trat durch
ein großes Vorgemach, das mit vielen Menschen gefüllt war,
Kriegern und Hofleuten, die den durch ihre Reihen Gehenden
mit scharfen Blicken musterten, in das kleine Arbeitszimmer
des Admirals. Er war mit Schreiben beschäftigt und winkte
mir zu warten, während er einen Brief beendigte. Ich hatte
Muße, sein Antlitz, welches sich mir durch einen gelungenen,

ausdrucksvollen Holzschnitt, der bis in die Schweiz gelangt war, unauslöschlich eingeprägt, mit Rührung zu betrachten.

Der Admiral mochte damals fünfzig Jahre zählen, aber seine Haare waren schneeweiß und eine fieberische Röte durchglühte die abgezehrten Wangen. Auf seiner mächtigen Stirn, auf den magern Händen traten die blauen Adern hervor und ein furchtbarer Ernst sprach aus seiner Miene. Er schaute wie ein Richter in Israel.

Nachdem er sein Geschäft beendigt hatte, trat er zu mir in die Fensternische und heftete seine großen blauen Augen durchdringend auf die meinigen.

„Ich weiß, was Euch herführt," sagte er, „Ihr wollt der guten Sache dienen. Bricht der Krieg aus, so gebe ich Euch eine Stelle in meiner deutschen Reiterei. Inzwischen — seid Ihr der Feder mächtig? Ihr versteht Deutsch und Französisch?" —

Ich verneigte mich bejahend.

„Inzwischen will ich Euch in meinem Kabinett beschäftigen. Ihr könnt mir nützlich sein! So seid mir denn willkommen. Ich erwarte Euch morgen um die achte Stunde. Seid pünktlich." —

Nun entließ er mich mit einer Handbewegung und wie ich mich vor ihm verbeugte, fügte er mit großer Freundlichkeit bei:

„Vergeßt nicht den Rat Chatillon zu besuchen, mit dem Ihr unterwegs bekannt geworden seid."

Als ich wieder auf der Straße war und dem Erlebten nachsinnend den Weg nach meiner Herberge einschlug, wurde mir klar, daß ich für den Admiral kein Unbekannter mehr war und ich konnte nicht im Zweifel sein, wem ich es zu verdanken hatte. Die Freude, an ein ersehntes Ziel, das mir schwer zu erreichen schien, so leicht gelangt zu sein, war mir von guter Vorbedeutung für meine beginnende Laufbahn und die Aussicht, unter den Augen des Admirals zu arbeiten, gab mir ein Gefühl von eigenem Wert, das ich bisher noch nicht gekannt hatte. Alle diese glücklichen Gedanken traten aber fast gänzlich

29

zurück vor etwas, das mich zugleich anmutete und quälte, lockte und beunruhigte, etwas unendlich Fragwürdigem, von dem ich mir durchaus keine Rechenschaft zu geben wußte. Jetzt nach langem vergeblichen Suchen wurde es mir plötzlich klar. Es waren die Augen des Admirals, die mir nachgingen. Und warum verfolgten sie mich? Weil es i h r e Augen waren. Kein Vater, keine Mutter konnten ihrem Kinde getreuer diesen Spiegel der Seele vererben! Ich geriet in eine unsagbare Verwirrung. Sollten, konnten ihre Augen von den seinigen abstammen? War das möglich? Nein, ich hatte mich getäuscht. Meine Einbildungskraft hatte mir eine Tücke gespielt und um diese Gauklerin durch die Wirklichkeit zu widerlegen, beschloß ich eilig in meine Herberge zurückzukehren und dann auf der Insel St. Louis meine Bekannten von den drei Lilien aufzusuchen.

Als ich eine Stunde später das hohe schmale Haus des Parlamentrats betrat, das, dicht an der Brücke St. Michel gelegen, auf der einen Seite in die Wellen der Seine, auf der andern über eine Seitengasse hinweg in die gotischen Fenster einer kleinen Kirche blickte, fand ich die Türen des untern Stockwerks verschlossen und als ich das zweite betrat, stand ich unversehens vor Gasparde, die an einer offenen Truhe beschäftigt schien.

„Wir haben Euch erwartet," begrüßte sie mich, „und ich will Euch zu meinem Ohm führen, der sich freuen wird, Euch zu sehn."

Der Alte saß behaglich im Lehnstuhle, einen großen Folianten durchblätternd, den er auf die dazu eingerichtete Seitenlehne stützte. Das weite Gemach war mit Büchern gefüllt, die in schön geschnitzten Eichenschränken standen. Statuetten, Münzen, Kupferstiche bevölkerten, jedes an der geeigneten Stelle, diese friedliche Gedankenstätte. Der gelehrte Herr hieß mich, ohne sich zu erheben, einen Sitz an seine Seite rücken, grüßte mich als alten Bekannten und vernahm mit sichtlicher Freude den Bericht über meinen Eintritt in die Bedienung des Admirals.

„Gebe Gott, daß es ihm diesmal gelinge!" sagte er. „Uns Evangelischen, die wir leider am Ende doch nur eine Minderheit unter der Bevölkerung unserer Heimat sind, ohne verruchten Bürgerkrieg Luft zu schaffen, gab es zwei Wege, n u r zwei Wege: entweder auswandern über den Ozean in das von Kolumbus entdeckte Land — diesen Gedanken hat der Admiral lange Jahre in seinem Gemüte bewegt und, hätten sich nicht unerwartete Hindernisse dagegen erhoben, wer weiß! — oder das Nationalgefühl entflammen und einen großen, der Menschheit heilbringenden auswärtigen Krieg führen, wo Katholik und Hugenott Seite an Seite fechtend in der Vaterlandsliebe zu Brüdern werden und ihren Religionshaß verlernen könnten. Das will der Admiral jetzt, und mir, dem Manne des Friedens, brennt der Boden unter den Füßen, bis der Krieg erklärt ist! Die Niederlande vom spanischen Joche befreiend werden unsre Katholiken widerwillig in die Strömung der Freiheit gerissen werden. Aber es eilt! Glaubt mir, Schadau, über Paris brütet eine dumpfe Luft. Die Guisen suchen einen Krieg zu vereiteln, der den jungen König selbständig und sie entbehrlich machen würde. Die Königin Mutter ist zweideutig — durchaus keine Teufelin, wie die Heißsporne unsrer Partei sie schildern, aber sie windet sich durch von heute auf morgen, selbstsüchtig nur auf das Interesse ihres Hauses bedacht. Gleichgültig gegen den Ruhm Frankreichs, ohne Sinn für Gutes und Böses, hält sie das Entgegengesetzte in ihren Händen und der Zufall kann die Wahl entscheiden. Feig und unberechenbar wie sie ist, wäre sie freilich des Schlimmsten fähig! — Der Schwerpunkt liegt in dem Wohlwollen des jungen Königs für Coligny, und dieser König..." hier seufzte Chatillon, „nun, ich will Euerm Urteil nicht vorgreifen! Da er den Admiral nicht selten besucht, so werdet Ihr mit eignen Augen sehen."

Der Greis schaute vor sich hin, dann plötzlich den Gegenstand des Gesprächs wechselnd und den Titel des Folianten aufblätternd frug er mich: „Wißt Ihr, was ich da lese? Seht einmal!"

Ich las in lateinischer Sprache: Die Geographie des Ptolemäus, herausgegeben von Michael Servetus.

„Doch nicht der in Genf verbrannte Ketzer?" frug ich bestürzt.

„Kein anderer. Er war ein vorzüglicher Gelehrter, ja, soweit ich es beurteilen kann, ein genialer Kopf, dessen Ideen in der Naturwissenschaft vielleicht später mehr Glück machen werden, als seine theologischen Grübeleien. — Hättet Ihr ihn auch verbrannt, wenn Ihr im Genfer Rat gesessen hättet?"

„Gewiß, Herr!" antwortete ich mit Überzeugung. „Bedenkt nur das eine: was war die gefährlichste Waffe, mit welcher die Papisten unsern Calvin bekämpften? Sie warfen ihm vor, seine Lehre sei Gottesleugnung. Nun kommt ein Spanier nach Genf, nennt sich Calvins Freund, veröffentlicht Bücher, in welchen er die Dreieinigkeit leugnet, wie wenn das nichts auf sich hätte, und mißbraucht die evangelische Freiheit. War es nun Calvin nicht den Tausenden und Tausenden schuldig, die für das reine Wort litten und bluteten, diesen falschen Bruder vor den Augen der Welt aus der evangelischen Kirche zu stoßen und dem weltlichen Richter zu überliefern, damit keine Verwechslung zwischen uns und ihm möglich sei und wir nicht unschuldigerweise fremder Gottlosigkeit geziehen werden?"

Chatillon lächelte wehmütig und sagte: „Da Ihr Euer Urteil über Servedo so trefflich begründet habt, müßt Ihr mir schon den Gefallen tun, diesen Abend bei mir zu bleiben. Ich führe Euch an ein Fenster, das auf die Laurentiuskapelle hinüberschaut, deren Nachbarschaft wir uns hier erfreuen und wo der berühmte Franziskaner Panigarola heute abend predigen wird. Da werdet Ihr vernehmen, wie man Euch das Urteil spricht. Der Pater ist ein gewandter Logiker und ein feuriger Redner. Ihr werdet keines seiner Worte verlieren und — Eure Freude dran haben. — Ihr wohnt noch im Wirtshause? Ich muß Euch doch für ein dauerndes Obdach sorgen — was rätst du, Gasparde?" wandte er sich an diese, die eben eingetreten war.

Gasparde antwortete heiter: „Der Schneider Gilbert, unser Glaubensgenosse, der eine zahlreiche Familie zu ernähren hat, wäre wohl froh und hochgeehrt, wenn er dem Herrn Schadau sein bestes Zimmer abtreten dürfte. Und das hätte noch das Gute, daß der redliche, aber furchtsame Christ unsren evangelischen Gottesdienst wieder zu besuchen wagte, von diesem tapfern Kriegsmanne begleitet. — Ich gehe gleich hinüber und will ihm den Glücksfall verkündigen.“ — Damit eilte die Schlanke weg.

So kurz ihre Erscheinung gewesen war, hatte ich doch aufmerksam forschend in ihre Augen geschaut und ich geriet in neues Staunen. Von einer unwiderstehlichen Gewalt getrieben, mir ohne Aufschub dieses Rätsels Lösung zu verschaffen, kämpfte ich nur mit Mühe eine Frage nieder, die gegen allen Anstand verstoßen hätte, da kam mir der Alte selbst zu Hilfe, indem er spöttisch fragte: „Was findet Ihr Besonderes an dem Mädchen, daß Ihr es so starr betrachtet?“

„Etwas sehr Besonderes,“ erwiderte ich entschlossen, „die wunderbare Ähnlichkeit ihrer Augen mit denen des Admirals.“

Wie wenn er eine Schlange berührt hätte, fuhr der Rat zurück und sagte gezwungen lächelnd: „Gibt es keine Naturspiele, Herr Schadau? Wollt Ihr dem Leben verbieten, ähnliche Augen hervorzubringen?“

„Ihr habt mich gefragt, was ich Besonderes an dem Fräulein finde,“ versetzte ich kaltblütig, „diese Frage habe ich beantwortet. Erlaubt mir eine Gegenfrage: Da ich hoffe, Euch weiterhin besuchen zu dürfen, der ich mich von Euerm Wohlwollen und von Euerm überlegenen Geiste angezogen fühle, wie wünscht Ihr, daß ich fortan dieses schöne Fräulein begrüße? Ich weiß, daß sie von ihrem Paten Coligny den Namen Gasparde führt, aber Ihr habt mir noch nicht gesagt, ob ich die Gunst habe, mit Eurer Tochter oder mit einer Eurer Verwandten zu sprechen.“

„Nennt sie, wie Ihr wollt!“ murmelte der Alte verdrießlich und fing wieder an, in der Geographie des Ptolemäus zu blättern.

Durch dies absonderliche Benehmen ward ich in meiner Vermutung bestärkt, daß hier ein Dunkel walte, und begann die kühnsten Schlüsse zu ziehn. In der kleinen Druckschrift, die der Admiral über seine Verteidigung von St. Quentin veröffentlicht hatte und die ich auswendig wußte, schloß er ziemlich unvermittelt mit einigen geheimnisvollen Worten, worin er seinen Übertritt zum Evangelium andeutete. Hier war von der Sündhaftigkeit der Welt die Rede, an welcher er bekannte, auch selber teilgenommen zu haben. Konnte nun Gaspardes Geburt nicht im Zusammenhange stehn mit diesem vorevangelischen Leben? So streng ich sonst in solchen Dingen dachte, hier war mein Eindruck ein anderer; es lag mir dies= mal ferne, einen Fehltritt zu verurteilen, der mir die un= glaubliche Möglichkeit auftat, mich der Blutsverwandten des erlauchten Helden zu nähern, — wer weiß, vielleicht um sie zu werben. Während ich meiner Einbildungskraft die Zügel schießen ließ, glitt wahrscheinlich ein glückliches Lächeln durch meine Züge, denn der Alte, der mich insgeheim über seinen Folianten weg beobachtet hatte, wandte sich gegen mich mit unerwartetem Feuer:

„Ergötzt es Euch, junger Herr, an einem großen Mann eine Schwäche entdeckt zu haben, so wißt: Er ist makellos! — Ihr seid im Irrtume. Ihr betrügt Euch!"

Hier erhob er sich wie unwillig und schritt das Gemach auf und nieder, dann, plötzlich den Ton wechselnd, blieb er dicht vor mir stehen, indem er mich bei der Hand faßte: „Junger Freund," sagte er, „in dieser schlimmen Zeit, wo wir Evangelischen aufeinander angewiesen sind und uns wie Brüder betrachten sollen, wächst das Vertrauen geschwind; es darf keine Wolke zwischen uns sein. Ihr seid ein braver Mann und Gasparde ist ein liebes Kind. Gott verhüte, daß etwas Verdecktes Eure Begegnung unlauter mache. Ihr könnt schwei= gen, das trau' ich Euch zu; auch ist die Sache ruchbar und könnte Euch aus hämischem Munde zu Ohren kommen. So hört mich an!

Gasparde ist weder meine Tochter, noch meine Nichte; aber

sie ist bei mir aufgewachsen und gilt als meine Verwandte. Ihre Mutter, die kurze Zeit nach der Geburt des Kindes starb, war die Tochter eines deutschen Reiteroffiziers, den sie nach Frankreich begleitet hatte. Gaspardes Vater aber", hier dämpfte er die Stimme, — „ist Dandelot, des Admirals jüngerer Bruder, dessen wunderbare Tapferkeit und frühes Ende Euch nicht unbekannt sein wird. Jetzt wißt Ihr genug. Begrüßt Gasparde als meine Nichte, ich liebe sie wie mein eigenes Kind. Im übrigen haltet reinen Mund, und begegnet ihr unbefangen."

Er schwieg und ich brach das Schweigen nicht, denn ich war ganz erfüllt von der Mitteilung des alten Herrn. Jetzt wurden wir, uns beiden nicht unwillkommen, unterbrochen und zum Abendtische gerufen, wo mir die holdselige Gasparde den Platz an ihrer Seite anwies. Als sie mir den vollen Becher reichte und ihre Hand die meinige berührte, durchrieselte mich ein Schauer, daß in diesen jungen Adern das Blut meines Helden rinne. Auch Gasparde fühlte, daß ich sie mit andern Augen betrachte als kurz vorher, sie sann und ein Schatten der Befremdung glitt über ihre Stirne, die aber schnell wieder hell wurde, als sie mir fröhlich erzählte, wie hoch sich der Schneider Gilbert geehrt fühle, mich zu beherbergen.

„Es ist wichtig," sagte sie scherzend, „daß Ihr einen christlichen Schneider an der Hand habt, der Euch die Kleider streng nach hugenottischem Schnitte verfertigt. Wenn Euch Pate Coligny, der jetzt beim König so hoch in Gunsten steht, bei Hofe einführt und die reizenden Fräulein der Königin Mutter Euch umschwärmen, da wäret Ihr verloren, wenn nicht Eure ernste Tracht sie gebührend in Schranken hielte."

Während dieses heitern Gespräches vernahmen wir über die Gasse, von Pausen unterbrochen, bald lang gezogene, bald heftig ausgestoßene Töne, die den verwehten Bruchstücken eines rednerischen Vortrags glichen, und als bei einem zufälligen Schweigen ein Satz fast unverletzt an unser Ohr schlug, erhob sich Herr Chatillon unwillig.

„Ich verlasse Euch!" sagte er, „der grausame Hanswurst

da drüben verjagt mich." — Mit diesen Worten ließ er uns allein.

„Was bedeutet das?" fragte ich Gasparde.

„Ei," sagte sie, „in der Laurentiuskirche drüben predigt Pater Panigarola. Wir können von unserm Fenster mitten in das andächtige Volk hineinsehen und auch den wunderlichen Pater erblicken. Den Oheim empört sein Gerede, mich langweilt der Unsinn, ich höre gar nicht hin, habe ich ja Mühe in unsrer evangelischen Versammlung, wo doch die lautere Wahrheit gepredigt wird, mit Andacht und Erbauung, wie es dem heiligen Gegenstande geziemt, bis ans Ende aufzuhorchen." —

Wir waren unterdessen ans Fenster getreten, das Gasparde ruhig öffnete.

Es war eine laue Sommernacht und auch die erleuchteten Fenster der Kapelle standen offen. Im schmalen Zwischenraume hoch über uns flimmerten Sterne. Der Pater auf der Kanzel, ein junger blasser Franziskanermönch mit südlich feurigen Augen und zuckendem Mienenspiel, gebärdete sich so seltsam heftig, daß er mir erst ein Lächeln abnötigte; bald aber nahm seine Rede, von der mir keine Silbe entging, meine ganze Aufmerksamkeit in Anspruch.

„Christen," rief er, „was ist die Duldung, welche man von uns verlangt? Ist sie christliche Liebe? Nein, sage ich, dreimal nein! Sie ist eine fluchwürdige Gleichgültigkeit gegen das Los unsrer Brüder! Was würdet ihr von einem Menschen sagen, der einen andern am Rande des Abgrunds schlummern sähe und ihn nicht weckte und zurückzöge? Und doch handelt es sich in diesem Falle nur um Leben und Sterben des Leibes. Um wieviel weniger dürfen wir, wo ewiges Heil oder Verderben auf dem Spiele steht, ohne Grausamkeit unsern Nächsten seinem Schicksal überlassen! Wie? es wäre möglich, mit den Ketzern zu wandeln und zu handeln, ohne den Gedanken auftauchen zu lassen, daß ihre Seelen in tödlicher Gefahr schweben? Gerade unsre Liebe zu ihnen gebietet uns, sie zum Heil zu überreden und, sind sie störrisch, zum Heil zu zwingen, und sind sie unverbesserlich, sie auszurotten, damit sie nicht durch ihr schlechtes Beispiel ihre Kinder, ihre Nachbarn, ihre Mitbürger in die ewigen Flammen mitreißen! Denn ein christliches Volk ist ein Leib, von dem geschrieben steht: Wenn dich dein Auge ärgert, so reiße es aus! Wenn dich deine rechte Hand ärgert, so haue sie ab und wirf sie von dir, denn, siehe, es ist dir besser, daß eines deiner Glieder verderbe, als daß dein ganzer Leib in das nie verlöschende Feuer geworfen werde!" —

Dies ungefähr war der Gedankengang des Paters, den er aber mit einer leidenschaftlichen Rhetorik und mit ungezügelten Gebärden zu einem wilden Schauspiel verkörperte. War es nun das ansteckende Gift des Fanatismus oder das grelle von oben fallende Lampenlicht, die Gesichter der Zuhörer nahmen einen so verzerrten und, wie mir schien, blutdürstigen Ausdruck an, daß mir auf einmal klar wurde, auf welchem Vulkan wir Hugenotten in Paris stünden.

Gasparde wohnte der unheimlichen Szene fast gleichgültig bei und richtete ihr Auge auf einen schönen Stern, der über dem Dache der Kapelle mild leuchtend aufstieg.

Nachdem der Italiener seine Rede mit einer Handbewegung geschlossen, die mir eher einer Fluchgebärde als einem Segen zu gleichen schien, begann das Volk in dichtem Gedränge aus der Pforte zu strömen, an deren beiden Seiten zwei große brennende Pechfackeln in eiserne Ringe gesteckt wurden. Ihr blutiger Schein beleuchtete die Heraustretenden und erhellte zeitweise auch Gaspardes Antlitz, die das Volksgewühle mit Neugierde betrachtete, während ich mich in den Schatten zurückgelehnt hatte. Plötzlich sah ich sie erblassen, dann flammte ihr Blick empört auf und als der meinige ihm folgte, sah ich einen hohen Mann in reicher Kleidung ihr mit halb herablassender halb gieriger Gebärde einen Kuß zuwerfen. Gasparde bebte vor Zorn. Sie ergriff meine Hand und indem sie mich an ihre Seite zog, sprach sie mit vor Erregung zitternder Stimme in die Gasse hinunter:

„Du beschimpfst mich, Memme, weil du mich schutzlos glaubst! Du irrst dich! Hier steht einer, der dich züchtigen wird, wenn du noch einen Blick wagst!" —

Hohnlachend schlug der Kavalier, der wenn nicht ihre Rede, doch die ausdrucksvolle Gebärde verstanden hatte, seinen Mantel um die Schulter und verschwand in der strömenden Menge.

Gaspardes Zorn löste sich in einen Tränenstrom auf und sie erzählte mir schluchzend, wie dieser Elende, der zu dem Hofstaate des Herzogs von Anjou, des königlichen Bruders, gehöre, schon seit dem Tage ihrer Ankunft sie auf der Straße verfolge, wenn sie einen Ausgang wage, und sich sogar durch das Begleit ihres Oheims nicht abhalten lasse, ihr freche Grüße zuzuwerfen.

„Ich mag dem lieben Ohm bei seiner erregbaren und etwas ängstlichen Natur nichts davon sagen. Es würde ihn beunruhigen, ohne daß er mich beschützen könnte. Ihr aber seid jung und führt einen Degen, ich zähle auf Euch! Die Unziemlichkeit muß um jeden Preis ein Ende nehmen. — Nun lebt wohl, mein Ritter!" fügte sie lächelnd hinzu, während ihre Tränen noch flossen, „und vergeßt nicht, meinem Ohm gute Nacht zu sagen!" —

Ein alter Diener leuchtete mir in das Gemach seines Herrn, bei dem ich mich beurlaubte.

„Ist die Predigt vorüber?" fragte der Rat. „In jüngern Tagen hätte mich das Fratzenspiel belustigt; jetzt aber, besonders seit ich in Nîmes, wo ich das letzte Jahrzehnt mit Gasparde zurückgezogen gelebt habe, im Namen Gottes Mord und Auflauf anstiften sah, kann ich keinen Volkshaufen um einen aufgeregten Pfaffen versammelt sehen ohne die Beängstigung, daß sie nun gleich etwas Verrücktes oder Grausames unternehmen werden. Es fällt mir auf die Nerven." —

Als ich die Kammer meiner Herberge betrat, warf ich mich in den alten Lehnstuhl, der außer einem Feldbette ihre ganze Bequemlichkeit ausmachte. Die Erlebnisse des Tages arbeiteten in meinem Kopfe fort und an meinem Herzen zehrte es wie eine zarte aber scharfe Flamme. Die Turmuhr eines nahen Klosters schlug Mitternacht, meine Lampe, die ihr Öl aufgebraucht hatte, erlosch, aber taghell war es in meinem Innern.

Daß ich Gaspardes Liebe gewinnen könne, schien mir nicht unmöglich, Schicksal, daß ich es mußte, und Glück, mein Leben dafür einzusetzen.

FÜNFTES KAPITEL

Am nächsten Morgen zur anberaumten Stunde stellte ich mich bei dem Admiral ein und fand ihn in einem abgegriffenen Taschenbuche blätternd.

„Dies sind", begann er, „meine Aufzeichnungen aus dem Jahre siebenundfünfzig, in welchem ich St. Quentin verteidigte und mich dann den Spaniern ergeben mußte. Da steht unter den tapfersten meiner Leute, mit einem Kreuze bezeichnet, der Name Sadow, mir dünkt, es war ein Deutscher. Sollte dieser Name mit dem Eurigen derselbe sein?"

„Kein andrer als der Name meines Vaters! Er hatte die Ehre, unter Euch zu dienen und vor Euern Augen zu fallen." —

„Nun denn," fuhr der Admiral fort, „das bestärkt mich in dem Vertrauen, das ich in Euch setze. Ich bin von Leuten, mit denen ich lange zusammenlebte, verraten worden, Euch trau' ich auf den ersten Anblick und ich glaube, er wird mich nicht betrügen." —

Mit diesen Worten ergriff er ein Papier, das mit seiner großen Handschrift von oben bis unten bedeckt war: „Schreibt mir das ins Reine, und wenn Ihr Euch daraus über manches unterrichtet, das Euch das Gefährliche unsrer Zustände zeigt, so laßt's Euch nicht anfechten. Alles Große und Entscheidende ist ein Wagnis. Setzt Euch und schreibt." —

Was mir der Admiral übergeben hatte, war ein Memorandum, das er an den Prinzen von Oranien richtete. Mit steigendem Interesse folgte ich dem Gange der Darstellung, die mit der größten Klarheit, wie sie dem Admiral eigen war, sich über die Zustände von Frankreich verbreitete. Den Krieg mit Spanien um jeden Preis und ohne jeden Aufschub herbeizuführen, dies, schrieb der Admiral, ist unsre Rettung. Alba ist verloren, wenn er von uns und von Euch zugleich angegriffen wird. Mein Herr und König will den Krieg; aber die Guisen arbeiten mit aller Anstrengung dagegen; die katholische Meinung, von ihnen aufgestachelt, hält die französische Kriegslust im Schach, und die Königin Mutter, welche den Herzog von Anjou dem Könige auf unnatürliche Weise vorzieht, will nicht, daß dieser ihren Liebling verdunkle, indem er sich im Feld auszeichnet, wonach mein Herr und König Verlangen trägt, und was ich ihm als treuer Untertan gönne und, so viel an mir liegt, verschaffen möchte.

Mein Plan ist folgender: Eine hugenottische Freischar ist in diesen Tagen in Flandern eingefallen. Kann sie sich gegen Alba halten — und dies hängt zum großen Teil davon ab, daß Ihr gleichzeitig den spanischen Feldherrn von Holland her angreift — so wird dieser Erfolg den König bewegen, alle Hindernisse zu überwinden und entschlossen vorwärts zu gehn. Ihr kennt den Zauber eines ersten Gelingens.

Ich war mit dem Schreiben zu Ende, als ein Diener erschien und dem Admiral etwas zuflüsterte. Ehe dieser Zeit hatte, sich von seinem Sitze zu erheben, trat ein sehr junger Mann von schlanker, kränklicher Gestalt heftig erregt ins Gemach und eilte mit den Worten auf ihn zu:

„Guten Morgen, Väterchen! Was gibt es Neues? Ich verreite auf einige Tage nach Fontainebleau. Habt Ihr Nachricht aus Flandern?" Jetzt wurde er meiner gewahr und auf mich hindeutend frug er herrisch: „Wer ist der da?" —

„Mein Schreiber, Sire, der sich gleich entfernen wird, wenn Eure Majestät es wünscht."

„Weg mit ihm!" rief der junge König, „ich will nicht belauscht sein, wenn ich Staatsgeschäfte behandle! Vergeßt Ihr, daß wir von Spähern umstellt sind? — Ihr seid zu arglos, lieber Admiral!"

Jetzt warf er sich in einen Lehnstuhl und starrte ins Leere; dann, plötzlich aufspringend, klopfte er Coligny auf die Schul-

ter und als hätte er mich, dessen Entfernung er eben gefordert,
vergessen, brach er in die Worte aus:

„Bei den Eingeweiden des Teufels! wir erklären seiner
katholischen Majestät nächstens den Krieg!" Nun aber schien
er wieder in den früheren Gedankengang zurückzufallen, denn
er flüsterte mit geängstigter Miene: „Neulich noch, erinnert
Ihr Euch? als wir beide in meinem Kabinett Rat hielten, da
raschelte es hinter der Tapete. Ich zog den Degen, wißt Ihr?
und durchstach sie zweimal, dreimal! Da hob sie sich, und wer
trat darunter hervor? Mein lieber Bruder, der Herzog von
Anjou mit einem Katzenbuckel!" Hier machte der König eine
nachahmende Gebärde und brach in unheimliches Lachen aus.
„Ich aber", fuhr er fort, „maß ihn mit einem Blicke, den er
nicht ertragen konnte und der ihn flugs aus der Türe trieb."

Hier nahm das bleiche Antlitz einen Ausdruck so wilden
Hasses an, daß ich es erschrocken anstarrte.

Coligny, für den ein solcher Auftritt wohl nichts Ungewöhnliches hatte, dem aber die Gegenwart eines Zeugen peinlich sein mochte, entfernte mich mit einem Winke.

„Ich sehe, Eure Arbeit ist vollendet," sagte er, „auf Wiedersehen morgen." —

Während ich meinen Heimweg einschlug, ergriff mich ein
unendlicher Jammer. Dieser unklare Mensch also war es, von
dem die Entscheidung der Dinge abhing. — Wo sollte bei so
knabenhafter Unreife und flackernder Leidenschaftlichkeit die
Stetigkeit des Gedankens, die Festigkeit des Entschlusses her-
kommen? Konnte der Admiral für ihn handeln? Aber wer
bürgte dafür, daß nicht andere, feindliche Einflüsse sich in der
nächsten Stunde schon dieses verworrenen Gemütes bemächtigten! Ich fühlte, daß nur dann Sicherheit war, wenn Coligny
in seinem König eine selbstbewußte Stütze fand; besaß er in
ihm nur ein Werkzeug, so konnte ihm dieses morgen entrissen
werden.

In so böse Zweifel verstrickt, verfolgte ich meinen Weg, als
sich eine Hand auf meine Schulter legte. Ich wandte mich und
blickte in das wolkenlose Gesicht meines Landsmannes Boccard,

der mich umhalste und mit den lebhaftesten Freudenbezeigungen begrüßte.

„Willkommen, Schadau, in Paris!" rief er, „Ihr seid, wie ich sehe, müßig, das bin ich auch, und da der König eben verritten ist, so müßt Ihr mit mir kommen, ich will Euch das Louvre zeigen. Ich wohne dort, da meine Kompagnie die Wache der innern Gemächer hat. — Es wird Euch hoffentlich nicht belästigen," fuhr er fort, da er in meinen Mienen kein ungemischtes Vergnügen über seinen Vorschlag las, „mit einem königlichen Schweizer Arm in Arm zu gehn? Da ja Euer Abgott Coligny die Verbrüderung der Parteien wünscht, so würde ihm das Herz im Leibe lachen ob der Freundschaft seines Schreibers mit einem Leibgardisten."

„Wer hat Euch gesagt . . ." unterbrach ich ihn erstaunt —

„Daß Ihr des Admirals Schreiber seid?" lachte Boccard. „Guter Freund, am Hofe wird mehr geschwatzt, als billig ist! Heute morgen beim Ballspiel war unter den hugenottischen Hofleuten die Rede von einem Deutschen, der bei dem Admiral Gunst gefunden hätte, und aus einigen Außerungen über die fragliche Persönlichkeit erkannte ich zweifellos meinen Freund Schadau. Es ist nur gut, daß Euch jenes Mal Blitz und Donner in die drei Lilien zurückjagten, sonst wären wir uns fremd geblieben, denn Eure Landsleute im Louvre hättet Ihr wohl schwerlich aus freien Stücken aufgesucht! Mit dem Hauptmann Pfyffer muß ich Euch gleich bekannt machen!"

Dies verbat ich mir, da Pfyffer nicht nur als ausgezeichneter Soldat, sondern auch als fanatischer Katholik berühmt war, willigte aber gern ein, mit Boccard das Innere des Louvre zu besichtigen, da ich den viel gepriesenen Bau bis jetzt nur von außen betrachtet hatte.

Wir schritten nebeneinander durch die Straßen und das freundliche Geplauder des lebenslustigen Fryburgers war mir willkommen, da es mich von meinen schweren Gedanken erlöste.

Bald betraten wir das französische Königsschloß, das damals zur Hälfte aus einem finstern mittelalterlichen Kastell, zur andern Hälfte aus einem neuen prächtigen Palast bestand, den die Medizäerin hatte aufführen lassen. Diese Mischung zweier Zeiten vermehrte in mir den Eindruck, der mich, seit ich Paris betreten, nie verlassen hatte, den Eindruck des Schwankenden, Ungleichartigen, der sich widersprechenden und miteinander ringenden Elemente.

Nachdem wir viele Gänge und eine Reihe von Gemächern durchschritten hatten, deren Verzierung in keckem Steinwerke und oft ausgelassener Malerei meinem protestantischen Geschmacke fremd und zuweilen ärgerlich war, Boccard aber herzlich belustigte, öffnete mir dieser ein Kabinett mit den Worten: „Dies ist das Studierzimmer des Königs.“ —

Da herrschte eine greuliche Unordnung. Der Boden war mit Notenheften und aufgeblätterten Büchern bestreut. An den Wänden hingen Waffen. Auf dem kostbaren Marmortische lag ein Waldhorn.

Ich begnügte mich, von der Türe aus einen Blick in dies Chaos zu werfen, und weitergehend frug ich Boccard, ob der König musikalisch sei.

„Er bläst herzzerreißend,“ erwiderte dieser, „oft ganze Vormittage hindurch und, was schlimmer ist, ganze Nächte, wenn er nicht hier nebenan“, er wies auf eine andere Türe, „vor dem Amboß steht und schmiedet, daß die Funken stieben. Jetzt aber ruhen Waldhorn und Hammer. Er ist mit dem jungen Chateauguyon eine Wette eingegangen, welchem von ihnen es zuerst gelinge, den Fuß im Munde das Zimmer auf und nieder zu hüpfen. Das gibt ihm nun unglaublich zu tun.“ —

Da Boccard sah, wie ich traurig wurde und es ihm auch sonst passend scheinen mochte, das Gespräch über das gekrönte Haupt Frankreichs abzubrechen, lud er mich ein, mit ihm das Mittagsmahl in einem nicht weit entlegenen Gasthause einzunehmen, das er mir als ganz vorzüglich schilderte.

Um abzukürzen schlugen wir eine enge, lange Gasse ein. Zwei Männer schritten uns vom andern Ende derselben entgegen.

„Sieh,“ sagte mir Boccard, „dort kommt Graf Guiche, der berüchtigte Damenfänger und der größte Raufer vom Hofe,

und neben ihm — wahrhaftig — das ist Lignerolles! Wie darf
sich der am hellen Tage blicken lassen, da er doch ein voll=
gültiges Todesurteil auf dem Halse hat!"

Ich blickte hin und erkannte in dem vornehmern der Be=
zeichneten den Unverschämten, der gestern Abend im Scheine
der Fackeln Gasparde mit frecher Gebärde beleidigt hatte.
Auch er schien sich meiner näherschreitend zu erinnern, denn
sein Auge blieb unverwandt auf mir haften. Wir hatten die
halbe Breite der engen Gasse inne, die andere Hälfte den uns
entgegen Kommenden frei lassend. Da Boccard und Lignerolles
auf der Mauerseite gingen, mußten der Graf und ich hart an=
einander vorüber.

Plötzlich erhielt ich einen Stoß und hörte den Grafen sagen:
"Gib Raum, verdammter Hugenott!"

Außer mir wandte ich mich nach ihm um, da rief er lachend
zurück: "Willst du dich auf der Gasse so breit machen wie
am Fenster?"

Ich wollte ihm nachstürzen, da umschlang mich Boccard und
beschwor mich: "Nur hier keine Szene! In diesen Zeiten
würden wir in einem Augenblicke den Pöbel von Paris hinter
uns her haben, und, da sie dich an deinem steifen Kragen als
Hugenotten erkennen würden, wärst du unzweifelhaft ver=
loren! Daß du Genugtuung erhalten mußt, versteht sich von
selbst. Du überläſſeſt mir die Sache, und ich will froh sein,
wenn sich der vornehme Herr zu einem ehrlichen Zweikampfe
versteht. Aber an dem Schweizernamen darf kein Makel haften
und wenn ich mit dem deinigen auch mein Leben einsetzen
müßte! —

"Jetzt sage mir um aller Heiligen willen, bist du mit Guiche
bekannt? Hast du ihn gegen dich aufgebracht? Doch nein, das
ist ja nicht möglich! Der Taugenichts war übler Laune und
wollte sie an deiner Hugenottentracht auslassen."

Unterdessen waren wir in das Gasthaus eingetreten, wo
wir rasch und in gestörter Stimmung unser Mahl hielten.

"Ich muß meinen Kopf zusammenhalten," sagte Boccard,
"denn ich werde mit dem Grafen einen harten Stand haben."

Wir trennten uns und ich kehrte in meine Herberge zurück, Boccard versprechend, ihn dort zu erwarten. Nach Verlauf von zwei Stunden trat er in meine Kammer mit dem Ausrufe: „Es ist gut abgelaufen! Der Graf wird sich mit dir schlagen, morgen bei Tagesanbruch vor dem Tore St. Michel. Er empfing mich nicht unhöflich, und als ich ihm sagte, du wärest von gutem Hause, meinte er, es sei jetzt nicht der Augenblick deinen Stammbaum zu untersuchen, was er kennen zu lernen wünsche sei deine Klinge."

„Und wie steht es damit?" fuhr Boccard fort, „ich bin sicher, daß du ein methodischer Fechter bist, aber ich fürchte, du bist langsam, langsam, zumal einem so raschen Teufel gegenüber."

Boccards Gesicht nahm einen besorgten Ausdruck an und nachdem er nach ein paar Übungsklingen gerufen — es befand sich zu ebener Erde neben meinem Gasthause ein Fechtsaal — gab er mir eine derselben in die Hand und sagte: „Nun zeige deine Künste!"

Nach einigen Gängen, die ich im gewohnten Tempo durchfocht, während Boccard mich vergeblich mit dem Rufe: Schneller, schneller! anfeuerte, warf er seine Klinge weg und stellte sich ans Fenster, um eine Träne vor mir zu verbergen, die ich aber schon hervordringen gesehn hatte.

Ich trat zu ihm und legte meine Hand auf seine Schulter.

„Boccard," sagte ich, „betrübe dich nicht. Alles ist vorher bestimmt. Ist meine Todesstunde auf morgen gestellt, so bedarf es nicht der Klinge des Grafen, um meinen Lebensfaden zu zerschneiden. Ist es nicht so, wird mir seine gefährliche Waffe nichts anhaben können."

„Mache mich nicht ungeduldig!" versetzte er, sich rasch nach mir umdrehend. „Jede Minute der Frist, die uns bleibt, ist kostbar und muß benützt werden — nicht zum Fechten, denn in der Theorie bist du untadelig und dein Phlegma", hier seufzte er, „ist unheilbar. Es gibt nur ein Mittel dich zu retten. Wende dich an Unsre liebe Frau von Einsiedeln, und wirf mir nicht ein, du seist Protestant — einmal ist keinmal!

45

Muß es sie nicht doppelt rühren, wenn einer der Abtrünnigen sein Leben in ihre Hände befiehlt! Du hast jetzt noch Zeit für deine Rettung viele Ave Maria zu sprechen, und glaube mir, die Gnadenmutter wird dich nicht im Stiche lassen! Überwinde dich, lieber Freund, und folge meinem Rate."

„Laß mich in Ruhe, Boccard!" versetzte ich über seine wunderliche Zumutung ungehalten und doch von seiner Liebe gerührt.

Er aber drang noch eine Weile vergeblich in mich. Dann ordneten wir das Notwendige für morgen und er nahm Abschied.

In der Türe wandte er sich noch einmal zurück und sagte: „Nur einen Stoßseufzer, Schadau, vor dem Einschlafen!" —

SECHSTES KAPITEL

Am nächsten Morgen wurde ich durch eine rasche Berührung aus dem Schlafe geweckt. Boccard stand vor meinem Lager.

„Auf!" rief er, „es eilt, wenn wir nicht zu spät kommen sollen! Ich vergaß gestern dir zu sagen, von wem der Graf sich sekundieren läßt, — von Lignerolles. Ein Schimpf mehr, wenn du willst! Aber es hat den Vorteil, daß im Falle du" — er seufzte — „deinen Gegner ernstlich verwunden solltest, dieser ehrenwerte Sekundant gewiß reinen Mund halten wird, da er tausend gute Gründe hat, die öffentliche Aufmerksamkeit in keiner Weise auf sich zu ziehn." —

Während ich mich ankleidete, bemerkte ich wohl, daß dem Freund eine Bitte auf dem Herzen lag, die er mit Mühe niederkämpfte.

Ich hatte mein noch in Bern verfertigtes, nach Schweizer Sitte auf beiden Seiten mit derben Taschen versehenes Reisewams angezogen und drückte meinen breitkrempigen Filz in die Stirne, als mich Boccard auf einmal in großer Gemütsbewegung heftig umhalste und, nachdem er mich geküßt, sei-

nen Lockenkopf an meine Brust lehnte. Diese überschwengliche
Teilnahme erschien mir unmännlich und ich drückte das duf-
tende Haupt mit beiden Händen beschwichtigend weg. Mir
deuchte, daß sich Boccard in diesem Augenblicke etwas an
meinem Wams zu schaffen machte; aber ich gab nicht weiter
darauf acht, da die Zeit drängte.

Wir gingen schweigend durch die morgenstillen Gassen,
während es leise zu regnen anfing, durchschritten das Tor,
das eben geöffnet worden war, und fanden in kleiner Entfernung vor demselben einen mit verfallenden Mauern umgebenen Garten. Diese verlassene Stätte war zu der Begegnung ausersehn.

Wir traten ein und erblickten Guiche mit Lignerolles, die
unser harrend zwischen den Buchenhecken des Hauptganges
auf und nieder schritten. Der Graf grüßte mich mit spöttischer
Höflichkeit. Boccard und Lignerolles traten zusammen, um
Kampfstelle und Waffen zu regeln.

„Der Morgen ist kühl," sagte der Graf, „ist es Euch ge-
nehm, so fechten wir im Wams."

„Der Herr ist nicht gepanzert?" warf Lignerolles hin, indem er eine tastende Bewegung nach meiner Brust machte.

Guiche bedeutete ihn mit einem Blicke, es zu lassen.

Zwei lange Stoßklingen wurden uns geboten. Der Kampf
begann und ich merkte bald, daß ich einem an Behendigkeit
mir überlegenen und dabei völlig kaltblütigen Gegner gegen-
überstehe. Nachdem er meine Kraft mit einigen spielenden
Stößen wie auf dem Fechtboden geprüft hatte, wich seine nach-
lässige Haltung. Es wurde tödlicher Ernst. Er zeigte Quart
und stieß Sekunde in beschleunigtem Tempo. Meine Parade
kam genau noch rechtzeitig; wiederholte er dieselben Stöße
um eine Kleinigkeit rascher, so war ich verloren. Ich sah ihn
befriedigt lächeln und machte mich auf mein Ende gefaßt.

Blitzschnell kam der Stoß, aber die geschmeidige Stahl-
klinge bog sich hoch auf, als träfe sie einen harten Gegenstand, ich parierte, führte den Nachstoß und rannte dem Grafen, der, seiner Sache sicher, weit ausgefallen war, meinen

47

Degen durch die Bruft. Er verlor die Farbe, wurde afchfahl, ließ die Waffe finken und brach zufammen.

Lignerolles beugte fich über den Sterbenden, während Boccard mich von hinnen zog.

Wir folgten dem Umkreife der Stadtmauer in flüchtiger Eile bis zum zweitnächften Tore, wo Boccard mit mir in eine kleine ihm bekannte Schenke trat. Wir durchfchritten den Flur und ließen uns hinter dem Haufe unter einer dicht über= wachfenen Laube nieder. Noch war in der feuchten Morgen= frühe alles wie ausgeftorben. Der Freund rief nach Wein, der uns nach einer Weile von einem verfchlafenen Schenkmäd= chen gebracht wurde. Er fchlürfte in behaglichen Zügen, wäh= rend ich den Becher unberührt vor mir ftehen ließ. Ich hatte die Arme über der Bruft gekreuzt und fenkte das Haupt. Der Tote lag mir auf der Seele.

Boccard forderte mich zum Trinken auf, und nachdem ich ihm zu Gefallen den Becher geleert hatte, begann er:

„Ob nun gewiffe Leute ihre Meinung ändern werden über Unfre liebe Frau von Einfiedeln?" —

„Laß mich zufrieden!" verfetzte ich unwirfch, „was hat denn fie damit zu fchaffen, daß ich einen Menfchen ge= tötet?" —

„Mehr als du denkft!" erwiderte Boccard mit einem vor= wurfsvollen Blicke. „Daß du hier neben mir fitzeft, haft du nur ihr zu danken! Du bift ihr eine dicke Kerze fchuldig!" —

Ich zuckte die Achfeln.

„Ungläubiger!" rief er und zog, in meine linke Brufttafche langend, triumphierend das Medaillon daraus hervor, wel= ches er um den Hals zu tragen pflegte, und das er heute morgen während feiner heftigen Umarmung mir heimlich in das Wams gefchoben haben mußte.

Jetzt fiel es mir wie eine Binde von den Augen.

Die filberne Münze hatte den Stoß aufgehalten, der mein Herz durchbohren follte. Mein erftes Gefühl war zornige Scham, als ob ich ein unehrliches Spiel getrieben und ent= gegen den Gefetzen des Zweikampfes meine Bruft gefchützt hätte. Darein mischte sich der Groll, einem Götzenbilde mein Leben zu schulden.

„Läge ich doch lieber tot," murmelte ich, „als daß ich bösem Aberglauben meine Rettung verdanken muß!" —

Aber allmählich lichteten sich meine Gedanken. Gasparde trat mir vor die Seele und mit ihr alle Fülle des Lebens. Ich war dankbar für das neugeschenkte Sonnenlicht, und als ich wieder in die freudigen Augen Boccards blickte, brachte ich es nicht über mich, mit ihm zu hadern, so gern ich es gewollt hätte. Sein Aberglaube war verwerflich, aber seine Freundestreue hatte mir das Leben gerettet.

Ich nahm von ihm mit Herzlichkeit Abschied und eilte ihm voraus durch das Tor und quer durch die Stadt nach dem Hause des Admirals, der mich zu dieser Stunde erwartete.

Hier brachte ich den Vormittag am Schreibtische zu, diesmal mit der Durchsicht von Rechnungen beauftragt, die sich auf die Ausrüstung der nach Flandern geworfenen hugenottischen Freischar bezogen. Als der Admiral in einem freien Augenblicke zu mir trat, wagte ich die Bitte, er möchte mich nach Flandern schicken, um an dem Einfalle teilzunehmen und ihm rasche und zuverlässige Nachricht von dem Verlaufe desselben zu senden.

„Nein, Schadau," antwortete er kopfschüttelnd, „ich darf Euch nicht Gefahr laufen lassen, als Freibeuter behandelt zu werden und am Galgen zu sterben. Etwas anderes ist es, wenn Ihr nach erklärten Feindseligkeiten an meiner Seite fallen solltet. Ich bin es Euerm Vater schuldig, Euch keiner andern Gefahr auszusetzen, als einem ehrlichen Soldatentode!" —

Es mochte ungefähr Mittag sein, als sich das Vorzimmer in auffallender Weise füllte und ein immer erregter werdendes Gespräch hörbar wurde.

Der Admiral rief seinen Schwiegersohn, Teligny, herein, der ihm berichtete, Graf Guiche sei diesen Morgen im Zweikampfe gefallen, sein Sekundant, der verrufene Lignerolles, habe die Leiche vor dem Tore St. Michel durch die gräfliche

Dienerschaft abholen lassen und ihr, bevor er sich flüchtete, nichts anderes zu sagen gewußt, als daß ihr Herr durch die Hand eines ihm unbekannten Hugenotten gefallen sei.

Coligny zog die Brauen zusammen und brauste auf: „Habe ich nicht streng untersagt — habe ich nicht gedroht, gefleht, beschworen, daß keiner unsrer Leute in dieser verhängnisvollen Zeit einen Zwist beginne oder aufnehme, der zu blutigem Entscheide führen könnte! Ist der Zweikampf an sich schon eine Tat, die kein Christ ohne zwingende Gründe auf sein Gewissen laden soll, so wird er in diesen Tagen, wo ein ins Pulverfaß springender Funke uns alle verderben kann, zum Verbrechen an unsern Glaubensgenossen und am Vaterlande.“ —

Ich blickte von meinen Rechnungen nicht auf und war froh, als ich die Arbeit zu Ende gebracht hatte. Dann ging ich in meine Herberge und ließ mein Gepäck in das Haus des Schneiders Gilbert bringen.

Ein kränklicher Mann mit einem furchtsamen Gesichtchen geleitete mich unter vielen Höflichkeiten in das mir bestimmte Zimmer. Es war groß und luftig und überschaute, das oberste Stockwerk des Hauses bildend, den ganzen Stadtteil, ein Meer von Dächern, aus welchem Turmspitzen in den Wolkenhimmel aufragten.

„Hier seid Ihr sicher!“ sagte Gilbert mit feiner Stimme und zwang mir damit ein Lächeln ab.

„Mich freut es,“ erwiderte ich, „bei einem Glaubensbruder Herberge zu nehmen.“

„Glaubensbruder?“ lispelte der Schneider, „sprecht nicht so laut, Herr Hauptmann. Es ist wahr, ich bin ein evangelischer Christ, und — wenn es nicht anders sein kann — will ich auch für meinen Heiland sterben; aber verbrannt werden, wie es mit Dubourg auf dem Greveplatze geschah! — ich sah damals als kleiner Knabe zu — hu, davor hab' ich einen Schauder!“

„Habt keine Angst,“ beruhigte ich, „diese Zeiten sind vorüber, und das Friedensedikt gewährleistet uns allen freie Religionsübung.“

„Gott gebe, daß es dabei bleibe!" seufzte der Schneider. „Aber Ihr kennt unsern Pariser Pöbel nicht. Das ist ein wildes und ein neidisches Volk und wir Hugenotten haben das Privilegium sie zu ärgern. Weil wir eingezogen, züchtig und rechtschaffen leben, so werfen sie uns vor, wir wollen uns als die Bessern von ihnen sondern; aber, gerechter Himmel! wie ist es möglich die zehn Gebote zu halten und sich nicht vor ihnen auszuzeichnen!"

Mein neuer Hauswirt verließ mich und bei der einbrechenden Dämmerung ging ich hinüber in die Wohnung des Parlamentrats. Ich fand ihn höchst niedergeschlagen.

„Ein böses Verhängnis waltet über unsrer Sache," hub er an. „Wißt Ihr es schon, Schadau? Ein vornehmer Höfling, Graf Guiche, ward diesen Morgen im Zweikampfe von einem Hugenotten erstochen. Ganz Paris ist voll davon, und ich denke, Pater Panigarola wird die Gelegenheit nicht versäumen, auf uns alle als auf eine Genossenschaft von Mördern hinzuweisen und seinen tugendhaften Gönner — denn Guiche war ein eifriger Kirchgänger — in einer seiner wirkungsvollen Abendpredigten als Märtyrer des katholischen Glaubens auszurufen... Der Kopf schmerzt mich, Schadau, und ich will mich zur Ruhe begeben. Laßt Euch von Gasparde den Abendtrunk kredenzen."

Gasparde stand während dieses Gesprächs neben dem Sitze des alten Herrn, auf dessen Rückenlehne sie sich nachdenkend stützte. Sie war heute sehr blaß und tiefernst blickten ihre großen blauen Augen.

Als wir allein waren, standen wir uns einige Augenblicke schweigend gegenüber. Jetzt stieg der schlimme Verdacht in mir auf, daß sie, die selbst mich zu ihrer Verteidigung aufgefordert, nun vor dem Blutbefleckten schaudernd zurücktrete. Die seltsamen Umstände, die mich gerettet hatten und die ich Gasparde nicht mitteilen konnte, ohne ihr calvinistisches Gefühl schwer zu verletzen, verwirrten mein Gewissen mehr, als die nach Mannesbegriffen leichte Blutschuld es belastete. Gasparde fühlte mir an, daß meine Seele beschwert war, und konnte den Grund davon allein in der Tötung des Grafen und den daraus unsrer Partei erwachsenden Nachteilen suchen.

Nach einer Weile sagte sie mit gepreßter Stimme: „Du also haft den Grafen umgebracht?"

„Ich", war meine Antwort.

Wieder schwieg sie. Dann trat sie mit plötzlichem Entschlusse an mich heran, umschlang mich mit beiden Armen und küßte mich inbrünstig auf den Mund.

„Was du immer verbrochen haft," sagte sie fest, „ich bin deine Mitschuldige. Um meinetwillen haft du die Tat begangen. Ich bin es, die dich in Sünde gestürzt hat. Du haft dein Leben für mich eingesetzt. Ich möchte es dir vergelten, doch wie kann ich es."

Ich faßte ihre beiden Hände und rief: „Gasparde, laß mich, wie heute, so morgen und immerdar dein Beschützer sein! Teile mit mir Gefahr und Rettung, Schuld und Heil! Eins und untrennbar laß uns sein bis zum Tode!"

„Eins und untrennbar!" sagte sie.

SIEBENTES KAPITEL

Seit dem verhängnisvollen Tage, an welchem ich Guiche getötet und Gaspardes Liebe gewonnen hatte, war ein Monat verstrichen. Täglich schrieb ich im Kabinett des Admirals, der mit meiner Arbeit zufrieden schien und mich mit steigendem Vertrauen behandelte. Ich fühlte, daß ihm die Innigkeit meines Verhältnisses zu Gasparde nicht unbekannt geblieben war, ohne daß er es jedoch mit einem Worte berührt hätte.

Während dieser Zeit hatte sich die Lage der Protestanten in Paris sichtlich verschlimmert. Der Einfall in Flandern war mißlungen und der Rückschlag machte sich am Hofe und in der öffentlichen Stimmung fühlbar. Die Hochzeit des Königs von Navarra mit Karls reizender aber leichtfertiger Schwester erweiterte die Kluft zwischen den beiden Parteien, statt sie zu überbrücken. Kurz vorher war Jeanne d'Albret, die wegen

ihres persönlichen Wertes von den Hugenotten hochverehrte
Mutter des Navarresen, plötzlich gestorben, an Gift, so hieß es.

Am Hochzeittage selber schritt der Admiral, statt der Messe
beizuwohnen, auf dem Platze vor Notredame in gemessenem
Gange auf und nieder und sprach, er der sonst so Vorsichtige,
ein Wort aus, das in bitterster Feindseligkeit gegen ihn aus-
gebeutet wurde. „Notredame", sagte er, „ist mit den Fahnen
behängt, die man uns im Bürgerkriege abgenommen; sie
müssen weg und ehrenvollere Trophäen an ihre Stelle!" Damit meinte er spanische Fahnen, aber das Wort wurde falsch
gedeutet.

Coligny sandte mich mit einem Auftrage nach Orleans,
wo deutsche Reiterei lag. Als ich von dort zurückkehrte und
meine Wohnung betrat, kam mir Gilbert mit entstellter Miene
entgegen.

„Wißt Ihr schon, Herr Hauptmann," jammerte er, „daß
der Admiral gestern meuchlerisch verwundet worden ist, als er
aus dem Louvre nach seinem Palaste zurückkehrte? Nicht
tödlich, sagt man; aber bei seinem Alter und der kummer-
vollen Sorge, die auf ihn lastet, wer kann wissen, wie das
endet! Und stirbt er, was soll aus uns werden?" —

Ich begab mich schleunig nach der Wohnung des Admirals,
wo ich abgewiesen wurde. Der Pförtner sagte mir, es sei
hoher Besuch im Hause, der König und die Königin Mutter.
Dies beruhigte mich, da ich in meiner Arglosigkeit daraus
schloß, unmöglich könne Katharina an der Untat Anteil haben,
wenn sie selbst das Opfer besuche. Der König aber, versicherte
der Pförtner, sei wütend über den tückischen Angriff auf das
Leben seines väterlichen Freundes.

Jetzt wandte ich meine Schritte zurück nach der Wohnung
des Parlamentrats, den ich in lebhaftem Gespräche mit einer
merkwürdigen Persönlichkeit fand, einem Manne in mittleren
Jahren, dessen bewegtes Gebärdenspiel den Südfranzosen verriet und der den St. Michaelsorden trug. Noch nie hatte ich
in klugere Augen geblickt. Sie leuchteten von Geist und in den
zahllosen Falten und Linien um Augen und Mund bewegte

sich ein unruhiges Spiel schalkhafter und scharfsinniger Ge=
danken.

„Gut, daß Ihr kommt, Schadau!" rief mir der Rat ent=
gegen, während ich unwillkürlich das unschuldige Antlitz Gas=
pardes, in dem nur die Lauterkeit einer einfachen und starken
Seele sich spiegelte, mit der weltklugen Miene des Gastes ver=
glich, „gut, daß Ihr kommt! Herr Montaigne will mich mit
Gewalt nach seinem Schlosse in Perigord entführen.".....

„Wir wollen dort den Horaz zusammen lesen," warf der
Fremdling ein, „wie wir es vorzeiten in den Bädern von Aix
taten, wo ich das Vergnügen hatte, den Herrn Rat kennen
zu lernen." —

„Meint Ihr, Montaigne," fuhr der Rat fort, „ich dürfe
die Kinder allein lassen? Gasparde will sich nicht von ihrem
Paten und dieser junge Berner sich nicht von Gasparde tren=
nen."

„Ei was," spottete Herr Montaigne sich gegen mich ver=
beugend, „sie werden, um sich in der Tugend zu stärken, das
Buch Tobiä zusammen lesen!" und den Ton wechselnd, da er
mein ernstes Gesicht sah: „Kurz und gut," schloß er, „Ihr
kommt mit mir, lieber Rat!"

„Ist denn eine Verschwörung gegen uns Hugenotten im
Werke?" fragte ich aufmerksam werdend.

„Eine Verschwörung?" wiederholte der Gascogner. „Nicht
daß ich wüßte! Wenn nicht etwa eine solche, wie sie die Wol=
ken anzetteln, bevor ein Gewitter losbricht. Vier Fünfteile
einer Nation von dem letzten Fünfteil zu etwas gezwungen,
was sie nicht wollen — das heißt zum Kriege in Flandern
— das kann die Atmosphäre schon elektrisch machen. Und,
nehmt es mir nicht übel, junger Mann, Ihr Hugenotten ver=
fehlt Euch gegen den ersten Satz der Lebensweisheit: daß man
das Volk, unter dem man wohnt, nicht durch Mißachtung
seiner Sitten beleidigen darf."

„Rechnet Ihr die Religion zu den Sitten eines Volkes?"
fragte ich entrüstet.

„In gewissem Sinne, ja," meinte er, „doch diesmal dachte

ich nur an die Gebräuche des täglichen Lebens: Ihr Huge=
notten kleidet Euch düster, tragt ernsthafte Mienen, versteht
keinen Scherz und seid so steif wie Eure Halskragen. Kurz,
Ihr schließt Euch ab, und das bestraft sich in der größten
Stadt wie auf dem kleinsten Dorfe! Da verstehn die Guisen
das Leben besser! Eben kam ich vorüber als der Herzog Hein=
rich vor seinem Palaste abstieg und den umstehenden Bür=
gern die Hände schüttelte, lustig wie ein Franzose und ge=
mütlich wie ein Deutscher! So ist es recht! Sind wir ja alle
vom Weibe geboren und ist doch die Seife nicht teuer!"

Mir schien, als ob der Gascogner schwere Besorgnis unter
diesem scherzhaften Tone verberge, und ich wollte ihn weiter
zur Rede stellen, als der alte Diener einen Boten des Admi=
rals meldete, welcher mich und Gasparde unverzüglich zu sich
berief.

Gasparde warf einen dichten Schleier über und wir eilten.

Unterwegs erzählte sie mir, was sie in meiner Abwesenheit
ausgestanden. „An deiner Seite durch einen Kugelregen zu
reiten, wäre mir ein Spiel dagegen!" versicherte sie. „Der
Pöbel in unsrer Straße ist so giftig geworden, daß ich das
Haus nicht verlassen konnte, ohne mit Schimpfworten ver=
folgt zu werden. Kleidete ich mich nach meinem Stande, so
schrie man mir nach: Seht die Übermütige! Legte ich schlich=
tes Gewand an, so hieß es: Seht die Heuchlerin! — Einen
Tag oder eine Woche hielte man das schon aus; aber wenn
man kein Ende davon absieht! — Unsere Lage hier in Paris
erinnert mich an die jenes Italieners, den sein Feind in einen
Kerker mit vier kleinen Fenstern werfen ließ. Als er am näch=
sten Morgen erwachte, waren deren nur noch drei, am folgen=
den zwei, am dritten noch eins, kurz, er begriff, daß sein höl=
lischer Feind ihn in eine Maschine gesperrt hatte, die sich all=
mählich in einen erdrückenden Sarg verwandelte." —

Unter diesen Reden waren wir in die Wohnung des Admi=
rals gelangt, der uns sogleich zu sich beschied.

Er saß aufrecht auf seinem Lager, den verwundeten linken
Arm in der Schlinge, blaß und ermattet. Neben ihm stand ein

Geistlicher mit eisgrauem Barte. Er ließ uns nicht zu Worten kommen.

„Meine Zeit ist gemessen," sprach er, „hört mich an und gehorcht mir! Du, Gasparde, bist mir durch meinen teuern Bruder blutverwandt. Es ist jetzt nicht der Augenblick etwas zu verhüllen, das du weißt und diesem nicht verborgen bleiben darf. — Deiner Mutter ist durch einen Franzosen Unrecht geschehn; ich will nicht, daß auch du unsres Volkes Sünden mitbüßest. Wir bezahlen, was unsre Väter verschuldet haben. Du aber sollst, so viel solches an mir liegt, auf deutscher Erde ein frommes und ruhiges Leben führen."

Dann sich zu mir wendend, fuhr er fort: „Schadau, Ihr werdet Eure Kriegsschule nicht unter mir durchmachen. Hier sieht es dunkel aus. Mein Leben geht zur Neige und mein Tod ist der Bürgerkrieg. Mischt Euch nicht darein, ich verbiete es Euch. — Reicht Gasparde die Hand, ich gebe sie Euch zum Weibe. Führt sie ohne Säumnis in Eure Heimat. Verlaßt dieses ungesegnete Frankreich, sobald Ihr meinen Tod erfahrt. Bereitet ihr eine Stätte auf Schweizerboden; dann nehmt Dienste unter dem Prinzen von Oranien und kämpft für die gute Sache!" —

Jetzt winkte er dem Greise und forderte ihn auf, uns zu trauen.

„Macht es kurz," flüsterte er, „ich bin müde und bedarf Ruhe."

Wir ließen uns an seinem Lager auf die Kniee nieder und der Geistliche verrichtete sein Amt, unsre Hände zusammenfügend und die liturgischen Worte aus dem Gedächtnisse sprechend.

Dann segnete uns der Admiral mit seiner ebenfalls verstümmelten Rechten.

„Lebt wohl!" schloß er, legte sich nieder und kehrte sein Antlitz gegen die Wand.

Da wir zögerten, das Gemach zu verlassen, hörten wir noch die gleichmäßigen Atemzüge des ruhig Entschlummerten.

Schweigend und in wunderbarer Stimmung kamen wir zu-

56

rück und fanden Chatillon noch in lebhaftem Gespräche mit Herrn Montaigne.

„Gewonnen Spiel!" jubelte dieser, „der Papa willigt ein und ich selbst will ihm seinen Koffer packen, denn darauf verstehe ich mich vortrefflich."

„Geht, lieber Oheim!" mahnte Gasparde, „und macht Euch keine Sorge um mich. Das ist von nun an die Sache meines Gemahls." Und sie drückte meine Hand an ihre Brust. Auch ich drang in den Rat, mit Montaigne zu verreisen.

Da mit einem Male, wie wir alle ihm zuredeten und ihn überzeugt glaubten, fragte er: „Hat der Admiral Paris verlassen?" Und als er hörte, Coligny bleibe und werde trotz des Drängens der Seinigen bleiben, auch wenn sein Zustand die Abreise erlauben sollte, da rief Chatillon mit glänzenden Augen und mit einer festen Stimme, die ich nicht an ihm kannte:

„So bleibe auch ich! Ich bin im Leben oftmals feig und selbstsüchtig gewesen; ich stand nicht zu meinen Glaubensgenossen wie ich sollte; in dieser letzten Stunde aber will ich sie nicht verlassen."

Montaigne biß sich die Lippe. Unser aller Zureden fruchtete nun nichts mehr, der Alte blieb bei seinem Entschlusse.

Jetzt klopfte ihm der Gascogner auf die Schulter und sagte mit einem Anfluge von Hohn:

„Alter Junge, du betrügst dich selbst, wenn du glaubst, daß du aus Heldenmut so handelst. Du tust es aus Bequemlichkeit. Du bist zu träge geworden, dein behagliches Nest zu verlassen selbst auf die Gefahr hin, daß der Sturm es morgen wegfegt. Das ist auch ein Standpunkt und in deiner Weise hast du recht." —

Jetzt verwandelte sich der spöttische Ausdruck auf seinem Gesichte in einen tief schmerzlichen, er umarmte Chatillon, küßte ihn und schied eilig.

Der Rat, welcher seltsam bewegt war, wünschte allein zu sein.

„Verlaßt mich, Schadau!" sagte er, mir die Hand drückend, „und kommt heute abend noch einmal vor Schlafengehen." —

Gasparde, die mich begleitete, ergriff unter der Türe plötzlich das Reisepistol, das noch in meinem Gürtel stak.

„Laß das!" warnte ich. „Es ist scharf geladen."

„Nein," lachte sie, den Kopf zurückwerfend, „ich behalte
es als Unterpfand, daß du uns diesen Abend nicht versäumst!"
und sie entfloh damit ins Haus.

ACHTES KAPITEL

Auf meinem Zimmer lag ein Brief meines Oheims im gewohnten Format, mit den wohlbekannten altmodischen Zügen
überschrieben. Der rote Abdruck des Siegels mit seiner Devise:
Pèlerin et Voyageur! war diesmal unmäßig groß geraten.

Noch hielt ich das Schreiben uneröffnet in der Hand, als
Boccard ohne anzuklopfen hereinstürzte.

„Hast du dein Versprechen vergessen, Schadau?" rief er
mir zu.

„Welches Versprechen?" fragte ich mißmutig.

„Schön!" versetzte er mit einem kurzen Lachen, das gezwungen klang. „Wenn das so fortgeht, so wirst du nächstens
deinen eignen Namen vergessen! Am Vorabende deiner Abreise nach Orleans, in der Schenke zum Mohren, hast du mir
feierlich gelobt, dein längst gegebenes Versprechen zu lösen und
unsern Landsmann, den Hauptmann Pfyffer, einmal zu begrüßen. Ich lud dich dann in seinem Auftrage zu seinem
Namensfeste in das Louvre ein.

„Heute nun ist Bartholomäustag. Der Hauptmann hat
zwar viele Namen, wohl acht bis zehn; da aber unter diesen
allen der geschundene Barthel in seinen Augen der größte
Heilige und Märtyrer ist, so feiert er als guter Christ diesen
Tag in besondrer Weise. Bliebest du weg, er legte dir's als
hugenottischen Starrsinn aus." —

Ich besann mich freilich, von Boccard häufig mit solchen
Einladungen bestürmt worden zu sein und ihn von Woche zu

Woche vertröstet zu haben. Daß ich ihm auf heute zugesagt, war mir nicht erinnerlich, aber es konnte sein.

„Boccard," sagte ich, „heute ist mir's ungelegen. Entschuldige mich bei Pfyffer und laß mich zu Hause."

Nun aber begann er auf die wunderlichste Weise in mich zu dringen, jetzt scherzend und kindischen Unsinn vorbringend, jetzt flehentlich mich beschwörend. Zuletzt fuhr er auf:

„Wie? Hältst du so dein Ehrenwort?" — Und unsicher wie ich war, ob ich nicht doch vielleicht mein Wort gegeben, konnte ich diesen Vorwurf nicht auf mir sitzen lassen und willigte endlich, wenn auch bitter ungern, ein, ihn zu begleiten. Ich marktete, bis er versprach, in einer Stunde mich freizugeben, und wir gingen nach dem Louvre.

Paris war ruhig. Wir trafen nur einzelne Gruppen von Bürgern, die sich über den Zustand des Admirals flüsternd besprachen.

Pfyffer hatte ein Gemach zu ebener Erde im großen Hofe des Louvre inne. Ich war erstaunt, seine Fenster nur spärlich erleuchtet zu sehn und Totenstille zu finden statt eines fröhlichen Festlärms. Wie wir eintraten, stand der Hauptmann allein in der Mitte des Zimmers, vom Kopfe bis zu den Füßen bewaffnet und in eine Depesche vertieft, die er aufmerksam zu lesen, ja zu buchstabieren schien, denn er folgte den Zeilen mit dem Zeigefinger der linken Hand. Er wurde meiner ansichtig und, auf mich zutretend, fuhr er mich barsch an:

„Euren Degen, junger Herr! Ihr seid mein Gefangener." — Gleichzeitig näherten sich zwei Schweizer, die im Schatten gestanden hatten. Ich trat einen Schritt zurück.

„Wer gibt Euch ein Recht an mich, Herr Hauptmann?" — rief ich aus. „Ich bin der Schreiber des Admirals."

Ohne mich einer Antwort zu würdigen, griff er mit eigner Hand nach meinem Degen und bemächtigte sich desselben. Die Überraschung hatte mich so außer Fassung gebracht, daß ich an keinen Widerstand dachte.

„Tut Eure Pflicht!" befahl Pfyffer. Die beiden Schweizer

59

nahmen mich in die Mitte und ich folgte ihnen wehrlos, einen Blick grimmigen Vorwurfs auf Boccard werfend. Ich konnte mir nichts anders denken, als daß Pfyffer einen königlichen Befehl erhalten habe, mich wegen meines Zweikampfes mit Guiche in Haft zu nehmen.

Zu meinem Erstaunen wurde ich nur wenige Schritte weit nach der mir wohlbekannten Kammer Boccards geführt. Der eine Schweizer zog einen Schlüssel hervor und versuchte zu öffnen, aber vergeblich. Es schien ihm in der Eile ein unrechter übergeben worden zu sein und er sandte seinen Kameraden zurück, um von Boccard, der bei Pfyffer geblieben war, den rechten zu fordern.

In dieser kurzen Frist vernahm ich lauschend die rauhe, scheltende Stimme des Hauptmanns: „Euer freches Stücklein kann mich meine Stelle kosten! In dieser Teufelsnacht wird uns hoffentlich keiner zur Rede stellen; doch wie bringen wir morgen den Ketzer aus dem Louvre fort? Die Heiligen mögen mir's verzeihn, daß ich einem Hugenotten das Leben rette, — aber einen Landsmann und Bürger von Bern dürfen wir von diesen verfluchten Franzosen auch nicht abschlachten lassen, — da habt Ihr wiederum recht, Boccard...“

Jetzt ging die Türe auf, ich stand in dem dunkeln Gelaß, der Schlüssel wurde hinter mir gedreht und ein schwerer Riegel vorgeschoben.

Ich durchmaß das mir von manchem Besuche her wohlbekannte Gemach, in quälenden Gedanken auf und nieder schreitend, während sich das mit Eisenstäben vergitterte, hochgelegene Fenster allmählich erhellte, denn der Mond ging auf. Der einzige wahrscheinliche Grund meiner Verhaftung, ich mochte die Sache wenden wie ich wollte, war und blieb der Zweikampf. Unerklärlich waren mir freilich Pfyffers unmutige letzte Worte; aber ich konnte dieselben mißhört haben, oder der tapfere Hauptmann war etwas bezecht. Noch unbegreiflicher, ja haarsträubend, erschien mir das Benehmen Boccards, dem ich nie und nimmer einen so schmählichen Verrat zugetraut hätte.

Je länger ich die Sache übersann, in desto beunruhigendere Zweifel und unlösbarere Widersprüche verstrickte ich mich.

Sollte wirklich ein blutiger Plan gegen die Hugenotten bestehn? War das denkbar? Konnte der König, wenn er nicht von Sinnen war, in die Vernichtung einer Partei willigen, deren Untergang ihn zum willenlosen Sklaven seiner ehrgeizigen Vettern von Lothringen machen mußte?

Oder war ein neuer Anschlag auf die Person des Admirals geschmiedet, und wollte man einen seiner treuen Diener von ihm entfernen? Aber ich erschien mir zu unbedeutend, als daß man zuerst an mich gedacht hätte. Der König hatte heftig gezürnt über die Verwundung des Admirals. Konnte ein Mensch, ohne dem Wahnsinne verfallen zu sein, von warmer Neigung zu stumpfer Gleichgültigkeit oder wildem Hasse in der Frist weniger Stunden übergehn?

Während ich so meinen Kopf zerarbeitete, schrie mein Herz, daß mein Weib mich zu dieser Stunde erwarte, die Minuten zähle, und ich hier gefangen sei, ohne ihr Nachricht geben zu können.

Noch immer schritt ich auf und nieder, als die Turmuhr des Louvre schlug; ich zählte zwölf Schläge. Es war Mitternacht. Da kam mir der Gedanke, einen Stuhl an das hohe Fenster zu rücken, in die Nische zu steigen, es zu öffnen und, an die Eisenstäbe mich anklammernd, in die Nacht auszuschauen. Das Fenster blickte auf die Seine. Alles war still. Schon wollte ich wieder ins Gemach herunterspringen, als ich meinen Blick noch über mich richtete und vor Entsetzen erstarrte.

Rechts von mir, auf einem Balkon des ersten Stockwerks, so nahe, daß ich sie fast mit der Hand erreichen konnte, erblickte ich, vom Mondlicht taghell erleuchtet, drei über das Geländer vorgebeugte, lautlos lauschende Gestalten. Mir zunächst der König mit einem Antlitz, dessen nicht unedle Züge die Angst, die Wut, der Wahnsinn zu einem Höllenausdruck verzerrten. Kein Fiebertraum kann schrecklicher sein als diese Wirklichkeit. Jetzt, da ich das längst Vergangene niederschreibe,

sehe ich den Unseligen wieder mit den Augen des Geistes —
und ich schaudere. Neben ihm lehnte sein Bruder, der Herzog
von Anjou, mit dem schlaffen, weibisch grausamen Gesichtchen und schlotterte vor Furcht. Hinter ihnen, bleich und
regungslos, die Gefaßteste von allen, stand Katharina, die
Medicäerin, mit halbgeschlossenen Augen und fast gleichgültiger
Miene.

Jetzt machte der König, wie von Gewissensangst gepeinigt,
eine krampfhafte Gebärde, als wollte er einen gegebenen Befehl zurücknehmen, und in demselben Augenblicke knallte ein
Büchsenschuß, mir schien im Hofe des Louvre.

„Endlich!" flüsterte die Königin erleichtert, und die drei
Nachtgestalten verschwanden von der Zinne.

Eine nahe Glocke begann Sturm zu läuten, eine zweite,
eine dritte heulte mit; greller Fackelschein glomm auf wie
eine Feuersbrunst, Schüsse knatterten und meine gespannte
Einbildungskraft glaubte Sterbeseufzer zu vernehmen.

Der Admiral lag ermordet, daran konnte ich nicht mehr
zweifeln. Aber was bedeuteten die Sturmglocken, die erst vereinzelt, dann immer häufiger fallenden Schüsse, die Mordrufe,
die jetzt von fern an mein lauschendes Ohr drangen? Geschah
das Unerhörte? Wurden alle Hugenotten in Paris gemeuchelt?

Und Gasparde, meine mir vom Admiral anvertraute Gasparde, war mit dem wehrlosen Alten diesen Schrecken preisgegeben! Das Haar stand mir zu Berge, das Blut gerann mir
in den Adern. Ich rüttelte an der Türe aus allen Kräften, die
eisernen Schlösser und das schwere Eichenholz wichen nicht. Ich
suchte tastend nach einer Waffe, nach einem Werkzeuge, um
sie zu sprengen, und fand keines. Ich schlug mit den Fäusten,
stieß mit den Füßen gegen die Türe und schrie nach Befreiung, — draußen im Gange blieb es totenstill.

Wieder schwang ich mich auf in die Fensternische und rüttelte wie ein Verzweifelter an dem Eisengitter, es war nicht
zu erschüttern.

Ein Fieberfrost ergriff mich und meine Zähne schlugen aufeinander. Dem Wahnsinne nahe warf ich mich auf Boccards Lager und wälzte mich in tödlicher Bangigkeit. Endlich als der Morgen zu grauen begann, verfiel ich in einen Zustand zwischen Wachen und Schlummern, der sich nicht beschreiben läßt. Ich meinte mich noch an die Eisenstäbe zu klammern und hinaus zu blicken auf die rastlos flutende Seine. Da plötzlich erhob sich aus ihren Wellen ein halbnacktes, vom Mondlichte beglänztes Weib, eine Flußgöttin auf ihre sprudelnde Urne gestützt, wie sie in Fontainebleau an den Wasserkünsten sitzen, und begann zu sprechen. Aber ihre Worte richteten sich nicht an mich, sondern an eine Steinfrau, die dicht neben mir die Zinne trug, auf welcher die drei fürstlichen Verschwörer gestanden.

„Schwester," frug sie aus dem Flusse, „weißt vielleicht du, warum sie sich morden? Sie werfen mir Leichnam auf Leichnam in mein strömendes Bett und ich bin schmierig von Blut. Pfui, pfui! Machen vielleicht die Bettler, die ich abends ihre Lumpen in meinem Wasser waschen sehe, den Reichen den Garaus?"

„Nein," raunte das steinerne Weib, „sie morden sich, weil sie nicht einig sind über den richtigen Weg zur Seligkeit." — Und ihr kaltes Antlitz verzog sich zum Hohn, als belache sie eine ungeheure Dummheit...

In diesem Augenblicke knarrte die Türe, ich fuhr auf aus meinem Halbschlummer und erblickte Boccard, blaß und ernst wie ich ihn noch nie gesehen hatte, und hinter ihm zwei seiner Leute, von welchen einer einen Laib Brot und eine Kanne Wein trug.

„Um Gottes willen, Boccard," rief ich und stürzte ihm entgegen, „was ist heute nacht vorgegangen?... Sprich!"

Er ergriff meine Hand und wollte sich zu mir auf das Lager setzen. Ich sträubte mich und beschwor ihn zu reden.

„Beruhige dich!" sagte er. „Es war eine schlimme Nacht. Wir Schweizer können nichts dafür, der König hat es befohlen."

„Der Admiral ist tot?" frug ich, ihn starr ansehend.

Er bejahte mit einer Bewegung des Hauptes.

„Und die andern hugenottischen Führer?"

„Tot. Wenn nicht der eine oder andere, wie der Navarrese, durch besondere Gunst des Königs verschont blieb."

„Ist das Blutbad beendigt?"

„Nein, noch wütet es fort in den Straßen von Paris. Kein Hugenott darf am Leben bleiben."

Jetzt zuckte mir der Gedanke an Gasparde wie ein glühender Blitz durchs Gehirn und alles andere verschwand im Dunkel.

„Laß mich!" schrie ich. „Mein Weib! mein armes Weib!"

Boccard sah mich erstaunt und fragend an. „Dein Weib? Bist du verheiratet?"

„Gib Raum, Unseliger!" rief ich und warf mich auf ihn, der mir den Ausweg vertrat. Wir rangen miteinander und ich hätte ihn übermannt, wenn nicht einer seiner Schweizer ihm zu Hilfe gekommen wäre, indes der andere die Türe bewachte.

Ich wurde auf das Knie gedrückt.

„Boccard!" stöhnte ich. „Im Namen des barmherzigen Gottes — bei allem, was dir teuer ist — bei dem Haupte deines Vaters — bei der Seligkeit deiner Mutter — erbarm' dich meiner und laß mich frei! Ich sage dir, Mensch, daß mein Weib da draußen ist — daß sie vielleicht in diesem Augenblick gemordet — daß sie vielleicht in diesem Augenblick mißhandelt wird! Oh, oh!" — und ich schlug mit geballter Faust gegen die Stirn.

Boccard erwiderte begütigend, wie man mit einem Kranken spricht: „Du bist von Sinnen, armer Freund! Du könntest nicht fünf Schritte ins Freie tun, bevor dich eine Kugel niederstreckte! Jedermann kennt dich als den Schreiber des Admirals. Nimm Vernunft an! Was du verlangst, ist unmöglich." —

Jetzt begann ich auf den Knieen liegend zu schluchzen wie ein Kind.

Noch einmal, halb bewußtlos wie ein Ertrinkender, erhob ich das Auge nach Rettung, während Boccard schweigend die im Ringen zerrissene Seidenschnur wieder zusammenknüpfte, an der die Silbermünze mit dem Bildnis der Madonna tief niederhing.

„Im Namen der Muttergottes von Einsiedeln!" flehte ich mit gefalteten Händen.

Jetzt stand Boccard wie gebannt, die Augen nach oben gewendet und etwas murmelnd wie ein Gebet. Dann berührte er das Medaillon mit den Lippen und schob es sorgfältig wieder in sein Wams.

Noch schwiegen wir beide, da trat, eine Depesche emporhaltend, ein junger Fähnrich ein.

„Im Namen des Königs und auf Befehl des Hauptmanns," sagte er, „nehmt zwei Eurer Leute, Herr Boccard, und überbringt eigenhändig diese Order dem Kommandanten der Bastille." — Der Fähnrich trat ab.

Jetzt eilte Boccard, nach einem Augenblicke des Besinnens, das Schreiben in der Hand, auf mich zu:

„Tausche schnell die Kleider mit Cattani hier!" flüsterte er. „Ich will es wagen. Wo wohnt sie?" —

„Isle St. Louis."

„Gut. Labe dich noch mit einem Trunke, du hast Kraft nötig."

Nachdem ich eilig meiner Kleider mich entledigt, warf ich mich in die Tracht eines königlichen Schweizers, gürtete das Schwert um, ergriff die Hallebarde und Boccard, ich und der zweite Schweizer, wir stürzten ins Freie.

NEUNTES KAPITEL

Schon im Hofe des Louvre bot sich meinen Augen ein schrecklicher Anblick. Die Hugenotten vom Gefolge des Königs von Navarra lagen hier, frisch getötet, manche noch röchelnd, in Haufen übereinander. Längs der Seine weiter eilend begegneten wir auf jedem Schritte einem Greuel. Hier lag ein armer Alter mit gespaltenem Schädel in seinem Blute, dort sträubte sich ein totenblasses Weib in den Armen eines rohen Lanzenknechts. Eine Gasse lag still wie das Grab, aus einer andern erschollen noch Hilferufe und mißtönige Sterbe= seufzer.

Ich aber, unempfindlich für diese unfaßbare Größe des Elends, stürmte wie ein Verzweifelter vorwärts, so daß mir Boccard und der Schweizer kaum zu folgen vermochten. End= lich war die Brücke erreicht und überschritten. Ich stürzte in vollem Laufe nach dem Hause des Rats, die Augen unver= wandt auf seine hoch gelegenen Fenster geheftet. An einem derselben wurden ringende Arme sichtbar, eine menschliche Ge= stalt mit weißen Haaren ward hinausgedrängt. Der Unglück= liche, es war Chatillon, klammerte sich einen Augenblick noch mit schwachen Händen an das Gesims, dann ließ er es los und stürzte auf das Pflaster. An dem Zerschmetterten vor= über, erklomm ich in wenigen Sprüngen die Treppe und stürzte in das Gemach. Es war mit Bewaffneten gefüllt und ein wilder Lärm erscholl aus der offenen Türe des Bibliothek= zimmers. Ich bahnte mir mit meiner Hallebarde den Weg und erblickte Gasparde, in eine Ecke gedrängt und von einer gierigen, brüllenden Meute umstellt, die sie, mein Pistol in der Hand und bald auf diesen bald auf jenen zielend, von sich abhielt. Sie war farblos wie ein Wachsbild und aus ihren weit geöffneten blauen Augen sprühte ein schreckliches Feuer.

Alles vor mir niederwerfend, mit einem einzigen Anlaufe, war ich an ihrer Seite und „Gott sei Dank, du bist es!“ rief sie noch und sank mir dann bewußtlos in die Arme.

Unterdessen war Boccard mit dem Schweizer nachgedrun= gen. „Leute!“ drohte er, „im Namen des Königs verbiete ich euch, diese Dame nur mit einem Finger zu berühren! Zurück, wem sein Leben lieb ist! Ich habe Befehl, sie ins Louvre zu bringen!“

Er war neben mich getreten und ich hatte die ohnmächtige Gasparde in den Lehnstuhl des Rats gelegt.

Da sprang aus dem Getümmel ein scheußlicher Mensch mit blutigen Händen und blutbeflecktem Gesichte hervor, in dem ich den verfemten Lignerolles erkannte.

66

„Lug und Trug!" schrie er, „das, Schweizer? — Ver-
kappte Hugenotten sind's und von der schlimmsten Sorte!
Dieser hier — ich kenne dich wohl, vierschrötiger Halunke —
hat den frommen Grafen Guiche gemordet und jener war dabei. Schlagt tot! Es ist ein verdienstliches Werk diese schurki-
schen Ketzer zu vertilgen! Aber rührt mir das Mädel nicht an
— die ist mein!"

Und der Verwilderte warf sich wütend auf mich.

„Bösewicht," rief Boccard, „dein Stündlein ist gekommen!
Stoß zu, Schadau!" Rasch drängte er mit geschickter Parade
die ruchlose Klinge in die Höhe und ich stieß dem Buben mein
Schwert bis an das Heft in die Brust. Er stürzte.

Ein rasendes Geheul erhob sich aus der Rotte.

„Weg von hier!" winkte mir der Freund. „Nimm dein
Weib auf den Arm und folge mir!"

Jetzt griffen Boccard und der Schweizer mit Hieb und Stoß
das Gesindel an, das uns von der Türe trennte und brachen
eine Gasse, durch die ich, Gasparde tragend, schleunig nachschritt.

Wir gelangten glücklich die Treppen hinunter und betraten
die Straße. Hier hatten wir vielleicht zehn Schritte getan, da
fiel ein Schuß aus einem Fenster. Boccard schwankte, griff
mit unsicherer Hand nach dem Medaillon, riß es hervor,
drückte es an die erblassenden Lippen und sank nieder.

Er war durch die Schläfe getroffen. Der erste Blick über-
zeugte mich, daß ich ihn verloren hatte, der zweite, nach dem
Fenster gerichtete, daß ihn der Tod aus meinem Reiterpistol
getroffen, welches Gaspardes Hand entfallen war und das
jetzt der Mörder frohlockend emporhielt. Die scheußliche Horde
an den Fersen, riß ich mich mit blutendem Herzen von dem
Freunde los, bei dem sein treuer Soldat niederkniete, bog um
die nahe Ecke in das Seitengäßchen, wo meine Wohnung gelegen war, erreichte sie unbemerkt und eilte durch das ausge-
storbene Haus mit Gasparde hinauf in meine Kammer.

Auf dem Flur des ersten Stockwerkes schritt ich durch breite
Blutlachen. Der Schneider lag ermordet, sein Weib und seine
vier Kinder, am Herd in ein Häuflein zusammengesunken,

schliefen den Todesschlummer. Selbst der kleine Pudel, des Hauses Liebling, lag verendet bei ihnen. Blutgeruch erfüllte das Haus. Die letzte Treppe ersteigend, sah ich mein Zimmer offen, die halb zerschmetterte Türe schlug der Wind auf und zu.

Hier hatten die Mörder, da sie mein Lager leer fanden, nicht lange geweilt, das ärmliche Aussehen meiner Kammer versprach ihnen keine Beute. Meine wenigen Bücher lagen zerrissen auf dem Boden zerstreut, in eines derselben hatte ich, als mich Boccard überraschte, den Brief meines Ohms geborgen, er war herausgefallen und ich steckte ihn zu mir. Meine kleine Barschaft trug ich noch von der Reise her in einem Gurt auf dem Leibe.

Ich hatte Gasparde auf mein Lager gebettet, wo die Bleiche zu schlummern schien, und stand neben ihr, überlegend was zu tun sei. Sie war unscheinbar wie eine Dienerin gekleidet, wohl in der Absicht mit ihrem Pflegevater zu fliehen. Ich trug die Tracht der Schweizergarde.

Ein wilder Schmerz bemächtigte sich meiner über all das frevelhaft vergossene teure und unschuldige Blut. „Fort aus dieser Hölle!" sprach ich halblaut vor mich hin.

„Ja, fort aus dieser Hölle!" wiederholte Gasparde, die Augen öffnend und sich auf dem Lager in die Höhe richtend. „Hier ist unsres Bleibens nicht! Zum ersten nächsten Tore hinaus!"

„Bleibe noch ruhig!" erwiderte ich. „Unterdessen wird es Abend und die Dämmerung erleichtert uns vielleicht das Entrinnen."

„Nein, nein," versetzte sie bestimmt, „keinen Augenblick länger bleibe ich in diesem Pfuhl! Was liegt am Leben, wenn wir zusammen sterben! Laß uns geradenwegs auf das nächste Tor zugehn. Werden wir überfallen und wollen sie mich mißhandeln, so erstichst du mich, und erschlägst ihrer zwei oder drei, so sterben wir nicht ungerächt. — Versprich mir das!" —

Nach einigem Überlegen willigte ich ein, da es auch mir besser schien, um jeden Preis der Not ein Ende zu machen. Konnte doch der Mord morgen von neuem beginnen, waren doch die Tore nachts strenger bewacht als am Tage.

Wir machten uns auf den Weg, durch die blutgetränkten Gassen langsam nebeneinander wandelnd unter einem wolkenlosen, dunkelblauen Augusthimmel.

Unangefochten erreichten wir das Tor.

Im Torwege vor dem Pförtchen der Wachtstube stand mit verschränkten Armen ein lothringischer Kriegsmann mit der Feldbinde der Guisen, der uns mit stechendem Blicke musterte.

„Zwei wunderliche Vögel!" lachte er. „Wo hinaus, Herr Schweizer, mit Euerm Schwesterchen?"

Das Schwert lockernd schritt ich näher, entschlossen ihm die Brust zu durchbohren; denn ich war des Lebens und der Lüge müde.

„Bei den Hörnern des Satans! Seid Ihr es, Herr Schadau?" sagte der lothringische Hauptmann, bei dem letzten Worte seine Stimme dämpfend. „Tretet ein, hier stört uns niemand."

Ich blickte ihm ins Gesicht und suchte mich zu erinnern. Mein ehemaliger böhmischer Fechtmeister tauchte mir auf.

„Ja freilich bin ich es," fuhr er fort, da er meinen Gedanken mir im Auge las, „und bin's, wie mir dünkt, zur gelegenen Stunde."

Mit diesen Worten zog er mich in die Stube und Gasparde folgte.

In dem dumpfigen Raume lagen auf einer Bank zwei betrunkene Kriegsknechte, Würfel und Becher neben ihnen am Boden.

„Auf, ihr Hunde!" fuhr sie der Hauptmann an. Der eine erhob sich mühsam. Er packte ihn am Arme und stieß ihn vor die Türe mit den Worten: „Auf die Wache, Schuft! Du bürgst mir mit deinem Leben, daß niemand passiert!" — Den andern, der nur einen grunzenden Ton von sich gegeben hatte, warf er von der Bank und stieß ihn mit dem Fuße unter dieselbe, wo er ruhig fortschnarchte.

„Jetzt belieben die Herrschaften Platz zu nehmen!" und er zeigte mit einer kavaliermäßigen Handbewegung auf den schmutzigen Sitz.

Wir ließen uns nieder, er rückte einen zerbrochenen Stuhl herbei, setzte sich rittlings darauf, den Ellbogen auf die Lehne stützend, und begann in familiärem Tone:

„Nun laßt uns plaudern! Euer Fall ist mir klar, Ihr braucht ihn mir nicht zu erläutern. Ihr wünscht einen Paß nach der Schweiz, nicht wahr? — Ich rechne es mir zur Ehre, Euch einen Gegendienst zu leisten für die Gefälligkeit, mit der Ihr mir seinerzeit das schöne wirtembergische Siegel gezeigt habt, weil Ihr wußtet, ich sei ein Kenner. Eine Hand wäscht die andere. Siegel gegen Siegel. Diesmal kann i ch Euch mit einem aushelfen."

Er kramte in seiner Brieftasche und zog mehrere Papiere heraus.

„Seht, als ein vorsichtiger Mann ließ ich mir für alle Fälle von meinem gnädigen Herzog Heinrich für mich und meine Leute, die wir gestern nacht dem Admiral unsre Aufwartung machten," diese Worte begleitete er mit einer Mordgebärde, vor der mir schauderte, „die nötigen Reisepapiere geben. Der Streich konnte fehlen. Nun, die Heiligen haben sich dieser guten Stadt Paris angenommen! — Einer der Pässe — hier ist er — lautet auf einen beurlaubten königlichen Schweizer, den Furier Koch. Steckt ihn zu Euch! er gewährt Euch freie Straße durch Lothringen an die Schweizergrenze. Das wäre nun in Ordnung. — Was das Fortkommen mit Euerm Schätz= chen betrifft, zu dem ich Euch, ohne Schmeichelei, Glück wünsche," hier verneigte er sich gegen Gasparde, „so wird die schöne Dame schwerlich gut zu Fuße sein. Da kann ich Euch denn zwei Gäule abtreten, einen sogar mit Damensattel — denn auch ich bin nicht ungeliebt und pflege selbander zu rei= ten. Ihr gebt mir dafür vierzig Goldgulden, bar, wenn Ihr es bei Euch habt, sonst genügt mir Euer Ehrenwort. Sie sind etwas abgejagt, denn wir wurden Hals über Kopf nach Paris aufgeboten; aber bis an die Grenze werden sie noch dauern." Und er rief durch das Fensterchen einem Stalljungen, der am Tore herumlungerte, den Befehl zu, schleunig zu satteln.

Während ich ihm das Geld, fast mein ganzes Besitztum, auf die Bank vorzählte, sagte der Böhme:

„Ich habe mit Vergnügen vernommen, daß Ihr Euerm Fechtmeister Ehre gemacht habt. Freund Lignerolles hat mir alles erzählt. Er wußte Euern Namen nicht, aber ich erkannte

Euch gleich aus seiner Beschreibung. Ihr habt den Guiche erstochen! Alle Wetter, das will etwas heißen. Ich hätte Euch das nie zugetraut. Freilich meinte Lignerolles, Ihr hättet Euch die Brust etwas gepanzert. Das sieht Euch nicht gleich, doch zuletzt hilft sich jeder wie er kann."

Während dieses grausigen Geplauders saß Gasparde stumm und bleich. Jetzt wurden die Tiere vorgeführt, der Böhme half ihr, die unter seiner Berührung zusammenschrak, kunstgerecht in den Sattel, ich schwang mich auf das andere Roß, der Hauptmann grüßte, und wir sprengten durch den hallenden Torweg und über die donnernde Brücke gerettet von dannen.

ZEHNTES KAPITEL

Zwei Wochen später, an einem frischen Herbstmorgen ritt ich mit meinem jungen Weibe die letzte Höhe des Gebirgszuges hinan, der die Freigrafschaft von dem neuenburgischen Gebiete trennt. Der Grat war erklommen, wir ließen unsre Pferde grasen und setzten uns auf ein Felsstück.

Eine weite friedliche Landschaft lag in der Morgensonne vor uns ausgebreitet. Zu unsern Füßen leuchteten die Seen von Neuenburg, Murten und Biel; weiterhin dehnte sich das frischgrüne Hochland von Fryburg mit seinen schönen Hügellinien und dunkeln Waldsäumen; die eben sich entschleiernden Hochgebirge bildeten den lichten Hintergrund.

„Dies schöne Land also ist deine Heimat und endlich evangelischer Boden?" fragte Gasparde.

Ich zeigte ihr links das in der Sonne blitzende Türmchen des Schlosses Chaumont.

„Dort wohnt mein guter Ohm. Noch ein paar Stunden, und er heißt dich als sein geliebtes Kind willkommen! — Hier unten an den Seen ist evangelisches Land, aber dort drüben, wo du die Turmspitzen von Fryburg erkennen kannst, beginnt das katholische."

Als ich Fryburg nannte, verfiel Gasparde in Gedanken.

„Boccards Heimat!" sagte sie dann. „Erinnerst du dich noch, wie froh er an jenem Abende war, als wir uns zum ersten Male bei Melun begegneten! Nun erwartet ihn sein Vater vergebens, — und für mich ist er gestorben."

Schwere Tropfen sanken von ihren Wimpern.

Ich antwortete nicht, aber blitzschnell zog an meiner Seele die Geschichte der verhängnisvollen Verkettung meines Loses mit dem meines heitern Landsmannes vorüber und meine Gedanken verklagten und entschuldigten sich untereinander.

Unwillkürlich griff ich an meine Brust auf die Stelle, wo Boccards Medaille mir den Todesstoß aufgehalten hatte.

Es knisterte in meinem Wams wie Papier; ich zog den vergessenen, noch ungelesenen Brief meines Ohms heraus und erbrach das unförmliche Siegel. Was ich las, versetzte mich in schmerzliches Erstaunen. Die Zeilen lauteten:

Lieber Hans!

Wenn Du dieses liesest, bin ich aus dem Leben oder vielmehr bin ich in das Leben gegangen.

Seit einigen Tagen fühle ich mich sehr schwach, ohne gerade krank zu sein. In der Stille leg' ich ab Pilgerschuh und Wanderstab. Dieweil ich noch die Feder führen kann, will ich Dir selbst meine Heimfahrt melden und den Brief an Dich eigenhändig überschreiben, damit eine fremde Handschrift Dich nicht betrübe. — Bin ich hinüber, so hat der alte Jochem den Auftrag, ein Kreuz zu meinem Namen zu setzen und den Brief zu siegeln. Rot, nicht schwarz. Ziehe auch kein Trauergewand um mich an, denn ich bin in der Freude. Ich lasse Dir mein irdisches Gut, vergiß Du das himmlische nicht.

Dein treuer Ohm R e n a t.

Daneben war mit ungeschickter Hand ein großes Kreuz gemalt. Ich kehrte mich ab und ließ meinen Tränen freien Lauf. Dann erhob ich das Haupt und wandte mich zu Gasparde, die mit gefalteten Händen an meiner Seite stand, um sie in das verödete Haus meiner Jugend einzuführen.

DER SCHUSS VON DER KANZEL

ERSTES KAPITEL

Zween geistliche Männer stiegen in der zweiten Abendstunde eines Oktobertages von dem hochgelegenen Utikon nach dem Landungsplatze Obermeilen hinunter. Der kürzeste Weg vom Pfarrhause, das bequem neben der Kirche auf der ersten mit Wiesen und Fruchtbäumen bedeckten Stufe des Höhenzuges lag, nach der durch ein langes Gemäuer, einen sogenannten Hacken, geschützten Seebucht, führte sie durch leere Weinberge. Die Lese war beendigt. Zur Rechten und Linken zeigte der Weinstock nur gelbe oder zerrissene Blätter, und auf den das Rebgelände durchziehenden dunkelgrünen Rasenstreifen blühte die Zeitlose. Nur aus der Ferne, wo vielleicht ein erfahrener Mann seinen Wein außergewöhnlich lange hatte ausreifen lassen, damit der Tropfen um so kräftiger werde, scholl zuweilen ein vereinzeltes Winzerjauchzen herüber.

Die beiden schritten, wie von einem Herbstgefühle gedrückt, ohne Worte einer hinter dem andern. Auch bot ihnen der mit ungleichen Steinplatten und Blöcken belegte steile Abstieg eine unbequeme Treppe und wurden sie vom Winde, der aus Westen her in rauhen Stößen über den See fuhr, zuweilen hart gezaust.

Die ersten Tage der Lese waren die schönsten des Jahres gewesen. Eine warme Föhnluft hatte die Schneeberge und den Schweizersee auf ihre Weise idealisiert, die Reihe der einen zu einem einzigen stillen, großen Leuchten verbunden, den andern mit dem tiefen und kräftigen Farbenglanze einer südlichen Meerbucht übergossen, als gelüste sie eine bacchische Landschaft, ein Stück Italien, über die Alpen zu versetzen.

Heute aber blies ein heftiger Querwind und die durch grelle

73

Lichter und harte Schatten entstellten Hochgebirge traten in schroffer, fast barocker Erscheinung dem Auge viel zu nahe.

„Pfannenstiel, dein Vorhaben entbehrt der Vernunft!" sagte nun plötzlich der Vorangehende, ein kurzer, stämmiger, trotz seiner Jugend fast etwas beleibter Mann, stand still und kehrte sein blühendes Gesicht rasch nach dem schmalen und hagern Gefährten um.

Dieser stolperte zur Antwort über einen Stein; denn er hatte den Blick bis jetzt unverwandt auf die Turmspitze von Mythikon geheftet, die am jenseitigen Ufer über einer dunkel bewaldeten Halbinsel als schlanke Nadel in den Himmel auf=stach. Nachdem er seine langen Beine wieder in richtigen Gang gebracht hatte, erwiderte er in angenehmem Brusttone:

„Ich bilde mir ein, Rosenstock, der General werde mich nicht wie ein Lästrygone empfangen. Er ist mein Verwandter, wenn auch in entferntem Grade, und gestern noch habe ich ihm meine Dissertation über die Symbolik der Odyssee mit einer artigen Widmung zugesendet."

„Heilige Einfalt!" brummte Rosenstock, der sein kräftiges Kolorit dem Gewerbe seiner Väter verdankte, die seit Menschen=gedenken eine in Zürich namhafte Fleischer= und Wurster=familie gewesen, „du kennst ihn schlecht, den da drüben!" und er deutete mit einer kurzen Bewegung seines runden Kinns über den See nach einem Landhause von italienischer Bauart, das an der nördlichen Einbuchtung der eichenbestandenen Halb=insel lag. „Er ist für seine Verwandten nicht zärtlich, und deine schwärmerische Dissertation, die übrigens alle Verständi=gen befremdet hat, spottet er dir zu Schanden." Der Pfarrer von Ütikon blies in die Luft, als formte er eine schillernde Seifenblase, dann fuhr er nach einer Weile fort:

„Glaube mir, Pfannenstielchen, du hast besser mit den beiden Narren dort drüben, den Wertmüllern, nichts zu schaf=fen. Der General ist eine Brennessel, die keiner ungestochen be=rührt, und sein Vetter, der Pfarrer von Mythikon, das alte Kind, bringt unsern Stand in Verruf mit seiner Meute, sei=nem Gewehrkasten und seinem unaufhörlichen Puffen und

Knallen. Du haſt ja ſelbſt im Frühjahre als Vikar genug darunter zu leiden gehabt. Freilich die Rahel mit ihrem feinge-
bogenen Näschen und ihrem roten Kirſchmunde! Aber ſie liebt
dich nicht! Die Junkerin wird ſchließlich bei einem Junker anlangen. Es heißt, ſie ſei mit dem Leo Kilchſperger verlobt.
Doch laß dich's, hörſt du, nicht anfechten. Ein Korb iſt noch
lange kein Consilium abeundi. Um dich zu tröſten: Auch ich
habe deren einige erhalten, und, ſiehe, ich lebe und gedeihe,
bin auch vor kurzem in den Stand der Ehe getreten.“

Der lange Kandidat warf unter ſeinen blonden, vom Winde
verwehten Haaren hervor einen Blick der Verzweiflung auf
den Kollegen und ſeufzte erbärmlich. Ihm mangelte die deſſen
Herzmuskel bekleidende Fettſchicht.

„Weg! fort von hier!“ rief er dann ſchmerzvoll aufgeregt.
„Ich gehe hier zugrunde! Der General wird mir die erledigte
Feldkaplanei ſeiner venezianiſchen Kompagnie nicht verwei-
gern.“

„Pfannenſtiel, ich wiederhole dir, dein Vorhaben entbehrt
der Vernunft! Bleibe im Lande und nähre dich redlich.“

„Du nimmſt mir allen Lebensatem,“ klagte der Blonde.
„Ich ſoll nicht fort, und kann nicht bleiben. Wohin ſoll ich
denn? Ins Grab?“

„Schäme dich! Deine Knabenſchuhe vertreten ſollſt du! Der
Gedanke mit der venezianiſchen Feldkaplanei wäre an ſich ſo
übel nicht. Das heißt, wenn du ein reſoluter Menſch wäreſt
und nicht ſo blaue unſchuldige Kinderaugen hätteſt. Der General hat ſie neulich mir angetragen. Ein ſo geräumig entwickel-
ter Bruſtkaſten würde ſeinen Leuten imponieren, meinte er.
Natürlich Affenpoſſen! Denn er weiß, daß ich ein befeſtigter
Menſch bin und meinen Weinberg nicht verlaſſe.“

„Warſt du drüben?“

„Vorgeſtern.“ — Dem Utikoner ſtieg ein Zorn in den
Kopf. — „Seit er wieder hier iſt — nicht länger als eine
Woche — hat der alte Störefried richtig Stadt und See in
Aufruhr gebracht. Er komme, vor dem nächſten Feldzuge ſein
Haus zu beſtellen, ſchrieb er von Wien. Nun er kam, und es

begann ein Rollen von Karossen am linken Seeufer nach der Au zu. Die Landenberge, die Schmidte, die Reinharte, alle seine Verwandten, die den ergrauten Freigeist und Spötter sonst mieden wie einen Verpesteten, alle kamen und wollten ihn beerben. Er aber ist nie zu Hause, sondern fährt wie ein Satan auf dem See herum, blitzschnell in einer zwölfrudrigen Galeere, die er mit seinen Leuten bemannt. Meine Pfarrkinder reißen die Augen auf, werden unruhig und munkeln von Hexerei. Nicht genug! Vom Eindunkeln an bis gegen Morgen steigen feurige Drachen und Scheine aus den Schlöten des Auhauses auf. Der General, statt wie ein Christenmensch zu schlafen, schmiedet und schlossert zuweilen die ganze Nacht hindurch. Kunstreiche Schlösser, wahre Prachtstücke, hab' ich von seiner Arbeit gesehn, die kein Dietrich öffnet, für Leute, sagte er mit einem boshaften Seitenblicke auf meine apostolische Armut, die Schätze sammeln, welche von Dieben gestohlen und von Motten gefressen werden. Nun du begreifst, die Funkengarbe spielt ihre Rolle und wird als Straße des Höllenfürsten durch den Schornstein viel betrachtet und reichlich besprochen. So wuchs die Gärung. Die Leute aufklären ist von eitel bösen Folgen. Ich wählte den kürzeren Weg und ging hinüber, den General als Freund zu warnen. Kreuzsapperlot, an den Abend werd' ich mein Lebtag denken. Meine Warnung beseitigte er mit einem Hohnlächeln, dann faßte er mich am Rockknopfe und ein Diskurs bricht los, wie Sturm und Wirbelwind, sag' ich dir, Pfannenstiel. Mit abgerissenen Knöpfen und gerädert kam ich nach Hause. Mosler hat er mir vorgesetzt, aber mit den größten Bosheiten vergällt. Natürlich sprach er von seinem Testamente, denn das ist jetzt sein Steckenpferd. „Ihr steht auch darin, Ehrwürden!" Ich erschrecke. „Nun, ich will Euch den Paragraphen weisen." Er öffnet das Konvolut. „Leset." Ich lese, und was lese ich, Pfannenstiel?

... „Item, meinem schätzbaren Freunde, dem Pfarrer Rosenstock, zwei hohle Hemdknöpfe von Messing mit einer Glasscheibe versehen, worunter auf grünem Grunde je drei winzige Würfelchen liegen. Gestikuliert der Herr auf der Kanzel nun mit der Rechten, nun mit der Linken, und schüttelt besagte Würfelchen auf eine ungezwungene Weise, so kann er vermittelst wiederholter schräger Blicke bei währendem Sermone mit sich selbst ein kurzweiliges Spielchen machen. Vorgenannte Knöpfe sind in Algier, Tunis und Tripolis bei den Andächtigen beliebt und finden ihre Anwendung in den Moscheen während der Vorlesung des Korans"...

„Nun denke dir, Pfannenstiel, das Ärgernis bei Eröffnung des Testamentes! — Der Bösewicht ließ sich dann erbitten, mir die Gabe gleich einzuhändigen und den Paragraphen zu streichen. Hier!" Und Rosenstock hob das niedliche Spielzeug aus seiner Brusttasche.

„Das ist ja eine ganz ruchlose Erfindung," sagte Pfannenstiel mit einem Anfluge von Lächeln, denn er kannte die Neigung des Utikoners zum Würfelspiele, „und du meinst, der General ist allen geistlichen Leuten aufsässig?"

„Allen ohne Ausnahme, seit er puncto gottloser Reden prozessiert und um eine schwere Summe gebüßt wurde!"

„Ist ihm nicht zu viel geschehen?" fragte Pfannenstiel, der sich den helvetisch reformierten Glaubensbegriff mit etwas bescheidener Mystik versüßte und in dem keine Ader eines kirchlichen Verfolgers war.

„Durchaus nicht. Nur mußte er die ganze große Rechnung auf einmal bezahlen. Auf seinem ganzen Lebenswege, von Jugend an, hat er blasphemiert und das wurde dann so gesammelt, das summierte sich dann so. Als er endlich in unserm letzten Bürgerkriege Rapperswyl vergeblich belagerte, ohne Menschenleben zu schonen, was die erste Pflicht eines republikanischen Heerführers ist, erbitterte er die öffentliche Meinung gegen sich und wir durften ihm an den Kragen. Da wurde ihm eingetränkt, was er alles an unserer Landeskirche gefrevelt hatte. Jetzt freilich dürfen wir dem Feldherrn der apostolischen Majestät weiter nichts anhaben, sonst wird er uns zum Possen noch katholisch und das zweite Ärgernis schlimmer als das erste. Man erzählt sich, er tafle in Wien mit Jesuiten und Kapuzinern. — Wir geistlichen Leute sind eben, so oder so betitelt und verkleidet, in der Welt nicht zu entbehren!"

Der Ütikoner belachte seinen Scherz und blieb stehen. „Hier ist die Grenze meines Weinbergs", sagte er. Mit diesem Ausdrucke bezeichnete er seine Gemeinde. „Willst du nach dem Erzählten noch hinüber zum Generale? Pfannenstiel, begehst du die Torheit?"

„Ich will es ein bißchen mit der Torheit versuchen, die Weisheit hat mir bis jetzt nur herbe Früchte gezeitigt", erwiderte Pfannenstiel sanftmütig und schied von seinem gestrengen Kollegen.

ZWEITES KAPITEL

Wenig später saß der verliebte und verzweifelnde Kandidat auf dem Querbrette eines langen und schmalen Nachens, den der junge Schiffmann Bläuling mitten über die Seebreite mit kaum aus dem Wasser gehobenem Ruder der Au zulenkte.

Schon warf das schweigsame Eichendunkel seine schwarzen Abendschatten weit auf die schauernden Gewässer hinaus. Bläuling, ein ernsthafter, verschlossener Mensch mit regelmäßigen Gesichtszügen, tat den Mund nicht auf. Sein Nachen schoß gleichmäßig und kräftig, wie ein selbständiges Wesen durch die unruhige Flut. Auf und nieder war der ganze See mit gewölbten Segeln bevölkert; denn es war Sonnabend und die Schiffe kehrten von dem gestrigen städtischen Wochenmarkte heim. Drei Segel flogen heran, die eine Figur mit sich verschiebenden Endpunkten bildeten, und schlossen das Schifflein des Kandidaten in ihre Linien ein. „Nehmt mich mit in die weite Freiheit!" flehte er sie unbewußt an, aber sie entließen ihn wieder aus ihrem wandernden Netze.

Unterdessen näherte sich zusehends das Landhaus des Generals und entwickelte seine Fassade. Der fest, aber leicht auf=

strebende Bau hatte nichts zu tun mit den landesüblichen Hoch-
giebeln und es war, als hätte er bei seiner Eigenart die Einsamkeit absichtlich aufgesucht.

„Dort ist das Kämmerlein der Türkin", ließ sich jetzt der
schweigsame Bläuling vernehmen, indem seine Rechte das Ruder fahren ließ und nach der Südecke des Hauses zeigte.

„Der Türkin?" Der ganze Kandidat wurde zu einem be-
denklichen Fragezeichen.

„Nun ja, der Türkin des Wertmüllers; er hat sie aus dem
Morgenlande heimgebracht, wo er für den Venezianer Krieg
führte. Ich habe sie schon oft gesehen, ein hübsches Weibsbild
mit goldenem Kopfputze und langen, offenen Haaren; gewöhnlich wenn ich vorüberfahre, legt sie die Finger an den
Mund, als pfiffe sie einem Mannsvolk; aber gegenwärtig liegt
sie nicht im Fenster."

Ein langgezogener Ruf schnitt durch die Lüfte, gerade über
die Barke hin: „Sweine-und!" scholl es vernehmlich vom
Ufer her.

Der aufgebrachte Bläuling schlug sein Ruder ins Wasser,
daß zischend und spritzend ein breiter Strahl an der Seite des
Fahrzeuges emporschoß.

„So wird man", zürnte er, „seit den paar Tagen, daß der
Wertmüller wieder hier ist, überall auf dem See mit Namen
gerufen. Es ist der verreckte Schwarze, der mit dem Sprach-
rohre des Generals rumort und spektakelt. Vergangenen Sonntag im Löwen zu Meilen schenkten sie ihm ein und soffen ihn
unter den Tisch. Dann brachten sie ihn nachts in meinem
Schiffe dem Wertmüller zurück. Nun schimpft der Kaminfeger
durch das Rohr nach Meilen hinüber, aber morgen, beim
Eid, sitzt er wieder unter uns im Löwen. — Nun frage ich:
woher hat der Mohr das fremde Wort? Hier sagt man sich
auch wüst, aber nicht so."

„Der General wird ihn so schelten", bemerkte Pfannenstiel
kleinlaut.

„So ist es, Herr", stimmte der Bursche ein. „Der Wertmüller bringt die hochdeutschen, fremdländischen Wörter ins

Land, der Staatsverräter! Aber ich lasse mir auf dem See nicht so sagen, beim Eid nicht."

Bläuling wandte ohne weiteres seine Barke und gewann mit eiligen, kräftigen Ruderzügen wieder die Seemitte.

„Was ficht Euch an, guter Freund? Ich beschwöre Euch", eiferte Pfannenstiel. „Hinüber muß ich! Nehmt doppelte Löhnung!"

Doch das Silber verlor seine Kraft gegen die patriotische Entrüstung, und der Kandidat mußte sich auf das Bitten und Flehen legen. Mit Mühe erlangte er von dem beleidigten Bläuling, daß ihn dieser, „weil Ihr es seid", sagte der Bursche, außerhalb der Tragweite des Sprachrohres um die ganze Halbinsel herum in ihre südliche Bucht beförderte. Dort ließ er den Kandidaten ans Ufer steigen und ruderte nach wenigen Minuten den sich rasch verkleinernden Nachen wieder mitten in der Bläue.

DRITTES KAPITEL

So wurde Pfannenstiel wie ein Geächteter unter den Eichen der Halbinsel ausgesetzt. Ein enger Pfad vertiefte sich in das Halbdunkel und er zögerte nicht, ihn zu betreten. Mit Diebesschritten eilte er durch das unter seinen Sohlen raschelnde Laub einer nahen Lichtung zu. Das einem bösen Traume verwandte Gefühl, den fremden Besitz auf so ungewöhnlichem Wege zu betreten, gab ihm Flügel, doch begann auch das Element des Abenteuerlichen, das in jedem Menschenherzen schlummert, seinen geheimen Reiz auf ihn auszuüben. So wirft sich ein Badender in die Flut, die er zuerst leise schaudernd mit der Zehe geprüft hat.

Die bald erreichte Lichtung war nur eine beschränkte, von oben wie durch eine Kuppelöffnung erhellte Moosstelle. Ein darauf spielendes Eichhorn setzte über den Kopf des Kandidaten weg auf einen niederhangenden Zweig, der erst ins

Schwanken geriet, als das schnelle Tierchen schon einen zweiten erreicht hatte.

Wieder führte der Pfad eine Weile durch das grüne Dunkel, bis er sich plötzlich wandte und der Kandidat das Landhaus in der Entfernung von wenigen Schritten vor sich erblickte.

Diese Schritte aber tat er sehr langsam. Er gehörte zu jenen schüchternen Leuten, für welche das Auftreten und das Abgehen mit Schwierigkeiten verbunden ist, und der General stand im Rufe, seinen Gästen nur dieses, nicht aber jenes zu erleichtern. So kam es, daß er hinter der äußersten Eiche, einem gewaltigen Stamme, unschlüssig stehenblieb. Was er indessen aus seinem Verstecke hervor erlauschte, war ein idyllisches Bild, das ihn in keiner Weise hätte einschüchtern können.

Der General plauderte in der hallenartig gebauten und zur jetzigen Herbstzeit nur allzu luftigen Veranda, deren sechs hohe Säulen ein prächtiges ausländisches Weinlaub umwand, gemütlich mit seinem Nachbar, dem Krachhalder, einem der Kirchenältesten von Mythikon, die der Kandidat während seines Vikariats allsonntäglich im Chore hatte sitzen sehen und die ihm bekannt waren, wie die zwölf Apostel. Mit aufgestützten Ellenbogen ritt Wertmüller auf einem leichten Sessel und zeigte seine scharfe Habichtsnase und das stechende Kinn im Profil, während der schöne, alte, schlaue Kopf des Krachhalders einen ungemein milden Ausdruck hatte.

„Wir sind wie die Blume des Feldes," führte der Alte in erbaulicher Weise das Gespräch, „und es trifft sich, Herr Wertmüller, daß wir beide in diesen Tagen unser Haus bestellen. Ich mache Euch kein Geheimnis daraus: Drei Pfund vergabe ich zur neuen Beschindelung unserer Kirchturmspitze."

„Ich will mich auch nicht als Lump erweisen", versetzte der General, „und werfe testamentarisch ebensoviel aus zur Vergoldung unsers Gockels, daß sich das Tier nicht schämen muß, auf der neu beschindelten Spitze zu sitzen."

Der Krachhalder schlürfte bedächtig aus dem vor ihm stehenden Glase, dann sprach er: „Ihr seid kein kirchlicher Mann, aber Ihr seid ein gemeinnütziger Mann. Erfahret: Die Gemeinde erwartet etwas von Euch."

„Und was erwartet die Gemeinde von mir?" fragte der General neugierig.

„Wollt Ihr es wissen? Und werdet Ihr es nicht zürnen?"

„Durchaus nicht."

Der Krachhalder machte eine zweite Pause. „Vielleicht ist Euch eine andere Stunde gelegener", sagte er.

„Es gibt keine andere Stunde, als die gegenwärtige. Benütz sie!"

„Ihr würdet Euch ein schönes Andenken stiften, Herr General, bei Kind und Kindeskind"...

„Ich unterschätze den Nachruhm nicht", sagte der General.

Dem Krachhalder, der den wunderlichen Herrn so aufgeräumt sah, schien der günstige Augenblick gekommen, dem lange genährten Wunsche der Mythikoner in vorsichtigen Worten Gestalt zu geben.

„Euer Forst im Wolfgang, Herr Wertmüller," begann er zögernd. Der General verfinsterte sich plötzlich und der alte Bauer sah es wie eine Donnerwolke aufsteigen, „stößt seine Spitze"...

„Wohin stößt er seine Spitze?" fragte Wertmüller grimmig.

Der Krachhalder überlegte, ob er vor- oder rückwärts wolle, ungefähr wie ein mitten auf dem See vom Sturm Überraschter. Er entschied sich für das Vorrücken. „... mitten durch unsere Gemeindewaldung"...

Jetzt sprang der General mit einem Satze von seinem Sessel auf, faßte ihn an einem Bein, schwang ihn durch die Lüfte und setzte sich in Fechtpositur.

„Wollen mich die Mythikoner plündern?" schrie er wütend, „bin ich unter die Räuber gefallen?" Dann fuhr er, seine hölzerne Waffe senkend, gelassener fort: „Daraus wird nichts, Krachhalder. Redet das den Leuten aus. Ich will Euch nicht noch von jenseits des Grabes eine Nase drehen!"

„Nichts für ungut," versetzte der Alte mit Ruhe, „Ihr werdet es bedenken, Herr Wertmüller."

Auch er hatte sich erhoben und nahm von dem Generale mit einem treuherzigen Händedruck den landesüblichen Abschied.

Wertmüller geleitete ihn ein paar Schritte, dann wandte er sich und vor ihm stand sein Leibmohr Hassan. Der Schwarze machte eine flehentliche Gebärde und bat, das Deutsche wunderlich radebrechend, um einen Urlaub für morgen nachmittag; denn seine Seele zog ihn zu seinen neuen Freunden in Meilen.

„Bist du ganz des Teufels, Hassan!“ schalt ihn der General. „Sie haben dir letzten Sonntag drüben arg genug mitgespielt.“

„Mitgespielt!“ wiederholte der Mohr, der das Wort mißverstand. „Schön, wundervoll Spiel!“

„Hast du denn gar kein Ehrgefühl? Die Berührung mit der Zivilisation richtet dich zugrunde, — du säufst wie ein Christ!“

„Nicht saufen, Gnaden! Schön Spiel, einzig Spiel! J— aß!“[1] Er riß eine solche Grimasse und verdrehte die Augen mit so leidenschaftlicher Inbrunst, daß Pfannenstiel, der, wie oft die unschuldigen Menschen, viel Sinn für das Komische und überdies jetzt etwas gespannte Nerven hatte, in ein vernehmliches Gekicher ausbrach, welches er mit aller Gewalt nicht unterdrücken konnte.

Seine Gegenwart verraten sehend, trat der Kandidat, da er nicht wie eine überraschte Dryade in die Eiche hineinschlüpfen konnte, verschämt hinter derselben hervor und näherte sich dem General mit wiederholten verlegenen Bücklingen.

„Was will denn Er hier?“ fragte dieser gedehnt und maß ihn vom Wirbel bis zur Zehe: „Wer ist Er?“

„Ich bin der Vetter ... des Vetters ... vom Vetter ...“ stotterte der Angeredete.

Der General runzelte die Stirne.

„Mein Vater war ein Pfannenstiel und meine Mutter ist eine selige Rollenbutz...“

---

[1] Jaß, ein am Zürchersee beliebtes Kartenspiel.

„Will Er mir seinen ganzen verfluchten Stammbaum expli=
zieren? Was Vetter? Mein Bruder ist Er — alle Menschen
sind Brüder! Scher' Er sich zum Teufel!" und Wertmüller
wandte ihm den Rücken.

Pfannenstiel regte sich nicht. Der Empfang des Generals
hatte ihn versteinert.

„Pfannen=stiel —" buchstabierte der Schwarze das ihm noch
unbekannte Wort, als wolle er seinen deutschen Sprachschatz
bereichern.

„Pfannenstiel?" wiederholte auch der aufmerksam werdende
General, „der Name ist mir bekannt — halt, Er ist doch nicht
der Autor," und er kehrte sich dem Jüngling wieder zu, „der
mir gestern seine Dissertation über die Symbolik der Odyssee
zugesendet hat?"

Pfannenstiel neigte bejahend das Haupt.

„Dann ist Er ja ein ganz liebenswürdiger Mensch!" sagte
Wertmüller und ergriff ihn freundlich bei der Hand. „Wir
müssen uns kennenlernen."

VIERTES KAPITEL

Er trat mit dem Gaste in die Veranda, drückte ihn auf
einen Sitz nieder, goß ihm eines der auf dem Schenktische
stehenden Gläser voll und ließ ihn sich erholen und erquicken.

„Der Empfang war militärisch," tröstete er ihn dann, „aber
Ihr werdet im Soldaten keinen unebenen Hauswirt finden.
Ihr nächtigt heute auf der Au — ohne Widerrede! — Wir
haben manches zu verhandeln. — Seht, Lieber, Eure Abhand=
lung hat mich ganz angenehm unterhalten", und Wertmüller
langte nach dem Buche, welches in einer Fensternische des die
Rückwand der Veranda bildenden Erdgeschosses lag und zwi=
schen dessen Blätter er die zerlesene Dissertation des Kandi=
daten eingelegt hatte.

„Zuerst eine Vorfrage: Warum habt Ihr mir Euer Werk
nur mit einer Zeile zugeschrieben, statt mir es coram populo

auf dem ersten weißen Blatte mit aufrichtigen, großen Druck=
buchstaben zu dedizieren? Weil ich mit den Faffen, Euern
Kollegen, gespannt bin, he? Ihr habt keinen Charakter, Pfan=
nenstiel; Ihr seid ein schwacher Mensch."

Der Kandidat entschuldigte sich, seine unbedeutende Ar=
beit habe den Namen des berühmten Feldherrn und Litera=
turkenners nicht vor sich her tragen dürfen.

"Durchaus nicht unbedeutend", lobte Wertmüller. "Ihr
habt Phantasie und seid in die purpurnen Tiefen meines Lieb=
lingsgedichtes untergetaucht, wie nicht leicht ein anderer. Frei=
lich um etwas Absurdes zu beweisen. Aber es ist einmal nicht
anders: wir Menschen verwenden unsere höchsten Kräfte zu
albernen Resultaten. Dachtet Ihr daran, mich rechtzeitig zu
Rate zu ziehen, ich gab Eurer Dissertation eine Wendung, die
Euch selber, Eure fäffischen Examinatoren, das ganze Publi=
kum in Erstaunen gesetzt hätte. Ihr habt es gefühlt, Pfannen=
stiel, daß die zweite Hälfte der Odyssee von besonderer Schön=
heit und Größe ist. Wie? Der Heimgekehrte wird als ein
fahrender Bettler an seinem eigenen Herde mißhandelt. Wie?
Die Freier reden sich ein, er kehre niemals wieder und ahnen
doch seine Gegenwart. Sie lachen und ihre Gesichter verzerrt
schon der Todeskampf — das ist Poesie. — Aber Ihr habt
recht, Pfannenstiel, was nützt mir die Poesie, wenn nicht eine
Moral dahinter steckt? Es ist eine Devise in das Zuckerwerk
hineingebacken — zerbrechen wir es! Da der Odysseus nicht
bloß den Odysseus bedeuten darf, wen oder was bedeutet er
denn? Unsern Herrn und Heiland, — so beweist Ihr und
habt Ihr es drucken lassen, — wenn er kommt zu richten
Lebendige und Tote. Nein, Kandidat, Odysseus bedeutet jede
in Knechtsgestalt mißhandelte Wahrheit mitten unter den über=
mütigen Freiern, will sagen, Faffen, denen sie einst in sieg=
hafter Gestalt das Herz durchbohren wird.

He, Kandidat, wie gefällt Euch das? — So hättet Ihr es
wenden sollen und seid gewiß, Eure Dissertation hätte gerech=
tes Aufsehen erregt!"

Pfannenstiel erbebte bei dem Gedanken, daß sich seiner

Symbolik diese gotteslästerliche und verwegene Wendung hätte
geben lassen. Sein einfaches Wesen ließ ihn den Pferdefuß
des alten Spötters nicht oder doch nur in unbestimmten Um=
rissen erkennen.

Um sich der Verlegenheit zu entziehen, dem alten Freigeiste
eine Antwort geben zu müssen, nahm der Kandidat den Per=
gamentband in die Hände, mit welchem Wertmüller während
seiner Rede gestikuliert hatte. Es war die aldinische Ausgabe
der Odyssee. Pfannenstiel betrachtete andächtig das Titelblatt
des seltenen Buches. Plötzlich fuhr er zurück wie vor einer
züngelnden Natter. Er hatte auf dem freien Raume links
neben dem Wappen des venezianischen Buchhändlers etwas
verblichene, kühn fließende Federzüge entdeckt, die folgende
Zeilen bildeten:

Georgius Jenatius me jure possidet
Constat R. 4. Kz. 12.

Er warf das Buch weg, als atme es einen Blutgeruch aus.
Damals moderte der fragwürdige Bündner schon seit De=
zennien in der Domkirche von Chur, während sein Bild in
zahmen und unpatriotischen Zeiten sich zu einem widerwärti=
gen verzerrt hatte, so daß nur der Apostat und der Blutmensch
übrigblieb. Pfannenstiel betrachtete ihn einfach als ein Un=
geheuer, an dessen Dagewesensein er kaum glauben, das er sich
nicht realisieren konnte.

Der General weidete sich an seinem Schrecken, dann sagte
er leichthin: „Der liebe Mann, Euer gewesener Kollege, hat
mich damit beschenkt, wie wir noch auf gutem Fuße standen
und ich ihn auf seinem Malepartus in Davos besuchte.“

„Also hat er doch gelebt!“ sprach der Kandidat halblaut vor
sich hin, „er hat Bücher besessen, wie unsereiner, und ihren
kostenden Preis auf das Titelblatt geschrieben.“

„Jawohl hat er gelebt, und recht persönlich und zähe“,
sagte der General mit kurzem Lachen. „Noch heute nacht
träumte mir von dem Bündner... Das kam daher, daß ich
mich den ganzen gestrigen Tag mit einem häßlichen Geschäfte

abgegeben hatte. Ich schrieb mein Testament nieder, und was ist kläglicher, als bei atmendem Leibe über seinen Besitz zu verfügen, der ja auch ein Teil von uns selber ist!"

Die Neugierde des jungen Geistlichen wurde rege. Vielleicht war es ein warnendes Traumgesicht gewesen, das, fein und erbaulich ausgelegt, in dem ihm gegenüber Sitzenden einen guten und frommen Gedanken konnte entstehen lassen. „Wollt Ihr mir Euern Traum nicht mitteilen?" fragte er mit einem gefühlvollen Blicke.

„Er steht zu Diensten. Es war in Chur. Menschengedränge, Staatsperücken, Militärpersonen, — von der Hofkirche her Geläute und Salutschüsse. Wir treten unter dem Torbogen hervor in den bischöflichen Hof. Jetzt gehen wir zu zweien, neben mir ein Koloß. Ich sehe nur einen Federhut, darunter eine Gewaltsnase und den in den Kragen gesenkten pechschwarzen Spitzbart: „Wertmüller," fragte der Große, „wen bestatten wir?" — „Ich weiß nicht," sage ich. Wir treten in die Kathedrale zwischen das Gestühl des Schiffes. „Wertmüller," fragt der andere, „wem singen sie ein Requiem?" — „Ich weiß nicht," sag' ich ungeduldig. „Kleiner Wertmüller," sagt er, „stell' dich einmal auf die Zehen und sieh, wer da vorn aufgebahrt liegt." — Jetzt unterscheide ich deutlich in den Ecken des Bahrtuches den Namenszug und das Wappen des Jenatschen, und im gleichen Augenblicke wendet er, neben mir stehend, mir das Gesicht zu — fahl mit verglühten Augen. „Donnerwetter, Oberst," sag' ich, „Ihr liegt dort vorn unter dem Tuche mit Euern sieben Todeswunden und führt hier einen Diskurs mit mir! Seid Ihr doppelt? Ist das vernünftig! Ist das logisch? Schert Euch in die Hölle, Schäker!" Da antwortete er niedergeschlagen: „Du hast mir nichts vorzurücken — mach' dich nicht mausig. Auch du, Wertmüller, bist tot."

Pfannenstiel überlief es kalt. Dieser Traum am Vorabende des ohne Zweifel blutigen Feldzuges, welcher dem General draußen im Reiche bevorstand, schien ihm von ernster Vorbedeutung und er sann auf ein Wort geistlicher Zusprache.

Auch Wertmüller konnte seinen Traum, nachdem er ihn einmal mitgeteilt, nicht sogleich wieder loswerden. „Der Oberst wurde von seinem Liebchen mit der Axt wie ein Stier niedergeschlagen," erging er sich in lauten Gedanken, „mir wird es so gut nicht werden. Fallen — wohlan! Aber nicht in einem Bettwinkel krepieren!"

Vielleicht dachte er an Gift, denn er war am Hofe zu Wien in ein hartnäckiges Intrigenspiel verwickelt und hatte sich dort durch seinen Ehrgeiz Todfeinde gemacht.

„Ehe ich meinen Koffer packe," fuhr er nach einer Pause fort, „möchte ich wohl noch einen Menschen glücklich machen —"

Dem Kandidaten schoß das Wasser in die Augen, nicht in selbstsüchtigen Gedanken, sondern in uneigennütziger Freude über diese schöne Regung; doch es trocknete schnell, als der General seinen Satz abschloß: — „besonders wenn sich ein kräftiger Schabernack damit verbinden ließe."

Das abergläubische Gefühl, das den General angewandelt hatte, war rasch vorübergegangen. „Was ist Euer Anliegen?" fragte er seinen Gast mit einer jener brüsken Wendungen, die ihm geläufig waren. „Ihr seid nicht hierhergekommen, um Euch meine Träume erzählen zu lassen."

Nun berichtete Pfannenstiel dem Generale mit einer unschuldigen List, denn er wollte ihm seine Liebesverzweiflung, für die er ihm kein Organ zutraute, nicht verraten, wie ihn über dem Studium der Odyssee ein unwiderstehliches Verlangen ergriffen, die Heimat Homers, die goldene Hellas kennenzulernen. Da er keinen andern Weg wisse, seine Wanderlust zu befriedigen, sei ihm der Gedanke gekommen, sich bei dem Herrn für die Feldkaplanei seiner venezianischen Kompanie zu melden, die ja in den griechischen Besitzungen der Republik stationiere. „Sie ist erledigt," schloß er, „und wenn Ihr mir ein weniges gewogen seid, weiset Ihr mir die Stelle zu."

Wertmüller blickte ihn scharf an. „Ich bin der letzte," sagte er, „der einem jungen Menschen eine gefährliche Karriere

widerriete! Aber er muß dazu qualifiziert sein. Euer Knochen=
gerüste, Freund, ist nicht fest genug gezimmert. Der erste beste
relegierte Raufbold von Leipzig oder Jena wird meinen Ker=
len mehr imponieren als Euer Johannesgesicht. Schlagt Euch
das aus dem Kopfe. Wollt Ihr den Süden sehen, so sucht als
Hofmeister Dienste bei einem jungen Kavalier und klopft ihm
die Kleider! Doch auch das kann Euch nicht taugen. Das beste
ist, Ihr bleibt zu Hause. Blickt aus! Zählt alle die Turm=
spitzen am See — das Kanaan der Pfarrer. Hier ist Euer
Rhodus, hier tanzt — will sagen predigt! — Wozu sind die
Geleise bürgerlicher Berufsarten da, als daß Euresgleichen sie
befahre? Ihr wißt nicht, welcher Schenkelschluß dazu gehört,
um das Leben souverän zu traktieren. Steht ab von Eurer
Laune!" und er machte die Gebärde, als griffe er einem Rosse
in die Zügel, das mit einem unvorsichtigen Knaben durchge=
gangen ist.

Es entstand eine Pause. Wieder warf der General dem
Kandidaten einen beobachtenden Blick zu.

"Ihr seid ein lauterer Mensch," sagte er dann, "und es
war Euer Ernst, Ihr würdet das griechische Abenteuer be=
standen haben. Wie reimt sich das mit dem Pfannenstiel, den
ich hier vor mir sehe? Da liegt ein Aal unter dem Steine.
Ein verrückter Antiquar, wie sie zwischen den Ruinen herum=
kriechen, seid Ihr nicht. Also seid Ihr desperat. Aber w a r u m
seid Ihr desperat? Was treibt Euch weg? Heraus damit!
Eine Figur? He? Ihr errötet!"

Der sechzigjährige Wertmüller behandelte die weiblichen
Wesen als Staffage und pflegte sie schlechtweg mit dem
Malerausdrucke "Figuren" zu benennen.

"Wo habt Ihr zuletzt konditioniert?"

"In Mythikon bei Euerm Herrn Vetter während seiner
Gichtanfälle."

"Bei meinem Vetter? Will sagen bei der Rahel. Nun ist
alles klar und deutlich wie mein neuverfaßtes Exerzierregle=
ment. Das Mädchen hat Euch den Kopf verrückt und dann,
wie recht und billig, einen Korb gegeben?"

Der zartfühlende Kandidat hätte sich eher das Herz aus dem Leibe reißen lassen, als eingestanden, daß die Rahel — wie er daran nicht zweifeln konnte — ihm herzlich wohlwolle. Er antwortete bescheiden:

„Der Herr Wertmüller, sonst mein Gönner, hat mich verabschiedet, weil ich mit Schießgewehr nicht umzugehen verstehe und mich auch davor scheue. Vor zwanzig Jahren ist damit in meiner Familie ein Unglück begegnet. Er nötigte mich, mit ihm in die Scheibe zu schießen, und ich habe keinen Schuß hineingebracht."

„Ihr hättet Euch weigern sollen. Das hat Euch in Rahels Augen heruntergesetzt. Sie trifft immer ins Schwarze. — Donnerwetter, da fällt mir ein, daß ich dem Alten noch etwas schuldig bin. Der geistliche Herr hat mir, während ich am Rheine bataillierte, meine Meute hier ganz meisterhaft beaufsichtigt. Er ist ein Kenner. Hassan, hol' mir gleich das violette Saffianfutteral her, links zu unterst im Glasschranke der Waffenkammer. — Laßt Euch nicht stören, Kandidat."

Der Mohr beeilte sich, und nach wenigen Augenblicken hielt Wertmüller zwei kleine Pistolen von zierlicher Arbeit in der Hand. Er reinigte mit einem Lederlappen die damaszierten Läufe und den Silberbeschlag der Kolben, in welchen hübsche seltsame Arabesken eingegraben waren.

„Fortgefahren, Freund, in Eurer Elegie!" sagte er. „Das Mädchen also gab Euch einen Korb — oder ist es möglich, liebt sie Euch? Es gibt wunderliche Naturspiele! — und nur der Alte hätte Euch abblitzen lassen, he? Was gab er Euch für Gründe?"

Pfannenstiel blieb erst die Antwort schuldig. Ihm war ängstlich zumute geworden, denn der General hatte, während er sprach, den Hahn der einen Pistole gespannt. Jetzt berührte Wertmüller den Drücker mit ganz leisem Finger, und der Hahn schlug nieder. Er spannte die zweite, streckte den Arm aus, schnitt eine Grimasse; nur nach harter Anstrengung gelang es ihm, loszudrücken. Das Spiel der Feder mußte sich aus irgendeinem Grunde verhärtet haben, und er schüttelte unzufrieden den Kopf.

Der Kandidat, der stark mit den Augen gezwinkert hatte, nahm jetzt den Faden des Gesprächs wieder auf, um den wahren Grund seiner Hoffnungslosigkeit anzudeuten. „Eine Wertmüllerin und ein Pfannenstiel!" sagte er in einem resignierten Tone, als nenne er Sonne und Mond und finde es ganz natürlich, daß dieselben nicht zusammenkommen.

„Laß Er mich mit diesen Narreteien zufrieden!" fuhr ihn der General hart an. „Sind wir noch nicht über die Kreuzzüge hinaus, in welcher geistreichen Epoche die Wappen erfunden wurden? Aber auch damals, wie überhaupt jederzeit, galt der Mann mehr als der Name, sonst wäre die Welt längst vermodert wie ein wurmstichiger Apfel. Seh' Er, Pfannenstiel, ich gelte hier für einen Patrizius; als ich aber in kaiserliche Dienste trat, wie blickten die Herren Kollegen von soundso viel Quartieren hochnasig auf das plebejische Mühlrad in meinem Wappen herunter. Dennoch mußten sie es eben leiden, daß der Müller die von ihnen mehr als zur Hälfte ruinierte Kampagne wiederherstellte und gewann! Hör' Er, Pfannenstiel, es fehlt Ihm an Selbstgefühl, und das schadet Ihm bei der Rahel."

Der Kandidat befand sich in einem seltsamen Falle. Er konnte den Standpunkt Wertmüllers nicht teilen, denn er fühlte dunkel, daß eine so vollständige Vorurteilslosigkeit die ganze alte Ordnung der Dinge durchstieß, und diese war ihm ehrwürdig, auch da, wo sie zu seinen Ungunsten wirkte.

Aber Wertmüller verlangte keine Antwort. Er hatte sich erhoben und trat, in jeder Hand eine Pistole, einem hochgewachsenen Mädchen entgegen, das auf dem vom festen Lande her ausmündenden Wege einherkam. Der General hatte den Kies unter ihren leichten, raschen Schritten knirschen hören.

„Guten Abend, Patchen", begrüßte er sie, und seine grauen Augen leuchteten.

Das schöne Fräulein aber zog die Brauen zusammen, bis der Alte die beiden Pistolen, die ihr offenbar ein Ärgernis waren, die eine in die rechte, die andere in die linke seiner geräumigen Rocktaschen steckte. „Ich habe Besuch, Rahel", sagte er. „Erlaube mir, meinen jungen Freund dir vorzustellen, den Herrn Kandidaten Pfannenstiel."

Die Wertmüllerin war näher getreten, während sich Pfannenstiel linkisch von seinem Stuhle erhob. Sie bekämpfte ein Erröten, das aber sieghaft bis in die feine Stirn und bis unter die Wurzeln ihres vollen braunen Haares aufflammte. Der Kandidat schlug erst die Augen nieder, als hätte er mit ihnen ein Bündnis geschlossen, keine Jungfrau anzuschauen, erhob sie dann aber mit einem so innigen und strahlenden Ausdrucke des Glückes und der Liebe, und seine guten Blicke fanden in zwei braunen Augen einen so warmen Empfang, daß selbst der alte Spötter seine Freude hatte an der ungeschminkten Neigung zweier unschuldiger Menschenkinder.

Er vermehrte seltsamerweise die erste süße Verwirrung der beiden mit keinem Scherzworte. Ist es nicht, als ob ein tiefes und wahres Gefühl in seinem natürlichen und bescheidenen Ausdrucke aus dieser Welt des Zwanges und der Maske uns in eine zugleich größere und einfachere versetze, wo der Spott keine Stelle findet?

Lange freilich hätte er sie nicht ungeneckt gelassen, aber das gescheite und tapfere Mädchen enthob ihn der Versuchung. „Ich habe mit Euch zu reden, Pate," sagte sie, „und gehe voran nach der zweiten Bank am See. Laßt mich nicht zu lange warten!"

Sie verbeugte sich leicht gegen den Kandidaten und war verschwunden.

Der General nahm diesen bei der Hand und führte ihn eine Treppe hinauf in sein Bibliothekzimmer, in das die Seebreite durch drei hohe Bogenfenster hereinleuchtete.

„Seid getrost," sagte er, „ich werde bei der Rahel für Euch Partei nehmen. Unterdessen wird es Euch hier an Unterhaltung nicht mangeln. Ihr liebt Bücher! Hier findet Ihr die Poeten des Jahrhunderts tutti quanti." Er zeigte auf einen Glasschrank und verließ den Saal. Da standen sie in glänzenden

Reihen, die Franzosen, die Italiener, die Spanier, selbst einige
Engländer, ein gehäufter Schatz von Geist, Phantasie und
Wohllaut, und Wertmüller, der ohne Frage auf der Höhe der
Zeitbildung stand, würde ungläubig den Kopf geschüttelt ha-
ben, wenn ihm zugeflüstert worden wäre, einer fehle hier,
der sie alle insgesamt voll aufwiege.

Der überall Belesene hatte William Shakespeare nicht einmal nennen hören.

Der Kandidat ließ die Poeten unberührt, denn für ein
junges Blut ist die Nähe der Geliebten mehr als alle neun
Musen.

FÜNFTES KAPITEL

Der General hatte einen Pfad eingeschlagen, der sich dicht
am Ufer um die Krümmungen der Halbinsel schlängelte, und
hier erblickte er bald Rahel Wertmüller, die, auf einer verwitterten Steinbank sitzend, das feine Profil nach der jetzt
abendlich dämmernden Flut hinwendete. Ein aufrichtiger Ausdruck tiefer Betrübnis lag auf dem hübschen und entschlossenen
Gesichtchen.

„Was dichtest und trachtest du?" redete er sie an.

Sie antwortete, ohne sich zu erheben: „Ich bin nicht mit
Euch zufrieden, Pate."

Der General lehnte sich an den Stamm einer Eiche und
kreuzte die Arme. „Womit habe ich es bei Euer Wohlgeboren
verscherzt?" sagte er.

Das Fräulein warf ihm einen Blick des Vorwurfs zu. „Ihr
fragt noch, Pate? Wahrlich, Ihr handelt an Papa nicht gut,
der Euch doch nur Liebes und nichts zuleide getan hat. —
Was war das wieder für ein Spektakel vergangenen Sonntag!
Durch Eure Verleitung hat er den ganzen Nachmittag mit
Euch auf Euerm Au-Teiche herumgeknallt. Welch ein Schauspiel! Aufflatternde verwundete Enten, im Moor nach der

Beute watende Jungen, der Vater in großen Stiefeln und das ganze Dorf als Zuschauer!" ...

"Es beurteilte die Schüsse", warf Wertmüller ein.

"Pate," — das Mädchen war von seinem Sitze aufgesprungen und seine schlanke Gestalt bebte vor Unwillen — "ich meinte bisher, Ihr hättet — trotz mancher Wunderlichkeit — das Herz am rechten Flecke. Aber ich habe mich geirrt und fange an zu glauben, hier sei bei Euch etwas nicht in Ordnung!" und sie wies mit einer kleinen Gebärde des Zeigefingers nach der linken Brustseite des Generals. "Ich hielt Euch", fügte sie freundlicher hinzu, "für eine Art Rübezahl... so heißt doch der Geist des Riesengebirges, von dessen Koboldstreichen Ihr so lustig zu erzählen wißt?" ...

"Dem es zuweilen Spaß macht, Gutes zu tun, und der, wenn er Gutes tut, dabei sich einen Spaß macht."

"So ungefähr. Doch, wie gesagt, wenn Ihr ebenso boshaft seid wie der Berggeist — von Wohltat ist dabei nichts sichtbar. Ihr werdet den Vater noch ins Verderben stoßen. Wären unsere Mythikoner im Grunde nicht so gute Leute, die ihren Pfarrer decken, wo sie können, längst wäre in Zürich gegen ihn Klage erhoben worden. Und mit Recht; denn ein Geistlicher, der wachend und träumend keinen andern Gedanken mehr hat als Halali und Halalo, muß jeder christlichen Seele ein tägliches Ärgernis sein. Das wächst mit den Jahren. Neulich da der Herr Dekan seinen Besuch meldete und zur selben Zeit der Bote eine in der Stadt angekaufte Jagdflinte dem Vater zutrug, mußte ich ihm dieselbe unkindlich entwinden und in meinen Kleiderschrank verschließen, sonst hätte er noch — ein schrecklicher Gedanke — den ehrwürdigen Herrn Steinfels aufs Korn genommen. Ihr lacht, Pate? — Ihr seid abscheulich! — Ich könnte Euch darum hassen, daß Ihr, der seine Schwäche kennt, ihn noch stachelt und aufreizt, als wäret Ihr sein böser Engel. — Nächstens wird er noch einmal mit geladenem Gewehr die Kanzel besteigen! ... Ich freute mich, da Ihr kamet, und nun frage ich: Reist Ihr bald, Pate?"

„Mit geladenem Gewehr die Kanzel besteigen?" wieder=
holte Wertmüller, den dieser Gedanke zu frappieren schien.
„La, la, Patchen! Der Vater ist mir der erträglichste aller
Schwarzröcke, und du bist mir die liebste aller Figuren. Ich
will dem Alten eine Genugtuung geben. Weißt du was? Ich
gehe morgen bei Euch zur Kirche — das rehabilitiert den
Vater zu Stadt und Lande."

Rahel schien von dieser Aussicht wenig erbaut. „Pate,"
sagte sie, „Ihr habt mich aus der Taufe gehoben und das
Gelübde getan, auf mein zeitliches und ewiges Heil bedacht
zu sein. Für das letztere könnet Ihr nichts tun, denn es steht
in diesem Punkte bei Euch selbst sehr windig. Aber ist das
ein Grund, auch mein zeitliches zu ruinieren? Ihr solltet,
scheint mir, im Gegenteil darauf denken, mich wenigstens auf
dieser Erde glücklich zu machen — und Ihr macht mich un=
glücklich!" Sie zerdrückte eine Träne.

— „Vortrefflich räsonniert", sagte der General. „Patchen,
ich bin der Berggeist und du hast drei Wünsche bei mir zu gut."

„Nun", versetzte das Fräulein, auf den Scherz eingehend.
„Erstens: Heilt den Vater von seiner ungeistlichen Jagdlust!"

— „Unmöglich. Sie steckt im Blute. Er ist ein Wertmüller.
Aber ich kann seiner Leidenschaft eine unschädliche Bahn geben.
Zweitens?"

„Zweitens" ... Rahel zögerte.

„Laß mich an deiner Stelle reden, Mädchen. Zweitens:
Gebt dem Hauptmann Leo Kilchsperger Urlaub zu Werbung,
Verlöbnis und Heirat."

— „Nein!" versetzte Rahel lebhaft.

— „Er ist ein perfekter Kavalier."

— „Einem perfekten Kavalier hängt manches um und an,
worauf ich Verzicht leiste, Pate."

— „Ein beschränkter Standpunkt."

— „Ich halte ihn fest, Pate."

— „Meinetwegen. — Also ein anderes Zweites. Zweitens:
Berggeist, verschaffe dem Kandidaten Pfannenstiel die von
ihm begehrte Feldkaplanei in venezianischen Diensten."

— „Nimmermehr!" rief die Wertmüllerin. „Was? der Unglückliche begehrt die Feldkaplanei unter Euerm venezianischen Gesindel? Der zarte und gute Mensch? Darum ist er zu Euch gekommen?"

Der General bejahte. „Ich rede es ihm nicht aus."

— „Redet es ihm aus, Pate. Grassiert nicht Pest und Fieber in Morea?"

— „Zuweilen."

— „Liest man nicht von häufigen Schiffbrüchen im Adriatischen Meere?"

— „Hin und wieder."

— „Ist die Gesellschaft in Venedig nicht ganz entsetzlich schlecht?"

— „Die gute ist dort wie allenthalben und die schlechte ganz vortrefflich."

— „Pate, er darf nicht hin, um keinen Preis!"

— „Gut. Also ein anderes Zweites verbunden mit dem Dritten: Berggeist, mache den Kandidaten Pfannenstiel zum wohlbestellten Pfarrer von Mythikon und gib mich ihm zur Frau!"

Rahel wurde feuerrot. „Ja, Berggeist", sagte sie tapfer.

Diese resolute Antwort gefiel dem General aus der Maßen.

„Er ist eine reinliche Natur," lobte er, „aber ihm fehlt die Männlichkeit, welche die Figuren unwiderstehlich hinreißt —"

— „Bah," machte sie leichthin und fuhr entschlossen fort: „Pate, Ihr habt ein Dutzend Feldschlachten gewonnen, Ihr verderbt Euern listigsten Feinden in der Hofburg das Spiel, Ihr seid ein berühmter und welterfahrner Mann — wendet ein Hundertteilchen Eures Geistes daran, mich — was sage ich — uns glücklich zu machen, und wir werden es Euch zeitlebens Dank wissen."

Der General ließ sich auf die leere Steinbank nieder und legte in tiefem Nachdenken die Hände auf die Kniee, wie eine ägyptische Gottheit. So berührte er die beiden Pistolen in seinen Taschen; es blitzte in seinen scharfen grauen Augen plötzlich auf und er brach in ein unbändiges Gelächter aus,

wie er seit Dezennien nicht mehr gelacht hatte, in ein wahres
Schulbubengelächter. Da er zugleich aufgesprungen war, rasch
dem Innern der Halbinsel sich zukehrend, wiederholte ein Echo
diesen Ausbruch ausgelassener Lustigkeit in so geisterhafter
und grotesker Weise, daß es war, als hielten sich alle Faune
und Panisken der Au die Bäuchlein über einen tollen und
gottvergessenen Einfall.

Der General beruhigte sich. Er schien seinen Anschlag und
die Möglichkeit des Gelingens mit scharfem Verstande zu prü-
fen. Das Wagnis gefiel ihm. „Zähle auf mich, mein Kind",
sagte er väterlich.

— „Hört, Pate, dem Papa darf kein Leides geschehen!"
— „Lauter Gutes."
— „Pfannenstiel darf nicht gezaust werden!"
Wertmüller zuckte die Achseln. „Der spielt eine ganz unter=
geordnete Rolle."

— „Und Ihr werdet Euern Spaß dabei haben?" fragte das
Mädchen gespannt, denn das Gelächter hatte sie doch etwas
bedenklich gemacht.

— „Ich werde meinen Spaß dabei haben."
— „Kann es nicht mißlingen?"
— „Der Plan ist auf die menschliche Unvernunft gegründet
und somit tadellos. Aber etwas Chance gehört zu jedem
Erfolg."

— „Und mißlingt es?"
— „So bezahlt Rudolf Wertmüller die Zeche."
Noch einmal besann sich das Mädchen recht ernstlich; aber
ihre resolute Natur trug den Sieg davon. Sie hatte überdies
ein unbedingtes Vertrauen zu der verwegenen Kombinations=
gabe und selbst in gewissen Grenzen zu der Loyalität ihres
Verwandten. Daß ein schadenfroher Streich mitlaufen werde,
wußte sie — es war das eben der Kaufpreis ihres Glückes —,
aber sie wußte auch, daß Wertmüller sie lieb habe und seinen
Spuk darum nicht allzu weit treiben würde. Zudem lag etwas
in ihrem Blute, das eine rasche, wenn auch gewagte Lösung
einer nagenden Ungewißheit vorzog.

„Ans Werk, Rübezahl!" sagte sie. „Wann beginnst du dein Treiben, Berggeist?"

— „Morgen mittag bist du Braut, Kindchen. Ich verreise Montag in der Frühe."

— „Adieu, Berggeist!" grüßte sie enteilend und warf ihm eine Kußhand zu, während er ihr nachsah und seine Freude hatte an ihrem schlanken und sichern Gange.

SECHSTES KAPITEL

Zu später Abendstunde saßen der General und der Kandidat an einer reichbesetzten und glänzend erleuchteten runden Tafel sich gegenüber in einem geräumigen Saale, dessen helle Stuck= wände mit guten, in Öl gemalten Schlachtenbildern bedeckt waren.

Wertmüller wußte, welche Poesie das „Tischlein, deck dich!" für einen in dürftigen Verhältnissen aufgewachsenen Jüng= ling hat; aber auch an geistiger Bewirtung ließ er es nicht fehlen. Er erzählte von seinen Fahrten in Griechenland, er rühmte die Naturwahrheit der Landschaften und der Meer= farben in der Odyssee, er ließ die edeln und maßvollen For= men eines hellenischen Tempels vor den Augen des entzückten Kandidaten aufsteigen — kurz, er machte ihn glücklich.

Seiner davon unzertrennlichen militärischen Abenteuer ge= dachte er nur im Vorbeigehen, aber so drastisch, daß Pfannen= stiel in der Nähe des alten Landsknechtes sich als einen herz= haften und verwegenen Mann fühlte, während Wertmüller in der naiven Bewunderung seines Zuhörers um einige De= zennien sich verjüngte und erleichterte.

So achtete es Pfannenstiel nicht groß, als der General in der Hitze des Gespräches ihm auf den Leib rückte, von den vier breiten flachen Knöpfen, die sein Gewand zwischen den schmächtigen Schultern vorn zusammenhielten, den obersten abriß und denselben, nachdem er ihn einer kurzen Betrachtung unterworfen, in einen dunkeln Zimmerwinkel warf, dann an einem der mittlern drehte, bis dieser nur noch an einem Faden hing.

Zwischen den Birnen und dem Käse aber änderte sich die Szene. Der General hatte gegen seine Gewohnheit — er war längst ein mäßiger Mann geworden — einige Gläser feurigen Burgunders geleert, und da er, wie man zu sagen pflegt, einen grimmigen Wein trank, begann es ihn denn doch ein bißchen zu wurmen, daß die schöne und tapfere Rahel ihr Herz an einen sanftmütigen, unkriegerischen Menschen, noch dazu an einen „Pfaffen" verschenkt hatte, und sein Dämon nötigte ihn, den Kandidaten, den er doch leiden mochte, zu gutem Ende noch einmal unbarmherzig zu foppen.

Er befahl dem aufwartenden Hassan, Pulverhorn und Kugelbeutel zu bringen, zog die beiden Terzerole aus seinen Rocktaschen und legte sie vor sich auf die Tafel.

„Die Rahel mag Euch," wendete er sich jetzt an den Kandidaten, „aber wollt Ihr sie zum Weibe gewinnen, müßt Ihr dem schönen Kinde einmal als ein ganzer Mann entgegentreten. Das wird ihr einen bleibenden Eindruck machen, und Ihr dürft Euch dann ruhig die eheliche Schlafmütze über die Ohren ziehen. — Mein Plan ist ganz einfach: Ich gehe morgen in Mythikon zur Kirche — erstaunt nicht, Pfannenstiel, ich bin kein Heide — und lade mich bei dem Vetter Pfarrer zu Mittag. Natürlich bleibt Rahel zu Hause und besorgt den Tisch, Ihr aber gewinnt bei während dem Gottesdienste auf Schleichwegen die Pfarre, entführt das Mädchen, bringt es hieher und, während Ihr sie küßt, armiere ich die zwei eisernen Kanonen, die Ihr auf dem Hausflur gesehen habt, und verteidige den schmalen Damm, der meine Insel mit dem Festlande verbindet. Treffen! Unterhandlung! Friedensschluß!"

Wäre der Kandidat in seiner natürlichen Verfassung gewesen, er hätte diese Soldatenschnurre belächelt, aber der starke Wein war ihm in den Kopf gestiegen.

„Entsetzlich!" rief er aus, fügte dann aber nach einer Pause und erleichtert hinzu: „und unmöglich! Die Rahel würde niemals einwilligen."

„Sie wird! Ihr erscheint, werft Euch zu ihren Füßen: Entflieh mit mir! oder…" Er ergriff ein Pistol und setzte es sich an die rechte Schläfe.

„Sie ist eine Christin!" rief der erhitzte Kandidat.

„Sie wird und muß wollen! Jede Figur wird von der männlichen Elementarkraft bezwungen. Kennt Ihr die neueste deutsche Literatur nicht? … den Lohenstein, den Hofmannswaldau?"

„Sie wird nicht wollen — nimmermehr!" wiederholte Pfannenstiel mechanisch.

„Dann fahrt Ihr ab — glorios mit Donner und Blitz!" und Wertmüller drückte los. Der Hahn schlug nieder, daß es Funken stob.

Jetzt ermannte sich Pfannenstiel. Die ihm so nahegelegte ungeheure Freveltat und sein Schauder davor gaben ihm die Besinnung wieder und ernüchterten sein Gehirn. Auch fiel ihm die Warnung Rosenstocks ein. Er narrt und quält dich boshaft, sagte er sich, du bist ja ein geistlicher Mann und hast es mit einem schlimmen Feinde der Kirche zu tun.

Ein Hohnlächeln zuckte in den Mundwinkeln des ihn beobachtenden, scharf beleuchteten Gesichtes, das in diesem Augenblicke einer grotesken Maske glich. Der Kandidat erhob sich von seinem Sitze und sprach nicht ohne Würde:

„Wenn das Euer Ernst ist, so verweile ich keine Minute länger unter einem Dache, wo eine mehr als heidnische Verruchtheit gelehrt wird; ist es aber Euer Scherz, Herr Wertmüller, wie ich es glaube, so verlasse ich Euch ebenfalls, denn einen einfachen Menschen, der Euch nichts zuleide getan hat, zu hänseln und zu verhöhnen, das ist nicht christlich, nicht einmal menschlich — das ist teuflisch."

Ein schöner, ehrlicher Zorn flammte in seinen blauen Augen und er schritt der Türe zu.

„La, la", sagte der General. „Was frühstückt Ihr morgen? Eier, Rebhuhn, Forelle?"

Pfannenstiel öffnete und enteilte.

„Der Mohr wird Euch aufs Zimmer leuchten! Auf Wieder=
sehen morgen beim Frühstück!" rief ihm Wertmüller nach.

Der Alleingebliebene lud sorgfältig das leichtspielende Pistol
mit Pulver und stieß einen derben Pfropfen nach. Das schwer=
spielende ließ er ungeladen. Beide übergab er dem Mohren mit
dem Befehle, dieselben in seinen schwarzen Sammetrock zu
stecken. Dann ergriff der General einen Leuchter und suchte
sein Lager auf.

SIEBENTES KAPITEL

Der Kandidat eilte in raschem Laufe dem Damme zu, durch
welchen die Südseite der Insel mit dem festen Lande zusam=
menhing. Oft hatte er, da er sich im verflossenen Frühjahre
in Mythikon aufhielt, den Sitz des damals in Deutschland
bataillierenden Generals mit neugierigen Augen gemustert,
ohne ihn je zu betreten. Er wußte, daß der Damm gegen seine
Mitte hin durch ein altertümliches kleines Tor und eine Brücke
unterbrochen war, aber er war gewiß, kein Hindernis zu fin=
den, da dieses Tor, wie er sich erinnerte, niemals geschlossen
wurde, sich auch nicht schließen ließ, da es keine Torflügel hatte.

Jetzt erreichte er das Ufer und erblickte zu seiner Linken die
Linie des Dammes. Aber, o Mißgeschick! der von dem däm=
mernden Hintergrunde scharf abgehobene Balken der Brücke
schwebte in der Luft und bildete statt eines rechten einen spitzen
Winkel mit dem Profil der Pforte, an deren Steinbogen er
durch zwei Ketten befestigt war. Das Tor, die aufgezogene
Brücke, die kleine Verbindungslinie der Ketten — alles ließ
sich mit überzeugender Deutlichkeit unterscheiden; denn der
Mond gab genügendes Licht, und in dem leeren, nicht zu über=
springenden Zwischenraume flimmerte sein Widerschein in
dem silbernen Gewässer. Pfannenstiel war ein Gefangener. Un=
möglichkeit, durch das Moor zu waten! Er wäre, da er die
Furten des tückischen Röhrichts nicht kannte, bei den ersten
Schritten versunken und hätte ein klägliches Ende genommen.

Ratlos stand er am Inselgestade, während aus dem Sumpfe dicht vor seinen Füßen ein volltöniges Brekekex Koax Koax erscholl.

Gerade an jenem Abende war unter den Fröschen der Au ein junger Lyriker von bedeutender Begabung aufgetaucht, der das feste und gegebene Motiv der Froschlyrik so keck in Angriff nahm und so gefühlvoll behandelte, daß der begeisterte Chor nicht müde wurde, die vorgesungene Strophe mit unersättlichem Enthusiasmus zu wiederholen. Auf den Kandidaten freilich machte das leidenschaftliche Gequäke einen tief melancholischen Eindruck, als steige es aus den Sümpfen des Acheron empor.

In halber Verzweiflung wollte er nun über den Damm nach der Pforte eilen, ob sich die Zugbrücke mit Anstrengung aller Kräfte nicht senken ließe. Da gewahrte er, noch einmal vorwurfsvoll nach dem unheimlichen Landhause sich umwendend, eine ihm entgegenwandernde Helle und nach wenigen Augenblicken stand Hassan mit einem Windlicht in der Faust an seiner Seite. Mit untertäniger Zutunlichkeit redete ihm der gutmütige Mohr zu, in die von ihm geflohene Wohnung zurückzukehren.

„Langweilig Frosch, geistlicher Herr!" radebrechte Hassan, „Schloß an Zugbrücke — Zimmer bereit!"

Was war zu tun? Nichts anderes als Hassan zu folgen. In der großen, auf den gepflasterten Hausflur mündenden Küche entzündete der Mohr zwei Kerzen und leuchtete dem Kandidaten die Treppe hinauf. Auf der zweitobersten Stufe ergriff er ihn rasch am Arme: „Nicht erschrecken, geistlicher Herr!" flüsterte er. „Schildwache vor Zimmer von General."

Und in der Tat, da stand eine Schildwache. Hassan beleuchtete sie mit der Kerze und Pfannenstiel erblickte ein Skelett, das die Knochenhände auf eine Muskete gestützt hielt und an dem über die Rippen gekreuzten und blank gehaltenen Lederzeuge Patronentasche und Seitengewehr der zürcherischen Landmiliz trug. Ein kleines dreieckiges Hütchen war auf den hohlen Schädel gestülpt.

Der Kandidat fürchtete das Bild des Todes nicht, er war mit demselben von Amts wegen vertraut, ja er hatte eine gewisse Vorliebe für die warnende und erbauliche Erscheinung des Knochenmannes. Aber wer war der Mensch, der da drinnen unter der Hut dieser gespenstischen Wache schlief? Und welche seltsame Lust fand er daran, mit den ernstesten Dingen sein frevles Gespötte zu treiben?

Jetzt öffnete der Mohr das zweitäußerste Zimmer der Seeseite und stellte die beiden Leuchter auf den Kamin. Pfannenstiel, dessen Wangen glühten und fieberten, trat ans Fenster, um es aufzureißen; Hassan aber hielt ihn zurück. „Seeluft ungesund", warnte er und machte die Flügeltüre eines Nebenzimmers auf, um dem Erhitzten in unschädlicher Art mehr Luft zu verschaffen. Dann entfernte er sich mit einem demütigen Gruße.

Der Kandidat schritt eine gute Weile in der Kammer auf und nieder, um seine erregte Phantasie zur Ruhe zu bringen und den wunderlichsten Tag seines Lebens einzuschläfern. Aber das gefährlichste Abenteuer desselben war noch unbestanden.

Aus dem von Hassan geöffneten Nebenzimmer klang ein leiser Ton, wie ein tiefer Atemzug. Hatte die streichende Nachtluft die Falten eines Vorhanges bewegt oder war ein Käuzlein an den nur halb geschlossenen Jalousien vorbeigeflattert?

Der Kandidat hemmte seinen Schritt und horchte. Plötzlich fiel ihm ein, daß dieses nächste Zimmer, das letzte der Fassade, kein anderes sein könne als die Räumlichkeit, welche der Schiffer Bläuling der Türkin des Generals angewiesen hatte.

Die Möglichkeit einer solchen Nähe brachte den unbescholtenen jungen Geistlichen begreiflicherweise in die größte Angst und Unruhe, doch nach kurzer Überlegung beschloß er, in die berüchtigte Kammer mutig hineinzuleuchten.

Er betrat einen reichen türkischen Teppich und stand, sich zur Rechten wendend, vor einem lebensgroßen Bilde, welches von vergoldetem, üppigem Blätterwerk eingerahmt war und die ganze, dem Fenster gegenüberstehende Wand des kleinen Kabinettes füllte. Das Bild war von einem Niederländer oder

Spanier der damals kaum geschlossenen glänzenden Epoche in jener naturwarmen, bestrickenden Weise gemalt, die den Neuern verlorengegangen ist. Über eine Balustrade von maurischer Arbeit lehnte eine junge Orientalin mit den berauschenden dunkeln Augen und glühenden Lippen, bei deren Anblicke die Prinzen in Tausendundeiner Nacht unfehlbar in Ohnmacht fallen.

Sie legte den Finger an den Mund, als bedeute sie den vor ihr Stehenden: Komm, aber schweige!

Pfannenstiel, der nie etwas auch nur annähernd Ähnliches erblickt hatte, wurde tief und unheimlich erschüttert von der Verlockung dieser Gebärde, der Sprache dieser Augen. Es tauchte etwas ihm bis heute völlig unbekannt Gebliebenes in seiner Seele auf, etwas, dem er keinen Namen geben durfte — eine brennende Sehnsucht, die glückselige Möglichkeit ihrer Erfüllung! Vor diesem Bilde begann er an so übergewaltige Empfindungen zu glauben und vor ihrer Macht zu erbeben...

Plötzlich wandte sich der Kandidat, lief in sein Schlafgemach zurück und begnügte sich nicht, die Türe zu verschließen, er schob noch den Riegel und drehte zuletzt den Schlüssel um. Nun glaubte er sein Lager gesichert und begrub sich in die Kissen desselben.

Doch kaum war er entschlummert, so trat das schöne Schemen durch die Türe, ohne sie zu öffnen, und nahm tückisch Gestalt und Antlitz der Rahel Wertmüller an, ihren maidlichen Wuchs, ihre feinen geistigen Züge. Aber ihre Augen schmachteten wie die der Orientalin, und sie legte den Finger an den Mund.

Nun kam eine böse, schlimme Stunde für den armen Kandidaten. Er wollte fliehen und wurde von einer dämonischen Gewalt zu den Füßen des Mädchens hingeworfen. Er stammelte unsinnige Bitten und machte sich verzweifelte Vorwürfe. Er umfaßte ihre Kniee und verurteilte sich selbst als den ruchlosesten aller Sünder. Rahel, erst erstaunt, dann streng blickend und unwillig, stieß ihn zuletzt empört von sich weg. Jetzt stand der General neben ihm und reichte ihm das Pistol. „Die Figur", dozierte er, „wird bezwungen von der männlichen Ele=

mentarkraft." Dem Kandidaten wurde wie von eisernen, teuf=
lischen Krallen der Arm gebogen, und er setzte sich die tödliche
Waffe an die rechte Schläfe. „Fliehe mit mir!" stöhnte er.
Sie wandte sich ab. Er drückte los, und erwachte, nicht in
seinem Blute, aber in kaltem Schweiße gebadet. Dreimal trieb
ihn der quälende Halbtraum in diesem Kreislaufe von Be=
gierde, Frevel und Reue herum, bis er endlich das Fenster
aufschloß und im reinen Hauche der heiligen Frühe in einen
tiefen, beruhigenden Schlaf versank.

Er erwachte nicht, bis Hassan mit warmem Wasser ins
Zimmer trat und auf seinen Befehl die Jalousien öffnete. Ein
himmlischer, innig blauer Tag und das nun halb verwehte,
nun vollhallende Geläute aller Seeglocken drang in die Traum=
kammer.

„General Kirche gegangen", sagte der Mohr. „Geistlicher
Herr frühstücken?" —

ACHTES KAPITEL

Und der Mohr log nicht.

Rudolf Wertmüller wandelte in dem Augenblicke, da sich
sein Gast dem Schlummer entriß, schon unweit der Kirche
von Mythikon unter den sonntäglichen Scharen, welche alle
dahin führenden Wege und Fußsteige bevölkerten.

Der sonst so rasche Schritt des Generals war heute ein ge=
messener und seine Haltung durchaus würdig und untadelig.
Er war in schwarzen Sammet gekleidet und trug in der be=
handschuhten Rechten ein mit schweren vergoldeten Spangen
geschlossenes Gesangbuch.

Seltsam! Wertmüller, der seit langem jede Kirche gemieden
hatte, stand bei den Mythikonern in dem schlimmen Rufe und
der schwefelgelben Beleuchtung eines verhärteten Freigeistes,
es war ihnen eine ausgemachte, nicht anzufechtende Tatsache,
daß ihn über kurz oder lang der Teufel holen werde — und

dennoch waren sie herzlich erfreut, ja gerührt, ihn auf ihrem Kirchwege einherschreiten zu sehen. Sie erblickten in seinem Erscheinen durchaus nicht einen Akt der Buße, denn sie liebten es nicht und hielten es für schmählich — hierin den griechischen Dramatikern ähnlich — wenn eine erwachsene Person ihren Charakter wechselte; sie trauten es dem Generale zu, daß er konsequent bleibe und resolut ins Verderben fahre. Die Mythikoner faßten vielmehr den Kirchgang des alten Kriegsmannes als eine Höflichkeit auf, als eine Ehre, die er der Gemeinde erweise, als einen öffentlichen Abschiedsbesuch vor seinem Abgange ins Feldlager.

Das Grüßen nahm kein Ende, und jeder Gruß ward von dem heute ausnahmsweise Leutseligen mit einem Nicken oder einem kurzen freundlichen Worte erwidert. Nur ein altes Weib, das böseste in der Gemeinde, stieß ihre blödsinnige Tochter zurück, die den General angaffte, und raunte ihr vernehmlich zu: „Verbirg dich hinter mir, sonst nimmt er dich und macht dich zur Türkin!"

Weniger erfreut über den Anblick des ungewohnten Kirchgängers war der Pfarrer Wilpert Wertmüller, als er, mit Mantel und Kragen angetan, aus dem Tore seines Hofraums trat, in dessen Mitte hinter einem altergrauen Brunnen zwei mächtige Pappeln sich leis im Winde wiegten. Seine Überraschung war eine vollständige; denn Rahel hatte geschwiegen.

Der Pfarrer, ein Sechziger von noch rüstigem Aussehen und nicht gerade geistreichen, aber männlichen Gesichtszügen, mochte den General als einen versuchten Weidmann in Wald und Feld wohl leiden; daß er aber seine Erbauung gerade in der Kirche von Mythikon suchte — das hätte er ihm gerne erlassen.

Je unwillkommener, desto höflicher war der General. Er zog den Hut, dann nahm er den Pfarrer an der Hand und führte ihn in den Flur seines Hauses zurück. Gerade in diesem Augenblicke setzte die schöne, morgenfrische Rahel ihren Fuß auf die unterste Stufe der Treppe, sonntäglich angetan und ebenfalls ein kleines, in schwarzen Sammet gebundenes Gesangbuch in der Hand.

„Kind, du bist reizend! eine Nymphe!" begrüßte sie Wert=
müller. „Lasse dich väterlich auf die Stirn küssen!"

Sie weigerte sich nicht, und der kleine, aber fest und wohl
gebaute General richtete sich auf den Fußspitzen empor, um
die feine weiße Stirn des hochgewachsenen Mädchens zu er=
reichen, eine eher komische als zärtliche Gruppe.

„Bittest du mich nach der Predigt zu Tische, Alter?" fragte
Wertmüller.

„Selbstverständlich!" versetzte der gastfreundliche Pfarrer.
„Rahel bleibt zu Hause und besorgt die Küche."

Das willige Mädchen fügte mit einem leichten Knickse hin=
zu: „Wir bedanken uns, Pate!" und eilte in das obere Stock=
werk zurück.

„Ich bringe dir etwas mit, Alter", lächelte der General.

„Gewehr?" fuhr der Pfarrer heraus, und seine Augen
leuchteten.

Wertmüller nickte bejahend und zog unter dem breiten
Schoße seines Sammetrockes ein Pistol hervor. Die vornehme
Fasson und der damaszierte Lauf des kleinen Meisterstückes
der damaligen Büchsenschmiedekunst stachen dem Pfarrer ge=
waltig in die Augen. Seine ganze Leidenschaft erwachte. Wert=
müller trat mit ihm aus dem dämmerigen Flur durch die Hin=
tertüre der Pfarre in den Garten, um ihn die kostbare kleine
Waffe im vollen Tageslichte bewundern zu lassen.

Die ganze Langseite des Hauses war mit einer ziemlich nied=
rigen Weinlaube bekleidet; an dem einen Ende dieses grünen
Bogenganges hatte der Pfarrer vor Jahren eine steinerne
Mauer mit einer kleinen Scheibe aufführen lassen, um sich,
an dem entgegengesetzten Eingange Posto fassend, während
seiner freien Stunden im Schießen zu üben.

„Aus der Levante?" fragte er, sich des Pistols bemächti=
gend.

„Venezianische Nachahmung. Sieh hier die verschlungene
Chiffre GG — bedeutet Gregorio Gozzoli", rühmte Wert=
müller.

„Ich erinnere mich, diesen Schatz von Pistölchen in deiner

Waffenkammer auf der Au gesehen zu haben — aber war es nicht ein Pärchen?"

„Du träumst…"

„Ich kann mich geirrt haben. Spielt das kleine Ding leicht?"

„Leider ist der Drücker etwas verhärtet, aber du darfst das fremde Meisterstücklein keinem hiesigen Büchsenmacher anvertrauen, er würde dir es verderben."

„Etwas hart? tut nichts!" sagte der Pfarrer. Er nahm trotz Mantel und Kragen an einem Ende der Laube Stellung. Auf dem linken Fuße ruhend, den rechten vorgesetzt, zog er den Hahn und krümmte den Arm.

Eben verstummten die Glocken auf dem nahen Kirchturme, und das Auszittern ihrer letzten Schläge verklang in dem Gesumme der Wespen, die sich geräuschvoll um die noch nicht geschnittenen Goldtrauben der Laube tummelten.

Der Pfarrer hörte nichts — er drückte und drückte mit dem Aufgebot aller Kraft.

„Pfui, Alter, was schneidest du für Grimassen?" spottete Wertmüller. „Gib her!" Er entriß ihm die Waffe und legte seinen eisernen Finger an den Drücker. Der Hahn schlug schmetternd nieder. „Du verlierst deine Muskelkraft, Vetter! Dich entnervt die gliederlösende Senektus! Ich will dir selbst den Mechanismus etwas geschmeidiger machen — du weißt, daß ich ein ruhmreicher Schlosser und ganz leidlicher Büchsenschmied bin!" Der General ließ die schmucke kleine Waffe in die Tiefe seiner Tasche zurückgleiten.

„Nein, nein, nein!" rief der Pfarrer leidenschaftlich. „Du hast es mir einmal geschenkt! Ich lasse es nicht mehr aus den Händen! …"

Zögernd hob der General das Pistol wieder hervor — nicht mehr dasselbe. Er hatte es, der alte Taschenspieler, mit dem auch für ein schärferes und ruhiges Auge nicht leicht davon zu unterscheidenden Zwillinge gewechselt.

Der Pfarrer hielt die Waffe kaum wieder in der Hand, als er sich von neuem in Positur stellte, denn er war ganz Feuer und Flamme geworden, und Miene machte, den Hahn noch einmal zu spannen.

Der General aber fiel ihm in den Arm. „Hernach!" redete er ihm zu. „Donnerwetter! Es hat längst ausgeläutet."

Herr Wilpert Wertmüller erwachte wie aus einem Traume, besann sich, lauschte. Es herrschte eine tiefe Stille, nur die Wespen summten.

Er steckte das Pistol eilig in die geräumige Rocktasche, und die Vettern beschritten den kurzen, jetzt völlig menschenleeren Weg nach der nahen Kirche.

NEUNTES KAPITEL

Als die zwei Wertmüller den heiligen Raum betraten, war er schon bis auf den letzten Platz gefüllt. Im Schiffe saßen rechts die Männer, links die Weiber, im Chore, das Antlitz der Gemeinde zugewendet, die Kirchenältesten, unter ihnen der Krachhalder.

Zwei breite, oben durch ein großes Halbrund verbundene Mauerpfeiler schieden Chor und Kirche. An dem rechts gelegenen schwebte die Kanzel und am Fuße der steilen Kanzeltreppe befand sich der einzig leer gebliebene Sitz, der mit Schnitzwerk verzierte Stuhl von Eichenholz, welchen der Pfarrer während des Gesanges einzunehmen pflegte. Diesen wies er jetzt dem General an und bestieg ohne Verzug die Kanzel. Der Verspätete hatte Eile, der Gemeinde die Nummer des heutigen Kirchenliedes zu bezeichnen.

Es war das beliebteste des neuen Gesangbuchs, ein Danklied für die gelungene Lese, erst in neuerer Zeit verfaßt und aus Deutschland gekommen, mit dreisten und geschmacklosen Schnörkeln im damaligen Rokokostile, aber nicht ohne Klang und Farbe.

Jede Strophe begann mit der Aufforderung, den Geber alles Guten vermittels eines immer wieder andern Instrumentes zu loben. Dem Autor mochte ein Kirchenbild vorge=

schwebt haben. Aber nicht jene zarten, musizierenden Engel Giambellinis, welche an das Dichterwort erinnern:

> Da geigen die Geiger so himmlisch klar,
> Da blasen die Bläser so wunderbar...

Nein! sondern die auf einer robusten Wolke lagernde und mit allen möglichen Instrumenten ausgerüstete pausbackige, himmlische Hofkapelle irgendeines Bravourbildes aus der Rubensschen Schule.

„Frohlocket, frohlocket!...“ erscholl es heiter und volltönig in dem schönen, reinlichen Raume, durch dessen acht Spitzbogenfenster das leuchtende Blau des himmlischen Tages hereinquoll.

Der General, dessen Eintritt ein wohlgefälliges Gemurmel erregt hatte, wendete sein gesammeltes Antlitz der Gemeinde zu, konnte aber mit einer ungezwungenen Wendung des Kopfes leicht den hohen Sitz beobachten, wo sein Vetter horstete. Eben jetzt warf er einen Blick hinauf. Der Seelsorger von Mythikon, der das Jubellied schon oft gehört hatte und seiner ebenfalls schon oft gehaltenen Predigt sicher war, betastete leise seine Tasche.

„Posaunet, posaunet!...“ dröhnte es durch das Schiff. Wertmüller schielte die Kanzeltreppe hinauf. Der Vetter hatte das kleine Terzerol aus der Tasche gezogen und betrachtete es hinter der hohen Kanzelbrüstung mit Augen der Liebe.

„Drommetet, drommetet!...“ sangen die Mythikoner. Mitten durch den Trompetenlärm hörte der General deutlich ein scharfes Knacken, als würde droben ein Hahn gezogen. Er lächelte.

Jetzt kam die letzte, die Lieblingsstrophe der Mythikonerinnen. „Und flötet, o flötet!...“ sangen sie, so schön sie konnten. Der General warf wieder einen verstohlenen Blick nach der Kanzel hinauf. Spielend legte der Pfarrer eben seinen dicken Finger an den Drücker; wußte er doch, daß er die Feder mit aller Gewalt nicht bewegen konnte. Aber er zog ihn gleich wieder zurück, und die sanften Flöten verklangen.

110

Der General unten an der Kanzel legte in gedrückter Stimmung sein Gesicht in Falten.

Jetzt betete der geistliche Herr, der das kleine Gewehr in seine geräumige Tasche zurückgleiten ließ, in aller Andacht die Liturgie und las dann den Text aus der großen, ständig auf dem Kanzelbrette lagernden Bibel. Es war der herrliche siebenundvierzigste Psalm, der da beginnt: Frohlocket mit Händen, alle Völker, lobet Gott mit großem Schalle!

Frisch und flott ging es in die Predigt hinein und schon war sie über ihr erstes Drittel gediehen. Noch einmal lauerte der General empor, sichtlich enttäuscht, mit einem fast vorwurfsvollen Blicke, der sich aber plötzlich erheiterte. Der Pfarrer hatte im Feuer der Aktion, während seine Linke vor allem Volke gestikulierte, mit der durch die Kanzel gedeckten Rechten instinktiv das geliebte Terzerol wieder hervorgezogen. „Lobet Gott mit großem Schalle!" rief er aus, und, paff! knallte ein kräftiger Schuß. Er stand im Rauch. Als er wieder sichtbar wurde, quoll die blaue Pulverwolke langsam um ihn empor und schwebte wie ein Weihrauch über der Gemeinde.

Entsetzen, Schreck, Erstaunen, Ärger, Zorn, ersticktes Gelächter, diese ganze Tonleiter von Gefühlen fand ihren Ausdruck auf den Gesichtern der versammelten Zuhörer. Die Kirchenältesten im Chor aber zeigten entrüstete und strafende Mienen. Die Lage wurde bedenklich.

Jetzt wendete sich der General mit einer zugleich leutseligen und imponierenden Gebärde an die aufgeregten Mythikoner:

„Lieben Brüder, laßt euch den Schuß nicht anfechten. Bedenket: es ist nach menschlicher Voraussicht das letztemal, daß ich mich in eurer Mitte erbaue, ehe ich diesen meinen sterblichen Leib den Kugeln preisgebe. — Und Ihr, Herr Pfarrer, zeigt Euch als einen entschlossenen Mann und führt Euern Sermon zu Ende."

Und wirklich, der Pfarrer setzte unerschrocken wieder ein und fuhr in seiner Predigt fort, unbeirrt, ohne den Faden zu verlieren, ohne sich um ein Wort zu vergreifen, zu stottern oder sich zu versprechen.

Alles kehrte wieder in die Ordnung zurück. Nur das blaue Pulverwölkchen wollte sich in dem geschlossenen Raume gar nicht verlieren und schwebte hartnäckig über der Gemeinde, bald im Schatten, bald von einem Sonnenstrahl beleuchtet, bis seine Umrisse immer ungewisser wurden und sich endlich auflösten.

ZEHNTES KAPITEL

Während der Pfarrer seine Predigt tapfer zu Ende führte, hatte die daheim gebliebene Rahel der alten Babeli und dem zur Aushilfe von dieser herbeigeholten Nachbarskinde ihre Befehle gegeben und trat jetzt, ein Körbchen und ein kleines Winzermesser in der Hand, vor die hintere Haustüre, um einige ihrer reifen, sonnegebräunten Goldtrauben von der Laube zu schneiden.

Da sah sie, sich gerade gegenüber, wo der Fußsteig um die von der Landstraße abliegende Seite des Gartens lief, ein seltsames Schauspiel.

Ein unheimlicher Mensch stützte die Hände auf den Zaun, schwang sich mit fliegenden Rockschößen in einem wilden Satze über die Hecke und kam ihr stracks entgegen. Kaum traute sie ihren Augen. Konnte er es sein? Unmöglich! Und doch, er war es.

Pfannenstiel hatte das Frühstück, welches ihm der dienstbeflissene Mohr im Speisesaale auf der Au vorsetzte, kaum berührt. Es trieb ihn fort über die jetzt gesenkte Zugbrücke, bergan, der Pfarre von Mythikon zu. Er wußte, daß er die Straßen und Steige, wenn auch nur für kurze Zeit, noch leer fand. Das orientalische Schemen war im Morgenwinde verflattert; aber, wie himmlisch leuchtend und frisch der Herbsttag aus seinen Nebelhüllen hervortrat, einer der gestern empfangenen Eindrücke war wie ein Stachel in der aufgeregten Seele des Kandidaten haften geblieben.

Ihm fehle die Männlichkeit, hatte der General ihm vorgehalten, die einen unfehlbaren Sieg über das Weibliche davontrage. Das gab dem Kandidaten zu schaffen, und da sich ihm eine nächste Gelegenheit bot, etwas nach seiner Ansicht Kühnes zu unternehmen, und gerade das, wozu der General ihn aufgefordert hatte, so entschloß sich der Verwilderte, Rahel, wenn auch ohne Feuerwaffe, mit einem Morgenbesuche zu überraschen.

Der Sprung über die Hecke war dann freilich keine Heldentat gewesen, sondern eine Flucht vor den ersten heimkehrenden Kirchgängern, die er zwischen den Bäumen der Landstraße zu sehen glaubte.

Wie er sich mit unternehmender Miene und in entschiedener Haltung der Wertmüllerin näherte, erschrak diese ernstlich über sein Aussehen, seine fiebernden Augen, die Blässe und Abspannung, wie sie eine schlaflose Nacht auf dem Antlitze zurückläßt. Auch der herabhängende, halb abgedrehte Knopf und die Leere, die der andere weggerissene gelassen, entgingen ihr natürlich keinen Augenblick und vollendeten den beängstigenden Eindruck.

„Um Himmels willen, was ist Euch, Herr Vikar?“ sagte das Mädchen. „Seid Ihr krank? Ihr habt etwas Verstörtes, Fremdes an Euch, das mich erschreckt. Oh, der heillose Pate, — was hat er mit Euch vorgenommen? Er gelobte mir doch, Euch nichts anzutun, und nun hat er Euch gänzlich zerrüttet! Erzählt mir haarklein, was Euch auf der Au zugestoßen — vielleicht weiß ich Rat.“

Als ihr der Kandidat in die verständigen und doch so warmen Augen blickte, ward er sich urplötzlich dessen bewußt, was ihn eigentlich hergetrieben. Der Kobold des Abenteuers, der sich beim ersten Schritte, den er auf der Au getan, ihm auf den Nacken gesetzt hatte, sprang von seinem Rücken und ließ ihn fahren.

Bis ins kleinste beichtete er den klaren, braunen Augen seine Erlebnisse auf der Insel, nur die Vision der Türkin weglassend, die ja eine Ausgeburt seines erhitzten Gehirns gewesen war. Er gestand ihr, ihn habe der Vorwurf des Generals, ihm fehle das Männliche, verblüfft und beunruhigt, auch jetzt könne er noch nicht darüber hinwegkommen. Und er bat sie, ihm aufrichtig zu sagen, ob hier ein Mangel sei und wie dem abzuhelfen wäre.

Rahel betrachtete ihn ein Weilchen fast gerührt, dann brach sie in ein helles Gelächter aus.

„Der Pate trieb mit Euch sein Spiel," sagte sie, „aber daß er Euch das griechische Abenteuer widerriet, war recht. Ihr wolltet aus Eurer eigenen Natur heraus, und er hat Euch heimgespottet... Warum auch? Wie Ihr seid, und gerade wie Ihr seid, gefallt Ihr mir am besten. Papas ungeistliche Weidlust hat mir genug schwere Stunden gemacht! Für mich lob' ich mir den Mann, der unsern Dorfleuten mit einem erbaulichen, durchsichtigen Wandel vorleuchtet, unsern Zehntwein schluckweise trinkt, seine Frau liebhat und zuweilen von einem bescheidenen und gelehrten Freunde besucht wird!... Diese Kavaliere! Ich habe übergenug von ihren Tafeldiskursen, wenn sie den Vater mit Roß und Wagen überfallen! — Der Pate hat Euch gestern in so manches eingeweiht, hat er Euch nicht auch den Streich erzählt, den er mit achtzehn Jahren seinem jungen Weibe spielte? Sie gelüstete nach Spanischbrötchen, wie man solche in Baden bäckt. „Ich hole sie dir warm!" sagte er galant, sattelte und verritt. In Baden legte er die Brötchen in eine Schachtel und eine Zeile dazu, er verreise ins schwedische Lager. Diesen Abschied sandte er durch einen Boten, ihn selbst aber sah sie viele Jahre nicht wieder. Das hättet Ihr nicht getan!" Und sie reichte dem stillen Vikar die Hand.

„Aber jetzt muß ich Euch sogleich die Knöpfe befestigen," setzte sie rasch hinzu, „es tut mir in den Augen und in der Seele weh, Euch in diesem Zustande zu sehen! Setzt Euch!" — dabei zeigte sie auf ein Bänklein unter der Laube — „ich hole Zwirn und Nadel."

Pfannenstiel gehorchte, und sie entsprang mit dem traubengefüllten Körbchen.

Nun kam es über ihn wie Paradiesesglück. Licht und Grün, die niedrige Laube, das bescheidene Pfarrhaus, die Erlösung von den Dämonen des Zweifels und der Unruhe!

Sie freilich, die ihn davon befreit hatte, war selbst von Unruhe ergriffen. Welchen Streich hatte der General geplant oder schon ausgeführt? Sie machte sich Vorwürfe, ihm freie Hand dazu gegeben zu haben.

In der Küche erfuhr sie, der Herr Pfarrer habe sich mit dem General eingeschlossen und bald darauf seien die Kirchenältesten langsam und feierlich die Treppe hinaufgeschritten. Etwas Unerhörtes müsse in der Kirche vorgefallen sein.

Der Fischkuri, der ihr aus seinem Troge Forellen brachte, wurde von ihr befragt; aber er war nicht zum Reden zu bringen und schnitt ein dummes Gesicht.

Bestürzt eilte das Mädchen in ihre Kammer und mußte lange suchen, ehe sie Nadel und Zwirn fand.

ELFTES KAPITEL

Nachdem der Gottesdienst zu Mythikon ohne weitere Störung sein Ende genommen hatte, waren die Vettern nebeneinander in die nahe Pfarre zurückgeschritten, der Seelsorger zur Rechten des Generals, ohne sich um den Ausdruck der öffentlichen Meinung zu kümmern, welcher in den Mienen der ihnen Begegnenden unverkennbar zu lesen war.

Dort öffnete der geistliche Wertmüller sein Studierzimmer, ließ den weltlichen wie einen straffälligen, armen Sünder nachkommen und verschloß sorgfältig die Türe. Dann trat er dicht an den Freveltäter heran. „Vetter General," sagte er, „du hast an mir gehandelt als ein Schelm und ein Bube!" und er machte Miene, ihn am Kragen zu packen.

„Hand weg!" entgegnete dieser. „Soll ich mich mit dir raufen, wie weiland mit dem Vetter Zeugherr von Stadelhofen in der Ratslaube zu Zürich, als wir uns die Perücken zausten, daß es nur so stob! Bedenke dein Amt, deine Würde!"

„Mein Amt, meine Würde!" wiederholte der Pfarrer lang=
sam und schmerzlich. Eine Träne netzte seine graue Wimper.
Mit diesen vier schlichten Worten war dasselbe ausgedrückt,
was uns in jener großartigen Tirade erschüttert, mit welcher
Othello von seiner Vergangenheit und seinem Amte Abschied
nimmt.

Der General schluckte. Die Träne des alten Mannes war
ihm entschieden zuviel.

„Lala," tröstete er, „du hast eine prächtige Kaltblütigkeit
gezeigt. Auf meine Ehre, ein echter Wertmüller! Es ist ein
Feldherr an dir verlorengegangen."

Aber die Schmeichelei verfing nicht. Auch der Moment der
Wehmut war vorübergegangen.

„Womit habe ich dich beleidigt?" zürnte der Entrüstete.
„Habe ich je in meiner Kirche auf dich gestichelt oder ange=
spielt? Habe ich dich nicht in deinem Heidentume völlig wer=
den lassen und dich gedeckt, wie ich konnte? — Und zum
Danke dafür hast du mir hinterlistig das Pistol vertauscht,
du Gaukler und Taschenspieler! — Warum beschimpfst du
meine grauen Haare, Kind der Bosheit? Weil es dir in dei=
ner eigenen Haut nicht wohl ist!"...

„Lala", sagte der General.

Es pochte. Die Kirchenältesten von Mythikon traten in die
Stube, dem Krachhalder den Vortritt lassend, und stellten sich
in einem Halbkreise den Wertmüllern feierlich, fast feindselig
gegenüber. Der General las in den langen gefurchten Gesich=
tern, daß er mit seinem lästerlichen Scherze das dörfliche Ge=
fühl schwer beleidigt hatte.

In der Tat, der Krachhalder, auf den sie alle hinhörten,
war in den Tiefen seiner Seele empört. Wenn er sich auch
den abenteuerlichen Vorfall nicht ganz erklären konnte, setzte
er ihn doch unbedenklich auf die Rechnung des Generals, wel=
cher, die Schwäche seines geistlichen Vetters sich zunutze
machend, ein landkundiges Ärgernis habe anstiften wollen.
Dem Krachhalder lag die Ehre seiner Gemeinde am Herzen,
und er hatte das Mythikonerkirchlein mit seinem schlanken

Helme und seinen hellen acht Fenstern aufrichtig lieb. — Süß war ihm nach dem Schweiße der Woche der Kirchgang im reinlichen Sonntagsrocke und den Schnallenschuhen, süß und nachdenklich Taufe und Bestattung, die den Gottesdienst und das menschliche Leben begrenzen und einrahmen, süß das Angeredetwerden als sterblicher Adam und unsterbliche Seele, süß das Kämpfen mit dem Schlummer, das Übermanntwerden, das Wiedererwachen; süß das kräftige Amen, süß das Zusammenstehen mit den Ältesten auf dem Kirchhofe und die Begrüßung des Pfarrers, süß das gemütliche Heimwandeln.

Man mußte ihn sehen, den ehrbaren Greis mit dem scharf gezeichneten Kopfe, wenn er bei einer Armensteuer, nach der Aufforderung des Herrn Pfarrers zu schöner brüderlicher Wohltat, das Wasser in den Augen, aus seinem Geldbeutel ein rotes Hellerchen hervorgrub! —

Kurz, der Krachhalder war ein kirchlicher Mann und das Herz blutete oder, richtiger gesagt, die Galle kochte ihm, die Stätte seiner sonntäglichen Gefühle verunglimpft und lächerlich gemacht zu sehen.

„Was führt Euch hierher?" redete der General ihn an und fixierte ihn mit blitzenden Augen so scharf, daß der Krachhalder, der trotz seines guten Gewissens das nicht wohl ertragen konnte, mit seinen Augensternen nach rechts und links auswich, bis es ihm endlich gelang, standzuhalten.

„Macht aus einer Mücke keinen Elefanten!" fuhr Wertmüller, ohne die Antwort zu erwarten, fort. „Nehmt den Schuß als einen verspäteten aus der Lese oder, in Teufels Namen, für was Ihr wollt!"

„Die Lese war mittelmäßig", erwiderte der Kirchenälteste mit verhaltenem Grimme, „und der Schuß ist ein recht böser Handel, Ihr Herren Wertmüller! Ich besitze eine Chronik von Stadt und Land; darinnen steht verzeichnet, daß vor Jahren einem jungen geistlichen Herrn, der seiner Braut über den heiligen Kelch hin mit verliebten Augen zuwinkte..." der Krachhalder machte an seinem Halse das Zeichen eines Schnittes.

„Blödsinn!" fuhr der General ungeduldig dazwischen.

„Ich habe zu Hause auch eine Ketzergeschichte," sprach der Krachhalder hartnäckig fort, „darinnen alle Trennungen und Sekten von Anfang der Welt an beschrieben und abgebildet sind. Aber kein Adamit oder Wiedertäufer hat es je unternommen, bei währender Predigt einen Schuß abzugeben. Das, Herr Pfarrer, ist eine neue Religion."

Dieser seufzte. Das Beispiellose seiner Tat stand ihm deutlich genug vor Augen.

„Man wird den Schuß in Zürich untersuchen," drohte jetzt der unbarmherzige Bauer, „die Synagoge", er wollte sagen Synode, „wird darüber sitzen. Es tut mir leid für Euch, Herr Pfarrer; aber ich hoffe, sie fällt einen scharfen Spruch. Auch so wird uns der Spott nicht erspart werden, und das ist das Schlimmste, denn der Spott hat ein zähes Leben an unserm See. Wenn ich nur dran denke, wird es mir, beim Eid, schwarz vor den Augen. Das ganze rechte Ufer da drüben lacht uns aus. Keinen Schoppen können wir mehr trinken in Meilen oder Küßnach, ohne daß sie uns verhöhnen in allen Tonarten und Liederweisen. Der Schuß von Mythikon stirbt nicht am See, so wenig als in Altorf der Tellenschuß. Er haftet und lebt bei Kind und Kindeskind. Ich berufe mich auf Euch, Herr General," fuhr er fort, und die alten Augen leuchteten boshaft, „Ihr wißt, was das heißen will! Wie lange ist es her, daß Ihr von Rapperswyl abzogt? Damals wurdet Ihr von den Katholischen besungen, und, glaubt Ihr's? das lebt noch. Ihr seid ein verrühmter, abfigürter Mann, aber was hilft das? Erst vorgestern noch fuhr ein volles Pilgerschiff von Richterswyl her um die Au mit großem Lärm und Gesang. Ich stand in meinem Weinberge und denke: die Narren! — Gegen Euer Haus hin werden sie still. „Das macht der Respekt", sag' ich zu mir selbst. Ja, da hatt' ich es getroffen. Kaum sind sie recht unter Euern Fenstern, so bricht das Spottliedlein los. Ihr wißt das, wo sie den Wertmüller heimschicken zur Müllerin! Gut, daß Ihr verritten wart! Meineidig geärgert hab' ich mich in meinen Reben..."

118

„Schweigt!" fuhr ihn der General zornig an; denn der alte Schimpf jener aufgehobenen Belagerung brannte jetzt noch auf seiner Seele, ja schärfer als früher, als wäre er mit jener Tinte verzeichnet, die erst nach Jahren schwarz und unvertilglich hervortritt.

Doch er beherrschte sich und wechselte den Ton. „Etwas Konfusion gehört zu jeder Komödie," sagte er, „aber wenn sie ihren Höhepunkt erreicht hat, muß ihr eine rasche Wendung zu gutem Schlusse helfen, sonst wird sogar die Verrücktheit langweilig.

Herr Pfarrer und liebe Nachbarn!

Gestern bis tief in die Nacht habe ich an meinem Testamente geschrieben und es Schlag zwölf Uhr unterzeichnet. Ich kenne Euer warmes Interesse an allem, was ich tue, lasse und nachlasse; erlaubt denn, daß ich Euch einiges daraus vorlese."

Er zog eine Handschrift aus der Tasche und entfaltete sie. „Den Eingang, wo ich ein bißchen über den Wert der Dinge philosophiere, übergeh' ich . . . „„Wenn ich Rudolf Wertmüller jemals sterbe . . .,"" doch das gehört auch nicht hieher," . . . er blätterte weiter. „Hier! „„Schloß und Herrschaft Elgg, die ich aus den redlichen Ersparnissen meines letzten Feldzuges erworben, bleibt als Fideikommiß in meiner Familie,"" usw. „„Item — Sintemal diese Herrschaft eine treffliche, aber vernachlässigte Jagd besitzt und eine mit den Beutestücken eben jener Kampagne versehene, aber noch unvollständige Waffenkammer, so verfüge ich, daß nach meinem Ableben mein Vetter, der Herr Pfarrer Wilpert Wertmüller, benanntes Schloß und Herrschaft bewohne und bewerbe, die Jagd herstelle, die Waffenkammer vervollkomme und überhaupt und in jeder Weise bis an sein Ende frei darüber schalte und walte, wenn anders dieser geistliche Herr sich wird entschließen können, sein in Mythikon habendes Amt niederzulegen und antistite probante an den Kandidaten Pfannenstiel zu transferieren, welchem Kandidaten ich mein Patenkind, die Rahel Wertmüllerin, zur Frau gebe, nicht ohne die väterliche Einwilligung jedoch, und mit Hinzufügung von dreitausend Zürchergulden,

119

die ich dem Fräulein, in meinen Segen eingewickelt, hinter=
lasse.""

Uff," schöpfte der General Atem, „diese Sätze! Eine ver=
teufelte Sprache das Deutsche!" —

Der Pfarrer kam sich vor wie ein Schiffbrüchiger, den die=
selbe Welle begräbt und ans Land trägt. Seine verhängnis=
volle Leidenschaft abgerechnet, ein verständiger Mann, erkannte
er sofort, daß ihm der General den einzigen und dazu einen
höchst angenehmen Weg öffne, der ihn aus Schimpf und
Schande führen konnte.

Er drückte seinem Übel= und Wohltäter mit einer Art von
Rührung die Hand, und dieser schüttelte sie ihm mit den Wor=
ten: „Komme ich durch, so soll es dein Schade nicht sein,
Vetter! Ich tue dann, als wär' ich tot und installiere dich als
mein eigener Testamentsvollstrecker in Elgg!"

Die Mythikoner aber lauschten gleichsam mit allen Glied=
maßen, denn es schwante ihnen, daß jetzt sie an die Reihe
kämen, beschenkt zu werden.

„Ich vermache denen Mythikern," fuhr der General fort
und sein Bleistift flog über das Papier in seiner Linken, denn
er skizzierte den durch die Eingebung des Augenblickes ent=
standenen Paragraphen, „denen Mythikern vermache ich jene
in ihre Gemeindewaldung am Wolfgang eingekeilte, zu zwei
Dritteln mit Nadelholz, zu einem Drittel mit Buchen bestan=
dene Spitze meines Besitztums, in der Weise, daß die beiden
Marksteine des Gemeindegutes zu meinen Ungunsten durch
eine gerade Linie verbunden werden. —

Heute noch — auf Ehrenwort und vor Zeugen — erhält
dieser Zusatz mit meiner Unterschrift seine Endgültigkeit," er=
klärte der General, „in der Meinung jedoch und unter der
Bedingung, daß der heute, wie eine unverbürgte Sage geht,
in der Kirche von Mythikon abgefeuerte Schuß zu den unge=
schehenen Dingen verstoßen und, soweit er Realität hätte, mit
einem ewigen Schweigen bedeckt werde, welches sich die My=
thiker eidlich verpflichten, weder in diesem Leben zu brechen,

noch jenseits des Grabes am Jüngsten Tage und letzten Gerichte."

Der Krachhalder war während dieser Mitteilung äußerlich ruhig geblieben, nur die Nasenflügel in dem übrigens gelassenen Gesicht zitterten ein wenig und seine Fingerspitzen hatten sich um ein kleines einwärts gebogen, als wolle er das Geschenk festhalten. "Herr General, so wahr mir Gott helfe!" rief er jetzt und hob die Hand zum Schwure; Wertmüller aber schloß:

"Widrigenfalls und bei gebrochenem Schweigen ich dies Vermächtnis bei meiner Rückkehr aus dem bevorstehenden Feldzuge umstoßen und vertilgen werde. Wäre mir dies nicht möglich wegen eingetretenen Sterbefalles, so schwöre ich, mich den Mythikern als Geist zu zeigen und zur Strafe ihres Eidbruches zwischen zwölf und eins ihre Dorfgasse abzupatrouillieren. — Werdet Ihr die Bedingung erfüllen können, Krachhalder?"

"Unwitzig müßten wir sein," beteuerte dieser, "wenn wir nicht das Maul hielten!"

"Und eure Weiber?"

"Dafür laßt uns Mythikoner sorgen", sagte der alte Bauer ruhig und machte eine bedeutungsvolle Handbewegung.

"Aber, Krachhalder, stellt Euch vor, ich sei aus dem Reiche zurück," sagte der General freundlich, "wir sitzen unter meiner Veranda, ich lege Euch so wie jetzt die Hand auf die Schulter, stoße mit Euch an und wir plaudern allerlei. Dann sag' ich so im Vorbeigehen: Jener Schuß hat gut gekracht!" ...

"Welcher Schuß? — Das lügt Ihr, Herr General!" rief der Kirchenälteste mit einer sittlichen Entrüstung, die komischerweise durchaus nicht gespielt war, sondern das Gepräge vollkommener Aufrichtigkeit trug.

Wertmüller lächelte zufrieden.

"Jetzt heim, ihr Männer!" mahnte der Alte. "Damit kein Unglück geschehe, muß in einer Viertelstunde das ganze Dorf wissen, daß der Schuß ... will sagen, daß wir heute eine gute Predigt gehört haben."

Er drückte dem Pfarrer die Hand: „Und Euch, Herr General," sagte er, „reiche ich sie als Eidgenosse."

„Verzieht einen Augenblick," befahl Wertmüller, „und seid Zeugen, wie ein glücklicher Vater zwei Hände zusammenlegt. Der Vikar kann nicht ferne sein. Trogen mich nicht die Augen, so sah ich ihn von weitem über eine Hecke voltigieren mit einem Salto, den ich ihm nie zugetraut hätte."

„Rahel, mein Kind, schnell!" rief der Pfarrer durch die geöffnete Türe ins Haus hinein.

„Gleich, Vater!" scholl es zurück; aber nicht aus dem Innern der Wohnung, sondern von außen durch das Weinlaub des Bogenganges herauf.

Rasch blickte der General aus dem Fenster und gewahrte durch das Blattgitter seine Schützlinge in einer Gruppe, die er sich durchaus nicht erklären konnte.

„Hervor, Hirt und Hirtin, aus Arkadiens Lauben!" rief der alte Soldat.

Da schritt Rahel unmutig errötend unter dem schützenden Blätterdache hervor und betrat mit Pfannenstiel, den sie mitzog, ein kleines von Edelobstbäumen umzogenes Rondell, das hart vor den Fenstern der Studierstube lag, aus denen der General mit den neugierigen Kirchenvorstehern herunterschaute.

Das Fräulein hielt eine Nadel in der gelenken Hand und befestigte vor aller Augen einen herabhangenden Knopf am Rocke des Kandidaten. Sie ließ sich in der Arbeit nicht stören. Erst nachdem sie den Faden gekappt hatte, heftete sie die braunen Augen, in denen Ernst und Übermut kämpften, fest auf ihren wunderlichen Schutzgeist und rief ihm zu:

„Pate, Ihr habt mir in kurzer Zeit den Herrn Vikar fast zerstört und zugrunde gerichtet. Wohl mußt' ich ihn wieder in Ordnung bringen, damit er vor Gott und Menschen erscheinen könne! Was aber habt Ihr mit dem obersten Knopfe angefangen, der hier mangelte und den ich durch einen des Vaters ersetzen mußte? — Schafft ihn zur Stelle, oder..." Sie erhob die Nadel mit einer so trotzigen und blutdürstigen

122

Gebärde gegen den General, daß die Männer alle in schallen=
des Gelächter ausbrachen.

Nach wenigen Augenblicken traten Pfannenstiel und Rahel
vor den Pfarrer, der sie verlobte und segnete.

Als aber die vergnügten Kirchenältesten sich entfernt hatten,
gab der würdige Herr seinem künftigen Schwiegersohne noch
eine kurze Ermahnung:

„Was war das, Herr Vikar? An der Kirche vorüber=
schlüpfen, abgerissene Knöpfe! ... Wo bleibt da die Würde,
das Amt?"

Dann wandte er sich gegen den General: „Ein Pärchen!"
sagte er, „nun das andere! Gebt her, Vetter!"

Und er langte ihm ohne Umstände in die Rocktasche, hob
daraus das hartspielende Pistol, zog dann das in der Kirche
entladene leichtspielende aus der seinigen und hielt sie ver=
gleichend zusammen.

So begab es sich, daß der Schuß von Mythikon totge=
schwiegen und, im Widerspiel mit dem Tellenschusse, aus einer
Realität zu einer blassen wesenlosen Sage verflüchtigt wurde,
die noch heute als ein heimatloses Gespenst an den schönen
Ufern unsres Sees herumschwebt.

Aber auch wenn die Mythikoner geplaudert hätten, der
General konnte sein Testament nicht mehr entkräften, denn er
hatte die Eichen der Au zum letzten Male gesehen.

Sein Ende war rasch, dunkel, unheimlich. Eines Abends
beim Lichteranzünden ritt er mit seinem Gefolge in ein deut=
sches Städtchen ein, stieg im einzigen schlechten Wirtshause
ab, berief den Schöffen zu sich und ordnete Requisitionen an.
Ein paar Stunden später wurde er plötzlich von einem Krank=
heitsanfalle niedergeworfen, und Schlag Mitternacht hauchte
er seine seltsame Seele aus.

————

PLAUTUS IM NONNENKLOSTER

Nach einem heißen Sommertage hatte sich vor einem Kasino der mediceischen Gärten zum Genusse der Abendkühle eine Gesellschaft gebildeter Florentiner um Cosmus Medici, den „Vater des Vaterlandes", versammelt. Der reinste Abendhimmel dämmerte in prächtigen, aber zart abgestuften Farben über den mäßig Zechenden, unter welchen sich ein scharf geschnittener, greiser Kopf auszeichnete, an dessen beredten Lippen die Aufmerksamkeit der lauschenden Runde hing. Der Ausdruck dieses geistreichen Kopfes war ein seltsam gemischter: über die Heiterkeit der Stirn, die lächelnden Mundwinkel war der Schatten eines trüben Erlebnisses geworfen.

„Mein Poggio," sagte nach einer eingetretenen Pause Cosmus Medici mit den klugen Augen in dem häßlichen Gesichte, „neulich habe ich das Büchlein deiner Facetien wieder durchblättert. Freilich weiß ich es auswendig, und dieses mußte ich bedauern, da ich nur noch an den schlanken Wendungen einer glücklichen Form mich ergötzen, aber weder Neugierde noch Überraschung mehr empfinden konnte. Es ist unmöglich, daß du nicht, wählerisch wie du bist, diese oder jene deiner witzigen und liebenswürdigen Possen, sei es als nicht gesalzen genug oder als zu gesalzen, von der anerkannten Ausgabe des Büchleins ausgeschlossen hast. Besinne dich! Gib diesem Freundeskreise, wo die leiseste Anspielung verstanden und der keckste Scherz verziehen wird, eine Facezia inedita zum besten. Erzählend und schlürfend" — er deutete auf den Becher — „wirst du dein Leid vergessen!"

Den frischen Kummer, auf welchen Cosmus als auf etwas Stadtbekanntes anspielte, hatte dem greisen Poggio — dem jetzigen Sekretär der florentinischen Republik und dem vormaligen von fünf Päpsten, dem früheren Kleriker und späteren Ehemanne — einer seiner Söhne verursacht, welche alle herrlich begabt waren und alle nichts taugten. Dieser Elende hatte die greisen Haare des Vaters mit einer Tat beschimpft, die nahe an Raub und Diebstahl grenzte und dem für den Sohn einstehenden, sparsamen Poggio überdies eine empfindliche ökonomische Einbuße zuzog.

Nach einem kurzen Besinnen antwortete der Greis: „Jene Possen oder ähnliche, die dir schmecken, mein Cosmus, kleiden, wie üppige Kränze, nur braune Locken und mißziemen einem zahnlosen Munde." Er lächelte und zeigte noch eine hübsche Reihe weißer Zähne. „Und" — seufzte er — „nur ungern kehre ich zu jenen Jugendlichkeiten, wie harmlos im Grunde sie sein mögen, zurück, jetzt da ich die Unbefangenheit meiner Standpunkte und die Läßlichkeit meiner Lebensauffassung bei meinem Sohne — ich weiß nicht kraft welches unheimlichen Gesetzes der Steigerung — zu unerträglicher Frechheit, ja zur Ruchlosigkeit entarten sehe."

„Poggio, du predigst!" warf ein Jüngling ein. „Du, welcher der Welt die Komödien des Plautus wiedergegeben hast!"

„Dank für deine Warnung, Romolo!" rief der unglückliche Vater, sich aufraffend, da er selbst als ein guter Gesellschafter es für unschicklich hielt, mit seinem häuslichen Kummer auf den Gästen zu lasten. „Dank für deine Erinnerung! Der ‚Fund des Plautus' ist die Facetie, mit welcher ich heute Euch, Ihr Nachsichtigen, bewirten will."

„Nenne sie lieber den ‚Raub des Plautus'", warf ein Spötter ein.

Poggio aber, ohne ihn eines Blickes zu würdigen: „Möge sie Euch ergötzen", fuhr er fort, „und zugleich belehren, Freunde, wie ungerecht der Vorwurf ist, mit welchem mich meine Neider verfolgen, als hätte ich jene Klassiker, deren Entdecker ich nun einmal bin, mir auf eine unedle, ja verwerfliche Weise angeeignet, als hätte ich sie — plump geredet — gestohlen. Nichts ist unwahrer."

Ein Lächeln ging im Kreise, zu welchem erst Poggio sich ernst und ablehnend verhielt, an dem er aber endlich selbst sich mitlächelnd beteiligte; denn ihm war, als einem Menschenkenner, bewußt, daß auch die falschesten Vorurteile sich nur schwer wieder entwurzeln lassen.

„Meine Facetie", parodierte Poggio die den italienischen Novellen gewöhnlich voranstehende breite Inhaltsangabe, „handelt von zwei Kreuzen, einem schweren und einem leichten, und von zwei barbarischen Nonnen, einer Novize und einer Abtissin."

„Göttlich, Poggio," unterbrach ihn ein Nachbar, „von der Art jener treuherzigen germanischen Vestalen, mit welchen du in deinem bewundernswerten Reisebriefe die Heilbäder an der Limmat wie mit Najaden bevölkert hast — das Beste, was du geschrieben, bei den neun Musen! Jener Brief verbreitete sich in tausend Abschriften über Italien..."

„Ich übertrieb, Euern Geschmack kennend", scherzte Poggio. „Immerhin, Ippolito, wirst du, als ein Liebhaber der Treuherzigkeit, an meiner barbarischen Nonne deine Freude haben. Ich beginne.

In jenen Tagen, erlauchter Cosmus, da wir unserer zur lernäischen Schlange entstellten heiligen Kirche die überflüssigen Köpfe abschlugen, befand ich mich in Konstanz und widmete meine Tätigkeit den großartigen Geschäften eines ökumenischen Konzils. Meine Muße aber teilte ich zwischen der Betrachtung des ergötzlichen Schauspiels, das auf der beschränkten Bühne einer deutschen Reichsstadt die Frömmigkeit, die Wissenschaft, die Staatskunst des Jahrhunderts mit seinen Päpsten, Ketzern, Gauklern und Buhlerinnen zusammendrängte — und der gelegentlichen Suche nach Manuskripten in den umliegenden Klöstern.

Verschiedene Spuren und Fährten verfolgend, geriet ich auf die der Gewißheit nahe Vermutung, daß sich in einem benachbarten Nonnenkloster ein Plautus in den Händen barbarischer Nonnen befand, wohin er sich aus irgendeiner abgehausten Benediktinerabtei als Erbe oder Pfand mochte verirrt haben. Ein Plautus! Denke dir, mein erlauchter Gönner, was es sagen wollte, damals wo nur wenige, die Neugier unerträglich stachelnde Fragmente des großen römischen Komikers vorhanden waren! Daß ich darüber den Schlaf verlor, das glaubest du mir, Cosmus, der du meine Begeisterung für die Trümmer einer niedergegangenen größeren Welt teilst und begünstigst! Hätte ich nur alles im Stiche gelassen und wäre auf die Stätte geeilt, wo ein Unsterblicher, statt die Welt zu ergötzen, in unwürdigem Dunkel moderte! Doch es waren die Tage, da die Wahl des neuen Papstes alle Gemüter beschäftigte und der heilige Geist die versammelten Väter auf die Verdienste und Tugenden des Otto Colonna aufmerksam zu machen begann, ohne daß darum das tägliche und stündliche Laufen und Rennen seiner Anhänger und Diener, unter welche ich zählte, im geringsten entbehrlich geworden wäre.

So geschah es, daß mir ein untergeordneter und unredlicher Sucher, leider ein Landsmann, in dessen Gegenwart ich in meiner Herzensfreude ein unbesonnenes Wort über die Möglichkeit eines so großen Fundes hatte fallen lassen, zuvorkam und — der Ungeschickte! — ohne den Klassiker per fas oder nefas zu gewinnen, die Abtissin des Klosters, wo er von Staub bedeckt lag, mißtrauisch und auf den Schatz, den sie unwissend besaß, aufmerksam machte.

Endlich bekam ich freie Hand und setzte mich — trotz der bevorstehenden Papstwahl — auf ein rüstig schreitendes Maultier, den Auftrag hinterlassend, mir nach Eintritt des Weltereignisses einen Boten nachzusenden. Der Treiber meines Tieres war ein von dem Bischofe zu Chur unter seinem Gesinde nach Konstanz gebrachter Rhäter und nannte sich Anselino de Spiuga. Er hatte ohne Zögern in mein niedriges erstes Angebot gewilligt, und wir waren um einen unglaublich billigen Preis übereingekommen.

Tausend Possen gingen mir durch den Kopf. Die Bläue des Äthers, die mit einem frischen, fast kalten Hauch aus Norden zu gleichen Teilen gemischte Sommerluft, der wohlfeile Ritt, die überwundenen Schwierigkeiten der Papstwahl, der mir bevorstehende höchste Genuß eines entdeckten Klassifikers, diese himmlischen Wohltaten stimmten mich unendlich heiter, und ich hörte die Musen und die Englein singen. Mein Begleiter dagegen, Anselino de Spiuga, ergab sich — so schien mir — den schwermütigsten Betrachtungen.

Selbst glücklich, suchte ich aus Menschenliebe auch ihn glücklich zu machen oder wenigstens zu erheitern und gab ihm allerhand Rätsel auf. Meist aus der biblischen Geschichte, die dem Volke geläufig ist. „Kennst du", fragte ich, „den Hergang der Befreiung des Apostelfürsten aus den Ketten?" und erhielt die Antwort, er habe denselben abgebildet gesehen in der Apostelkirche von Losana. „Gib acht, Hänschen!" fuhr ich fort. „Der Engel sprach zu Petrus: Zeuch deine Schuhe an und folge mir! Und sie gingen, ohne daß Petrus den Engel erkannt hätte, durch die erste und andere Hut, durch das Tor und eine Gasse lang. Jetzt schied der Begleiter, und alsbald sprach Petrus: Nun weiß ich wahrhaftig, daß mich ein Engel geführt hat. Woher, Hänschen, kam ihm dieses plötzliche Wissen, diese unumstößliche Überzeugung? Das sage mir, wenn du es erraten kannst." Anselino sann eine Weile und schüttelte dann den eigensinnigen Krauskopf. „Gib acht, Hänschen," sagte ich, „ich löse die Frage. Daran erkannte Petrus den Engel, daß er für seinen Dienst kein Trinkgeld verlangte! Solches ist nicht irdisch. So handelt nur ein Himmlischer!"

Man soll mit dem Volke nicht scherzen. Hänschen suchte in dem Spaße, welcher mir aus dem Nichts zugeflogen war, eine Absicht oder Anspielung.

„Es ist wahr, Herr," sagte er, „ich führe Euch fast umsonst und, ohne daß ich ein Engel wäre, werde ich auch kein Trinkgeld fordern. Wisset, mich zieht es auch meinesteils nach Monasterlingen," — er nannte das Nonnenkloster, das Ziel unserer Fahrt — „wo morgen die Gertrude ihre Hüften mit dem Strick umgürtet und ihre Blondhaare unter der Schere fallen."

Dem kräftigen Jüngling, der übrigens in Gebärde und Rede — es mochte ein Tropfen romanischen Blutes in dem

seinigen fließen — viel natürlichen Anstand hatte, rollten
Tränen über das sonneverbrannte Gesicht. „Bei dem Bogen
Cupidos," rief ich aus, „ein unglücklich Liebender!" und ließ
mir die einfache, aber keineswegs leicht verständliche Geschichte
erzählen:

Er habe, mit seinem Bischofe nach Konstanz gekommen
und dort ohne Beschäftigung, in der Umgegend als Zimmerer
Arbeit gesucht. Diese habe er bei den Bauten des Nonnen-
klosters gefunden und dann die in der Nähe hausende Gertrude
kennen lernen. Sie beide seien sich gut geworden und haben ein
Wohlgefallen aneinander gefunden. So haben sie gern und oft
zusammengesessen. „In allen Züchten und Ehren," sagte er,
„denn sie ist ein braves Mädchen." Da plötzlich sei sie von ihm
zurückgetreten, ohne Abbruch der Liebe, sondern etwa wie
wenn eine strenge Frist verlaufen wäre, und er habe als gewiß vernommen, sie nehme den Schleier. Morgen werde sie
eingekleidet und er werde dieser Handlung beiwohnen, um
das Zeugnis seiner eigenen Augen anzurufen, daß ein redliches
und durchaus nicht launenhaftes Mädchen einen Mann, den
sie eingestandenermaßen liebe, ohne einen irgend denkbaren
Grund könne fahren lassen, um eine Nonne zu werden; wozu
Gertrude, die Natürliche und Lebenskräftige, so wenig als
möglich tauge und — wunderlicherweise — aus ihren eigenen
Äußerungen zu schließen, auch keine Lust habe, ja, wovor ihr
graue und bange.

„Es ist unerklärlich!" schloß der schwermütige Rhäter und
fügte bei, „durch eine Güte des Himmels sei kürzlich seine böse
Stiefmutter Todes verblichen, vor welcher er das väterliche
Haus geräumt, und dieses ihm nun wieder offen, wie die
Arme seines greisen Vaters. Dergestalt würde seine Taube
ein warmes Nest finden, aber sie wollte schlechterdings und
unbegreiflicherweise in einer Zelle nisten."

Nach beendigter Rede verfiel Hänschen wieder in ein trübes
Brüten und hartnäckiges Schweigen, welches er nur brach, um
meine Frage nach dem Wesen der Äbtissin zu beantworten. Sie
sei ein garstiges, kleines Weib, aber eine meisterliche Verwal-

terin, welche den verlotterten Haushalt des Klosters hergestellt und in die Höhe gebracht hätte. Sie stamme aus Abbatis Cella und heiße im Volke nur „das Brigittchen von Trogen".

Endlich tauchte das Kloster aus monotonen Weinbergen auf. Jetzt bat mich Anselino, ihn in einer Schenke am Wege zurückzulassen, da er Gertruden nur noch einmal erblicken wolle — bei ihrer Einkleidung. Ich nickte einwilligend und ließ mich vom Maultiere heben, um gemächlich dem nahen Kloster zuzuschlendern.

Dort ging es lustig her. In der Freiheit der Klosterwiese wurde ein großer, undeutlicher Gegenstand versteigert oder zu anderem Behufe vorgezeigt. Ein Schwartenhals, die Sturmhaube auf dem Kopfe, stieß von Zeit zu Zeit in eine mißtönige Drommete, vielleicht ein kriegerisches Beutestück, vielleicht ein kirchliches Gerät. Um die von ihren Nonnen umgebene Abtissin und den zweideutigen Herold mit geflicktem Wams und zerlumpten Hosen, dem die nackten Zehen aus den zerrissenen Stiefeln blickten, bildeten Laien und zugelaufene Mönche einen bunten Kreis in den traulichsten Stellungen. Unter den Bauern stand hin und wieder ein Edelmann — es ist in Turgovia, wie diese deutsche Landschaft sich nennt, Überfluß an kleinem und geringem Wappengevögel — aber auch Bänkelsänger, Zigeuner, fahrende Leute, Dirnen und Gesindel jeder Art, wie sie das Konzil herbeigelockt hatte, mischten sich in die seltsame Korona. Aus dieser trat einer nach dem andern hervor und wog den Gegenstand, in welchem, näher getreten, ich ein grausiges, altertümliches, gigantisches Kreuz erkannte. Es schien von außerordentlicher Schwere zu sein, denn nach einer kurzen Weile begann es in den unsicher werdenden Händen selbst des stärksten Trägers hin und her zu schwanken, senkte sich bedrohlich und stürzte, wenn nicht andere Hände und Schultern sich tumultuarisch unter das zentnerschwere Holz geschoben hätten. Jubel und Gelächter begleiteten das Ärgernis. Um die Unwürdigkeit der Szene zu vollenden, tanzte die bäurische Abtissin wie eine Besessene auf der frischgemähten Wiese herum, begeistert von dem Wert ihrer Reliquie — das Ver-

ſtändnis dieſes Marktes begann mir zu dämmern — und wohl
auch von dem Kloſterweine, welcher in ungeheuern hölzernen
Kannen, ohne Becher und Zeremonie, von Munde zu Munde
ging.

„Bei den Waden der Mutter Gottes," ſchrie das freche Weibchen, „dieſes Kreuz unſerer ſeligen Herzogin Amalaſwinta hebt
und trägt mir keiner, ſelbſt der ſtämmigſte Burſche nicht; aber
morgen lüpft's das Gertrudchen wie einen Federball. Wenn
mir die ſterbliche Kreatur nur nicht eitel wird! Gott allein die
Ehre! ſagt das Brigittchen. Leute, das Wunder iſt tauſend
Jahr alt und noch wie funkelnagelneu! Es hat immer richtig
geſpielt, und, auf Schwur und Eid, auch morgen läuft es
glatt ab." — Sicherlich, die brave Abtiſſin hatte ſich unter dem
himmliſchen Tage ein Räuſchlein getrunken.

Dieſen poſſierlichen Vorgang mit ähnlichen, in meinem ge-
ſegneten Vaterland erlebten zuſammenhaltend, begann ich ihn
zu verſtehen und zu würdigen — nicht anders, als ich mir ihn,
eine Stunde ſpäter, bei größerer Sachkunde endgültig zurecht-
legte; aber ich wurde in meinem Gedankengange plötzlich und
unangenehm unterbrochen durch einen kreiſchenden Zuruf der
Hanswurſtin in der weißen Kutte mit dem hochgeröteten
Geſichte, den dumm pfiffigen Äuglein, dem kaum entdeckbaren
Stülpnäschen und dem davon durch einen ungeheuren Zwi-
ſchenraum getrennten beſtialiſchen Munde.

„He dort, welſcher Schreiber!" ſchrie ſie mich an. Ich war
an dieſem Tage ſchlicht und reiſemäßig gekleidet und trage
meinen klaſſiſchen Urſprung auf dem Antlitz. „Tretet ein bißchen näher und lüpft mir da der ſeligen Amalaſwinte Kreuz!"

Alle Blicke richteten ſich lachluſtig auf mich, man gab Raum,
und ich wurde nach alemanniſcher Sitte mit derben Stößen
vorgeſchoben. Ich entſchuldigte mich mit der, Freunde, Euch
bekannten Kürze und Schwäche meiner Arme." Der Erzähler
zeigte dieſelbe mit einer ſchlenkernden Gebärde.

„Da rief die Schamloſe, mich betrachtend: „Um ſo längere
Finger haſt du, ſauberer Patron!" und in der Tat, meine
Finger haben ſich durch die tägliche Übung des Schreibens

ausgebildet und geschmeidigt. Die Menge des umstehenden
Volkes aber schlug eine tobende Lache auf, deren Sinn mir
unverständlich blieb, die mich aber beleidigte und welche ich
der Abtissin ankreidete. Mißmutig wandte ich mich ab, bog um
die Ecke der nahen Kirche und den Haupteingang derselben
offen findend, betrat ich sie. Der edle Rundbogen der Fenster
und Gewölbe, statt des modischen Spitzbogens und des närrischen französischen Schnörkels, stimmte mich wieder klar und
ruhig. Langsam schritt ich vorwärts durch die Länge des
Schiffes, von einem Bildwerke angezogen, das sich, von Ober-
licht erhellt, in kräftiger Rundung aus dem heiligen Dämmer
hob und etwas in seiner Weise Schönes zu sein schien. Ich
trat nahe und wurde nicht enttäuscht. Das Steinwerk enthielt
zwei, durch ein Kreuz verbundene Gestalten, und dieses Kreuz
glich an Größe und Verhältnissen vollständig dem auf der
Klosterwiese zur Schau stehenden, welches von beiden dem
andern nachgeahmt sein mochte. Ein gewaltiges, dorngekröntes
Weib trug es fast wagrecht mit kraftvollen Armen auf mächtiger Schulter und stürzte doch unter ihm zusammen, wie die
derb im Gewande sich abzeichnenden Kniee zeigten. Neben und
vor dieser hinfälligen Gigantin schob eine kleinere Gestalt, ein
Krönlein auf dem lieblichen Haupte, ihre schmalere Schulter
erbarmungsvoll unter die untragbare Last. Der alte Meister
hatte — absichtlich oder wohl eher aus Mangel an künstleri-
schen Mitteln — Körper und Gewandung roh behandelt, sein
Können und die Inbrunst seiner Seele auf die Köpfe verwen-
dend, welche die Verzweiflung und das Erbarmen ausdrückten.

Davon ergriffen, trat ich, das gute Licht suchend, einen
Schritt zurück. Siehe, da kniete mir gegenüber an der andern
Seite des Werkes ein Mädchen, wohl eine Eingeborene, eine
Bäuerin der Umgebung, fast ebenso kräftig gebildet wie die
steinerne Herzogin, die Kapuze der weißen Kutte über eine
Last von blonden Flechten und einen starken, luftbedürftigen
Nacken zurückgeworfen.

Sie erhob sich, denn sie war, in sich versunken, meiner nicht
früher ansichtig geworden, als ich ihrer, wischte sich mit der

Hand quellende Tränen aus dem Auge und wollte sich entfernen. Es mochte eine Novize sein.

Ich hielt sie zurück und bat sie, mir das Steinbild zu deuten. Ich sei einer der fremden Väter des Konzils, sagte ich ihr in meinem gebrochenen Germanisch. Diese Mitteilung schien ihr nicht viel Eindruck zu machen. Sie berichtete mir in einer einfachen Weise, das Bild stelle eine alte Königin oder Herzogin dar, die Stifterin dieses Klosters, welche, darin Profeß tuend, zur Einkleidung habe schreiten wollen: das Haupt mit Dornen umwunden und die Schulter mit dem Kreuze beladen. „Es heißt," fuhr das Mädchen bedenklich fort, „sie war eine große Sünderin, mit dem Giftmord ihres Gatten beladen, aber so hoch, daß die weltliche Gerechtigkeit ihr nichts anhaben durfte. Da rührte Gott ihr Gewissen, und sie geriet in große Nöte, an dem Heil ihrer Seele verzweifelnd!" Nach einer langen und schweren Buße habe sie, ein Zeichen verlangend, daß ihr vergeben sei, dieses große und schwere Kreuz zimmern lassen, welches der stärkste Mann ihrer Zeit kaum allein zu heben vermochte, und auch sie brach darunter zusammen, hätte es nicht die Mutter Gottes in sichtbarer Gestalt barmherzig mit getragen, die ambrosische Schulter neben die irdische schiebend.

Nicht diese Worte brauchte die blonde Germanin, sondern einfachere, ja derbe und plumpe, welche sich aber aus einer barbarischen in unsere gebildete toskanische Sprache nicht übersetzen ließen, ohne bäurisch und grotesk zu werden, und das, Herrschaften, würde hinwiederum nicht passen zu dem großen Ausdrucke der trotzigen, blauen Augen und der groben, aber wohlgeformten Züge, wie ich sie damals vor mir gesehen habe.

„Die Geschichte ist glaublich!" sprach ich vor mich hin, denn diese Handlung einer barbarischen Königin schien mir in die Zeiten und Sitten um die dunkle Wende des ersten Jahrtausends zu passen. „Sie könnte wahr sein!"

„Sie ist wahr!" behauptete Gertrude kurz und heftig mit einem finstern, überzeugten Blicke auf das Steinbild und wollte sich wiederum entfernen; aber ich hielt sie zum andern Male zurück mit der Frage, ob sie die Gertrude wäre, von welcher mir mein heutiger Führer Hans von Splügen erzählt habe? Sie bejahte unerschrocken, ja unbefangen, und ein Lächeln verbreitete sich von den derben Mundwinkeln langsam wie ein wanderndes Licht über das braune, aber schon in der Klosterluft bleichende Antlitz.

Dann sann sie und sagte: „Ich wußte, daß er meiner Einkleidung beiwohnen werde, und mir kann es recht sein. Sieht er meine Flechten fallen, so hilft ihm das, mich vergessen. Da Ihr einmal hier seid, ehrwürdiger Herr, will ich eine Bitte an Euch richten. Fährt der Mann mit Euch nach Konstanz zurück, so steckt ihm ein Licht an, warum ich mich ihm verweigert habe, nachdem ich — und sie errötete kaum merklich — in Ehren und nach Landessitte mit ihm freundlich gewesen bin. Mehr als einmal war ich im Begriff, ihm den Handel zu erzählen, aber ich biß mich in die Lippe, denn es ist ein geheimer Handel zwischen mir und der Gottesmutter und da taugt Schwätzen nicht. Euch aber, einem in den geistlichen Geheimnissen Bewanderten, kann ich ihn ohne Verrat mitteilen. Ihr berichtet dann dem Hans davon, soviel sich schickt und Euch gut dünkt. Es ist nur, damit er mich nicht für eine Leichtfertige halte und für eine Undankbare und ich ihm dergestalt im Gedächtnis bleibe.

Mit meiner Sache aber ist es so bestellt. Als ich noch ein unmündiges Kind war — ich zählte zehn Jahre, und der Vater war mir schon gestorben —, erkrankte mir das Mütterlein schwer und hoffnungslos. Da befiel mich eine Angst, allein in der Welt zu bleiben. Aus dieser Angst und aus Liebe zu dem Mütterlein gelobte ich mich der reinen Magd Maria für mein zwanzigstes Jahr, wenn sie mir es bis dahin erhielte oder nahezu. So tat sie und erhielt es mir bis letzten Fronleichnam, wo es selig verstarb, gerade da der Hans im Kloster mit Zimmerwerk zu tun hatte und dann auch dem Mütterlein den Sarg zimmerte. Da ich nun allein war, was ist da viel zu wundern, daß er mir lieb wurde. Er ist brav, sparsam, was die Welschen meistenteils sind, „modest und diskret“, wie sie ennetbirgisch sagen. Auch konnten wir in zwei Sprachen miteinander verhandeln, denn der Vater, der ein starker und beherzter Mann war, hatte früher, nicht zu seinem Schaden, einen schmächtigen, furchtsamen Handelsherrn zu wiederholten Malen über das Gebirge begleitet und von jenseits ein paar welsche Brocken heimgebracht. Nannte mich nun der Hans „cara bambina", so hieß ich ihn dagegen „poverello" und beides lautet wohl, ob ich auch unsere landesüblichen Liebeswörter nicht schelten will, wenn sie ehrlich gemeint sind.

Zugleich aber war mein Gelübde verfallen und mahnte mich mit jedem Aveläuten.

Da kamen mir oft flüsternde Gedanken, wie z. B.: „Das Gelübde eines unschuldigen Kindes, das nicht weiß, was Mann und Weib ist, hat dich nicht weggeben können!" oder: „Die Mutter Gottes, nobel wie sie ist, hätte dir das Mütterlein wohl auch umsonst und vergebens geschenkt!" Doch ich sprach dagegen: „Handel ist Handel!" und „Ehrlich währt am längsten!" Sie hat ihn gehalten, so will ich ihn auch halten. Ohne Treu und Glauben kann die Welt nicht bestehen. Wie sagte der Vater selig? Ich hielte dem Teufel Wort, sagte er, geschweige dem Herrgott.

Nun höret, ehrwürdiger Herr, wie ich es meine! Seit die Mutter Gottes der Königin das Kreuz trug, hilft sie es, ihr Kloster bevölkernd, seit urewigen Zeiten allen Novizen ohne Unterschied tragen. Es ist ihr eine Gewohnheit geworden, sie tut es gedankenlos. Mit diesen meinen Augen habe ich — eine Neunjährige — gesehen, wie das Lieschen von Weinfelden, ein sieches Geschöpf, da es hier Profeß tat, das zentnerschwere Kreuz spottend und spielend auf der schiefen Schulter trug.

Nun sage ich zur Mutter Gottes: „Willst du mich, so nimm mich! Obwohl ich — wenn du die Gertrude wärest und ich die Mutter Gottes — ein Kind vielleicht nicht beim Wort nehmen würde. Aber gleichviel — Handel ist Handel! Nur ist ein Unterschied. Der Herzogin, von Sünden schwer, ward es leicht und wohl im Kloster; mir wird es darinnen wind und weh. Trägst du mir das Kreuz, so erleichtere mir auch das Herz; sonst gibt es ein Unglück, Mutter Gottes! Kannst du mir aber das Herz nicht erleichtern, so laß mich tausend Male lieber zu meiner Schande und vor aller Leute Augen stürzen und schlagen platt auf den Boden hin."

Während ich diese schwerfälligen Gedanken, langsam arbeitend, tiefe Furchen in Gertrudens junge Stirn ziehen sah, lächelte ich listig: „Ein behendes und kluges Mädchen zöge sich mit einem Straucheln aus der Sache!" Da loderten ihre blauen Augen. „Meint Ihr, ich werde fälschen, Herr?" zürnte sie. „So wahr mir helfe Gott Vater, Sohn und Geist in meinem letzten Stündlein, so redlich will ich das Kreuz tragen mit allen Sehnen und Kräften dieser meiner Arme!" und sie hob dieselben leidenschaftlich, als trüge sie es schon, so daß die Ärmel der Kutte und des Hemdes weit zurückfielen. Da betrachtete ich, als ein Florentiner, der ich bin, die schlankkräftigen Mädchenarme mit künstlerischem Vergnügen. Sie wurde es gewahr, runzelte die Stirn und wandte mir unmutig den Rücken.

Nachdem sie gegangen war, setzte ich mich in einen Beichtstuhl, legte die Stirn in die Hand und sann — wahrlich nicht an das barbarische Mädchen, sondern an den römischen Klassiker. Da jubelte mein Herz, und ich rief überlaut: „Dank, ihr Unsterblichen! Geschenkt ist der Welt ein Liebling der komischen Muse! Plautus ist gewonnen!"

Freunde, eine Verschwörung von Gelegenheiten verbürgte mir diesen Erfolg.

Ich weiß nicht, mein Cosmus, wie du vom Wunderbaren denkst? Ich selbst denke läßlich davon, weder abergläubisch, noch verwegen; denn ich mag die absoluten Geister nicht leiden, welche, wo eine unerklärliche Tatsache einen Dunstkreis von Aberglauben um sich sammelt, die ganze Erscheinung — Mond und Hof — ohne Prüfung und Unterscheidung entweder summarisch glauben oder ebenso summarisch verwerfen.

Das Unbegreifliche und den Betrug, beide glaubte ich hier zu entdecken.

Das schwere Kreuz war echt, und eine großartige Sünderin, eine barbarische Frau, mochte es gehoben haben mit den Riesenkräften der Verzweiflung und der Inbrunst. Aber diese Tat hatte sich nicht wiederholt, sondern wurde seit Jahrhunderten gauklerisch nachgeäfft. Wer war schuldig dieses Betruges? Irre Andacht? rechnende Habsucht? Das bedeckte das Dunkel der Zeiten. Soviel aber stand fest: Das grausige, altschwarze Kreuz, das vor dem Volke schaustund, und das von einer Reihenfolge einfältiger oder einverstandener Novizen und neulich noch von dem schwächlichen und verschmitzten Lieschen zu Weinfelden bei ihrer Einkleidung getragene waren zwei verschiedene Hölzer, und während das schwere auf der Klosterwiese gezeigt und gewogen wurde, lag ein leichtes Gaukelkreuz in irgendeinem Verstecke des Klosters aufgehoben und eingeriegelt, um dann morgen mit dem wahren die Rolle zu wechseln und die Augen des Volkes zu täuschen.

Das Dasein eines Gaukelkreuzes, von welchem ich wie von meinem eigenen überzeugt war, bot mir eine Waffe. Eine zweite bot mir ein Zeitereignis.

Drei entsetzte Päpste und zwei verbrannte Ketzer genügten nicht, die Kirche zu reformieren; die Kommissionen des Konzils beschäftigten sich, die eine mit diesem, die andere mit jenem abzustellenden Übelstande. Eine derselben, in welcher der Doctor christianissimus Gerson und der gestrenge Pierre d'Ailly saßen und ich zeitweilig die Feder führte, stellte die Zucht in den Nonnenklöstern her. Die in unsichern Frauenhänden gefährlichen Scheinwunder, und die schlechte Lektüre der Schwestern kamen da zur Sprache. Im Vorbeigehen — diese Dinge wurden von den zwei Franzosen mit einer uns Italienern geradezu unbegreiflichen Pedanterie behandelt, ohne den leichtesten Scherz, wie nahe er liegen mochte. Genug, die Tatsache dieser Verhandlungen bildete den Zettel, die Verschuldung eines Scheinwunders den Einschlag meines Gewebes, und das Netz war fertig, welches ich der Abtissin unversehens über den Kopf warf.

Langsam erstieg ich die Stufen des Chores und wandte mich

aus demselben rechts in die ebenfalls hoch und kühn gewölbte Sakristei, in welcher ich die mit prahlerischen Inschriften bezeichnete leere Stelle fand, wo das schwere Kreuz gewöhnlich an die hohe Mauer lehnte und wohin es bald wieder von der Klosterwiese zurückkehren sollte. Zwei Pförtchen führten in zwei Seitengelasse. Das eine zeigte sich verschlossen. Das andere öffnend, stand ich in einer durch ein von Spinneweb getrübtes Rundfenster dürftig erhellten Kammer. Siehe, es enthielt die auf ein paar wurmstichige Bretter zusammengedrängte Bibliothek des Klosters.

Mein ganzes Wesen geriet in Aufregung, nicht anders, als wäre ich ein verliebter Jüngling und beträte die Kammer Lydia's oder Glycere's. Mit zitternden Händen und bebenden Knieen nahte ich mich den Pergamenten, und, hätte ich darunter die Komödien des Umbriers gefunden, ich bedeckte sie mit unersättlichen Küssen.

Aber, ach, ich durchblätterte nur Rituale und Liturgien, deren heiliger Inhalt mich Getäuschten kalt ließ. Kein Kodex des Plautus! Man hatte wahr berichtet. Ein plumper Sammler hatte durch ein täppisches Zugreifen den Hort, statt ihn zu heben, in unzugängliche Tiefen versinken lassen. Ich fand — als einzige Beute — unter dem Staube die „Bekenntnisse St. Augustins", und da ich das spitzfindige Büchlein stets geliebt habe, steckte ich es mechanisch in die Tasche, mir, nach meiner Gewohnheit, eine Abendlektüre vorbereitend. Siehe — da fuhr, wie der Blitz, meine kleine Äbtissin, welche das Kreuz wieder in die Sakristei hatte schleppen lassen und mir, ohne daß ich es, in der Betäubung des Verlangens und der Enttäuschung, vernommen hätte, durch die offengebliebene Tür in die Bücherkammer nachgeschlichen kam —, wie der Blitz fuhr das Weibchen, sage ich, auf mich los, schimpfend und scheltend, ja sie betastete meine Toga mit unziemlichen Handgriffen und brachte den an meinem Busen liegenden Kirchenvater wieder ans Tageslicht.

„Männchen, Männchen," kreischte sie, „ich habe es gleich

Eurer langen Nase angesehen, daß Ihr einer der welschen Büchermarder seid, welche zeither unsere Klöster beschleichen. Aber, lernet, es ist ein Unterschied zwischen einem weinschweren Mönch des heiligen Gallus und einer hurtigen Appenzellerin. Ich weiß," fuhr sie schmunzelnd fort, "um welchen Speck die Katzen streichen. Sie belauern das Buch des Pickelhärings, welches wir hier aufbewahren. Keine von uns wußte, was drinnen stand, bis neulich ein welscher Spitzbube unsere hochheiligen Reliquien verehrte und dann unter seinem langen, geistlichen Gewande" — sie wies auf das meinige — "den Possenreißer ausführen wollte. Da sagte ich zu mir: Brigittchen von Trogen, laß dich nicht prellen! Die Schweinshaut muß Goldes wert sein, da der Welsche den Strick dafür wagt. Denn bei uns, Mann, heißt es: „Wer eines Strickes Wert stiehlt, der hangt am Strick!" Das Brigittchen, nicht dumm, zieht einen gelehrten Freund ins Vertrauen, einen Mann ohne Falsch, den Pfaffen von Dießenhofen, der unser Weinchen lobt und zuweilen mit den Schwestern einen schnurrigen Spaß treibt. Wie der die närrischen, vergilbten Schnörkel untersucht, „Potz Hasen, Frau Mutter," sagt' er, „das gilt im Handel! Daraus baut Ihr Euerm Klösterlein eine Scheuer und eine Kelter! Nehmt mir das Buch, liebe Frau, flüchtet es unter Euern Pfühl, legt Euch auf den Poder — so hat es den Namen — und bleibt — bei der Krone der Mutter Gottes — darauf liegen, bis sich ein redlicher Käufer meldet!" Und so tat das Brigittchen, wenn es auch zeither etwas hart liegt."

Ich verwand ein Lächeln über das Nachtlager des Umbriers, welches ihm die drei Richter der Unterwelt für seine Sünden mochten zugesprochen haben, und zeigte, mir die Würde gebend, die mir unter Umständen eignet, ein ernstes und strafendes Gesicht.

„Abtissin," sprach ich in feierlichem Tone, „du verkennest mich. Vor dir steht ein Gesandter des Konzils, einer der in Konstanz versammelten Väter, einer der heiligen Männer, welche geordnet sind zur Reform der Nonnenklöster." Und ich entfaltete eine stattlich geschriebene Wirtshausrechnung; denn mich begeisterte die Nähe des versteckten komischen Dichters.

„Im Namen," las ich, „und mit der Vollmacht des siebzehnten und ökumenischen Konzils! Die Hände keiner christlichen Vestale verunreinige eine jener sittengefährlichen, sei es lateinisch, sei es in einer der Vulgärsprachen verfaßten Schriften, mit deren Erfindung ihre Seele beschädigt haben ... Fromme Mutter, ich darf Eure keuschen Ohren nicht mit den Namen dieser Verworfenen beleidigen ...

Gaukelwunder, herkömmliche oder einmalige, verfolgen wir mit unerbittlicher Strenge. Wo sich ein wissentlicher Betrug feststellen läßt, büßt die Schuldige — und wäre es die Abtissin — das Sakrilegium unnachsichtlich mit dem Feuertode."

Diese wurde bleich wie eine Larve. Aber gleich wieder faßte sich das verlogene Weibchen mit einer bewunderungswürdigen Geistesgegenwart.

„Gott sei gepriesen und gelobt," rief es aus, „daß er endlich in seiner heiligen Kirche Ordnung schafft!" und holte zutunlich grinsend aus einem Winkel des Schreines ein zierlich gebundenes Büchlein hervor. „Dieses," sagte es, „hinterließ uns ein welscher Kardinal, unser Gastfreund, welcher sich damit in sein Mittagsschläfchen las. Der Pfaff von Dießenhofen, welcher es musterte, tat dann den Ausspruch, es sei das Wüsteste und Gottverbotenste, was seit Erfindung der Buchstaben und noch dazu von einem Kleriker ersonnen wurde. Frommer Vater, ich lege Euch den Unrat vertrauensvoll in die Hände. Befreit mich von dieser Pest!" Und sie übergab mir — meine Facetien!

Obwohl diese Überraschung eine Bosheit eher des Zufalls als des geistlichen Weibchens war, fühlte ich mich doch gekränkt und verstimmt. Ich begann die kleine Abtissin zu hassen. Denn unsere Schriften sind unser Fleisch und Blut und ich schmeichle mir, in den meinigen mit leichten Sohlen zu schreiten, weder die züchtigen Musen, noch die unfehlbare Kirche beleidigend.

„Gut," sagte ich. „Möchtest du, Abtissin, auch in dem zweiten und wesentlicheren Punkt unsträflich erfunden werden! Dem versammelten Volke hast du in der Nähe und unter den Augen des Konzils," sprach ich vorwurfsvoll, „ein Wunder versprochen, so marktschreierisch, daß du es jetzt nicht mehr rückgängig machen kannst. Ich weiß nicht, ob das klug war. Erstaune nicht, Abtissin, daß dein Wunder geprüft wird! Du hast dein Urteil gefordert!"

Die Kniee des Weibchens schlotterten, und seine Augen gingen irre. „Folge mir," sagte ich streng, „und besichtigen wir die Organe des Wunders!"

Sie folgte niedergeschlagen und wir betraten die Sakristei, wohin das echte Kreuz zurückgekehrt war und in dem weiten Halbdunkel des edlen Raumes mit seinen Rissen und Sprüngen und mit seinem gigantischen Schlagschatten so gewaltig an die Mauer lehnte, als hätte heute erst eine verzweifelnde große Sünderin es ergriffen und wäre darunter ins Knie gesunken, die Steinplatte schon mit der Stirne berührend in dem Augenblicke da die Himmelskönigin erschien und ihr beistand. Ich wog es, konnte es aber nicht einen Augenblick heben. Um so lächerlicher schien mir der Frevel, diese erdrückende Bürde mit einem Spielzeuge zu vertauschen. Ich wendete mich entschlossen gegen das hohe, schmale Pförtchen, dahinter ich dieses vermutete.

„Den Schlüssel, Abtissin!" befahl ich. Das Weibchen starrte mich mit entsetzten Augen an, aber antwortete frech: „Verlorengegangen, Herr Bischof! Seit mehr als einem Jahrzehnt!"

„Frau," sprach ich mit furchtbarem Ernste, „dein Leben steht auf dem Spiel! Dort gegenüber haust ein Dienstmann des mir befreundeten Grafen von Doccaburgo. Dorthin schicke oder gehe ich nach Hilfe. Findet sich hier ein dem echten nachgebildetes Scheinkreuz von leichterem Gewichte, so flammst und loderst du, Sünderin, wie der Ketzer Hus, und nicht minder schuldig als er!"

Nun trat eine Stille ein. Dann zog das Weibchen — ich weiß nicht, ob zähneklappernd oder zähneknirschend — einen altertümlichen Schlüssel mit krausem Barte hervor und öff=

nete. Schmeichelhaft — mein Verstand hatte mich nicht betrogen. Da lehnte an der Mauer des hohen kaminähnlichen Kämmerchens ein schwarzes Kreuz mit Rissen und Sprüngen, welches ich gleich ergriff und mit meinen schwächlichen Armen ohne Schwierigkeit in die Lüfte hob. In jeder seiner Erhöhungen und Vertiefungen, in allen Einzelheiten war das falsche nach dem Vorbilde des echten Kreuzes geformt, diesem auch für ein scharfes Auge zum Verwechseln ähnlich, nur daß es zehnmal leichter wog. Ob es gehöhlt, ob es aus Kork oder einem anderen leichtesten Stoffe verfertigt sein mochte, habe ich, bei dem raschen Gang und der Überstürzung der Ereignisse, niemals in Erfahrung gebracht.

Ich bewunderte die Vollkommenheit der Nachahmung und der Gedanke stieg in mir auf: Nur ein großer Künstler, nur ein Welscher kann dieses zustande gebracht haben: und da ich für den Ruhm meines Vaterlandes begeistert bin, brach ich in die Worte aus: „Vollendet! Meisterhaft!“ — wahrlich nicht den Betrug, sondern die darauf verwendete Kunst lobend.

„Schäker, Schäker,“ grinste mit gehobenem Finger das schamlose Weibchen, welches mich aufmerksam beobachtet hatte: „Ihr habet mich überlistet, und ich weiß, was es mich kostet! Nehmet Euern Possenreißer, den ich Euch stracks holen werde, unter den Arm, haltet reinen Mund und ziehet mit Gott!“ Wann auf den sieben Hügeln zwei Auguren sich begegneten und, nach einem antiken geflügelten Worte, sich zulächelten, wird es ein feineres Spiel gewesen sein, als das unreinliche Gelächter, welches die Züge meiner Abtissin verzerrte und sich in die zynischen Worte übersetzen ließ: „Wir alle wissen, wo Bartolo den Most holt, wir sind Schelme allesamt und keiner braucht sich zu zieren.“

Ich aber sann inzwischen auf die Bestrafung des nichtsnutzigen Weibchens.

Da vernahmen wir bei der plötzlich eingetretenen Stille ein Trippeln, ein Wispern, ein Kichern aus dem nahen Chore und errieten, daß wir von den müßigen und neugierigen Nonnen belauscht wurden. „Bei meinem teuern Magdtum,“ be-

schwor mich das Weibchen, „verlassen wir uns, Herr Bischof!
Um keine Güter der Erde möchte ich mit Euch von meinen
Nonnen betroffen werden; denn Ihr seid ein wohlgebildeter
Mann und die Zungen meiner Schwestern schneiden wie
Scheren und Messer!" Dieses Bedenken fand ich begründet.
Ich hieß sie sich entfernen und ihre Nonnen mit sich nehmen.

Nach einer Weile dann räumte auch ich die Sakristei. Die
Tür zu der Kammer des Gaukelkreuzes aber legte ich nur
behutsam ins Schloß, ohne den Schlüssel darin umzudrehen.
Diesen zog ich, steckte ihn unter mein Gewand und ließ ihn
im Chore in eine Spalte zwischen zwei Stühlen gleiten, wo
er heute noch stecken mag. So aber tat ich ohne bestimmten
Plan auf die Einflüsterung irgendeines Gottes oder einer
Göttin.

Wie ich in der niederen äbtlischen Stube mit meiner Ab=
tissin und einem Klostergerüchlein zusammensaß, empfand ich
eine solche Sehnsucht nach dem unschuldigen Spiele der Muse
und einen solchen Widerwillen gegen die Drehungen und
Windungen der ertappten Lüge, daß ich beschloß, es kurz zu
machen. Das geistliche Weibchen mußte mir bekennen, wie es
in das hundertjährige Schelmstück eingeweiht wurde, und ich
machte ein Ende mit ein paar prätorischen Edikten. Sie ge=
stand: ihre Vorgängerin im Amte habe sich sterbend mit ihr
und dem Beichtiger eingeschlossen und beide hätten ihr das
von Abtissin auf Abtissin vererbte Scheinwunder als das wirt=
schaftliche Heil des Klosters an das Herz gelegt. Der Beichtiger
— so erzählte sie geschwätzig — habe des Ruhmes kein Ende
gefunden über das ehrwürdige Alter des Betrugs, seinen tie=
fen Sinn und seine belehrende Kraft. Besser und überzeugender
als jede Predigt versinnliche dem Volke das Trugwunder die
anfängliche Schwere und spätere Leichtigkeit eines gottseligen
Wandels. Diese Symbolik hatte den Kopf des armen Weib=
chens dergestalt verdreht, daß es in einem Atemzuge behaup=
tete, etwas Unrechtes hätte es nicht begangen, als Kind aber
sei es auch einmal ehrlich gewesen.

„Ich schone dich um der Mutter Kirche willen, auf welche

die Flamme deines Scheiterhaufens ein falsches Licht würfe," schnitt ich diese bäuerliche Logik ab und befahl ihr kurz, das Gaukelkreuz zu verbrennen, nachdem das schon ausposaunte Wunder noch einmal gespielt habe — dieses wagte ich aus Klugheitsgründen nicht zu verhindern — den Plautus aber ohne Frist auszuliefern.

Die Abtissin gehorchte schimpfend und schmählend. Sie unterzog sich den Verordnungen des Konzils von Konstanz, wie dieselben mein Mund formulierte, ob auch ohne das Vorwissen der versammelten Väter, sicherlich in ihrem Sinne und Geiste.

Wie das Brigittchen mir knurrend den Köder brachte — ich hatte mich in ein bequemes Gemach des an der Ring= mauer gelegenen klösterlichen Gasthauses geflüchtet — drängte ich die Ungezogene aus der Tür und schloß mich mit den komi= schen Larven des Umbriers ein. Kein Laut störte mich dort, wenn nicht der Kehrreim eines Kinderliedes, welches Bauer= mädchen auf der Wiese vor meinem Fenster sangen, das mir aber nur meine Einsamkeit noch ergötzlicher machte.

Nach einer Weile freilich polterte draußen das geistliche Weibchen in großer Aufregung und schlug mit verzweifelten Fäusten gegen die verriegelte schwere Eichentür, den Schlüssel der offen stehenden Kammer des Gaukelkreuzes fordernd. Ich gab ihr bedauernd den kurzen und wahrhaften Bescheid, der= selbe sei nicht in meinen Händen, achtete ihrer weiter nicht und ließ, im Himmel des höchsten Genusses, die Unselige jammern und stöhnen, wie eine Seele im Fegefeuer. Ich aber schwelgte in hochzeitlichen Wonnen.

Ein an das Licht tretender Klassiker und nicht ein dunkler Denker, ein erhabener Dichter, nein, das Nächstliegende und ewig Fesselnde, die Weltbreite, der Puls des Lebens, das Marktgelächter von Rom und Athen, Witz und Wortwechsel und Wortspiel, die Leidenschaften, die Frechheit der Menschen= natur in der mildernden Übertreibung des komischen Zerr= spiegels — während ich ein Stück verschlang, hütete ich schon mit heißhungrigen Blicken das folgende.

Ich hatte den witzigen Amphitryo beendigt, schon lag die Aulularia mit der unvergleichlichen Maske des Geizhalses vor mir aufgeschlagen — da hielt ich inne und lehnte mich in den Stuhl zurück; denn die Augen schmerzten mich. Es dämmerte und dunkelte. Die Mädchen auf der Wiese draußen hatten wohl eine Viertelstunde lang unermüdlich den albernen Reigen wiederholt:

„Adam hatte sieben Söhn' ..."

Jetzt begannen sie neckisch einen neuen Kehrreim und sangen mit drolliger Entschlossenheit:

„In das Kloster geh' ich nicht,
Nein! ein Nönnchen werd' ich nicht..."

Ich lehnte mich hinaus, um dieser kleinen Feindinnen des Zölibates ansichtig zu werden und mich an ihrer Unschuld zu ergötzen. Aber ihr Spiel war keineswegs ein unschuldiges. Sie sangen, sich mit dem Ellbogen stoßend und sich Blicke zuwerfend, nicht ohne Bosheit und Schadenfreude, an ein vergittertes Fenster hinauf, hinter welchem sie wohl Gertruden vermuteten. Oder kniete diese schon in der Sakristei, dort unter dem bleichen Schimmer des ewigen Lichtes, nach der Sitte der Einzukleidenden, welche die Nacht vor der himmlischen Hochzeit im Gebete verbringen. Doch was kümmerte mich das? Ich entzündete die Ampel und begann die Topfkomödie zu lesen.

Erst da meiner Leuchte das Öl gebrach und mir die Lettern vor den müden Augen schwammen, warf ich mich auf das Lager und verfiel in einen unruhigen Schlummer. Bald umkreisten mich wieder die komischen Larven. Hier prahlte ein Soldat mit großen Worten, dort küßte der trunkene Jüngling ein Liebchen, das sich mit einer schlanken Wendung des Halses seinen Küssen entgegenbog. Da — unversehens — mitten unter dem lustigen, antiken Gesindel stand eine barfüßige, breitschultrige Barbarin, mit einem Stricke gegürtet, als Sklavin zu Markte gebracht, wie es schien, unter finsteren Brauen hervor mich anstarrend mit vorwurfsvollen und drohenden Augen.

Ich erschrak und fuhr aus dem Schlummer empor. Der Morgen graute. Eine Hälfte des kleinen Fensters stand offen bei der Sommerschwüle und ich vernahm aus dem nahen Chore der Klosterkirche eine eintönige Anrufung, unheimlich übergehend in ein ersticktes Stöhnen und dann in ein gewaltsames Schreien.

Mein gelehrter und ruhmbedeckter Freund," unterbrach sich der Erzähler selbst, gegen einen gravitätischen Mann gewendet, welcher ihm gegenübersaß und sich trotz der Sommerwärme mit dem Faltenwurf seines Mantels nach Art der Alten drapierte, „mein großer Philosoph, sage mir, ich beschwöre dich, was ist das Gewissen?

Ist es ein allgemeines? Keineswegs. Wir alle haben Gewissenlose gekannt und, daß ich nur Einen nenne, unser heiliger Vater Johannes XXIII., den wir in Konstanz entthronten, hatte kein Gewissen, aber dafür ein so glückliches Blut und eine so heitere, ich hätte fast gesagt kindliche Gemütsart, daß er, mitten in seinen Untaten, deren Gespenster seinen Schlummer nicht beunruhigten, jeden Morgen aufgeräumter erwachte als er sich gestern niedergelegt hatte. Als ich auf Schloß Gottlieben, wo er gefangen saß, die ihn anklagende Rolle entfaltete und ihm die Summe seiner Sünden — zehnmal größer als seine Papstnummer scelera horrenda, abominanda — mit zager Stimme und fliegenden Schamröten vorlas, ergriff er gelangweilt die Feder und malte einer heiligen Barbara in seinem Breviarium einen Schnurrbart...

Nein, das Gewissen ist kein allgemeines und auch unter uns, die wir ein solches besitzen, tritt es, ein Proteus, in wechselnden Formen auf. In meiner Wenigkeit zum Beispiel wird es wach jedesmal, wo es sich in ein Bild oder in einen Ton verkörpern kann. Als ich neulich bei einem jener kleinen Tyrannen, von welchen unser glückliches Italien wimmelt, zu Besuche war und in dieser angenehmen Abendstunde mit schönen Weibern bei Chier und Lautenklang zusammensaß auf einer luftigen Zinne, welche, aus dem Schloßturm vorspringend, über dem Abgrund eines kühlen Gewässers schwebte, vernahm ich unter mir einen Seufzer. Es war ein Eingekerkerter. Weg war die Lust und meines Bleibens dort nicht länger. Mein Gewissen war beschwert, das Leben zu genießen, küssend, trinkend, lachend neben dem Elende.

Gleicherweise konnte ich jetzt das nahe Geschrei einer Verzweifelnden nicht ertragen. Ich warf Gewand um und schlich durch den dämmernden Kreuzgang nach dem Chore, mir sagend, es müsse sich, während ich den Plautus las, mit Gertruden geändert haben: an der Schwelle des Entscheides sei ihr die unumstößliche Überzeugung geworden, sie werde zugrunde gehen in dieser Gesellschaft, in dem Nichts oder — schlimmer — in der Fäulnis des Klosters, mit der Gemeinheit zusammengesperrt, sie verachtend und von ihr gehaßt.

In der Türe der Sakristei blieb ich lauschend stehen und sah Gertruden vor dem wahren, schweren Kreuze die Hände ringen. Wahrhaftig, sie bluteten und auch ihre Kniee mochten bluten, denn sie hatte die ganze Nacht im Gebete gelegen, ihre Stimme war heiser und ihre Rede mit Gott, nachdem sie ihr Herz und ihre Worte erschöpft hatte, gewaltsam und brutal, wie eine letzte Anstrengung:

,,Maria, Muttergottes, erbarm dich mein! Laß mich stürzen unter deinem Kreuz, es ist mir zu schwer! Mir schaudert vor der Zelle!" und sie machte eine Gebärde, als risse oder wickelte sie sich eine Schlange vom Leibe los, und dann, in höchster Seelenqual selbst die Scham niedertretend: ,,Was mir taugt," schrie sie, ,,ist Sonne und Wolke, Sichel und Sense, Mann und Kind..."

Mitten im Elende mußte ich lächeln über dieses der Intemerata gemachte menschliche Geständnis; aber mein Lächeln erstarb mir auf den Lippen... Gertrude war jählings aufgesprungen und richtete die unheimlich großen Augen aus dem bleichen Angesichte starr gegen die Mauer auf eine Stelle, die ich weiß nicht, welcher rote Fleck verunzierte.

,,Maria, Muttergottes, erbarm dich mein!" schrie sie wieder. „Meine Gliedmaßen haben keinen Raum in der Zelle und ich stoße mit dem Kopfe gegen die Diele. Laß mich unter deinem Kreuze sinken, es ist mir zu schwer. Erleichterst du mir's aber auf der Schulter, ohne mir das Herz erleichtern zu können, da siehe zu," — und sie starrte auf den bösen Fleck — „daß sie mich eines Morgens nicht mit zerschmettertem Schädel auflesen!" Ein unendliches Mitleid ergriff mich, aber nicht Mitleid allein, sondern auch eine beklemmende Angst.

Gertrude hatte sich ermüdet auf eine Truhe gesetzt, die irgendein Heiligtum verwahrte, und flocht ihre blonden Haare, welche im Ringkampfe mit der Gottheit sich aus den Flechten gelöst hatten. Dazu sang sie vor sich hin, halb traurig, halb neckisch, nicht mit ihrem kräftigen Alte, sondern mit einer fremden, hohen Kinderstimme:

> „In das Kloster geh' ich ein,
> Muß ein armes Nönnchen sein..."

jenen Kehrreim parodierend, mit welchem die Bauerkinder ihrer gespottet hatten.

Das war der Wahnsinn, der sie belauerte, um mit ihr in die Zelle zu schlüpfen. Der Optimus Maximus aber bediente sich meiner als seines Werkzeuges und hieß mich, Gertruden retten, koste es, was es wolle.

Auch ich wandte mich in freier Frömmigkeit an jene jungfräuliche Göttin, welche die Alten als Pallas Athene anriefen und wir Maria nennen. „Wer du seist", betete ich mit gehobenen Händen, „die Weisheit, wie die einen sagen, die Barmherzigkeit, wie die andern behaupten — gleichviel, die Weisheit überhört das Gelöbnis eines welterfahrenen Kindes und die Barmherzigkeit fesselt keine Erwachsene an das törichte Versprechen einer Unmündigen. Lächelnd lösest du das nichtige Gelübde. Deine Sache führe ich, Göttin. Sei mir gnädig!"

Da ich der Abtissin, welche Verrat befürchtete, mein Wort gegeben, mit Gertruden nicht weiter zu verkehren, beschloß ich, in antiker Art mit drei symbolischen Handlungen der Novize die Wahrheit nahezulegen, so nahe, daß dieselbe auch der harte Kopf einer Bäuerin begreifen mußte.

Ich trat hin vor das Kreuz, Gertruden übersehend. „Will ich einen Gegenstand wiedererkennen, so markiere ich ihn," sagte ich pedantisch, zog meinen scharfen Reisedolch, welchen mir unser berühmter Mitbürger, der Messerschmied Pantaleone Ubbriaco geschmiedet hatte, und schnitt zwischen Haupt= und Querbalken einen nicht kleinen Span gleichsam aus der Achsel= höhle des Kreuzes.

Zum zweiten tat ich fünf gemessene Schritte. Dann lachte ich aus vollem Hals und begann mit ausdrucksvollem Ge= bärdenspiele: „Komisches Gesicht, das des Lastträgers in der Halle zu Konstanz, da mein Gepäck anlangte! Er faßte das gewaltigste Stück darunter, eine ungeheure Truhe, ins Auge, schürzte die Armel bis über den Ellbogen, spie sich — der Rohe — in die Hände und hob, jede Muskel zu der größten Kraftanstrengung gespannt, die nichtige Bürde einer — leeren Kiste spielend auf die getäuschte Schulter. Hahaha!"

Zum dritten und letzten stellte ich mich närrisch feierlich zwischen das wahre Kreuz und das Gaukelkreuz in seiner schlecht verschlossenen Kammer und rätselte mit wiederholten Fingerzeigen nach beiden Seiten: „Die Wahrheit im Frei'n, die Lüge im Schrein!" — husch und ich klatschte in die Hände: „Die Lüge im Frei'n, die Wahrheit im Schrein!"

Ich schickte einen schrägen Blick auf die im Halbdunkel sitzende Novize, die Wirkung der drei Orakelsprüche aus den Mienen der Barbarin zu lesen. In diesen gewahrte ich die Spannung eines unruhigen Nachdenkens und das erste Wetter= leuchten eines flammenden Zorns.

Dann suchte ich meine Stube wieder, behutsam schleichend, wie ich sie verlassen hatte, warf mich angezogen auf das Lager und genoß den süßen Schlummer eines guten Gewissens, bis mich das Getöse der dem Kloster zuziehenden Menge und die mir zu Häupten dröhnenden Festglocken aufweckten.

Als ich die Sakristei wieder betrat, kehrte eben Gertrude, zum Sterben blaß, als würde sie auf das Schafott geführt, von einem wohl zum Behufe der unredlichen Kreuzesverwechselung von alters her eingerichteten Wittgange nach einer benachbarten Kapelle zurück. Der Putz der Gottesbraut begann. Im Kreise der psalmodierenden Nonnen umgürtete sich die Novize mit dem groben, dreifach geknoteten Stricke und entschuhte dann langsam ihre kräftig, aber edel gebildeten Füße. Jetzt bot man ihr die Dornenkrone. Diese war, anders als das symbolische Gaukelkreuz, aus harten, wirklichen Dornen geflochten und starrte von scharfen Spitzen. Gertrude ergriff sie begierig und drückte sie sich mit grausamer Lust so derb auf das Haupt, daß daraus der warme Regen ihres jungen Blutes hervorspritzte und dann in schweren Tropfen an der einfältigen Stirne niederrann. Ein erhabener Zorn, ein göttliches Gericht flammte vernichtend aus den blauen Augen der Bäuerin, so daß die Nonnen sich vor ihr zu fürchten begannen. Sechse derselben, welche die Abtissin in das fromme Schelmstück mochte eingeweiht haben, legten ihr jetzt das Gaukelkreuz auf die ehrliche Schulter mit so plumpen Grimassen, als vermöchten sie das Spielzeug kaum zu tragen, und mit so dumm heuchelnden Gesichtern, daß ich in der Tat die göttliche Wahrheit im Dornenkranze zu sehen glaubte, öffentlich geehrt und gefeiert von der menschlichen Unwahrheit, aber hinterrücks von ihr verspottet.

Jetzt entwickelte sich alles rasch wie ein Gewitter. Gertrude warf einen schnellen Blick nach der Stelle, wo mein Dolch an dem echten Kreuz eine tiefe Marke geschnitten, und fand sie an dem falschen unversehrt. Verächtlich ließ sie das leichte Kreuz, ohne es mit den Armen zu umfangen, von der Schulter gleiten. Dann ergriff sie es wieder mit einem gellenden Hohngelächter und zerschlug es frohlockend an dem Steinboden in schwächliche Trümmer. Und schon stand sie mit einem Sprunge vor der Tür der Kammer, wo jetzt das wahre, das schwere Kreuz versteckt war, öffnete, fand und wog es, brach in wilden Jubel aus, als hätte sie einen Schatz gefunden, hob es sich ohne Hilfe auf die rechte Schulter, umschlang es triumphierend mit ihren tapferen Armen und wendete sich langsam

schreitend mit ihrer Bürde dem Chore zu, auf dessen offener
Bühne sie der Menge sichtbar werden sollte, die atemlos lauschend, Kopf an Kopf, Adel, Pfaffheit, Bauersame, ein ganzes Volk, das geräumige Schiff der Kirche füllte. Wehklagend,
scheltend, drohend, beschwörend warf sich ihr die Abtissin mit
ihren Nonnen in den Weg.

Sie aber, die leuchtenden Augen nach oben gerichtet: „Jetzt,
Muttergottes, schlichte du den Handel ehrlich!“ rief sie aus
und dann mit kräftiger Stimme: „Platz da!“ wie ein Hand-
werker, der einen Balken durch eine Volksmenge trägt.

Alles wich und sie betrat den Chor, wo, ein Vikar des
Bischofs an der Spitze, die ländliche Geistlichkeit sie erwartete. Aller Blicke trafen zusammen auf der belasteten Schulter
und dem blutbeträufelten Antlitz. Aber das wahre Kreuz wurde
Gertruden zu schwer und keine Göttin erleichterte es ihr. Sie
schritt mit keuchendem Busen, immer niedriger und langsamer,
als hafteten und wurzelten ihre nackten Füße im Erdboden.
Sie strauchelte ein wenig, raffte sich zusammen, strauchelte
wieder, sank ins linke, dann auf das rechte Knie und wollte
sich mit äußerster Anstrengung wieder erheben. Umsonst. Jetzt
löste sich die linke Hand vom Kreuze und trug, vorgestreckt,
auf den Boden gestemmt, einen Augenblick die ganze Körper-
last. Dann knickte der Arm im Gelenk und brach zusammen.
Das dorngekrönte Haupt neigte sich schwer vornüber und schlug
schallend auf die Steinplatte. Über die Sinkende rollte mit Gepolter das Kreuz, welches ihre Rechte erst im betäubenden
Sturze freigab.

Das war die blutige Wahrheit, nicht der gaukelnde Trug.
Ein Seufzer stieg aus der Brust von Tausenden.

Von den entsetzten Nonnen wurde Gertrude unter dem
Kreuze hervorgezogen und aufgerichtet. Sie hatte im Falle
das Bewußtsein verloren, aber bald kehrte dem kräftigen Mädchen die Besinnung wieder. Sie strich sich mit der Hand über
die Stirn. Ihr Blick fiel auf das Kreuz, welches sie erdrückt
hatte. Über ihr Antlitz verbreitete sich ein Lächeln des Dankes
für die ausgebliebene Hilfe der Göttin. Dann sprach sie mit

einer himmlischen Heiterkeit die schalkhaften Worte: „Du willst mich nicht, reine Magd: so will mich ein anderer!"

Noch die Dornenkrone tragend, deren blutige Spitzen sie nicht zu fühlen schien, setzte sie jetzt den Fuß auf die erste der aus dem Chor in das Schiff niederführenden Stufen. Zugleich wanderten ihre Augen suchend im Volke und fanden, wen sie suchten. Es ward eine große Stille. „Hans von Splügen," begann Gertrude laut und vernehmlich, „nimmst du mich zu deinem Eheweibe?" „Ja, freilich! Mit tausend Freuden! Steig nur herunter!" antwortete fröhlich aus der Tiefe des Schiffes eine überzeugende Männerstimme.

So tat sie und schritt gelassen, aber vor Freude leuchtend, von Stufe zu Stufe hinab, wieder die einfache Bäuerin, welche wohl das ergreifende Schauspiel, das sie in ihrer Verzweiflung der Menge gegeben, bald und gerne vergaß, jetzt, da sie ihres bescheidenen menschlichen Wunsches gewährt war und in die Alltäglichkeit zurückkehren durfte. Verlache mich, Cosmus! Ich war enttäuscht. Eine kurze Weile hatte die Bäuerin vor meinen erregten Sinnen gestanden als die Verkörperung eines höheren Wesens, als ein dämonisches Geschöpf, als die Wahrheit, wie sie jubelnd den Schein zerstört. Aber was ist Wahrheit? fragte Pilatus.

Dieses träumend und ebenfalls aus dem Chor in das Schiff niedersteigend, wurde ich von meinem Boten am Armel gezupft, welcher mir die durch plötzlichen begeisterten Zuruf vollzogene Papstwahl des Otto Colonna mit ein paar merkwürdigen Nebenumständen berichtete.

Als ich wieder aufblickte, war Gertrude verschwunden. Die erregte Menge aber tobte und lärmte mit geteilten Meinungen. Dort scholl es aus einem Männerhaufen: „Vettel! Gauklerin!" Es galt der Abtissin. Hier zeterten weibliche Stimmen: „Sünderin! Schamlose!" Damit war Gertrude gemeint. Ob aber jene den frommen Betrug errieten, diese durch die weltliche Gesinnung Gertrudens das Wunder zerstört glaubten, gleichviel — in beiden Fällen war die Reliquie entkräftet und die Laufbahn des Mirakels geschlossen.

Vom Volke grob gescholten, begann das tapfere Brigittchen derb wieder zu schelten, und die verblüfften Gesichter der anwesenden Pfaffen zeigten eine vollständige Stufenleiter von einverstandener Schlauheit bis zu der redlichsten Dummheit hinunter.

Ich fühlte mich als Kleriker und machte dem Ärgernis ein Ende. Die Kanzel besteigend, verkündigte ich der versammelten Christenheit feierlich: „Habemus pontificem Dominum Othonem de Colonna!" Und stimmte ein schallendes Te Deum an, in welches erst der Nonnenchor und dann das gesamte Volk dröhnend einfiel. Nach gesungener Hymne beeilten sich Adel und Bauerschaft, ihre Tiere zu besteigen oder zu Fuß sich auf den Weg nach Konstanz zu machen, wo der nach Beendigung des Triregnum urbi und orbi gespendete Segen dreifach kräftig wirken mußte.

Meine Wenigkeit schlüpfte in den Kreuzgang zurück, um den Plautus in aller Stille auf meiner Kammer zu holen. Wieder mich wegschleichend, den Kodex unterm Arm, geriet ich der Äbtissin in den Weg, welche, haushälterisch wie sie war, die Stücke des Gaukelkreuzes in einem großen Korbe sorgfältig in die Küche trug. Ich wünschte ihr Glück zu der Lösung des Knotens. Aber das Brigittchen glaubte sich geprellt und schrie mich wütend an: „Schert euch zum Teufel, ihr zwei italienischen Spitzbuben," worunter es den Umbrier Marcus Accius Plautus und den Tusker Poggio Bracciolini, euern Mitbürger, verstehen mochte. Ein hübscher blonder Knabe, auch ein Krauskopf, welchen mir der mit Gertruden entweichende Hans von Splügen noch vorsorglich bestellt hatte, führte mir dann das Maultier vor, welches mich nach Konstanz zurückbrachte.

Plaudite amici! Ich bin zu Ende. Als das Konzil von Konstanz, welches länger dauerte als dieses Geschichtchen, ebenfalls zu Ende war, kehrte ich mit meinem gnädigen Herrn, der Heiligkeit Martins V., über die Berge zurück und traf als unsere Wirte im Gasthause von Spiuga, noch nordwärts des gefährlichen Passes, Anselino und Gertrude in blühender Gesundheit, diese nicht in einer dumpfen Zelle, sondern in winddurchrauschtem Felstal, ein Kind an der Brust und das eheliche Kreuz auf der Schulter tragend.

Sei dir, erlauchter Cosmus, diese Facezia inedita eine nicht unwillkommene Beigabe zu dem Kodex des Plautus, welchen ich dir schenke zu dieser Stunde oder richtiger dem Vaterlande, dessen „Vater" du bist, und der Wissenschaft, der deine Säle mit den darin gehäuften Schätzen offen stehen.

Ich wollte dir das einzige Manuskript testamentarisch vermachen, um mir nicht, ein Lebender, das zehnfache Gegengeschenk zuzuziehen, womit du jede huldigend dir überreichte Gabe zu lohnen pflegst in deiner freigebigen Weise, von welcher du einmal nicht lassen kannst. Doch" — seufzte Poggio melancholisch — „wer weiß, ob meine Söhne meinen letzten Willen ehren würden?"

Cosmus erwiderte liebenswürdig: „Ich danke dir für beides, deinen Plautus und deine Facetie. Skrupellos hast du sie gelebt und ausgeführt, jung wie du damals warest. Als ein Gereifter hast du sie uns erzählt mit der Weisheit deiner Jahre. Dieses" — er hob eine edle, von einem lachenden Satyr umklammerte Schale — „bringe ich meinem redlichen Poggio und seiner blonden Barbarin!"

Man trank und lachte. Dann sprang das Gespräch von Plautus über auf die tausend gehobenen Horte und aufgerollten Pergamente des Altertums und auf die Größe des Jahrhunderts.

GUSTAV ADOLFS PAGE

I

In dem Kontor eines unweit St. Sebald gelegenen nürem=
bergischen Patrizierhauses saßen sich Vater und Sohn an
einem geräumigen Schreibtische gegenüber, der Abwicklung
eines bedeutenden Geschäftes mit gespanntester Aufmerksam=
keit obliegend. Beide, jeder für sich auf seinem Stücke Papier,
summierten sie dieselbe lange Reihe von Posten, um dann zu
wünschbarer Sicherheit die beiden Ergebnisse zu vergleichen.
Der schmächtige Jüngling, der dem Vater aus den Augen ge=
schnitten war, erhob die spitze Nase zuerst von seinen zierlich
geschriebenen Zahlen. Seine Addition war beendigt und er war=
tete auf den bedächtigeren Vater nicht ohne einen Anflug von
Selbstgefälligkeit in dem schmalen, sorgenhaften Gesichte —
als ein Diener eintrat und ein Schreiben in großem Format
mit einem schweren Siegel überreichte. Ein Kornett von den
schwedischen Karabinieren habe es gebracht. Er beschaue sich
jetzt nebenan den Ratssaal mit den weltberühmten Schilde=
reien und werde pünktlich in einer Stunde sich wieder ein=
finden. Der Handelsherr erkannte auf den ersten Blick die
kühnen Schriftzüge der Majestät des schwedischen Königs
Gustav Adolf und erschrak ein wenig über die große Ehre des
eigenhändigen Schreibens. Die Befürchtung lag nahe, der
König, den er in seinem neuerbauten Hause, dem schönsten von
Nürnberg, bewirtet und gefeiert hatte, möchte bei seinem
patriotischen Gastfreunde ein Anleihen machen. Da er aber
unermeßlich begütert war und die Gewissenhaftigkeit der schwe=
dischen Rentkammer zu schätzen wußte, erbrach er das könig=
liche Siegel ohne sonderliche Besorgnis und sogar mit dem
Anfange eines prahlerischen Lächelns. Kaum aber hatte er die
wenigen Zeilen des in königlicher Kürze verfaßten Schreibens

überflogen, wurde er bleich wie über ihm die Stukkatur der Decke, welche in hervorquellenden Massen und aufdringlicher Gruppe die Opferung Isaaks durch den eigenen Vater Abraham darstellte. Und sein guter Sohn, der ihn beobachtete, erbleichte ebenfalls, aus der plötzlichen Entfärbung des vertrockneten Gesichtes auf ein großes Unheil ratend. Seine Bestürzung wuchs, als ihn der Alte über das Blatt weg mit einem wehmütigen Ausdrucke väterlicher Zärtlichkeit betrachtete. „Um Gottes willen," stotterte der Jüngling, „was ist es, Vater?" Der alte Leubelfing, denn diesem vornehmen Handelsgeschlechte gehörten die beiden an, bot ihm das Blatt mit zitternder Hand. Der Jüngling las:

Lieber Herr!

Wissend und Uns wohl erinnernd, daß der Sohn des Herrn den Wunsch nährt, als Page bei Uns einzutreten, melden hiermit, daß dieses heute geschehen und völlig werden mag, dieweil Unser voriger Page, der Max Beheim seliger † (mit nachträglicher Ehrenmeldung des vorvorigen, Utzen Volkamers seligen †, und des fürdervorigen, Götzen Tuchers seligen †) heute bei währendem Sturme nach beiden ihme von einer Stückkugel abgerissenen Beinen in Unsern Armen sänftiglich entschlafen ist. Es wird Uns zu besonderer Genugtuung gereichen, wieder Einen aus der evangelischen Reichsstadt Nürnberg, welcher Stadt Wir fürnehmlich gewogen sind, in Unsern nahen Dienst zu nehmen. Eines guten Unterhaltes und täglicher christlicher Vermahnung seines Sohnes kann der Herr gewiß sein.

Des Herrn wohl affektionierter
Gustavus Adolphus Rex.

„O du meine Güte," jammerte der Sohn, ohne sein zages Herz vor dem Vater zu verbergen, „jetzt trage ich meinen Totenschein in der Tasche und Ihr, Vater — mit dem schuldigen Respekt gesprochen —, seid der Ursacher meines frühen Hinschieds, denn wer als Ihr könnte dem Könige eine so irrtümliche Meinung von meinem Wünschen und Begehren bei-

156

gebracht haben? Daß Gott erbarm'!" und er richtete seinen Blick aufwärts zu dem gerade über ihm schwebenden Messer des gipsenen Erzvaters.

„Kind, du brichst mir das Herz!" versetzte der Alte mit einer kargen Träne. „Vermaledeit sei das Glas Tokayer, das ich zuviel getrunken —"

„Vater," unterbrach ihn der Sohn, der mitten im Elend den Kopf wo nicht oben, doch klar behielt, „Vater, berichtet mir, wie sich das Unglück ereignet hat."

„August," beichtete der Alte mit Zerknirschung, „du weißt die große Gasterei, die ich dem Könige bei seinem ersten Einzuge gab. Sie kam mich teuer zu stehen —"

„Dreihundertneunundneunzig Gulden elf Kreuzer, Vater, und ich habe nichts davon gekostet," bemerkte der Junge weinerlich, „denn ich hütete die Kammer mit einer nassen Bausche über dem Auge." Er wies auf sein rechtes. „Die Gustel, der Wildfang, halb unsinnig und närrisch vor Freude, den König zu sehen, hatte mir den Federball ins Auge geschmissen, da gerade ein Trompetenstoß schmetterte und sie glauben ließ, der Schwede halte Einzug. Aber redet, Vater —"

„Nach abgetragenem Essen bei den Früchten und Kelchen erging ein Sturm von Jubel oben durch den Saal und unten über den Platz durch das Kopf an Kopf versammelte Volk. Alle wollten sie den König sehen. Humpen dröhnten, Gesundheiten wurden bei offenen Fenstern ausgebracht und oben und unten bejauchzt. Dazwischen schreit eine klare, durchdringende Stimme: „Hoch, Gustav, König von Deutschland!" Jetzt wurde es mäuschenstill, denn das war ein starkes Ding. Der König spitzte die Ohren und strich sich den Zwickel. „Solches darf ich nicht hören," sagte er. „Ich bringe ein Hoch der evangelischen Reichsstadt Nüremberg!" Nun bricht erst der ganze Jubel aus. Stücke werden auf dem Platze gelöst, alles geht drüber und drunter! Nach einer Weile drückt mich die Majestät von ungefähr in eine Ecke. „Wer hat den König von Deutschland hoch leben lassen, Leubelfing?" fragte er mich unter der Stimme. Nun sticht mich alten betrunkenen Esel die Prahlsucht" — Leubelfing schlug sich vor die Stirn, als klage er sie an, ihn nicht besser beraten zu haben — „und ich antwortete: ,Majestät, das tat mein Sohn, der August. Dieser spannt Tag und Nacht darauf, als Page in Euren Dienst zu treten.' Trotz meines Rausches wußte ich, daß der königliche Leibdienst von Götz Tucher versehen wurde und der Bürgermeister Volkamer nebst dem Schöppen Beheim ihre Buben als Pagen emp= fohlen hatten. Ich sagte es auch nur, um hinter meinen Nach= barn, dem alten Tucher und dem Großmaul, dem Beheim, nicht zurückzubleiben. Wer konnte denken, daß der König die ganze Nüremberger Ware in Bayern verbrauchen würde —"

„Aber hätte der König mich mit meinem blauen Auge holen lassen?"

„Auch das war vorbedacht, August! Der verschmitzte Spitz= bube, der Charnacé, lärmte im Vorzimmer. Schon dreimal hatte er sich melden lassen und war nicht mehr abzutreiben. Der König ließ ihn dann eintreten und hudelte den Ambassa= deur vor uns Patriziern, daß einem deutschen Mann das Herz im Leibe lachen mußte. Nichts von alledem hatte ich in der Geschwindigkeit unerwogen gelassen —"

„Soviel und sowenig Weisheit, Vater!" seufzte der Sohn.

Dann steckten die beiden die Köpfe zusammen, um eine Remedur zu suchen, wie sie es nannten, jetzt unter der Stimme flüsternd, welche sie vorher in ihrer Aufregung, uneingedenk der im Nebenzimmer hantierenden Angestellten und Lehrlinge, zu dämpfen vergessen hatten. Aber sie fanden keinen Rat und ihre Gebärden wurden immer ängstlicher und peinlicher, als im Gange draußen ein markiger Alt das Leiblied Gustav Adolfs anstimmte:

> „Verzage nicht, du Häuflein klein,
> Ob auch die Feinde Willens sein,
> Dich gänzlich zu zerstören!"

und ein tannenschlankes Mädchen mit lustigen Augen, kurz= geschnittenen Haaren, knabenhaften Formen und ziemlich reiter= mäßigen Manieren eintrat.

„Willst du uns die Ohren zersprengen, Base?" zankten die beiden Leubelfinge. Sie, das trübselige Paar musternd, erwiderte: „Ich komme, euch zum Essen zu rufen. Was hat's gegeben, Herr Ohm und Herr Vetter? Ihr habt ja beide ganz bleiche Nasenspitzen!" Der zwischen den Hilflosen liegende Brief, den das Mädchen ohne weiteres ergriff, und als sie die kräftig hingeworfene Unterschrift des Königs gelesen, mit leidenschaftlichen Augen verschlang, erklärte ihr den Schrecken. „Zu Tische, Herren!" sagte sie und schritt den beiden voran in das Speisezimmer. Hier aber ging es dem gutherzigen Mädchen selber nahe, wie den Leubelfingen jeder Bissen im Munde quoll. Sie ließ abtragen, setzte ihren Stuhl zurück, kreuzte die Arme, schlug unter ihrem blauen Rocke, an dessen Gurt die Tasche und der Schlüsselbund hing, ein schlankes Bein über das andere und ließ, horchend und nachdenkend, den ganzen verfänglichen Handel sich vortragen; denn sie schien vollständig zum Hause zu gehören und sich darin mit ihrem kecken Wesen eine entschiedene Stellung erobert zu haben.

Die Leubelfinge erzählten. „Wenn ich denke," sagte dann das Mädchen mutig, „wer es war, der das Hoch auf den König ausbrachte!"

„Wer denn?" fragten die Leubelfinge, und sie antwortete: „Niemand anders als ich."

„Hol' dich der Henker, Mädchen!" grollte der Alte. „Gewiß hast du den blauen schwedischen Soldatenrock, den du dir im Schrank hinter deinen Schürzen aufhebst, angezogen und dich in den Speisesaal an deinen Götzen hinangeschlichen, statt dich züchtig unter den Weibern zu halten."

„Sie hätten mir den hintersten Platz gegeben," versetzte das Mädchen zornig, „die kleine Hallerin, die große Holzschuherin, die hochmütige Ebnerin, die schiefe Geuderin, die alberne Creßerin, tutte quante, die dem Könige das Geschenk unserer Stadt, die beiden silbernen Trinkschalen, die Himmelskugel und die Erdkugel, überreichen durften."

„Wie kann ein schamhaftes Mädchen, und das bist du,

Guſtel, es nur über ſich bringen, Männertracht zu tragen!" maulte der zimperliche Jüngling.

„Das heißt," erwiderte das Mädchen ernſt, „die Tracht meines Vaters, wo noch neben der Bruſttaſche das geſtopfte Loch ſichtbar iſt, das der Degen des Franzoſen geriſſen hat. Ich brauche nur einen ſchrägen Blick zu tun," — ſie tat ihn, als trüge ſie die väterliche Tracht — „ſo ſehe ich den Riß, und es wirkt wie eine Predigt. Dann", ſchloß ſie, aus dem Ernſt nach ihrer Art in ein Lachen überſpringend, „wollen mir die Weiberröcke auch gar nicht ſitzen. Kein Wunder, daß ſie mich ſchlecht kleiden, bin ich doch bis in mein vierzehntes Jahr mit dem Vater und der Mutter in kurzem Habit zu Roſſe geſeſſen."

„Liebe Baſe," jammerte der junge Leubelfing nicht ohne eine Miſchung von Zärtlichkeit, „ſeit dem Tode deines Vaters biſt du hier wie das Kind des Hauſes gehalten, und nun haſt du mir d a s eingebrockt! Du lieferſt deinen leibhaftigen Vetter wie ein Lamm auf die Schlachtbank! Der Utz wurde durch die Stirn geſchoſſen, der Götz durch den Hals!" Ihn überlief eine Gänſehaut. „Wenn du mir wenigſtens einen guten Rat wüßteſt, Baſe!"

„Einen guten Rat," ſagte ſie nachdrücklich, „den will ich dir geben: halte dich wie ein Nüremberger, wie ein Leubelfing!"

„Ein Leubelfing!" giftelte der alte Herr. „Muß denn jeder Nüremberger und jeder Leubelfing ein Raufbold ſein, wie der Rupert, dein Vater, Gott hab' ihn ſelig, der mich, den Ältern, er ein Zehnjähriger, auf einem Leiterwagen entführte, umwarf, heil blieb und mir zwei Rippen brach? Welche Laufbahn! Mit Fünfzehn zu den Schweden durchgegangen, mit Siebzehn eine Fünfzehnjährige vor der Trommel geheiratet, mit Dreißig in einem Raufhandel das Zeitliche geſegnet!"

„Das heißt," ſagte das Mädchen, „er fiel für die Ehre meiner Mutter —"

„Weißt du mir keinen Rat, Guſte?" drängte der junge Leubelfing. „Du kennſt den ſchwediſchen Dienſt und die natür=

lichen Fehler, die davon frei machen. Auf was kann ich mich bei dem Könige gültig ausreden?"

Sie brach in ein tolles Gelächter aus. „Wir wollen dich", sagte sie, „wie den jungen Achill im Bildwerk am Ofen dort unter die Mädchen stecken, und wenn der listige Ulysses vor ihnen das Kriegszeug ausbreitet, wirst du nicht auf ein Schwert losspringen."

„Ich gehe nicht!" erklärte der durch diese mythologische Gelehrsamkeit Geärgerte. „Ich bin nicht die Person, welche der Vater dem Könige geschildert hat." Da fühlte er sich an seinen beiden dünnen Armen gepackt. Ihm den linken klaubend, zeterte der alte Leubelfing: „Willst du mich ehrwürdigen Mann dem Könige als einen windigen Lügner hinstellen?" Das Mädchen aber, den rechten Arm des Vetters drückend, rief entrüstet: „Willst du mit deiner Feigheit den braven Namen meines Vaters entehren?"

„Weißt du was," schrie der Gereizte, „gehe du als Page zu dem König! Er wird, bubenhaft wie du aussiehst und dich beträgst, das Mädchen in dir ebensowenig vermuten, als der Ulysses am Ofen, von dem du fabelst, in mir den Buben erraten hätte! Mach' dich auf zu deinem Abgott und bet' ihn an! Am Ende," fuhr er fort, „wer weiß, ob du das nicht schon lange in dir trägst? Träumest du doch von dem Schwedenkönig, mit welchem du als Kind in der Welt herumgefahren bist, wachend und schlafend. Als ich vorgestern auf meine Kammer ging, an der deinigen vorüber, hörte ich deine Traumstimme schon von weitem. Ich brauchte wahrlich mein Ohr nicht ans Schlüsselloch zu halten. ‚Der König! Wache heraus! Präsentiert Gewehr!' Er ahmte das Kommando mit schriller Stimme nach.

Die Jungfrau wandte sich ab. Eine Purpurröte war ihr in Wangen und Stirne geschossen. Dann zeigte sie wieder die warmen lichtbraunen Augen und sprach: „Nimm dich in acht! Es könnte dahin kommen, wäre es nur, damit der Name Leubelfing nicht von lauter Memmen getragen wird!"

Das Wort war ausgesprochen und ein kindischer Traum

hatte Gestalt gewonnen als ein dreistes aber nicht unmög=
liches Abenteuer. Das väterliche Blut lockte. Des Mutes und
der Verwegenheit war ein Überfluß. Aber die maidliche Scham
und Zucht — der Vetter hatte wahrhaftes Zeugnis abgelegt
— und die Ehrfurcht vor dem Könige taten Einspruch. Da
ergriff sie der Strudel des Geschehens und riß sie mit sich fort.

Der schwedische Kornett, welcher das Schreiben des Königs
gebracht hatte und den neuen Pagen ins Lager führen sollte,
meldete sich. Statt in die grauen Mauerbilder Meister Albrechts
hatte er sich in eine lustige Weinstube und in einen goldgefüll=
ten grünen Römer vertieft, ohne jedoch den Glockenschlag zu
überhören. Der alte Leubelfing, in Todesangst um seinen Sohn
und um seine Firma, machte eine Bewegung, die Kniee seiner
Nichte zu umfangen, nicht anders als um den Körper seines
Sohnes bittend der greise Priamus die Kniee Achills umarmte,
während der junge Leubelfing an allen Gliedern zu schlottern
begann. Das Mädchen machte sich mit einem krampfhaften
Gelächter los und entsprang durch eine Seitentür gerade einen
Augenblick, ehe sporenklirrend der Kornett eindrang, ein Jüng=
ling, dem der Mutwille und das Lebensfeuer aus den Augen
spritzte, obwohl er in der strengen Zucht seines Königs stand.

Auguste Leubelfing wirtschaftete hastvoll, wie berauscht in
ihrer Kammer, packte einen Mantelsack, warf sich eilfertig in
die Kleider ihres Vaters, die ihrem schlanken und knappen
Wuchs wie angegossen saßen, und dann auf die Kniee zu einem
kurzen Stoßseufzer, um Vergebung und Begünstigung des
Abenteuers betend.

Als sie wieder den untern Saal betrat, rief ihr der Kornett
entgegen: „Rasch, Herr Kamerad! Es eilt! Die Rosse schar=
ren! Der König erwartet uns! Nehmt Abschied von Vater
und Vetter!" und er schüttete mit einem Zug den Inhalt des
ihm vorgesetzten Römers hinter seinen feinen Spitzenkragen.

Der in schwedische Uniform gekleidete Scheinjüngling neigte
sich über die vertrocknete Hand des Alten, küßte sie zweimal
mit Rührung und wurde von ihm dankbar gesegnet; dann
aber plötzlich in eine unbändige Lustigkeit übergehend, ergriff

162

der Page die Rechte des jungen Leubelfing, schwang sie hin und her und rief: „Lebt wohl, Jungfer Base!" Der Kornett schüttelte sich vor Lachen: „Hol' mich, straf' mich — was der Herr Kamerad für Späße vorbringt! Mit Gunst und Verlaub, mir fiel es gleich ein: das reine alte Weib, der Herr Vetter! in jedem Zug, in jeder Gebärde, wie sie bei uns in Finnland singen:

Ein altes Weib auf einer Ofengabel ritt —

Hol' mich, straf' mich!" Er entführte mit einem raschen Handgriff dem aufwartenden Stubenmädchen das Häubchen und stülpte es dem jungen Leubelfing auf den von sparsamen Flachshaaren umhangenen Schädel. Die spitzige Nase und das rückwärts fliehende Kinn vollendeten das Profil eines alten Weibes.

Jetzt legte der leichtbezechte Kornett seinen Arm vertraulich in den des Pagen. Dieser aber trat einen Schritt zurück und sprach, die Hand auf dem Knopfe des Degens: „Herr Kamerad! Ich bin ein Freund der Reserve und ein Feind naher Berührung!"

„Potz!" sagte dieser, stellte sich aber seitwärts und gab dem Pagen mit einer höflichen Handbewegung den Vortritt. Die zwei Wildfänge rasselten die Treppe hinunter.

Lange noch ratschlagten die Leubelfinge. Daß für den jungen, welcher seine Identität eingebüßt hatte, des Bleibens in Nürnberg nicht länger sei, war einleuchtend. Schließlich wurden Vater und Sohn einig. Dieser sollte einen Zweig des Geschäftes nach Kursachsen, und zwar nach der aufblühenden Stadt Leipzig verpflanzen, nicht unter dem verscherzten patrizischen Namen, sondern unter dem plebejischen „Laubfinger", nur auf kurze Zeit, bis der jetzige August von Leubelfing neben dem Könige vom Roß auf ein Schlachtfeld und in den Tod gestürzt sei, welches Ende nicht werde auf sich warten lassen.

Als nach einer langen Sitzung der Vertauschte sich erhob und seinem Bild im Spiegel begegnete, trug er über seinen verstörten Zügen noch das Häubchen, welches ihm der schwedische Taugenichts aufgesetzt hatte.

„Höre, Page Leubelfing! Ich habe ein Hühnchen mit dir zu pflücken. Wenn du mit deinen flinken Fingern in den dringendsten Fällen dem Könige meinem Herrn eine aufgehende Naht seines Rockes zunähen oder einen fehlenden Knopf ersetzen würdest, vergäbest du deiner Pagenwürde nicht das geringste. Hast du denn in Nüremberg Mütterchen oder Schwesterchen nie über die Schulter auf das Nähkissen geschaut? Ist es doch eine leichte Kunst, welche dich jeder schwedische Soldat lehren kann. Du rümpfst die Stirne, Unfreundlicher? Sei artig und folgsam! Sieh' da mein eigenes Besteck! Ich schenk' es dir."

Und die Brandenburgerin, die Königin von Schweden reichte dem Pagen Leubelfing ein Besteck von englischer Arbeit mit Zwirn, Fingerhut, Nadel und Schere. Dem Könige aus eifersüchtiger Zärtlichkeit überallhin nachreisend, hatte sie ihn mitten in seinem unseligen Lager bei Nüremberg, wo er einen in dasselbe eingeschlossenen, vom Kriege halb verwüsteten Edelsitz bewohnte, mit ihrem kurzen Besuche überrascht. In den widerstrebenden Händen des Pagen öffnete sie das Etui, enthob ihm den silbernen Fingerhut und steckte denselben dem Pagen an mit den holdseligen Worten: „Ich binde dir's aufs Gewissen, Leubelfing, daß mein Herr und König stets propre und vollständig einhergehe."

„Den Teufel scher' ich mich um Nähte und Knöpfe, Majestät", erwiderte Leubelfing unmutig errötend, aber mit einer so drolligen Miene und einer so angenehm markigen Stimme, daß die Königin sich keineswegs beleidigt fühlte, sondern mit einem herablassenden Gelächter den Pagen in die Wange kniff. Diesem tönte das Lachen hohl und albern, und der Reizbare empfand einen Widerwillen gegen die erlauchte Fürstin, von welchem diese gutmütige Frau keine Ahnung hatte.

Doch auch der König, welcher auf der Schwelle des Gemaches den Auftritt belauscht hatte, brach jetzt in ein herzliches Gelächter aus, da er seinen Pagen mit dem Raufdegen an der

linken Hüfte und einem Fingerhut an der rechten Hand erblickte. „Aber Gust," sagte er dann, „du schwörst ja wie ein
Papist oder Heide! Ich werde an dir zu erziehen haben."

In der Tat achtete Gustav Adolf es nicht für einen Raub,
die Krone zu tragen. Wie hätte er, welcher — ohne Abbruch
der militärischen Strenge — jeden seiner Leute, auch den Geringsten, mit menschlichem Wohlwollen behandelte, dieses einem
gutgearteten Jüngling von angenehmer Erscheinung versagt,
der unter seinen Augen lebte und nicht von seiner Seite weichen durfte. Und einem unverdorbenen Jüngling, der bei dem
geringsten Anlaß nicht anders als ein Mädchen bis unter das
Stirnhaar errötete! Auch vergaß er es dem jungen Nüremberger nicht, daß dieser an jenem folgenschweren Bankett ihn
als den „König von Deutschland" hatte hoch leben lassen, den
möglichen ruhmreichen Ausgang seines heroischen Abenteuers
in eine kühne prophetische Formel fassend.

Eine zärtliche und wilde, selige und ängstliche Fabel hatte
der Page schon neben seinem Helden gelebt, ohne daß der arglose König eine Ahnung dieses verstohlenen Glückes gehabt
hätte. Berauschende Stunden, gerade nach vollendeten achtzehn
unmündigen Jahren beginnend und diese auslöschend wie die
Sonne einen Schatten! Eine Jagd, eine Flucht süßer und
stolzer Gefühle, quälender Befürchtungen, verhehlter Wonnen,
klopfender Pulse, beschleunigter Atemzüge, soviel nur eine
junge Brust fassen und ein leichtsinniges Herz genießen kann
in der Vorstunde einer tötenden Kugel oder am Vorabend
einer beschämenden Entlarvung!

Als der nürembergische Junker August Leubelfing von dem
Kornett dem Könige vorgestellt wurde, hatte der Beschäftigte
kaum einen Augenblick gefunden, seinen neuen Pagen flüchtig
ins Auge zu fassen. So wurde dieser einer frechen Lüge über-
hoben. Gustav Adolf war im Begriff, sich auf sein Leibroß
zu schwingen, um den zweiten fruchtlosen Sturm auf die un-
einnehmbare Stellung des Friedländers vorzubereiten. Er hieß
den Pagen folgen und dieser warf sich ohne Zaudern auf den
ihm vorgeführten Fuchs, denn er war von jung an im Sattel

heimisch und hatte von seinem Vater, dem weiland wildesten Reiter im schwedischen Heere, einen schlanken und ritterlichen Körper geerbt. Wenn der König, nach einer Weile sich umwendend, den Pagen tödlich erblassen sah, so taten es nicht die feurigen Sprünge des Fuchses und die Ungewohnheit des Sattels, sondern es war, weil Leubelfing in einiger Entfernung eine ertappte Dirne erblickte, die mit entblößtem Rücken aus dem schwedischen Lager gepeitscht wurde, und ihn das nackte Schauspiel ekelte.

Tag um Tag — denn der König ermüdete nicht, den abgeschlagenen Sturm mit einer ihm sonst fremden Hartnäckigkeit zu wiederholen — ritt der Page ohne ein Gefühl der Furcht an seiner Seite. Jeder Augenblick konnte es bringen, daß er den tödlich Getroffenen in seinen Armen vom Rosse hob oder selbst tödlich verwundet in den Armen Gustav Adolfs ausatmete. Wann sie dann ohne Erfolg zurückritten, der König mit verdüsterter Stirn, so täuschte oder verbarg dieser seine Sorge, indem er den Neuling aufzog, daß er den Bügel verloren und die Mähne seines Tieres gepackt hätte. Oder er tadelte auch im Gegenteil seine Waghalsigkeit und schalt ihn einen Casse=Cou, wie der Lagerausdruck lautete.

Überhaupt ließ er es sich nicht verdrießen, seinem Pagen gute väterliche Lehre zu geben und ihm gelegentlich ein wenig Christentum beizubringen.

Der König hatte die löbliche und gesunde Gewohnheit, nach beendigtem Tagewerke die letzte halbe Stunde vor Schlafengehen zu vertändeln und allerhand Allotria zu treiben, jede Sorge mit geübter Willenskraft hinter sich werfend, um sie dann im ersten Frühlicht an derselben Stelle wieder aufzuheben. Und diese Gewohnheit hielt er auch jetzt und um so mehr fest, als die vereitelten Stürme und geopferten Menschenleben seine Pläne zerstörten, seinen Stolz beleidigten und seinem christlichen Gewissen zu schaffen machten. In dieser späten Freistunde saß er dann behaglich in seinen Sessel zurückgelehnt und Page Leubelfing auf einem Schemel daneben. Da wurde Dame gezogen oder Schach gespielt und im Brettspiele schlug der Page zuweilen den König. Oder dieser, wenn er sehr guter Laune war, erzählte harmlose Dinge, wie sie eben in seinem Gedächtnisse obenauf lagen. Zum Beispiel von der pompösen Predigt, welche er weiland auf seiner Brautfahrt nach Berlin in der Hofkirche gehört. Sie habe das Leben einer Bühne verglichen: mit den Menschen als Schauspielern, den Engeln als Zuschauern, dem den Vorhang senkenden Tode als Regisseur. Oder auch die unglaubliche Geschichte, wie man ihm, dem Könige, nach der Geburt seines Kindes anfänglich einen Sohn verkündigt und er selbst eine Weile sich habe betrügen lassen, oder von Festen und Kostümen, seltsamerweise meistens Geschichten, die ein Mädchen ebensosehr oder mehr als einen Jüngling belustigen konnten, als empfände der getäuschte König, ohne sich Rechenschaft davon zu geben, die Wirkung des Betruges, welchen der Page an ihm verübte, und kostete unwissend den unter dem Scheinbilde eines gutgearteten Jünglings spielenden Reiz eines lauschenden Weibes. Darüber befiel auch wohl den Pagen eine plötzliche Angst. Er vertiefte seine Altstimme und wagte irgendeine männliche Gebärde. Aber ein nicht zu mißdeutendes Wort oder eine kurzsichtige Bewegung des Königs gab dem Erschreckten die Gewißheit zurück, Gustav unterliege demselben Blendwerk wie bei der Geburt seiner Christel. Dann geriet der wieder sicher Gewordene wohl in eine übermütige Stimmung und gab etwas so Verwegenes und Persönliches zum besten, daß er sich eine Züchtigung zuzog. Wie jenes Mal, da er nach einem warmen ehelichen Lobe der Königin im Munde Gustavs die kecke Frage hinwarf: wie denn die Gräfin Eva Brahe eigentlich ausgesehen habe? Diese Jugendgeliebte Gustavs und spätere Gemahlin De la Gardie's, welchen sie, da ihr der tapferste Mann des Jahrhunderts entschlüpft war, als den zweittapfersten heiratete, besaß dunkles Haar, schwarze Augen und scharfe Züge. Das erfuhr aber der neugierige Page nicht, sondern erhielt einen ziemlich derben Schlag mit der flachen Hand auf den vorlauten Mund, in dessen Winkeln Gustav die Lust zu einem mutwilligen Gelächter wahrzunehmen glaubte.

Es begab sich eines Tages, daß der König seiner Christel das Geschenk eines ersten Siegelringes machte. Auf den edeln Stein desselben sollte der Mode gemäß ein Denkspruch eingegraben werden, eine Devise, wie man es hieß, welche — im Unterschiede mit dem ererbten Wappenspruche — etwas dem Besitzer des Siegels persönlich Eigenes, eine Maxime seines Kopfes, einen Wunsch seines Herzens, in nachdrücklicher Kürze aussprechen mußte, wie z. B. das ehrgeizige „Nondum" des jungen Karls V. Gustav hätte wohl seinem Kinde selbst einen Leibspruch erfunden, aber, wieder der Mode gemäß, mußte dieser lateinisch, italienisch oder französisch lauten.

So suchte er denn, tief auf einen Quartband gebückt, unter den tausend darin verzeichneten Sinnsprüchen berühmter oder witziger Leute mit seinen lichtgefüllten, doch kurzsichtigen Augen nach demjenigen, welchen er seiner erst siebenjährigen, aber frühreifen Christel bescheren wollte. Er belustigte sich an den lakonischen Sätzen, welche das Wesen ihrer Erfinder — meistenteils geschichtlicher Persönlichkeiten — oft richtig, ja schlagend ausdrückten, oft aber auch, gemäß der menschlichen Selbsttäuschung und Prahlerei, das gerade Gegenteil.

Jetzt wies ein feiner Finger mit einem scharfen schwarzen Schatten auf das hellbeleuchtete Blatt und eine Devise von unbekanntem Ursprung. Es war der über die Schultern des Königs guckende Page, die Devise aber lautete: „Courte et bonne!" Das heißt: Soll ich mir ein Leben wählen, so sei es ein kurzes und genußvolles! Der König las, sann einen Augenblick, schüttelte bedenklich den Kopf und zupfte über sich greifend seines Pagen wohlgebildeten Ohrlappen. Dann drückte er Leubelfing auf seinen Schemel nieder, in der Absicht, ihm eine kleine Predigt zu halten. „Gust Leubelfing," begann er lehrhaft behaglich, den Kopf rückwärts in das Polster gedrückt, so daß das volle Kinn mit dem goldhaarigen Zwickel vorsprang und das schalkhafte Licht der halbgeschlossenen Augen auf das lauschend gehobene Antlitz des Pagen niederblitzte, „Gust Leubelfing, mein Sohn! Ich vermute, diesen fragwürdigen Spruch hat ein Weltkind erfunden, ein ‚Epikurer', wie

168

Doktor Luther solche Leute nennt. Unser Leben ist Gottes. So dürfen wir es weder lang noch kurz wünschen, sondern wir nehmen es wie Er es gibt. Und gut? Freilich gut, das ist schlicht und recht. Aber nicht voll Rausches und Taumels, wie der französische Spruch hier unzweifelhaft bedeutet. Oder wie hast du ihn verstanden, mein lieber Sohn?"

Leubelfing antwortete erst schüchtern und befangen, dann aber mit jeder Silbe freudiger und entschlossener: „Solchergestalt, mein gnädiger Herr: Ich wünsche mir alle Strahlen meines Lebens in e i n Flammenbündel und in den Raum e i n e r Stunde vereinigt, daß statt einer blöden Dämmerung ein kurzes, aber blendend helles Licht von Glück entstünde, um dann zu löschen wie ein zuckender Blitz." Sie hielt inne. Dem Könige schien dieser Stil und dieser „zuckende Blitz" nicht zu gefallen, obgleich es die Lieblingsmetapher des Jahrhunderts war. Er kräuselte spottend die feinen Lippen. Aber das noch ungesprochene rügende Wort unterbrechend, leidenschaftlich hingerissen, rief der Page aus: „Ja, so möcht' ich! Courte et bonne!" Dann besann er sich plötzlich und fügte demütig bei: „Lieber Herr! Möglicherweise mißversteh' ich den Spruch. Er ist vieldeutig, wie die meisten hier im Buche. Eines aber weiß ich und das ist die lautere Wahrheit: wenn dich, mein liebster Herr, die Kugel, welche dich heute streifte" — er verschluckte das Wort — „Courte et bonne! hätte es geheißen, denn du bist ein Jüngling zugleich und ein Mann — und dein Leben ist ein gutes!"

Der König schloß die Augen und verfiel dann, tagesmüde wie er war, in den Schlummer, den er erst heuchelte, um die Schmeichelei des Pagen nicht gehört zu haben oder wenigstens nicht zu beantworten.

So spielte der Löwe mit dem Hündchen und auch das Hündchen mit dem Löwen. Und als ob ein neckisches oder verderbliches Schicksal es darauf absehe, dem verliebten Kinde seinen vergötterten Helden aufs innigste zu verbinden, ihm denselben in immer neuer Gestalt und in seinen tiefsten Empfindungen zeigend, ließ es den Pagen mit seinem Herrn auch den herbsten Schmerz teilen, welchen es gibt, den väterlichen.

Der König bediente sich Leubelfings, dem er das unbedingteste Vertrauen bewies, um die regelmäßig aus Stockholm anlangenden Briefe der Hofmeisterin seines Prinzeßchens sich vorlesen und dann auch beantworten zu lassen. Diese Dame schrieb einen kritzlichen schmalen Buchstaben und einen breiten gründlichen Stil, so daß Gustav ihre umständlichen Schreiben meist gleich dem Pagen zuschob, dessen rasche Augen und bewegliche Lippen die Zeilen einer Briefseite nicht weniger behende hinuntersprangen als seine jungen Füße die ungezählten Stufen einer Wendeltreppe. Eines Tages bemerkte Leubelfing in der Ecke des Briefumschlages das große S, womit man damals wichtige oder sekrete Schreiben zu bezeichnen pflegte, damit sie der Empfänger persönlich öffne und lese. Die Pageneigenschaften: Neugierde und Keckheit überwogen. Leubelfing brach das Siegel und eine wunderliche Geschichte kam zum Vorschein. Die Hofmeisterin des Prinzeßchens hatte — gemäß dem vom Könige selbst verfaßten und frühe Erlernung der Sprachen vorschreibenden Studienplane — an der Zeit gefunden, der Christel einen Lehrer des Italienischen zu bestellen. Die mit Umsicht vorgenommene Wahl schien geglückt. Der noch junge Mann, ein Schwede von guter Abkunft, welcher sich auf langen Reisen weit in der Welt umgesehen hatte, vereinigte alle Vorzüge der Erscheinung und des Geistes, einen edelschlanken Körperbau, einnehmende Gesichtszüge, eine feingewölbte Stirn, ein gefälliges Betragen, eine befestigte Sittlichkeit, gleich weit entfernt von finsterer Strenge und lächerlicher Pedanterie, adeliges Ehrgefühl, christliche Demut. Und die Hauptsache: ein echtes Luthertum, welches, wie er selbst bekannte, erst in der modernen Babylon angesichts der römischen Greuel aus einer erlernten Sache ihm zu einer selbständigen und unerschütterlichen Überzeugung geworden sei. Die kühle und verständige Hofmeisterin wiederholte in jedem ihrer Briefe, dieser Jüngling habe es ihr angetan. Auch die junge Prinzeß lernte frisch drauf los mit ihrem aufgeweckten Kopf und unter einem

170

solchen Lehrer. Da ertappte die Hofmeisterin eines Tages die
gelehrige und phantasiereiche Christel, wie sie, in einem Winkel
geduckt, sich im stillen damit vergnügte, die Kugeln eines
Rosenkranzes von wohlduftendem Zedernholz herunterzubeten,
an denen sie von Zeit zu Zeit mit schnupperndem Näschen
roch. „Ein reißender Wolf im Schafskleide!" schrieb die brave
Hofmeisterin mit fünf Ausrufungszeichen. „Ich schlug die
Hände über dem Kopfe zusammen und wurde zur weißen
Bildsäule."

Auch Gustav Adolf erbleichte, im Tiefsten erschüttert, und
seine großen blauen Augen starrten in die Zukunft. Er kannte
die Gesellschaft Jesu.

Der Jesuit war ins Gefängnis gewandert, und ihm stand,
nach dem drakonischen schwedischen Gesetze, eine Halsstrafe
bevor, wenn der König nicht Gnade vor Recht ergehen ließ.
Dieser aber befahl dem Pagen, umgehend an die Hofmeisterin
zu schreiben: Mit dem Mädchen seien nicht viel Worte zu
machen, die Sache als eine Kinderei zu behandeln; den Jesuiten schaffe man ohne Geschrei und Aufsehen über die Grenze,
„denn" — so diktierte er Leubelfing — „ich will keinen Märtyrer machen. Der verblendete Jüngling mit seinem gefälschten
Gewissen ließe sich schlankweg köpfen, um in die Purpurwolke
der Blutzeugen aufgenommen zu werden und gen Himmel zu
fahren mitsamt seiner geheimen bösen Lust, das bildsame Gehirn meines Kindes mißhandelt zu haben."

Aber mehrere Tage lang ließ ihn „das Unglück und das
Verbrechen" — so nannte er das Attentat auf die Seele seines
Kindes — nicht mehr los, und er erging sich in Gegenwart
seines Lieblings, weit über Mitternacht, bis zum Erlöschen
seiner Ampel, rastlos auf und nieder schreitend, freilich eher im
Selbst= als im Zwiegespräche, über die Lüge, die Sophistik und
die Verlarvungen der frommen Väter, während sich der im
Halbdunkel sitzende Page entsetzt und zerknirscht an die klop-
fende junge Brust schlug und die leisen beschämenden Worte
sich zurief: „Auch du bist eine Lügnerin, eine Sophistin, eine
Verlarvte!"

Seit jenen nächtigen Stunden ängstigte sich der Page furcht=
bar, bis zur Zerrüttung, über seine Larve und sein Geschlecht.
Der nichtigste Umstand konnte die Entdeckung herbeiführen.
Dieser Schande zu entgehen, beschloß der Ärmste zehnmal im
Abenddunkel oder in der Morgenfrühe, sein Roß zu satteln,
bis an das Ende der Welt zu reiten, und zehnmal wurde er
zurückgehalten durch eine unschuldige Liebkosung des Königs,
der keine Ahnung hatte, daß ein Weib um ihn war. Leicht zu=
mute wurde ihm nur im Pulverdampfe. Da blitzten seine
Augen, und fröhlich ritt er der tödlichen Kugel entgegen,
welche er herausforderte, seinen bangen Traum zu endigen.
Und wann der König hernach in seiner Abendstunde beim trau=
ten Lichtschein seinen Pagen über einer Dummheit oder Un=
wissenheit ertappte, beim Kopfe kriegte und ihm mit einem ehr=
lichen Gelächter durch das krause Haar fuhr, sagte sich dieser
in herzlicher Lust und Angst erbebend: „Es ist das letztemal!"

So fristete er sich und genoß das höchste Leben mit der
Hilfe des Todes.

Es war seltsam. Leubelfing fühlte es: auch der König lebte
mit dem Tode auf einem vertrauten Fuße. Der Friedländer
hatte den Angriff an sich gerissen und den Eroberer in die
unerträgliche Lage eines Weichenden, beinahe Flüchtigen ge=
bracht. So legte der christliche Held sein Schicksal täglich, ja
stündlich und fast herausfordernd in die Hände seines Gottes.
Den Brustharnisch, welchen ihm der Page zu bieten pflegte,
wies er beharrlich zurück unter dem Vorwand einer Schulter=
wunde, welche der anliegende Stahl drücke. Ein schmiegsames
feines Panzerhemde, wie die Klugen und Vorsichtigen es auf
bloßem Leibe trugen, ein Meisterstück niederländischer Schmiede=
kunst, langte an, und die Königin schrieb dazu, sie hätte er=
fahren, der Friedländer trage ein solches, ihr Herr und Gemahl
dürfe nicht schlechter beschirmt in den Kampf gehen. Dies feine
Geschmeide warf Gustav als eine Feigheit verächtlich in einen
Winkel.

Einmal in der Stille der Nacht hörte Leubelfing, dessen
Haupt von demjenigen des Königs nur durch die Wand ge=

172

trennt war, sich dicht an dieselbe drückend, wie Gustav inbrünstig betete und seinen Gott bestürmte, ihn im Vollwerte hinwegzunehmen, wenn seine Stunde da sei, bevor er ein Unnötiger oder Unmöglicher werde. Zuerst quollen der Lauscherin die Tränen, dann erfüllte sie vom Wirbel zur Zehe eine selbstsüchtige Freude, ein verstohlener Jubel, ein Sieg, ein Triumph über die Ähnlichkeit ihres Kleinen mit diesem großen Lose, der dann mit dem albernen Kindergedanken, eine gemeinsame Silbe beendige ihren Namen und beginne den des Königs, sich in Schlummer verlor.

Aber der Page träumte schlecht, denn er träumte mit seinem Gewissen. In den richtenden Bildern, welche vor seinen Traumaugen aufstiegen, geschah es bald, daß der König den Entdeckten mit flammendem Blick und verurteilender Gebärde von sich wies, bald verjagte ihn die Königin mit einem Besenstiel und den derbsten Scheltworten, wie die gebildete Frau solche am Tage nie über die Lippen ließ, ja welche sie wohl gar nicht kannte.

Einmal träumte dem Pagen, seine Fuchsstute gehe mit ihm durch und rase durch eine nackte von einer zornigen Spätglut gerötete Gegend einer Schlucht zu, der König setze ihm nach, er aber stürze vor den Augen seines Retters oder Verfolgers in die zerschmetternde Tiefe, von einem höllischen Gelächter umklungen.

III

Leubelfing erwachte mit einem jähen Schrei. Der Morgen dämmerte und der Page fand seinen König, der sich in einem Zuge kühl und hell geschlafen hatte, in der gelassensten und leutseligsten Laune von der Welt. Ein Brief der Königin langte an, der eben nichts Dringliches enthielt, wenn nicht die Nachschrift, worin sie ihren Gemahl bat, zum Rechten zu sehen in einem Fall und in einer Nöte, welche der hilfreichen Frau naheging. Der Herzog von Lauenburg, ein unsittlicher

Mensch, der vor kaum ein paar Monaten eine der vielen Basen der Königin aus politischen Gründen geheiratet hatte, gab öffentliches Ärgernis, indem er, von den blonden Flechten und wasserblauen Augen seines Weibes gelangweilt, seine Flitterwochen abgekürzt hatte und, in das schwedische Lager zurückgeeilt, eine blutjunge Slawonierin neben sich hielt. Diese hatte er, als ein Wegelagerer der er war, aus der Mitte einer niedergerittenen friedländischen Eskorte weggefangen. Nun ersuchte die Königin ihren Gemahl, diesem prahlerischen Ehebruch ein rasches Ende zu machen; denn der Lauenburger, die Blicke nur des Königs ausweichend, prunkte vor seinen Standesgenossen mit der hübschen Beute und gönnte sich, als einem Reichsfürsten, die Sünde und den Skandal dazu. Gustav Adolf faßte die Sache als eine einfache Pflichterfüllung auf und gab kurzweg den Befehl, die Slawonierin — man nannte sie die Korinna — zu ergreifen und ihm vorzuführen in der achten Stunde, wo er von einem kurzen Rekognoszierungsritte zurück zu sein glaubte. Streng und menschlich zugleich, dachte er das Mädchen, dem er, den Lauenburger kennend, den kleinern Teil der Schuld beimaß, zu ermahnen und dann ihrem Vater in das wallensteinische Lager zuzusenden. Er verritt, den Pagen Leubelfing zurücklassend mit der Weisung, die Königin brieflich zu beruhigen; er werde eine eigenhändige Zeile beifügen. Acht Uhr verstrich und der König war noch nicht wieder angelangt, wohl aber die Korinna, von ein paar grimmigen schwedischen Pikenieren begleitet, welche sie dem Pagen, der im Vorzimmer über seinem Briefe saß, Degen und Pistolen neben sich auf den Tisch gelegt, überlieferten. Vor dem Tore des Schlößchens stand ja eine Wache.

Neugierig schickte der Page einen Blick über seine Buchstaben hinweg nach der Gefangenen, die er sich setzen hieß, und erstaunte über ihre Schönheit. Nur von mittlerer Größe, trug sie über vollen Schultern auf einem feinen Halse ein wohlgebildetes kleines Haupt. Wenig fehlte, stillere Augen, freiere Stirn, ruhigere Naslöcher und Mundwinkel, so war es das süße Haupt einer Muse, wie unmusenhaft die Korinna sein mochte. Pechschwarze Flechten und dunkeldrohende Augen bleichten das fesselnde Gesicht. Die in Unordnung geratene buntfarbige Kleidung, von keinem südlich leuchtenden Himmel gedämpft, erschien unter einem nordischen grell und aufdringlich. Der Busen klopfte sichtbar.

Das Schweigen wurde dem Mädchen unerträglich. „Wo ist der König, Junker?" fragte sie mit einer hohen, vor Erregung schreienden Stimme. „Ist verritten. Wird gleich zurück sein!" antwortete Leubelfing in seiner tiefsten Note.

„Der König bilde sich nur nicht ein, daß ich von dem Herzog lasse", fuhr das leidenschaftliche Mädchen mit unbändiger Heftigkeit fort. „Ich liebe ihn zum Sterben. Und wo sollte ich hin? Zu meinem Vater? Der würde mich grausam mißhandeln. Ich bleibe. Der König hat dem Herzog nichts zu befehlen. Mein Herzog ist ein Reichsfürst." Offenbar plapperte die Angstvolle dem Lauenburger nach, welcher, ob auch an und für sich ein frevelhafter Mensch, seinen Fürstenmantel, halb im Hohn, halb im Ernst, allen seinen Missetaten umhing.

„Nutzt ihm nichts, Jungfer", versetzte der Page Gustav Adolfs. „Reichsfürst hin, Reichsfürst her, der König ist sein Kriegsherr, und der Lauenburger hat zu parieren."

„Der Herzog", zankte die Slawonierin, „ist vom alleredelsten Blut, der König aber stammt von einem gemeinen schwedischen Bauer." Ihr Freund, der Lauenburger, mochte ihr das aus dem Bauerkleide Gustav Wasas entstandene Märchen vorgestellt haben. Leubelfing erhob sich beleidigt und schritt bolzgerade auf die Korinna zu, machte dicht vor ihr halt und fragte gestreng: „Was sagst?" Auch das Mädchen hatte sich ängstlich erhoben und fiel jetzt mit plötzlich verändertem Ausdruck dem Pagen um den Hals: „Teurer Herr! Schöner Herr! Helft mir! Ihr müßt mir helfen! Ich liebe den Lauenburger und lasse nicht von ihm! Niemals!" So rief und flehte sie und küßte und herzte und drückte den Pagen, dann aber wich sie in unsäglicher Verblüffung einen Schritt zurück und das seltsamste Lächeln der Welt irrte um ihren spöttisch verzogenen Mund.

Der Page wurde bleich und fahl. „Schwesterchen," lispelte die Korinna mit einem schlauen Blick, „wenn du deinen Einfluß" — in demselben Moment hatte Leubelfing sie mit kräftiger Linken am Arme gepackt, auf die Kniee niedergedrückt und den Lauf seines rasch ergriffenen Pistols der Schläfe des kleinen Kopfes genähert. „Drück' los," rief die Korinna halb wahnsinnig, „und der Lust und des Elends sei ein Ende!" wich aber doch dem Lauf mit den behendesten und gelenkigsten Drehungen und Wendungen ihres Hälschens aus.

Jetzt setzte ihr Leubelfing den kalten Ring des Eisens mitten auf die Stirn und sprach totenbleich, aber ruhig: „Der König weiß nichts davon, bei meiner Seligkeit." Ein ungläubiges Lächeln war die Antwort. „Der König weiß nichts davon," wiederholte der Page, „und du schwörst mir bei diesem Kreuz" — er hatte es ihr an einem goldenen Kettchen aus dem Busen gezerrt — „von wem hast du das? von deiner Mutter, sagst du? — Du schwörst mir bei diesem Kreuz, daß auch du nichts davon weißt! Mach' schnell, oder ich schieße!"

Aber der Page senkte seine Waffe, denn er vernahm Roßgestampf, das Gerassel des militärischen Saluts und die treppansteigenden schweren Tritte des Königs. Er warf noch einen Blick auf die sich von den Knieen erhebende Korinna, einen flehenden Blick, in welchem zu lesen war, was er nie ausgesprochen hätte: „Sei barmherzig! Ich bin in deiner Gewalt! Verrate mich nicht! Ich liebe den König!"

Dieser trat ein, ein anderer Mann, als er vor zwei Stunden verritten war, streng wie ein Richter in Israel, in heiliger Entrüstung, in loderndem Zorn, wie ein biblischer Held, der ein himmelschreiendes Unrecht aus dem Mittel heben muß, damit nicht das ganze Volk verderbe. Er hatte einem empörenden Auftritt, einer ekelerregenden Szene beigewohnt: der Beraubung eines vor dem Friedländer in das schwedische Lager flüchtenden Haufens deutscher Bauern durch deutschen Adel unter Führung eines deutschen Fürsten.

Die Herren hatten im Gezelt eines der Ihrigen bis zur Morgendämmerung gezecht, gewürfelt, gekartet. Ein Abenteurer zweifelhaftester Art, der Bank hielt, hatte sie alle ausgebeutelt. Den mutmaßlich falschen Spieler ließen sie nach einem kurzen Wortwechsel — er war von Adel — als einen Mann ihrer Gattung unangefochten ziehen, brachen dagegen, gereizt und übernächtig zu ihren Zelten kehrend, in ein Gewirr schwer beladener Wagen ein, das sich in einer Lagergasse staute. Der Lauenburger, der im Vorbeireiten sein Zelt öffnend das Nest leer gefunden und seinen Verdacht ohne weiteres auf den König geworfen hatte, kam ihnen nachgesprengt und feuerte ihre Raubgier zu einer Tat an, von welcher er wußte, daß sie, von dem Könige vernommen, Gustav Adolf in das Herz schneiden würde.

Aber dieser sollte den Frevel mit Augen sehen. Mitten in den Tumult — Kisten und Kasten wurden erbrochen, Rosse niedergestochen oder geraubt, Wehrlose mißhandelt, sich zur Wehre Setzende verwundet — ritt der König hinein, zu welchem sich flehende Arme, Gebete, Flüche, Verwünschungen erhoben, nicht anders als zum Throne Gottes. Der König beherrschte und verschob seinen Zorn. Zuerst gab er Befehl, für die mißhandelten Flüchtlinge zu sorgen, dann befahl er die ganze adelige Sippe zu sich auf die neunte Stunde. Heimreitend, hielt er vor dem Zelt des Generalgewaltigen, hieß ihn seinen roten Mantel umwerfen und — in einiger Entfernung — folgen.

In dieser Stimmung befand sich König Gustav, als er die Beihälterin des Lauenburgers erblickte. Er maß das Mädchen, deren wilde Schönheit ihm mißfiel und deren grelle Tracht seine klaren Augen beleidigte.

„Wer sind deine Eltern?" begann er, es verschmähend, sich nach ihrem eigenen Namen oder Schicksal zu erkundigen.

„Ein Hauptmann von den Kroaten; die Mutter starb früh weg," erwiderte das Mädchen, mit ihren dunkeln seinen hellen Augen ausweichend.

„Ich werde dich deinem Vater zurücksenden," sagte er.

„Nein," antwortete sie, „er würde mich erstechen."

Eine mitleidige Regung milderte die Strenge des Königs. Er suchte für das Mädchen einen geringen Straffall. „Du hast dich im Lager in Männerkleidern umgetrieben, dieses ist verboten," beschuldigte er sie.

„Niemals," widersprach die Korinna aufrichtig entrüstet, „nie beging ich diese Zuchtlosigkeit."

„Aber", fuhr der König fort, „du brichst die Ehe und machst eine edle junge Fürstin unglücklich."

Eine rasende Eifersucht loderte in den Augen der Slawonierin. „Wenn er nun mich mehr, mich allein liebt, was kann ich dafür? was kümmert mich die andere?" trotzte sie wegwerfend. Der König betrachtete sie mit einem erstaunten Blicke, als frage er sich, ob sie je in eine christliche Kinderlehre gegangen sei.

„Ich werde für dich sorgen," sagte er dann. „Jetzt befehle ich dir: Du lässest von dem Lauenburger auf immer und ewig. Deine Liebe ist eine Todsünde. Wirst du gehorchen?" Sie hielt erst mit zwei lodernden Fackeln, dann mit einem festen, starren Blick den des Königs aus und schüttelte das Haupt. Dieser wendete sich gegen den Generalgewaltigen, der unter der Türe stand.

„Was soll der mit mir?" frug das Mädchen schaudernd. „Ist's der Henker? Wird er mich richten?"

„Er wird dir die Haare scheren, dann bringt dich der nächste Transport nach Schweden, wo du in einem Besserungshause bleibst, bis du ein evangelisches Weib geworden bist."

Ein heftiger Stoß von wunderlichen Befürchtungen und unbekannten Schrecken warf das kleine Gehirn über den Haufen. Ein geschorenes Schädelchen, welche entehrendere, beschämendere Entblößung konnte es geben! Schweden, das eisige Land mit seiner Winternacht, von welchem sie hatte fabeln hören, dort sei der Eingang zum Reiche der Larven und Gespenster! Besserung? Welche ausgesuchte, grausame Folter bedeutete dieses ihr unbekannte Wort? Ein evangelisches Weib? Was war das, wenn nicht eine Ketzerin? Und so sollte sie zu alledem noch ihres bescheidenen himmlischen Teiles verlustig gehen? Sie, die keine Faften brach und keine fromme Übung verfäumte! Sie ergriff das Kreuz, das an dem zerriffenen Kettchen niederhing, und küßte es inbrünftig.

Dann ließ fie die irren Augen im Kreife laufen. Diefe blieben auf dem Pagen haften und Racheluft flammte darin auf. Sie öffnete den Mund, um den König, welcher fie des Ehebruchs geziehen, gleicherweife einen Ehebrecher zu fchelten. Diefer ftand ruhig beifeite. Er hatte den Brief des Pagen in die Hand genommen und durchflog denfelben mit nahen Blicken. Seine aufmerkfamen Züge, deren aus Gerechtigkeit und Milde gemifchter Ausdruck etwas Majeftätifches und Göttliches hatte, erfchreckten die Korinna; fie fürchtete fich davor als vor etwas Fremdem und Unheimlichem. Das wildwüchfige Mädchen, welches jedes von einer faßlichen Leidenfchaft verzogene Männerantlitz richtig beurteilte, ohne davor zu erfchrecken, wurde aus diefer veredelten menfchlichen Miene nicht klug. Sie mochte den König nicht länger anfehen. „Am Ende", dachte fie, „ift der Schneekönig ein gefrorener Menfch, der die Nähe des Weibes und die ihn heimlich umfchleichende Liebe nicht fpürt. Ich könnte das junge Blut verderben! Wozu aber auch? Und dann — fie liebt ihn."

Jetzt trat der Profoß einen Schritt vorwärts und ftreckte die Hand nach der Slawonierin aus. Diefe gab fich verloren. Blitzfchnell richtete fie fich an dem Pagen auf und wifperte ihm ins Ohr: „Laß mir zehn Meffen lefen, Schwefterchen! von den teuren! Du bift mir eine dicke Kerze fchuldig! Nun, Eine hat das Glück, die Andere" — fie fuhr in die Tafche, zog einen Dolch heraus, fchleuderte die Scheide ab und zerfchnitt fich in einem kunftfertigen Zug die Halsader wie einem Täubchen. So mochte fie es in einer Feldküche gelernt und geübt haben.

Der Generalgewaltige fpreitete feinen roten Mantel, legte fie der Länge nach darauf, hüllte fie ein und trug fie wie ein fchlafendes Kind auf beiden Armen durch eine Seitentüre hinweg.

Jetzt wurde es im Nebenzimmer lebendig von allerhand ungebührlich laut geführten Unterhaltungen und mit dem Schlage

neun trat der König, welchem Leubelfing die Flügeltür öff=
nete, unter die versammelten deutschen Fürsten und Herren.

Sie bildeten in dem engen Raume einen dichtgedrängten
Kreis und mochten ihrer fünfzig oder sechzig sein. Die Herr=
schaften hielten sich nicht allzu ehrerbietig, manche sogar nach=
lässig, als ob sie ebensowenig die Farbe der Scham als die
Farbe der Furcht kännten: schlaue neben verwegenen, ehr=
geizige neben beschränkten, fromme neben frechen Köpfen; die
Mehrzahl Leute, die ihren Mann stellten und mit denen ge=
rechnet werden mußte. Links vom Könige hielt sich in bescheide=
ner Haltung der Hauptmann Erlach, der eigentlich hier nichts
zu suchen hatte. Dieser Kriegsmann war unter die Fahnen
Gustav Adolfs getreten, als des gottesfürchtigsten Helden
seiner Zeit, und hatte dem Könige oft bekannt, ihn jammere
der Sünden, die er hier außen im Reiche sehen müsse: Un=
dank, Maske, Fallstrick, Intrige, Kabale, verdecktes Spiel,
verteilte Rollen, verwischte Spuren, Bestechung, Länderver=
kauf, Verrat, lauter in seinen helvetischen Bergen vollständig
unbekannte und unmögliche Dinge. Er hatte sich hier einge=
funden, vielleicht um seinem intimen Freunde, dem französi=
schen Gesandten, welcher sich von seiner Sitteneinfalt ange=
zogen fühlte, etwas Neues erzählen zu können, worauf die
Franzosen brennen, wie sie einmal sind; vielleicht auch nur,
um zur Erbauung seiner Seele einem Sieg der Tugend über
das Laster beizuwohnen. Er kniff seelenruhig die Augen und
wirbelte die Daumen der gefalteten Hände. Diesem Tugend=
bilde gegenüber, rechts vom Könige, stand die freche Sünde:
der Lauenburger, mit unruhigen Füßen in seiner reichsten
Tracht und seinem kostbarsten Spitzenkragen, dämonisch lä=
chelnd und die Augen rollend. Er war einem Knecht des Ge=
waltigen begegnet, welchem dieser seinen Mantel übergeben.
Unter dessen Falten hatte er eine Menschengestalt erkannt, war
hinzugetreten und hatte das Tuch aufgeschlagen.

Gustav maß die Versammlung mit einem verdammenden
Blick. Dann brauste der Sturm. Seltsam — der König, ge=
reizt durch den Widerspruch dieser stolzen Gesichter, dieser

180

übermütigen Haltungen, dieser prunkenden Rüstungen mit dem Unadel der darunter schlagenden Herzen, bediente sich, um den Hochmut zu erniedrigen und das Verbrechen zu brandmarken, absichtlich einer groben, ja bäurischen Rede, wie sie ihm sonst nicht eigen war.

„Räuber und Diebe seid ihr vom ersten zum letzten! Schande über euch! Ihr bestehlet eure Landsleute und Glaubensgenossen! Pfui! Mir ekelt vor euch! Das Herz gällt mir im Leibe! Für eure Freiheit habe ich meinen Schatz erschöpft — vierzig Tonnen Goldes — und nicht soviel von euch genommen, um mir eine Reithose machen zu lassen! Ja, eher bar wär' ich geritten, als mich aus deutschem Gute zu bekleiden! Euch schenkte ich, was mir in die Hände fiel, nicht einen Schweinestall hab' ich für mich behalten!“

Mit so derben und harten Worten beschimpfte der König diesen Adel.

Dann einlenkend, lobte er die Bravour der Herren, ihre untadelige Haltung auf dem Schlachtfelde und wiederholte mehrmals: „Tapfer seid ihr, ja, das seid ihr! Über euer Reiten und Fechten ist nicht zu klagen!“ ließ dann aber einen zweiten noch heftigeren Zorn aufflammen: „Rebelliert ihr gegen mich,“ forderte er sie heraus, „so will ich mich an der Spitze meiner Finnen und Schweden mit euch herumhauen, daß die Fetzen fliegen!“

Er schloß dann mit einer christlichen Vermahnung und der Bitte, die empfangene Lehre zu beherzigen. Herr Erlach trocknete sich mit der Hand eine Träne. Die Herren gaben sich die Miene, es fechte sie nicht sonderlich an, aber ihre Haltung war sichtlich eine bescheidenere geworden. Einige schienen ergriffen, ja gerührt. Das deutsche Gemüt erträgt eine grobe, redliche Schelte besser, als eine lahme Predigt oder einen feinen schneidenden Hohn.

Insoweit wäre es nun gut und in der Ordnung gewesen. Da ließ der Lauenburger, halb gegen den König, halb gegen seine Standesgenossen gewendet, in nackter Frechheit ein ruchloses Wort fallen:

„Wie mag Majeſtät über einen Dreck zürnen? Was haben
wir Herren verbrochen? Unſere Untertanen erleichtert!"

Guſtav erbleichte. Er winkte dem Generalgewaltigen, der
hinter der Türe lehnte.

„Lege dieſem Herrn deine Hand auf die Schulter!" befahl
er ihm. Der Profoß trat heran, wagte aber nicht zu gehorchen; denn der Fürſt hatte den Degen aus der Scheide geriſſen und ein gefährliches Gemurmel lief durch den Kreis.

Guſtav entwaffnete den Lauenburger, ſtemmte die Klinge
gegen den Fuß und ließ ſie in Stücke ſpringen. Dann ergriff
er die breite behaarte Hand des Gewaltigen, legte und drückte
ſelbſt ſie auf die Schulter des Lauenburgers, der wie gelähmt
war, und hielt ſie dort eine gute Weile feſt, ſprechend: „Du
biſt ein Reichsfürſt, Bube, dir darf ich nicht an den Kragen,
aber die Hand des Henkers bleibe über dir!"

Dann wandte er ſich und ging. Der Profoß folgte ihm mit
gemeſſenen Schritten.

Den Pagen Leubelfing, welchen die enge ſtehenden Herrſchaften in eine Fenſterniſche gedrängt hatten, vor der eine
ſchwere Damaſtdecke mit rieſigen Quaſten niederhing, hatte der
Vorgang bis zu einem krampfhaften Lachen ergößt. Nach dem
blutigen Untergange der Korinna, der ihn zugleich erſchüttert
und erleichtert hatte, waren ihm die von ſeinem Helden her-
untergemachten Fürſten wie die Perſonen einer Komödie er-
ſchienen, ungefähr wie ein Knabe mit Vergnügen und unter-
drücktem Gelächter ſeinen Vater, in deſſen Hut er ſich weiß
und deſſen Anſehn und Macht er bewundert, einen pflichtver-
geſſenen Knecht ſchelten hört. Bei der erſten Silbe aber, welche
der Lauenburger ausſprach, war er zuſammengeſchrocken über
die unheimliche Ähnlichkeit, welche die Stimme dieſes Menſchen mit der ſeinigen hatte. Derſelbe Klang, dasſelbe Mark
und Metall. Und dieſer Schreck wurde zum Grauen, als jetzt,
nachdem König Guſtav ſich entfernt hatte, der Lauenburger
eine erkünſtelte Lache aufſchlug und in die gellenden Worte
ausbrach: „Er hat wie ein Stallknecht geſchimpft, der ſchwe-
diſche Bauer! Donnerwetter, haben wir den heute geärgert!

Pereat Gustavus Es lebe die deutsche Libertät! Machen wir ein Spielchen, Herr Bruder, in meinem Zelt? Ich lasse ein Fäßchen Würzburger anzapfen!" und er legte seinen rechten Arm in den linken der Fürstlichkeit, die ihm zunächst stand. Dieser Herr aber zog seinen linken Arm höflich zurück und antwortete mit einer gemessenen Verbeugung: „Bedaure, Euer Liebden. Bin schon versagt."

Sich an einen andern wendend, den Raugrafen, lud der Lauenburger ihn mit noch lustigeren und dringlicheren Worten: „Du darfst es mir nicht abschlagen, Kamerad! Du bist mir noch Revanche schuldig!" Der Raugraf aber, ein kurz angebundener Herr, wandte ihm ohne weiteres den Rücken. So oft er seine Versuche wiederholte, so oft wurde er, und immer kürzer und derber, abgewiesen. Vor seinen Schritten und Gebärden bildete sich eine Leere und entfüllte sich der Raum.

Jetzt stand er allein in der Mitte des von allen verlassenen Gemaches. Ihm wurde deutlich, daß er fortan von seinesgleichen streng werde gemieden werden. Sein Gesicht verzerrte sich. Wütend ballte der Gebrandmarkte die Faust und drohte, sie erhebend, dem Schicksal oder dem Könige. Was er murmelte, verstand der Page nicht, aber der Ausdruck des vornehmen Kopfes war ein so teuflischer, daß der Lauscher einer Ohnmacht nahe war.

IV

In der Dämmerstunde desselben ereignisvollen Tages wurde dem Könige ein mit einem richtig befundenen Salvokondukt versehener friedländischer Hauptmann gemeldet. Es mochte sich um die Bestattung der in dem letzten Zusammenstoße Gefallenen oder sonst um ein Abkommen handeln, wie sie zwischen sich gegenüberliegenden Heeren getroffen werden.

Page Leubelfing führte den Hauptmann in das eben leere Empfangszimmer, ihn hier zu verziehen bittend; er werde ihn ansagen. Der Wallensteiner aber, ein hagerer Mann mit einem gelben verschlossenen Gesichte, hielt ihn zurück: er ruhe gern einen Augenblick nach seinem raschen Ritte. Nachlässig warf er sich auf einen Stuhl und verwickelte den Pagen, der vor ihm stehen geblieben war, in ein gleichgültiges Gespräch.

„Mir ist," sagte er leichthin, „die Stimme wäre mir bekannt. Ich bitte um den Namen des Herrn." Leubelfing, der gewiß war, diese kalte und diktatorische Gebärde nie in seinem Leben mit Augen gesehen zu haben, erwiderte unbefangen: „Ich bin des Königs Page, Leubelfing von Nüremberg, Gnaden zu dienen."

„Eine kunstfertige Stadt", bemerkte der andere gleichgültig. „Tue mir der junge Herr den Gefallen, diesen Handschuh — es ist ein linker — zu probieren. Man hat mir in meiner Jugend bei den Jesuiten, wo ich erzogen wurde, die demütige und dienstfertige Gewohnheit eingeprägt, die sich jetzt für meine Hauptmannschaft nicht mehr recht schicken will, verlorene und am Wege liegende Gegenstände aufzuheben. Das ist mir nun so geblieben." Er zog einen ledernen Reithandschuh aus der Tasche, wie sie damals allgemein getragen wurden. Nur war dieser von einer ausnahmsweisen Eleganz und von einer auffallenden Schlankheit, so daß ihn wohl neun Zehntel der wallensteinischen oder schwedischen Soldatenhände hineinfahrend mit dem ersten Ruck aus allen seinen Nähten gesprengt hätten. „Ich hob ihn draußen von der untersten Stufe der Freitreppe."

Leubelfing, durch den kurzen Ton und die befehlende Rede des Hauptmanns etwas gestoßen, aber ohne jedes Mißtrauen, ergriff in gefälliger Höflichkeit den Handschuh und zog sich denselben über die schlanken Finger. Er saß wie angegossen. Der Hauptmann lächelte zweideutig. „Er ist der Eurige", sagte er.

„Nein, Hauptmann," erwiderte der Page befremdet, „ich trage kein so feines Leder." „So gebt mir ihn zurück!", und der Hauptmann nahm den Handschuh wieder an sich.

Dann erhob er sich langsam von seinem Stuhl und verneigte sich, denn der König war eingetreten.

184

Dieser tat einige Schritte mit wachsendem Erstaunen, und seine starkgewölbten strahlenden Augen vergrößerten sich. Dann richtete er an den Gast die zögernden Worte: „Ihr hier, Herr Herzog?" Er hatte den Friedländer nie von Angesicht gesehen, aber oft dessen überallhin verbreitete Bildnisse betrachtet, und der Kopf war so eigentümlich, daß man ihn mit keinem andern verwechseln konnte. Wallenstein bejahte mit einer zweiten Verneigung.

Der König erwiderte sie mit ernster Höflichkeit: „Ich grüße die Hoheit und stehe zu Diensten. Was wollet Ihr von mir, Herzog?" Er winkte den Pagen mit einer Gebärde weg.

Leubelfing flüchtete sich in seine anliegende Kammer, welche, ärmlich ausgerüstet, ein schmaler Riemen, zwischen dem Empfangszimmer und dem Schlafgemach des Königs, dem ruhigsten des Hauses, lag. Er war erschreckt, nicht durch die Gegenwart des gefürchteten Feldherrn, sondern durch das Unheimliche dieses späten Besuches. Ein dunkles Gefühl zwang ihn, denselben mit seinem Schicksale in Zusammenhang zu bringen.

Mehr von Angst als von Neugierde getrieben, öffnete er leise einen tiefen Schrank, aus welchem er — wenn es gesagt werden muß — durch eine Wandspalte den König schon einmal — nur einmal — belauscht hatte, um ihn ungestört und nach Herzenslust zu betrachten. Daß sein Auge und abwechselnd sein Ohr jetzt die Spalte nicht mehr verließ, dafür sorgte der seltsame Inhalt des belauschten Gespräches.

Die sich Gegenübersitzenden schwiegen eine Weile, sich betrachtend, ohne sich zu fixieren. Sie wußten, daß, nachdem die das Schicksal Deutschlands bestimmende Schachpartie mit vieldeutigen Zügen und verdeckten Plänen begonnen und sich auf allen Feldern verwickelt hatte, vor der entscheidenden, eine neue Lage der Dinge schaffenden Schlacht das unterhandelnde Wort nicht am Platze und ein Übereinkommen unmöglich sei. Diesem Gefühle gab der Friedländer Ausdruck. „Majestät," sagte er, „ich komme in einer persönlichen Angelegenheit." Gustav lächelte kühl und verbindlich. Der Friedländer aber begann:

185

„Ich pflege im Bette zu lesen, wann mich der Schlaf mei=
det. Gestern oder heute früh fand ich in einem französischen
Memoirenwerke eine unterhaltende Geschichte. Eine wahr=
haftige Geschichte mit wörtlicher Angabe der gerichtlichen
Deposition des Admirals — ich meine den Admiral Coligny,
den ich als Feldherrn zu schätzen weiß. Ich erzähle sie mit der
Erlaubnis der Majestät. Bei dem Admiral trat eines Tages
ein Partisan ein, Poltrot oder wie der Mensch hieß. Wie ein
halb Wahnsinniger warf er sich auf einen Stuhl und begann
ein Selbstgespräch, worin er sich über den politischen und
militärischen Gegner des Admirals, Franz Guise, leidenschaft=
lich äußerte und davon redete, den Lothringer aus der Welt zu
schaffen. Es war, wie gesagt, das Selbstgespräch eines Geistes=
abwesenden, und es stand bei dem Admiral, welchen Wert er
darauf legen wollte — ich möchte die Szene einem Drama=
tiker empfehlen, sie wäre wirksam. Der Admiral schwieg, da er
das Gerede des Menschen für eine leere Prahlerei hielt, und
Franz Guise fiel, von einer Kugel —"

„Hat Coligny so gehandelt," unterbrach der König, „so
table ich ihn. Er tat unmenschlich und unchristlich."

„Und unritterlich", höhnte der Friedländer kalt.

„Zur Sache, Hoheit", bat der König.

„Majestät, etwas Ähnliches ist mir heute begegnet, nur hat
der zum Mord sich Erbietende eine noch künstlichere Szene
ins Werk gesetzt. Einer der Eurigen wurde gemeldet, und da
ich eben beschäftigt war, ließ ich ihn in das Nebenzimmer
führen. Als ich eintrat, war er in der schwülen Mittagsstunde
entschlummert und sprach heftig im Traume. Nur wenige
gestammelte Worte, aber ein Zusammenhang ließ sich erraten.
Wenn ich daraus klug geworden bin, hätte ihn Eure Majestät,
ich weiß nicht womit, tödlich beleidigt, und er wäre entschlos=
sen, ja genötigt, den König von Schweden umzubringen um
jeden Preis, oder wenigstens um einen anständigen Preis, was
ihm leicht sein werde, da er in der Nähe der Majestät und in
deren täglichem Umgang lebe. Ich weckte dann den Träumen=
den, ohne ein Wort mit ihm zu verlieren, wenn nicht, daß ich

186

nach seinem Begehr fragte. Es handelte sich um Auskunft über einen schon vor Jahren in kaiserlichem Dienste verschollenen Rheinländer, ob er noch lebe oder nicht. Eine Erbsache. Ich gab Bescheid und entließ den Listigen. Nach seinem Namen fragte ich ihn nicht; er hätte mir einen falschen angegeben. Ihn aber auf das Zeugnis abgerissener Worte einer gestammelten Traumrede zu verhaften, wäre untunlich und eine schreiende Ungerechtigkeit gewesen."

"Freilich", stimmte der König bei.

"Majestät," sprach der Friedländer, jede Silbe schwer betonend, "du bist gewarnt!"

Gustav sann. "Ich will meine Zeit nicht damit verlieren und mein Gemüt nicht damit vergiften," sagte er, "so zweifelhaften und verwischten Spuren nachzugehen. Ich stehe in Gottes Hand. Hat die Hoheit keine weiteren Zeugen oder Indizien?"

Der Friedländer zog den Handschuh hervor. "Mein Ohr und diesen Lappen da! Ich vergaß, der Majestät zu sagen, daß der Träumer schlank war und ein ganz charakterloses, nichtssagendes Gesicht, offenbar eine jener eng anschließenden Larven trug, wie sie in Venedig mit der größten Kunst verfertigt werden. Aber seine Stimme war angenehm markig, ein Bariton oder tiefer Alt, nicht unähnlich der Stimme Eures Pagen, und der Handschuh, der ihm entfiel und bei mir liegen blieb, sitzt selbigem Herrn wie angegossen."

Der König lachte herzlich. "Ich will mein schlummerndes Haupt in den Schoß meines Leubelfings legen", beteuerte er.

"Auch ich", erwiderte der Friedländer, "kann den jungen Menschen nicht beargwöhnen. Er hat ein gutes ehrliches Gesicht, dasselbe kecke Bubengesicht, womit meine barfüßigen böhmischen Bauernmädchen herumlaufen. Doch, Majestät, ich bürge für keinen Menschen. Ein Gesicht kann täuschen und — täuschte es nicht — ich möchte keinen Pagen um mich sehen, wäre es mein Liebling, dessen Stimme klingt wie die Stimme meines Hassers, und dessen Hand dasselbe Maß hat wie die Hand meines Meuchlers. Das ist dunkel. Das ist ein Verhängnis. Das kann verderben."

Gustav lächelte. Er mochte sich denken, daß der großartige Emporkömmling jetzt, da er durch seinen ungeheuerlichen Pakt mit dem Habsburger das Reich des Unausführbaren und Chimärischen betreten hatte, mehr als je allen Arten von Aberglauben huldigte. Den innern Widerspruch durchschauend zwischen dem Glauben an ein Fatum und den Versuchen, dieses Fatum zu entkräften, wollte der seines lebendigen Gottes Gewisse mit keinem Worte, nicht mit einer Andeutung ein Gebiet berühren, wo das Blendwerk der Hölle, wie er glaubte, sein Spiel trieb. Er ließ das Gespräch fallen und erhob sich, dem Herzoge für sein loyales Benehmen dankend. Doch griff er dabei nach dem Handschuh, welchen der Friedländer nachlässig auf ein zwischen ihnen stehendes Tischchen geworfen hatte, aber mit einer so kurzsichtigen Gebärde, daß sie dem scharf blickenden Wallenstein, der sich gleichfalls erhoben hatte, seinerseits ein unwillkürliches Lächeln abnötigte.

„Ich sehe mit Vergnügen," scherzte der König, den Friedländer gegen die Türe begleitend, „daß die Hoheit um mein Leben besorgt ist."

„Wie sollt' ich nicht?" erwiderte dieser. „Ob sich die Majestät und ich mit unsern Armaden bekriegen, gehören die Majestät und ich" — der Herzog wich höflich einem „wir" aus — „dennoch zusammen. Einer ist undenkbar ohne den andern und" — scherzte er seinerseits — „stürzte die Majestät oder ich von dem einen Ende der Weltschaukel, schlüge das andere unsanft zu Boden."

Wieder sann der König und kam unwillkürlich auf die Vermutung, irgendeine himmlische Konjunktur, eine Sternstellung habe dem Friedländer ihre beiden Todesstunden im Zusammenhange gezeigt, eine der anderen folgend mit verstohlenen Schritten und verhülltem Haupte. Seltsamerweise gewann diese Vorstellung trotz seines Gottvertrauens plötzlich Gewalt über ihn. Jetzt fühlte der christliche König, daß die Atmosphäre des Aberglaubens, welche den Friedländer umgab, ihn anzu-

stecken beginne. Er tat wieder einen Schritt gegen den Ausgang.

„Die Majestät", endete der Friedländer fast gemütlich seinen
Besuch, „sollte sich wenigstens ihrem Kinde erhalten. Die
Prinzeß lernt brav, wie ich höre, und ist der Majestät an das
Herz gewachsen. Wenn man keine Söhne hat! Ich bin auch
solch ein Mädchenpapa!" Damit empfahl sich der Herzog.

Noch sah der Page, welchem das belauschte Gespräch wie
ein Gespenst die Haare zu Berge getrieben hatte, daß Gustav
sich in seinen Sessel warf und mit dem Handschuh spielte. Er
entfernte das Auge von der Spalte, und in die Kammer zu-
rückwankend, warf er sich neben dem Lager nieder, den Himmel um die Bewahrung seines Helden anflehend, dem seine
bloße Gegenwart — wie der Friedländer meinte und er selbst
nun zu glauben begann — ein geheimnisvolles Unheil bereiten
konnte. „Was es mich koste," gelobte sich der Verzweifelnde,
„ich will mich von ihm losreißen, ihn von mir befreien, damit
ihn meine unheimliche Nähe nicht verderbe."

Da er ungerufen blieb, schlich er sich erst wieder zum Könige
in jener Freistunde, welche dann zu ihrer größern Hälfte in
gleichgültigem Gespräche verfloß. Wenn nicht, daß der König
einmal hinwarf: „Wo hast du dich heute gegen Mittag umgetrieben, Leubelfing? Ich rief dich und du fehltest." Der
Page antwortete dann der Wahrheit gemäß: er habe mit dem
Bedürfnis, nach den erschütternden Szenen des Morgens freie
Luft zu schöpfen, sich auf das Roß geworfen und es in der
Richtung des wallensteinischen Lagers, fast bis in die Tragweite seiner Kanonen getummelt. Er wollte sich einen freundlichen Verweis des Königs zuziehen, doch dieser blieb aus.
Wieder nahm das Gespräch eine unbefangene Wendung, und
jetzt schlug die zehnte Stunde. Da hob Gustav mit einer zerstreuten Gebärde den Handschuh aus der Tasche, und ihn betrachtend sagte er: „Dieser ist nicht der meinige. Hast du ihn
verloren, Unordentlicher, und ich ihn aus Versehen eingesteckt?
Laß schauen!" Er ergriff spielend die linke Hand des Pagen

und zog ihm das weiche Leder über die Finger. „Er sitzt", sagte er.

Der Page aber warf sich vor ihm nieder, ergriff seine Hände und überströmte sie mit Tränen. „Lebe wohl," schluchzte er, „mein Herr, mein Alles! Dich behüte Gott und seine Scharen!" Dann jählings aufspringend, stürzte er hinaus wie ein Unsinniger. Gustav erhob sich, rief ihn zurück. Schon aber erklang der Hufschlag eines galoppierenden Pferdes und — seltsam — der König ließ weder in der Nacht noch am folgenden Tage Nachforschungen über die Flucht und das Verbleiben seines Pagen anstellen. Freilich hatte er alle Hände voll zu tun; denn er hatte beschlossen, das Lager bei Nürenberg aufzuheben.

Leubelfing hatte den gestreckten Lauf seines Tieres nicht angehalten, dieser ermüdete von selbst am äußersten Lagerende. Da beruhigten sich auch die erregten Sinne des Reiters. Der Mond schien taghell und das Roß ging im Schritt. Bei klarerer Überlegung erkannte jetzt der Flüchtling im Dunkel jenes Ereignisses, das ihn von der Seite des Königs vertrieben hatte, mit den scharfen Augen der Liebe und des Hasses seinen Doppelgänger. Es war der Lauenburger. Hatte er nicht gesehen, wie der Gebrandmarkte die Faust gegen die Gerechtigkeit des Königs geballt hatte? Besaß der Gestrafte nicht den Scheinklang seiner Stimme? War er selbst nicht Weibes genug, um in jenem fürchterlichen Augenblicke die Kleinheit der geballten fürstlichen Faust bemerkt zu haben? Gewiß, der Lauenburger sann Rache, sann Mord gegen das geliebte Haupt. Und in dieser Stunde unheimlicher Verfolgung und Beschleichung seines Königs hatte sich Leubelfing aus der Nähe des Bedrohten verbannt. Eine unendliche Sorge für das Liebste, was er besessen, preßte ihm das Herz zusammen und löste sich bei dem Gedanken, daß er es nicht mehr besitze, in ein beklommenes Schluchzen und dann in unbändig stürzende Tränen. Eine schwedische Wacht, ein Musketier mit schon ergreistem Knebelbarte, der den schlanken Reiter weinen sah, verzog den Mund zu einer luſtigen Grimaſſe, fragte dann aber gutmütig: „Sinnt der junge Herr nach Hauſe?" Leubelfing nahm ſich zuſammen, und langſam weiterreitend, entſchloß er ſich mit jener Keckheit, die ihm die Natur gegeben und das Schlachtfeld verdoppelt hatte, nicht aus dem Lager zu weichen. „Der König wird es abbrechen," ſagte er ſich, „ich komme in einem Regiment unter und bleibe während der Märſche und Ermüdungen unbekannt! Dann die Schlacht!"

Jetzt gewahrte er einen Oberſt, welcher die Lagerſtraßen wachſam abritt. Das Licht des Mondes war ſo kräftig, daß man einen Brief dabei hätte entziffern können. So erkannte er auf den erſten Blick einen Freund ſeines Vaters, denſelben, welcher dem Hauptmann Leubelfing in dem für ihn tödlichen Duell ſekundiert hatte. Er trieb ſeinen Fuchs zu der Linken des Schweden. Der Oberſt, der in der letzten Zeit meiſt auf Vorpoſten gelegen, betrachtete den jungen Reiter aufmerkſam. „Entweder ich irre mich", begann er dann, „oder ich habe Euer Gnaden, wenn auch auf einige Entfernung, als Pagen neben dem Könige reiten ſehen? Wahrlich, jetzt erkenne ich Euch wieder, ob Ihr auch etwas mondenblaß und ſchwermütig ausſchaut." Dann, plötzlich von einer Erinnerung überraſcht: „Seid Ihr ein Nüremberger", fuhr er fort, „und mit dem ſeligen Hauptmann Leubelfing verwandt? Ihr gleichet ihm zum Erſchrecken, oder eigentlich ſeinem Kinde, dem Wildfang, der Guſtel, die bis in ihr ſechzehntes Jahr mit uns geritten iſt. Doch Mondenlicht trügt und hert. Steigen wir ab. Hier iſt mein Zelt." Und er übergab ſein Roß und das des Pagen einem ihn erwartenden Diener mit plattgedrückter Naſe und breitem Geſichte, welcher ſeinen Gebieter mit einem gut= mütigen ſtupiden Lächeln empfing.

„Mache ſich's der Herr bequem", lud der Alte den Pagen ein, ihm einen Feldſtuhl bietend und ſich auf ſeinen harten Schragen niederlaſſend. Zwei Windlichter gaben eine ſchwan= kende Helle.

Jetzt fuhr der Oberſt ohne Zeremonie mit ſeiner breiten ehr= lichen Hand dem Pagen durch das Haar. Auf der bloßgelegten

Stirnhöhe wurde eine alte, aber tiefeingeschnittene Narbe sichtbar. „Gustel, du Narre," brach er los, „meinst, ich hätt's
vergessen, wie dich das ungarische Fohlen, die Hinterhufen
aufwerfend, über seinen Starrkopf schleuderte, daß du durch
die Luft flogest und wir dreie dich für tot auflasen, die heulende Mutter, der Vater blaß wie ein Geist und ich selber herzlich erschrocken? Ein perfekter Soldat, der selige Leubelfing,
mein bester Hauptmann und mein Herzensfreund! Nur ein
bißchen toll, wie du es auch sein wirst, Gustel! Alle Wetter,
Kind, wie lange schon treibst du dein Wesen um den König?
Schaust übrigens akkurat wie ein Bube! Hast dir das blonde
Kraushaar im Nacken weggrasiert, Kobold?" und er zupfte sie.
„Mach' dir nur nicht vor, du seiest das einzige Weibsbild im
Lager! Sieh dir mal den Jakob Erichson an, meinen Kerl!"
Der Bursche trat eben mit Flaschen und Gläsern ein. „Ein
Mann wie du! Keine Angst, Gustel! Er hat nicht e i n deutsches
Wort erlernen können. Dazu ist er viel zu dumm. Aber ein
kreuzbraves, gottesfürchtiges Weib! Und garstig! Übrigens die
einfachste Geschichte von der Welt, Gustel: Sieben Schreihälse,
der Ernährer ausgehoben, sein Weib für ihn eintretend. Der
denkbar beste Kerl! Ich könnte ihn nur gar nicht mehr entbehren!"

Der Page betrachtete das brave Geschöpf mit entschiedenem
Widerwillen, während der Oberst weiter polterte. „Alle Wege
ein starkes Stück, Gustel, neben dem Könige dich einzunisten,
der die Weibsen in Mannstracht verabscheut! Hast eine Fabel
gespielt, was sie auf den Bänken von Upsala ein Monodrama
nennen, wenn eine Person für sich mutterseelenallein jubelt,
fürchtet, verzagt, empfindet, tragiert, imaginiert! Und hast
dir Gott weiß wieviel darauf eingebildet, ohne daß eine sterb-
liche Seele etwas davon wußte oder sich einen Deut darum
bekümmerte. Du blickst unmutig? Halsgefährlich, Kind, war
es gerade nicht! Wurdest du entlarvt: ‚Pack dich, dummes
Ding!' hätte er dich gescholten und den nächsten Augenblick an
etwas anderes gedacht. Ja, wenn dich die Königin demaskiert
hätte! Puh! Nun sag' ich: man soll die Kinder nicht küssen!

So'n Kuß schläft und lodert wieder auf, wann die Lippen wachsen und schwellen. Und wahr ist's und bleibt's, der König hat dich mir einmal von den Armen genommen, Patchen, und hat dich geherzt und abgeküßt, daß es nur so klatschte! Denn du warest ein keckes und hübsches Kind." Der Page wußte nichts mehr von dem Kuß, aber er empfand ihn wild errötend.

„Und nun, Wildfang, was soll werden?" Er sann einen Augenblick. „Kurz und gut, ich trete dir mein zweites Zelt ab! Du wirst mein Galopin, gibst mir dein Ehrenwort, nicht auszureißen, und reitest mit mir bis zum Frieden. Dann führ' ich dich heim nach Schweden in mein Gehöft bei Gefle. Ich bin einzeln. Meine zwei Jüngern, der Axel und der Erich —", er zerdrückte eine Träne. „Für König und Vaterland!" sagte er. „Der überbliebene Älteste lebt mir in Falun, ein Diener am Wort mit einer fetten Pfründe. Da hast du dann die Wahl zwischen uns beiden." Page Leubelfing gelobte seinem Paten, was er sich selbst schon gelobt hatte, und erzählte ihm darauf sein vollständiges Abenteuer mit jenem Wahrheits= bedürfnis, das sich nach lange getragener Larve so gebieterisch meldet wie Hunger und Durst nach langem Fasten.

Der Alte dachte sich seine Sache und erlustigte sich dann be= sonders an dem Vetter Leubelfing, dessen Konterfei er sich von dem Pagen entwerfen ließ. „Der Flachskopf", philosophierte er, „kann nichts dafür, eine Memme zu sein. Es liegt in den Säften. Auch mein Sohn, der Pfarrer in Falun, ist ein Hase. Er hat es von der Mutter."

Von Sommerende bis nach beendigter Lese und bis an einem frostigen Morgen die ersten dünnen Flocken über der Heer= straße wirbelten, ritt Page Leubelfing in Züchten neben seinem Paten, dem Obersten Ake Tott, in die Kreuz und Quer, wie es die Wechselfälle eines Feldzuges mit sich bringen. Dem Hauptquartier und dem Könige begegnete er nicht, da der Oberst meist die Vor= oder Nachhut führte. Aber Gustav Adolf füllte die Augen seines Geistes, wenn auch in verklärter und unnahbarer Gestalt, jetzt da er aufgehört hatte, ihm durch

die Locken zu fahren, und der Page den Gebieter nachts nicht
mehr an seiner Seite, nur durch eine dünne Wand getrennt,
sich umwenden und sich räuspern hörte. Da geschah es zufällig, daß Leubelfing seinen König wieder mit Augen sah. Es
war auf dem Marktplatze von Naumburg, wo sich der Page
eines Einkaufs halber verspätet hatte und eben seinem Obersten
nachsprengen wollte, welcher, dieses Mal die Vorhut befehli-
gend, die Stadt schon verlassen hatte. Von einer immer dichter
werdenden Menge mit seinem Roß gegen die Häuser zurückgedrängt, sah er auf dem engen Platze ein Schauspiel, wie ein
ähnliches nur erst einmal menschlichen Augen sich gezeigt hatte,
da vor vielen hundert Jahren der Friedestifter auf einer Eselin
Einzug hielt in Jerusalem. Freilich saß Gustav auf seinem
stattlichen Streithengst, von geharnischten Hauptleuten auf
mutigen Tieren umringt; aber Hunderte von leidenschaftlichen
Gestalten, Weiber, die mit beiden gehobenen Armen ihre Kinder über die jubelnden Häupter emporhielten, Männer, welche
die Hände streckten, um die Rechte Gustavs zu ergreifen und
zu drücken, Mägde, die nur seine Steigbügel küßten, geringe
Leute, die sich vor ihm auf die Kniee warfen, ohne Furcht vor
dem Hufschlag seines Tieres, das übrigens sanft und ruhig
schritt, ein Volk in kühnen und von einem Sturm der Liebe
und der Begeisterung ergriffenen Gruppen umwogte den nordischen König, der ihm seine geistigen Güter gerettet hatte.
Dieser, sichtlich gerührt, neigte sich von seinem Rosse herab zu
dem greisen Ortsgeistlichen, der ihm dicht vor den Augen Leubelfings die Hand küßte, ohne daß er es verwehren konnte,
und sprach überlaut: „Die Leute ehren mich wie einen Gott!
Das ist zuviel und gemahnt mich an mein Ende. Prediger, ich
reite mit der heidnischen Göttin Viktoria und mit dem christlichen Todesengel!"

Dem Pagen quollen die Tränen. Als er aber gegenüber an
einem Fenster die Königin erblickte und ihr der König einen
zärtlichen Abschied zuwinkte, schwoll ihm der Busen von einer
brennenden Eifersucht.

Kaum eine Woche später, als die schwedischen Scharen auf

dem blachen Felde von Lützen sich zusammenzogen, marschierte Ake Tott seitwärts unweit des Wagens, darin der König fuhr. Da erblickte Leubelfing einen Raubvogel, der unter zerrissenen Wolken schwebend auf das hartnäckigste sich über der königlichen Gruppe hielt und durch die Schüsse des Gefolges sich nicht erschrecken und nicht vertreiben ließ. Er gedachte des Lauenburgers, ob seine Rache über Gustav Adolf schwebe. Das arme Herz des Pagen ängstigte sich über alles Maß. Wie es frühe dunkelte, wuchs seine Angst, und da es finster geworden war, gab er, sein Ehrenwort brechend, dem Rosse die Sporen und verschwand aus den Augen des ihm „Treubrüchiger Bube!" nachrufenden Obersten.

In unaufhaltsamem Ritte erreichte er den Wagen des Königs und mischte sich unter das Gefolge, das am Vorabende der erwarteten großen Schlacht ihn nicht zu bemerken oder sich nicht um ihn zu kümmern schien. Der König gedachte dann die Nacht in seinem Wagen zuzubringen, wurde aber durch die Kälte genötigt, auszusteigen und in einem bescheidenen Bauerhause ein Unterkommen zu suchen. Mit Tagesanbruch drängten sich in der niedrigen Stube, wo der König schon über seinen Karten saß, die Ordonnanzen. Die Aufstellung der Schweden war beendigt. Es begann die der deutschen Regimenter. Page Leubelfing hatte sich, von dem Kammerdiener des Königs, der ihm wohlwollte, erkannt und nicht zur Rede gestellt, den in seinem Gestick das schwedische Wappen tragenden Schemel wieder erobert, auf welchem er sonst neben dem Könige gesessen, und sich in einer Ecke niedergelassen, wo er hinter den wechselnden kriegerischen Gestalten verborgen blieb.

Der König hatte jetzt seine letzten Befehle gegeben und war in der wunderbarsten Stimmung. Er erhob sich langsam und wendete sich gegen die Anwesenden, lauter Deutsche, unter ihnen mehr als einer von denjenigen, welche er im Lager bei Nüremberg mit so harten Worten gezüchtigt hatte. Ob ihn schon die Wahrheit und die Barmherzigkeit jenes Reiches berührte, dem er sich nahe glaubte? Er winkte mit der Hand

und sprach leise, fast wie träumend, mehr mit den geister=
haften Augen als mit dem kaum bewegten Munde:

„Herren und Freunde, heute kommt wohl mein Stündlein.
So möcht' ich Euch mein Testament hinterlassen. Nicht für
den Krieg sorgend — da mögen die Lebenden zusehen. Son=
dern — neben meiner Seligkeit — für mein Gedächtnis unter
Euch! — Ich bin über Meer gekommen mit allerhand Ge=
danken, aber alle überwog, ungeheuchelt, die Sorge um das
reine Wort. Nach der Viktorie von Breitenfeld konnte ich dem
Kaiser einen läßlichen Frieden vorschreiben und nach gesicher=
tem Evangelium mit meiner Beute mich wie ein Raubtier
zwischen meine schwedischen Klippen zurückziehen. Aber ich
bedachte die deutschen Dinge. Nicht ohne ein Gelüst nach Eurer
Krone, Herren! Doch, ungeheuchelt, meinen Ehrgeiz überwog
die Sorge um das Reich! Dem Habsburger darf es unmöglich
länger gehören, denn es ist ein evangelisches Reich. Doch Ihr
denket und sprechet: ein fremder König herrsche nicht über
uns! Und Ihr habet recht. Denn es steht geschrieben: der
Fremdling soll das Reich nicht ererben. Ich aber dachte letzlich
an die Hand meines Kindes und an einen Dreizehnjährigen...“
Sein leises Reden wurde überwältigt von dem stürmischen Ge=
sange eines thüringischen Reiterregimentes, das, vor dem Quar=
tier des Königs vorbeiziehend, mit Begeisterung die Worte be=
tonte:

„Er wird durch einen Gideon,
    Den er wohl weiß, dir helfen schon...“

Der König lauschte, und ohne seine Rede zu beendigen, sagte
er: „Es ist genug, alles ist in Ordnung“, und entließ die
Herren. Dann sank er auf das Knie und betete.

Da sah der Page Leubelfing mit einem rasenden Herz=
klopfen, wie der Lauenburger eintrat. Als ein gemeiner Reiter
gekleidet, näherte er sich in kriechender und zerknirschter Hal=
tung und reckte die Hände flehend gegen den König aus, der
sich langsam erhob. Jetzt warf er sich vor ihm nieder, um=
fing seine Kniee, schluchzte und schrie ihn an mit den beweg=

lichen Worten des verlorenen Sohnes: „Vater, ich habe gesündigt in den Himmel und vor dir!" und wiederum: „Ich habe gesündigt in den Himmel und vor dir, ich bin hinfort nicht mehr wert, daß ich dein Sohn heiße!" und er neigte das reuige Haupt. Der König aber hob ihn vom Boden und schloß ihn in seine Arme.

Vor den entsetzten Augen des Pagen schwammen die sich umschlungen haltenden wie in einem Nebel. „War das, konnte das die Wahrheit sein? Hatte die Heiligkeit des Königs an einem Verworfenen ein Wunder gewirkt? Oder war es eine satanische Larve? Mißbrauchte der ruchloseste der Heuchler die Worte des reinsten Mundes?" So zweifelte sie mit irren Sinnen und hämmernden Schläfen. Der Augenblick verrann. Die Pferde wurden gemeldet und der König rief nach seinem Lederwams. Der Kammerdiener erschien, in der Linken den verlangten Gegenstand, in der Rechten aber einen an der Halsöffnung gefaßten blanken Harnisch haltend. Da entriß ihm der Page den kugelfesten Panzer und machte Miene, dem König behilflich zu sein, denselben anzulegen. Dieser aber, ohne über die Gegenwart des Pagen erstaunt zu sein, weigerte sich mit einem unbeschreiblich freundlichen Blick und fuhr Leubelfing durch das krause Stirnhaar, wie er zu tun pflegte. „Gust," sagte er, „das geht nicht. Er drückt. Gib das Wams."

Kurz nachher sprengte der König davon, links und rechts hinter sich den Lauenburger und seinen Pagen Leubelfing.

V

In der Pfarre des hinter der schwedischen Schlachtlinie liegenden Dorfes Meuchen saß gegen Mitternacht der verwitwete Magister Todänus hinter seiner Foliobibel und las seiner Haushälterin, Frau Ida, einer zarten und ebenfalls verwitweten Person, die Bußpsalmen Davids vor. Der Magister — übrigens ein wehrhafter Mann mit einem derben, grauen

Knebelbarte, der ein paar Jugendjahre unter den Waffen ver=
lebt — betete dann inbrünstig mit Frau Ida für die Erhaltung
des protestantischen Helden, der eben jetzt in kleiner Entfer=
nung das Schlachtfeld, er wußte nicht, ob behauptet oder ver=
loren hatte. Da pochte es heftig an das Hoftor, und die gei=
sterglüubige Frau Ida erriet, daß sich ein Sterbender melde.

Es war so. Dem öffnenden Pfarrer wankte ein junger
Mensch entgegen, bleich wie der Tod, mit weit geöffneten
Fieberaugen, barhaupt, an der Stirn eine klaffende Wunde.
Hinter ihm hob ein anderer einen Toten vom Pferde, einen
schweren Mann. In diesem erkannte der Pfarrer trotz der ent=
stellenden Wunden den König von Schweden, welchen er in
Leipzig einziehen gesehen und dessen wohlgetroffener Holz=
schnitt hier in seinem Zimmer hing. Tief ergriffen bedeckte er
das Gesicht mit den Händen und schluchzte.

In fieberischer Geschäftigkeit und mit hastiger Zunge be=
gehrte der verwundete Jüngling, daß sein König im Chor der
anstoßenden Kirche aufgebahrt werde. Zuerst aber forderte er
laues Wasser und einen Schwamm, um das Haupt voll Blut
und Wunden zu reinigen. Dann legte er mit der Hilfe des
Gefährten den Toten, welcher seinen Armen zu schwer war,
auf ein ärmliches Ruhebett, sank daran nieder und betrachtete
das wachsfarbene Antlitz liebevoll. Als er es aber mit dem
Schwamm berühren wollte, wurde er ohnmächtig und glitt
vorwärts auf den Leichnam. Sein Gefährte hob ihn auf, sah
näher zu und bemerkte außer der Stirnwunde eine zweite,
eine Brustwunde. Durch einen frischen Riß im Rocke neben
einem über dem Herzen liegenden geflickten Risse sickerte Blut.
Das Gewand seines Kameraden vorsichtig öffnend, traute der
schwedische Kornett seinen Augen nicht. „Hol' mich! straf'
mich!" stotterte er, und Frau Ida, welche die Schüssel mit
dem Wasser hielt, errötete über und über.

In diesem Augenblick wurde die Tür aufgerissen und der
Oberst Ake Tott trat herein. In Proviantsachen rückwärts ge=
sendet, war er nach verrichtetem Geschäfte dem Schlachtfelde
wieder zugeeilt und hatte in der Dorfgasse, vor dem Kruge ein

Glas Branntwein stürzend, die Mär vernommen von einem im Sattel wankenden Reiter, der einen Toten vor sich auf dem Pferde gehalten.

"Ist es wahr, ist es möglich?" schrie er und stürzte auf seinen König zu, dessen Hand er ergriff und mit Tränen benetzte. Nach einer Weile sich umwendend, erblickte er den Jüngling, welcher in einem Lehnsessel ausgestreckt lag, seiner Sinne unmächtig. "Alle Teufel," rief er zornig, "so hat sich die Gustel doch wieder an den König gehängt!"

"Ich fand den jungen Herrn, meinen Kameraden," bemerkte der Kornett vorsichtig, "wie er, den toten König vor sich auf dem Pferde haltend, über das Schlachtfeld sprengte. Er hat sich für die Majestät geopfert!"

"Nein, für mich!" unterbrach ihn ein langer Mensch mit einem Altweibergesicht. Es war der Kaufherr Laubfinger. Um eine beträchtliche, durch den Krieg gefährdete Schuld einzutreiben, hatte er sich aus dem sichern Leipzig herausgewagt und unwissend dem Schlachtfeld genähert. In die von Gepäckwagen gestaute Dorfgasse geraten, war er dann dem Obersten nachgegangen, ihn um eine salva guardia zu ersuchen. In einem überströmenden Gefühle von Dankbarkeit und von Erleichterung erzählte er jetzt den Anwesenden umständlich die Geschichte seiner Familie. "Gustel, Gustel," weinte er, "kennst du noch dein leibliches Vetterchen? Wie kann ich dir's bezahlen, was du für mich getan hast?"

"Damit, Herr, daß Ihr das Maul haltet!" fuhr ihn der Oberst an.

Der Pfarrer aber trat in das Mittel und sprach mit ruhigem Ernst: "Herrschaften, Ihr kennt diese Welt. Sie ist voller Lästerung." Frau Ida seufzte. "Und da am meisten, wo ein großer und reiner Mensch eine große und reine Sache vertritt. Würde der leiseste Argwohn dieses Andenken trüben" — er zeigte den stillen König — "welches Fabelgeschöpf würde nicht die papistische Verleumdung aus dieser armen Mücke machen," und er deutete auf den ohnmächtigen Pagen, "die sich die Flügel an der Sonne des Ruhmes verbrannt hat! Ich bin wie

199

von meinem Dasein überzeugt, daß der selige König von diesem Mädchen nichts wußte."

„Einverstanden, geistlicher Herr," schwur der Oberst, „auch ich bin davon, wie von meiner Seligkeit, nicht durch die Werke, sondern durch den Glauben überzeugt."

„Sicherlich", bestätigte Laubfinger. „Sonst hätte der König sie heimgeschickt und auf mich gefahndet."

„Hol' mich, straf' mich!" beteuerte der Kornett, und Frau Ida seufzte.

„Ich bin ein Diener am Wort, Ihr traget graues Haar, Herr Oberst, Ihr, Kornett, seid ein Edelmann, es liegt in Eurem Nutzen und Vorteil, Herr Laubfinger, für Frau Ida bürge ich: wir schweigen."

Jetzt öffnete der Page die sterbenden Augen. Sie irrten angstvoll umher und blieben auf Ake Tott haften: „Pate, ich habe dir nicht gehorsamt, ich konnte nicht — ich bin eine große Sünderin."

„Ein großer Sünder", unterbrach sie der Pfarrer streng. „Ihr redet irre! Ihr seid der Page August Leubelfing, ehelicher Sohn des nürembergischen Patriziers und Handelsherrn Arbogast Leubelfing, geboren den und den, Todes verblichen den siebenten November eintausendsechshundertzweiunddreißig an seinen Tages vorher in der Schlacht bei Lützen empfangenen Wunden, pugnans cum rege Gustavo Adolpho."

„Fortiter pugnans!" ergänzte der Kornett begeistert.

„So will ich auf Euren Grabstein setzen! Jetzt aber machet Euern Frieden mit Gott! Euer Stündlein ist gekommen." Der Magister sagte das nicht ohne Härte, denn er konnte seinen Unmut gegen das abenteuerliche Kind, das den Ruf seines Helden gefährdet hatte, nicht verwinden, ob es schon in den letzten Zügen lag.

„Ich kann jetzt noch nicht sterben, ich habe noch viel zu reden!" röchelte der Page. „Der König ... im Nebel ... die Kugel des Lauenburgers —" Der Tod schloß ihr den Mund, aber er konnte sie nicht hindern, mit einer letzten Anstrengung der brechenden Augen das Antlitz des Königs zu suchen.

200

Jeder der Anwesenden zog seinen Schluß und ergänzte den Satz nach seiner Weise. Der geistesgegenwärtige Pfarrer aber, dessen Patriotismus es beleidigte, den Retter Deutschlands und der protestantischen Sache — für ihn ein und dasselbe — von einem deutschen Fürsten sich gemeuchelt zu denken, ermahnte sie alle eindringlich, dieses Bruchstück einer durch den Tod zertrümmerten Rede mit dem Pagen zu begraben.

Jetzt, da August Leubelfing sein Schicksal vollendet hatte und leblos neben seinem Könige lag, schluchzte der Vetter: „Nun die Base verewigt und der Erbgang eröffnet ist, nehme ich doch meinen Namen wieder an mich?" und er warf einen fragenden Blick auf die Umstehenden. Der Magister Todänus betrachtete eben das unschuldige Gesicht der tapfern Nürembergerin, das einen glücklichen Ausdruck hatte. Der strenge Mann konnte sich einer Rührung nicht erwehren. Jetzt entschied er: „Nein, Herr! Ihr bleibt ein Laubfinger. Euer Name wird die Ehre haben, auf dem Grabhügel eines hochgesinnten Mädchens zu stehen, das einen herrlichen Helden bis in den Tod geliebt hat. Ihr aber habt Euer höchstes Gut gerettet, das liebe Leben. Damit begnüget Euch."

Die Kirche wurde gegen den Andrang der zuströmenden Menge gesperrt und verriegelt; denn das Gerücht hatte sich rasch verbreitet, hier liege der König. Die Toten wurden dann gewaschen und im Chore aufgebahrt. Über alledem war es helle geworden. Als die Kirchtore den mit ungeduldigen Gebärden, aber ehrfürchtigen Mienen Eindringenden sich öffneten, lagen die beiden vor dem Altare gebettet auf zwei Schragen, der König höher, der Page niedriger, und in umgekehrter Richtung, so daß sein Haupt zu den Füßen des Königs ruhte. Ein Strahl der Morgensonne — dem gestrigen Nebeltage war ein blauer wolkenloser gefolgt — glitt durch das niedrige Kirchenfenster, verklärte das Heldenantlitz und sparte noch ein Schimmerchen für den Lockenkopf des Pagen Leubelfing.

———

DIE HOCHZEIT DES MÖNCHS

Es war in Verna. Vor einem breiten Feuer, das einen weit-
räumigen Herd füllte, lagerte in den bequemsten Stellungen,
welche der Anstand erlaubt, ein junges Hofgesinde männlichen
und weiblichen Geschlechtes um einen ebenso jugendlichen Herrscher und zwei blühende Frauen. Dem Herde zur Linken saß
diese fürstliche Gruppe, welcher die übrigen in einem Viertel-
kreise sich anschlossen, die ganze andere Seite des Herdes nach
höfischer Sitte freilassend. Der Gebieter war derjenige Scaliger, welchen sie Cangrande nannten. Von den Frauen, in
deren Mitte er saß, mochte die nächst dem Herd etwas zurück
und ins Halbdunkel gelehnte sein Eheweib, die andere, voll-
beleuchtete, seine Verwandte oder Freundin sein, und es
wurden mit bedeutsamen Blicken und halblautem Gelächter
Geschichten erzählt.

Jetzt trat in diesen sinnlichen und mutwilligen Kreis ein
gravitätischer Mann, dessen große Züge und lange Gewänder
aus einer andern Welt zu sein schienen. „Herr, ich komme,
mich an deinem Herde zu wärmen", sprach der Fremdartige
halb feierlich, halb geringschätzig, und verschmähte hinzuzu-
fügen, daß die lässige Dienerschaft trotz des frostigen Novem-
berabends vergessen oder versäumt hatte, Feuer in der hochgelegenen Kammer des Gastes zu machen.

„Setze dich neben mich, mein Dante," erwiderte Cangrande,
„aber wenn du dich gesellig wärmen willst, so blicke mir nicht
nach deiner Gewohnheit stumm in die Flamme! Hier wird erzählt, und die Hand, welche heute Terzinen geschmiedet hat —
auf meine astrologische Kammer steigend, hörte ich in der deinigen mit dumpfem Gesange Verse skandieren — diese wuch-
tige Hand darf es heute nicht verweigern, das Spielzeug eines

kurzweiligen Geschichtchens, ohne es zu zerbrechen, zwischen ihre Finger zu nehmen. Beurlaube die Göttinnen" — er meinte wohl die Musen — „und vergnüge dich mit diesen schönen Sterblichen." Der Scaliger zeigte seinem Gaste mit einer leichten Handbewegung die zwei Frauen, von welchen die größere, die scheinbar gefühllos im Schatten saß, nicht daran dachte zu rücken, während die kleinere und aufgeweckte dem Florentiner bereitwillig neben sich Raum machte. Aber dieser gab der Einladung seines Wirtes keine Folge, sondern wählte stolz den letzten Sitz am Ende des Kreises. Ihm mißfiel entweder die Zweiweiberei des Fürsten — wenn auch vielleicht nur das Spiel eines Abends — oder dann ekelte ihn der Hofnarr, welcher, die Beine vor sich hingestreckt, neben dem Sessel Cangrandes auf dem herabgeglittenen Mantel desselben am Boden saß.

Dieser, ein alter zahnloser Mensch mit Glotzaugen und einem schlaffen, verschwätzten und vernaschten Maul — neben Dante der einzige Bejahrte der Gesellschaft — hieß Gocciola, das heißt das Tröpfchen, weil er die letzten klebrigen Tropfen aus den geleerten Gläsern zusammenzunaschen pflegte, und haßte den Fremdling mit kindischer Bosheit, denn er sah in Dante seinen Nebenbuhler um die nicht eben wählerische Gunst des Herrn. Er schnitt ein Gesicht und erfrechte sich, seine hübsche Nachbarin zur Linken auf das an der hellen Decke des hohen Gemaches sich abschattende Profil des Dichters höhnisch grinsend aufmerksam zu machen. Das Schattenbild Dantes glich einem Riesenweibe mit langgebogener Nase und hangender Lippe, einer Parze oder dergleichen. Das lebhafte Mädchen verwand ein kindliches Lachen. Ihr Nachbar, ein klug blickender Jüngling, der Ascanio hieß, half ihr dasselbe ersticken, indem er sich an Dante wendete mit jener maßvollen Ehrerbietung, in welcher dieser angeredet zu werden liebte.

„Verschmähe es nicht, du Homer und Virgil Italiens," bat er, „dich in unser harmloses Spiel zu mischen. Laß dich zu uns herab und erzähle, Meister, statt zu singen."

„Was ist euer Thema?" warf Dante hin, weniger ungesellig, als er begonnen hatte, aber immer noch mürrisch genug.

„Plötzlicher Berufswechsel," antwortete der Jüngling bündig, „mit gutem oder schlechtem oder lächerlichem Ausgange."

Dante besann sich. Seine schwermütigen Augen betrachteten die Gesellschaft, deren Zusammensetzung ihm nicht durchaus zu mißfallen schien; denn er entdeckte in derselben neben mancher flachen einige bedeutende Stirnen. „Hat einer unter euch den entkutteten Mönch behandelt?" äußerte der schon milder Gestimmte.

„Gewiß, Dante!" antwortete, sein Italienisch mit einem leichten deutschen Akzent aussprechend, ein Kriegsmann von treuherzigem Aussehen, Germano mit Namen, der einen Ringelpanzer und einen lang herabhängenden Schnurrbart trug. „Ich selbst erzählte den jungen Manuccio, welcher über die Mauern seines Klosters sprang, um Krieger zu werden."

„Er tat recht," erklärte Dante, „er hatte sich selbst getäuscht über seine Anlage."

„Ich, Meister," plauderte jetzt eine kecke, etwas üppige Paduanerin, namens Isotta, „habe die Helene Manente erzählt, welche eben die erste Locke unter der geweihten Schere verscherzt hatte, aber schnell die übrigen mit den beiden Händen deckte und ihr Nonnengelübde verschluckte, denn sie hatte ihren in barbareske Sklaverei geratenen und höchst wunderbar daraus erretteten Freund unter dem Volk im Schiff der Kirche erblickt, wie er die gelösten Ketten" — sie wollte sagen: an der Mauer aufhing, aber ihr Geschwätze wurde von dem Munde Dantes zerschnitten.

„Sie tat gut," sagte er, „denn sie handelte aus der Wahrheit ihrer verliebten Natur. Von alledem ist hier die Rede nicht, sondern von einem ganz andern Falle: wenn nämlich ein Mönch nicht aus eigenem Triebe, nicht aus erwachter Weltlust oder Weltkraft, nicht weil er sein Wesen verkannt hätte, sondern einem andern zuliebe, unter dem Druck eines fremden Willens, wenn auch vielleicht aus heiligen Gründen der Pietät, untreu an sich wird, sich selbst mehr noch als der Kirche gegebene Gelübde bricht, und eine Kutte abwirft, die ihm auf dem Leibe saß und ihn nicht drückte. Wurde das schon

204

erzählt? Nein? Gut, so werde ich es tun. Aber sage mir, wie endet solches Ding, mein Gönner und Beschützer?" Er hatte sich ganz gegen Cangrande gewendet.

„Notwendig schlimm", antwortete dieser ohne Besinnen. „Wer mit freiem Anlaufe springt, springt gut; wer gestoßen wird, springt schlecht."

„Du redest die Wahrheit, Herr," bestätigte Dante, „und nicht anders, wenn ich ihn verstehe, meint es auch der Apostel, wo er schreibt: daß Sünde sei, was nicht aus dem Glauben gehe, das heißt aus der Überzeugung und Wahrheit unserer Natur."

„Muß es denn überhaupt Mönche geben?" kicherte eine gedämpfte Stimme aus dem Halbdunkel, als wollte sie sagen: jede Befreiung aus einem an sich unnatürlichen Stande ist eine Wohltat.

Die dreiste und ketzerische Äußerung erregte hier kein Ärgernis, denn an diesem Hofe wurde das kühnste Reden über kirchliche Dinge geduldet, ja belächelt, während ein freies oder nur unvorsichtiges Wort über den Herrscher, seine Person oder seine Politik, verderben konnte.

Dantes Auge suchte den Sprecher und entdeckte denselben in einem vornehmen jungen Kleriker, dessen Finger mit dem kostbaren Kreuze tändelten, welches er über dem geistlichen Gewande trug.

„Nicht meinetwegen", gab der Florentiner bedächtig zur Antwort. „Mögen die Mönche aussterben, sobald ein Geschlecht ersteht, welches die beiden höchsten Kräfte der Menschenseele, die sich auszuschließen scheinen, die Gerechtigkeit und die Barmherzigkeit vereinigen lernt. Bis zu jener späten Weltstunde verwalte der Staat die eine, die Kirche die andere. Da aber die Übung der Barmherzigkeit eine durchaus selbstlose Seele fordert, so sind die drei mönchischen Gelübde gerechtfertigt; denn es ist weniger schwer, wie die Erfahrung lehrt, der Lust ganz, als halb zu entsagen."

„Gibt es aber nicht mehr schlechte Mönche als gute?" fragte der geistliche Zweifler weiter.

„Nein," behauptete Dante, „wenn man die menschliche Schwachheit berücksichtigt. Es müßte denn mehr ungerechte Richter als gerechte, mehr feige Krieger als beherzte, mehr schlechte Menschen als gute geben."

„Und ist das nicht der Fall?" flüsterte der im Halbdunkel.

„Nein", entschied Dante, und eine himmlische Verklärung erleuchtete seine strengen Züge. „Fragt und untersucht unsere Philosophie nicht: wie ist das Böse in die Welt gekommen? Wären die Bösen in der Mehrzahl, so frügen wir: wie kam das Gute in die Welt?"

Diese stolzen und dunkeln Sätze imponierten der Gesellschaft, erregten aber auch die Besorgnis, der Florentiner möchte sich in seine Scholastik vertiefen statt in seine Geschichte.

Cangrande sah, wie seine junge Freundin ein hübsches Gähnen verwand. Unter solchen Umständen ergriff er das Wort und fragte: „Erzählst du uns eine wahre Geschichte, mein Dante, nach Dokumenten? oder eine Sage des Volksmundes? oder eine Erfindung deiner bekränzten Stirne?"

Dieser antwortete langsam betonend: „Ich entwickle meine Geschichte aus einer Grabschrift."

„Aus einer Grabschrift?"

„Aus einer Grabschrift, die ich vor Jahren bei den Franziskanern in Padua gelesen habe. Der Stein, welcher sie trägt, lag in einem Winkel des Klostergartens, allerdings unter wildem Rosengesträuch versteckt, aber doch den Novizen zugänglich, wenn sie auf allen vieren krochen und sich eine von Dornen zerkritzte Wange nicht reuen ließen. Ich befahl dem Prior — will sagen, ich ersuchte ihn, den fraglichen Stein in die Bibliothek zu versetzen und unter die Hut eines Greises zu stellen."

„Was sagte denn der Stein?" ließ sich jetzt die Gemahlin des Fürsten nachlässig vernehmen.

„Die Inschrift", erwiderte Dante, „war lateinisch und lautete: Hic jacet monachus Astorre cum uxore Antiope. Sepeliebat Azzolinus."

„Was heißt denn das?" fragte die andere neugierig.

Cangrande übersetzte fließend: „Hier schlummert der Mönch Astorre neben seiner Gattin Antiope. Beide begrub Ezzelin."

„Der abscheuliche Tyrann!" rief die Empfindsame. „Gewiß hat er die beiden lebendig begraben lassen, weil sie sich liebten, und das Opfer noch in der Gruft gehöhnt, indem er es die Gattin des Mönches nannte. Der Grausame!"

„Kaum", meinte Dante. „Das hat sich in meinem Geiste anders gestaltet und ist auch nach der Geschichte unwahrscheinlich. Denn Ezzelin bedrohte wohl eher den kirchlichen Gehorsam als den Bruch geistlicher Gelübde. Ich nehme das ‚sepeliebat‘ in freundlichem Sinne: er gab den beiden ein Begräbnis."

„Recht," rief Cangrande freudig, „du denkst wie ich, Florentiner! Ezzelino war eine Herschernatur und, wie sie einmal sind, etwas rauh und gewaltsam. Neun Zehntel seiner Frevel haben ihm die Pfaffen und das fabelsüchtige Volk angedichtet."

„Möchte dem so sein!" seufzte Dante. „Wo er übrigens in meiner Fabel auftritt, ist er noch nicht das Ungeheuer, welches uns, wahr oder falsch, die Chronik schildert, sondern seine Grausamkeit beginnt sich nur erst zu zeichnen, mit einem Zug um den Mund sozusagen —"

„Eine gebietende Gestalt," vollendete Cangrande feurig das Bildnis, „mit gesträubtem schwarzen Stirnhaar, wie du ihn in deinem zwölften Gesange als einen Bewohner der Hölle malst. Woher hast du dieses schwarzhaarige Haupt?"

„Es ist das deinige", versetzte Dante kühn, und Cangrande fühlte sich geschmeichelt.

„Auch die übrigen Gestalten der Erzählung", fuhr er mit lächelnder Drohung fort, „werde ich, ihr gestattet es?" — und er wendete sich gegen die Umsitzenden — „aus eurer Mitte nehmen und ihnen eure Namen geben: euer Inneres lasse ich unangetastet, denn ich kann nicht darin lesen."

„Meine Miene gebe ich dir preis", sagte großartig die Fürstin, deren Gleichgültigkeit zu weichen begann.

Ein Gemurmel der höchsten Aufregung lief durch die Zu-

hörer, und: „Deine Geschichte, Dante!" raunte es von allen
Seiten, „deine Geschichte!"

„Hier ist sie", sagte dieser und erzählte.

„Wo sich der Gang der Brenta in einem schlanken Bogen
der Stadt Padua nähert, ohne diese jedoch zu berühren, glitt
an einem himmlischen Sommertage unter gedämpftem Flö-
tenschall eine bekränzte, von festlich Gekleideten überfüllte
Barke auf dem schnellen, aber ruhigen Wasser. Es war die
Brautfahrt des Umberto Vicedomini und der Diana Pizzaguerra. Der Paduaner hatte sich seine Verlobte aus einem am
obern Laufe des Flusses gelegenen Kloster geholt, wohin, kraft
einer alten städtischen Sitte, Mädchen von Stande vor ihrer
Hochzeit zum Behufe frommer Übungen sich zurückzuziehen
pflegen. Sie saß in der Mitte der Barke auf einem purpurnen
Polster zwischen ihrem Bräutigam und den drei blühenden
Knaben seines ersten Bettes. Umberto Vicedomini hatte vor
fünf Jahren, da die Pest in Padua wütete, das Weib seiner
Jugend begraben und, obwohl in der Kraft der Männlichkeit
stehend, nur schwer und widerwillig, auf das tägliche Drängen
eines alten und siechen Vaters, zu diesem zweiten Ehebunde
sich entschlossen.

Mit eingezogenen Rudern fuhr die Barke, dem Willen des
Stromes sich überlassend. Die Bootsknechte begleiteten die
sanfte Musik mit einem halblauten Gesange. Da verstummten
beide. Aller Augen hatten sich nach dem rechten Ufer gerichtet,
an welchem ein großer Reiter seinen Hengst bändigte und mit
einer weiten Gebärde nach der Barke herüber grüßte. Scheues
Gemurmel durchlief die Reihen der Sitzenden. Die Ruderer
rissen sich die roten Mützen vom Kopfe und das ganze Fest erhob sich in Furcht und Ehrerbietung, auch der Bräutigam,
Diana und die Knaben. Untertänige Gebärden, grüßende
Arme, halbgebogene Kniee wendeten sich gegen den Strand mit
einem solchen Ungestüm und Übermaße der Bewegung, daß
die Barke aus dem Gleichgewicht kam, sich nach rechts neigte
und plötzlich überwog. Ein Schrei des Entsetzens, ein drehen-

208

der Wirbel, eine leere Strommitte, die sich mit Auftauchenden, wieder Versinkenden und den schwimmenden Kränzen der verunglückten Barke bevölkerte. Hilfe war nicht ferne, denn wenig weiter unten lag ein kleiner Port, wo Fischer und Fährleute hausten und heute auch die Rosse und Sänften warteten, welche die Gesellschaft, die jetzt im Strome unterging, vollends nach Padua hätten bringen sollen.

Die zwei ersten der rettenden Kähne strebten sich von den entgegengesetzten Ufern zu. In dem einen stand neben einem alten Fergen mit struppigem Barte Ezzelin, der Tyrann von Padua, der unschuldige Urheber des Verderbens, in dem andern, vom linken Ufer kommenden ein junger Mönch und sein Fährmann, welcher den staubigen Waller über den Strom stieß gerade in dem Augenblicke, da sich darauf das Unheil zutrug. Die beiden Boote erreichten sich. Zwischen ihnen schwamm im Flusse etwas wie eine Fülle blonden Haares, in das der Mönch entschlossen hineingriff, knielings, mit weit ausgestrecktem Arme, während sein Schiffer aus allen Kräften sich auf die andere Seite des Nachens zurückstemmte. An einer dicken Strähne hob der Mönch ein Haupt, das die Augen geschlossen hielt, und dann, mit Hilfe des dicht herangekommenen Ezzelin, die Last eines von triefendem Gewande beschwerten Weibes aus der Strömung. Der Tyrann war von seinem Nachen in den andern gesprungen und betrachtete jetzt das entseelte Haupt, das einen Ausdruck von Trotz und Unglück trug, mit einer Art von Wohlgefallen, sei es an den großen Zügen desselben, sei es an der Ruhe des Todes.

„Kennst du sie, Astorre?" fragte er den Mönch. Dieser schüttelte verneinend den Kopf und der andere fuhr fort: „Siehe, es ist das Weib deines Bruders."

Der Mönch warf einen mitleidigen scheuen Blick auf das bleiche Antlitz, welches unter demselben langsam die schlummernden Augen öffnete.

„Bringe sie ans Ufer!" befahl Ezzelin, allein der Mönch überließ sie seinem Fährmann. „Ich will meinen Bruder suchen," rief er, „bis ich ihn finde." „Ich helfe dir, Mönch" sagte der Tyrann, „doch ich zweifle, daß wir ihn retten: ich sah ihn, wie er seine Knaben umschlang und, von den dreien umklammert, schwer in die Tiefe ging."

Inzwischen hatte sich die Brenta mit Fahrzeugen bedeckt. Es wurde gefischt mit Stangen, Haken, Angeln, Netzen, und in der rasch wechselnden Szene vervielfältigte sich über den Suchenden und den gehobenen Bürden die Gestalt des Herrschers.

„Komm, Mönch!" sagte er endlich. „Hier gibt es für dich nichts mehr zu tun. Umberto und seine Knaben liegen nunmehr zu lang in der Tiefe, um ins Leben zurückzukehren. Der Strom hat sie verschleppt. Er wird sie ans Ufer legen, wann er ihrer müde ist. Aber siehst du dort die Zelte?" Man hatte deren eine Zahl am Strande der Brenta zum Empfange der mit der Hochzeitsbarke Erwarteten aufgeschlagen und jetzt die Toten oder Scheintoten hineingelegt, welche von ihren schon aus dem nahen Padua herbeigeeilten Verwandten und Dienern umjammert wurden. „Dort, Mönch, verrichte, was deines Amtes ist: Werke der Barmherzigkeit! Tröste die Lebenden! Bestatte die Toten!"

Der Mönch hatte das Ufer betreten und den Reichsvogt aus den Augen verloren. Da kam ihm aus dem Gedränge Diana entgegen, die Braut und Witwe seines Bruders, trostlos, aber ihrer Sinne wieder mächtig. Noch trieften die schweren Haare, aber auf ein gewechseltes Gewand: ein mitleidiges Weib aus dem Volke hatte ihr im Gezelt das eigene gegeben und sich des kostbaren Hochzeitskleides bemächtigt. „Frommer Bruder," wendete sie sich an Astorre, „ich bin verlassen: die mir bestimmte Sänfte ist in der Verwirrung mit einer andern, Lebenden oder Toten, in die Stadt zurückgekehrt. Begleite mich nach dem Hause meines Schwiegers, der dein Vater ist!"

Die junge Witwe täuschte sich. Nicht in der Bestürzung und Verwirrung, sondern aus Feigheit und Aberglauben hatte das Gesinde des alten Vicedomini sie im Stiche gelassen. Es fürchtete sich, dem jähzornigen Alten eine Wittib und mit ihr die Kunde von dem Untergange seines Hauses zu bringen.

Da der Mönch viele seinesgleichen unter den Zelten und im Freien mit barmherzigen Werken beschäftigt sah, willfahrte er dem Gesuch. „Gehen wir", sagte er und schlug mit dem jungen Weibe die Straße nach der Stadt ein, deren Türme und Kuppeln auf dem blauen Himmel wuchsen. Der Weg war bedeckt mit Hunderten, die an den Strand eilten oder vom Strande zurückkehrten. Die beiden schritten, oft voneinander getrennt, aber sich immer wieder findend, in der Mitte der Straße, ohne miteinander zu reden, und wandelten jetzt schon durch die Vorstadt, wo die Gewerbe hausen. Hier standen überall — das Unglück auf der Brenta hatte die ganze Bevölkerung auf die Beine gebracht — laut plaudernde oder flüsternde Gruppen, welche das zufällige Paar, das den Bruder und den Bräutigam verloren hatte, mit teilnehmender Neugierde betrachteten.

Der Mönch und Diana waren Gestalten, die jedes Kind in Padua kannte. Astorre, wenn er nicht für einen Heiligen galt, hatte doch den Ruf des musterhaften Mönches. Er konnte der Stadtmönch von Padua heißen, den das Volk verehrte und auf den es stolz war. Und mit Grund: denn er hatte auf die Vorrechte seines hohen Adels und den unermeßlichen Besitz seines Hauses tapfer, ja freudig verzichtet und gab sein Leben in Zeiten der Seuche oder bei andern öffentlichen Fährlichkeiten, ohne zu markten, für den Geringsten und die Armste preis. Dabei war er mit seinem kastanienbraunen Kraushaar, seinen warmen Augen und seiner edeln Gebärde ein anmutender Mann, wie das Volk seine Heiligen liebt.

Diana war in ihrer Weise nicht weniger namhaft, schon durch die Vollkraft des Wuchses, welche das Volk mehr als die zarten Reize bewundert. Ihre Mutter war eine Deutsche gewesen, ja eine Staufin, wie einige behaupteten, freilich nur dem Blute, nicht dem Gesetze nach. Deutschland und Welschland hatten zusammen als gute Schwestern diese große Gestalt gebaut.

Wie herb und strenge Diana mit ihresgleichen umging, mit den Geringsten war sie leutselig, ließ sich ihre Händel erzählen, gab kurzen und deutlichen Bescheid und küßte die zerlumptesten

Kinder. Sie schenkte und spendete ohne Besinnen, wohl weil ihr Vater, der alte Pizzaguerra, nach Vicedomini der reichste Paduaner, zugleich der schmutzigste Geizhals war, und Diana sich des väterlichen Lasters schämte.

So verheiratete das ihr geneigte Volk in seinen Schenken und Plauderstuben Diana monatlich mit irgendeinem vornehmen Paduaner, doch die Wirklichkeit trug diesen frommen Wünschen keine Rechnung. Drei Hindernisse erschwerten eine Brautschaft: die hohen und oft finstern Brauen Dianas, die geschlossene Hand ihres Vaters und die blinde Anhänglichkeit ihres Bruders Germano an den Tyrannen, bei dessen möglichem Falle der treue Diener mit zugrunde gehen mußte, seine Sippe nach sich ziehend.

Endlich verlobte sich mit ihr, ohne Liebe, wie es stadtkundig war, Umberto Vicedomini, der jetzt in der Brenta lag.

Übrigens waren die beiden so versunken in ihren gerechten Schmerz, daß sie das eifrige Geschwätze, welches sich an ihre Fersen heftete, entweder nicht vernahmen oder sich wenig um dasselbe bekümmerten. Nicht das gab Anstoß, daß der Mönch und das Weib nebeneinander schritten. Es erschien in der Ordnung, da der Mönch an ihr zu trösten hatte und sie wohl beide denselben Weg gingen: zu dem alten Vicedomini, als die nächsten und natürlichen Boten des Geschehenen.

Die Weiber bejammerten Diana, daß sie einen Mann habe heiraten müssen, der sie nur als Ersatz für eine teure Gestorbene genommen, und beklagten sie in demselben Atemzuge, daß sie diesen Mann vor der Ehe eingebüßt habe.

Die Männer dagegen erörterten mit wichtigen Gebärden und den schlausten Mienen eine brennende Frage, welche sich über den in der Brenta versunkenen vier Stammhaltern des ersten paduanischen Geschlechtes eröffnet hatte. Die Glücksgüter der Vicedomini waren sprichwörtlich. Das Familienhaupt, ein ebenso energischer als listiger Mensch, der es fertig gebracht hatte, mit beiden, dem fünffach gebannten Tyrannen von Padua und der diesen verdammenden Kirche auf gutem Fuße zu bleiben, hatte sich lebelang nicht im geringsten mit etwas Öffentlichem beschäftigt, sondern ein zähes Dasein und prächtige Willenskräfte auf ein einziges Ziel gewendet: den Reichtum und das Gedeihen seines Stammes. Jetzt war dieser vernichtet. Sein Ältester und die Enkel lagen in der Brenta. Sein Zweiter und Dritter waren in jenem diesen Unglücksjahre, der eine vor zwei, der andere vor drei Monden von der Erde verschwunden. Den Ältern hatte der Tyrann verbraucht und auf einem seiner wilden Schlachtfelder zurückgelassen. Der andere, aus welchem der vorurteilslose Vater einen großartigen Kaufmann in venezianischem Stile gemacht, hatte sich an einer morgenländischen Küste auf dem Kreuze verblutet, an welches ihn Seeräuber geschlagen, verspäteten Lösegeldes halber. Als Vierter blieb Astorre, der Mönch. Daß er diesen mit dem Aufwande seines letzten Pulses den Klostergelübden zu entreißen versuchen werde, daran zweifelten die schnellrechnenden Paduaner keinen Augenblick. Ob es ihm gelinge und der Mönch sich dazu hergebe, darüber stritt jetzt die aufgeregte Gasse.

Und sie stritt sich am Ende so laut und heftig, daß selbst der trauernde Mönch nicht mehr im Zweifel darüber bleiben konnte, wer mit dem „egli" und der „ella" gemeint sei, welche aus den versammelten Gruppen ertönten. Dergestalt schlug er, mehr noch seiner Gefährtin als seinethalben, eine mit Gras bewachsene verschattete Gasse ein, die seinen Sandalen wohlbekannt war, denn sie führte längs der verwitterten Ringmauer seines Klosters hin. Hier war es bis zum Schauder kühl, aber die ganz Padua erfüllende Schreckenskunde hatte selbst diese Schatten erreicht. Aus den offenen Fenstern des Refektoriums, das in die dicke Mauer gebaut war, scholl an der verspäteten Mittagstafel — die Katastrophe auf der Brenta hatte in der Stadt alle Zeiten und Stunden gestört — das Tischgespräch der Brüder so zänkisch und schreiend, so voller „—inibus" und „—atibus" — es wurde lateinisch geführt, oder dann stritt man sich mit Zitaten aus den Dekretalen —, daß der Mönch unschwer erriet, auch hier werde dasselbe oder ein ähnliches Dilemma wie auf der Straße verhandelt. Und wenn er sich vielleicht nicht Rechenschaft gab, wovon, so wußte er doch, von wem die Rede ging. Aber was er nicht entdeckte, waren —“

Mitten im Sprechen suchte Dante unter den Zuhörern den vornehmen Kleriker, der sich hinter seinen Nachbar verbarg.

„— waren zwei brennende hohle Augen, welche durch eine Luke in der Mauer auf ihn und das Weib an seiner Seite starrten. Diese Augen gehörten einer unseligen Kreatur, einem verlorenen Mönche, namens Serapion, welcher sich, Seele und Leib, im Kloster verzehrte. Mit seiner voreiligen Einbildungskraft hatte dieser auf der Stelle begriffen, daß sein Mitbruder Astorre zum längsten nach der Regel des heiligen Franziskus gedarbt und gefastet habe und beneidete ihn rasend um den ihm von der Laune des Todes zugeworfenen Besitz weltlicher Güter und Freuden. Er lauerte auf den Heimkehrenden, um die Mienen desselben zu erforschen und darin zu lesen, was Astorre über sich beschlossen hätte. Seine Blicke verschlangen das Weib und hafteten an ihren Stapfen.

Astorre lenkte die Schritte und die seiner Schwägerin auf einen kleinen von vier Stadtburgen gebildeten Platz und trat mit ihr in das tiefe Tor der vornehmsten. Auf einer Steinbank im Hofe erblickte er zwei Ruhende, einen vom Wirbel zur Zehe gepanzerten blutjungen Germanen und einen greisen Sarazenen. Der hingestreckte Deutsche hatte seinen schlummernden rotblonden Krauskopf in den Schoß des sitzenden Ungläubigen gelegt, der, ebenfalls schlummernd, mit seinem schneeweißen Barte väterlich auf ihn niedernickte. Die zweie gehörten zur Leibwache Ezzelins, welche sich in Nachahmung derjenigen seines Schwiegers, des Kaisers Friedrich, aus Deutschen und Sarazenen zu gleichen Teilen zusammensetzte. Der Tyrann war im Palaste. Er mochte es für seine Pflicht gehalten haben, den alten Vicedomini zu besuchen. In der Tat vernahmen Astorre und Diana schon auf der Wendeltreppe das Gespräch, welches Ezzelin in kurzen ruhigen Worten, der Alte dagegen, der gänzlich außer sich zu sein schien, mit schreiender und scheltender

Stimme führte. Mönch und Weib blieben am Eingange des Saales unter dem bleichen Gesinde stehen. Die Diener zitterten an allen Gliedern. Der Greis hatte sie mit den heftigsten Verwünschungen überhäuft und dann mit geballten Fäusten weggejagt, weil sie ihm verspätete Botschaft vom Strande gebracht und dieselbe hervorzustottern sich kaum getraut. Überdies hatte dieses Gesinde der gefürchtete Schritt des Tyrannen versteinert. Es war bei Todesstrafe verboten, ihn anzumelden. Unaufgehalten wie ein Geist betrat er Häuser und Gemächer.

„Und das berichtest du so gelassen, Grausamer," tobte der Alte in seiner Verzweiflung, „als erzähltest du den Verlust eines Rosses oder einer Ernte? Du hast mir die viere getötet, niemand anders als du! Was brauchtest du gerade zu jener Stunde am Strande zu reiten? Was brauchtest du auf die Brenta hinauszugrüßen? Das hast du mir zuleide getan! Hörst du wohl?"

„Schicksal", antwortete Ezzelin.

„Schicksal?" schrie der Vicedomini. „Schicksal und Sternguckerei und Beschwörungen und Verschwörungen und Enthauptungen, von der Zinne auf das Pflaster sich werfende Weiber und hundert pfeildurchbohrte Jünglinge vom Rosse sinkend in deinen verruchten waghalsigen Schlachten, das ist deine Zeit und Regierung, Ezzelin, du Verfluchter und Verdammter! Uns alle ziehst du in deine blutigen Gleise, alles Leben und Sterben wird neben dir gewaltsam und unnatürlich, und niemand endet mehr als reuiger Christ in seinem Bette!"

„Du tust mir unrecht," versetzte der andere. „Ich zwar habe mit der Kirche nichts zu schaffen. Sie läßt mich gleichgültig. Aber dich und deinesgleichen habe ich nie gehindert, mit ihr zu verkehren. Das weißt du, sonst würdest du dich nicht erkühnen, mit dem Heiligen Stuhle Briefe zu wechseln. Was drehst du da in deinen Händen und verbirgst mir das päpstliche Siegel? Einen Ablaß? Ein Breve? Gib her! Wahrhaftig, ein Breve! Darf ich es lesen? Du erlaubst? Dein Gönner, der Heilige Vater, schreibt dir, daß, würde dein Stamm erlöschen bis auf deinen Vierten und Letzten, den Mönch, dieser ipso facto sei=

ner Gelübde ledig sei, wenn er aus freiem Willen und eigenem Entschlusse in die Welt zurückkehre. Schlauer Fuchs, wie viele Unzen Goldes hat dich dieses Pergament gekostet?"

„Verhöhnst du mich?" heulte der Alte. „Was anderes blieb mir übrig nach dem Tode meines Zweiten und Dritten? Für wen hätte ich gesammelt und gespeichert? Für die Würmer? Für dich? Willst du mich berauben?... Nein? So hilf mir, Gevatter" — der noch ungebannte Ezzelin hatte den dritten Knaben Vicedominis aus der Taufe gehoben, denselben, der sich für ihn auf dem Schlachtfelde geopfert — „hilf mir den Mönch überwinden, daß er wieder weltlich werde und ein Weib nehme, befiehl es ihm, du Allgewaltiger, gib ihn mir statt des Sohnes, den du mir geschlachtet hast, halte mir den Daumen, wenn du mich liebst!"

„Das geht mich nichts an," erwiderte der Tyrann ohne die geringste Erregung. „Das mache er mit sich selbst aus. „Freiwillig", sagt das Breve. Warum sollte er, wenn er ein guter Mönch ist, wie ich glaube, seinen Stand wechseln? Damit das Blut der Vicedomini nicht versiege? Ist das eine Lebensbedingung der Welt? Sind die Vicedomini eine Notwendigkeit?"

Jetzt kreischte der andere in rasender Wut: „Du böser, du Mörder meiner Kinder! Ich durchblicke dich! Du willst mich beerben und mit meinem Gelde deine wahnsinnigen Feldzüge führen!" Da gewahrte er seine Schwiegertochter, welche vor dem zögernden Mönche durch das Gesinde und über die Schwelle getreten war. Trotz seiner Leibesschwachheit stürzte er ihr mit wankenden Schritten entgegen, ergriff und riß ihre Hände, als wollte er sie zur Verantwortung ziehen für das über sie beide gekommene Unheil. „Wo hast du meinen Sohn, Diana?" keuchte er.

„Er liegt in der Brenta," antwortete sie traurig und ihre blauen Augen dunkelten.

„Wo meine drei Enkel?"

„In der Brenta," wiederholte sie.

„Und dich bringst du mir als Geschenk? Dich behalte ich?" lachte der Alte mißtönig.

„Wollte der Allmächtige," sagte sie langsam, „mich zögen die Wellen und die andern stünden hier statt meiner!"

Sie schwieg. Dann geriet sie in einen jähen Zorn. „Beleidigt dich mein Anblick und bin ich dir überlästig, so halte dich an diesen: er hat mich, da ich schon gestorben war, an den Haaren gerissen und ins Leben zurückgezogen!"

Jetzt erst erblickte der Alte den Mönch, seinen Sohn, und sein Geist sammelte sich mit einer Kraft und Schnelligkeit, welche der schwere Jammer eher gestählt als gelähmt zu haben schien.

„Wirklich? Dieser hat dich aus der Brenta geholt? Hm! Merkwürdig! Die Wege Gottes sind doch wunderbar!"

Er ergriff den Mönch an Arm und Schulter, als wollte er sich desselben, Leib und Seele, bemächtigen, und schleppte ihn und sich gegen seinen Krankenstuhl, auf welchen er hinfiel, ohne den gepreßten Arm des nicht Widerstrebenden freizugeben. Diana folgte und kniete sich auf der andern Seite des Sessels nieder mit hangenden Armen und gefalteten Händen, das Haupt auf die Lehne legend, so daß nur der Knoten ihres blonden Haares wie ein lebloser Gegenstand sichtbar blieb. Der Gruppe gegenüber saß Ezzelin, die Rechte auf das gerollte Breve wie auf einen Feldherrnstab gestützt.

„Söhnchen, Söhnchen," wimmerte der Alte mit einer aus Wahrheit und List gemischten Zärtlichkeit, „mein letzter und einziger Trost! Du Stab und Stecken meines Alters wirst mir nicht zwischen diesen zitternden Händen zerbrechen! ... Du begreifst," fuhr er in einem schon trockneren, sachlichen Tone fort, „daß, wie die Dinge einmal liegen, deines Bleibens im Kloster nicht länger sein kann. Ist es doch kanonisch, nicht wahr, Söhnchen, daß ein Mönch, dessen Vater verarmt oder versiecht, von seinem Prior beurlaubt wird, um das Erbgut zu bebauen und den Urheber seiner Tage zu ernähren. Ich aber brauche dich noch viel notwendiger. Deine Brüder und Neffen sind weg und jetzt bist du es, der die Lebensfackel unseres Hauses trägt! Du bist ein Flämmchen, das ich angezündet habe, und mir kann nicht dienen, daß es in einer Zelle verglimme und verrauche! Wisse eines" — er hatte in den warmen, braunen Augen ein aufrichtiges Mitgefühl gelesen und die ehrerbietige Haltung des Mönches schien einen blinden Gehorsam zu versprechen —, „ich bin kränker, als du denkst. Nicht wahr, Isaschar?" Er wendete sich rückwärts gegen eine schmale Gestalt, welche mit Fläschchen und Löffel in den Händen durch eine Nebentür leise hinter den Stuhl des Alten getreten war und jetzt mit dem blassen Haupte bestätigend nickte. „Ich fahre dahin, aber ich sage dir, Astorre: Lässest du mich meines Wunsches ungewährt, so weigert sich dein Väterchen, in den Kahn des Totenführers zu steigen, und bleibt zusammengekauert am Dämmerstrande sitzen!"

Der Mönch streichelte die fiebernde Hand des Alten zärtlich, antwortete aber mit Sicherheit zwei Worte: „Meine Gelübde!"

Ezzelin entfaltete das Breve.

„Deine Gelübde?" schmeichelte der alte Vicedomini. „Lose Stricke! Durchfeilte Fesseln! Mache eine Bewegung und sie fallen. Die heilige Kirche, welcher du Ehrfurcht und Gehorsam schuldig bist, erklärt sie für ungültig und nichtig. Da steht es geschrieben." Sein dürrer Finger zeigte auf das Pergament mit dem päpstlichen Siegel.

Der Mönch näherte sich ehrerbietig dem Herrscher, empfing die Schrift und las, von vier Augen beobachtet. Schwindelnd tat er einen Schritt rückwärts, als stünde er auf einer Turmhöhe und sähe das Geländer plötzlich weichen.

Ezzelin griff dem Wankenden mit der kurzen Frage unter die Arme: „Wem hast du dein Gelübde gegeben, Mönch? dir? oder der Kirche?"

„Natürlich beiden!" schrie der Alte erbost. „Das sind verfluchte Spitzfindigkeiten! Nimm dich vor dem dort in acht, Söhnchen! Er will uns Vicedomini an den Bettelstab bringen!"

Ohne Zorn legte Ezzelin die Rechte auf den Bart und schwur: „Stirbt Vicedomini, so beerbt ihn der Mönch hier, sein Sohn, und stiftet — sollte das Geschlecht mit ihm erlöschen und wenn er mich und seine Vaterstadt lieb hat — ein Hospital von einer gewissen Ausdehnung und Großartigkeit, um welches uns die hundert Städte" — er meinte die Städte Italiens — „beneiden sollen. Nun, Gevatter, da ich mich von dem Vorwurfe der Raubgier gereinigt habe, darf ich an den Mönch ein paar weitere Fragen richten? Du gestattest?"

Jetzt packte den Alten ein solcher Ingrimm, daß er in Krämpfe fiel. Noch aber ließ er den Arm des Mönches, welchen er wieder ergriffen hatte, nicht fahren.

Isaschar näherte den vollen, mit einer stark duftenden Essenz gefüllten Löffel vorsichtig den fahlen Lippen. Der Gefolterte wendete mit einer Anstrengung den Kopf ab. „Laß mich in Ruhe!" stöhnte er, „du bist auch der Arzt des Vogts!" und schloß die Augen.

Der Jude wandte die seinigen, welche glänzend schwarz und sehr klug waren, gegen den Tyrannen, als flehe er um Verzeihung für diesen Argwohn.

„Wird er zur Besinnung zurückkehren?" fragte Ezzelin.

„Ich glaube", antwortete der Jude. „Noch lebt er und wird wieder erwachen, aber nicht für lange, fürchte ich. Diese Sonne sieht er nicht untergehen."

Der Tyrann ergriff den Augenblick, mit Astorre zu sprechen, der um den ohnmächtigen Vater beschäftigt war.

„Stehe mir Rede, Mönch!" sagte Ezzelin und wühlte — seine Lieblingsgebärde — mit den gespreizten Fingern der Rechten in dem Gewelle seines Bartes. „Wieviel haben dich die drei Gelübde gekostet, die du vor zehn und einigen Jahren, ich gebe dir dreißig" — der Mönch nickte — „beschworen hast?"

Astorre schlug die lautern Augen auf und erwiderte ohne Bedenken: „Armut und Gehorsam nichts. Ich habe keinen Sinn für Besitz und gehorche leicht." Er hielt inne und errötete.

Der Tyrann fand ein Wohlgefallen an dieser männlichen Keuschheit. „Hat dir dieser hier deinen Stand aufgenötigt oder dich dazu beschwatzt?" lenkte er ab.

„Nein", erklärte der Mönch. „Seit lange her, wie der Stammbaum erzählt, wird in unserm Hause von dreien oder vieren der letzte geistlich, sei es, damit wir Vicedomini einen Fürbitter besitzen oder um das Erbe und die Macht des Hauses zu wahren — gleichviel, der Brauch ist alt und ehrwürdig. Ich kannte mein Los, welches mir nicht zuwider war, von jung an. Mir wurde kein Zwang auferlegt."

„Und das dritte?" holte Ezzelin nach — er meinte das dritte Gelübde. Astorre verstand ihn.

Mit einem neuen, aber dieses Mal schwachen Erröten erwiderte er: „Es ist mir nicht leicht geworden, doch ich vermochte es wie andere Mönche, wenn sie gut beraten sind, und das war ich. Von dem heiligen Antonius," fügte er ehrfürchtig hinzu.

„Dieser verdienstliche Heilige, wie ihr wisset, Herrschaften, hat einige Jahre bei den Franziskanern in Padua gelebt," erläuterte Dante.

„Wie sollten wir nicht?" scherzte einer unter den Zuhörern. „Haben wir doch die Reliquie verehrt, die in dem dortigen Klosterteiche herumschwimmt: ich meine den Hecht, welcher weiland der Predigt des Heiligen beiwohnte, sich bekehrte, der Fleischspeise entsagte, im Guten standhielt und jetzt noch in hohem Alter als strenger Vegetarier" — er verschluckte das Ende des Schwankes, denn Dante hatte gegen ihn die Stirn gerunzelt.

„Und was riet er dir?" fragte Ezzelin.

„Meinen Stand einfach zu fassen, schlecht und recht," berichtete der Mönch, „als einen pünktlichen Dienst, etwa wie einen Kriegsdienst, welcher ja auch gehorsame Muskeln verlangt, und Entbehrungen, die ein wackerer Krieger nicht einmal als solche fühlen darf: die Erde im Schweiße meines Angesichtes zu graben, mäßig zu essen, mäßig zu fasten, weder Mädchen noch jungen Frauen Beichte zu sitzen, im Angesichte Gottes zu wandeln und seine Mutter nicht brünstiger anzubeten, als das Breviarium vorschreibt."

Der Tyrann lächelte. Dann streckte er die Rechte gegen den

Mönch aus, ermahnend oder segnend, und sprach: „Glücklicher! Du hast einen Stern! Dein Heute entsteht leicht aus deinem Gestern und wird unversehens zu deinem Morgen! Du bist etwas und nichts Geringes; denn du übst das Amt der Barmherzigkeit, das ich gelten lasse, wiewohl ich ein anderes bekleide. Würdest du in die Welt treten, die ihre eigenen Gesetze befolgt, welche zu lernen es für dich zu spät ist, so würde dein klarer Stern zum lächerlichen Irrwisch und zerplatzte zischend nach ein paar albernen Sprüngen unter dem Hohne der Himmlischen!

Noch eines, und dies rede ich als der, welcher ich bin: der Herr von Padua. Dein Wandel war meinem Volke eine Erbauung, ein Beispiel der Entsagung. Der Ärmste getröstete sich deiner, den er seine karge Kost und sein hartes Tagewerk teilen sah. Wirfst du die Kutte weg, freiest du ein Vornehmer eine Vornehme, schöpfst du mit vollen Händen aus dem Reichtume deines Hauses, so begehst du Raub an dem Volke, welches dich als einen seinesgleichen in Besitz genommen hat, du machst mir Unzufriedene und Ungenügsame, und entstünde daraus Zorn, Ungehorsam, Empörung, mich sollte es nicht wundern. Die Dinge verketten sich!

Ich und Padua können dich nicht entbehren! Mit deiner schönen und ritterlichen Gestalt stichst du der Menge in die Augen und hast auch mehr oder wenigstens einen edlern Mut als deine bäurischen Brüder. Wenn das Volk nach seiner rasenden Art diesen hier" — er deutete auf Isaschar — „ermorden will, weil er ihm Hilfe bringt, was dem Juden in der letzten Pestzeit — wenig fehlte — geschehen wäre, wer verteidigt ihn, wie du tatest, gegen die wahnsinnige Menge, bis ich da bin und Halt gebiete?

Isaschar, hilf mir den Mönch überzeugen!" wendete sich Ezzelin gegen den Arzt mit einem grausamen Lächeln. „Schon deinetwegen darf er sich nicht entkutten!"

„Herr," lispelte dieser, „unter deinem Zepter wird sich die unvernünftige Szene, welche du so gerecht wie blutig gestraft hast, kaum wiederholen, und meinethalb, dessen Glaube die

221

Dauer des Stammes als Gottes höchsten Segen preist, darf der Erlauchte" — so und schon nicht mehr den Ehrwürdigen nannte er den Mönch — „nicht unvermählt bleiben."

Ezzelin lächelte über die Feinheit des Juden. „Und wohin gehen deine Gedanken, Mönch?" fragte er.

„Sie stehen und beharren! Doch ich wollte — Gott verzeihe mir die Sünde — der Vater erwachte nicht mehr, daß ich nicht hart gegen ihn sein muß! Hätte er nur schon die Zehrung empfangen!" Er küßte heftig die Wange des Ohnmächtigen, welcher darüber zur Besinnung kam.

Der wieder Belebte tat einen schweren Seufzer, hob die müden Augenlider und richtete aus dem grauen Gebüsche seiner hangenden Brauen einen Blick des Flehens auf den Mönch. „Wie steht's?" fragte er. „Was hast du über mich verhängt, Geliebtester? Himmel oder Hölle?"

„Vater," bat Astorre mit bewegter Stimme, „deine Zeit ist um! Dein Stündlein ist gekommen! Entschlage dich der weltlichen Dinge und Sorgen! Denke an die Seele! Siehe, deine Priester" — er meinte die der Pfarrkirche — „sind nebenan versammelt und harren mit den hochheiligen Sterbesakramenten."

Es war so. Die Türe des Nebengemaches hatte sich sachte geöffnet, aus demselben schimmerte schwaches, in der Tageshelle kaum sichtbares Kerzenlicht, ein Chor präludierte gedämpft und das leise Schüttern eines Glöckchens wurde hörbar.

Jetzt klammerte sich der Alte, der seine Kniee schon in die kalte Flut der Lethe versinken fühlte, an den Mönch, wie weiland Sankt Petrus auf dem See Genezareth an den Heiland. „Du tust es mir!" lallte er.

„Könnte ich! Dürfte ich!" seufzte der Mönch. „Bei allen Heiligen, Vater, denke an die Ewigkeit! Laß das Irdische! Deine Stunde ist da!"

Diese verhüllte Weigerung entzündete das letzte Leben des Vicedomini zur lodernden Flamme. „Ungehorsamer! Undankbarer!" zürnte er.

222

Astorre winkte den Priestern.

„Bei allen Teufeln," raste der Alte, „laßt mich zufrieden
mit eurem Geknete und Gesalbe! Ich habe nichts zu verspielen,
ich bin schon ein Verdammter und bliebe es mitten im himmlischen Reigen, wenn mein Sohn mich mutwillig verstößt und
meinen Lebenskeim verdirbt!"

Der entsetzte Mönch, durch dieses grause Lästern im Tiefsten
erschüttert, sah seinen Vater unwiderruflich der ewigen Un-
seligkeit anheimfallen. So meinte er und war fest davon überzeugt, wie ich es an seiner Stelle auch gewesen wäre. Er warf
sich vor dem Sterbenden in dunkler Verzweiflung auf die Knie
und flehte unter stürzenden Tränen: „Herr, ich beschwöre
Euch, habet Erbarmen mit Euch und mit mir!"

„Laß den Schlaukopf seiner Wege gehen!" raunte der Tyrann. Der Mönch vernahm es nicht.

Wieder gab er den erstaunten Priestern ein Zeichen und die
Sterbelitanei wollte beginnen.

Da kauerte sich der Alte zusammen wie ein trotziges Kind
und schüttelte das graue Haupt.

„Laß den Arglistigen seine Straße ziehen!" mahnte Ezzelin
lauter.

„Vater, Vater!" schluchzte der Mönch und seine Seele zerfloß in Mitleid.

„Erlauchter Herr und christlicher Bruder," fragte jetzt ein
Priester mit unsicherer Stimme, „seid Ihr in der Verfassung,
Euern Schöpfer und Heiland zu empfangen?" Der Alte
schwieg.

„Steht Ihr fest im Glauben an die heilige Dreifaltigkeit?
Antwortet mir, Herr!" fragte der Geistliche zum andern Male
und wurde bleich wie ein Tuch, denn: „Geleugnet und ge-
lästert sei sie!" rief der Sterbende mit starker Stimme, „ge-
lästert und —"

„Nicht weiter!" schrie der Mönch und war aufgesprungen.
„Ich bin Euch zu Willen, Herr! Machet mit mir, was Ihr
wollt! Nur daß Ihr Euch nicht in die Flammen stürzet!"

Der Alte seufzte wie nach einer schweren Anstrengung. Dann

blickte er erleichtert, ich hätte fast gesagt vergnügt um sich.
Er ergriff mit tastender Hand den blonden Schopf Dianas,
zog das von den Knieen erhebende Weib in die Höhe, nahm ihre
Hand, die sich nicht weigerte, öffnete die gekrampfte des Mönches und legte beide zusammen.

„Gültig! vor dem hochheiligen Sakramente!" frohlockte er
und segnete das Paar. Der Mönch widersprach nicht und
Diana schloß die Augen.

„Jetzt rasch, ehrwürdige Väter!" drängte der Alte, „es eilt,
wie ich meine, und ich bin in christlicher Verfassung."

Der Mönch und seine Braut wollten hinter die priesterliche
Schar zurücktreten. „Bleibt," murmelte der Sterbende, „bleibt,
daß euch meine getrösteten Augen zusammen sehen, bis sie
brechen!" Astorre und Diana, kaum einige Schritte zurück-
weichend, mußten mit vereinigten Händen vor dem erlöschen-
den Blicke des hartnäckigen Greises verharren.

Dieser murmelte eine kurze Beichte, empfing die letzte Zehrung und verschied, während sie ihm die Sohlen salbten und
der Priester den schon tauben Ohren jenes großartige: „Brich
auf, christliche Seele!" zurief. Das gestorbene Antlitz trug den
deutlichen Ausdruck triumphierender List.

Der Tyrann hatte, während ringsum alles auf den Knieen
lag, die heilige Handlung sitzend und mit ruhiger Aufmerksamkeit betrachtet, etwa wie man eine fremde Sitte beschaut
oder wie ein Gelehrter das auf einem Sarkophag abgebildete
Opfer eines alten Volkes besichtigt. Er näherte sich dem Toten
und drückte ihm die Augen zu.

Dann wendete er sich gegen Diana. „Edle Frau," sagte er,
„ich denke, wir gehen nach Hause. Eure Eltern, wenn auch von
Eurer Rettung unterrichtet, werden nach Euch verlangen. Auch
traget Ihr ein Gewand der Niedrigkeit, das Euch nicht kleidet."

„Fürst, ich danke und folge Euch," erwiderte Diana, ließ
aber ihre Hand in der des Mönches ruhen, dessen Blick sie bis
jetzt gemieden hatte. Nun schaute sie dem Gatten voll ins Gesicht und sprach mit einer tiefen, aber wohlklingenden Stimme,
während ihre Wangen sich mit dunkler Glut bedeckten: „Mein

Herr und Gebieter, wir durften die Seele des Vaters nicht umkommen lassen. So wurde ich Euer. Haltet mir bessere Treue als dem Kloster. Euer Bruder hat mich nicht geliebt. Vergebet mir, wenn ich so rede: ich sage die einfache Wahrheit. Ihr werdet an mir ein gutes und gehorsames Weib besitzen. Doch habe ich zwei Eigenschaften, welche Ihr schonen müßt. Ich bin jähzornig, wenn man mir Recht oder Ehre antastet, und darin peinlich, daß man mir nichts versprechen darf, ohne es zu halten. Schon als Kind habe ich das schwer oder nicht gelitten. Ich bin von wenig Wünschen und verlange nichts über das Alltägliche hinaus; nur wo mir einmal etwas gezeigt und zugesagt wurde, da bedarf ich der Erfüllung, sonst verliere ich den Glauben und kränke mich schwerer als andere Frauen über das Unrecht. Doch wie darf ich so zu Euch reden, mein Herr und Gebieter, den ich kaum kenne? Laßt mich verstummen. Lebet wohl, mein Gemahl, und gebet mir neun Tage, Euern Bruder zu betrauern." Jetzt löste sie langsam die Hand aus der seinigen und verschwand mit dem Tyrannen.

Inzwischen hatte die geistliche Schar den Leichnam weggehoben, um ihn in der Hauskapelle aufzubahren und einzusegnen.

Astorre stand allein in seinem verscherzten Mönchsgewande, welches eine von Reue erfüllte Brust bedeckte. Ein Heer von Dienern, das den seltsamen Vorgang belauscht und genügend begriffen hatte, näherte sich in unterwürfigen Stellungen und mit furchtsamen Gebärden seinem neuen Herrn, verblüfft und eingeschüchtert weniger noch durch den Wechsel der Herrschaft, als durch das vermeintliche Sakrilegium der gebrochenen Gelübde — das leise gelesene Breve war nicht zu ihren Ohren gelangt — und durch die Verweltlichung des ehrwürdigen Mönches. Diesem gelang es nicht, seinen Vater zu betrauern. Ihn beschlich, jetzt da er seines Willens wieder mächtig war, der Argwohn, was sage ich, ihn überkam die empörende Gewißheit, daß ein Sterbender seinen guten Glauben betrogen und seine Barmherzigkeit mißbraucht habe. Er entdeckte in der Verzweiflung des Alten den Schlupfwinkel der List und in der

wilden Läſterung das berechnete Spiel an der Schwelle des
Todes. Unwillig, faſt feindſelig wandte ſich ſein Gedanke gegen
das ihm zugefallene Weib. Ihn verſuchte der verzwickte mön-
chiſche Einfall, dasſelbe nicht aus eigenem Herzen, ſondern nur
als Stellvertreter ſeines entſeelten Bruders zu lieben; aber ſein
geſunder Sinn und ſein redliches Gemüt verwarfen die ſchmäh-
liche Auskunft. Da er ſie nun als die Seinige betrachtete, er-
wehrte er ſich einer gewiſſen Verwunderung nicht, daß ihm ſein
Weib mit ſo bündiger Rede und harter Wahrheitsliebe entgegentreten und ſo ſachlich mit ihm ſich auseinandergeſetzt
habe, ohne Schleier und Wolke, eine viel derbere und wirk-
lichere Geſtalt als die zarten Erſcheinungen der Legende. Er
hatte ſich die Frauen weicher gedacht.

Jetzt gewahrte der Mönch plötzlich ſein Ordenskleid und den
Widerſpruch ſeiner Gefühle und Betrachtungen mit demſelben.
Er ſchämte ſich vor ſeiner Kutte und ſie wurde ihm läſtig.
„Gebt mir weltliches Gewand!“ befahl er. Geſchäftige Diener
umringten ihn, aus welchen er bald in der Tracht ſeines er-
trunkenen Bruders, mit dem er ungefähr von gleichem Wuchſe
war, hervortrat.

In demſelben Augenblicke warf ſich ihm der Narr ſeines
Vaters, mit Namen Gocciola, zu Füßen und huldigte ihm,
nicht um wie die andern Verlängerung ſeines Dienſtes ſich zu
erbitten, ſondern ſeinen Abſchied und die Erlaubnis, den Stand
zu wechſeln, denn er ſei der Welt überdrüſſig, ſeine Haare er-
grauen und es ſtünde ihm ſchlecht an, mit der läutenden
Schellenkappe ins Jenſeits zu gehen. Mit dieſen weinerlichen
Worten bemächtigte er ſich der abgeworfenen Kutte, welche das
Geſinde zu berühren ſich geſcheut hatte. Aber ſein buntſcheckiges
Gehirn ſchlug einen Purzelbaum und er fügte lüſtern bei: „Einmal möchte ich noch Amarellen eſſen, ehe ich der Welt und
ihren Täuſchungen Valet ſage! Hochzeit läßt hier nicht auf ſich
warten, ich glaube.“ Er beleckte ſich die Maulwinkel mit ſeiner
fahlen Zunge. Dann bog er ein Knie vor dem Mönche, ſchüt-
telte ſeine Schellen und entſprang, die Kutte hinter ſich her-
ſchleifend.

Amarelle oder Amare", erläuterte Dante, „heißt das paduanische Hochzeitsgebäck wegen seines bittern Mandelgeschmackes und zugleich mit anmutiger Anspielung auf das Verbum der ersten Konjugation." Hier machte der Erzähler eine Pause und verschattete Stirn und Augen mit der Hand, den weitern Gang seiner Fabel übersinnend.

Inzwischen trat der Majordom des Fürsten, ein Alsatier, namens Burcardo, mit abgemessenen Schritten, umständlichen Bücklingen und weitläufigen Entschuldigungen, daß er die Unterhaltung stören müsse, vor Cangrande, welchen er in irgendeiner häuslichen Angelegenheit um Befehl bat. Deutsche waren dazumal an den ghibellinischen Höfen Italiens keine eben seltene Erscheinung, ja sie wurden gesucht und den Einheimischen vorgezogen wegen ihrer Redlichkeit und ihres angeborenen Verständnisses für Zeremonien und Gebräuche. Als Dante das Haupt wieder hob, gewahrte er den Elsässer und hörte sein Welsch, das weich und hart beharrlich verwechselte, den Hof ergötzend, das feine Ohr des Dichters aber empfindlich beleidigend. Sein Blick verweilte dann mit sichtlichem Wohlgefallen auf den zwei Jünglingen, Ascanio und dem bepanzerten Krieger. Zuletzt ließ er ihn sinnend ruhen auf den beiden Frauen, der Herrin Diana, die sich belebt und deren marmorne Wange sich leicht gerötet hatte, und auf Antiope, der Freundin Cangrandes, einem hübschen und natürlichen Wesen. Dann fuhr er fort:

„Hinter der Stadtburg der Vicedomini dehnte sich vormals — jetzt, da das erlauchte Geschlecht längst erloschen ist, hat sich jener Platz völlig verändert — ein geräumiger Bezirk bis an den Fuß der festen und breiten Stadtmauer aus, so geräumig, daß er Weideplätze für Herden, Gehege für Hirsche und Rehe, mit Fischen gefüllte Teiche, tiefe Waldschatten und sonnige Weinlauben enthielt. An einem leuchtenden Morgen, sieben Tage nach der Totenfeier, saß im schwarzen Schatten einer Zeder, den Rücken an den Stamm gelehnt und die Schnä-

bel seiner Schuhe in das brennende Sonnenlicht streckend, der
Mönch Astorre; denn diesen Namen behielt er unter den Padu-
anern, obwohl er weltlich geworden war, während seines kurzen Wandels auf der Erde. Er saß oder lag einem Brunnen
gegenüber, der aus dem Mund einer gleichgültigen Maske eine
kühle Flut sprudelte, unfern einer Steinbank, welcher er das
weiche Polster des schwellenden Rasens vorgezogen hatte.

Während er sann oder träumte, ich weiß nicht was, spran-
gen auf dem beinahe schon mittäglich übersonnten Platze vor
dem Palast zwei junge Leute von staubbedeckten Gäulen, der
eine gepanzert, der andere mit Wahl gekleidet, obschon im
Reisegewand. Ascanio und Germano, so hießen die Reiter,
waren die Günstlinge des Vogtes und zugleich die Jugendgespielen des Mönches, mit welchen er brüderlich gelernt und
sich ergötzt hatte bis zu seinem fünfzehnten Jahre, dem Beginne seines Noviziates. Ezzelin hatte sie an seinen Schwieger,
Kaiser Friedrich, gesendet.“

Dante hielt inne und verneigte sich vor dem großen Schatten.

„Mit beantworteten Aufträgen kehrten die zweie zu dem
Tyrannen zurück, welchem sie noch überdies die Neuigkeit des
Tages mitbrachten: eine in der kaiserlichen Kanzlei verfertigte
Abschrift des an den christlichen Klerus gerichteten Hirten-
briefes, worin der Heilige Vater den geistvollen Kaiser vor
dem Angesichte der Welt der äußersten Gottlosigkeit anklagt.

Obwohl mit wichtigen, vielleicht Eile heischenden Aufträgen
und dem unheilschweren Dokumente betraut, brachten die beiden es nicht über sich, an dem Heim ihres Jugendgespielen
vorbei nach dem Stadtturm des Tyrannen zu sprengen. Sie
hatten in der letzten Herberge vor Padua, wo sie, ohne den
Bügel zu verlassen, ihre Pferde fressen und saufen ließen, von
dem geschwätzigen Schenkwirt das große Stadtunglück und
das größere Stadtärgernis, den Untergang der Hochzeitsbarke
und die weggeschleuderte Kutte des Mönches erfahren, so ziemlich mit allen Umständen, ohne die vereinigten Hände Dianas

und Astorres jedoch, welche noch nicht offenbar geworden waren. Unzerstörliche Bande, die uns an die Gespielen unserer Kindheit fesseln! Von dem seltsamen Schicksale Astorres betroffen, konnten die beiden keine Ruhe finden, bis sie ihn mit Augen gesehen, den Wiedergewonnenen. Während langer Jahre waren sie nur dem Mönche begegnet, zufällig auf der Straße, ihn mit einem zwar freundlichen, aber durch aufrichtige Ehrfurcht vertieften und etwas fremden Kopfnicken begrüßend.

Gocciola, den sie im Hofe des Palastes fanden, wie er mit einer Semmel beschäftigt auf einem Mäuerlein saß und die Beine baumeln ließ, führte sie in den Garten. Ihnen voranwandelnd, unterhielt der Narr die Jünglinge nicht von dem tragischen Schicksale des Hauses, sondern nur von seinen eigenen Angelegenheiten, welche ihm als das weit Wichtigere erschienen. Er erzählte, daß er brünstig nach einem seligen Ende strebe, und verschluckte darüber den Rest der Semmel, ohne ihn mit seinen wackligen Zähnen gekaut zu haben, so daß er fast daran erstickte. Über die Gesichter, die er schnitt, und über seine Sehnsucht nach der Zelle brach Ascanio in ein so lustiges Gelächter aus, daß er damit den Himmel entwölkte, wenn dieser heute nicht schon aus eigener Freude in leuchtenden Farben geschwelgt hätte.

Ascanio versagte sich nicht das Tröpfchen zu foppen, schon um den lästigen Begleiter loszuwerden. „Armster," begann er, „du wirst die Zelle nicht erreichen, denn, unter uns, im tiefsten Vertrauen, mein Ohm der Tyrann hat ein begehrliches Auge auf dich geworfen. Laß dir sagen: er besitzt vier Narren, den Stoiker, den Epikuräer, den Platoniker, den Skeptiker, wie er sie benennt. Diese viere stellen sich, wann der Ernste spaßen will, auf seinen Wink in die vier Ecken eines Saales, an dessen Wölbung der gestirnte Himmel und die Planetenbilder prangen. Der Ohm, im Hauskleide, tritt in die Mitte des Raumes, klatscht in die Hände und die Philosophen wechseln hopsend die Winkel. Vorgestern ist der Stoiker heulend und winselnd draufgegangen, weil der Unersättliche viele Pfunde Nudeln auf einmal verschlang. Der Ohm hat mir

flüchtig angedeutet, er gedenke ihn zu ersetzen, und werde sich
von dem Mönche, deinem neuen Herrn, als Erbsteuer dich,
o Gocciola, erbitten. So steht es. Ezzelin fahndet nach dir.
Wer weiß, ob er nicht hinter dir geht." Dieses war eine Anspielung auf die Allgegenwart des Tyrannen, welche die Paduaner in Furcht und beständigem Zittern hielt. Gocciola stieß
einen Schrei aus, als falle die Hand des Gewaltigen auf seine
Schulter, blickte sich um, und obwohl niemand hinter ihm ging
als sein kurzer Schatten, flüchtete er sich zähneklappernd in
irgendein Versteck.

Ich streiche die Narren Ezzelins", unterbrach sich Dante mit
einer griffelhaltenden Gebärde, als schriebe er seine Fabel,
statt sie zu sprechen, wie er tat. "Der Zug ist unwahr, oder
dann log Ascanio. Es ist durchaus undenkbar, daß ein so ernster und ursprünglich edler Geist wie Ezzelin Narren gefüttert
und sich an ihrem Blödsinn ergötzt habe." Diesen geraden
Stich führte der Florentiner gegen seinen Gastfreund, auf dessen Mantel Gocciola saß, den Dichter angrinsend.

Cangrande tat nicht dergleichen. Er versprach sich im stillen, bei erster Gelegenheit mit Wucher heimzuzahlen.

Befriedigt, fast heiter setzte Dante seine Erzählung fort.

"Endlich entdeckten die beiden den entmönchten Mönch, welcher, wie gesagt, den Rücken an den Stamm einer Pinie
lehnte —"

"An den Stamm einer Zeder, Dante", verbesserte die aufmerksam gewordene Fürstin.

"— einer Zeder lehnte und sich die Fußspitzen sonnte. Er
bemerkte die sich ihm von beiden Seiten Nähernden nicht, so
tief war er in sein leeres oder volles Träumen versunken. Jetzt
bückte sich der mutwillige Ascanio nach einem Grashalm, brach
denselben und kitzelte damit die Nase des Mönches, daß dieser
dreimal kräftig nieste. Astorre ergriff freundlich die Hände

230

seiner Jugendgespielen und zog sie rechts und links neben sich auf den Rasen nieder. „Nun, was saget ihr dazu?" fragte er in einem Tone, der eher schüchtern als herausfordernd klang.

„Zuerst mein aufrichtiges Lob deines Priors und deines Klosters?" scherzte Ascanio. „Sie haben dich frisch bewahrt. Du schaust jugendlicher als wir beide. Freilich die knappe weltliche Tracht und das glatte Kinn mögen dich auch verjüngen. Weißt du, daß du ein schöner Mann bist? Du liegst unter deiner Riesenzeder gleich dem ersten Menschen, den Gott, wie die Gelehrten behaupten, als einen Dreißigjährigen erschuf, und ich," fuhr er mit einer unschuldigen Miene fort, da er den Mönch über seinen Mutwillen erröten sah, „bin wahrlich der letzte, dich zu tadeln, daß du dich aus der Kutte befreitest, denn sein Geschlecht zu erhalten, ist der Wunsch alles Lebenden."

„Es war nicht mein Wunsch noch freier Entschluß," bekannte der Mönch wahrhaft. „Widerstrebend tat ich den Willen eines sterbenden Vaters."

„Wirklich?" lächelte Ascanio. „Erzähle das niemandem, Astorre, als uns, die dich lieben. Andern würde dich diese Unselbständigkeit lächerlich oder gar verächtlich machen. Und, weil wir vom Lächerlichen reden, gib acht, ich bitte dich, Astorre, daß du den Menschen aus dem Mönche entwickelst, ohne den guten Geschmack zu beleidigen! Der heikle Übergang will sorgfältig geschont und abgestuft sein. Nimm Rat an! Du reisest ein Jährchen, zum Beispiel an den Hof des Kaisers, von wo nach Padua und zurück die Boten nicht zu laufen aufhören. Du lässest dich von Ezzelin nach Palermo senden! Dort lernst du neben dem vollkommensten Ritter und dem vorurteilslosesten Menschen — ich meine unsern zweiten Friedrich — auch die Weiber kennen und gewöhnst dir die Mönchsart ab, sie zu vergöttern oder gering zu schätzen. Das Gemüt des Herrschers färbt Hof und Stadt. Wie das Leben hier in Padua geworden ist, unter meinem Ohm, dem Tyrannen, wild und übertrieben und gewalttätig, gibt es dir ein falsches Weltbild. Palermo, wo sich unter dem menschlichsten aller Herrscher Spiel und Ernst, Tugend und Lust, Treue und Unbestand, guter Glaube und kluges Mißtrauen in den richtigen Verhältnissen mischen, bietet das wahrere. Dort vertändelst du den Reigen eines Jahres mit unsern Freundinnen und Feindinnen in erlaubter oder läßlicher Weise" — der Mönch runzelte die Stirn —, „machst etwa einen Feldzug mit, ohne jedoch unbesonnen dich auszusetzen — denke an deine Bestimmung — nur daß du dich wieder erinnerst, wie Pferd und Klinge geführt wird — als Knabe verstundest du das — behältst deine muntern braunen Augen, die — bei der Fackel der Aurora! — leuchten und sprühen, seit du das Kloster verlassen hast, überall offen und kehrst uns als ein Mann zurück, der sich und andere besitzt."

„Er muß dort beim Kaiser eine Schwäbin heiraten," riet der Gepanzerte gutmütig. „Sie sind frömmer und verläßlicher als unsere Weiber."

„Schweigst du wohl?" drohte ihm Ascanio mit dem Finger. „Mache mir keine Langeweile mit semmelblonden Zöpfen!" Der Mönch aber drückte die Rechte Germanos, welche er noch nicht hatte fahren lassen.

„Aufrichtig, Germano," forschte er, „was sagst du dazu?"

„Wozu?" fragte dieser barsch.

„Nun, zu meinem neuen Stande?"

„Astorre, mein Freund," antwortete der Schnurrbärtige etwas verlegen, „ist es getan, frägt man nicht mehr herum nach Beirat und Urteil. Man behauptet sich, wo man steht. Willst du aber meine Meinung durchaus wissen, nun, schau, Astorre, verletzte Treue, gebrochenes Wort, Fahnenflucht und so weiter, dem gibt man in Germanien grobe Namen. Natürlich bei dir ist's etwas ganz anderes, das läßt sich gar nicht vergleichen — und dann der sterbende Vater — Astorre, mein lieber Freund, du hast ganz hübsch gehandelt, nur wäre das Gegenteil noch hübscher gewesen. Das ist meine Meinung," schloß er treuherzig.

„So hättest du mir, wärest du dagewesen, die Hand deiner Schwester verweigert, Germano?"

Dieser fiel aus den Wolken. „Die Hand meiner Schwester? der Diana? Derselben, die deinen Bruder betrauert?"

„Derselben. Sie ist meine Verlobte.“

„O herrlich!“ rief jetzt der weltkluge Ascanio, und „Erfreulich!“ fiel Germano bei. „Laß dich umarmen, Schwager!“ Der Gepanzerte hatte trotz seiner Geradheit gute Lebensart. Aber er unterdrückte einen Seufzer. So herzlich er die herbe Schwester achtete, dem Mönche, wie dieser neben ihm saß, hätte er, nach seinem natürlichen Gefühle, ein anderes Weib gegeben.

So drehte er den Schnurrbart und Ascanio das Steuerruder des Gespräches. „Eigentlich, Astorre,“ plauderte der Heitere, „müssen wir damit anfangen, uns wieder kennenzulernen; nicht weniger als deine fünfzehn beschaulichen Klosterjahre liegen zwischen unserer Kindheit und heute. Nicht daß wir inzwischen unser Wesen geändert hätten, wer ändert es? Doch wir haben uns ausgewachsen. Dieser zum Beispiel“ — er deutete gegen Germano — „freut sich jetzt eines schönen Waffenruhmes; aber ich habe ihn zu verklagen, daß er ein halber Deutscher geworden ist. Er“ — Ascanio krümmte den Arm, als leere er den Becher — „und hernach wird er tiefsinnig oder händelsüchtig. Auch verachtet er unser süßes Italienisch. „Ich werde deutsch mit euch reden!“ prahlt er und brummt die Bärenlaute einer unmenschlichen Sprache. Dann erbleicht sein Gesinde, seine Gläubiger fliehen und unsere Paduanerinnen kehren ihm die stattlichen Rücken zu. Dergestalt ist er vielleicht so jungfräulich geblieben als du, Astorre“, und er legte dem Mönch traulich die Hand auf die Schulter.

Germano lachte herzlich und erwiderte auf Ascanio zeigend: „Und dieser hier hat seine Bestimmung gefunden, indem er der perfekte Höfling wurde.“

„Da irrst du dich, Germano,“ widersprach der Günstling Ezzelins. „Meine Bestimmung war, das Leben leicht und heiter zu genießen.“ Und zum Beweise dessen rief er freundlich gebietend das Kind des Gärtners herbei, das er in einiger Entfernung sich vorüberstehlen und nach seiner neuen Herrschaft, dem Mönche schielen sah. Das hübsche Ding trug einen mit Trauben und Feigen überhäuften Korb auf dem lachenden Haupte und schaute eher schelmisch als schüchtern. Ascanio war aufgesprungen. Er legte die Linke um die schlanke Seite des Mädchens und holte sich mit der Rechten aus dem Korb eine Traube. Zugleich suchte sein Mund die schwellenden Lippen. „Mich dürstet," sagte er. Das Mädchen tat schämig, hielt aber stille, weil es seine Früchte nicht verschütten wollte. Unmutig wendete sich der Mönch von den zwei Leichtsinnigen ab, und das erschreckende Dirnchen entrann, da es die harte mönchische Gebärde erblickte, den Pfad ihrer Flucht mit rollenden Früchten bestreuend. Ascanio, der seine Traube in der Hand hielt, hob hinter den flüchtigen Stapfen noch zwei andere auf, deren eine er Germano bot, welcher aber die ungekelterte verächtlich ins Gras warf. Die andere reichte der Mutwillige dem Mönche, der sie eine Weile ebenfalls unberührt ließ, dann aber gedankenlos eine saftige Beere und bald noch eine zweite und die dritte kostete.

„Ein Höfling?" fuhr Ascanio fort, der sich, belustigt durch die Zimperlichkeit des dreißigjährigen Mönches, wieder neben ihn auf den Rasen geworfen hatte. „Glaube das nicht, Astorre! Glaube das Gegenteil! Ich bin der einzige, welcher meinem Ohm leise, aber verständlich zuredet, daß er nicht unbarmherzig werde, daß er ein Mensch bleibe."

„Er ist nur gerecht und sich selbst getreu!" meinte Germano.

„Über seine Gerechtigkeit!" jammerte Ascanio, „und über seine Logik! Padua ist Reichslehen. Ezzelin ist Vogt. Wer ihm mißfällt, lehnt sich gegen das Reich auf. Hochverräter werden —" Er brachte es nicht über die Lippen. „Abscheulich!" murmelte er. „Und überhaupt: warum dürfen wir Welsche kein eigenes Leben unter unserer warmen Sonne führen? Warum dieses Nebelphantom des Reiches, das uns den Atem beengt? Ich rede nicht für mich. Ich bin an den Ohm gefesselt. Stirbt der Kaiser, den Gott erhalte, so wirft sich ganz Italien mit Flüchen und Verwünschungen über den Tyrannen Ezzelin und den Neffen erwürgen sie so nebenbei." Ascanio betrachtete über der üppigen Erde den strahlenden Himmel und stieß einen Seufzer aus.

„Uns beide," ergänzte Germano kaltblütig. „Das aber hat Weile. Der Gebieter besitzt eine feste Prophezeiung. Der gelehrte Guido Bonatti und Paul von Bagdad, welcher mit seinem langen Barte den Staub der Gasse zusammenfegt, haben ihm, so sehr sich die aufeinander Eifersüchtigen gewöhnlich widersprechen, ein neues seltsames Sternbild einmütig folgendergestalt enträtselt: in einer Kürze oder Länge wird ein Sohn der Halbinsel die ungeteilte Krone derselben erringen mit Hilfe eines germanischen Kaisers, der für sein Teil jenseits der Gebirge alles Deutsche in einen harten Reichsapfel zusammenballt. Ist Friedrich dieser Kaiser? Ist dieser König Ezzelin? Das weiß Gott, der Zeit und Stunde kennt, aber der Gebieter hat darauf seinen Ruhm und unsere Köpfe verwettet."

„Geflechte von Vernunft und Wahn!" ärgerte sich Ascanio, während der Mönch erstaunte über die Macht der Sterne, den weiten Ehrgeiz der Herrscher und den alles mitreißenden Strom der Welt. Auch erschreckte ihn das Gespenst der beginnenden Grausamkeit Ezzelins, in welchem der Unschuldige die verkörperte Gerechtigkeit gesehen hatte.

Ascanio beantwortete seine schweigenden Zweifel, indem er fortfuhr: „Mögen sie beide einen bösen Tod finden, der stirnrunzelnde Guido und der bärtige Heide! Sie verleiten den Ohm, seinen Launen und Lüsten zu gehorchen, indem er das Notwendige zu tun glaubt. Hast du ihm schon zugeschaut, Germano, wie er bei seinem kargen Mahle in dem durchsichtigen Kristall des Bechers sein Wasser mit den drei oder vier blutroten Tropfen Sizilianers färbt, welche er sich gönnt? wie sein aufmerksamer Blick das Blut verfolgt, das sich langsam wölkt und durch den lautern Quell verbreitet? oder wie er den Toten die Lider zuzudrücken liebt, so daß es zur Höflichkeit geworden ist, den Vogt wie zu einem Fest an die Sterbelager zu bitten und ihm diese traurige Handlung zu überlassen? Ezzelin, mein Fürst, werde mir nicht grausam!" rief der Jüngling aus, von seinem Gefühl überwältigt.

„Ich denke nicht, Neffe," sprach es hinter ihm. Es war Ezzelin, welcher ungesehen herangetreten war und, obwohl

kein Lauscher, den letzten schmerzlichen Ausruf Ascanios vernommen hatte.

Die drei Jünglinge erhoben sich rasch und begrüßten den
Herrscher, der sich auf die Bank niederließ. Sein Gesicht war
ruhig wie die Maske des Brunnens.

„Ihr meine Boten," stellte er Ascanio und Germano zur
Rede, „was kam euch an, diesen hier" — er nickte leicht gegen
den Mönch — „vor mir aufzusuchen?"

„Er ist unser Jugendgespiele und hat Seltsames erfahren,"
entschuldigte der Neffe und Ezzelin ließ es gelten. Er empfing
die Briefschaften, die ihm Ascanio das Knie biegend überreichte. Alles schob er in den Busen außer der Bulle. „Siehe
da," sagte er, „das Neueste! Lies vor, Ascanio! Du hast
jüngere Augen als ich."

Ascanio rezitierte den apostolischen Brief, während Ezzelin
die Rechte in den Bart vergrub und mit dämonischem Vergnügen zuhörte.

Zuerst gab der dreigekrönte Schriftsteller dem geistreichen
Kaiser den Namen eines apokalyptischen Ungeheuers. „Ich
kenne das, es ist absurd," sagte der Tyrann. „Auch mich hat
der Pontifex in seinen Briefen ausschweifend betitelt, bis ich
ihn ermahnte, mich, welcher Ezzelin der Römer heißt, fortan
in klassischer Sprache zu schelten. Wie nennt er mich diese-
mal? Ich bin neugierig. Suche nur die Stelle, Ascanio, —
es wird sich eine finden — wo er meinem Schwieger seinen
bösen Umgang vorhält. Gib her!" Er ergriff das Schreiben
und fand bald den Ort: hier beschuldigte der Papst den Kaiser,
den Gatten seiner Tochter zu lieben, „Ezzelino da Romano,
den größten Verbrecher der bewohnten Erde".

„Korrekt!" lobte Ezzelin und gab Ascanio das Schreiben
zurück. „Lies mir die Gottlosigkeiten des Kaisers, Neffe,"
lächelte er.

Ascanio las, Friedrich habe geäußert, es gebe neben vielem
Wahn nur zwei wahre Götter: Natur und Vernunft. Der
Tyrann zuckte die Achseln.

236

Ascanio las ferner, Friedrich habe geredet: drei Gaukler, Moses, Mohammed und — er stockte — hätten die Welt betrogen. „Oberflächlich," tadelte Ezzelin, „sie hatten ihre Sterne; aber, gesagt oder nicht, der Spruch gräbt sich ein und wiegt für den unter der Tiara ein Heer und eine Flotte. Weiter."

Nun kam eine wunderliche Mär an die Reihe: Friedrich hätte, durch ein wogendes Kornfeld reitend, mit seinem Gefolge gescherzt und in lästerlicher Anspielung auf die heilige Speise den Dreireim zum besten gegeben:

> So viele Ähren, so viele Götter sind,
> Sie schießen empor in der Sonne geschwind
> Und wiegen die goldenen Häupter im Wind —

Ezzelin besann sich. „Seltsam!" flüsterte er. „Mein Gedächtnis hat dieses Verschen aufbewahrt. Es ist durchaus authentisch. Der Kaiser hat es mir mit fröhlich lachendem Munde zugerufen, da wir zusammen im Angesichte der Tempeltrümmer von Enna jene strotzenden Ährenfelder durchritten, mit welchen Göttin Ceres die sizilische Scholle gesegnet hat. Darauf besinne ich mich mit derselben Klarheit, welche an jenem Sommertage über der Insel glänzte. Ich bin es nicht, der diesen heitern Scherz dem Pontifex mitgeteilt hat. Dazu bin ich zu ernsthaft. Wer tat es? Ich mache euch zu Richtern, Jünglinge. Wir ritten zu dreien und der dritte — auch dessen bin ich gewiß, wie dieser leuchtenden Sonne" — sie warf gerade einen Strahl durch das Laub — „war Petrus de Vinea, der Unzertrennliche des Kaisers. Hätte der fromme Kanzler für seine Seele gebangt und sein Gewissen durch einen Brief nach Rom erleichtert? Reitet ein Sarazene heute? Ja? Rasch, Ascanio. Ich diktiere dir eine Zeile."

Dieser zog Täfelchen und Stift hervor, ließ sich auf das rechte Knie nieder und schrieb, das gebogene linke als Pult gebrauchend:

„Erhabener Herr und geliebter Schwieger! Ein schnelles Wort. Das Verschen in der Bulle — Ihr seid zu geistreich, um Euch zu wiederholen — haben nur vier Ohren gehört, die meinigen und die Eures Petrus, in den Kornfeldern von Enna, vor einem Jahre, da Ihr mich an Euern Hof beriefet und ich mit Euch die Insel durchritt. Kein Hahn kräht danach, wenn nicht der im Evangelium, welcher den Verrat des Petrus bekräftigte. Wenn Ihr mich und Euch liebet, Herr, so versuchet Euern Kanzler mit einer scharfen Frage."

„Blutiges Wortspiel! Das schreibe ich nicht! Die Hand zittert mir!" rief der erblassende Ascanio. „Ich bringe den Kanzler nicht auf die Folter!" und er warf den Stift weg.

„Dienstsache," bemerkte Germano trocken, hob den Stift auf und beendigte das Schreiben, welches er unter seine Eisenhaube schob. „Es läuft noch heute," sagte er. „Mir für meine einfache Person hat der Capuaner nie gefallen: er hat einen verhüllten Blick."

Der Mönch Astorre schauderte zusammen trotz der Mittagssonne. Zum ersten Male griff der aus dem Klosterfrieden Geschiedene, gleichsam mit Händen, wie die schlüpfrigen Windungen einer Natter, den Argwohn oder den Verrat der Welt. Aus seinem Brüten weckte ihn ein strenges Wort Ezzelins, welches dieser an ihn richtete, von seiner Steinbank sich erhebend.

„Sprich, Mönch, warum vergräbst du dich in dein Haus? Du hast es noch nie verlassen, seit du weltliches Gewand trägst. Du scheust die öffentliche Meinung? Tritt ihr entgegen! Sie weicht zurück. Machst du aber eine Bewegung der Flucht, so heftet sie sich an deine Sohle wie eine heulende Meute. Hast du deine Braut Diana besucht? Die Trauerwoche ist vorüber. Ich rate dir: heute noch lade deine Sippen, und heute noch vermähle dich mit Diana!"

„Und dann rasch mit euch auf dein entlegenstes Schloß!" beendigte Ascanio.

„Das rate ich nicht," verbot der Tyrann. „Keine Furcht. Keine Flucht. Heute vermählst du dich, und morgen hältst du Hochzeit mit Masken. Valete!" Er schied, Germano winkend ihm zu folgen."

„Darf ich unterbrechen?" fragte Cangrande, der höflich genug gewesen war, eine natürliche Pause der Erzählung abzuwarten.

„Du bist der Herr," versetzte der Florentiner mürrisch.

„Traust du dem unsterblichen Kaiser jenes Wort von den drei großen Gauklern zu?"

„Non liquet."

„Ich meine: in deinem innersten Gefühle?"

Dante verneinte mit einer deutlichen Bewegung des Hauptes.

„Und doch hast du ihn als einen Gottlosen in den sechsten Kreis deiner Hölle verdammt. Wie durftest du das? Rechtfertige dich!"

„Herrlichkeit," antwortete der Florentiner, „die Komödie spricht zu meinem Zeitalter. Dieses aber ließ die fürchterlichste der Lästerungen mit Recht oder Unrecht auf jener erhabenen Stirne. Ich vermag nichts gegen die fromme Meinung. Anders vielleicht urteilen die Künftigen."

„Mein Dante," fragte Cangrande zum andern Mal, „glaubst du Petrus de Vinea unschuldig des Verrates an Kaiser und Reich?"

„Non liquet."

„Ich meine: in deinem innersten Gefühle?"

Dante verneinte mit derselben Gebärde.

„Und du lässest den Verräter in deiner Komödie seine Unschuld beteuern?"

„Herr," rechtfertigte sich der Florentiner, „werde ich, wo klare Beweise fehlen, einen Sohn der Halbinsel mehr des Verrates bezichtigen, da schon so viele Arglistige und Zweideutige unter uns sind?"

„Dante, mein Dante," sagte der Fürst, „du glaubst nicht an die Schuld und du verdammst! Du glaubst an die Schuld und du sprichst frei!" Dann führte er die Erzählung in spielendem Scherze weiter:

„Auch der Mönch und Ascanio verließen jetzt den Garten und betraten die Halle." Doch Dante nahm ihm das Wort.

„Keineswegs, sondern sie stiegen in eine Turmstube, die=
selbe, die Astorre als Knabe mit ungeschorenen Locken be=
wohnt: denn dieser mied die großen und prunkenden Gemächer,
welche er sich erst gewöhnen mußte als sein Eigentum zu be=
trachten, wie er auch den ihm hinterlassenen goldenen Hort
noch mit keinem Finger berührt hatte. Den beiden folgte, auf
einen gebietenden Wink Ascanios, der Majordom Buccardo
in gemessener Entfernung mit steifen Schritten und verdrieß=
lichen Mienen."

Der gleichnamige Haushofmeister Cangrandes war nach
verrichtetem Geschäfte neugierig lauschend in den Saal zurück=
getreten, denn er hatte gemerkt, daß es sich um wohlbekannte
Personen handle; da er nun sich selbst nennen hörte und un=
versehens und lebensgroß im Spiegel der Novelle erblickte,
fand er diesen Mißbrauch seiner Ehrenperson verwegen und
durchaus unziemlich im Munde des beherbergten Gelehrten
und geduldeten Flüchtlings, welchem er in gerechter Erwägung
der Verhältnisse und Unterschiede auf dem obern Stockwerke
des fürstlichen Hauses eine denkbar einfache Kammer einge=
räumt hatte. Was die andern lächelnd gelitten, empfand er
als ein Ärgernis. Er runzelte die Brauen und rollte die Augen.
Der Florentiner weidete sich mit ernsthaftem Gesichte an der
Entrüstung des Pedanten und ließ sich in seiner Fabel nicht
stören.

„Würdiger Herr," befragte Ascanio den Majordom — habe
ich gesagt, daß dieser von Geburt ein Alsatier war? — „wie
heiratet man in Padua? Astorre und ich sind unerfahrene
Kinder in dieser Wissenschaft."

Der Haushofmeister warf sich in Positur, starr seinen
Herrn anschauend, ohne Ascanio, der ihm nach seinen Be=
griffen nichts zu befehlen hatte, eines Blickes zu würdigen.

„Distinguendum est," sagte er feierlich. „Es ist ausein=
ander zu halten: Werbung, Vermählung und Hochzeit."

„Wo steht das geschrieben?" scherzte Ascanio.

240

„Ecce!" antwortete der Majordom, indem er ein großes Buch entfaltete, das ihn niemals verließ. „Hier!" und er wies mit dem gestreckten Finger der linken Hand auf den Titel, welcher lautete: „Die Zeremonien von Padova nach genauer Erforschung zu Nutz und Frommen aller Ehrbaren und Anständigen zusammengestellt von Messer Godoscalco Burcardo." Er blätterte und las: „Erster Abschnitt: Die Werbung. Paragraph eins: Der ernsthafte Werber bringt einen Freund gleichen Standes als gültigen Zeugen mit —"

„Bei den überflüssigen Verdiensten meines Schutzheiligen," unterbrach ihn Ascanio ungeduldig, „laß uns zufrieden mit ante und post, mit Werbung und Hochzeit, serviere uns das Mittelstück: wie vermählt man sich in Padua?"

„In Patova", krähte der gereizte Alsatier, dessen barbarische Aussprache in der Gemütsbewegung noch mehr als gewöhnlich hervortrat, „werden zu den adeligen Sbosalizien geladen die zwölf großen Geschlechter" — er zählte sie aus dem Gedächtnisse her — „zehn Tage voraus, nicht früher, nicht später, von dem Majordome des Bräutigams, gefolgt von sechs Dienern. In dieser erlauchten Versammlung werden die Ringe gewechselt. Man schlürft Cybrier und verzehrt als Hochzeitsgepäcke die Amarellen —"

„Gott gebe, daß wir uns nicht die Zähne ausbeißen!" lachte Ascanio, und dem Majordom das Buch entreißend, durchlief er die Namen, von welchen sechs Familienhäupter — sechse von zwölfen — und einige Jünglinge mit breiten Strichen ausgelöscht waren. Sie mochten sich in irgendeine Verschwörung gegen den Tyrannen verwickelt und darin den Untergang gefunden haben.

„Merk' auf, Alter!" befahl Ascanio, für den Mönch handelnd, welcher in einen Sessel gesunken war und in Gedanken verloren die freundliche Bevormundung sich gefallen ließ. „Du hältst deinen Umgang mit den sechs Tagedieben zur Stunde, jetzt gleich, ohne Verzug, verstehst du? und ladest auf heute zur Vesperzeit."

„Zehn Tage voraus," wiederholte Herr Burcardo maje=
stätisch, als verkünde er ein Reichsgesetz.

„Heute und auf heute, Starrkopf!"

„Unmöglich," sprach der Majordom ruhig. „Ändert Ihr
den Lauf der Gestirne und Jahreszeiten?"

„Du rebellierst? Jückt dich der Hals, Alter?" warnte
Ascanio mit einem sonderbaren Lächeln.

Das genügte. Herr Burcardo erriet. Ezzelin hatte befohlen
und der hartnäckigste der Pedanten fügte sich ohne Murren, so
eisern war die Rute des Tyrannen.

„Dann ladest du die beiden Herrinnen Canossa nicht, die
Olympia und die Antiope."

„Warum diese nicht?" fragte der Mönch plötzlich, wie von
einem Zauberstabe berührt. Die Luft färbte sich vor seinem
Blicke und ein Bild entstand, dessen erster Umriß schon seine
ganze Seele fesselte.

„Weil die Gräfin Olympia eine Törin ist, Astorre. Kennst
du die Geschichte des armen Weibes nicht? Doch du stakest ja
damals noch in den Windeln, will sagen in der Kutte. Es war
vor drei Jahren, da die Blätter gilbten."

„Im Sommer, Ascanio. Eben jährt es sich," widersprach
der Mönch.

„Du hast recht — kennst du denn die Geschichte? Doch wie
solltest du? Zu jener Zeit munkelte der Graf Canossa mit dem
Legaten, wurde belauscht, ergriffen und verurteilt. Die Gräfin
tat einen Fußfall vor dem Ohm, der sich in sein Schweigen
hüllte. Sie wurde dann auf die sträflichste Weise von einem
habgierigen Kämmerer getäuscht, welcher ihr Gewinnes wegen
vorspiegelte, der Graf werde vor dem Blocke begnadigt wer=
den. Das ging nicht in Erfüllung, und da man der Gräfin
einen Enthaupteten brachte, warf sich ihm die aus der Hoff=
nung kopfüber in die Verzweiflung Geschleuderte durch das
Fenster entgegen, wunderbarerweise ohne sich zu verletzen,
außer daß sie sich den Fuß verstauchte. Aber von jenem Tage
an war ihr Geist zerrüttet. Wenn natürliche Stimmungen
sich unmerklich ineinander verlieren wie das erlöschende Licht in

242

die wachsende Dämmerung, wechseln die ihrigen in rasendem Umschwung von Hell und Dunkel zwölfmal in zwölf Stunden. Von beständiger Unruhe gestachelt, eilt das elende Weib aus ihrem verödeten Stadtpalast auf ihr Landgut und aus diesem in die Stadt zurück, in ewigem Irrgange. Heute will sie ihr Kind einem Pächterssohn vermählen, weil nur Niedrigkeit Schutz und Frieden gewähre, morgen wäre ihr der edelste Freier, der übrigens aus Scheu vor einer solchen Mutter sich nicht einstellt, kaum vornehm genug —"

Hätte Ascanio, während seine Rede floß, den flüchtigsten Blick auf den Mönch geworfen, er hätte staunend inne gehalten, denn das Antlitz des Mönches verklärte sich vor Mitleid und Erbarmen.

„Wenn der Tyrann", fuhr der Achtlose fort, „an der Behausung Olympias vorüber auf die Jagd reitet, stürzt sie ans Fenster und erwartet, er werde an ihrer Schwelle vom Pferde steigen und die in Ungnade Geratene, aber nun genug Geprüfte, günstig und gnädig an seinen Hof zurückführen, wozu er wahrlich keine Lust hat. Eines andern Tages, oder noch an demselben, wähnt sie sich von Ezzelin, welcher sich nicht um sie bekümmert, verfolgt und geächtet. Sie glaubt sich verarmt und ihre Güter, die er unberührt ließ, eingezogen. So brennt und friert sie im Wechselfieber der schroffsten Gegensätze, ist nicht nur selbst verrückt, sondern verrückt auch, was sie in die wirbelnden Kreise ihres Kopfes zieht, und stiftet — denn sie ist nur eine halbe Törin und redet mitunter treffend und witzig — überall Unheil, wo ihr geglaubt wird. Es kann nicht die Rede davon sein, sie unter die Leute und an ein Fest zu bringen. Ein Wunder ist, daß ihr Kind, die Antiope, welches sie vergöttert und dessen Verheiratung sich im Mittelpunkte ihrer Phantasie dreht, auf diesem schwanken Boden den Verstand behält. Aber das Mädchen, das in seiner Frühblüte steht und leidlich hübsch ist, hat eine gute Natur..." So ging es noch eine Weile fort.

Astorre aber versank in seinem Traume. So sage ich, weil das Vergangene Traum ist. Denn der Mönch sah, was er vor drei Jahren erlebt hatte: einen Block, den Henker daneben, und sich selbst an der Stelle eines erkrankten Mitmönches als geistlichen Tröster, der einen armen Sünder erwartet. Dieser — der Graf Canossa — erschien gefesselt, wollte aber durchaus nicht herhalten, sei es weil er wähnte, seine Begnadigung werde, jetzt da er vor dem Blocke stehe, nicht säumen, sei es einfach, weil er die Sonne liebte und die Gruft verabscheute. Er ließ den Mönch hart an und verschmähte seine Gebete. Ein entsetzliches Ringen stand bevor, wenn er fortfuhr, sich zu sträuben und zu stemmen; denn er hielt sein Kind an der Hand, welches ihm — von den Wachen unbemerkt — zugesprungen war und ihn umklammerte, die ausdrucksvollsten Augen und die flehendsten Blicke auf den Mönch heftend. Der Vater drückte das Mädchen fest an seine Brust und schien sich mit diesem jungen Leben gegen die Vernichtung decken zu wollen, wurde aber von dem Henker nieder und mit dem Haupte auf den Block gedrückt. Da legte das Kind Kopf und Nacken neben den väterlichen. Wollte es das Mitleid des Henkers erwecken? Wollte es den Vater ermutigen, das Unabwendbare zu leiden? Wollte es dem Unversöhnten den Namen eines Heiligen ins Ohr murmeln? Tat es das Unerhörte ohne Besinnen und Überlegung, aus überströmender kindlicher Liebe? Wollte es einfach mit ihm sterben?

Jetzt leuchteten die Farben so kräftig, daß der Mönch die zwei nebeneinander liegenden Hälse, den ziegelroten Nacken des Grafen und den schneeweißen des Kindes mit dem gekräuselten goldbraunen Flaume wenige Schritte vor sich in voller Lebenswahrheit erblickte. Das Hälschen war von der schönsten Bildung und ungewöhnlicher Schlankheit. Astorre bebte, das fallende Beil möchte sich irren, und fühlte sich in tiefster Seele erschüttert, nicht anders als das erste Mal, nur daß ihm die Sinne nicht schwanden, wie sie ihm damals geschwunden waren, als die schreckliche Szene in Wahrheit und Wirklichkeit sich ereignete, und er erst wieder zu sich kam, als alles vorüber war.

„Hat mir mein Gebieter einen Auftrag zu geben?" störte

den Verzückten die schnarrende Stimme des Majordoms, der es schwer ertrug, von Ascanio gemeistert zu werden.

„Burcardo," antwortete Astorre mit weicher Stimme, „vergiß nicht, die zwei Frauen Canossa, Mutter und Tochter zu laden. Es sei nicht gesagt, daß der Mönch die von der Welt Gemiedenen und Verlassenen von sich fernhält. Ich ehre das Recht einer Unglücklichen" — hier stimmte der Majordom mit eifrigem Nicken bei — „von mir geladen und empfangen zu werden. Würde sie übergangen, es dürfte sie schwer kränken, wie sie beschaffen ist."

„Beileibe!" warnte Ascanio. „Tu' dir doch das nicht zuleide! Dein Verlöbnis ist schon abenteuerlich genug! Und das Abenteuerliche begeistert die Törichten. Sie wird nach ihrer Art etwas Unglaubliches beginnen und irgendein tolles Wort in die Feier schleudern, welche sonst schon alle Paduanerinnen aufregt."

Herr Burcardo aber, der die Berechtigung einer Canossa, ob sie bei Verstande sei oder nicht, sich zu den Zwölfen zu versammeln, mit den Zähnen festhielt und seinen Gehorsam dem Vicedomini und keinem andern verpflichtet glaubte, verbeugte sich tief vor dem Mönche. „Deiner Herrlichkeit allein wird gehorcht," sprach er und entfernte sich.

„O Mönch, Mönch," rief Ascanio, „der die Barmherzigkeit in eine Welt trägt, wo kaum die Güte ungestraft bleibt!"

„Doch wie wir Menschen sind," flocht Dante ein, „oft zeigt uns ein prophetisches Licht den Rand eines Abgrundes, aber dann kommt der Witz und klügelt und lächelt und redet uns die Gefahr aus.

Dergestalt fragte und beruhigte sich der Leichtsinnige: Welche Beziehung auf der Welt hat die Närrin zu dem Mönche, in dessen Leben sie nicht die geringste Rolle spielt? Und am Ende — wenn sie zu lachen gibt, so würzt sie uns die Amarellen! Er ahnte nicht von ferne, was sich in der Seele Astorres begab, aber auch wenn er geraten und geforscht, dieser hätte sein keusches Geheimnis dem Weltkinde nicht preisgegeben.

So ließ Ascanio es gut sein, und sich des andern Befehles des Tyrannen erinnernd, den Mönch unter die Leute zu bringen, fragte er lustig: „Ist für den Eherreif gesorgt, Astorre? Denn es steht in den Zeremonien geschrieben, Abschnitt zwei, Paragraph so und so: Die Reife werden gewechselt." Dieser erwiderte, es werde sich dergleichen in dem Hausschatze finden.

„Nicht so, Astore", meinte Ascanio. „Wenn du mir folgst, kaufst du deiner Diana einen neuen. Wer weiß, was für Geschichten an den gebrauchten Ringen kleben. Wirf das Alte hinter dich. Auch schickt es sich ganz allerliebst: du kaufst ihr einen Ring bei dem Florentiner auf der Brücke. Kennst du den Mann? Doch wie solltest du! Höre: als ich heute in der Frühstunde mit Germano in die Stadt zurückkehrend unsere einzige Brücke über den Kanal beschritt — wir mußten absitzen und die Pferde führen, so dicht war dort das Gedränge — hatte, meiner Treu, auf dem verwitterten Kopfe des Brückenpfeilers ein Goldschmied seinen Laden aufgetan, und ganz Padua kramte und feilschte vor demselben. Warum auf der engen Brücke, Astorre, da wir so viele Plätze haben? Weil in Florenz die Schmuckläden auf der Arnobrücke stehen. Denn — bewundere die Logik der Mode! — wo kauft man feinen Schmuck, als bei einem Florentiner, und wo legt ein Florentiner aus, wenn nicht auf einer Brücke? Er tut es einmal nicht anders. Sonst wäre seine Ware ein plumpes Zeug und er selbst kein echter Florentiner. Doch dieser ist es, ich meine. Hat er doch mit riesigen Buchstaben über seine Bude geschrieben: Niccolò Lippo dei Lippi der Goldschmied, durch einen feilen und ungerechten Urteilsspruch, wie sie am Arno gebräuchlich sind, aus der Heimat vertrieben. Auf, Astorre! gehen wir nach der Brücke!"

Dieser weigerte sich nicht, da er selbst das Bedürfnis fühlen mochte, den Bann des Hausbezirkes zu brechen, welchen er, seit er seine Kutte niedergestreift, nicht mehr verlassen hatte.

„Haſt du Geld zu dir geſteckt, Freund Mönch?" ſcherzte Ascanio. „Dein Gelübde der Armut iſt hinfällig und der Florentiner wird dich überfordern." Er pochte an das Schieb=fenſterchen des im untern Flure, welchen die Jünglinge eben durchſchritten, gelegenen Hauskontores. Es zeigte ſich ein ver=ſchmitztes Geſicht, jede Falte ein Betrug, und der Verwalter der Vicedomini — ein Genueſe, wenn ich recht berichtet bin — reichte ſeinem Herrn mit kriechender Verbeugung einen mit Goldbyzantinern gefüllten Beutel. Dann wurde der Mönch von einem Diener in den bequemen paduaniſchen Sommer=mantel mit Kapuze gehüllt.

Auf der Straße zog ſich Aſtorre dieſelbe tief ins Geſicht, weniger gegen die brennenden Strahlen der Sonne, als aus langer Gewöhnung, und wandte ſich freundlich gegen ſeinen Begleiter. „Nicht wahr, Ascanio," ſagte er, „dieſen Gang tue ich allein? Einen einfachen Goldring zu kaufen, über=ſteigt meinen Mönchsverſtand nicht? Das trauſt du mir noch zu? Auf Wiederſehen bei meiner Vermählung, wann es Vesper läutet!" Ascanio ging und rief noch über die Schulter zurück: „Einen, nicht zweie! Den deinigen gibt dir Diana! Merke dir das, Aſtorre!" Es war eine jener farbigen Seifenblaſen, deren der Luſtige mehr als eine täglich von den Lippen in die Luft jagte.

Fraget ihr mich, Herrſchaften, warum der Mönch den Freund beurlaubte, ſo ſage ich: er wollte den himmliſchen Ton, welchen die junge Märtyrerin der Kindesliebe in ſeinem Ge=müte geweckt hatte, rein ausklingen laſſen.

Aſtorre hatte die Brücke erreicht, welche trotz des Sonnen=brandes randvoll war und von den nahen zwei Ufern ein dop=peltes Menſchengedränge vor den Laden des Florentiners führte. Der Mönch blieb unter ſeinem Mantel unerkannt, ob auch hin und wieder ein Auge fragend auf dem unbedeckten Teile ſeines Geſichtes ruhte. Adel und Bürgerſchaft ſuchte ſich den Vortritt abzugewinnen. Vornehme Weiber ſtiegen aus ihren Sänften und ließen sich drängen und drücken, um ein Paar Armringe oder ein Stirnband von neuester Mache zu erhandeln. Der Florentiner hatte auf allen Plätzen mit der Schelle verkündigen lassen, er schließe heute nach dem Ave Maria. Er dachte nicht daran. Doch was kostet einen Florentiner die Lüge!

Endlich stand der Mönch, von Menschen eingeengt, vor der Bude. Der bestürmte Händler, der sich verzehnfachte, streifte ihn mit einem erfahrenen Seitenblick und erriet sofort den Neuling. „Womit diene ich dem gebildeten Geschmacke der Herrlichkeit?" fragte er. „Gib mir einen einfachen Goldreif," antwortete der Mönch. Der Kaufmann ergriff einen Becher, auf welchem, nach florentinischer Kunst und Art, in erhabener Arbeit irgend etwas Üppiges zu sehen war. Er schüttelte den Kelch, in dessen Bauche hundert Reife wimmelten, und bot ihn Astorre.

Dieser geriet in eine peinliche Verlegenheit. Er kannte den Umfang des Fingers nicht, welchen er mit einem Reife bekleiden sollte, und deren mehrere heraushebend, zauderte er sichtlich zwischen einem weitern und einem engern. Der Florentiner konnte den Spott nicht lassen, wie denn ein versteckter Hohn aus aller Rede am Arno hervorkichert. „Kennt der Herr die Gestalt des Fingers nicht, welchen er doch wohl zuweilen gedrückt hat?" fragte er mit einem unschuldigen Gesichte, aber als ein kluger Mann verbesserte er sich alsobald und in der heimischen Meinung, der Verdacht der Unwissenheit sei beleidigend, derjenige der Sünde aber schmeichle, gab er Astorre zwei Ringe, einen größern und einen kleinern, die er aus Daumen und Zeigefinger seiner beiden Hände geschickt zwischen die Daumen und Zeigefinger des Mönches hinübergleiten ließ. „Für die zwei Liebchen der Herrlichkeit," wisperte er sich verneigend.

Ehe noch der Mönch über diese lose Rede ungehalten werden konnte, erhielt er einen harten Stoß. Es war das Schulterblatt eines Roßpanzers, das ihn so unsanft streifte, daß er den kleinern Ring fallen ließ. In demselben Augenblicke schmetterte

ihm der betäubende Ton von acht Tuben ins Ohr. Die Feld=
musik der germanischen Leibwache des Vogtes ritt in zwei
Reihen, beide vier Rosse hoch, über die Brücke, den ganzen
Menscheninhalt derselben auseinander werfend und gegen die
steinernen Geländer pressend.

Sobald die Bläser vorüber waren, stürzte der Mönch, den fest=
gehaltenen größern Ring rasch in seinem Gewande bergend, dem
kleinern nach, welcher unter den Hufen der Gäule weggerollt war.

Das alte Bauwerk der Brücke war in der Mitte ausgefahren
und vertieft, so daß der Reif die Höhlung hinab und dann
durch seine eigene Bewegung getrieben die andere Seite hinan=
rollte. Hier hatte eine junge Zofe, namens Isotta oder, wie
man in Padua den Namen kürzt, Sotte, das rollende und
blitzende Ding gehascht, auf die Gefahr hin, von den Pferden
zerstampft zu werden. „Ein Glücksring!" jubelte das unkluge
Geschöpf und steckte einer jugendlichen Herrin, welcher sie das
Begleite gab, mit kindischem Frohlocken den Fund an den
schlanken Finger, den vierten der linken Hand, welcher ihr
durch seine zierliche Bildung des engen Schmuckes besonders
würdig und fähig schien. In Padua aber, wie auch hier in
Verona, wenn mir recht ist, pflegt man den Trauring an der
linken Hand zu tragen.

Das Edelfräulein zeigte sich unwillig über die Posse der
Magd, war aber doch auch ein bißchen belustigt davon. Sie
bemühte sich eifrig, den fremden Ring, der ihr wie angegossen
saß, dem Finger wieder abzuziehen. Da stand unversehens der
Mönch vor ihr und hob die Arme in freudiger Verwunderung.
Seine Gebärde aber war, daß er die geöffnete rechte Hand vor
sich hin streckte, die linke in der Höhe des Herzens hielt; denn
er hatte, trotz der entfalteten Blüte, an der auffallenden
Schlankheit des Halses und wohl mehr noch an der Bewegung
seiner Seele das Kind wiedererkannt, dessen zartes Haupt er
auf dem Blocke gesehen hatte.

Während das Mädchen bestürzte, fragende Augen auf den
Mönch richtete und immerfort an dem widerspenstigen Ringe
drehte, zauderte Astorre, denselben zurückzuverlangen. Doch es

mußte geschehen. Er öffnete den Mund. „Junge Herrin,‟ begann er — und fühlte sich von zwei starken gepanzerten Armen umfaßt, die sich seiner bemächtigten und ihn emporzogen. Im Augenblicke sah er sich, mit Hilfe eines andern Gepanzerten, ein Bein rechts, ein Bein links, auf ein stampfendes Roß gesetzt. „Laß schauen,‟ schallte ein gutmütiges Gelächter, „ob du das Reiten nicht verlernt hast!‟ Es war Germano, welcher an der Spitze der von ihm befehligten deutschen Kohorte ritt, die der Vogt auf eine Ebene unweit Padua zur Musterung befohlen hatte. Da er unvermutet den Freund und Schwager im Freien erblickte, hatte er sich den unschuldigen Spaß gemacht, denselben neben sich auf ein Pferd zu heben, von welchem ein junger Schwabe auf seinen Wink abgesprungen war. Das feurige Tier, welches den veränderten Reiter spürte, tat ein paar wilde Sprünge, es entstand ein Roßgedräng auf der nicht geräumigen Brücke, und Astorre, dem die Kapuze zurückgefallen war, und der sich mit Mühe im Bügel hielt, wurde von dem entsetzt ausweichenden Volke erkannt. „Der Mönch! der Mönch!‟ rief und deutete es von allen Seiten, aber schon hatte der kriegerische Tumult die Brücke hinter sich und verschwand um eine Straßenecke. Der unbezahlt gebliebene Florentiner rannte nach, aber kaum zwanzig Schritte, denn ihm wurde bange um seine unter der schwachen Hut eines Jüngelchens gelassene Ware, und dann belehrte ihn der Zuruf der Menge, daß er es mit einer bekannten und leicht aufzufindenden Persönlichkeit zu tun habe. Er ließ sich den Palast Astorres bezeichnen und meldete sich dort heute, morgen, übermorgen. Die zwei ersten Male richtete er nichts aus, weil in der Behausung des Mönches alles drunter und drüber ging, das dritte Mal fand er die Siegel des Tyrannen an das verschlossene Tor geheftet. Mit diesem wollte der Feigling nichts zu schaffen haben und so ging er der Bezahlung verlustig.

Die Frauen aber — zu Antiope und der leichtfertigen Zofe hatte sich noch eine dritte, durch den Brückentumult von ihnen abgedrängte wiedergefunden — schritten in der entgegengesetzten Richtung. Diese war ein seltsam blickendes, vorzeitig wie es schien gealtertes Weib mit tiefen Furchen, grauen Haarbüscheln, aufgeregten Mienen, und schleppte ihr vernachlässigtes, aber vornehmes Gewand mitten durch den Straßenstaub.

Sotte erzählte eben der Alten, offenbar der Mutter des Fräuleins, mit dummem Jubel den Vorgang auf der Brücke: Astorre — auch ihr hatte der Zuruf des Volkes ihn genannt — Astorre der Mönch, der stadtkundig freien müsse, habe Antiope verstohlenerweise einen Goldring zugerollt, und als sie — Sotte — den Wink der Vorsehung und die Schlauheit des Mönches verstehend, ihn dem lieben Mädchen angesteckt, sei der Mönch selbst vor dasselbe hingetreten, und da Antiope ihm den Ring in Züchten habe zurückgeben wollen, habe er — sie ahmte den Mönch nach — die Linke zärtlich auf das Herz gelegt, so! die Rechte aber zurückweisend ausgestreckt mit einer Gebärde, die in ganz Italien nichts anderes sage und bedeute als: Behalte, Schatz!

Endlich kam die erstaunte Antiope zu Worte und beschwor die Mutter, auf das alberne Geschwätz Isottens nichts zu geben, aber umsonst. Madonna Olympia erhob die Arme gen Himmel und dankte auf offener Straße dem heiligen Antonius mit Inbrunst, daß er ihre tägliche Bitte über alles Hoffen und Erwarten erhört und ihrem Kleinod einen ebenbürtigen und tugendhaften Mann, einen seiner eigenen Söhne beschert habe. Dabei gebärdete sie sich so abenteuerlich, daß die Vorübergehenden lachend auf die Stirne wiesen. Die verwirrte Antiope gab sich alle erdenkliche Mühe, der Mutter das blendende Märchen auszureden; aber diese hörte nicht und baute leidenschaftlich an ihrem Luftschlosse weiter.

So langten die Frauen in dem Palaste Canossa an und begegneten im Torbogen einem steif geputzten Majordom, dem sechs verschwenderisch gekleidete Diener folgten. Herr Burcardo ließ, ehrerbietig zurücktretend, Madonna Olympia die Treppe voraufgehen, dann, in einer öden Halle angelangt, machte er drei abgezirkelte Verbeugungen, eine immer näher und tiefer als die andere, und redete langsam und feierlich:

„Herrlichkeiten, mich sendet Astorre Vicedomini, hochdieselben untertänigst zu seinen Sbosalizien zu laden, heute" — er verschluckte schmerzhaft „in zehn Tagen" — „wann es Vesper läutet."

Dante hielt inne. Seine Fabel lag in ausgeschütteter Fülle vor ihm; aber sein strenger Geist wählte und vereinfachte. Da rief ihn Cangrande.

„Mein Dante," hub er an, „ich wundere mich, mit wie harten und ätzend scharfen Zügen du deinen Florentiner umrissen hast! Dein Niccolò Lippo dei Lippi ist verbannt durch ein feiles und ungerechtes Urteil. Er selbst aber ist ein Überteurer, ein Schmeichler, ein Lügner, ein Spötter, ein Schlüpfriger und eine Memme, alles „nach Art der Florentiner". Und das ist nur ein winziges Flämmchen aus dem Feuerregen von Verwünschungen, womit du dein Florenz überschüttest, nur eine tröpfelnde Neige jener bittern von Essig und Galle triefenden Terzinen, die du in deiner Komödie der Vaterstadt zu kosten gibst. Lasse dir sagen, es ist unedel, seine Wiege zu schmähen, seine Mutter zu beschämen! Es kleidet nicht gut! Glaube mir, es macht einen schlechten Eindruck!

Mein Dante, ich will dir erzählen von einem Puppenspiele, dem ich jüngst, verkappt unter dem Volke mich umtreibend, in unserer Arena zuschaute. Du rümpfst die Nase, daß ich den niedrigen Geschmack habe, in müßigen Augenblicken an Puppen und Narren mich zu vergnügen. Dennoch begleite mich vor die kleine Bühne! Was schaust du da? Mann und Weib zanken sich. Sie wird geprügelt und weint. Ein Nachbar streckt den Kopf durch die Türspalte, predigt, straft, mischt sich ein. Doch siehe! das tapfere Weib erhebt sich gegen den Eindringling und nimmt Partei für den Mann. „Wenn es mir beliebt, geprügelt zu werden!" heult sie.

Ähnlicherweise, mein Dante, spricht ein Hochherziger, welchen seine Vaterstadt mißhandelt: Ich will geschlagen sein!"

Viele junge und scharfe Augen hafteten auf dem Florentiner. Dieser verhüllte sich schweigend das Haupt. Was in ihm vorging, weiß niemand. Als er es wieder erhob, war seine Stirn vergrämter, sein Mund bitterer und seine Nase länger.

Dante lauschte. Der Wind pfiff um die Ecken der Burg und stieß einen schlecht verwahrten Laden auf. Monte Baldo hatte seine ersten Schauer gesendet. Man sah die Flocken stäuben und wirbeln, von der Flamme des Herdes beleuchtet. Der Dichter betrachtete den Schneesturm, und seine Tage, welche er sich entschlüpfen fühlte, erschienen ihm unter der Gestalt dieser bleichen Jagd und Flucht durch eine unstete Röte. Er bebte vor Frost.

Und seine feinfühligen Zuhörer empfanden mit ihm, daß ihn kein eigenes Heim, sondern nur wandelbare Gunst wechselnder Gönner bedache und vor dem Winter beschirme, welcher Landstraße und Feldweg mit Schnee bedeckte. Alle wurden es inne und Cangrande, der von großer Gesinnung war, zuerst: Hier sitzt ein Heimatloser!

Der Fürst erhob sich, den Narren wie eine Feder von seinem Mantel schüttelnd, trat auf den Verbannten zu, nahm ihn an der Hand und führte ihn an seinen eigenen Platz, nahe dem Feuer. „Er gebührt dir,“ sagte er, und Dante widersprach nicht. Cangrande aber bediente sich des freigewordenen Schemels. Er konnte dort bequem die beiden Frauen betrachten, zwischen welchen jetzt der Wanderer durch die Hölle saß, den das Feuer glühend beschien und der seine Erzählung folgendermaßen fortsetzte.

„Während die mindern Glocken in Padua die Vesper läuteten, versammelte sich unter dem Zedergebälke des Prunksaales der Vicedomini, was von den zwölf Geschlechtern übriggeblieben war, den Eintritt des Hausherrn erwartend. Diana hielt sich zu Vater und Bruder. Ein leises Geschwätze lief um. Die Männer besprachen ernst und gründlich die politische Seite der Vermählung zweier großer städtischer Geschlechter. Die Jünglinge scherzten halblaut über den heiratenden Mönch. Die Frauen schauderten, trotz dem Breve des Papstes, vor dem Sacrilegium, welches nur die von knospenden Töchtern umringten in milderem Lichte sahen, mit dem Zwang der Umstände entschuldigten oder aus der Herzensgüte des Mönches erklärten. Die Mädchen waren lauter Erwartung.

Die Anwesenheit der Olympia Canossa erregte Verwunderung und Unbehagen, denn sie war in auffallendem, fast königlichem Staate, als ob ihr bei der bevorstehenden Feier eine Hauptrolle zustünde, und redete mit unheimlicher Zungenfertigkeit in Antiope hinein, welche bangen Herzens die aufgebrachte Mutter flüsternd und flehend zu beschwichtigen suchte. Madonna Olympia hatte sich schon auf den Treppen gewaltig geärgert, wo sie — Herr Burcardo beschäftigte sich eben mit dem Empfange zweier anderer Herrschaften — von Gocciola, der eine neue scharlachrote Kappe mit silbernen Schellen in der Hand hielt, ehrfürchtig willkommen geheißen wurde. Jetzt mit den andern im Kreise stehend, belästigte oder ängstigte sie durch ihr maßloses Gebärdenspiel ihre Standesgenossen. Mit Augenwinken und Kinnheben wurde auf die Ärmste gedeutet. Keiner hätte sie an des Mönches Statt geladen und jeder machte sich darauf gefaßt, sie werde diesem einen ihrer Streiche spielen.

Burcardo meldete den Hausherrn. Astorre hatte sich von den Germanen bald losgemacht, war auf die Brücke zurückgeeilt, ohne dort den Ring noch die Frauen mehr zu finden, und sich darüber Vorwürfe machend, obschon im Grunde nur der Zufall anzuklagen war, hatte er in der ihm bis zur Vesper bleibenden Stunde den Entschluß gefaßt, in Zukunft immerdar nach den Regeln der Klugheit zu handeln. Mit diesem Vorsatze trat er in den Saal und in die Mitte der Versammelten. Der Druck der auf ihn gerichteten Aufmerksamkeit und die sozusagen in der Luft fühlbaren Formen und Forderungen der Gesellschaft ließen ihn empfinden, daß er nicht die Wirklichkeit der Dinge sagen dürfe, energisch und mitunter häßlich wie sie ist, sondern ihr eine gemilderte und gefällige Gestalt geben müsse. So hielt er sich unwillkürlich in der Mitte zwischen Wahrheit und schönem Schein und redete untadelig.

„Herrschaften und Standesbrüder," begann er, „der Tod
hat eine reiche Ernte unter uns Vicedomini gehalten. Wie ich
in Schwarz gekleidet vor euch stehe, trage ich Trauer um den
Vater, drei Brüder und drei Neffen. Daß ich, von der Kirche
freigelassen, den Wunsch eines sterbenden Vaters, in Sohn
und Enkel fortzuleben, nach ernster Erwägung" — hier ver=
hüllte sich der Klang seiner Stimme — „und gewissenhafter
Prüfung vor Gott nicht glaubte ungewährt lassen zu dürfen,
dieses werdet ihr verschieden beurteilen, billigend oder tadelnd,
nach der Gerechtigkeit oder Milde, die euch innewohnt. Darin
aber werdet ihr einig gehen, daß es mir bei meiner Ver=
gangenheit nicht angestanden hätte zu zaudern und zu wäh=
len, und daß hier nur das Nächstliegende und Ungesuchte Gott
gefällig sein konnte. Wer aber stand mir näher, als die schon
mit mir durch die trostlose Trauer um meinen letzten Bru=
der vereinigte jungfräuliche Witwe desselben? Dergestalt er=
griff ich über einem teuern Sterbebette diese Hand, wie
sie jetzt ergreife" — er trat zu Diana und führte sie in die
Mitte — „und ihr den Trauring um den Finger lege." So
tat er. Der Ring paßte. Diana tat dasselbe, indem sie dem
Mönch einen goldenen Reif anlegte. „Es ist der meiner
Mutter," sagte sie, „die ein wahrhaftes und tugendsames
Weib war. Ich gebe dir einen Ring, der Treue gehalten hat."
Ein feierlich gemurmelter Glückwunsch aller Anwesenden be=
schloß die ernste Handlung, und der alte Pizzaguerra, ein wür=
diger Greis — denn der Geiz ist ein gesundes Laster und
läßt zu Jahren kommen — weinte die übliche Träne.

Madonna Olympia sah ihr Traumschloß auflodern und
brennen mit sinkenden Säulen und krachenden Balken. Sie
tat einen Schritt vorwärts, als wolle sie ihre Augen über=
führen, daß sie sich betrügen, dann einen zweiten in wachsen=
der Wildheit, und jetzt stand sie dicht vor Astorre und Diana,
die grauen Haare gesträubt, und ihre rasenden Worte rann=
ten und stürzten, wie ein Volk in Aufruhr.

„Elender!" schrie sie. „Gegen den Ring an dem Finger
dieser da zeugt ein anderer und zuerst gegebener." Sie riß

Antiope, welche ihr in wachsender Angst und mit den flehend=
sten Gebärden gefolgt war, hinter sich hervor und hob die
Hand des Mädchens. „Den Ring hier hast du meinem Kinde
vor nicht einer Stunde auf der Brücke bei dem Florentiner
an den Finger gesteckt!" So hatte ihr ein falscher Spiegel den
Vorgang verschoben. „Ruchloser Mensch! Ehebrecherischer
Mönch! Öffnet sich die Erde nicht, dich zu verschlingen?
Hängt den Bruder Pförtner, der im Rausche schnarchte und
dich deiner Zelle entspringen ließ! Deinen Lüsten wolltest du
frönen, aber du durftest dir eine andere Beute wählen, als
eine ungerecht verfolgte, ratlose Wittib und eine unbeschützte
Waise!"

Die Marmordiele öffnete sich nicht und in den Blicken
der Umstehenden las die Unglückliche, die einem gerechten
Mutterzorne arme und schwache Worte zu geben glaubte, den
hellen Hohn oder ein Mitleid anderer Art, als sie es zu fin=
den hoffte. Sie vernahm hinter sich das verständlich geflüsterte
Wort: „Närrin!" und ihr Zorn schlug in ein wahnsinniges
Gelächter um. „Ei, seht mir einmal den Toren," hohnlachte
sie, „der so dumm zwischen diesen beiden wählen konnte! Ich
mache euch zu Richtern, Herrschaften, und jeden, der Augen
hat. Hier das herzige Köpfchen, die schwellende Jugend" —
das übrige vergaß ich, aber ich weiß eines: alle Jünglinge im
Saale Vicedominis, und mehr als einer unter ihnen mochte
locker leben, alle Jünglinge, die enthaltsamen und die es nicht
waren, wendeten Ohr und Auge ab von den empörenden
Worten und Gebärden einer Mutter, welche Zucht und Scham
unter die Füße trat vor dem Kinde, das sie geboren, und
dieses preisgab wie eine Kupplerin.

Alle im Saale bemitleideten Antiope. Nur Diana, so wenig
sie an der Treue des Mönches zweifelte, empfand ich weiß
nicht welchen dumpfen Groll über die ihrem Bräutigam frech
gezeigte Schönheit.

Antiope mochte es verschuldet haben dadurch, daß sie den
unseligen Reif am Finger behielt. Vielleicht tat sie es, um die
sich selbst betörende Mutter nicht zu reizen, in dem Gedanken,

diese werde, durch die Wirklichkeit enttäuscht, aus dem Hoch=
mut, nach ihrer Art, in Kleinmut verfallen und alles mit
einem Augenrollen und ein paar gemurmelten Worten vor=
übergehen. Oder dann hatte die junge Antiope selbst eine
Fingerspitze in den sprudelnden Märchenbrunnen getaucht. War
die Begegnung auf der Brücke nicht wunderbar, und wäre ihre
Erkiesung durch den Mönch wunderbarer gewesen, als das
Schicksal, das ihn dem Kloster entriß?

Jetzt erlitt sie grausame Strafe. Soweit es eine zügel=
lose Rede vermag, beraubte sie die eigene Mutter der schützen=
den Hüllen.

Eine dunkle Röte und eine noch dunklere fuhr ihr über
Stirn und Nacken. Darauf begann sie in der allgemeinen
Stille laut und bitterlich zu weinen.

Selbst die graue Mänade lauschte betroffen. Dann zuckte
ihr ein entsetzlicher Schmerz über das Gesicht und verdoppelte
ihre Wut. „Und die andere!" kreischte sie, auf Diana zeigend,
„dieses kaum aus dem Rohen gehauene breite Stück Marmor!
Diese verpfuschte Riesin, die Gott Vater stümperte, als er
noch Gesell war und kneten lernte! Pfui über den plumpen
Leib ohne Leben und Seele! Wer hätte ihr auch eine gespen=
det? Die Bastardin ihre Mutter? die stupide Orsola? Oder
der dürre Knicker dort? Nur widerstrebend hat er ihr ein kar=
ges Almosen von Seele verabfolgt!"

Der alte Pizzaguerra blieb gelassen. Mit dem klaren Ver=
stande der Geizigen vergaß er nicht, wen er vor sich hatte.
Seine Tochter Diana aber vergaß es. Durch die rohe Verhöh=
nung ihres Leibes und ihrer Seele aufgebracht, tief empört,
zog sie die Brauen zusammen und ballte die Hände. Jetzt
geriet sie außer sich, da die Närrin ihre Eltern ins Spiel zog,
ihr die Mutter im Grabe beschimpfte, den Vater an den Pran=
ger stellte. Ein bleicher Jähzorn packte und übermannte sie.

„Hündin!" schrie sie und schlug — in Antiopes Angesicht;
denn das verzweifelnde und beherzte Mädchen hatte sich vor
die Mutter geworfen. Antiope stieß einen Laut aus, der den
Saal und alle Herzen erschütterte.

Nun drehte sich das Rad in dem Kopfe der Törin vollständig um. Die höchste Wut ging unter in unsäglichem Jammer. „Sie haben mir mein Kind geschlagen!" stöhnte sie, sank auf die Kniee und schluchzte: „Gibt es keinen Gott mehr im Himmel?"

Jetzt war das Maß voll. Es wäre schon früher übergelaufen, doch das Verhängnis schritt rascher, als mein Mund es erzählte, so rasch, daß weder der Mönch noch der nahestehende Germano den gehobenen Arm Dianas ergreifen und aufhalten konnten. Ascanio umschlang die Törin, ein anderer Jüngling faßte sie bei den Füßen, die sich kaum Sträubende wurde fortgetragen, in ihre Sänfte gehoben und nach Hause gebracht.

Noch stunden sich Diana und Antiope gegenüber, eine bleicher als die andere, Diana reuig und zerknirscht nach schnell verrauchtem Jähzorn, Antiope nach Worten ringend; sie konnte nur nicht stammeln, sie bewegte lautlos die Lippen.

Wenn jetzt der Mönch Antiopes Hand ergriff, um der von seinem verlobten Weibe Mißhandelten das Geleite zu geben, so erfüllte er damit nur die ritterliche und die gastwirtliche Pflicht. Alle fanden es selbstverständlich. Besonders Diana mußte wünschen, das Opfer ihrer Gewalttat aus den Augen zu verlieren. Auch sie entfernte sich dann mit Vater und Bruder. Die versammelten Gäste aber hielten es für das Zarteste, gleichfalls bis auf die letzte Ferse zu verschwinden.

Es klingelte unter dem mit Amarellen und Zyperwein bestellten Kredenztisch. Eine Narrenkappe kam zum Vorschein und Gocciola kroch auf allen Vieren aus seinem leckern Verstecke hervor. Alles war köstlich verlaufen nach seiner Ansicht; denn er hatte jetzt die volle Freiheit, Amarellen zu naschen und ein Gläschen um das andere zu leeren. So vergnügte er sich eine Weile, bis er nahende Schritte vernahm. Er wollte entwischen, aber einen verdrießlichen Blick nach dem Störer werfend, erachtete er jede Flucht für unnötig. Es war der Mönch, der zurückkehrte, und der Mönch war ebenso frohlockend und ebenso berauscht wie er; denn der Mönch —"

„Liebe Antiope," unterbrach den Erzähler die Freundin des Fürsten mit einem krampfhaften Gelächter.

„Du sagst es, Herrin, er liebte Antiope," wiederholte Dante in tragischem Tone.

„Natürlich!" „Wie anders?" „Es mußte so kommen!" „So geht es gewöhnlich!" scholl es dem Erzähler aus dem ganzen Hörerkreise entgegen.

„Sachte, Jünglinge," murrte Dante. „Nein, so geht es nicht gewöhnlich. Meinet ihr denn, eine Liebe mit voller Hingabe des Lebens und der Seele sei etwas Alltägliches, und glaubet wohl gar, so geliebt zu haben oder zu lieben? Enttäuschet euch! Jeder spricht von Geistern, doch Wenige haben sie gesehen. Ich will euch einen unverwerflichen Zeugen bringen. Es schleppt sich hier im Hause ein modisches Märenbuch herum. Darin mit vorsichtigen Fingern blätternd, habe ich unter vielem Wuste ein wahres Wort gefunden. ‚Liebe', heißt es an einer Stelle, ‚ist selten und nimmt meistens ein schlimmes Ende.'" Dieses hatte Dante ernst gesprochen. Dann spottete er: „Da ihr alle in der Liebe so ausgelernt und bewandert seid und es mir überdies nicht ansteht, einen von der Leidenschaft überwältigten Jüngling aus meinem zahnlosen Munde reden zu lassen, überspringe ich das verräterische Selbstgespräch des zurückkehrenden Astorre und sage kurz: da ihn der verständige Ascanio belauschte, erschrak er und predigte ihm Vernunft."

„Wirst du deine rührende Fabel so kläglich verstümmeln, mein Dante?" wendete sich die entzündliche Freundin des Fürsten mit bittenden Händen gegen den Florentiner. „Laß den Mönch reden, daß wir teilnehmend erfahren, wie er sich abwendete von einer Rohen zu einer Zarten, einer Kalten zu einer Fühlenden, von einem steinernen zu einem schlagenden Herzen —"

„Ja, Florentiner," unterbrach die Fürstin in tiefer Bewegung und mit dunkel glühender Wange, „laß deinen Mönch reden, daß wir staunend vernehmen, wie es kommen konnte, daß Astorre, so unerfahren und täuschbar er war, ein edles Weib verriet für eine Verschmitzte — hast du nicht gemerkt, Dante, daß Antiope eine Verschmitzte ist? Du kennst die Weiber wenig! In Wahrheit, ich sage dir" — sie hob den kräftigen Arm und ballte die Faust — „auch ich hätte geschlagen, nicht die arme Törin, sondern wissentlich die Arglistige, die sich um jeden Preis dem Mönch vor das Angesicht bringen wollte!" Und sie führte den Schlag in die Luft. Die andere erbebte leise.

Cangrande, welcher die zwei Frauen, denen er jetzt gegenüber saß, nicht aufhörte zu betrachten, bewunderte seine Fürstin und freute sich ihrer großen Leidenschaft. In diesem Augenblicke fand er sie unvergleichlich schöner, als die kleinere und zarte Nebenbuhlerin, welche er ihr gegeben hatte, denn das Höchste und Tiefste der Empfindung erreicht seinen Ausdruck nur in einem starken Körper und in einer starken Seele.

Dante für sein Teil lächelte zum ersten und einzigen Mal an diesem Abende, da er die beiden Frauen so heftig auf der Schaukel seines Märchens sich wiegen sah. Er brachte es sogar zu einer Neckerei. „Herrinnen," sagte er, „was verlangt ihr von mir? Selbstgespräch ist unvernünftig. Hat je ein weiser Mann mit sich selbst gesprochen?"

Nun erhob sich aus dem Halbdunkel ein mutwilliger Lockenkopf, und ein Edelknabe, der hinter irgendeinem Sessel oder einer Schleppe in traulichem Verstecke mochte gekauert haben, rief herzhaft: „Großer Meister, wie wenig du dich kennst oder zu kennen vorgibst! Wisse, Dante, niemand plaudert geläufiger mit sich selbst als du, in dem Grade, daß du nicht nur uns dumme Buben übersiehst, sondern selbst das Schöne dicht an dir vorübergehen lässest, ohne es zu begrüßen."

„Wirklich?" sagte Dante. „Wo war das? Wo und wann?"

„Nun gestern auf der Etschbrücke", lächelte der Knabe. „Du lehntest am Geländer. Da ging die reizende Lukrezia Nani vorüber, deine Toga streifend. Wir Knaben folgten, sie bewundernd, und ihr entgegen schritten zwei feurige Kriegsleute, nach einem Blicke aus ihren sanften Augen haschend. Sie aber suchte die deinigen: denn nicht jeder hat mit heiler Haut in der Hölle gelustwandelt! Du, Meister, betrachtetest eine rollende Welle, welche in der Mitte der Etsch daherfuhr, und murmeltest etwas."

„Ich ließ das Meer grüßen. Die Woge war schöner als das Mädchen. Doch zurück zu den zwei Toren! Horch, sie sprechen miteinander! Und bei allen Musen, fortan unterbreche mich keiner mehr, sonst findet uns Mitternacht noch am Mär= chenherde.

Als der Mönch, nachdem er Antiope heimgeführt, seinen Saal wieder betrat — doch ich vergaß zu sagen, daß er Ascanio nicht begegnete, obwohl dieser mit der Sänfte und Madonna Olympia darin denselben Weg gemacht hatte. Denn der Neffe, nachdem er die gänzlich Vernichtete ihrer Diener= schaft übergeben, war schleunig zu seinem Ohm, dem Tyran= nen, geeilt, ihm den tollen Vorgang als frisches Gebäcke auf= zutischen. Er hinterbrachte Ezzelin lieber eine Stadtgeschichte als eine Verschwörung.

Ich weiß nicht, ob der Mönch so wohlgestalt war, wie der Spötter Ascanio ihn genannt hatte. Aber ich sehe ihn, der wie der blühendste Jüngling schreitet. Mit beflügelten Füßen durchschwebt er den Saal, als trüge ihn Zephir oder führte ihn Iris. Seine Augen sind voller Sonne, und er murmelt Laute aus der Sprache der Seligen. Gocciola, der viel Zyper= wein geschluckt hatte, fühlte sich gleichfalls beherzt und ver= jüngt. Auch unter seinen Sohlen löste sich der Marmorboden in weißes Gewölk auf. Er verspürte einen unbesiegbaren Durst, das Gemurmel auf den frischen Lippen Astorres, wie man sich über eine Quelle beugt, zu belauschen, und begann neben demselben die Länge des Saales zu durchmessen, bald mit ge= spreizten, bald mit hüpfenden Schritten, das Narrenzepter unter dem Arme.

„Das zärtliche Haupt, das sich für den Vater bot, hat sich auch für die Mutter geboten und gegeben!" lispelte Astorre.

„Das schamhafte! wie es brannte! Das mißhandelte! wie es

litt! Das geschlagene! wie es aufschrie! Hat es mich je verlassen, seit es auf dem Blocke lag? Es wohnte in meinem Geiste. Es begleitete mich allgegenwärtig, schwebte in meinem Gebete, strahlte in meiner Zelle, bettete sich auf mein Kissen! Lag das herzige Haupt mit dem weißen, schmalen Hälschen nicht neben dem des heiligen Paulus —"

„Des heiligen Paulus?" kicherte das Tröpfchen.

„Des heiligen Paulus auf unserm Altarbilde —"

„Mit dem schwarzen Kraushaar und dem roten Hals auf dem breiten Blocke und dem Beile des Henkers darüber?" Gocciola verrichtete bei den Franziskanern zeitweilig seine Andacht.

Der Mönch nickte. „Sah ich lange hin, so zuckte das Beil und ich bebte zusammen. Habe ich es nicht dem Prior gebeichtet?"

„Und was sagte der Prior?" examinierte Gocciola.

„Mein Sohn," sagte er, „was du sahest, war ein vorausgeeiltes Kind des himmlischen Triumphzuges. Fürchte nichts! Dem ambrosischen Hälschen geschieht kein Leid!"

„Aber", reizte der böse Narr, „das Kind ist gewachsen, so hoch!" Er hob die Hand. Dann senkte er sie und hielt sie über dem Boden. „Und die Kutte Euer Herrlichkeit", grinste er, „liegt so tief!"

Das Gemeine konnte den Mönch nicht berühren. Ein schöpferisches Feuer war aus der Hand Antiopes in die seinige gefahren und begann zuerst zart und sanft, dann immer heißer und schärfer in seinen Adern zu brennen. „Gepriesen sei Gott Vater," frohlockte er plötzlich, „der Mann und Weib geschaffen hat!"

„Die Eva?" fragte der Narr.

„Die Antiope!" antwortete der Mönch.

„Und die Andere? Die Große? Was fängst du mit Der an? Schickst du sie betteln?" Gocciola wischte sich die Augen.

„Welche Andere?" fragte der Mönch. „Gibt es ein Weib, das nicht Antiope wäre!"

Dies war selbst dem Narren zu stark. Er glotzte Astorre erschreckt an, wurde aber von einer Faust am Kragen gepackt, gegen die Pforte geschleppt und auf den Flur gesetzt. Dieselbe Hand legte sich dann auf Astorres Schulter.

„Erwache, Traumwandler!" rief der zurückgekehrte Ascanio, welcher die letzte schwärmerische Rede des Mönches belauscht hatte. Er zog den Verzückten auf eine Fensterbank nieder, heftete fest Augen auf Augen, und: „Astorre, du bist von Sinnen!" sprach er ihn an.

Dieser wich zuerst den prüfenden Blicken wie geblendet aus, dann begegnete er ihnen mit den seinigen, die noch voller Jubel waren, um sie scheu niederzuschlagen. „Wunderst du dich?" sagte er dann.

„So wenig als über das Lodern einer Flamme", versetzte Ascanio. „Aber da du kein blindes Element, sondern eine Vernunft und ein Wille bist, so tritt die Flamme aus, sonst frißt sie dich und ganz Padua. Muß dir das Weltkind göttliches und menschliches Gesetz predigen? Du bist vermählt! So redet dieser Ring an deinem Finger. Wenn du, wie erst dein Gelübde, jetzt dein Verlöbnis brichst, brichst du Sitte, Pflicht, Ehre und den Stadtfrieden. Wenn du dir den Pfeil des blinden Gottes nicht rasch und heldenmütig aus dem Herzen ziehst, ermordet er dich, Antiope und noch ein paar andere, wen es gerade treffen wird. Astorre! Astorre!"

Ascanios mutwillige Lippen erstaunten über die großen und ernsten Worte, welche er in seiner Herzensangst ihnen zu reden gab. „Dein Name, Astorre," sagte er dann halb scherzend, „schmettert wie eine Tuba und ruft dich zum Kampfe gegen dich selbst!"

Astorre ermannte sich. „Man hat mir ein Philtrum gegeben!" rief er aus. „Ich rase, ich bin ein Wahnsinniger! Ascanio, ich gebe dir Macht über mich, feßle mich!"

„An Dianen will ich dich fesseln!" sagte Ascanio. „Folge mir, daß wir sie suchen!"

„War es nicht Diana, die Antiope schlug?" fragte der Mönch.

„Das haft du geträumt! Du haft alles geträumt! Du warft deiner Sinne nicht mächtig! Komm! Ich beschwöre dich! Ich befehle es dir! Ich ergreife und führe dich!"

Wenn Ascanio die Wirklichkeit verjagen wollte, so führte sie der auf dem Flur klirrende Schritt Germanos zurück. Mit einem entschlossenen Gesichte trat der Bruder Dianens vor den Mönch und faßte seine Hand. „Ein geftörtes Fest, Schwager!" sagte er. „Die Schwester schickt mich — ich lüge, sie schickt mich nicht. Denn sie hat sich in ihre Kammer eingeschlossen und drinnen flennt sie und verflucht ihren Jähzorn — heute erfaufen wir in Weibertränen! Sie liebt dich, nur bringt sie es nicht über die Lippen — es ist in der Familie: ich kann es auch nicht. An dir hat sie keinen Augenblick gezweifelt. Es ist einfach: du haft irgendwo einen Ring verschleudert — wenn es der deinige war, den die kleine Canossa — wie heißt sie doch? richtig: die Antiope! — am Finger trug. Die närrische Mutter fand ihn und hat daraus ihr Märchen gesponnen. Antiope ist natürlich an alledem unschuldig wie ein neugeborenes Kind — wer es anders meint, hat es mit mir zu tun!"

„Nicht ich!" rief Astorre. „Antiope ist rein wie der Himmel! Der Ring wurde von einem Zufall gerollt!" und er erzählte mit fliegenden Worten.

„Aber auch der Schwester, die zufuhr, darfst du es nicht anrechnen, Astorre", behauptete Germano. „Ihr schoß das Blut zu Kopfe, sie sah nicht, wen sie vor sich hatte. Sie glaubte die Närrin zu treffen, die ihr die Eltern verhunzte, und schlug die liebe Unschuld. Diese aber muß vor Gott und Menschen wieder zu Ehren und Würden gezogen werden. Laß das meine Sache sein, Schwager! Ich bin der Bruder. Es ist einfach."

„Du redest in einem fort und bleibst doch dunkel, Germano! Was haft du vor? Wie vergütest du es der Armften?" fragte Ascanio.

„Es ist einfach," wiederholte Germano. „Ich biete Antiope Canossa meine Hand und mache sie zu meinem Weibe."

Ascanio griff sich an die Stirn. Der Streich betäubte ihn.

Als er dann aber, schnell besonnen, näher zusah, fand er das heroische Mittel gar nicht so übel; doch warf er einen ängstlichen Blick auf den Mönch. Dieser, seiner selbst wieder mächtig, hielt sich mäuschenstille und horchte aufmerksam. Das Ehrgefühl des Kriegers scholl wie ein heller Ruf durch die Wildnis seiner Seele.

„So treffe ich zwei Fliegen mit einem Schlage, Schwager," erläuterte Germano. „Das Mädchen wird in ihren Züchten und Ehren hergestellt. Den möchte ich sehen, der hinter meinem Weibe zischelte! Dann stifte ich Frieden zwischen euch Eheleuten. Diana braucht sich nicht länger vor dir noch vor sich selbst zu schämen und ist von ihrem Jähzorne gründlich geheilt. Ich sage dir: sie ist davon genesen, zeitlebens!"

Astorre drückte ihm die Hand. „Du bist brav!" sagte er. Der Wille, seine himmlische oder irdische Lust tapfer zu überwinden, erstarkte in dem Mönche. Doch dieser Wille war nicht frei und diese Tugend nicht selbstlos; denn sie klammerte sich an einen gefährlichen Sophismus: nicht anders als ich selbst eine Ungeliebte umarmen werde, tröstete sich Astorre, wird auch Antiope von einem Manne sich umfangen lassen, welcher sie kurzerdinge freit, um fremdes Unrecht gut zu machen. Wir verzichten alle! Entsagung und Kasteiung in der Welt wie im Kloster!

„Was geschehen muß, verschiebe ich nicht," drängte Germano. „Sonst würde sie sich schlummerlos wälzen." Ich weiß nicht, meinte er Diana oder Antiope. „Schwager, du begleitest mich als Zeuge: ich tue es in den Formen."

„Nein, nein!" schrie Ascanio erschreckt. „Nicht Astorre! Nimm m i ch!"

Germano schüttelte den Kopf. „Ascanio, mein Freund," sagte er, „dazu eignest du dich nicht. Du bist kein ernsthafter Zeuge in Ehesachen! Auch wird mein Bruder Astorre es sich nicht nehmen lassen, für mich zu werben. Es ist ja zum großen Teil seine eigene Angelegenheit. Nicht wahr, Astorre?" Dieser nickte. „So bereite dich, Schwager. Mache dich hübsch! Hänge dir eine Kette um!"

„Und," scherzte Ascanio gezwungen, „wann du über den Hof gehst, tauche den Kopf in den Brunnen! Du selbst aber, Germano, trägst Panzer? So kriegerisch? Schickt sich das zur Freite?"

„Ich bin lange nicht aus der Rüstung gekommen und sie kleidet mich. Was betrachtest du mich von Kopf zu Füßen, Ascanio?"

„Ich frage mich, woher dieser Gepanzerte seine Sicherheit nimmt, nicht mitsamt der Sturmleiter in den Graben geworfen zu werden?"

„Das kann nicht in Frage stehen," meinte Germano seelenruhig. „Wird sich eine Beschämte und Geschlagene einem Ritter verweigern? Da wäre sie eine noch größere Närrin als ihre Mutter. Das ist doch sonnenklar, Ascanio. Komm, Astorre."

Während der Zurückbleibende mit verschlungenen Armen diese neue Wendung der Dinge bedachte, zweifelnd, ob dieselbe auf einen Spielplatz blühender Kinder oder auf ein Camposanto führe, schritten seine Jugendfreunde den nicht langen Weg zu dem Palaste Canossa.

Der wolkenlose Tag verglomm in einem reinglühenden Abendgolde, und horch! es läutete Ave. Der Mönch sprach innerlich die Gewohnheitsgebete und sein etwas erhöht liegendes Kloster verlängerte zufällig das vertraute Geläute um ein paar friedlich wehmütige Schläge, welchen die andern Stadtglocken den Luftraum nicht länger streitig machten. Auch der Mönch wurde des allgemeinen Friedens teilhaft.

Da traf sein Blick das Gesicht des Freundes und ruhte auf den wetterharten Zügen. Sie waren hell und freudig, von erfüllter Pflicht ohne Zweifel, aber doch auch von dem unbewußten oder unbewachten Glück, unter dem von Ehre geschwellten Segel einer ritterlichen Handlung den Port einer seligen Insel zu erreichen. „Die süße Unschuld!" seufzte der Krieger.

Rasend schnell begriff der Mönch, daß der Bruder Dianens sich selbst täuschte, wenn er sich für uneigennützig hielt, daß Germano Antiope zu lieben begann und sein Nebenbuhler war.

Seine Brust empfand einen scharfen Biß, dann einen zweiten noch schärfern, daß er hätte aufschreien mögen. Und jetzt wühlte und wimmelte schon ein ganzes Nest grimmiger Schlangen in seinem Busen. Herrschaften, Gott möge uns alle, Männer und Weiber, vor der Eifersucht behüten! Sie ist die qualvollste der Peinen, und wer sie leidet, ist unseliger als meine Verdammten!

Mit verzogenem Gesichte und gepreßtem Herzen folgte der Mönch dem selbstbewußten Freier die Treppen des erreichten Palastes hinauf. Dieser stand leer und verwahrlost. Madonna Olympia mochte sich eingeschlossen haben. Kein Gesinde und alle Türen offen. Sie durchschritten ungemeldet eine Reihe schon dämmernder Gemächer: vor der Schwelle der letzten Kammer hielten sie stille, denn die junge Antiope saß am Fenster.

Sein in den Umriß eines Kleeblattes endigender Bogen war voller Abendglorie, welche die liebreizende Gestalt im Halbkreise von Brust zu Nacken umfing. Ihre gezauste Haarkrone ähnelte den Spitzen eines Dornenkranzes und die schmachtenden Lippen schlürften den Himmel. Das geschlagene Mädchen lag müde unter dem Druck der erduldeten Schande, mit zugefallenen Augendeckeln und erschlafften Armen; aber in der Stille ihres Herzens frohlockte sie und pries ihre Schmach, denn diese hatte sie mit Astorre auf ewig vereinigt.

Und entzündet sich nicht heute noch und bis ans Ende der Tage aus tiefstem Erbarmen höchste Liebe? Wer widersteht dem Anblicke des Schönen, wenn es ungerecht leidet? Ich lästere nicht und kenne die Unterschiede, aber auch das Göttliche wurde geschlagen und wir küssen seine Striemen und Wunden.

Antiope grübelte nicht, ob Astorre sie liebe. Sie wußte es. Da war kein Zweifel. Sie war davon überzeugter als von den Atemzügen ihrer Brust und den Schlägen ihres Herzens. Keine Silbe hatte sie mit Astorre gewechselt vom ersten Schritt des Weges an, den sie zusammengingen. Die Hände hielten sich nicht fester beim letzten: sie verwuchsen, ohne sich zu drücken.

Sie durchdrangen sich, wie zwei leichte geistige Flammen, und waren doch beim Scheiden wie die Wurzel aus der Erde kaum auseinander zu lösen.

Antiope vergriff sich an fremdem Eigentum und beging Raub an Dianen fast in Unschuld, denn sie hatte weder Gewissen mehr noch auch nur Selbstbewußtsein. Padua, das mit seinen Türmen vor ihr lag, Mutter, des Mönches Verlöbnis, Diana, die ganze Erde, alles war vernichtet: nichts als der Abgrund des Himmels, und dieser gefüllt mit Licht und Liebe.

Astorre hatte von der ersten zur letzten Stufe der Treppe mit sich gerungen und meinte den Sieg erkämpft zu haben. Ich werde das Opfer vollbringen, prahlte er gegen sich selbst, und Germano bei seiner Werbung zur Seite stehen. Auf dem obersten Tritte rief er noch alle seine Heiligen an, voraus Sankt Franziskus, den Meister der Selbstüberwindung. Er griff in die Brust und glaubte, durch den himmlischen Beistand stark wie Herkules, die Schlangen erwürgt zu haben. Aber der Heilige mit den vier Wundmalen hatte sich abgewendet von dem untreuen Jünger, der seinen Strick und seine Kutte verschmähte.

Der danebenstehende Germano entwarf indessen seine Rede, konnte aber nicht über die zwei Argumente hinauskommen, welche ihm gleich anfänglich eingeleuchtet hatten. Übrigens war er guten Mutes — hatte er doch schon öfter im Reiterkampfe seine Germanen angeredet — und fürchtete sich nicht vor einem Mädchen. Nur das Warten ertrug er ebensowenig als vor der Schlacht. Er klirrte leis mit dem Schwert an den Panzer.

Antiope schrak zusammen, blickte hin, erhob sich rasch und stand, den Rücken gegen das Fenster gewendet, mit dunkelm Antlitz den sich im Dämmerlichte vor ihr verbeugenden Männern gegenüber.

„Sei getrost, Antiope Canossa!" redete Germano. „Ich bringe dir diesen mit, Astorre Vicedomini, welchen sie den Mönch nennen, den Gatten meiner Schwester Diana, als gültigen Zeugen: siehe, ich bin gekommen, dich — ohne Vater wie du bift und bei einer folchen Mutter — von dir felbft zum Weibe zu begehren. Meine Schwefter hat fich gegen dich vergeffen" — er fträubte fich, ein ftärkeres Wort zu brauchen und damit Dianen, die er verehrte, preiszugeben — „und ich, der Bruder, bin da, gut zu machen, was die Schwefter fchlecht gemacht hat. Diana mit Aftorre, du mit mir, fo euch entgegenkommend, werdet ihr Weiber euch die Hände geben."

Das empfindliche Gemüt des laufchenden Mönches verwundete diefe rohe Gleichftellung des Mißhandelns und des Leidens, der Schlagenden und der Gefchlagenen — oder krümmte fich eine Natter? — „Germano, fo wirbt man nicht!" raunte er dem Gepanzerten zu.

Diefer vernahm es, und da die dunkle Antiope mäuschenftille blieb, verftimmte er fich. Er fühlte, daß er weicher reden follte, und redete barfcher. „Ohne Vater und mit einer folchen Mutter", wiederholte er, „bedürfet Ihr einer männlichen Hut! Das konntet Ihr heute lernen, junge Herrin. Ihr werdet nicht zum andern Male vor ganz Padua befchämt und gefchlagen werden wollen! Gebet Euch mir, wie Ihr feid, und ich fchirme Euch vom Wirbel zur Zehe!" Germano dachte an feinen Panzer.

Aftorre fand diefe Werbung von empörender Härte: Germano, fo fchien ihm, behandelte Antiope wie feine Kriegsgefangene — oder zifchte die Schlange? — „So wirbt man nicht, Germano!" keuchte er. Diefer wendete fich halb. „Wenn du es beffer verftehft," fagte er mißmutig, „wirb du für mich, Schwager." Er trat raumgebend beifeite.

Da näherte fich Aftorre, das Knie gebogen, hob die Hände mit fich einander berührenden Fingerfpitzen und feine bangen Blicke befragten das zarte Haupt auf dem blaffen Goldgrunde. „Findet Liebe Worte?" ftammelte er. Dämmerung und Schweigen.

Endlich lifpelte Antiope: „Für wen wirbft du, Aftorre?" „Für diefen hier, meinen Bruder Germano," preßte er hervor. Da barg fie das Antlitz mit den Händen.

Jetzt riß Germano die Geduld. „Ich werde deutfch mit ihr reden," brach er los und: „Kurz und gut, Antiope Canoffa," ließ er das Mädchen rauh an, „wirst du mein Weib oder nicht?"

Antiope wiegte das kleine Haupt sanft und sachte, aber trotz der wachsenden Nacht mit deutlicher Verneinung.

„Ich habe meinen Korb," sprach Germano trocken. „Komm, Schwager!" und er verließ den Saal mit ebenso festen Schritten, als er ihn betreten hatte. Der Mönch aber folgte ihm nicht.

Astorre verharrte in seiner flehenden Stellung. Dann ergriff er, selbst zitternd, Antiopes zitternde Hände und löste sie von dem Antlitz. Welcher Mund den andern suchte, weiß ich nicht, denn die Kammer war völlig finster geworden.

Auch wurde es darin so stille, daß, wäre ihr Ohr nicht voll stürmischen Jubels und seliger Chöre gewesen, die Liebenden leicht in einem anstoßenden Gelasse gemurmelte Gebete hätten vernehmen können. Das verhielt sich so: neben Antiopes Kammer, einige Stufen tiefer, lag die Hauskapelle, und morgen jährte sich zum dritten Male der Tod des Grafen Canossa. Nach überschrittener Mitternacht sollte in Gegenwart der Witwe und der Waise die Seelenmesse gelesen werden. Schon hatte sich der Priester eingestellt, den Ministranten erwartend.

Ebensowenig als das unterirdische Gemurmel vernahm das Paar die schlurfenden Pantoffeln der Madonna Olympia, welche die Tochter suchte und nun bei dem spärlichen Scheine der Hausleuchte, die sie in der Hand trug, die Liebenden still und aufmerksam betrachtete. Daß die frechste Lüge einer ausschweifenden Einbildungskraft vor ihren Augen in diesen zärtlich verschlungenen Gestalten zu Tat und Wahrheit wurde, darüber wunderte sich Madonna Olympia nicht; aber, es sei der Törin zum Lobe gesagt, ebensowenig kostete sie einen Genuß der Rache. Sie weidete sich nicht an dem der gewalttätigen Diana bevorstehenden bittern Leiden, sondern es überwog die einfache mütterliche Freude, ihr Kind zu seinem Preise gewertet, begehrt und geliebt zu sehen.

Da jetzt, von einem scharfen Strahl aus ihrer Leuchte getroffen, die beiden verwundert aufblickten, fragte sie mit einer

270

weichen und natürlichen Stimme: „Astorre Vicedomini, liebst du die Antiope Canossa?"

„Über alles, Madonna!" antwortete der Mönch.

„Und verteidigst sie?"

„Gegen eine Welt!" rief Astorre verwegen.

„So ist es recht," begütigte sie, „aber nicht wahr, du meinst es redlich? Du verstoßest sie nicht, wie Dianen? Du närrst mich nicht? Du machst eine arme Törin, wie sie mich nennen, nicht unglücklich? Du lässest mein Kindchen nicht wieder zu Schanden kommen? Du suchst keine Ausflüchte noch Aufschübe? Du gibst den Augen die Gewißheit und führst die Antiope gleich, als ein frommer Christ und wackerer Edelmann, zum Altar? Auch hast du nicht weit nach dem Pfaffen zu gehen. Hörst du es murmeln? Da unten kniet einer."

Und sie öffnete eine niedrige Tür, hinter welcher ein paar steile Stufen in das häusliche Heiligtum hinabführten. Astorre warf einen Blick: unter dem plumpen Gewölbe vor einem kleinen Altar bei dem ungewissen Licht einer Kerze betete ein Barfüßer, welcher ihm an Alter und Gestalt nicht unähnlich war und auch die Kutte und den Strick des heiligen Franziskus trug.

Ich glaube, daß dieser Barfüßer hier und gerade zu dieser Stunde durch göttliche Schickung knieen und beten mußte, um Astorre zum letzten Male zu erschrecken und zu warnen. Doch in seinen lodernden Adern wurde die Arznei zum Gifte. Da er die Verkörperung seines Klosterlebens erblickte, kam ein trotziger Geist des Frevels und der Sicherheit über ihn. Mit gleichen Füßen habe ich über mein erstes Gelübde weggesetzt, lachte er, und siehe, die Schranke fiel unter meinem Sprunge — warum nicht über das zweite? Meine Heiligen haben mich unterliegen lassen! Vielleicht retten und beschützen sie den Sünder! Der Verwildernde bemächtigte sich Antiopes und trug sie, mehr als daß er sie führte, die Stufen hinunter; Madonna Olympia aber, die sich nach einem kurzen lichten Momente wieder verwirrte, schlug hinter dem Mönch und ihrem Kinde die schwere Türe zu, wie hinter einem gelungenen Fange, einer gehaschten Beute, und lauschte durch das Schlüsselloch.

Was sie sah, bleibt ungewiß. Nach der Meinung des Volkes hätte Astorre den Barfüßer mit gezogenem Schwerte bedroht und vergewaltigt. Das ist unmöglich, denn der Mann Astorre hat niemals den Leib mit einem Schwerte gegürtet. Der Wahrheit näher mag es kommen, daß der Barfüßer — traurig zu sagen — ein schlechter Mönch war und vielleicht derselbe Beutel unter seine Kutte wanderte, den Astorre zu sich gesteckt hatte, da er für Diana den Ehereif kaufen ging.

Daß aber anfänglich der Priester sich sperrte, daß die zwei Mönche miteinander rangen, daß das schwere Gewölbe eine häßliche Szene verbarg — solches lese ich in dem verzerrten und entsetzten Gesichte der Lauscherin. Donna Olympia verstand, daß da unten ein Frevel begangen werde, daß sie als die Anstifterin und Mitschuldige desselben der Strenge des Gesetzes und der Rache der Verratenen sich preisgebe, und da sich die Hinrichtung des Grafen ihres Gemahls jährte, glaubte sie auch ihr törichtes Haupt dem Beile unrettbar verfallen. Sie wähnte den nahenden Schritt Ezzelins zu vernehmen: da floh sie und schrie: „Hilfe! Mörder!"

Die Gequälte stürzte auf den Flur und an das in den engen innern Hof blickende Fenster. „Mein Maultier! Meine Sänfte!" rief sie hinunter, und lachend über den doppelten Befehl — das Maultier war für das Land, die Sänfte für die Stadt — erhob sich das Gesinde der Törin langsam und bequem aus einem Winkel, wo es bei einer Kürbislaterne trank und würfelte. Ein alter Stallmeister, welcher allein der unglücklichen Herrin Treue hielt, sattelte bekümmert zwei Maultiere und führte sie durch den Torweg auf den an der Gasse liegenden Vorplatz des Palastes: er hatte Donna Olympia schon auf mancher Irrefahrt begleitet. Die andern folgten witzereißend mit der Sänfte.

Auf der großen Treppe stieß die flüchtige Törin, welche der auch bei den Unseligen übermächtige Trieb der Selbsterhaltung ihr geliebtes Kind vergessen ließ, gegen den besorgten Ascanio, der, ohne Nachricht gelassen und von Unruhe getrieben, auf Kundschaft ausgegangen war.

„Was ist geschehen, Signora?" fragte er eilig.

„Ein Unglück!" krächzte sie wie ein auffliegender Rabe, rannte die Treppe hinab, saß auf ihrem Tiere, stachelte es mit rasender Ferse und verschwand im Dunkel.

Ascanio suchte durch die finstern Gemächer bis in die von der stehen gebliebenen Ampel der Madonna Olympia erhellte Kammer Antiopes. Wie er sich darin umblickte, wurde die Tür der Hauskapelle geöffnet und zwei schöne Gespenster entstiegen der Tiefe. Der Mutige begann zu zittern. „Astorre, du bist mit ihr vermählt!" Der schallvolle Name dröhnte im Echo des Gewölbes wie die Tuba jenes Tages. „Und trägst Dianens Ring am Finger!"

Astorre riß ihn ab und schleuderte ihn.

Ascanio stürzte an das offene Fenster, durch welches der Ring gesprungen war. „Er ist in eine Spalte zwischen zwei Quadern geglitscht," sprach es aus der Gasse herauf. Ascanio erblickte Turbane und Eisenkappen. Es waren die Leute des Vogtes, welche ihre nächtliche Runde begannen.

„Auf ein Wort, Abu Mohammed!" rief er, rasch besonnen, einen weißbärtigen Greis, der höflich erwiderte: „Dein Wunsch ist mir Befehl!" und mit zwei anderen Sarazenen und einem Deutschen im Tore des Palastes verschwand.

Abu-Mohammed-al-Tabib überwachte nicht nur die Sicherheit der Straße, sondern betrat auch das Innerste der Häuser, um Reichsverräter — oder was der Vogt so benannte — zu verhaften. Kaiser Friedrich hatte ihn seinem Schwiegersohne, dem Tyrannen, gegeben, damit er diesem eine sarazenische Leibwache werbe, und an deren Spitze war er in Padua verblieben. Abu Mohammed war eine feine Erscheinung und hatte gewinnende Formen. Er nahm Anteil an dem Schmerze der Familie, deren Glied er in den Kerker oder zum Blocke führte, und tröstete die betrübte in seinem gebrochenen Italienisch mit Sprüchen arabischer Dichter. Ich vermute, daß er seinen Beinamen „al Tabib", das ist der Arzt, wenn er auch einige chirurgische Kenntnisse und Griffe besitzen mochte, zuerst und voraus gewissen ärztlichen Manieren verdankte: ermutigenden Handgebärden, beruhigenden Worten, wie zum Beispiel: „Es tut nicht weh", oder: „Es geht vorüber", womit die Jünger Galens eine schmerzliche Operation einzuleiten pflegen. Kurz, Abu Mohammed behandelte das Tragische gelinde und war zur Zeit meiner Fabel trotz seines strengen und bittern Amtes in Padua keine verhaßte Persönlichkeit. Später, da der Tyrann eine Lust daran fand, menschliche Leiber zu martern, woran du nicht glauben kannst, Cangrande! verließ ihn Abu Mohammed und kehrte zu seinem gütigen Kaiser zurück.

Auf der Schwelle des Gemaches winkte Abu Mohammed seinen drei Begleitern, stehen zu bleiben. Der Deutsche, der die Fackel trug, ein trotzig blickender Geselle, verharrte nicht lange. Er hatte heute zur Vesperstunde Germano nach dem Palaste Vicedomini begleitet und dieser ihm zugelacht: „Laß mich jetzt! Ich verlobe hier mein Schwesterchen Diana dem Mönche!" Der Germane kannte die Schwester seines Hauptmanns und hatte eine Art stiller Neigung zu ihr, ihres hohen Wuchses und ihrer redlichen Augen halber. Da er nun den Mönch, welchem er heute mittag zur Seite geritten, Hand in Hand mit einem kleinen und zierlichen Weibe sah, das ihm, neben dem großen Bilde Dianens, als eine Puppe erschien, witterte er Treubruch, schmiß erzürnt die lodernde Fackel auf den Steinboden, wo sie der eine der Sarazenen behutsam aufhob, und eilte davon, Germano den Verrat des Mönches zu melden.

Ascanio, der den Deutschen erriet, bat Abu Mohammed, ihn zurückzurufen. Dieser aber weigerte sich. „Er würde nicht gehorchen," sagte er sanft, „und mir zwei oder drei meiner Leute niederhauen. Mit welchem andern Dienste, Herr, bin ich dir gefällig? Verhafte ich diese blühenden Jugenden?"

„Astorre, sie wollen uns trennen!" schrie Antiope und suchte Schutz in den Armen des Mönches. Die am Altare Frevelnde hatte mit einer schuldlosen Seele auch die natürliche Beherztheit eingebüßt. Der Mönch, welchen seine Schuld vielmehr ermutigte und begeisterte, tat einen Schritt gegen den Sarazenen und riß ihm unversehens das Schwert aus der

Scheide. „Vorsichtig, Knabe, du könntest dich schneiden,"
warnte dieser gutmütig.

„Laß dir sagen, Abu Mohammed," erklärte Ascanio, „dieser
Rasende ist der Gespiele meiner Jugend und war lange Zeit
der Mönch Astorre, den du sicherlich auf den Straßen Paduas
gesehen hast. Der eigene Vater hat ihn um sein Klostergelübde
geprellt und mit einem ungeliebten Weibe vermählt. Vor wenigen Stunden wechselte er mit ihr die Ringe, und jetzt, wie
du ihn hier siehst, ist er der Gatte dieser andern."

„Verhängnis!" urteilte der Sarazene mild.

„Und die Verratene", fuhr Ascanio fort, „ist Diana Pizzaguerra, die Schwester Germanos! Du kennst ihn. Er glaubt
und traut lange, sieht und greift er aber, daß er ein Getäuschter
und Betrogener ist, so spritzt ihm das Blut in die Augen und
er tötet."

„Nicht anders," bestätigte Abu Mohammed. „Er ist von der
Mutter her ein Deutscher und diese sind Kinder der Treue!"

„Rate mir, Sarazene. Ich weiß nur e i n e Auskunft: vielleicht eine Rettung. Wir bringen die Sache vor den Vogt. Ezzelin mag richten. Inzwischen bewachen deine Leute den Mönch
in seinem eigenen festen Hause. Ich eile zum Ohm. Diese aber
bringst du, Abu Mohammed, zu der Markgräfin Cunizza, der
Schwester des Vogts, der frommen und leutseligen Domina,
die hier seit einigen Wochen Hof hält. Nimm die hübsche Sünderin! Ich anvertraue sie deinem weißen Barte." „Du darfst
es", versicherte Mohammed.

Antiope umklammerte den Mönch und schrie noch kläglicher,
als das erste Mal: „Sie wollen mich von dir trennen! Laß
mich nicht, Astorre! Keine Stunde! Keinen Augenblick! Oder ich
sterbe!" Der Mönch hob das Schwert.

Ascanio, der jede Gewalttat verabscheute, blickte den Sarazenen fragend an. Dieser betrachtete die sich umschlungen Haltenden mit väterlichen Augen. „Laß die Schatten sich umarmen!" sagte er dann weichgestimmt, sei es daß er ein Philosoph war und das Leben für Schein hielt, sei es daß er sagen

wollte: vielleicht verurteilt sie morgen Ezzelin zum Tode, gönne den verliebten Faltern die Stunde!

Ascanio zweifelte nicht an der Wirklichkeit der Dinge; desto zugänglicher war er dem zweiten Sinne des Spruches. Nicht allein als der Leichtfertige, der er war, sondern auch als ein Gütiger und Menschlicher zauderte er, die Liebenden auseinander zu reißen.

„Astorre,“ fragte er, „kennst du mich?“

„Du warst mein Freund,“ antwortete dieser.

„Und bin es noch. Du hast keinen treuern.“

„O trenne mich nicht von ihr!“ flehte jetzt der Mönch in einem so ergreifenden Tone, daß Ascanio nicht widerstand. „So bleibet zusammen,“ sagte er, „bis ihr vor das Gericht tretet.“ Er flüsterte mit Abu Mohammed.

Dieser näherte sich dem Mönche, entwand ihm sachte das Schwert, Finger um Finger von dem Griffe lösend, und ließ es in die Scheide an seiner Hüfte zurückfallen. Dann trat er ans Fenster, winkte seiner Schar, und die Sarazenen bemächtigten sich der auf dem Vorplatze stehengebliebenen Sänfte Madonna Olympias.

Durch eine enge finstere Gasse bewegte sich die schleunige Flucht: Antiope voran, von vier Sarazenen getragen, ihr zur Seite der Mönch und Ascanio, dann die Turbane. Abu Mohammed schloß den Zug.

Dieser eilte an einem kleinen Platz und einer erhellten Kirche vorüber. In die dunkle Fortsetzung der Gasse einmündend, stieß er in hartem Anprall mit einem ihm entgegenkommenden andern, von zahlreichem Volke begleiteten Zuge zusammen. Heftiges Gezänk erhob sich. „Raum der Sposina!“ rief die Menge. Chorknaben brachten aus der Kirche lange Kerzen herbei, deren wehende Flämmchen sie mit vorgehaltener Hand schützten. Der gelbe Schimmer zeigte eine geneigte Sänfte und eine umgestürzte Bahre. La Sposina war ein gestorbenes Bräutchen aus dem Volke, das zu Grabe getragen wurde. Die Tote regte sich nicht und ließ sich gelassen wieder auf ihre Bahre legen. Das versammelte Volk aber erblickte den Mönch, der die aus der Sänfte gesprungene Antiope schirmend umfing, und es wußte doch, daß der Mönch heute mit Diana Pizzaguerra sich vermählt hatte. Abu Mohammed schaffte Ordnung. Ohne weitern Unfall erreichte man den Palast.

Astorre und Antiope wurden von der Dienerschaft mit erstaunten und bestürzten Blicken empfangen. Sie verschwanden im Tore, ohne von Abu Mohammed und Ascanio Abschied genommen zu haben. Dieser wickelte sich in sein Kleid und begleitete noch einige Schritte weit den Sarazenen, welcher die Stadtburg, die er bewachen sollte, umging, ihre Tore zählend und mit dem Blicke die Höhe ihrer Mauern messend.

„Ein gefüllter Tag," sagte Ascanio.

„Eine selige Nacht," erwiderte der Sarazene, den sternbesäten Himmel betrachtend. Die ewigen Lichter, ob sie nun unsere Schicksale beherrschen oder nicht, wanderten nach ihren stillen Gesetzen, bis ein junger Tag, der jüngste und letzte Astorres und Antiopes, die göttliche Fackel schwang.

In einer Morgenstunde desselben lauschte der Tyrann mit seinem Neffen durch ein kleines Rundbogenfenster seines Stadtturmes auf den anliegenden Platz hinunter, den eine aufgeregte Menge füllte, murmelnd und tosend wie die wechselnde Meereswoge.

Die gestrige Begegnung der Sänfte mit der Bahre und der daraus entstandene Tumult hatte blitzschnell durch die ganze Stadt verlautet. Alle Köpfe beschäftigten sich wachend und träumend mit nichts anderm mehr, als mit dem Mönche und seiner Hochzeit: nicht nur dem Himmel habe der Ruchlose sein Gelübde gebrochen, sondern jetzt auch der Erde, seine Braut habe er verraten, seinen Reif verschleudert, in rasend raschem Wechsel mit einmal aufgelodeten Sinnen ein neues Weib gefreit, ein fünfzehnjähriges Mädchen, die Blüte des Lebens, und aus der zerrissenen Kutte sei ein gieriger Raubvogel aufgeflattert. Aber der gerechte Tyrann, der kein Ansehen der Person kenne, lasse das Haus, das den Verbrecher und die Verbrecherin verberge, von seinen Sarazenen bewachen; er werde heute, bald, jetzt die Missetat der zwei Vornehmen — denn die junge Sün-

derin Antiope sei eine Canossa — vor seinen Stuhl ziehen, der
keuschen Diana ihr Recht schaffen und dem durch das schlechte
Beispiel seines Adels beleidigten tugendhaften Volke die bluten=
den Köpfe der zwei Schuldigen durch das Fenster zuwerfen.

Der Tyrann ließ sich, während er einen beobachtenden Blick
auf die gärende Masse warf, von Ascanio das Gestrige be=
richten. Die Verliebung rührte ihn nicht, nur der zugerollte
Ring beschäftigte ihn einen Augenblick als eine neue Form des
Schicksals. „Ich tadle,“ sagte er, „daß du sie gestern nicht
auseinander gerissen hast! Ich lobe, daß du sie bewachst!
Die Vermählung mit Diana besteht zu Recht. Das mit dem
Schwert erzwungene oder mit dem Beutel gekaufte Sakrament
ist so nichtig als möglich. Der Pfaffe, der sich erschrecken oder
bestechen ließ, verdient den Galgen und, wird er eingefangen,
so baumelt er. Noch einmal: warum tratest du nicht zwischen
den Unmündigen und das Kind? warum zerrtest du nicht einen
Taumelnden aus den Armen einer Berauschten? Du gabest sie
ihm! Jetzt sind sie Gatten.“

Ascanio, welcher sich wieder hell und leichtfertig geschlafen
hatte, verbarg ein Lächeln. „Epikuräer!“ strafte ihn Ezzelin.
Er aber schmeichelte: „Es ist geschehen, gestrenger Ohm.
Wenn du den Fall in deinen Machtkreis ziehst, ist alles ge=
rettet! Beide Parteien habe ich vor deinen Richterstuhl be=
schieden auf diese neunte Stunde.“ Ein gegenüberstehender
Campanile schlug sie. „Wolle nur, Ezzelin, und deine feste und
kluge Hand löst den Knoten spielend. Liebe verschwendet und
Geiz kennt Ehre nicht. Der verliebte Mönch wird dem nieder=
trächtigen Geizhals, als welchen wir alle diesen würdigen Pizza=
guerra kennen, hinwerfen, was er verlangt. Germano freilich
wird das Schwert ziehen, doch du heißest es ihn in die Scheide
zurückstoßen. Er ist dein Mann. Er knirscht, aber er gehorcht.“

„Ich frage mich,“ sagte Ezzelin, „ob ich recht tue, den
Mönch dem Schwerte meines Germano zu entziehen. Darf
Astorre leben? Kann er es, jetzt da er nach verschleuderter San=
dale auch den angezogenen ritterlichen Schuh zur Schlarpe tritt
und der Cantus firmus des Mönches in einem gellenden

Gassenhauer vertönt? Ich — was an mir liegt — friste dem Wankelmütigen und Wertlosen das Dasein. Allein ich vermag nichts gegen sein Schicksal. Ist Astorre dem Schwerte Germanos bestimmt, so kann ich diesen es senken heißen, jener rennt doch hinein. Ich kenne das. Ich habe das erfahren." Und er verfiel in ein Brüten.

Scheu wandte Ascanio den Blick seitwärts. Er wußte eine grausame Geschichte.

Einst hatte der Tyrann ein Kastell erobert und die Empörer, die es gehalten hatten, zum Schwerte verurteilt. Der erste beste Kriegsknecht schwang es. Da kniete, um den Todesstreich zu empfangen, ein schöner Knabe, dessen Züge den Tyrannen fesselten. Ezzelin glaubte die seinigen zu erkennen und fragte den Jüngling nach seinem Ursprunge. Es war der Sohn eines Weibes, das Ezzelin in seiner Jugend sündig geliebt hatte. Er begnadigte den Verdammten. Dieser, von der eigenen Neugierde und den neidischen Sticheleien derer, welche ihre Söhne oder Verwandten durch jenes Bluturteil eingebüßt hatten, gereizt und verfolgt, ruhte nicht, bis er das Rätsel seiner Bevorzugung löste. Er soll den Dolch gegen die eigene Mutter gezückt und ihr das böse Geheimnis entrissen haben. Die enthüllte unehrliche Geburt vergiftete seine junge Seele. Er verschwur sich von neuem gegen den Tyrannen, überfiel ihn auf der Straße und wurde von demselben Kriegsknechte, der zufällig der erste war, Ezzelin zu Hilfe zu eilen, und mit demselben Schwerte niedergestoßen.

Ezzelin verbarg das Haupt eine Weile mit der Rechten und betrachtete den Untergang seines Sohnes. Dann erhob er es langsam und fragte: „Was aber wird aus Diana?"

Ascanio zuckte die Achseln. „Diana hat einen Unstern. Zwei Männer hat sie verloren, den einen an die Brenta, den andern an ein lieblicheres Weib. Und dazu der karge Vater! Sie geht ins Kloster. Was bliebe ihr sonst?"

Jetzt erhob sich drunten auf dem Platze ein Murren, ein Schelten, ein Verwünschen, ein Drohen. „Mordet den Mönch!" reizten einzelne Stimmen, doch da sie sich in einen allgemeinen Schrei vereinigen wollten, ging der Volkszorn auf eine seltsame Weise in ein erstauntes und bewunderndes „Ach!" über. „Ach, wie schön ist sie!" Der Tyrann und Ascanio konnten durch ihr Fenster den Auftritt bequem beobachten: Sarazenen auf schlanken Berbern, den Mönch Astorre und sein junges Weib, die von Maultieren getragen wurden, umringend. Die neue Vicedomini ritt verhüllt. Aber wie die tausend Fäuste des Volkes sich gegen den Mönch, ihren Gemahl, ballten, hatte sie sich leidenschaftlich vor ihn geworfen. Die liebende Gebärde zerriß den Schleier. Es war nicht der Reiz ihres Antlitzes allein, noch die Jugend ihres Wuchses, sondern das volle Spiel der Seele, das gestaltete Gefühl, der Atem des Lebens, was die Menge entwaffnete und hinriß, wie gestern den Mönch, der jetzt als ein blühender Triumphator ohne die leiseste Furcht, denn er glaubte sich gefestet und gefeit, mit seiner warmen Beute einherzog.

Ezzelin betrachtete diesen Sieg der Schönheit fast verächtlich. Er wandte sein Auge teilnehmend gegen den zweiten Auftritt, welcher aus einer andern Gasse auf den Turmplatz mündete. Drei Vornehme, wie Astorre und Antiope zahlreich begleitet, suchten Bahn durch die Menge. In der Mitte ein schneeweißes Haupt: die würdige Erscheinung des alten Pizzaguerra. Ihm zur Linken Germano. Dieser hatte gestern schrecklich gezürnt, als ihm sein Deutscher die Kunde des Verrates brachte, und stürzte spornstreichs zur Rache, wurde aber von dem Sarazenen ereilt, welcher ihn, den Vater und die Schwester auf die nächste Frühstunde in den Turm und vor das Gericht des Vogtes lud. Er hatte darauf der Schwester den Frevel des Mönches, welchen er ihr lieber bis nach genommener Rache verheimlicht, offenbaren müssen und sich über ihre Fassung gewundert. Diana ritt zur Rechten des Vaters, keine andere als sonst, nur daß sie den breiten Nacken um einen schweren Gedanken tiefer als gestern trug.

Die Menge, welche die Gekränkte und ihr Recht Fordernde eine Minute früher mit zürnendem Jubel begrüßt hätte, begnügte sich jetzt, das Auge noch geblendet von dem Glanze

Antiopes und den Verrat des Mönches begreifend und mit= begehend, der Gedrückten ein mitleidiges: „Arme, Ärmste! Immer Geopferte!" zuzumurmeln.

Jetzt erschienen die Fünfe vor dem Tyrannen, der in einem nackten Saale auf einem nur um zwei Stufen über dem Boden erhöhten Stuhle saß. Vor ihm standen Kläger und Ver= klagte sich gegenüber: hier die beiden Pizzaguerra und, ein wenig beiseite, die große Gestalt Dianas, dort, Hand in Hand verschlungen, der Mönch und Antiope, alle in Ehrfurcht, wäh= rend Ascanio an den hohen Sessel des Tyrannen lehnte, als wolle er seine Unparteilichkeit und die Mitte wahren zwischen zwei Jugendgespielen.

„Herrschaften," begann Ezzelin, „ich werde euern Fall nicht als eine Staatssache, wo Treubruch Verrat, und Verrat Ma= jestätsverbrechen ist, behandeln, sondern als eine läßliche Fa= milienangelegenheit. In der Tat, die Pizzaguerra, die Vice= domini, die Canossa sind ebenso edeln Blutes als ich, nur daß die Erhabenheit des Kaisers mich zu ihrem Vogte in diesen ihren Ländern gemacht hat." Ezzelin neigte das Haupt bei der Nennung der höchsten Macht; er konnte es nicht entblößen, da er dasselbe, wenn er es nicht mit dem Streithelm bedeckte, überall, selbst in Wind und Wetter, nach antiker Weise bar trug. „So bilden die zwölf Geschlechter eine große Familie, zu der auch ich durch eine meiner Ahnfrauen gehöre. Aber wie sind wir zusammengeschmolzen durch unselige Verblendung und strafbare Auflehnung einiger unter uns gegen das höchste weltliche Amt! Wenn ihr mir glaubet, so sparen wir nach Kräf= ten, was noch vorhanden ist. In diesem Sinne halte ich die Rache der Pizzaguerra gegen Astorre Vicedomini auf, obwohl ich sie ihrer Natur nach eine gerechte nenne. Seid ihr", er wendete sich gegen die drei Pizzaguerra, „mit meiner Milde nicht einverstanden, so höret und bedenket eines: ich, Ezzelino da Romano, bin der erste und darum der Hauptschuldige. Hätte ich mein Roß nicht an einem gewissen Tage und zu einer ge= wissen Stunde längs der Brenta jagen lassen, Diana wäre standesgemäß vermählt und dieser hier murmelte sein Brevier.

Hätte ich meine Deutschen nicht zur Musterung befohlen an einem gewissen Tage und zu einer gewissen Stunde, so hätte mein Germano den Mönch nicht unzeitig auf einen Gaul gesetzt und dieser der Frau, welche er jetzt an der Hand hält, den ihr von seinem bösen Dämon —"

„Von meinem guten!" frohlockte der Mönch.

„— von seinem Dämon zugerollten Brautring wieder vom Finger gezogen. Darum, Herrschaften, begünstigt mich, indem ihr mir die verwickelte Sache entwirren und schlichten helfet; denn bestündet ihr auf der Strenge, so müßte ich auch mich und mich zuerst verurteilen!"

Diese ungewöhnliche Rede brachte den alten Pizzaguerra keineswegs aus der Fassung, und als ihn der Tyrann ansprach: „Edler Herr, Euer ist die Klage," sagte er kurz und karg: „Herrlichkeit, Astorre Vicedomini verlobte sich öffentlich und ganz nach den Gebräuchen mit meinem Kinde Diana. Dann aber, ohne daß Diana sich gegen ihn vergangen hätte, brach er sein Verlöbnis. Unbegründet, ungesetzlich, kirchenschänderisch. Diese Tat wiegt schwer und verlangt, wo nicht Blut, welches deine Herrlichkeit nicht vergossen sehen will, eine schwere Sühne," und er machte die Gebärde eines Krämers, der Gewichtstein um Gewichtstein in eine Wagschale legt.

„Ohne daß Diana sich vergangen hätte?" wiederholte der Tyrann. „Mich dünkt, sie verging sich. Hatte sie nicht eine Wahnsinnige vor sich? Und Diana schilt und schlägt. Denn Diana ist jähzornig und unvernünftig, wenn sie sich in ihrem Rechte gekränkt glaubt."

Da nickte Diana und sprach: „Du sagst die Wahrheit, Ezzelin."

„Das ist es auch," fuhr der Tyrann fort, „warum Astorre sein Herz von ihr abgekehrt hat: er erblickte eine Barbarin."

„Nein, Herr," widersprach der Mönch, die Verratene von neuem beleidigend, „ich habe Diana nicht angeschaut, sondern das süße Antlitz, das den Schlag empfing, und mein Eingeweide erbarmte sich."

Der Tyrann zuckte die Achseln. „Du siehst, Pizzaguerra,"

lächelte er, „der Mönch gleicht einem sittsamen Mädchen, das
zum erstenmal einen starken Wein geschlürft hat und sich
danach gebärdet. Wir aber sind alte nüchterne Leute. Sehen wir
zu, wie die Sache sich austragen läßt."

Pizzaguerra erwiderte: „Viel, Ezzelin, täte ich dir zu Gefallen wegen deiner Verdienste um Padua. Doch läßt sich beleidigte Hausehre sühnen anders als mit gezogenem Schwerte?"
So redete der Vater Dianens und machte mit dem Arm eine
edle Bewegung, welche aber in eine Gebärde ausartete, die
einer geöffneten, wo nicht hingehaltenen Hand zum Verwechseln ähnlich sah.

„Biete, Astorre!" sagte der Vogt mit dem Doppelsinne:
Biete die Hand! oder: Biete Geld und Gut!

„Herr," wendete sich jetzt der Mönch offen und edel gegen
den Tyrannen, „wenn du einen Haltlosen, ja einen Sinn-
beraubten in mir erblickst, ich zürne dir es nicht, denn ein
starker Gott, den ich leugnete, weil ich sein Dasein nicht ahnen
konnte, hat sich an mir gerächt und mich überwältigt. Noch
jetzt treibt er mich wie ein Sturm und jagt mir den Mantel
über den Kopf. Muß ich mein Glück — bettelhaftes Wort!
armselige Sprache! — muß ich das Höchste des Lebens mit
dem Leben bezahlen: ich begreife es und finde den Preis niedrig
gestellt! Darf ich aber leben und mit Dieser leben, so markte
ich nicht!" Er lächelte selig. „Nimm meine Habe, Pizzaguerra!"

„Herrschaften," verfügte der Tyrann, „ich bevormunde diesen verschwenderischen Jüngling. Unterhandeln w i r zusammen,
Pizzaguerra. Du hörtest es: ich habe weite Vollmacht. Was
denkst du von den Bergwerken der Vicedomini?"

Der ehrbare Greis schwieg, aber seine nahe zusammen
liegenden Augen glitzerten wie zwei Diamanten.

„Nimm meine Perlfischereien dazu!" rief Astorre, doch
Ascanio, der die Stufen heruntergeglitten kam, verschloß ihm
den Mund.

„Edler Pizzaguerra," versuchte jetzt Ezzelin den Alten,
„nimm die Bergwerke! Ich weiß, die Ehre deines Hauses
geht dir über alles und steht um keinen Preis feil, aber ich

weiß ebenfalls, du bist ein guter Paduaner und tust dem Stadtfrieden etwas zuliebe."

Der Alte schwieg hartnäckig.

"Nimm die Minen," wiederholte Ezzelin, der das Wortspiel liebte, "und gib die Minne!"

"Die Bergwerke und die Fischereien?" fragte der Alte, als wäre er schwerhörig.

"Die Bergwerke, sagte ich, und damit gut. Sie ertragen viele tausende Pfunde. Würdest du mehr fordern, Pizzaguerra, so hätte ich mich in deiner Gesinnung betrogen und du setztest dich dem häßlichen Verdachte aus, um Ehre zu feilschen."

Da der Geizhals den Tyrannen fürchtete und nicht mehr erlangen konnte, verschluckte er seinen Verdruß und bot dem Mönche die trockene Hand. "Ein schriftliches Wort, Lebens und Sterbens halber," sagte er dann, zog Stift und Rechenbüchlein aus der Gürteltasche, entwarf mit zitternden Fingern die Urkunde "coram domino Azzolino" und ließ den Mönch unterzeichnen. Hierauf verbeugte er sich vor dem Vogt und bat, ihn zu entschuldigen, wenn er, obwohl einer aus den Zwölfen, Altersschwäche halber der Hochzeit des Mönches nicht beiwohne.

Germano hatte seine Wut verbeißend neben dem Vater gestanden. Jetzt löste er den einen seiner Eisenhandschuhe. Er schleuderte ihn dem Mönch ins Gesicht, hätte ihm nicht eine Machtgebärde des Tyrannen Halt geboten.

"Sohn, willst du den öffentlichen Frieden brechen?" mahnte jetzt auch der alte Pizzaguerra. "Mein gegebenes Wort enthält und verbürgt auch das deinige. Gehorche! Bei meinem Fluche! Bei deiner Enterbung!" drohte er.

Germano lachte. "Kümmert Euch um Eure schmutzigen Hände, Vater!" warf er verächtlich hin. "Doch auch du, Ezzelin, Herr von Padua, darfst es mir nicht verwehren! Es ist Mannesrecht und Privatsache. Verweigere ich dem Kaiser und dir, seinem Vogte, den Gehorsam, so enthaupte mich; aber du hinderst mich nicht, gerecht wie du bist, diesen Mönch zu erwürgen, der meine Schwester geäfft und mich beheuchelt hat.

Wäre Untreue straflos, wer möchte leben? Es ist des Platzes auf der Erde zu wenig für den Mönch und mich. Das wird er selbst begreifen, wann er wieder zu Sinnen kommt."

"Germano," gebot Ezzelin, "ich bin dein Kriegsherr. Morgen vielleicht ruft die Tuba. Du bist nicht dein eigen, du gehörst dem Reich!"

Germano erwiderte nichts. Er befestigte den Handschuh. "Vorzeiten," sagte er dann, "unter den blinden Heiden gab es eine Gottheit, welche gebrochene Treue rächte. Das wird sich mit dem Glockengeläute nicht geändert haben. Ihr befehle ich meine Sache!" Rasch erhob er die Hand.

"So steht es gut," lächelte Ezzelin. "Heute abend wird im Palaste Vicedomini Hochzeit mit Masken gefeiert, ganz wie gebräuchlich. Ich gebe das Fest und lade euch ein, Germano und Diana. Ungepanzert, Germano! Mit kurzem Schwerte!"

"Grausamer!" stöhnte der Krieger. "Kommt, Vater! Wie möget Ihr länger das Schauspiel unserer Schande geben?" Er riß den Alten mit sich fort.

"Und du, Diana?" fragte Ezzelin, da er vor seinem Stuhle nur noch diese und die Neuvermählten sah. "Begleitest du nicht Vater und Bruder?"

"Wenn du es gestattest, Herr," sagte sie, "habe ich ein Wort mit der Vicedomini zu reden." An dem Mönche vorüber blickte sie fest auf Antiope.

Diese, deren Hand Astorre nicht losgab, hatte an dem Gerichte des Tyrannen einen leidenden aber tief erregten Anteil genommen. Bald errötete das liebende Weib. Bald entfärbte sich eine Schuldige, die unter dem Lächeln und der Gnade Ezzelins sein wahres und ein sie verdammendes Urteil entdeckte. Bald jubelte ein der Strafe entwischtes Kind. Bald regte sich das erste Selbstgefühl der jungen Herrin, der neuen Vicedomini. Jetzt, von Diana ins Gesicht angeredet, warf sie ihr scheue und feindselige Blicke entgegen.

Diese ließ sich nicht beirren. "Schau her, Antiope!" sagte sie. "Hier mein Finger" — sie streckte ihn — "trägt den Ring deines Gatten. Den darfst du nicht vergessen. Ich bin nicht abergläubischer als andere, aber an deiner Stelle wäre mir schlimm zumute! Schwer hast du dich an mir versündigt, doch ich will gut und milde sein. Heute abend feierst du Hochzeit mit Masken nach den Gebräuchen. Ich werde dir erscheinen. Komme reuig und demütig und ziehe mir den Ring vom Finger!"

Antiope stieß einen Schrei der Angst aus und klammerte sich an ihren Gatten. Dann, in seinen Armen geborgen, redete sie stürmisch: "Ich soll mich erniedrigen? Was befiehlst du, Astorre? Meine Ehre ist deine Ehre! Ich bin nichts mehr als dein Eigentum, dein Herzklopfen, dein Atemzug und deine Seele. Wenn du willst und du gebietest, dann!"

Astorre sprach, sein Weib zärtlich beruhigend, gegen Diana: "Sie wird es tun. Möge dich ihre Demut versöhnen! und die meinige! Sei mein Gast heute Nacht und bleibe meinem Hause günstig!" Er wendete sich zu Ezzelin, dankte ihm ehrerbietig für Gericht und Gnade, verneigte sich und entführte sein Weib. Auf der Schwelle aber wandte er sich noch fragend gegen Diana: "Und in welcher Tracht wirst du bei uns erscheinen, daß wir dich kennen und dir Ehre bezeigen?"

Diese lächelte verächtlich. Wieder wendete sie sich gegen Antiope. "Kommen werde ich als die, welche ich mich nenne und welche ich bin: die Unberührte, die Jungfräuliche!" sagte sie stolz. Dann wiederholte sie: "Antiope, denke daran: reuig und demütig!"

"Du meinst es ehrlich, Diana? Du führst nichts im Schilde?" zweifelte der Tyrann, da ihm jetzt die Pizzaguerra allein gegenüberstand.

"Nichts," erwiderte sie, jede Beteurung verschmähend.

"Und was wird aus dir, Diana?" fragte er.

"Ezzelin," antwortete sie bitter, "vor diesem deinem Richtstuhle hat mein Vater die Ehre und Rache seines Kindes um ein paar Erzklumpen verschachert. Ich bin nicht wert, daß mich die Sonne bescheine. Für solche ist die Zelle!" Und sie verließ den Saal.

"Allervortrefflichster Ohm!" jubelte Ascanio. "Du ver-

mählſt das ſeligſte Paar in Padua und machſt aus einer ge=
fährlichen Geſchichte ein reizendes Märchen, womit ich einſt,
als ein ehrwürdiger Greis, meine Enkel und Enkelinnen am
Herdfeuer ergötzen werde!"

„Idylliſcher Neffe!" ſpottete der Tyrann. Er trat ans
Fenſter und blickte auf den Platz hinunter, wo die Menge noch
in fieberhafter Neugierde ſtandhielt. Ezzelin hatte Befehl ge=
geben, die vor ihn Beſchiedenen durch eine Hinterpforte zu ent=
laſſen.

„Paduaner!" redete er jetzt mit gewaltiger Stimme und
Tauſende ſchwiegen wie eine Einöde. „Ich habe den Handel
unterſucht. Er war verwickelt und die Schuld geteilt. Ich ver=
gab, denn ich bin zur Milde geneigt jedesmal, wo die Majeſtät
des Reiches nicht berührt wird. Heute abend halten Hochzeit
mit Masken Aſtorre Vicedomini und Antiope Canoſſa. Ich,
Ezzelin, gebe das Feſt und lade euch alle. Laſſet es euch
ſchmecken, ich bin der Wirt! Euch gehören Schenke und Gaſſe!
Den Palaſt Vicedomini aber betrete noch gefährde mir keiner,
ſonſt, bei meiner Hand! — und jetzt kehre ruhig jeder in das
Seinige, wenn ihr mich lieb habet!"

Ein unbeſtimmtes Gemurmel drang empor. Es verrieſelte
und verrann.

„Wie ſie dich lieben!" ſcherzte Ascanio."

Dante ſchöpfte Atem. Dann endigte er in raſchen Sätzen.

„Nachdem der Tyrann ſein Gericht gehalten hatte, verritt
er um Mittag nach einem ſeiner Kaſtelle, wo er baute. Er
begehrte rechtzeitig nach Padua zurückzukehren, um die vor
Diana ſich demütigende Antiope zu betrachten.

Aber gegen Vorausſicht und Willen wurde er auf der
mehrere Miglien von der Stadt entfernten Burg feſtgehalten.
Dorthin kam ihm ein ſtaubbedeckter Sarazene nachgeſprengt
und überreichte ihm ein eigenhändiges Schreiben des Kaiſers,
das umgehende Antwort verlangte. Die Sache war von Be=
deutung. Ezzelin hatte vor kurzem eine kaiſerliche Burg im
Ferrareſiſchen, in deren Befehlshaber, einem Sizilianer, ſein

Scharfblick den Verräter argwöhnte, nächtlicherweile überfallen, eingenommen und den zweideutigen kaiserlichen Burgvogt in Fesseln gelegt. Nun verlangte der Staufe Rechenschaft über diesen klugen, aber verwegenen Eingriff in seinen Machtkreis. Die arbeitende Stirn in die Linke gelegt, ließ Ezzelin die Rechte über das Pergament gleiten und sein Stift zog ihn vom Ersten zum Zweiten und vom Zweiten zu einem Dritten. Gründlich unterhielt er sich mit dem erlauchten Schwiegervater über die Möglichkeiten und Ziele eines bevorstehenden oder wenigstens geplanten Feldzuges. So verschwand ihm Stunde und Zeitmaß. Erst als er sich wieder zu Pferde warf, erkannte er aus dem ihm vertrauten Wandel der Gestirne — sie blitzten in voller Klarheit —, daß er Padua kaum vor Mitternacht erreichen werde. Sein Gefolge weit hinter sich lassend, schnell wie ein Gespenst, flog er über die nächtige Ebene. Doch er wählte seinen Weg und umritt vorsichtig einen wenig tiefen Graben, über welchen der kühne Reiter an einem andern Tage spielend gesetzt hätte: er verhinderte das Schicksal, seine Fahrt zu bedrohen und seinen Hengst zu stürzen. Wieder verschlang er auf gestrecktem Renner den Raum, aber Paduas Lichter wollten noch nicht schimmern.

Dort, vor der breiten Stadtfeste der Vicedomini, während sie sich in rasch wachsender Dämmerung schwärzte, hatte sich das trunkene Volk versammelt. Zügellose wechselten mit possierlichen Szenen auf dem nicht großen Platze. In der gedrängten Menge gor eine wilde, zornige Lust, ein bacchantischer Taumel, welchem die ausgelassene Jugend der Hochschule ein Element des Spottes und Witzes beimischte.

Jetzt ließ sich eine schleppende Kantilene vernehmen, in der Art einer Litanei, wie unsere Landleute zu singen pflegen. Es war ein Zug Bauern, alt und jung, aus einem der zahlreichen Dörfer im Besitze der Vicedomini. Dieses arme Volk, welches in seiner Abgelegenheit nichts von der Verweltlichung des Mönches, sondern nur in unbestimmten Umrissen die Vermählung des Erben erfahren, hatte sich vor Tagesanbruch mit den üblichen Hochzeitsgeschenken aufgemacht und erreichte nun sein

Ziel nach einer langen Wallfahrt im Staube der Landstraße. Es hielt und duckte sich zusammen, langsam über den wogenden Platz vorrückend, hier ein lockiger Knabe, fast noch ein Kind, mit einer goldenen Honigwabe, dort eine scheue, stolze Dirne, ein blökendes bebändertes Lämmchen in den sorglichen Armen. Alle verlangten sie sehnlich nach dem Angesichte ihres neuen Herrn.

Nun verschwanden sie nach und nach in der Wölbung des Tores, wo rechts und links die angezündeten Fackeln in den Eisenringen loderten, mit der letzten Tageshelle streitend. Im Torwege befahl Ascanio, als Ordner des Festes, er, der sonst so freundliche, mit einer schreienden und gereizten Stimme.

Von Stunde zu Stunde wuchs der Frevelmut des Volkes, und als endlich die vornehmen Masken anlangten, wurden sie gestoßen, dem Gesinde die Fackeln entrissen und auf den Steinplatten ausgetreten, die Edelweiber von ihren männlichen Begleitern abgedrängt und lüstern gehänselt, ungerächt von dem Schwertstiche, der an gewöhnlichen Abenden die Frechheit sofort gestraft hätte.

Dergestalt kämpfte unweit des Palasttores ein hohes Weib in der Tracht einer Diana mit einem immer enger sich schließenden Ringe von Klerikern und Schülern niedersten Ranges. Ein hagerer Mensch ließ seine mythologischen Kenntnisse glänzen. „Nicht Diana bist du!" näselte er verbuhlt, „du bist eine andere! Ich erkenne dich. Hier sitzt dein Täubchen!" und er zeigte auf den silbernen Halbmond über der Stirne der Göttin. Diese aber schmeichelte nicht wie Aphrodite, sondern zürnte wie Artemis. „Weg, Schweine!" schalt sie. „Ich bin eine reinliche Göttin und verabscheue die Kleriker!" „Gurr, gurr!" girrte die Hopfenstange und tastete mit den Knochenhänden, stieß aber auf der Stelle einen durchdringenden Schrei aus. Wimmernd hob der Elende die Hand und zeigte seinen Schaden. Sie war durch und durch gestochen und überquoll von Blut: das ergrimmte Mädchen hatte hinter sich in den Köcher gelangt — den entwendeten Jagdköcher ihres Bruders

— und mit einem der scharf geschliffenen Pfeile die ekle Hand gezüchtigt.

Schon wurde der rasche Auftritt von einem andern ebenso grausamen, wenn auch unblutigen verdrängt. Eine alle erdenklichen Widersprüche und schneidenden Mißtöne durcheinander werfende Musik, die einem rasenden Zanke der Verdammten in der Hölle glich, brach sich Bahn durch die betäubte und ergötzte Menge. Das niederste und schlimmste Volk — Beutelschneider, Kuppler, Dirnen, Betteljungen — blies, kratzte, paukte, pfiff, quiekte, meckerte und grunzte vor und hinter einem abenteuerlichen Paare. Ein großes, verwildertes Weib von zerstörter Schönheit ging Arm in Arm mit einem trunkenen Mönche in zerfetzter Kutte. Dieses war der Klosterbruder Serapion, der, von dem Beispiel Astorres aufgestachelt, nächtlicherweile aus der Zelle entsprungen war und sich seit einer Woche im Schlamm der Gasse wälzte. Vor einem aus der finstern Palastmauer vorspringenden erhellten Erker machte die Horde halt, und mit einer gellenden Stimme und der Gebärde eines öffentlichen Ausrufers schrie das Weib: „Kund und zu wissen, Herrschaften: Über ein kurzes schlummert der Mönch Astorre neben seiner Gattin Antiope!" Ein unbändiges Gelächter begleitete diese Verkündigung.

Jetzt nickte aus dem schmalen Bogenfenster des Erkers die läutende Schellenkappe Gocciolas und ein melancholisches Gesicht zeigte sich der Gasse.

„Gutes Weib, sei stille!" klagte der Narr weinerlich auf den Platz hinunter. „Du verletzest meine Erziehung und beleidigst mein Schamgefühl!"

„Guter Narr," antwortete die Schamlose, „stoße dich nicht daran! Was die Vornehmen begehen, dem geben wir den Namen. Wir setzen die Titel auf die Büchsen der Apotheke!"

„Bei meinen Todsünden," jubelte Serapion, „das tun wir! Bis Mitternacht soll die Hochzeit meines Brüderchens auf allen Plätzen Paduas ausgeschellt und hell verkündigt werden. Vorwärts, marsch. Hopsasa!" und er hob das nackte Bein mit der Sandale aus den hangenden Lumpen der besudelten Kutte.

290

Dieser von der Menge wütend beklatschte Schwank verscholl an den steilen Mauern der nächtigen Burg, deren Fenster und Gemächer zum großen Teil gegen die innern Hofräume gingen.

In einem stillen, geschützten Gemache wurde Antiope von ihren Zofen, Sotte und einer andern, gekleidet und geschmückt, während Astorre den nicht enden wollenden Schwarm der Gäste oben an den Treppen empfing. Sie schaute in ihre eigenen bangen Augen, die ihr aus einem Silberspiegel begegneten, welchen die Unterzofe mit einem neidischen Gesicht in nackten frechen Armen hielt.

„Sotte," flüsterte das junge Weib zu der Dienerin, die ihr die Haare flocht, „du ähnelst mir und hast meinen Wuchs: wechsle mit mir die Kleider, wenn du mich lieb hast! Gehe hin und ziehe ihr den Ring vom Finger! Reuig und demütig! Verbeuge dich mit gekreuzten Armen vor der Pizzaguerra, wie die letzte Sklavin! Falle auf die Kniee! Wälze dich am Boden! Wirf dich ganz weg! Nur nimm ihr den Ring! Ich lohne fürstlich!" und da sie Sotte zaudern sah: „Nimm und behalte alles, was ich Köstliches trage!" flehte die Herrin, und dieser Versuchung widerstand die eitle Sotte nicht.

Astorre, welcher der Pflicht des Wirtes einen Augenblick entwendete, um sein Liebstes zu besuchen, fand im Gemache zwei sich umkleidende Frauen. Er erriet. „Nein, Antiope!" verbot er. „So darfst du nicht durchschlüpfen. Es muß Wort gehalten werden! Ich verlange es von deiner Liebe. Ich befehle es dir!" Indem er diesen strengen Spruch mit einem Kuß auf den geliebten Nacken zu einem Koseworte machte, wurde er weggerissen von dem herbeieilenden Ascanio, welcher ihm vorstellte, seine Bauern wünschen ihm ihre Gaben ohne Verzug zu überreichen, um in der Kühle der Nacht den Heimweg anzutreten. Da sich Antiope wendete, um den Gatten wiederzuküssen, küßte sie die Luft.

Jetzt ließ sie sich rasch fertig kleiden. Selbst die leichtfertige Sotte erschrak vor der Blässe des Angesichtes im Spiegel.

Nichts lebte darin als die Angst der Augen und der Schimmer der zusammengepreßten Zähnchen. Ein roter Streif, der Schlag Dianens, wurde auf der weißen Stirne sichtbar.

Nach beendigtem Putze erhob sich das Weib Astorres mit klopfenden Pulsen und hämmernden Schläfen, verließ die sichere Kammer und durcheilte die Säle, Dianen suchend. Sie wurde gejagt von dem Mute der Furcht. Sie wollte jubelnd mit dem zurückeroberten Ringe ihrem Gatten entgegeneilen, dem sie den Anblick ihrer Buße erspart hätte.

Bald unterschied sie aus den Masken die hochgewachsene Göttin der Jagd, erkannte in ihr die Feindin und folgte, bebend und zornige Worte murmelnd, der gemessen Schreitenden, welche den Hauptsaal verließ und sich gnädig in eines der schwachbeleuchteten und nur halb so hohen Nebengemächer verlor. Die Göttin schien nicht öffentliche Demütigung, sondern Demut des Herzens zu verlangen.

Jetzt neigte sich im Halbdunkel Antiope vor Diana. „Gib mir den Ring!" preßte sie hervor und tastete an dem kräftigen Finger.

„Demütig und reuig?" fragte Diana.

„Wie anders, Herrin?" fieberte die Unselige. „Aber du treibst dein Spiel mit mir, Grausame! Du biegst deinen Finger, jetzt krümmst du ihn!"

Ob Antiope es sich einbildete? Ob Diana wirklich dieses Spiel trieb? Wie wenig ist ein gekrümmter Finger! Cangrande, du hast mich der Ungerechtigkeit bezichtigt. Ich entscheide nicht.

Genug, die Vicedomini hob den geschmeidigen Leib und rief, die flammenden Augen auf die strengen der Pizzaguerra gerichtet: „Neckst du eine Frau, Mädchen?" Dann bog sie sich wieder und suchte mit beiden Händen dem Finger den Ring zu entreißen — da durchfuhr sie ein Blitz. Ihr die linke Hand überlassend, hatte die strafende Diana mit der Rechten einen Pfeil aus dem Köcher gezogen und Antiope getötet. Diese sank zuerst auf die linke, dann auf die rechte Hand, drehte sich und lag, den Pfeil im Genick, auf die Seite gewendet.

Der Mönch, der nach Verabschiedung seiner ländlichen Gäste zurückgeeilt kam und sehnlich sein Weib suchte, fand eine Entseelte. Mit einem erstickten Schrei warf er sich neben sie nieder und zog ihr den Pfeil aus dem Halse. Ein Blutstrahl folgte. Astorre verlor die Besinnung.

Als er aus seiner Ohnmacht erwachte, stand Germano vor ihm mit gekreuzten Armen. „Bist du der Mörder?" fragte der Mönch.

„Ich morde keine Weiber," antwortete der andere traurig. „Es ist meine Schwester, die ihr Recht gesucht hat."

Astorre tastete nach dem Pfeile und fand ihn. Aufgesprungen in einem Satze und das lange Geschoß mit der blutigen Spitze wie eine Klinge handhabend, fiel er in blinder Wut den Jugendgespielen an. Der Krieger schauderte leicht vor dem schwarzgekleideten fahlen Gespenste mit den gesträubten Haaren und dem Pfeil in der Faust.

Er wich um einen Schritt. Das kurze Schwert ziehend, welches der Ungepanzerte heute trug, und den Pfeil damit festhaltend, sagte er mitleidig: „Geh in dein Kloster zurück, Astorre, das du nie hättest verlassen sollen!"

Da gewahrte er plötzlich den Tyrannen, der, gefolgt von dem ganzen Feste, welches dem längst Erwarteten bis ans Tor entgegengestürzt war, ihm gerade gegenüber durch die Tür trat.

Ezzelin streckte die Rechte, Friede gebietend, und Germano senkte ehrfürchtig seine Waffe vor dem Kriegsherrn. Diesen Augenblick ergriff der rasende Mönch und stieß dem Ezzelin Entgegenschauenden den Pfeil in die Brust. Aber auch sich traf er tödlich, von dem blitzschnell wieder gehobenen Schwerte des Kriegers erreicht.

Germano war stumm zusammengesunken. Der Mönch, von Ascanio gestützt, tat noch einige wankende Schritte nach seinem Weibe und bettete sich, von dem Freunde niedergelassen, zu ihr, Mund an Mund.

Die Hochzeitsgäste umstanden die Vermählten. Ezzelin betrachtete den Tod. Hernach ließ er sich auf ein Knie nieder und drückte erst Antiope, darauf Astorre die Augen zu. In die Stille klang es mißtönig herein durch ein offenes Fenster. Man verstand aus dem Dunkel: ‚Jetzt schlummert der Mönch Astorre neben seiner Gattin Antiope.' Und ein fernes Gelächter."

Dante erhob sich. „Ich habe meinen Platz am Feuer bezahlt," sagte er, „und suche nun das Glück des Schlummers. Der Herr des Friedens behüte uns alle!" Er wendete sich und schritt durch die Pforte, welche ihm der Edelknabe geöffnet hatte. Aller Augen folgten ihm, der die Stufen einer fackelhellen Treppe langsam emporstieg.

————

DAS LEIDEN EINES KNABEN

Der König hatte das Zimmer der Frau von Maintenon betreten und, luftbedürftig und für die Witterung unempfindlich wie er war, ohne weiteres in seiner souveränen Art ein Fenster geöffnet, durch welches die feuchte Herbstluft so fühlbar eindrang, daß die zarte Frau sich fröstelnd in ihre drei oder vier Röcke schmiegte.

Seit einiger Zeit hatte Ludwig der Vierzehnte seine täglichen Besuche bei dem Weibe seines Alters zu verlängern begonnen und er erschien oft schon zu früher Abendstunde, um zu bleiben, bis seine Spättafel gedeckt war. Wenn er dann nicht mit seinen Ministern arbeitete, neben seiner diskreten Freundin, die sich aufmerksam und schweigend in ihren Fauteuil begrub; wenn das Wetter Jagd oder Spaziergang verbot; wenn die Konzerte, meist oder immer geistliche Musik, sich zu oft wiederholt hatten, dann war guter Rat teuer, welchergestalt der Monarch vier Glockenstunden lang unterhalten oder zerstreut werden konnte. Die dreiste Muse Molières, die Zärtlichkeiten und Ohnmachten der Lavallière, die kühne Haltung und die originellen Witzworte der Montespan und so manches andere hatte seine Zeit gehabt und war nun gründlich vorüber, welk wie eine verblaßte Tapete. Maßvoll und fast genügsam wie er geworden, arbeitsam wie er immer gewesen, war der König auch bei einer die Schranke und das Halbdunkel liebenden Frau angelangt.

Dienstfertig, einschmeichelnd, unentbehrlich, dabei voller Grazie trotz ihrer Jahre, hatte die Enkelin des Agrippa d'Aubigné einen lehrhaften Gouvernantenzug, eine Neigung, die Gewissen mit Autorität zu beraten, der sie in ihrem Saint=Cyr unter den Edelfräulein, die sie dort erzog, behaglich den Lauf

ließ, die aber vor dem Gebieter zu einem bescheidenen Sich-
anschmiegen an seine höhere Weisheit wurde. Dergestalt hatte,
wann Ludwig schwieg, auch sie ausgeredet, besonders wenn
etwa, wie heute, die junge Enkelfrau des Königs, die Savoyar-
din, das ergötzlichste Geschöpf von der Welt, das überallhin
Leben und Gelächter brachte, mit ihren Kindereien und ihren
trippelnden Schmeichelworten aus irgendeinem Grunde weg-
blieb.

Frau von Maintenon, welche unter diesen Umständen die
Schritte des Königs nicht ohne eine leichte Sorge vernommen
hatte, beruhigte sich jetzt, da sie dem beschäftigten und unmerklich belustigten Ausdrucke der ihr gründlich bekannten königlichen Züge entnahm: Ludwig selbst habe etwas zu erzählen,
und zwar etwas Ergötzliches.

Dieser hatte das Fenster geschlossen und sich in einen Lehnstuhl niedergelassen. „Madame,“ sagte er, „heute mittag hat
mir Père Lachaise seinen Nachfolger, den Père Tellier gebracht.“

Père de Lachaise war der langjährige Beichtiger des Königs,
welchen dieser, trotz der Taubheit und völligen Gebrechlichkeit
des greisen Jesuiten, nicht fahren lassen wollte und sozusagen
bis zur Fadenscheinigkeit aufbrauchte; denn er hatte sich an
ihn gewöhnt, und da er — es ist unglaublich zu sagen — aus
unbestimmten, aber doch vorhandenen Befürchtungen seinen
Beichtiger in keinem andern Orden glaubte wählen zu dürfen,
zog er diese Ruine eines immerhin ehrenwerten Mannes einem
jüngern und strebsamern Mitgliede der Gesellschaft Jesu vor.
Aber alles hat seine Grenzen. Père Lachaise wankte sichtlich
dem Grabe zu und Ludwig wollte denn doch nicht an seinem
geistlichen Vater zum Mörder werden.

„Madame,“ fuhr der König fort, „mein neuer Beichtiger
hat keine Schönheit und Gestalt: eine Art Wolfsgesicht und
dann schielt er. Er ist eine geradezu abstoßende Erscheinung,
aber er wird mir als ein gegen sich und andere strenger Mann
empfohlen, welchem sich ein Gewissen übergeben läßt. Das ist
doch wohl die Hauptsache.“

„Je schlechter die Rinne, desto köstlicher das darin fließende himmlische Wasser," bemerkte die Marquise erbaulich. Sie liebte die Jesuiten nicht, welche dem Ehebunde der Witwe Scarrons mit der Majestät entgegengearbeitet und kraft ihrer weiten Moral das Sakrament in diesem königlichen Falle für überflüssig erklärt hatten. So tat sie den frommen Vätern gelegentlich gern etwas zuleide, wenn sie dieselben im Stillen krallen konnte. Jetzt schwieg sie und ihre dunkeln mandelförmigen, sanft schwermütigen Augen hingen an dem Munde des Gemahls mit einer bescheidenen Aufmerksamkeit.

Der König kreuzte die Füße und den Demantblitz einer seiner Schuhschnallen betrachtend, sagte er leichthin: „Dieser Fagon! Er wird unerträglich! Was er sich nicht alles herausnimmt!"

Fagon war der hochbetagte Leibarzt des Königs und der Schützling der Marquise. Beide lebten sie täglich in seiner Gesellschaft und hatten sich auf den Fall, daß er vor ihnen stürbe, Asyle gewählt, sie Saint-Cyr, er den botanischen Garten, um sich hier und dort nach dem Tode des Gebieters einzuschließen und zu begraben.

„Fagon ist Euch unendlich anhänglich," sagte die Marquise.

„Gewiß, doch entschieden, er erlaubt sich zu viel," versetzte der König mit einem leichten halb komischen Stirnrunzeln.

„Was gab es denn?"

Der König erzählte und hatte bald zu Ende erzählt. Er habe bei der heutigen Audienz seinen neuen Beichtiger gefragt, ob die Tellier mit dem Le Tellier, der Familie des Kanzlers, verwandt wären? Doch der demütige Père habe dieses schnell verneint und sich frank als den Sohn eines Bauers in der untern Normandie bekannt. Fagon habe unweit in einer Fensterbrüstung gestanden, das Kinn auf sein Bambusrohr gestützt. Von dort, hinter dem gebückten Rücken des Jesuiten, habe er unter der Stimme, aber vernehmlich genug, hergeflüstert: „Du Nichtswürdiger!" „Ich hob den Finger gegen Fagon", sagte der König, „und drohte ihm."

Die Marquise wunderte sich. „Wegen dieser ehrlichen Verneinung hat Fagon den Pater nicht schelten können, er muß einen andern Grund gehabt haben," sagte sie verständig.

„Immerhin, Madame, war es eine Unschicklichkeit, um nicht mehr zu sagen. Der gute Père Lachaise, taub wie er endlich doch geworden ist, hörte es freilich nicht, aber mein Ohr hat es deutlich vernommen, Silbe um Silbe. ‚Niederträchtiger!' blies Fagon dem Pater zu und der Mißhandelte zuckte zusammen."

Die Marquise schloß lächelnd aus dieser Variante, daß Fagon einen derbern Ausdruck gebraucht habe. Auch in den Mundwinkeln des Königs zuckte es. Er hatte sich von jung an zum Gesetze gemacht, wozu er übrigens schon von Natur neigte, und was er dann bis an sein Lebensende hielt, niemals, auch nicht erzählungsweise, ein gemeines oder beschimpfendes, kurz ein unkönigliches Wort in den Mund zu nehmen.

Der hohe Raum war eingedämmert, und wie der Bediente die traulichen zwei Armleuchter auf den Tisch setzte und sich rücklings schreitend verzog, siehe da wurde ein leise eingetretener Lauscher sichtbar, eine wunderliche Erscheinung, eine ehrwürdige Mißgestalt: ein schiefer, verwachsener, seltsam verkrümmter kleiner Greis, die entfleischten Hände unter dem gestreckten Kinn auf ein langes Bambusrohr mit goldenem Knopfe stützend, das feine Haupt vorgeneigt, ein weißes Antlitz mit geisterhaften blauen Augen. Es war Fagon.

„‚Du Lump, du Schuft!' habe ich kurzweg gesagt, Sire, und nur die Wahrheit gesprochen," ließ sich jetzt seine schwache, vor Erregung zitternde Stimme vernehmen. Fagon verneigte sich ehrfürchtig vor dem Könige, galant gegen die Marquise. „Habe ich einen Geistlichen in Eurer Gegenwart, Sire, dergestalt behandelt, so bin ich entweder der Niedertracht gegenüber ein aufbrausender Jüngling geblieben, oder ein würdiges Alter berechtigt die Wahrheit zu sagen. Brachte mich nur das Schauspiel auf, welches der Pater gab, da sich der vierschrötige und hartknochige Tölpel mit seiner Wolfsschnauze vor Euch, Sire, drehte und krümmte und auf Eure leutselige Frage nach seiner Verwandtschaft in dünkelhafter Selbsterniedrigung nicht

Worte genug fand, sein Nichts zu beteuern? ‚Was denkt die Majestät?' — ahmte Fagon den Peter nach — ‚Verwandt mit einem so vornehmen Herrn? Keineswegs! Ich bin der Sohn eines gemeinen Mannes! eines Bauers in der untern Normandie! eines ganz gemeinen Mannes! ...' Schon dieses nichtswürdige Reden von dem eigenen Vater, diese kriechende, heuchlerische, durch und durch unwahre Demut, diese gründliche Falschheit verdiente vollauf schuftig genannt zu werden. Aber die Frau Marquise hat recht: es war noch etwas Anderes, etwas ganz Abscheuliches und Teuflisches, was ich gerächt habe, leider nur mit Worten: eine Missetat, ein Verbrechen, welches der unerwartete Anblick dieses tückischen Wolfes mir wieder so gegenwärtig vor das Auge stellte, daß die karge Neige meines Blutes zu kochen begann. Denn, Sire, dieser Bösewicht hat einen edeln Knaben gemordet!"

„Ich bitte dich, Fagon," sagte der König, „welch ein Märchen!"

„Sagen wir: er hat ihn unter den Boden gebracht," milderte der Leibarzt höhnisch seine Anklage.

„Welchen Knaben denn?" fragte Ludwig in seiner sachlichen Art, die kurze Wege liebte.

„Es war der junge Boufflers, der Sohn des Marschalls aus seiner ersten Ehe," antwortete Fagon traurig.

„Julian Boufflers? Dieser starb, wenn mir recht ist," erinnerte sich der König und sein Gedächtnis täuschte ihn selten, „17.. im Jesuitenkollegium an einer Gehirnentzündung, welche das arme Kind durch Überarbeitung sich mochte zugezogen haben, und da Père Tellier in jenen Jahren dort Studienpräfekt sein konnte, hat er allerdings, sehr figürlich gesprochen," spottete der König, „den unbegabten, aber im Lernen hartnäckigen Knaben in das Grab gebracht. Der Knabe hat sich eben übernommen, wie mir sein Vater, der Marschall, selbst erzählt hat." Ludwig zuckte die Achseln. Nichts weiter. Er hatte etwas Interessanteres erwartet.

„Den unbegabten Knaben..." wiederholte der Arzt nachdenklich.

„Ja, Fagon," verſetzte der König, „auffallend unbegabt, und dabei ſchüchtern und kleinmütig, wie kein Mädchen. Es war an einem Marly-Tage, daß der Maſchall, welchem ich für dieſes ſein älteſtes Kind die Anwartſchaft auf ſein Gouverne- ment gegeben hatte, mir ihn vorſtellte. Ich ſah, der ſchmucke und wohlgebildete Jüngling, über deſſen Lippen ſchon der erſte Flaum ſproßte, war bewegt und wollte mir herzlich danken, aber er geriet in ein ſo klägliches Stottern und peinliches Er- röten, daß ich, um ihn nur zu beruhigen oder wenigſtens in Ruhe zu laſſen, mit einem: ‚Es iſt gut‘ geſchwinder, als mir um ſeines Vaters willen lieb war, mich wendete."

„Auch mir iſt jener Abend erinnerlich," ergänzte die Mar- quiſe. „Die verewigte Mutter des Knaben war meine Freundin und ich zog dieſen nach ſeiner Niederlage zu mir, wo er ſich ſtill und traurig, aber dankbar und liebenswert erwies, ohne, wenigſtens äußerlich, die erlittene Demütigung allzu tief zu empfinden. Er ermutigte ſich ſogar zu ſprechen, das Alltäg- liche, das Gewöhnliche, mit einem herzgewinnenden Ton der Stimme, und — meine Nähe ſchaffte ihm Neider. Es war ein ſchlimmer Tag für das Kind, jener Marly. Ein Beiname, wie denn am Hofe alles, was nicht Ludwig heißt, den ſeinigen tragen muß" (die feinfühlige Marquiſe wußte, daß ihr ge- rades Gegenteil, die brave und ſchreckliche Pfälzerin, die Her- zogin-Mutter von Orléans, ihr den allergarſtigſten gegeben hatte), „einer jener gefährlichen Beinamen, die ein Leben ver- giften können und deren Gebrauch ich meinen Mädchen in Saint-Cyr aufs ſtrengſte unterſagt habe, wurde für den be- ſcheidenen Knaben gefunden, und da er von Mund zu Munde lief, ohne viel Arg ſelbſt von unſchuldigen und blühenden Lip- pen gewiſpert, welche ſich wohl dem hübſchen Jungen nach wenigen Jahren nicht verſagt haben würden."

„Welcher Beiname?" fragte Fagon neugierig.

„Le bel idiot … und das Zucken eines Paares hochmütiger Brauen verriet mir, wer ihn dem Knaben beſchert hat."

„Lauzun?" riet der König.

„Saint-Simon," berichtigte die Marquiſe. „Iſt er doch an

unserm Hofe das lauschende Ohr, das spähende Auge, das uns alle beobachtet" — der König verfinsterte sich — „und die geübte Hand, die nächtlicherweile hinter verriegelten Türen von uns allen leidenschaftliche Zerrbilder auf das Papier wirft! Dieser edle Herzog, Sire, hat es nicht verschmäht, den unschuldigsten Knaben mit einem seiner grausamen Worte zu zeichnen, weil ich Harmlose, die er verabscheut, an dem Kinde ein flüchtiges Wohlgefallen fand und ein gutes Wort an dasselbe wendete." So züngelte die sanfte Frau und reizte den König, ohne die Stirn zu falten und den Wohlklang ihrer Stimme zu verlieren.

„Der schöne Stumpfsinnige," wiederholte Fagon langsam. „Nicht übel. Wenn aber der Herzog, der neben seinen schlimmen auch einige gute Eigenschaften besitzt, den Knaben gekannt hätte, wie ich ihn kennen lernte und er mir unvergeßlich geblieben ist, meiner Treu! der gallichte Saint-Simon hätte Reue gefühlt. Und wäre er wie ich bei dem Ende des Kindes zugegen gewesen, wie es in der Illusion des Fiebers, den Namen seines Königs auf den Lippen, in das feindliche Feuer zu stürzen glaubte, der heimliche Höllenrichter unserer Zeit — wenn die Sage wahr redet, denn niemand hat ihn an seinem Schreibtische gesehen — hätte den Knaben bewundert und ihm eine Träne nachgeweint."

„Nichts mehr von Saint-Simon, ich bitte dich, Fagon," sagte der König, die Brauen zusammenziehend. „Mag er verzeichnen, was ihm als die Wahrheit erscheint. Werde ich die Schreibtische belauern? Auch die große Geschichte führt ihren Griffel und wird mich in den Grenzen meiner Zeit und meines Wesens läßlich beurteilen. Nichts mehr von ihm. Aber viel und alles, was du weißt, von dem jungen Boufflers. Er mag ein braver Junge gewesen sein. Setze dich und erzähle!" Er deutete freundlich auf einen Stuhl und lehnte sich in den seinigen zurück.

„Und erzähle hübsch bequem und gelassen, Fagon," bat die Marquise mit einem Blick auf die schmucken Zeiger ihrer Stockuhr, welche zum Verwundern schnell vorrückten.

„Sire, ich gehorche," sagte Fagon, „und tue eine untertänige
Bitte. Ich habe heute, den Père Tellier in Eurer Gegenwart
mißhandelnd, mir eine Freiheit genommen und weiß, wie ich
mich aus Erfahrung kenne, daß ich, einmal auf diesen Weg
geraten, an demselben Tage leicht rückfällig werde. Als Frau
von Sablière den guten — oder auch nicht guten — Lafon=
taine, ihren Fabelbaum, wie sie ihn nannte, aus dem schlechten
Boden, worein er seine Wurzeln gestreckt hatte, ausgrub
und wieder in die gute Gesellschaft verpflanzte, willigte der
Fabeldichter ein, noch einmal unter anständigen Menschen zu
leben, unter der Bedingung jedoch, jeden Abend das Minimum
von drei Freiheiten — was er so Freiheiten hieß — sich er=
lauben zu dürfen. In ähnlicher und verschiedener Weise bitte
ich mir, soll ich meine Geschichte erzählen, drei Freiheiten
aus —"

„Welche ich dir gewähre," schloß der König.

Drei Köpfe rückten zusammen: der bedeutende des Arztes,
das olympische Lockenhaupt des Königs und das feine Profil
seines Weibes mit der hohen Stirn, den reizenden Linien von
Nase und Mund und dem leicht gezeichneten Doppelkinne.

„In den Tagen, da die Majestät noch den größten ihrer
Dichter besaß," begann der Leibarzt, „und dieser, während
schon der Tod nach seiner kranken Brust zielte, sich belustigte,
denselben auf der Bühne nachzuäffen, wurde das Meister=
stück: ‚Der Kranke in der Einbildung‘ auch vor der Majestät
hier in Versailles aufgeführt. Ich, der ich sonst eine würdige
mit Homer oder Virgil verlebte Stunde und den Wellenschlag
einer antiken Dichtung unter gestirntem Himmel den grellen
Lampen und den verzerrten Gesichtern der auf die Bühne ge=
brachten Gegenwart vorziehe, ich durfte doch nicht wegbleiben
da, wo mein Stand verspottet und vielleicht, wer wußte, ich
selbst und meine Krücke" — er hob sein Bambusrohr, auf
welches er auch sitzend sich zu stützen fortfuhr — „abbildlich
zu sehen waren. Es geschah nicht. Aber hätte Molière mich in
einer seiner Possen verewigt, wahrlich, ich hätte es dem nicht
verargen können, der sein eigenes schmerzlichstes Empfinden

komisch betrachtet und verkörpert hat. Diese letzten Stücke Molières, nichts geht darüber! Das ist die souveräne Komödie, welche freilich nicht nur das Verkehrte, sondern in grausamer Lust auch das Menschlichste in ein höhnisches Licht rückt, daß es zu grinsen beginnt. Zum Beispiel, was ist verzeihlicher, als daß ein Vater auf sein Kind sich etwas einbilde, etwas eitel auf die Vorzüge, und etwas blind für die Schwächen seines eigenen Fleisches und Blutes sei? Lächerlich freilich ist es und fordert den Spott heraus. So lobt denn auch im Kranken in der Einbildung der alberne Diafoirus seinen noch albereren Sohn Thomas, einen vollständigen Dummkopf. Doch die Majestät kennt die Stelle."

„Mache mir das Vergnügen, Fagon, und rezitiere sie mir," sagte der König, welcher, seit Familienverluste und schwere öffentliche Unfälle sein Leben ernst gemacht, sich der komischen Muse zu enthalten pflegte, dem die Lachmuskeln aber unwillkürlich zuckten in Erinnerung des guten Gesellen, den er einst gern um sich gelitten und an dessen Masken er sich ergötzt hatte.

„‚Es ist nicht darum,'" spielte Fagon den Doktor Diafoirus, dessen Rolle er seltsamerweise auswendig wußte, „‚weil ich der Vater bin, aber ich darf sagen, ich habe Grund, mit diesem meinem Sohne zufrieden zu sein, und alle, die ihn sehen, sprechen von ihm als von einem Jüngling ohne Falsch. Er hat nie eine sehr tätige Einbildungskraft, noch jenes Feuer besessen, welches man an einigen wahrnimmt. Als er klein war, ist er nie, was man so heißt, aufgeweckt und mutwillig gewesen. Man sah ihn immer sanft, friedselig und schweigsam. Er sprach nie ein Wort und beteiligte sich niemals an den sogenannten Knabenspielen. Man hatte schwere Mühe, ihn lesen zu lehren, und mit neun Jahren kannte er seine Buchstaben noch nicht. Gut, sprach ich zu mir, die späten Bäume tragen die besten Früchte, es gräbt sich in den Marmor schwerer, als in den Sand'... und so fort. Dieser langsam geträufelte Spott wurde dann auf der Bühne zum gründlichen Hohn durch das unsäglich einfältige Gesicht des Belobten und zum unwider=

stehlichen Gelächter in den Mienen der Zuschauer. Unter diesen
fand mein Auge eine blonde Frau von rührender Schönheit
und beschäftigte sich mit den langsam wechselnden Ausdrücken
dieser einfachen Züge: zuerst demjenigen der Freude über die
gerechte Belobung eines schwer, aber fleißig lernenden Kindes,
so unvorteilhaft der Jüngling auf der Bühne sich ausnehmen
mochte, dann dem andern Ausdrucke einer traurigen Enttäu=
schung, da die Schauende, ohne jedoch recht zu begreifen, inne
wurde, daß der Dichter, der es mit seinen schlichten Worten
ernst zu meinen schien, eigentlich nur seinen blutigen Spott
hatte mit der väterlichen Selbstverblendung. Freilich hatte
Molière, der großartige Spötter, alles so naturwahr und sach=
lich dargestellt, daß mit ihm nicht zu zürnen war. Eine lange
und mühsam verhaltene, tief schmerzliche Träne rollte endlich
über die zarte Wange des bekümmerten Weibes. Ich wußte
nun, daß sie Mutter war und einen unbegabten Sohn hatte.
Das ergab sich für mich aus dem Geschauten und Beobach=
teten mit mathematischer Gewißheit.

Es war die erste Frau des Marschalls Boufflers."

„Auch wenn du sie nicht genannt hättest, Fagon, ich er=
kannte aus deiner Schilderung meine süße Blondine," seufzte
die Marquise. „Sie war ein Wunder der Unschuld und Her=
zenseinfalt, ohne Arg und Falsch, ja ohne den Begriff der
List und Lüge."

Die Freundschaft der zwei Frauen, welche der Marquise
einen so rührenden Eindruck hinterließ, war eine wahre und
für beide Teile wohltätige gewesen. Frau von Maintenon hatte
nämlich in den langen und schweren Jahren ihres Emporkom=
mens, da die still Ehrgeizige mit zähester Schmiegsamkeit
und geduldigster Konsequenz, immer heiter, überall dienst=
fertig, sich einen König und den größten König der Zeit er=
oberte, mit ihren klugen Augen die arglose Vornehme von den
andern ihr mißgünstigen und feindseligen Hofweibern unter=
schieden und sie mit ein paar herzlichen Worten und zutulichen
Gefälligkeiten an sich gefesselt. Die beiden halfen sich aus und
deckten sich einander mit ihrer Geburt und ihrem Verstand.

„Die Marschallin hatte Tugend und Haltung," lobte der König, während er einen in seinem Gedächtnis auftauchenden anmutigen Wuchs, ein liebliches Gesicht und ein aschenblondes Ringelhaar betrachtete.

„Die Marschallin war dumm," ergänzte Fagon knapp. „Aber wenn ich Krüppel je ein Weib geliebt habe — außer meiner Gönnerin," er verneigte sich huldigend gegen die Marquise, „und für ein Weib mein Leben hingegeben hätte, so war es diese erste Herzogin Boufflers.

Ich lernte sie dann bald näher kennen, leider als Arzt. Denn ihre Gesundheit war schwankend und alle diese Lieblichkeit verlosch unversehens wie ein ausgeblasenes Licht. Wenige Tage vor ihrem letzten beschied sie mich zu sich und erklärte mir mit den einfachsten Worten von der Welt, sie werde sterben. Sie fühlte ihren Zustand, den meine Wissenschaft nicht erkannt hatte. Sie ergebe sich darein, sagte sie, und habe nur e i n e Sorge: die Zukunft und das Schicksal ihres Knaben. „Er ist ein gutes Kind, aber völlig unbegabt, wie ich selbst es bin," klagte sie mir bekümmert, aber unbefangen. „Mir ward ein leichtes Leben zuteil, da ich dem Marschall nur zu gehorchen brauchte, welcher nach seiner Art, die nichts aus den Händen gibt, auch wenn ich ein gescheites Weib gewesen wäre, außer dem einfachsten Haushalte mir keine Verantwortung überlassen hätte — du kennst ihn ja, Fagon, er ist peinlich und regiert alles selber. Wenn ich in der Gesellschaft schwieg oder meine Rede auf das Nächste beschränkte, um nichts Unwissendes oder Verfängliches zu sagen, so war ihm das gerade recht, denn eine Witzige oder Glänzende hätte ihn nur beunruhigt. So bin ich gut durchgekommen. Aber mein Kind? Der Julian soll als der Sohn seines Vaters in der Welt eine Figur machen. Wird er das können? Er lernt so unglaublich schwer. An Eifer läßt er es nicht fehlen, wahrlich nicht, denn er ist ein tapferes Kind... Der Marschall wird sich wieder verheiraten, und irgendeine gescheite Frau wird ihm anstelligere Söhne geben. Nun möchte ich nicht, daß der Julian etwas Außerordentliches würde, was ja auch unmöglich wäre, sondern nur, daß er nicht zu harte Demütigungen erleide, wenn er hinter seinen Geschwistern zurückbleibt. Das ist nun deine Sache, Fagon. Du wirst auch zusehen, daß er körperlich nicht übertrieben werde. Laß das nicht aus dem Auge, ich bitte dich! Denn der Marschall übersieht das. Du kennst ihn ja. Er hat den Krieg im Kopf, die Grenzen, die Festungen... Selbst über der Mahlzeit ist er in seine Geschäfte vertieft, der dem König und Frankreich unentbehrliche Mann, läßt sich plötzlich eine Karte holen, wenn er nicht selbst danach aufspringt, oder ärgert sich über irgendeine vormittags entdeckte Nachlässigkeit seiner Schreiber, welchen man bei der um sich greifenden Pflichtvergessenheit auch nicht das geringste mehr überlassen dürfe. Geht dann durch einen Zufall ein Täßchen oder Schälchen entzwei, vergißt sich der Reizbare bis zum Schelten. Gewöhnlich sitzt er schweigend oder einsilbig zu Tische, mit gerunzelter Stirn, ohne sich mit dem Kinde abzugeben, das an jedem seiner Blicke hängt, ohne sich nach seinen kleinen Fortschritten zu erkundigen, denn er setzt voraus: ein Boufflers tue von selbst seine Pflicht. Und der Julian wird bis an die äußersten Grenzen seiner Kräfte gehen... Fagon, laß ihn keinen Schaden leiden! Nimm dich des Knaben an! Bring' ihn heil hinweg über seine zarten Jahre! Mische dich nur ohne Bedenken ein. Der Marschall hält etwas auf dich und wird deinen Rat gelten lassen. Er nennt dich den redlichsten Mann von Frankreich... Also du versprichst es mir, bei dem Knaben meine Stelle zu vertreten... Du hältst Wort und darüber hinaus..."

Ich gelobte es der Marschallin und sie starb nicht schwer.

Vor dem Bette, darauf sie lag, beobachtete ich den mir anvertrauten Knaben. Er war aufgelöst in Tränen, seine Brust arbeitete, aber er warf sich nicht verzweifelnd über die Tote, berührte den entseelten Mund nicht, sondern er kniete neben ihr, ergriff ihre Hand und küßte diese, wie er sonst zu tun pflegte. Sein Schmerz war tief, aber keusch und enthaltsam. Ich schloß auf männliches Naturell und früh geübte Selbstbeherrschung und betrog mich nicht. Im übrigen war Julian damals ein hübscher Knabe von etwa dreizehn Jahren, mit den seelenvollen Augen seiner Mutter, gewinnenden Zügen, wenig Stirn unter verworrenem blonden Ringelhaar und einem untadeligen Bau, der zur Meisterschaft in jeder Leibesübung befähigte.

Nachdem der Marschall das Weib seiner Jugend beerdigt und ein Jahr später mit der Jüngsten des Marschalls Grammont sich wiederverehelicht hatte, dem rührigen, grundgescheiten, olivenfarbigen, brennend magern Weibe, das wir kennen, beriet er aus freien Stücken mit mir die Schule, wohin wir Julian schicken sollten; denn seines Bleibens war nun nicht länger im väterlichen Hause.

Ich besprach mich mit dem geistlichen Hauslehrer, welcher das Kind bisher beaufsichtigt und beschäftigt hatte. Er zeigte mir die Hefte des Knaben, die Zeugnis ablegten von einem rührenden Fleiß und einer tapfern Ausdauer, aber zugleich von einem unglaublich mittelmäßigen Kopfe, einem völligen Mangel an Kombination und Dialektik, einer absoluten Geistlosigkeit. Was man im weitesten Sinne Witz nennt, jede leidenschaftliche — warme oder spottende — Beleuchtung der Rede, jede Überraschung des Scharfsinns, jedes Spiel der Einbildungskraft waren abwesend. Nur der einfachste Begriff und das ärmste Wort standen dem Knaben zu Gebote. Höchstens gefiel dann und wann eine Wendung durch ihre Unschuld oder brachte zum Lächeln durch ihre Naivetät. Seltsamer- und traurigerweise sprach der Hausgeistliche von seinem Zögling unwissentlich in den Worten Molières: „ein Knabe ohne Falsch, der alles auf Treu und Glauben nimmt, ohne Feuer und Einbildungskraft, sanft, friedfertig, schweigsam und" — setzte er hinzu — „mit den schönsten Herzenseigenschaften."

Der Marschall und ich wußten dann — die Wahl war nicht groß — keine bessere Schule für das Kind als ein Jesuitenkollegium; und warum nicht das in Paris, wenn wir Julian nicht von seinen Standes- und Altersgenossen sondern wollten? Man muß es den Vätern lassen: sie sind keine Pedanten, und man darf sie loben, daß sie angenehm unterrichten und freundlich behandeln. Mit einer Schule jansenistischer Färbung konnten wir uns nicht befreunden: der Marschall schon nicht als guter Untertan, der Euer Majestät Abneigung gegen die Sekte kannte und Euer Majestät Gnade nicht mutwillig verscherzen wollte, ich aus eben diesem Grunde" — Fagon lächelte — „und weil ich für den durch seine Talentlosigkeit schon überflüssig gedrückten Knaben die herbe Strenge und die finstern Voraussetzungen dieser Lehre ungeeignet, die leichte Erde und den zugänglichen Himmel der Jesuiten dagegen hier für zuträglich oder wenigstens völlig unschädlich hielt, denn ich wußte, das Grundgesetz dieser Knabenseele sei die Ehre.

Dabei war auf meiner Seite die natürliche Voraussetzung, daß die frommen Väter nie von dem Marschalle beleidigt würden, und das war in keiner Weise zu befürchten, da der Marschall sich nicht um kirchliche Händel kümmerte und als Kriegsmann an der in diesem Orden streng durchgeführten Subordination sogar ein gewisses Wohlgefallen hatte.

Wie sollte aber der von der Natur benachteiligte Knabe mit einer öffentlichen Klasse Schritt halten? Da zählten der Marschall und ich auf zwei verschiedene Hilfen. Der Marschall auf das Pflichtgefühl und den Ehrgeiz seines Kindes. Er selbst, der nur mittelmäßig Begabte, hatte auf seinem Felde Rühmliches geleistet, aber kraft seiner sittlichen Eigenschaften, nicht durch eine geniale Anlage. Ohne zu wissen oder nicht wissen wollend, daß Julian jene mittlere Begabung, welche er selbst mit eisernem Fleiße verwertete, bei weitem nicht besitze, glaubte er, es gebe keine Unmöglichkeit für den Willenskräftigen, und selbst die Natur lasse sich zwingen, wie ihn denn seine Galopins beschuldigen, er tadle einen während der Parade über die Stirn rollenden Schweißtropfen als ordonnanzwidrig, weil er selbst nie schwitze.

Ich dagegen baute auf die allgemeine Menschenliebe der Jesuiten und insonderheit auf die Berücksichtigung und das Ansehen der Person, wodurch diese Väter sich auszeichnen. Ich beredete mich mit mehreren derselben und machte sie mit den Eigenschaften des Knaben vertraut. Um ihnen das Kind noch dringender an das Herz zu legen, sprach ich ihnen von der

Stellung seines Vaters, sah aber gleich, daß sie sich daraus nichts machten. Der Marschall ist ausschließlich ein Kriegsmann, dabei tugendhaft, ohne Intrige, und die Ehre folgt ihm nach wie sein Schatten. So hatten die Väter von ihm nichts zu hoffen und zu fürchten. Unter diesen Umständen glaubte ich Julian eine kräftigere Empfehlung verschaffen zu müssen und gab den frommen Vätern einen Wink —“ Der Erzähler stockte.

„Was vertuschest du, Fagon?“ fragte der König.

„Ich komme darauf zurück,“ stotterte Fagon verlegen, „und dann wirst du, Sire, mir etwas zu verzeihen haben. Genug, das Mittel wirkte. Die Väter wetteiferten, dem Knaben das Lernen zu erleichtern, dieser fühlte sich in einer warmen Atmosphäre, seine Erstarrung wich, seine kargen Gaben entfalteten sich, sein Mut wuchs und er war gut aufgehoben. Da änderte sich alles gründlich in sein Gegenteil.

Etwa ein halbes Jahr nach dem Eintritt Julians bei den Jesuiten ereignete sich zu Orléans, in dessen Weichbild die Väter Besitz und eine Schule hatten, welche beide sie zu vergrößern wünschten, eine schlimme Geschichte. Vier Brüder von kleinem Adel besaßen dort ein Gut, welches an den Besitz der Jesuiten stieß und das sie ungeteilt bewirteten. Alle vier dienten in Euerm Heere, Sire, verzehrten, wie zu geschehen pflegt, für ihre Ausrüstung und mehr noch im Umgang mit reichern Kameraden, ihre kurze Barschaft und verschuldeten ihre Felder. Nun fand es sich, daß jenes Jesuitenhaus durch Zusammenkauf dieser Pfandbriefe der einzige Gläubiger der vier Junker geworden war und ihnen aus freien Stücken darüber hinaus eine abrundende Summe vorschoß, drei Jahre fest, dann mit jähriger Kündigung. Daneben aber verpflichteten sich die Väter den Junkern gegenüber mündlich aufs feierlichste, die ganze Summe auf dem Edelgute stehen zu lassen; es sei eben nur ein rein formales Gesetz ihrer Ordensökonomie, Geld nicht länger als auf drei Jahre auszutun.

Da begab es sich, daß die Väter jenes Hauses unversehens in ihrer Vollzahl an das Ende der Welt geschickt wurden, wahrhaftig, ich glaube nach Japan, und die an ihre Stelle tretenden begreiflicherweise nichts von jenem mündlichen Versprechen ihrer Vorgänger wußten. Der dreijährige Termin erfüllte sich, die neuen Väter kündigten die Schuld, nach Jahresfrist konnten die Junker nicht zahlen und es wurde gegen sie verfahren.

Schon hatte sich das fromme Haus in den Besitz ihrer Felder gesetzt, da gab es Lärm. Die tapfern Brüder polterten an alle Türen, auch an die des Marschalls Boufflers, welcher sie als wackere Soldaten kannte und schätzte. Er untersuchte den Handel mit Ernst und Gründlichkeit nach seiner Weise. Der entscheidende Punkt war, daß die Brüder behaupteten, von den frommen Vätern nicht allein mündliche Beteuerungen, sondern, was sie völlig beruhigt und sorglos gemacht, zu wiederholten Malen auch gleichlautende Briefe erhalten zu haben. Diese Schriftstücke seien auf unerklärliche Weise verloren gegangen. Wohl fänden sich in Brieform gefaltete Papiere mit gebrochenen, übrigens leeren Siegeln, welche den Briefen der Väter zum Verwundern glichen, doch diese Papiere seien unbeschrieben und entbehren jedes Inhalts.

Dergestalt fand ich, eines Tages das Kabinett des Marschalls betretend, denselben damit beschäftigt, in seiner genauen Weise jene blanken Quadrate umzuwenden und mit der Lupe vorn und hinten zu betrachten. Ich schlug ihm vor, mir die Blätter für eine Stunde anzuvertrauen, was er mir mit ernsten Augen bewilligte.

Ihr schenktet, Sire, der Wissenschaft und mir einen botanischen Garten, der Euch Ehre macht, und bautet mir im Grünen einen stillen Sitz für mein Alter. Nicht weit davon, am Nordende, habe ich mir eine geräumige chemische Küche eingerichtet, die Ihr einmal zu besuchen mir versprachet. Dort unterwarf ich jene fragwürdigen Papiere wirksamen und den gelehrten Vätern vielleicht noch unbekannten Agenzien. Siehe da, die erbliche Schrift trat schwarz an das Licht und offenbarte das Schelmstück der Väter Jesuiten.

Der Marschall eilte mit den verklagenden Papieren stracks zu Deiner Majestät" — König Ludwig strich sich langsam die Stirn — „und fand dort den Pater Lachaise, welcher aufs tiefste erstaunte über diese Verirrung seiner Ordensbrüder in der Provinz, zugleich aber Deiner Majestät vorstellte, welche schreiende Ungerechtigkeit es wäre, die Gedankenlosigkeit Weniger oder eines Einzelnen eine so zahlreiche, wohltätige und sittenreine Gesellschaft entgelten zu lassen, und dieser Einzelne, der frühere Vorsteher jenes Hauses, habe überdies, wie er aus verläßlichen Quellen wisse, kürzlich in Japan unter den Heiden das Martyrium durch den Pfahl erlitten.

Wer am besten bei dieser Wendung der Dinge fuhr, das waren die vier Junker. Die Hälfte der Schuld erließen ihnen die verblüfften Väter, die andere Hälfte tilgte ein Großmütiger."

Der König, der es gewesen sein mochte, veränderte keine Miene.

„Dem Marschall dankte dann Père Lachaise insbesondere dafür, daß er in einer bemühenden Sache die Herstellung der Wahrheit unternommen und es seinem Orden erspart habe, sich mit ungerechtem Gute zu belasten. Dann bat er ihn, der Edelmann den Edelmann, den Vätern sein Wohlwollen nicht zu entziehen und ihnen das Geheimnis zu bewahren, was sich übrigens für einen Marschall Boufflers von selbst verstehe.

Der geschmeichelte Marschall sagte zu, wollte aber wunderlicherweise nichts davon hören, die verräterischen Dokumente herauszugeben oder sie zu vernichten. Es fruchtete nichts, daß Père Lachaise ihn zuerst mit den zartesten Wendungen versuchte, dann mit den bestimmtesten Forderungen bestürmte. Nicht daß der Marschall im geringsten daran gedacht hätte, sich dieser gefährlichen Briefe gegen die frommen Väter zu bedienen; aber er hatte sie einmal zu seinen Papieren gelegt, mit deren Aufräumen und Registrieren er das Drittel seiner Zeit zubringt. In diesem Archive, wie er es nennt, bleibt vergraben, was einmal drinne liegt. So schwebte kraft der Ordnungsliebe und der genauen Gewohnheiten des Marschalls eine

311

immerwährende Drohung über dem Orden, die derselbe dem Unvorsichtigen nicht verzieh. Der Marschall hatte keine Ahnung davon und glaubte mit den von ihm geschonten Vätern auf dem besten Fuße zu stehn.

Ich war anderer Meinung und ließ es an dringenden Vorstellungen nicht fehlen. Hart setzte ich ihm zu, seinen Knaben ohne Zögerung den Jesuiten wegzunehmen, da der verbissene Haß und der verschluckte Groll, welchen getäuschte Habgier und entlarvte Schurkerei unfehlbar gegen ihren Entdecker empfinden, sich notwendigerweise über den Orden verbreiten, ein Opfer suchen und es vielleicht, ja wahrscheinlich in seinem unschuldigen Kinde finden würden. Er sah mich verwundert an, als ob ich irre rede und Fabeln erzähle. Gerade heraus: entweder hat der Marschall einen kurzen Verstand, oder er wollte sein gegebenes Wort mit Prunk und Glorie selbst auf Kosten seines Kindes halten.

„Aber, Fagon," sagte er, „was in aller Welt hat mein Julian mit dieser in der Provinz begegneten Geschichte zu schaffen? Wo ist da ein richtiger Zusammenhang? Wenn ihm übrigens die Väter ein bißchen strenger auf die Finger sehen, das kann nichts schaden. Sie haben ihn nicht übel verhätschelt. Ihnen jetzt den Knaben wegnehmen? Das wäre unedel. Man würde plaudern, Gründe suchen, vielleicht die unreinliche Geschichte ausgraben und ich stünde da als ein Wortbrüchiger." So sah der Marschall nur den Nimbus seiner Ehre, statt an sein Kind zu denken, das er vielleicht, so lang es lebte, noch keines eingehenden Blickes gewürdigt hatte. Ich hätte ihn für seinen Edelmut mit dieser meiner Krücke prügeln können.

Es ging dann, wie es nicht anders gehen konnte. Nicht in auffallender Weise, ohne Plötzlichkeit und ohne eigentliche Ungerechtigkeit ließen die Väter Professoren den Knaben sinken, in welchem sie den Sohn eines Mannes zu hassen begannen, der den Orden beleidigt habe. Nicht alle unter ihnen, die bessern am wenigsten, kannten die saubere Geschichte, aber alle wußten: Marschall Bouffler hat uns beschämt und geschädigt, und alle haßten ihn.

Eine feine Giftluft schleichender Rache füllte die Säle des Kollegiums. Nicht nur jedes Entgegenkommen, sondern auch jede gerechte Berücksichtigung hatten für Julian aufgehört. Das Kind litt. Täglich und stündlich fühlte es sich gedemütigt, nicht durch lauten Tadel, am wenigsten durch Scheltworte, welche nicht im Gebrauche der Väter sind, sondern fein und sachlich, einfach dadurch, daß sie die Armut des Blondkopfes nicht länger freundlich unterstützten und die geistige Dürftigkeit nach verweigertem Almosen beschämt in ihrer Blöße dastehen ließen. Jetzt begann das Kind, von einem verzweifelnden Ehrgeiz gestachelt, seine Wachen zu verlängern, seinen Schlummer gewalttätig abzukürzen, sein Gehirn zu martern, seine Gesundheit zu untergraben — ich mag davon nicht reden, es bringt mich auf..."

Fagon machte eine Pause und schöpfte Atem.

Der König füllte dieselbe, indem er ruhig bemerkte: „Ich frage mich, Fagon, wieviel Wirklichkeit alles dieses hat. Ich meine diese stille Verschwörung gelehrter und verständiger Männer zum Schaden eines Kindes und dieser brütende Haß einer ganzen Gesellschaft gegen einen im Grunde ihr so ungefährlichen Mann, wie der Marschall ist, der sie ja überdies ganz ritterlich behandelt hatte. Du siehst Gespenster, Fagon. Du bist hier Partei und hast vielleicht, wer weiß, gegen den verdienten Orden neben deinem ererbten Vorurteil noch irgendeine persönliche Feindschaft."

„Wer weiß?" stammelte Fagon. Er hatte sich entfärbt, soweit er noch erblassen konnte, und seine Augen loderten. Die Marquise wurde ängstlich und berührte heimlich den Arm ihres Schützlings, ohne daß er die warnende Hand gefühlt hätte. Frau von Maintenon wußte, daß der heftige Alte, wenn er gereizt wurde, gänzlich außer sich geriet und unglaubliche Worte wagte, selbst dem Könige gegenüber, welcher freilich dem langjährigen und tiefen Kenner seiner Leiblichkeit nachsah, was er keinem andern so leicht vergeben hätte.

Fagon zitterte. Er stotterte unzusammenhängende Sätze und seine Worte stürzten durcheinander, wie Krieger zu den Waffen.

„Du glaubſt es nicht, Majeſtät, Kenner der Menſchen-
herzen, du glaubſt es nicht, daß die Väter Jeſuiten jeden, der
ſie wiſſentlich oder unwiſſentlich beleidigt, haſſen bis zur Vernichtung? Du glaubſt nicht, daß dieſe Väter weder wahr noch
falſch, weder gut noch böſe kennen, ſondern nur ihre Geſell-
ſchaft?" Fagon ſchlug eine grimmige Lache auf. „Du willſt
es nicht glauben, Majeſtät!

Sage mir, König, du Kenner der Wirklichkeit," raſte Fagon
abſpringend weiter, „da die Rede iſt von der Glaubwürdigkeit
der Dinge, kannſt du auch nicht glauben, daß in deinem Reiche
bei der Bekehrung der Proteſtanten Gewalt angewendet wird?"

„Dieſe Frage", erwiderte der König ſehr ernſthaft, „iſt die
erſte deiner heutigen drei Freiheiten. Ich beantworte ſie. Nein,
Fagon. Es wird, verſchwindend wenige Fälle ausgenommen,
bei dieſen Bekehrungen keine Gewalt angewendet, weil ich es
ein für allemal ausdrücklich unterſagt habe und weil meinen
Befehlen nachgelebt wird. Man zwingt die Gewiſſen nicht.
Die wahre Religion ſiegt gegenwärtig in Frankreich über Hun-
derttauſende durch ihre innere Überzeugungskraft."

„Durch die Predigten des Père Bourdaloue!" höhnte Fagon
mit gellender Stimme. Dann ſchwieg er. Entſetzen ſtarrte aus
ſeinen Augen über dieſen Gipfel der Verblendung, dieſe
Mauer des Vorurteils, dieſe gänzliche Vernichtung der Wahrheit. Er betrachtete den König und ſein Weib eine Weile mit
heimlichem Grauen.

„Sire, meine nicht," fuhr er fort, „daß ich Partei bin und
das Blut meiner proteſtantiſchen Vorfahren aus mir ſpreche.
Ich bin von einer ehrwürdigen Kirche abgefallen. Warum?
Weil ich, Gott vorbehalten, von dem ich nicht laſſe und der in
meinen alten Tagen mich nicht verlaſſen möge, über Reli-
gionen und Konfeſſionen ſamt und ſonders denke, wie jener
lukreziſche Vers..."

Weder der König noch Frau von Maintenon wußten von
dieſem Verſe, aber ſie konnten vermuten, Fagon meine nichts
Frommes.

„Kennt Ihr den Tod meines Vaters, Sire?" flüſterte Fa-

gon. „Er ist ein Geheimnis geblieben, aber Euch will ich es
anvertrauen. Er war ein sanfter Mann und nährte sich, sein
Weib und seine Kinder, deren letztes und sechstes ich Verwach=
sener war, in Aurerre von dem Verkaufe seiner Latwergen red=
lich und kümmerlich; denn Aurerre hat eine gesunde Luft und
ein Schock Apotheken. Die glaubenseifrigen Einwohner, die
meinen Vater liebten, wollten ihm alles Gute und hätten ihn
gern der Kirche zurückgegeben, aber nicht mit Gewalt, denn
Ihr habet es gesagt, Sire, man zwingt die Gewissen nicht.
Also verbrüderten sie sich, die calvinistische Apotheke zu mei=
den. Mein Vater verlor sein Brot und wir hungerten. Die
Väter Jesuiten taten dabei, wie überall, das Beste. Da wurde
sein Gewissen in sich selbst uneins. Er schwur ab. Weil aber
die scharfen calvinistischen Sätze ein Gehirn, dem sie in seiner
Kindheit eingegraben wurden, nicht so leicht wieder verlassen,
erschien sich der Ärmste bald als ein Judas, der den Herrn
verriet, und er ging hin wie jener und tat desgleichen.“

„Fagon,“ sagte der König mit Würde, „du hast den armen
Père Tellier wegen einer geschmacklosen Rede über seinen Va=
ter beschimpft, und redest selber so nackt und grausam von
dem deinigen. Unselige Dinge verlangen einen Schleier!“

„Sire,“ erwiderte der Arzt, „Ihr habet recht und seid für
mich wie für jeden Franzosen das Gesetz in Dingen des An=
standes. Freilich kann man sich von gewissen Stimmungen hin=
reißen lassen, in dieser Welt der Unwahrheit und ihr zum
Trotz von einer blutigen Tatsache, und wäre es die schmerz=
lichste, das verhüllende Tuch unversehens wegzuziehen...

Aber, Sire, wie vorzeitig habe ich die erste meiner Frei=
heiten verbraucht, und wahrlich, mich gelüstet, gleich noch
meine zweite zu verwenden.“ Die Marquise las in den ver=
änderten Zügen des Arztes, daß sein Zorn vorüber und nach
einem solchen Ausbruche an diesem Abend kein Rückfall mehr
zu befürchten sei.

„Sire,“ sagte Fagon fast leichtsinnig, „habt Ihr Euern
Untertan, den Tiermaler Mouton gekannt? Ihr schüttelt das
Haupt. So nehme ich mir die große Freiheit, Euch den wenig

hoffähigen, aber in diese Geschichte gehörenden Künstler vor=
zustellen, zwar nicht in Natur, mit seinem zerlöcherten Hut,
den Pfeifenstummel zwischen den Zähnen — ich rieche seinen
Knaster —, hemdärmelig und mit hangenden Strümpfen.
Überdies liegt er im Grabe. Ihr liebet die Niederländer nicht,
Sire, weder ihre Kirmessen auf der Leinwand, noch ihre eige=
nen ungebundenen Personen. Wisset, Majestät: Ihr habt einen
Maler besessen, einen Picarden, der sowohl durch die Sachlich=
keit seines Pinsels als durch die Zwanglosigkeit seiner Ma=
nieren die Holländer bei weitem überholländerte.

Dieser Mouton, Sire, hat unter uns gelebt, seine grasenden
Kühe und seine in eine Staubwolke gedrängten Hämmel ma=
lend, ohne eine blasse Ahnung alles Großen und Erhabenen,
was dein Zeitalter, Majestät, hervorgebracht hat. Kannte er
deine Dichter? Nicht von ferne. Deine Bischöfe und Prediger?
Nicht dem Namen nach. Mouton hatte kein Taufwasser ge=
kostet. Deine Staatsmänner, Colbert, Lyonne und die andern?
Darum hat sich Mouton nie geschoren. Deine Feldherren,
Condé mit dem Vogelgesicht, Turenne, Luxembourg und den
Enkel der schönen Gabriele? Nur den letztern, welchem er in
Anet einen Saal mit Hirschjagden von unglaublich frecher
Mache füllte. Vendôme mochte Mouton und dieser nannte
seinen herzoglichen Gönner in rühmender Weise einen Vieh=
kerl, wenn ich das Wort vor den Ohren der Majestät aus=
sprechen darf. Hat Mouton die Sonne unserer Zeit gekannt?
Wußte er von deinem Dasein, Majestät? Unglaublich zu
sagen: den Namen, welcher die Welt und die Geschichte füllt
— vielleicht hat er nicht einmal deinen Namen gewußt, wenn
ihm auch, selten genug, deine Goldstücke durch die Hände
laufen mochten. Denn Mouton konnte nicht lesen, so wenig als
sein Liebling, der andere Mouton.

Dieser zweite Mouton, ein weiser Pudel mit geräumigem
Hirnkasten und sehr verständigen Augen, über welche ein
schwarzzottiges Stirnhaar in verworrenen Büscheln niederhing,
war ohne Zweifel — in den Schranken seiner Natur — der
begabteste meiner drei Gäste: so sage ich, weil Julian Bouff=

lers, von dem ich erzähle, Mouton der Mensch und Mouton der Pudel oft lange Stunden vergnügt bei mir zusammensaßen.

Ihr wisset, Sire, die Väter Jesuiten sind freigebige Ferienspender, weil ihre Schüler, den vornehmen, ja den höchsten Ständen angehörend, öfters zu Jagden, Komödien oder sonstigen Lustbarkeiten, freilich nicht alle, nach Hause oder anderswohin gebeten werden. So nahm ich denn Julian, welcher von seinem Vater, dem Marschall, grundsätzlich selten nach Hause verlangt wurde, zuweilen in Euern botanischen Garten mit, wo Mouton, der sich unter Pflanzen und Tieren heimisch fühlte, mich zeitweilig besuchte, irgendeine gelehrte Eule oder einen possierlichen Affen mit ein paar entschiedenen Kreidestrichen auf das Papier warf und wohl auch, wenn Fleiß und gute Laune vorhielten, mir ein stilles Zimmer mit seinen scheuenden Pferden oder saufenden Kühen bevölkerte. Ich hatte Mouton den Schlüssel einer Mansarde mit demjenigen des nächsten Mauerpförtchens eingehändigt, um dem Landstreicher eine Heimstätte zu geben, wo er seine Staffeleien und Mappen unterbringe. So erschien und verschwand er bei mir nach seinem Belieben.

Einmal an einem jener kühlen und erquicklichen Regensommertage, jener Tage stillen aber schnellen Wachstumes für Natur und Geist, saß ich in meiner Bibliothek und blickte durch das hohe Fenster derselben über einen aufgeschlagenen Folianten und meine Brille hinweg in die mir gegenüberliegende Mansarde des Nebengebäudes, das Nest Moutons. Dort sah ich einen blonden schmalen Knabenkopf in glücklicher Spannung gegen eine Staffelei sich neigen. Dahinter nickte der derbe Schädel Moutons und eine behaarte Hand führte die schlanke des Jünglings. Außer Zweifel, da wurde eine Malstunde gegeben. Mouton der Pudel saß auf einem hohen Stuhle mit rotem Kissen daneben, klug und einverstanden, als billige er höchlich diese gute Ergötzung. Ich markierte mein Buch und ging hinüber.

In meinen Filzstiefeln wurde ich von den lustig Malenden

nicht gehört und nur von Mouton dem Pudel wahrgenommen, der aber seinen Gruß, ohne das Kissen zu verlassen, auf ein heftiges Wedeln beschränkte. Ich ließ mich still in einen Lehn= stuhl nieder, um dem wunderlichsten Gespräche beizuwohnen, welches je in Euerm botanischen Garten, Sire, geführt wurde. Zuerst aber betrachtete ich aus meinem Winkel das Bild, wel= ches auf der Staffelei stand, den Geruch einatmend, den die flott und freigebig gehandhabten Ölfarben verbreiteten. Was stellte es dar? Ein Nichts: eine Abendstimmung, eine Fluß= stille, darin die Spiegelung einiger aufgelöster roter Wölkchen und eines bemoosten Brückenbogens. Im Flusse standen zwei Kühe, die eine saufend, die andere, der auch noch das Wasser aus den Maulwinkeln troff, beschaulich blickend. Natürlich tat Mouton das Beste daran. Aber auch der Knabe besaß eine ge= wisse Pinselführung, welche nur das Ergebnis mancher ohne mein Wissen mit Mouton vermalten Stunde sein konnte. Wie viel oder wenig er gelernt haben mochte, schon die Illusion eines Erfolges, die Teilnahme an einer genialen Tätigkeit, einem mühelosen und glücklichen Entstehen, einer Kühnheit und Willkür der schöpferischen Hand, von welcher wohl der Phantasielose sich früher keinen Begriff gemacht hatte und die er als ein Wunder bestaunte, ließ den Knaben nach so vielen Verlusten des Selbstgefühls eine große Glückseligkeit emp= finden. Das wärmste Blut rötete seine keuschen Wangen und ein Eifer beflügelte seine Hand, daß nichts darüber ging und auch ich eine helle väterliche Freude fühlte.

Inzwischen erklärte Mouton dem Knaben die breiten For= men und schweren Gebärden einer wandelnden Kuh, und schloß mit der Behauptung, es gehe nichts darüber, als die Gestalt des Stieres. Diese sei der Gipfel der Schöpfung. Er sagte wohl, um genau zu sein, der Natur, nicht der Schöp= fung, denn die letztere kannte er nicht, weder den Namen, noch die Sache, da er verwahrlost und ohne Katechismus aufge= wachsen war.

Wenig Glück genügte, die angeborene Heiterkeit wie eine sprudelnde Quelle aus dem Knaben hervorzulocken. Die Ach=

tung Moutons vor dem Hornvieh komisch findend, erzählte Julian unschuldig: „Père Amiel hat uns heute morgen gelehrt, daß die alten Ägypter den Stier göttlich verehrten. Das finde ich drollig!"

„Sapperment," versetzte der Maler leidenschaftlich, „da taten sie recht. Gescheite Leute das, Viehkerle! Nicht wahr, Mouton? Wie? Ich frage dich, Julian, ist ein Stierhaupt in seiner Macht und drohenden Größe nicht göttlicher — um das dumme Wort zu gebrauchen — als ein Dreieck oder ein Tauber oder gar ein schales Menschengesicht? Nicht wahr, Mouton? Das fühlst du doch selber, Julian? Wenn ich sage: fades Menschengesicht, so rede ich unbeschadet der Nase deines Père Amiel. Alle Achtung!" Mouton zeichnete, übrigens ohne jeden Spott, mit einem frechen Pinselzug auf das Tannenholz der Staffelei eine Nase, aber eine Nase, ein Ungeheuer von Nase, von fabelhafter Größe und überwältigender Komik.

„Man sieht," fuhr er dann in ganzem Ernste fort, „die Natur bleibt nicht stehen. Es würde sie ergötzen, zeitweilig etwas Neues zu bringen. Doch das ist verspätet: die Vettel hat ihr Feuer verloren."

„Père Amiel", meinte der Knabe schüchtern, „wird der Natur nicht für seine Nase danken, denn sie macht ihn lächerlich, und er hat ihrethalben viel von meinen Kameraden auszustehen."

„Das sind eben Buben," sagte Mouton großmütig, „denen der Sinn für das Erhabene mangelt. Aber beiläufig, wie kommt es, Julian, daß ich, neulich in deinem Schulhaus einen Besuch machend, um dir die Vorlagen zu bringen, dich unter lauter Kröten fand? Dreizehn- und vierzehnjährigen Jüngelchen? Paßt sich das für dich, dem der Flaum keimt und der ein Liebchen besitzt?"

Dieser plötzliche Überfall rief den entgegengesetzten Ausdruck zweier Gefühle auf das Antlitz des Jünglings: eine glückliche, aber tiefe Scham, und einen gründlichen Jammer, der überwog. Julian seufzte. „Ich bin zurückgeblieben," lispelte er mit unwillkürlichem Doppelsinne.

„Dummheit!" schimpfte Mouton. „Worin zurückgeblieben? Bist du nicht mit deinen Jahren gewachsen und ein schlanker und schöner Mensch? Wenn dir die Wissenschaften widerstehen, so beweist das deinen gesunden Verstand. Meiner Treu! ich hätte mich als ein Bärtiger oder wenigstens Flaumiger nicht unter die Buben setzen lassen und wäre auf der Stelle durchgebrannt."

„Aber, Mouton," sagte der Knabe, „der Marschall, mein Vater, hat es von mir verlangt, daß ich noch ein Jahr unter den Kleinen sitzen bleibe. Er hat mich darum gebeten, ihm diesen Gefallen zu tun." Er sagte das mit einem zärtlichen Ausdruck von Gehorsam und ehrfürchtiger Liebe, der mich ergriff, obschon ich mich zu gleicher Zeit an dem die kindliche Verehrung mißbrauchenden Marschall ärgerte und auch darüber höchst mißmutig war, daß Julian, gegen mich und jedermann ein hartnäckiger Schweiger, einem Mouton Vertrauen bewies, einem Halbmenschen sich aufschloß. Mit Unrecht. Erzählen doch auch wir Erwachsenen einem treuen Tiere, welches uns die Pfoten auf die Kniee legt, unsern tiefsten Kummer, und ist es nicht ein vernünftiger Trieb aller von der Natur Benachteiligten, ihre Gesellschaft eher unten zu suchen als bei ihresgleichen, wo sie sich als Geschonte und Bemitleidete empfinden?

„Weißt du was," fuhr Mouton nach einer Pause fort, und der andere Mouton spitzte die Ohren dazu, „du zeichnest dein Vieh schon jetzt nicht schlecht und lernst täglich hinzu. Ich nehme dich nach dem Süden als meinen Gesellen. Ich habe da eine Bestellung nach Schloß Grignan. Die Dingsda — wie heißt sie doch? das fette lustige Weibsbild? Richtig: die Sévigné! — schickt mich ihrem Schwiegersohn, dem Gouverneur dort herum. Du gehst mit und nährst dich ausgiebig von Oliven, bist ein freier loser Vogel, der flattert und pickt, wo er will, blickst dein Lebtag in nichts Gedrucktes und auf nichts Geschriebenes mehr und lässest den Marschall Marschall sein. Auch dein blaues kühles vornehmes Liebchen bleibt dahinten. Meinst, ich hätte dich nicht gesehen, Spitzbube, erst

vorgestern, da der alte Quacksalber in Versailles war, vor den
Affen stehen, mit der alten Kräuterschachtel und der großen
blauen Puppe? Für diese wird sich schon ein brauner sonne-
verbrannter Ersatz finden."

Dieses letzte Wort, welches noch etwas zynischer lautete, empörte mich, wiewohl es den Knaben, wie ich ihn kannte, nicht
beschädigen konnte. Jetzt räusperte ich mich kräftig, und Julian
erhob sich in seiner ehrerbietigen Art mich zu begrüßen, während Mouton, ohne irgendeine Verlegenheit blicken zu lassen,
sich begnügte in den Bart zu murmeln: „Der!" Mouton war
von einer gründlichen Undankbarkeit.

Ich nahm den Knaben, während Mouton lustig fortpinselte,
mit mir in den Garten und fragte ihn, ob ihn wirklich der
Zyniker in seinem Collège aufgesucht hätte, was mir aus nahe-
liegenden Gründen unangenehm war. Julian bejahte. Es habe
ihn etwas gekostet, sagte er aufrichtig, unter seinen Mitschülern
im Hofraum den Händedruck Moutons zu erwidern, dem die
nackten Ellbogen aus den Löchern seiner Ärmel und die Zehen
aus den Schuhen geguckt hätten, „aber", sagte er, „ich tat es
und begleitete ihn auch noch über die Straße; denn ich danke
ihm Unterricht und heitere Stunden und habe ihn auch recht
lieb, ohne seine Unreinlichkeit."

So redete der Knabe, ohne weiter etwas daraus zu machen,
und erinnerte mich an eine Szene, die ich vor kurzem aus den
obern, auf den Spielplatz blickenden Arkaden des Collège, wohin man mich zu einem kranken Schüler gerufen, beobachtet
hatte und von welcher ich mich lange nicht hatte trennen können. Unten war Fechtstunde, und der Fechtmeister, ein alter
benarbter Sergeant, der lange Jahre unter dem Marschall gedient hatte, behandelte den Sohn seines Feldherrn, welcher kurz
vorher neben Kindern auf einer Schulbank gesessen, mit fast
unterwürfiger Ehrerbietung, als erwarte er Befehl, statt ihn
zu geben.

Julian focht ausgezeichnet, ich hätte fast gesagt: er focht
edel. Der Knabe pflegte in den langen Stunden des Auswen-

diglernens das Handgelenk mechanisch zu drehen, wodurch
dasselbe ungewöhnlich geschmeidig wurde. Dazu hatte er genauen Blick und sichern Ausfall. So wurde er, wie gesagt, ein
Fechter erster Klasse, wie er auch gut und verständig ritt. Es
lag nahe, daß der überall Gedemütigte diese seine einzige Über-
legenheit seine Kameraden fühlen ließ, um ein Ansehen zu gewinnen. Aber nein, er verschmähte es. Die in dieser Körperübung
Geschickten und Ungeschickten behandelte er, ihnen die Klinge in
der Hand gegenüberstehend, mit der gleichen Courtoisie, ohne
jemals mit jenen in eine hitzige Wette zu geraten oder sich über
diese, von welchen er sich zuweilen zu ihrer Ermutigung großmütig stechen ließ, lustig zu machen. So stellte er auf dem
Fechtboden in einer feinen und unauffälligen Weise jene Gleich-
heit her, deren er selbst in den Schulstunden schmerzlich ent-
behrte, und genoß unter seinen Kameraden zwar nicht einen
durch die Faust eroberten Respekt, sondern eine mit Scheu verbundene Achtung seiner unerklärlichen Güte, die freilich in ein
der Jugend sonst unbekanntes aufrichtiges Mitleid mit seiner
übrigen Unbegabtheit verfloß. Die Ungunst des Glückes, welche
so viele Seelen verbittert, erzog und adelte die seinige.

Ich war mit Julian in Euerm Garten, Sire, lustwandelnd
zu den Käfigen gelangt, wo Eure wilden Tiere hinter Eisenstäben verwahrt werden. Eben hatte man dort einen Wolf ein-
getan, der mit funkelnden Augen und in schrägem, hastigem
Gange seinen Kerker durchmaß. Ich zeigte ihn dem Knaben,
welcher nach einem flüchtigen Blick auf die ruhelose Bestie sich
leicht schaudernd abwendete. Der platte Schädel, die falschen
Augen, die widrige Schnauze, die tückisch gefletschten Zähne
konnten erschrecken. Doch ich war die Furcht an dem Knaben,
der schon Jagden mitgemacht hatte, durchaus nicht gewohnt.
„Ei, Julian, was ist dir?" lächelte ich, und dieser erwiderte befangen: „Das Tier mahnt mich an jemand —" ließ dann
aber die Rede fallen, denn wir erblickten auf geringe Entfernung ein vornehmes weibliches Paar, das unsere Aufmerksamkeit in Anspruch nahm: eine purzlige Alte und ein junges
Mädchen, die erstere die Gräfin Mimeure — Ihr erinnert Euch

ihrer, Sire, wenn sie auch seit Jahrzehnten den Hof meidet, nicht aus Nachlässigkeit, denn sie verehrt Euch grenzenlos, sondern weil sie, wie sie sagt, mit ihren Runzeln Euern Schönheitssinn nicht beleidigen will. Garstig und witzig und wie ich an einem Krückenstock gehend, ein originelles und wackeres Geschöpf, war sie mir eine angenehme Erscheinung.

„Guten Tag, Fagon!“ rief sie mir entgegen. „Ich betrachte deine Kräuter und komme dich um ein paar Rhabarbersträuche zu bitten für meinen Garten zu Neuilly; du weißt, ich bin ein Stück von einer Ärztin!“ und sie nahm meinen Arm. „Begrüßet euch, ihr Jugenden! Tun sie, als hätten sie sich nie gesehen!“

Julian, der schüchterne, begrüßte das Mädchen, welches ihm die Fingerspitzen bot, ohne große Verlegenheit, was mich wunderte und freute: „Mirabelle Miramion,“ nannte sie mir die Gräfin, „ein prächtiger Name, nicht wahr, Fagon?“ Ich betrachtete das schöne Kind und mir fiel gleich jenes „blaue Liebchen“ ein, mit welchem Mouton den Knaben aufgezogen. In der Tat, sie hatte große, blaue, flehende Augen, eine kühle, durchsichtige Farbe und einen kaum vollendeten Wuchs, der noch nichts als eine zärtliche Seele ausdrückte.

Mit einer kindlichen, glockenhellen Stimme, welche zum Herzen ging, begann sie, da mich ihr die Gräfin als den Leibarzt des Königs vorstellte, folgendermaßen: „Erster der Ärzte und Naturforscher, ich verneige mich vor Euch in diesem weltberühmten Garten, welchen Euch die Huld des mächtigsten Herrschers, der dem Jahrhundert den Namen gibt, in seiner volkreichen und bewundernswerten Hauptstadt gebaut hat.“ Ich wurde so verblüfft von dieser weitläufigen verblühten Rhetorik in diesem kleinen lenzfrischen Munde, daß ich der Alten das Wort ließ, welche gutmütig verdrießlich zu schelten begann: „Laß es gut sein, Bellchen. Fagon schenkt dir das übrige. Unter Freunden, Kind — denn Fagon ist es und kein Spötter — wie oft hab' ich dich schon gebeten in den drei Wochen, da ich dich um mich habe, von diesem verwünschten gespreizten provinzialen Reden abzulassen! So spricht man

nicht. Dieser hier ist nicht der erste der Ärzte, sondern schlecht=
hin Herr Fagon. Der botanische Garten ist kurzweg der bota=
nische Garten, oder der Kräutergarten, oder der königliche Gar=
ten. Paris ist Paris und nicht die Hauptstadt, und der König
begnügt sich damit, der König zu sein. Merke dir das." Der
Mund des Mädchens öffnete sich schmerzlich, und ein Trän=
chen rieselte über die blühende Wange.

Da wendete sich zu meinem Erstaunen Julian in großer Er=
regung gegen die Alte. „Um Vergebung, Frau Gräfin!" sprach
er kühn und heftig. „Die Rhetorik ist eine geforderte, unent=
behrliche Sache und schwierig zu lernen. Ich muß das Fräu=
lein bewundern, wie reich sie redet, und Père Amiel, wenn er
sie hörte —"

„Père Amiel!" — die Gräfin brach in ein tolles Gelächter
aus, bis sie das Zwerchfell schmerzte — „Père Amiel hat eine
Nase! aber eine Nase! eine Weltnase! Stelle dir vor, Fagon,
eine Nase, welche die des Abbé Genest beschämt! Was ich im
Collège zu schaffen hatte? Ich holte dort meinen Neffen ab
— du weißt, Fagon, ich habe die Kinder von zwei verstorbe=
nen Geschwistern auf dem Halse — meinen Neffen, den Gun=
tram — armer, armer Junge! — und wurde, bis Père Tel=
lier, der Studienpräfekt zurückkäme, in die Rhetorik des Père
Amiel geführt. O Gott! o Gott!" Die Gräfin hielt sich den
wackelnden Bauch. „Hab' ich gelitten an verschlucktem Lachen!
Zuerst das sich ermordende römische Weibsbild! Der Pater er=
dolchte sich mit dem Lineal. Dann verzog er süß das Maul und
hauchte: ‚Päte, es schmerzt nicht!' Aber was wollte das heißen
gegen die sterbende Kleopatra mit der Viper! Der Père setzte
sich das Lineal an die linke Brustwarze und ließ die Äuglein
brechen. Daß du das nicht gesehen hast, Fagon!... Ih!"
kreischte sie plötzlich, daß es mir durch Mark und Bein ging,
„da ist ja auch Père Tellier!" und sie deutete auf den Wolf,
von welchem wir uns nicht über zwanzig Schritte entfernt hat=
ten. „Wahrhaftig, Père Tellier, wie er leibt und lebt! Gehen
wir weg von deinen garstigen Tieren, Fagon, zu deinen wohl=
riechenden Pflanzen! Gib mir den Arm, Julian!"

„Frau Gräfin erlauben,“ fragte dieser, „warum nanntet Ihr den Guntram einen armen Jungen, ihn, der jetzt den Lilien folgt, wenn er nicht schon die Ehre hat, die Fahne des Königs selbst zu tragen?“

„Ach, ach!“ stöhnte die Gräfin mit plötzlich verändertem Gesichte, und den Tränen des Gelächters folgten die gleichfarbigen des Jammers, „warum ich den Guntram einen armen Jungen nannte? Weil er gar nicht mehr vorhanden ist, Julian, weggeblasen! Dazu bin ich in den Garten gekommen, wo ich dich vermutete, um dir zu sagen, daß Guntram gefallen ist, denke dir, am Tage nach seiner Ankunft beim Heer. Er wurde gleich eingestellt und führte eine Patrouille so tollkühn und unnütz vor, daß ihn eine Stückkugel zerriß, nicht mehr nicht weniger als den weiland Marschall Turenne. Stelle dir vor, Fagon: der Junge hatte noch nicht sein sechzehntes erreicht, strebte aber aus dem Collège, wo er rasch und glücklich lernte, wachend und träumend nach der Muskete. Und dabei war er kurzsichtig, Fagon, du machst dir keinen Begriff! So kurzsichtig, daß er auf zwanzig Schritte nichts vor sich hatte als Nebel. Natürlich haben ich und alle Vernünftigen ihm den Degen ausgeredet — nutzte alles nichts, denn er ist ein Starrkopf erster Härte. Ich stritt mich mütterlich mit dem Jungen herum, aber eines schönen Tages entlief er und rannte zu deinem Vater, Julian, der eben in den Wagen stieg, um sein niederländisches Kommando zu übernehmen. Dieser befragte das Kind, wie er mir jetzt selbst geschrieben hat, ob es unter einem väterlichen Willen stünde, und als der Junge verneinte, ließ ihn der Marschall in seinem Reisezuge mitreiten. Nun fault der kecke Bube dortüben“ — sie wies nördlich — „in einem belgischen Weiler. Aber die schmalen Erbteile seiner fünf Schwestern haben sich ein bißchen gebessert.“

Ich las auf dem Gesichte Julians, wie tief und verschiedenartig ihn der Tod seines Gespielen bewegte. Jenen hatte der Marschall in den Krieg genommen und sein eigenes Kind auf einer ekeln Schulbank sitzen lassen. Doch der Knabe glaubte so blindlings an die Gerechtigkeit seines Vaters, auch wenn er sie

nicht begriff, daß die Wolke rasch über die junge Stirn weg=
glitt und einem deutlichen Ausdruck der Freude Raum gab.

„Du lachst, Julian?" schrie die Alte entsetzt.

„Ich denke," sagte dieser bedächtig, als kostete er jedes
Wort auf der Zunge, „der Tod für den König ist in allen
Fällen ein Glück."

Diese ritterliche, aber nicht lebenslustige Maxime und der
unnatürlich glückliche Ton, in welchem der Knabe sie aus=
sprach, beelendete die gute Gräfin. Ein halbverschluckter Seuf=
zer bezeugte, daß sie das Leiden des Knaben und seine Mühe
zu leben wohl verstand. „Begleite Mirabellen, Julian," sagte
sie, „und geht uns voraus, dorthin nach den Palmen, nicht zu
nahe, denn ich habe mit Fagon zu reden, nicht zu fern, damit
ich euch hüte."

„Wie schlank sie schreiten!" flüsterte die Alte hinter den
sich Entfernenden. „Adam und Eva! Lache nicht, Fagon! Ob
das Mädchen Puder und Reifrock trägt, wandeln sie doch im
Paradiese, und auch unschuldig sind sie, weil eine leidenvolle
Jugend auf ihnen liegt und sie die reine Liebe empfinden läßt,
ohne den Stachel ihrer Jahre. Mich beleidigt nicht, was mir
sonst mißfällt, daß das Mädel ein paar Jahre und Zolle" —
sie übertrieb — „mehr hat als der Junge. Wenn die nicht zu=
sammengehören!

Es ist eine lächerliche Sache mit dem Mädchen, Fagon, und
ich sah, wie es dich verblüffte, da du von dem schönen Kinde so
geschmacklos angeredet wurdest. Und doch ist dieser garstige
Höcker ganz natürlich gewachsen. Meine Schwester, die Vi=
comtesse, Gott habe sie selig, sie war eine Kostbare, eine Pre=
cieuse, die sich um ein halbes Jahrhundert verspätet hatte, und
erzog das Mädchen in Dijon, wo ihr Mann dem Parlamente
und sie selbst einem poetischen Garten vorsaß, mit den Um=
schreibungen und Redensarten des weiland Fräuleins von
Scudéry. Es gelang ihr, dem armen folgsamen Kinde den
Geschmack gründlich zu verderben. Ich wette" — und sie wies
mit ihrer Krücke auf die zweie, welche, aus den sich einander
zärtlich aber bescheiden zuneigenden Gestalten zu schließen,

einen seligen Augenblick genossen — „jetzt plaudert sie ganz harmlos mit dem Knaben, denn sie hat eine einfache Seele und ein keusches Gemüt. Die Luft, die sie aushaucht, ist reiner als die, welche sie einatmet. Aber geht sie dann morgen mit mir in Gesellschaft und kommt neben ein großes Tier, einen Erzbischof oder Herzog zu sitzen, wird sie von einer tödlichen Furcht befallen, für albern oder nichtig zu gelten, und behängt ihre blanke Natur aus reiner Angst mit dem Lumpen einer geflickten Phrase. So wird die Liebliche unter uns, die wir klar und kurz reden, gerade zu dem, was sie fürchtet, zu einer lächerlichen Figur. Ist das ein Jammer und werde ich Mühe haben, das Kind zurecht zu bringen! Und der Julian, der dumme Kerl, der sie noch darin bestärkt!“

„Uff!“ keuchte die Gräfin, die das Gehen an der Krücke ermüdete, und ließ sich schwer auf die Steinbank nieder in dem Rondell von Myrten und Lorbeeren, wo, Sire, Eure Büste steht.

„Von dem Knaben zu reden, Fagon,“ begann sie wieder, „den mußt du mir ohne Verzug von der Schulbank losmachen. Es war empörend, ich sage dir, empörend, Fagon, ihn unter den Jungen sitzen zu sehen. Der Marschall, dieser schreckliche Pedant, würde ihn bei den Jesuiten verschimmeln lassen! Nur damit er seine Klassen beendige! Bei den Jesuiten, Fagon! Ich habe dem Père Amiel auf den Zahn gefühlt. Ich kitzelte ihn mit seiner Mimik. Er ist ein eitler Esel, aber er hat Gemüt. Er beklagte den Julian und ließ dabei einfließen, sehr behutsam, doch deutlich genug: der Knabe wäre bei den Vätern schlecht aufgehoben. Diese seien die besten Leute von der Welt, nur etwas empfindlich, und man dürfe sie nicht reizen. Der Marschall sei ihnen auf die Füße getreten: der neue Studienpräfekt aber lasse mit der Ehre des Ordens nicht spaßen und gebe dem Kinde die Schuld des Vaters zu kosten. Dann erschrak er über seine Aufrichtigkeit, blickte um sich und legte den Finger auf den Mund.

Ich nahm die Knaben mit: den Guntram, unsern Julian, der mit ihm irgendein Geheimnis hatte, und noch einen dritten Freund, den Viktor Argenson, diesen zu meiner eigenen Ergötzung, denn er ist voller Mutwille und Gelächter.

An jenem Abend trieb er es zu toll. Er und Guntram quälten Mirabellen, die ich schon zu Mittag für eine ellenlange Phrase gezankt hatte, bis aufs Blut. „Schön ausgedrückt, Fräulein Mirobolante," spotteten sie, „aber noch immer nicht schön genug! Noch eine Note höher!" und so fort. Julian verteidigte das Mädchen, so gut er konnte, und vermehrte nur das Gelächter. Plötzlich brach die Mißhandelte in strömende Tränen aus und ich trieb die Rangen in den großen Saal, wo ich mit ihnen ein Ballspiel begann. Nach einer Weile Julian und Mirabellen suchend, fand ich sie im Garten, wo sie auf einer stillen Bank zusammensaßen: Amor und Psyche. Sie erröteten, da ich sie überraschte, nicht allzusehr.

Merke dir's, Fagon, der Julian ist jetzt mein Adoptivkind, und wenn du ihn nicht von den Vätern befreiest und ihm ein mögliches Leben verschaffst, meiner Treu! dann stelze ich an dieser Krücke nach Versailles und bringe trotz meiner Runzeln die Sache an den hier!" und sie wies auf deine lorbeerbekränzte Büste, Majestät.

Die Alte plauderte mir noch hundert Dinge vor, während ich beschloß, sobald sie sich verabschiedet hätte, mit dem Knaben ein gründliches Wort zu reden.

Er und das Mädchen erschienen dann wieder, still strahlend. Der Wagen der Gräfin wurde gemeldet und Julian begleitete die Frauen an die Pforte, während ich meine Lieblingsbank vor der Orangerie aufsuchte. Ich labte mich an dem feinen Dufte. Mouton, einen lästerlichen Knaster dampfend und die Hände in den Taschen, schlenderte ohne Gruß an mir vorüber. Er pflegte seine Abende außerhalb des Gartens in einer Schenke zu beschließen. Mouton der Pudel dagegen empfahl sich mir heftig wedelnd. Ich bin gewiß, das kluge Tier erriet, daß ich seinen Meister gern dem Untergang entrissen hätte, denn Mouton der Mensch soff gebranntes Wasser, was zu berichten ich vergessen oder vor der Majestät mich geschämt habe.

Der Knabe kam zurück, weich und glücklich. „Laß mich ein=

mal sehen, was du zeichnest und malst," sagte ich. „Es liegt
ja wohl alles auf der Kammer Moutons." Er willfahrte und
brachte mir eine volle Mappe. Ich besah Blatt um Blatt. Selt=
samer Anblick, diese Mischung zweier ungleichen Hände: Mou=
tons freche Würfe von der bescheidenen Hand des Knaben
nachgestammelt und — leise geadelt! Lange hielt ich einen
blauen Bogen, worauf Julian einige von Mouton in verschie=
denen Flügelstellungen mit Hilfe der Lupe gezeichnete Bienen
unglaublich sorgfältig wiedergegeben. Offenbar hatte der Knabe
die Gestalt des Tierchens liebgewonnen. Wer mir gesagt hätte,
daß die Zeichnung eines Bienchens den Knaben töten würde!

Zu unterst in der Mappe lag noch ein unförmlicher Fetzen,
worauf Mouton etwas gesudelt hatte, was meine Neugierde
fesselte. „Das ist nicht von mir," sagte Julian, „es hat sich an=
gehängt." Ich studierte das Blatt, welches die wunderliche
Parodie einer ovidischen Szene enthielt: jener, wo Pentheus
rennt, von den Mänaden gejagt, und Bacchus, der grausame
Gott, um den Flüchtenden zu verderben, ein senkrechtes Ge=
birge vor ihm in die Höhe wachsen läßt. Wahrscheinlich hatte
Mouton den Knaben, der zuweilen seine Aufgaben in der
Malkammer oblag, die Verse Ovids mühselig genug über=
setzen hören und daraus seinen Stoff geschöpft. Ein Jüngling,
unverkennbar Julian in allen seinen Körperformen, welche
Moutons Maleraugen leichtlich besser kannte als der Knabe
selbst, ein schlanker Renner, floh, den Kopf mit einem Aus=
drucke tödlicher Angst nach ein paar ihm nachjagenden Ge=
spenstern umgewendet. Keine Bacchantinnen, Weiber ohne
Alter, verkörperte Vorstellungen, Ängstigungen, folternde Ge=
danken — eines dieser Scheusale trug einen langen Jesuiten=
hut auf dem geschorenen Schädel und einen Folianten in der
Hand — und erst die Felswand, wüst und unerklimmbar, die
vor dem Blicke zu wachsen schien, wie ein finsteres Schicksal!

Ich sah den Knaben an. Dieser betrachtete das Blatt ohne
Widerwillen, ohne eine Ahnung seiner möglichen Bedeutung.
Auch Mouton mochte sich nicht klar gemacht haben, welches
schlimme Omen er in genialer Dumpfheit auf das Blatt hin=

geträumt hatte. Ich steckte dasselbe unwillkürlich, um es zu verbergen, in die Mitte der Blätterschicht, bevor ich diese in die Mappe schob.

„Julian," begann ich freundlich, „ich beklage mich bei dir, daß du mir Mouton vorgezogen hast, ihn zu deinem Vertrauten machend, während du dich gegen mein Wohlwollen, das du kennst, in ein unbegreifliches Schweigen verschlossest. Fürchtest du dich, mir dein Unglück zu sagen, weil ich imstande bin, dasselbe klar zu begrenzen und richtig zu beurteilen, und du vorziehst, in hoffnungslosem Brüten dich zu verzehren? Das ist nicht mutig."

Julian verzog schmerzlich die Brauen. Aber noch einmal spielte ein Strahl der heute genossenen Seligkeit über sein Antlitz. „Herr Fagon," sagte er halb lächelnd, „eigentlich habe ich meinen Gram nur dem P u d e l Mouton erzählt."

Dieses artige Wort, welches ich ihm nicht zugetraut hätte, überraschte mich. Der Knabe deutete meine erstaunte Miene falsch. Er glaubte sich mißredet zu haben. „Fraget mich, Herr Fagon," sagte er, „ich antworte Euch die Wahrheit."

„Du hast Mühe zu leben?"

„Ja, Herr Fagon."

„Man hält dich für beschränkt und du bist es auch, doch vielleicht anders, als die Leute meinen." Das harte Wort war gesprochen.

Der Knabe versenkte den Blondkopf in die Hände und brach in schweigende Tränen aus, welche ich erst bemerkte, da sie zwischen seinen Fingern rannen. Nun war der Bann gebrochen.

„Ich will Euch meine Kümmernis erzählen, Herr Fagon," schluchzte er, das Antlitz erhebend.

„Tue das, mein Kind, und sei gewiß, daß ich dich jetzt, da wir Freunde sind, verteidigen werde wie mich selbst. Niemand wird dir künftig etwas anhaben, weder du noch ein anderer! Du wirst dich wieder an Luft und Sonne freuen und dein Tagewerk ohne Grauen beginnen."

Der Knabe glaubte an mich und faßte mit hoffenden Augen

Vertrauen. Dann begann er sein Leid zu erzählen, halb schon wie ein vergangenes:

„Einen schlimmen Tag habe ich gelebt und die übrigen waren nicht viel besser. Es war an einem Herbsttage, daß ich mit Guntram zu seinem Ohm, dem Komtur, nach Compiègne fuhr. Wir wollten uns dort im Schießen üben, für uns beide ein neues Vergnügen und eine Probe unserer Augen.

Wir hatten ein leichtes Zweigespann und Guntram unterhielt mich in einer Staubwolke von seiner Zukunft. Diese könne nur eine militärische sein. Zu anderem habe er keine Lust. Der Komtur empfing uns weitläufig, aber Guntram hielt nicht Ruhe, bis wir auf Distanz vor der Scheibe standen. Keinen einzigen Schuß brachte er hinein. Denn er ist kurzsichtig wie niemand. Er biß sich in die Lippe und regte sich schrecklich auf. Dadurch wurde auch seine Hand unsicher, während ich ins Schwarze traf, weil ich sah und zielte. Der Komtur wurde abgerufen und Guntram schickte den Bedienten nach Wein. Er leerte einige Gläser und seine Hand fing an zu zittern. Mit hervorquellenden Augen und verzerrtem Gesichte schleuderte er seine Pistole auf den Rasen, hob sie dann aber wieder auf, lud sie, lud auch die meinige und verlor sich mit mir in das Dickicht des Parkes.

Auf einer Lichtung hob er die eine und bot mir die andere. „Ich mache ein Ende!" schrie er verzweifelt. „Ich bin ein Blinder und die taugen nicht ins Feld, und wenn ich nicht ins Feld tauge, will ich nicht leben! Du begleitest mich! Auch du taugst nicht ins Leben, obwohl du beneidenswert schießest, denn du bist der größte Dummkopf, das Gespötte der Welt!" „Und Gott?" fragte ich. „Ein hübscher Gott," hohnlachte er und zeigte dem Himmel die Faust, „der mir Kriegslust und Blindheit und dir einen Körper ohne Geist gegeben hat!" Wir rangen, ich entwaffnete ihn und er schlug sich in die Büsche.

Seit jenem Tage war ich ein Unglücklicher, denn Guntram hatte ausgesprochen, was ich wußte, aber mir selbst verhehlte, so gut es gehen wollte. Stets hörte ich das Wort Dummkopf hinter mir flüstern, auf der Straße wie in der Schule, und meine Ohren schärften sich, das grausame Wort zu vernehmen. Es mag auch sein, daß meine Mitschüler, über welche ich sonst nicht zu klagen habe, wenn sie sich außer dem Bereiche meines Ohres glauben, kürzehalber mich so nennen. Sogar das Semmelweib mit den verschmitzten Runzeln, die Lisette, welche vor dem Collège ihre Ware vertreibt, sucht mich zu betrügen, oft recht plump, und glaubt es zu dürfen, weil sie mich einen Dummen nennen hört. Und doch hangt an der Mauer des Collège Gott der Heiland, der in die Welt gekommen ist, um Gerechtigkeit gegen alle und Milde gegen die Schwachen zu lehren. Er schwieg und schien nachzudenken.

Dann fuhr er fort: „Ich will mich nicht besser machen, Herr Fagon, als ich bin. Auch ich habe meine bösen Stunden. Bei keinem Spiele würde ich Sonne und Schatten ungerecht verteilen, und wie kann Gott bei dem irdischen Wettspiel einem Einzelnen Bleigewichte anhängen und ihm dann zurufen: Dort ist das Ziel: lauf mit den andern! Oft, Herr Fagon, habe ich vor dem Einschlafen die Hände gefaltet und den lieben Gott brünstig angefleht, er möge, was ich eben mühselig erlernt, während des Schlafes in meinem Kopfe wachsen und erstarken lassen, was ja die bloße Natur den andern gewährt. Ich wachte auf und hatte alles vergessen und die Sonne erschreckte mich.

Vielleicht", flüsterte er scheu, „tue ich dem lieben Gott unrecht. Er hülfe gern, gütig wie er ist, aber er hat wohl nicht immer die Macht. Wäre das nicht möglich, Herr Fagon? Wurde es dann allzu arg, besuchte mich die Mutter im Traum und sagte mir: ‚Halt aus, Julian! Es wird noch gut!'"

Diese unglaublichen Naivetäten und kindischen Widersprüche zwangen mich zu einem Lächeln, welches ein Grinsen sein mochte. Der Knabe erschrak über sich selbst und über mich. Dann sagte er, als hätte er schon zu lange gesprochen, hastig, nicht ohne einige Bitterkeit, denn die Zuversicht hatte ihn im Laufe seiner Erzählung wieder verlassen: „Nun weiß jedermann, daß ich dumm bin, selbst der König, und diesem hätte ich es so gerne verheimlicht" — Julian mochte auf jenen

Marly anspielen — „einzig meinen Vater ausgenommen, der nicht daran glauben will."

„Mein Sohn," sagte ich und legte die Hand auf seine schlanke Schulter, „ich philosophiere nicht mit dir. Willst du mir aber glauben, so trage ich dich durch die Wellen. Wie du bist, ich werde dich in den Port bringen. Zwar du wirst trotz deines schönen Namens kein Heer und keine Flotte führen, aber du wirst auch keine Schlacht leichtsinnig verlieren zum Schaden deines Königs und deines Vaterlandes. Dein Name wird nicht wie der deines Vaters in unsern Annalen stehen, aber im Buche der Gerechten, denn du kennst die erste Seligpreisung, daß das Himmelreich den Armen im Geiste gehört.

Merk' auf! Der erste Punkt ist: du gehst ins Feld und kämpfst in unsern Reihen für den König und das jetzt so schwer bedrohte Frankreich. Im Kugelregen wirst du erfahren, ob du leben darfst. Daß du bald hinein kommst, dafür sorge ich. Du bleibst oder du kehrst heim mit dem Selbstvertrauen eines Braven. Ohne Selbstvertrauen kein Mann! Niemand wird dir leicht ins Gesicht spotten. Dann wirst du ein einfacher Diener deines Königs und erfüllst deine Pflicht aufs strengste, wie es in dir liegt. Du hast Ehre und Treue, und deren bedarf die Majestät. Unter denen, die sie umgeben, ist kein Überfluß daran. Marstall, Jagd oder Wache, ein Dienst wird sich finden, wie du ihn zu verrichten verstehst. Deine Geburt wird dich statt des eigenen Verdienstes vor andern begünstigen: das mache dich demütig. Die Majestät, wenn sie sich im Rate müde gearbeitet hat, liebt es, ein zwangloses Wort an einen Schweigsamen und unbedingt Getreuen zu richten. Du bist zu einfach, um dich in eine Intrige zu mischen; dafür wird dich keine Intrige zugrunde richten. Man wird, wie die Welt ist, hinter deinem Rücken höhnen und spotten, aber du blickst nicht um. Du wirst gütig und gerecht sein mit deinen Knechten und keinen Tag beendigen ohne eine Wohltat. Im übrigen: verzichte!"

Der Knabe blickte mich mit gläubigen Augen an. „Das sind Worte des Evangeliums," sagte er.

„Verzichtet nicht jedermann," scherzte ich, „selbst deine Gönnerin, Frau von Maintenon, selbst der König auf einen Schmuck oder eine Provinz? Habe ich, Fagon, nicht ebenfalls verzichtet, vielleicht bitterer als du, wenn auch auf meine eigene Weise? Verwaist, arm, mit einem elenden Körper, der sich gerade in deinen Jahren von Tag zu Tag verwuchs und verbog, habe ich nicht eine strenge Muse gewählt, die Wissenschaft? Glaubst du, ich hatte kein Herz, keine Sinne? Ein zärtliches Herzchen, Julian! — und entsagte ein für allemal dem größten Reiz des Daseins, der Liebe, welche deinem schlanken Wuchse und deinem leeren Blondkopf nur so angeworfen wird!" Fagon trug, was ihn vielleicht in seiner Jugend schwer bedrängt hatte, mit einem so komischen Pathos vor, daß es den König belustigte und der Marquise schmeichelte.

„Ich begleitete Julian bis an die Pforte und zog ihn mit Mirabellen auf. ‚Ihr habt rasch gemacht,‘ sagte ich. „Es ist so gekommen," antwortete er unbefangen. „Man hat sie mit dem Geiste gequält, sie weinte und da faßte ich ein Vertrauen. Auch gleicht sie meiner Mutter."

Eine Arie aus irgendeiner verschollenen Oper meiner Jugendzeit trällernd, die einzige, deren ich mächtig bin, kehrte ich zu meiner Bank vor der Orangerie zurück. Er muß gleich ins Feld, sagte ich mir. Wenig fehlte, ich schlug ihm vor: ohne weiteres eines meiner Rosse zu satteln und stracks an die Grenze zum Heere zu jagen; aber dieser kühne Ungehorsam hätte den Knaben nicht gekleidet. Überdies wußte man, daß der Marschall für einmal nur die Grenzen sicherte und die Festungen in Flandern instand setzte, um vor einer entscheidenden Schlacht nach Versailles zurückzukehren und die endgültigen Befehle deiner Majestät zu empfangen. Dann wollte ich ihn fassen.

Als ich, die liegengebliebene Mappe noch einmal öffnend, den Inhalt zurechtschüttelte, da, siehe! lag der Pentheus mit der grausigen Felswand obenauf, den ich geschworen hätte in die Mitte der Blätter geschoben zu haben...

Wenig später begab es sich, daß Mouton der Pudel, in dem

Gedränge der Rue Saint-Honoré seinen Herrn suchend, verkarrt wurde. Er schläft in deinem Garten, Majestät, wo ihn Mouton der Mensch unter einer Catalpa beerdigte und mit seinem Taschenmesser in die Rinde des Baumes schnitt: „II Moutons".

Und wirklich lag er bald neben seinem Pudel. Es war Zeit. Der Trunk hatte ihn unterhöhlt und sein Verstand begann zu schwanken. Ich beobachtete ihn mitunter aus meinem Bibliothekfenster, wie er in seiner Kammer vor der Staffelei saß und nicht nur vernehmlich mit dem Geiste seines Pudels plauderte, sondern auch mit hündischer Miene gähnte oder schnellen Maules nach Fliegen schnappte, ganz in der Art seines abgeschiedenen Freundes. Eine Wassersucht zog ihn danieder. Es ging rasch und als ich eines Tages an sein Lager trat, in der Hand einen Löffel voll Medizin, drehte er seinem Wohltäter mit einem unaussprechlichen Worte den Rücken, kehrte das Gesicht gegen die Wand und war fertig.

Es begab sich ferner, daß der Marschall aus dem Felde nach Versailles zurückkehrte. Da sein Aufenthalt kein langer sein konnte, ergriff ich den Augenblick. Ich war entschlossen, Julian an der Hand vor ihn zu treten und ihm die ganze Wahrheit zu sagen.

Ich fuhr bei den Jesuiten vor. In der Nähe der Hauptpforte hielt das von den Dienern kaum gebändigte feurige Viergespann des Marschalls, Julian erwartend, um den Knaben rasch nach Versailles zu bringen. Das Tor des Jesuitenhauses öffnete sich und Julian wankte heraus, in welchem Zustande! Das Haupt vorfallend, den Rücken gebrochen, die Gestalt geknickt, auf unsichern Füßen, den Blick erloschen, während die Augen Viktor Argensons, welcher den Freund führte, loderten wie Fackeln. Die verblüfften Diener in ihren reichen Livreen beeiferten sich, ihren jungen Herrn rasch und behutsam in den Wagen zu heben. Ich sprang aus dem meinigen, den Knaben von einer tückischen Seuche ergriffen glaubend.

„Um Gottes willen, Julian," schrie ich, „was ist mit dir?"

Keine Antwort. Der Knabe starrte mich mit abwesendem Geiste an. Ich weiß nicht, ob er mich kannte. Ich begriff, daß der sonst schon Verschlossene jetzt nicht reden werde, und da überdies der Stallmeister drängte: „Hinein, Herr, oder zurück!" denn die ungeduldigen Rosse bäumten sich, so ließ ich das Kind fahren, mir versprechend, ihm bald nach Versailles zu folgen. Schon hatte sich um die aufregende Szene vor dem Jesuitenhause ein Zusammenlauf gebildet, dessen Neugierde ich zu entrinnen wünschte, und Viktor erblickend, welcher mit leidenschaftlicher Gebärde dem im Sturm davongetragenen Gespielen nachrief: „Mut, Julian! Ich werde dich rächen!" stieß ich den Knaben vor mich in meinen Wagen und stieg ihm nach. „Wohin, Herr?" fragte mein Kutscher. Bevor ich antwortete, schrie das geistesgegenwärtige Kind: „Ins Kloster Faubourg Saint-Antoine!"

In dem genannten Kloster hat sich, wie Ihr wisset, Sire, Euer Ideal von Polizeiminister einen stillen Winkel eingerichtet, wo er nicht überlaufen wird und heimlich für die öffentliche Sicherheit von Paris sorgen kann. „Viktor," fragte ich durch das Geräusch der Räder, „was ist? was hat sich begeben?"

„Ein riesiges Unrecht!" wütete der Knabe. „Père Tellier, der Wolf, hat Julian mit Riemen gezüchtigt und er ist unschuldig! Ich bin der Anstifter! Ich bin der Täter! Aber ich will dem Julian Gerechtigkeit verschaffen, ich fordere den Pater auf Pistolen!" Diese Absurdität, mit dem Geständnisse Viktors, das Unglück verschuldet zu haben, brachte mich dergestalt auf, daß ich ihm ohne weiteres eine salzige Ohrfeige zog. „Sehr gut!" sagte er. „Kutscher, du schleichst wie eine Schnecke!" Er steckte ihm sein volles Beutelchen zu. „Rasch! peitsche! jage! Herr Fagon, seid gewiß, der Vater wird dem Julian Gerechtigkeit verschaffen! O, er kennt die Jesuiten, diese Schurken, diese Schufte, und ihre schmutzige Wäsche! Ihn aber fürchten sie wie den Teufel!" Ich hielt es für unnötig, das rasende Kind weiter zu fragen, da er ja seine Beichte vor dem Vater ablegen würde, und die fliegenden Rosse schon das schlechte Pflaster der Vorstadt mit ihren Hufen schlugen, daß die Fun-

ken spritzten. Wir waren angelangt und wurden sogleich vor-
gelassen.

Argenson blätterte in einem Aktenstoß. „Wir überfallen,
Argenson!" entschuldigte ich.

„Nicht, nicht, Fagon," antwortete er mir die Hand schüt-
telnd und rückte mir einen Stuhl. „Was ist denn mit dem
Jungen? Er glüht ja wie ein Ofen." „Vater —" „Halt das
Maul! Herr Fagon redet."

„Argenson," begann ich, „ein schwerer Unfall, vielleicht ein
großes Unglück hat sich zugetragen. Julian Boufflers" — ich
blickte den Minister fragend an — „Weiß von dem armen
Knaben," sagte er — „wurde bei den Jesuiten geschlagen und
der Knabe fuhr nach Versailles in einem Zustande, der, wenn
ich richtig sah, der Anfang einer gefährlichen Krankheit ist.
Viktor kennt den Hergang."

„Erzähle!" gebot der Vater. „Klar, ruhig, umständlich.
Auch der kleinste Punkt ist wichtig. Und lüge nicht!"

„Lügen?" rief der empörte Knabe, „werde ich da lügen, wo
nur die Wahrheit hilft? Diese Schufte, die Jesuiten —"

„Die Tatsachen!" befahl der Minister mit einer Rhadaman-
thusmiene. Viktor nahm sich zusammen und erzählte mit er-
staunlicher Klarheit.

„Es war vor der Rhetorik des Père Amiel und wir steckten
die Köpfe zusammen, welchen Possen wir dem Nasigen spielen
würden. „Etwas Neues!" rief man von allen Seiten, „etwas
noch nicht Dagewesenes! eine Erfindung!" Da fiel uns ein —"

„Da fiel mir ein," verbesserte der Vater.

„— mir ein, Julian, der so hübsch zeichnet, zu bitten, uns
etwas mit der Kreide an die schwarze Tafel zu malen. Ich
legte ihm, der auf seiner Bank über den Büchern saß, eine
Lektion einlernend — er lernt so unglaublich schwer — den
Arm um den Hals. „Zeichne uns etwas!" schmeichelte ich.
„Ein Rhinozeros!" Er schüttelte den Kopf. „Ich merke," sagte
er, „ihr wollt damit nur den guten Pater ärgern, und da tue
ich nicht mit. Es ist eine Grausamkeit. Ich zeichne euch keine
Nase."

„Aber einen Schnabel, eine Schleiereule, du machst die Eulen so komisch!"

„Auch keinen Schnabel, Viktor."

„Da sann ich ein wenig und hatte einen Einfall." Der Minister runzelte seine pechschwarze Braue. Viktor fuhr mit dem Mute der Verzweiflung fort: „Zeichne uns ein Bienchen, Julian," sagte ich, „du kannst das so allerliebst!" „Warum nicht?" antwortete er dienstfertig und zeichnete mit sorgfältigen Zügen ein nettes Bienchen auf die Tafel.

„Schreibe etwas bei!"

„Nun ja, wenn du willst," sagte er und schrieb mit der Kreide: „abeille".

„Ach, du hast doch gar keine Einbildungskraft, Julian! Das lautet trocken."

„Wie soll ich denn schreiben, Viktor?"

„Wenigstens das Honigtierchen, bête á miel."

Der Minister begriff sofort das alberne Wortspiel: bête á miel und bête Amiel. „Da hast du etwas dafür!" rief er empört und gab dem Erfinder des Calembourgs eine Ohrfeige, gegen welche die meinige eine Liebkosung gewesen war.

„Sehr gut!" sagte der Knabe, dem das Ohr blutete.

„Weiter! und mach' es kurz!" befahl der Vater, „damit du mir aus den Augen kommst!"

„— In diesem Augenblick trat Père Amiel ein, schritt auf und nieder, beschnüffelte die Tafel, verstand und tat dergleichen, der Schäker, als ob er nicht verstünde. Aber: „Bête Amiel! dummer Amiel!" scholl es erst vereinzelt, dann aus mehreren Bänken, dann vollstimmig, „bête Amiel! dummer Amiel!"

Da — Schrecken — wurde die Tür aufgerissen. Es war der reißende Wolf, der Père Tellier. Er hatte durch die Korridore spioniert und zeigte jetzt seine teuflische Fratze.

„Wer hat das gezeichnet?"

„Ich," antwortete Julian fest. Er hatte sich die Ohren verhalten, seine Lektion zu studieren fortfahrend, und verstand und

338

begriff, wie er ja überhaupt so schwer begreift, nichts von nichts.

„Wer hat das geschrieben?"

„Ich," sagte Julian.

Der Wolf tat einen Sprung gegen ihn, riß den Verblüfften empor, preßte ihn an sich, ergriff einen Bücherriemen und —" Dem Erzählenden versagte das Wort.

„Und du hast geschwiegen, elende Memme?" donnerte der Minister. „Ich verachte dich! Du bist ein Lump!"

„Geschrien habe ich wie einer, den sie morden," rief der Knabe, „ich war es! ich! ich!" Auch Père Amiel hat sich an den Wolf geklammert, die Unschuld Julians beteuernd. Er hörte es wohl, der Wolf! Aber mir krümmte er kein Haar, weil ich dein Sohn bin und dich die Jesuiten fürchten und achten. Den Marschall aber hassen sie und fürchten ihn nicht. Da mußte der Julian herhalten. Aber ich will dem Wolf mein Messer" — der Knabe langte in die Tasche — „zwischen die Rippen stoßen, wenn er nicht —"

Der gestrenge Vater ergriff ihn am Kragen, schleppte ihn gegen die Türe, öffnete sie, warf ihn hinaus und riegelte. Im nächsten Augenblicke schon wurde draußen mit Fäusten gehämmert und der Knabe schrie: „Ich gehe mit zum Père Tellier! Ich trete als Zeuge auf und sage ihm: Du bist ein Ungeheuer!"

„Im Grunde, Fagon," wendete sich der Minister kaltblütig gegen mich, ohne sich an das Gepolter zu kehren, „hat der Junge recht: wir beide suchen den Pater auf, ohne Verzug, fallen ihn mit der nackten Wahrheit an, breiten sie wie auf ein Tuch vor ihm aus und nötigen ihn mit uns zu Julian zu gehen, heute noch, sogleich, und in unsrer Gegenwart dem Mißhandelten Abbitte zu tun." Er blickte nach einer Stockuhr. „Halb zwölf. Père Tellier hält seine Bauerzeiten fest. Er speist Punkt Mittag mit Schwarzbrot und Käse. Wir finden ihn."

Argenson zog mich mit sich fort. Wir stiegen ein und rollten.

„Ich kenne den Knaben," wiederholte der Minister. „Nur eines ist mir in seiner Geschichte unklar. Es ist Tatsache, daß die Väter damit anfingen, ihn zu hätscheln und in Baumwolle einzuwickeln. Seine Kameraden, auch mein Halunke, haben sich oft darüber aufgehalten. Ich begreife, daß die Väter, wie sie beschaffen sind, das Kind hassen, seit der Marschall das Mißgeschick hatte, sie zu entlarven. Aber warum sie, denen der Marschall gleichgültig war, einen Vorteil darin fanden, das Kind zuerst über die dem Schwachen gebührende Schonung hinaus zu begünstigen, das entgeht mir."

„Hm," machte ich.

„Und gerade das muß ich wissen, Fagon."

„Nun denn, Argenson," begann ich mein Bekenntnis — auch dir, Majestät, lege ich es ab, denn dich zumeist habe ich beleidigt — „da ich Julian bei den Vätern um jeden Preis warm betten wollte und ihm keine durchschlagende Empfehlung wußte — man plaudert ja zuweilen ein bißchen und so erzählte ich den Vätern Rapin und Bouhours, die ich in einer Damengesellschaft fand, Julians Mutter sei dir, dem Könige, eine angenehme Erscheinung gewesen. Die reine Wahrheit. Kein Wort darüber hinaus, bei meiner Ehre, Argenson!" Dieser verzog das Gesicht.

Du, Majestät, zeigest mir ein finsteres und ungnädiges. Aber, Sire, trage ich die Schuld, wenn die Einbildungskraft der Väter Jesuiten das Reinste ins Zweideutige umarbeitet?

„Als sie dann", fuhr ich fort, „den Marschall zu hassen und sich für ihn zu interessieren begannen, lauschten und forschten sie nach ihrer Weise, erfuhren aber nichts, als daß Julians Mutter das reinste Geschöpf der Erde war, bevor sie der Engel wurde, der jetzt über die Erde lächelt. Leider kamen die Väter zur Überzeugung ihres Irrtums gerade, da das Kind desselben am meisten bedurft hätte." Argenson nickte.

„Fagon," sagte der König fast strenge, „das war deine dritte und größte Freiheit. Spieltest du so leichtsinnig mit meinem Namen und dem Rufe eines von dir angebeteten Weibes, hättest du mir wenigstens diesen Frevel verschweigen sollen, selbst wenn deine Geschichte dadurch unverständlicher geworden wäre. Und sage mir, Fagon: hast du da nicht nach dem verrufenen Satze gehandelt, daß der Zweck die Mittel heilige? Bist du in den Orden getreten?"

"Wir alle sind es ein bißchen, Majestät," lächelte Fagon und fuhr fort:

"Mitte Weges begegneten wir dem Père Amiel, der wie ein Unglücklicher umherirrte und, meinen Wagen erkennend, sich so verzweifelt gebärdete, daß ich halten ließ. Am Kutschenschlage entwickelte er seine närrische Mimik und war im Augenblicke von einem Kreise toll lachender Gassenjungen umgeben. Ich hieß ihn einsteigen.

"Der Mutter Gottes sei gedankt, daß ich Euch finde, Herr Fagon! Dem Julian, welchen Ihr beschützet, ist ein Leid geschehen, und unschuldig ist er, wie der zerschmetterte kleine Astyanax!" deklamierte der Nasige. "Wenn Ihr, Herr Fagon, den seltsamen Blick gesehen hättet, welchen der Knabe gegen seinen Henker erhob, diesen Blick des Grauens und der Todesangst!" Père Amiel schöpfte Atem. "Flöhe ich über Meer, mich verfolgte dieser Blick! Begrübe ich mich in einen finstern Turm, er dränge durch die Mauer! Verkröche ich mich —"

"Wenn Ihr Euch nur nicht verkriechet, Professor," unterbrach ihn der Minister, "jetzt, da es gilt, dem Père Tellier — denn zu diesem fahren wir und Ihr fahret mit — ins Angesicht Zeugnis abzulegen! Habt Ihr den Mut?"

"Gewiß, gewiß!" beteuerte Père Amiel, der aber merklich erblaßte und in seiner Soutane zu schlottern begann. Père Tellier ist selbst in seinem feinen Orden als ein Roher und Gewaltsamer gefürchtet.

Da wir am Profeßhause ausstiegen, Père Amiel den Vortritt gebend, sprang Viktor vom Wagenbrett, wo er neben dem Bedienten die Fahrt aufrecht mitgemacht hatte. "Ich gehe mit!" trotzte er. Argenson runzelte die Stirn, ließ es aber zu, nicht unzufrieden, einen zweiten Zeugen mitzubringen.

Père Tellier verleugnete sich nicht. Argenson bedeutete den Pater und den Knaben, im Vorzimmer zurückzubleiben. Sie gehorchten, jener erleichtert, dieser unmutig. Der Pater Rektor bewohnte eine dürftige, ja armselige Kammer, wie er auch

eine verbrauchte Soutane trug, Tag und Nacht dieselbe. Er
empfing uns mit gekrümmtem Rücken und einem falschen
Lächeln in den ungeschlachten und wilden Zügen. „Womit
diene ich meinen Herrn?" fragte er süßlich grinsend.

„Hochwürden," antwortete Argenson und wies den gebo-
tenen Stuhl, der mit Staub bedeckt war und eine zerbrochene
Lehne hatte, zurück, „ein Leben steht auf dem Spiel. Wir müssen eilen es zu retten. Heute wurde der junge Boufflers im
Kollegium irrtümlich gezüchtigt. Irrtümlich. Ein durchtrie-
bener Range hat den beschränkten Knaben etwas auf die Tafel
zeichnen und schreiben lassen, das sich zu einer albernen Ver-
spottung des Père Amiel gestaltete, ohne daß Julian Boufflers die leiseste Ahnung hatte, wozu er mißbraucht wurde. Es
ist leicht zu beweisen, daß er der einzige seiner Klasse war, der
solche Possen tadelte und nach Kräften verhinderte. Hätte er
den fraglichen Streich in seinem Blondkopfe ersonnen, dann
war die Züchtigung eine zweifellos verdiente. So aber ist sie
eine fürchterliche Ungerechtigkeit, die nicht schnell und nicht voll
genug gesühnt werden kann. Dazu kommt noch etwas unendlich Schweres. Der mißverständlich Gezüchtigte, ein Kind
an Geist, hatte die Seele eines Mannes. Man glaubte einen
Jungen zu strafen und hat einen Edelmann mißhandelt."

„Ei, ei," erstaunte der Pater, „was Exzellenz nicht alles
sagen! Kann eine einfache Sache so verdreht werden? Ich gehe
durch die Korridore. Das ist meine Pflicht. Ich höre Lärm in
der Rhetorik. Père Amiel ist ein Gelehrter, der den Orden
ziert, aber er weiß sich nicht in Respekt zu setzen. Unsre Väter
lieben es nicht, körperlich zu züchtigen, aber das konnte nicht
länger gehn, ein Exempel mußte statuiert werden. Ich trete
ein. Eine Sottise steht auf der Tafel. Ich untersuche. Boufflers bekennt. Das übrige verstand sich.

Unbegabt? beschränkt? Im Gegenteil, durchtrieben ist er,
ein Duckmäuser. Stille Wasser sind tief. Was ihm mangelt,
ist die Aufrichtigkeit, er ist ein Heuchler und Gleisner. Hat's
geschmerzt? O die zarte Haut! Ein Herrensöhnchen, wie? Tut
mir leid, wir Väter Jesu kennen kein Ansehn der Person. Auch

hat uns der Marschall selbst gebeten, sein Kind nicht zu verziehn. Ich war älter als jener, da ich meine letzten und besten Streiche erhielt, im Seminar, vierzig weniger einen wie Sankt Paulus, der auch ein Edelmann war. Bin ich draufgegangen? Ich rieb mir die Stelle, mit Züchten geredet, und mir war wohler als zuvor. Und ich war unschuldig, von der Unschuld dieses Verstockten aber überzeugt mich niemand!"

"Vielleicht doch, Hochwürden!" sagte Argenson und rief die zwei Harrenden herein.

"Viktor," bleckte der Jesuit den eintretenden Knaben an, "du hast es nicht getan! Für dich stehe ich. Du bist ein gutartiges Kind. Ein Dummkopf wärest du, dich für schuldig zu erklären, den niemand anklagt!"

Viktor, der in trotzigster Haltung nahte, schaute dem Unhold tapfer ins Gesicht, aber der Mut sank ihm. Sein Herz erbebte vor der wachsenden Wildheit dieser Züge und den funkelnden Wolfsaugen.

Er machte rasch. "Ich habe den Julian verleitet, der nichts davon verstand," sagte er. "Das schrie ich Euch in die Ohren, aber Ihr wolltet nicht hören, weil Ihr ein Bösewicht seid!"

"Genug!" befahl Argenson und wies ihm die Türe. Er ging nicht ungern. Er begann sich zu fürchten.

"Père Amiel," wandte sich der Minister gegen diesen, "Hand aufs Herz, konnte Julian das Wortspiel erfinden?"

Der Pater zauderte, mit einem bangen Blick auf den Rektor. "Mut, Pater," flüsterte ich, "Ihr seid ein Ehrenmann!"

"Unmöglich, Exzellenz, wenn nicht Achill eine Memme und Thersites ein Held war!" beteuerte Père Amiel, sich mit seiner Rhetorik ermutigend. "Julian ist schuldlos wie der Heiland!"

Das erdfarbene Gesicht des Rektors verzerrte sich vor Wut. Er war gewohnt, im Kollegium blinden Gehorsam zu finden und ertrug nicht den geringsten Widerspruch.

"Wollt Ihr kritisieren, Bruder?" schäumte er. "Kritisiert zuerst Euer tolles Fratzenspiel, das Euch dem Dümmsten zum Spotte macht! Ich habe den Knaben gerecht behandelt!"

Diese Herabwürdigung seiner Mimik brachte den Pater

gänzlich außer sich und ließ ihn für einen Augenblick alle Furcht vergessen. „Gerecht?" jammerte er. „Daß Gott erbarm'! Wie oft hab' ich Euch gebeten, dem Unvermögen des Knaben Rechnung zu tragen und ihn nicht zu zerstören! Wer antwortete mir: „Meinethalben gehe er drauf!" wer hat das gesprochen?"

„Mentiris impudenter!" heulte der Wolf.

„Mentiris impudentissime, pater reverende!" überschrie ihn der Nasige, an allen Gliedern zitternd.

„Mir aus den Augen!" herrschte der Rektor, mit dem Finger nach der Türe weisend, und der kleine Pater rettete sich, so geschwind er konnte.

Da wir wieder zu Dreien waren, „Hochwürden," sprach der Minister ernst, „es wurde der Vorwurf gegen Euch erhoben, den Knaben zu hassen. Eine schwere Anklage! Widerlegt und beschämt dieselbe, indem Ihr mit uns geht und Julian Abbitte tut. Niemand wird dabei zugegen sein, als wir zwei." Er deutete auf mich. „Das genügt. Dieser Herr ist der Leibarzt des Königs und um die Gesundheit des Knaben in schwerer Sorge. Ihr entfärbet Euch? Laßt es Euch kosten und bedenket: Der, dessen Namen Ihr traget, gebietet, die Sonne nicht über einem Zorne untergehen zu lassen, wieviel weniger über einer Ungerechtigkeit!"

Ein Unrecht bekennen und sühnen! Der Jesuit knirschte vor Ingrimm.

„Was habe ich mit dem Nazarener zu schaffen?" lästerte er, in verwundetem Stolze sich aufbäumend, und der Häßliche schien gegen die Decke zu wachsen wie ein Dämon. „Ich bin der Kirche! Nein, des Ordens! ... Und was habe ich mit dem Knaben zu schaffen? Nicht ihn hasse ich, sondern seinen Vater, der uns verleumdet hat! verleumdet! schändlich verleumdet!"

„Nicht der Marschall," sagte ich verdutzt, „sondern mein Laboratorium hat die Väter — verleumdet."

„Fälschung! Fälschung!" tobte der Rektor. „Jene Briefe wurden nie geschrieben! Ein teuflischer Betrüger hat sie untergeschoben!" und er warf mir einen mörderischen Blick zu.

Ich war betroffen, ich gestehe es, über diese Macht und Gewalt: Tatsachen zu vernichten, Wahrheit in Lüge und Lüge in Wahrheit zu verwandeln.

Père Tellier rieb sich die eiserne Stirn. Dann veränderte er das Gesicht und beugte sich vor dem Minister halb kriechend, halb spöttisch: „Exzellenz, ich bin Euer gehorsamer Diener, aber Ihr begreift: ich kann die Gesellschaft nicht so tief erniedrigen, einem Knaben Abbitte zu leisten."

Argenson wechselte den Ton nicht minder gewandt. Er stellte sich neben Tellier mit einem unmerklichen Lächeln der Verachtung in den Mundwinkeln. Der Pater bot das Ohr.

„Seid Ihr gewiß," wisperte der Minister, „daß Ihr den Sohn des Marschalls gegeißelt habt, und nicht das edelste Blut Frankreichs?"

Der Pater zuckte zusammen. „Es ist nichts daran," wisperte er zurück. „Ihr narrt mich, Argenson."

„Ich habe keine Gewißheit. In solchen Dingen gibt es keine. Aber die bloße Möglichkeit würde Euch als — Ihr wißt, was ich meine und wozu Ihr vorgeschlagen seid — unmöglich machen."

Ich glaubte zu sehen, Sire, wie Hochmut und Ehrgeiz sich in den düstern Zügen Eures Beichtvaters bekämpften, aber ich konnte den Sieger nicht erraten.

„Ich denke, ich gehe mit den Herren," sagte Père Tellier.

„Kommt, Pater!" drängte der Minister und streckte die Hand gegen ihn aus.

„Aber ich muß die Soutane wechseln. Ihr seht, diese ist geflickt, und ich könnte in Versailles der Majestät begegnen." Er öffnete ein Nebenzimmer.

Argenson blickte ihm über die Schulter und sah in einen niedern Verschlag mit einem nackten Schragen und einem wurmstichigen Schreine.

„Mit Vergunst, Herren," lispelte der Jesuit schämig, „ich habe mich noch nie vor weltlichen Augen umgekleidet."

Argenson faßte ihn an der Soutane. „Ihr haltet Wort?"

Père Tellier streckte drei schmutzige Finger gegen etwas Heiliges, das im Dunkel einer Ecke klebte, entschlüpfte und schloß die Tür bis auf eine kleine Spalte, welche Argenson mit der Fußspitze offen hielt.

Wir hörten den Schrank öffnen und schließen. Zwei stille Minuten verstrichen. Argenson stieß die Türe auf. Weg war Père Tellier. Hatte er der Einflüsterung Argensons nicht geglaubt und nur die Gelegenheit ergriffen, aus unserer Gegenwart zu entrinnen? Oder hatte er sie geglaubt, der eine Dämon seines Ordens aber den andern, der Stolz den Ehrgeiz überwältigt? Wer blickt in den Abgrund dieser finstern Seele?

„Meineidiger!" fluchte der Minister, öffnete den Schrein, erblickte eine Treppe und stürzte sich hinab. Ich stolperte und fiel mit meiner Krücke nach. Unten standen wir vor den höchlich erstaunten Mienen eines vornehmen Novizen mit den feinsten Manieren, welcher auf unsere Frage nach dem Pater bescheiden erwiderte, seines Wissens sei derselbe vor einer Viertelstunde in Geschäften nach Rouen verreist.

Argenson gab jede Verfolgung auf. „Eher schleppte ich den Cerberus aus der Hölle als dieses Ungeheuer nach Versailles! ... Überdies, wo ihn finden in den hundert Schlupfwinkeln der Gesellschaft? Ich gehe. Schickt nach frischen Pferden, Fagon, und eilet nach Versailles. Erzählt alles der Majestät. Sie wird Julian die Hand geben und zu ihm sprechen: Der König achtet dich, dir geschah zuviel! und der Knabe ist ungegeißelt." Ich gab ihm recht. Das war das Beste, das einzig gründlich Heilsame, wenn es nicht zu spät kam."

Fagon betrachtete den König unter seinen buschigen greisen Brauen hervor, welchen Eindruck auf diesen die ihm entgegengehaltene Larve seines Beichtigers gemacht hätte. Nicht daß er sich schmeichelte, Ludwig werde seine Wahl widerrufen. Warnen aber hatte er den König wollen vor diesem Feinde der Menschheit, der mit seinen Dämonenflügeln das Ende einer glänzenden Regierung verschatten sollte. Allein Fagon las in den Zügen des Allerchristlichsten nichts als ein natürliches Mitleid mit dem Lose des Sohnes einer Frau, die dem Gebieter flüchtig gefallen hatte, und das Behagen an einer Erzählung, deren Wege wie die eines Gartens in einen und denselben Mittelpunkt zusammenliefen: der König, immer wieder der König!

„Weiter, Fagon", bat die Majestät, und dieser gehorchte, gereizt und in verschärfter Laune.

„Da die Pferde vor einer Viertelstunde nicht anlangen konnten, trat ich bei einem dem Profeßhause gegenüber wohnenden Bader, meinem Klienten, ein und bestellte ein laues Bad, denn ich war angegriffen. Während das Wasser meine Lebensgeister erfrischte, machte ich mir die herbsten Vorwürfe, den mir anvertrauten Knaben vernachlässigt und seine Befreiung verschoben zu haben. Nach einer Weile störte mich durch die dünne Wand ein unmäßiges Geplauder. Zwei Mädchen aus dem untern Bürgerstande badeten nebenan. „Ich bin so unglücklich!" schwatzte die eine und kramte ein dummes Liebesgeschichtchen aus, „so unglücklich!" Eine Minute später kicherten sie zusammen. Während ich meine Lässigkeit verklagte und eine zentnerschwere Last auf dem Gewissen trug, schäkerten und bespritzten sich neben mir zwei leichtfertige Nymphen.

In Versailles —"

König Ludwig wendete sich jetzt gegen Dubois, den Kammerdiener der Marquise, der, leise eingetreten, flüsterte: „Die Tafel der Majestät ist gedeckt." „Du störst, Dubois", sagte der König, und der alte Diener zog sich zurück mit einem leisen Ausdrucke des Erstaunens in den geschulten Mienen, denn der König war die Pünktlichkeit selber.

„In Versailles", wiederholte Fagon, „fand ich den Marschall tafelnd mit einigen seiner Standesgenossen. Da war Villars, jeder Zoll ein Prahler, ein Heros, wie man behauptet und ich nicht widerspreche, und der unverschämteste Bettler, wie du ihn kennst, Majestät; da war Villeroy, der Schlachtenverlierer, der nichtigste der Sterblichen, der von den Abfällen deiner Gnade lebt, mit seinem unzerstörlichen Dünkel und seinen großartigen Manieren; Grammont mit dem vornehmen Kopfe, der mich gestern in deinem Saale, Majestät, und an deinen Spieltischen mit gezeichneten Karten betrogen hat, und Lauzun, der unter seiner sanften Miene gründlich verbitterte und Boshafte. Vergib, ich sah deine Höflinge verzerrt im grellen Lichte meiner Herzensangst. Auch die Gräfin Mimeure war geladen und Mirabelle, die neben Villeroy saß, welcher dem armen Kinde mit seinen siebzigjährigen Geckereien angst und bange machte.

Julian war von seinem Vater zur Tafel befohlen und bleich wie der Tod. Ich sah, wie ihn der Frost schüttelte, und betrachtete unverwandt das Opfer mit heiliger Scheu.

Das Gespräch — gibt es beschleunigende Dämonen, die den Steigenden stürmisch emporheben und den Gleitenden mit grausamen Füßen in die Tiefe stoßen? — das Gespräch wurde über die Disziplinarstrafen im Heere geführt. Man war verschiedener Meinung. Es wurde gestritten, ob überhaupt körperlich gezüchtigt werden solle, und wenn ja, mit welchem Gegenstande, mit Stock, Riemen oder flacher Klinge. Der Marschall, menschlich wie er ist, entschied sich gegen jede körperliche Strafe, außer bei unbedingt entehrenden Vergehen, und Grammont, der falsche Spieler, stimmte ihm bei, da die Ehre, wie Boileau sage, eine Insel mit schroffen Borden sei, welche, einmal verlassen, nicht mehr erklommen werden könne. Villars gebärdete sich, wenn ich es sagen soll, wie ein Halbnarr und erzählte, einer seiner Grenadiere habe, wahrscheinlich ungerechterweise gezüchtigt, sich mit einem Schusse entleibt, und er — Marschall Villars — habe in den Tagesbefehl gesetzt: Lafleur hätte Ehre besessen auf seine Weise. Das Gespräch kreuzte sich. Der Knabe folgte ihm mit irren Augen. „Schläge", „Ehre", „Ehre", „Streiche" scholl es hin= und herüber. Ich flüsterte dem Marschall ins Ohr: „Julian ist leidend, er soll zu Bette." „Julian darf sich nicht verwöhnen," erwiderte er. „Der Knabe wird sich zusammennehmen. Auch wird die Tafel gleich aufgehoben." Jetzt wendete sich der galante Villeroy gegen seine schüchterne Nachbarin. „Gnädiges Fräulein," näselte er und spreizte sich, „sprecht und wir werden ein Orakel vernehmen!" Mirabelle, schon auf Kohlen sitzend, überdies geängstigt durch das entsetzliche Aussehen Julians, verfiel natürlich in ihre Gewöhnung und antwortete:

„Körperliche Gewalttat erträgt kein Untertan des stolzesten der Könige: ein so Gebrandmarkter lebt nicht länger!" Villeroy klatschte Beifall und küßte ihr den Nagel des kleinen Fingers. Ich erhob mich, faßte Julian und riß ihn weg. Dieser Aufbruch blieb fast unbemerkt. Der Marschall mag denselben bei seinen Gästen entschuldigt haben.

Während ich den Knaben entkleidete — er selbst kam nicht mehr damit zustande — sagte er: „Herr Fagon, mir ist wunderlich zumute. Meine Sinne verwirren sich. Ich sehe Gestalten. Ich bin wohl krank. Wenn ich stürbe —" er lächelte. „Wisset Ihr, Herr Fagon, was heute bei den Jesuiten geschehen ist? Lasset meinen Vater nichts davon wissen! nie! nie! Es würde ihn töten!" Ich versprach es ihm und hielt Wort, obgleich es mich Überwindung kostete. Noch zur Stunde ahnt der Marschall nichts davon.

Den Kopf schon im Kissen, bot mir Julian die glühende Hand. „Ich danke Euch, Herr Fagon ... für alles ... Ich bin nicht undankbar, wie Mouton."

Deine Majestät zu bemühen, war jetzt überflüssig. In der nächsten Viertelstunde schon redete Julian irre. Prozeß und Urteil lagen in den Händen der Natur. Die Fieber wurden heftig, der Puls jagte. Ich ließ mir ein Feldbett in der geräumigen Kammer aufschlagen und blieb auf dem Posten. In das anstoßende Zimmer hatte der Marschall seine Mappen und Karten tragen lassen. Er verließ seinen Arbeitstisch stündlich, um nach dem Knaben zu sehen, welcher ihn nicht erkannte. Ich warf ihm feindselige Blicke zu. „Fagon, was hast du gegen mich?" fragte er. Ich mochte ihm nur nicht antworten.

Der Knabe phantasierte viel, aber im Bereiche seines lodernden Blickes schwebten nur freundliche und aus dem Leben entschwundene Gestalten. Mouton erschien und auch Mouton der Pudel sprang auf das Bette. Am dritten Tage saß die Mutter neben Julian.

Drei Besuche hat er erhalten. Viktor kratzte an die Türe und brach, von mir eingelassen, in ein so erschütterndes Weh=

geschrei aus, daß ich ihn wegschaffen mußte. Dann klopfte der Finger Mirabellens. Sie trat an das Lager Julians, der eben in einem unruhigen Halbschlummer lag, und betrachtete ihn. Sie weinte wenig, sondern drückte ihm einen brünstigen Kuß auf den dürren Mund. Julian fühlte weder den Freund noch die Geliebte.

Unversehens meldete sich auch Père Amiel, den ich nicht abwies. Da ihn der Kranke mit fremden Augen anstarrte, sprang er possierlich vor dem Bette herum und rief: „Kennst du mich nicht mehr, Julian, deinen Père Amiel, den kleinen Amiel, den Nasen=Amiel? Sage mir nur mit einem Wörtchen, daß du mich lieb hast!" Der Knabe blieb gleichgültig. Gibt es elysische Gefilde, denke ich dort den Père zu finden, ohne langen Hut, mit proportionierter Nase, und Hand in Hand mit ihm einen Gang durch die himmlischen Gärten zu tun.

Am vierten Abende ging der Puls rasend. Ein Gehirnschlag konnte jeden Augenblick eintreten. Ich trat hinüber zum Marschall.

„Wie steht es?"

„Schlecht."

„Wird Julian leben?"

„Nein. Sein Gehirn ist erschöpft. Der Knabe hat sich überarbeitet."

„Das wundert mich," sagte der Marschall, „ich wußte das nicht." In der Tat, ich glaube, daß er es nicht wußte. Meine Langmut war zu Ende. Ich sagte ihm schonungslos die Wahrheit und warf ihm vor, sein Kind vernachlässigt und zu dessen Tode geholfen zu haben. Das Golgatha bei den Jesuiten verschwieg ich. Der Marschall hörte mich schweigend an, den Kopf nach seiner Art etwas auf die rechte Seite geneigt. Seine Wimper zuckte und ich sah eine Träne. Endlich erkannte er sein Unrecht. Er faßte sich mit der Selbstbeherr= schung des Kriegers und trat in das Krankenzimmer.

Der Vater setzte sich neben seinen Knaben, der jetzt unter dem Druck entsetzlicher Träume lag. „Ich will ihm wenig= stens", murmelte der Marschall, „das Sterben erleichtern,

350

was an mir liegt. Julian!" sprach er in seiner bestimmten
Art. Das Kind erkannte ihn.

„Julian, du mußt mir schon das Opfer bringen, deine
Studien zu unterbrechen. Wir gehen miteinander zum Heere
ab. Der König hat an der Grenze Verluste erlitten, und
auch der Jüngste muß jetzt seine Pflicht tun." Diese Rede
verdoppelte die Reiselust eines Sterbenden... Einkauf von
Rossen... Aufbruch... Ankunft im Lager... Eintritt in die
Schlachtlinie... Das Auge leuchtete, aber die Brust begann
zu röcheln. „Die Agonie!" flüsterte ich dem Marschall zu.

„Dort die englische Fahne! Nimm sie!" befahl der Vater.
Der sterbende Knabe griff in die Luft. „Vive le roi!" schrie
er und sank zurück wie von einer Kugel durchbohrt."

Fagon hatte geendet und erhob sich. Die Marquise war
gerührt. „Armes Kind!" seufzte der König und erhob sich
gleichfalls.

„Warum arm," fragte Fagon heiter, „da er hingegangen
ist als ein Held?"

———————————

DIE RICHTERIN

ERSTES KAPITEL

„Precor sanctos apostolos Petrum et Paulum!" psal=
modierten die Mönche auf Ara Cöli, während Karl der Große
unter dem lichten Himmel eines römischen Märztages die
ziemlich schadhaften Stufen der auf das Kapitol führenden
Treppe emporstieg. Er schritt feierlich unter der Kaiserkrone,
welche ihm unlängst zu seinem herzlichen Erstaunen Papst
Leo in rascher Begeisterung auf das Haupt gesetzt. Der Emp=
fang des höchsten Amtes der Welt hatte im Ernste seines
Antlitzes eine tiefe Spur gelassen. Heute, am Vorabend seiner
Abreise, gedachte er einer solennen Seelenmesse für das Heil
seines Vaters, des Königs Pippin, beizuwohnen.

Zu seiner Linken ging der Abt Alcuin, während ein Gefolge
von Höflingen, die aus allen Ländern der Christenheit zu=
sammengewählte Palastschule, sich in gemessener Entfernung
hielt, halb aus Ehrerbietung, halb mit dem Hintergedanken,
in einem günstigen Augenblicke sich sachte zu verziehen und
der Messe zu entkommen. Die vom Wirbel zur Zehe in Eisen
gehüllten Höflinge schlenderten mit gleichgültiger Miene und
hochfahrender Gebärde in den erlauchten Stapfen, die Be=
grüßung der umstehenden Menge mit einem kurzen Kopf=
nicken erwidernd und sich über nichts verwundern wollend,
was ihnen die ewige Stadt Großes und Ehrwürdiges vor das
Auge stellte.

Jetzt hielten sie vor der ersten Stufe, während oben auf
dem Platze Karl mit Alcuin bei dem ehernen Reiterbilde stille=
stand. „Ich kann es nicht lassen," sagte er zu dem gelehrten
Haupte, „den Reiter zu betrachten. Wie mild er über der Erde
waltet! Seine Rechte segnet! Diese Züge müssen ähnlich sein."

Da flüsterte der Abt, den der Hafer seiner Gelehrsamkeit stach: „Es ist nicht Constantin. Das hab' ich längst heraus. Doch ist es gut, daß er dafür gelte, sonst wären Reiter und Gaul in der Flamme geschmolzen." Der kleine Abt hob sich auf die Zehen und wisperte dem großen Kaiser ins Ohr: „Es ist der Philosoph und Heide Marc Aurel." „Wirklich?" lächelte Karl.

Sie gingen der Pforte von Ara Cöli zu, durch welche sie verschwanden, der Kaiser schon in Andacht vertieft, so daß er einen netten jungen Menschen in rätischer Tracht nicht beachtete, der unferne stand und durch die ehrfürchtigsten Grüße seine Aufmerksamkeit zu erregen suchte.

„Halt, Herren," rief einer der inzwischen bei dem Reiterbilde angelangten Höflinge und fing rechts und links die Hände der neben ihm Wandelnden, „jetzt da alles treibt und schwillt" — Erd= und Lenzgeruch kam aus nahen Gärten — „will ich meinen Becher und was mir sonst lieb ist mit Veilchen bekränzen, aber keinen Weihrauch trinken, am wenigsten den einer Totenmesse. Ich habe hier herum eine Schenke entdeckt mit dem steinernen Zeichen einer säugenden Wölfin. Das hat mir Durst gemacht. Sehen wir uns noch ein bißchen den Reiter an und verduften dann in die Tabernen."

„Wer ist's?" fragte einer.

„Ein griechischer Kaiser" —

„Den setzen wir ab" —

„Wie er die Beine spreizt!" —

„Reitet der Kerl in die Schwemme?" —

„Holla, Stallknecht!" —

„Nettes Tier!" —

„Wülste wie ein Mastschwein!"

So ging es Schlag auf Schlag und ein frecher Witz überblitzte den andern. Das antike Roß wurde gründlich und unbarmherzig kritisiert.

Der artige Räter hatte sich nach und nach dem Kreise der Spötter genähert. Seine Absicht schien, zwischen zwei Gelächtern in ihre Gruppe zu gelangen und auf eine unverfängliche

Weise mit der Schule anzuknüpfen. Aber die Höflinge achteten seiner nicht. Da faßte er sich ein Herz und sprach in vernehmlichen Worten zu sich selbst: „Erstaunliche Sache, diese Palastschule, und ein Günstling des Glücks, wer ihr angehören darf!"

Über eine gepanzerte Schulter wendete sich ein junger Rotbart und sprach gelassen: „Wir schwänzen sie meistenteils." Dann kehrte sich der ganze Höfling, ein baumlanger Mensch, und fragte den Räter mit einem spöttischen Gesichte: „Welcher Eltern rühmst du dich, Knabe?"

Dieser gab vergnügten Bescheid. „Ich bin der Neffe des Bischofs Felix in Cur und mit seinen Briefen an den Heiligen Stuhl geschickt."

„Räter," sprach der Lange ernsthaft, „du bist an den Quell der Wahrheit gesendet. Hier stehst du auf den Schwellen der Apostel und über den Grüften unzähliger Bekenner. Lege wahrhaftes Zeugnis ab und bekenne tapfer: Ich bin der Sohn des Bischofs."

Eben intonierten die Mönche von Ara Cöli mit jungen und markigen Stimmen die dunkle Klage und flehende Entschuldigung: „Concepit in iniquitatibus me mater mea!"

„Hörst du," und der Höfling deutete nach der Kirche, „die dort wissen es!" Der ganze Haufe schlug eine schallende Lache auf.

Der kluge Bischofsneffe hütete sich in Zorn zu geraten. Mit einem flüchtigen Erröten und einer leichten Wendung des Kopfes sagte er: „Bischof Felix, der im Schatten seiner Berge die aus eurer Schule aufsteigende Sonne der Bildung mit frommem Jubel begrüßt, hat mir den Auftrag gegeben, für seine jung gebliebene Lernbegierde einige Hauptschriften der erwachenden Wissenschaft und insbesondere das unvergleichliche Büchlein der Disputationen des Abtes Alcuin zu erwerben. Nun wird erzählt, dieser große und gute Lehrer habe jeden von euch mit einem kostbaren Exemplare ausgerüstet, und ich meine nur, einer dieser Herren hätte vielleicht Lust einen Handel zu schließen."

„Du sprichst wahr und weise, Bischofssohn," parodierte ihn der Höfling, „und wäre mein Alcuin nicht längst unter die Hebräer gegangen, mochte es geschehen, daß wir Zweie zu dieser Stunde darum ein kurzweiliges Würfelspielchen machten."

„In unchristliche Hände! diese göttliche Weisheit!" wehklagte der Räter.

„Weisheit!" spottete der Rotbart, „ich versichere dir: lauter dummes Zeug. Übrigens weiß ich es auswendig. Höre nur, Bergbewohner!" Er krümmte den langen Rücken wie ein verbogener Schulmeister, zog die Brauen in die Höhe und wendete sich an den jüngsten der Bande, einen Krauskopf, der, fast noch ein Knabe, aus südlichen Augen lachend mit Lust und Liebe auf das gottlose Spiel einging.

„Jüngling," predigte der falsche Alcuin, „du hast einen guten Charakter und einen gelehrigen Geist. Ich werde dir eine ungeheuer schwere Frage vorlegen. Siehe, ob du sie beantwortest. Was ist der Mensch?"

„Ein Licht zwischen sechs Wänden," antwortete der Knabe andächtig.

„Welche Wände?"

„Das Links, das Rechts, das Vorn, das Nichtvorn, das Oben, das Unten." Jeden dieser Räume bezeichnete er mit einer Gebärde: beim fünften starrte er in den leuchtenden Himmel hinauf, als bestaune er einen Engelreigen, und bohrte schließlich einen stieren Blick in den Boden, als entdecke er die verschüttete Tarpeja. Jubelndes Klatschen belohnte die Farce.

Die wachsende Lustigkeit der Palastschule begann den Bischofsneffen zu ängstigen. Da trat im guten Augenblicke einer aus dem Kreise, ein kühner Krieger, dem an der rechten Seite des stämmigen Wuchses ein seltsam gewundenes Hifthorn hing. „Sei getrost," sagte er und ergriff die Hand des Räters, „du sollst ein Pergament haben. Das meinige. Es schleppt sich unter dem Gepäcke." Er führte den Erlösten weg, die Treppe des Kapitols hinunter, sich nicht weiter um seine Gefährten bekümmernd.

Jetzt gingen sie freundlich nebeneinander, wenn auch nicht mehr Hand in Hand. Die des Palaſtſchülers war auf das Hifthorn geglitten, das der Biſchofsneffe mit aufmerkſamen Blicken betrachtete. „Das hier kommt aus dem Gebirge,‟ ſagte er.

„So,‟ machte der Behelmte. „Aus welchem Gebirge?‟

„Aus unſerm, Landsmann. Ich kenne dich an deiner Sprache, wie du mich ebendaran erkannt haben wirſt, da du mich, wofür ich dir danke, den Neckereien der Palaſtſchule entzogeſt. Daß du es wiſſeſt, ich bin Graciosus‟ — der kluge Räter hatte dieſen ſeinen hübſchen Namen den Spöttern am Reiterbilde weislich verſchwiegen — „oder auf deutſch Gnadenreich, und du biſt Wulfrin, Sohn Wulfs, wenn dieſes Hifthorn dein Erbteil iſt, wie ich vermute.‟

Wulfrin runzelte die Stirn. Es mochte ihm nicht willkommen ſein, von der Heimat zu hören. Dann muſterte er Gnadenreich und fand einen anmutenden wohlgebildeten Jüngling, eine Gott und Menſchen gefällige Erſcheinung, nicht anders als der Name lautete. Er klopfte ihn auf die runde Schulter, deren Schmiegſamkeit zu dieſer beſchützenden Liebkoſung einlud, und ſagte: „Es macht warm.‟ In der Tat ſtrahlte nicht nur die römiſche Märzſonne, ſie brannte ſogar.

„Ja, es macht warm,‟ wiederholte er, hob den Helm und wiſchte mit der Hand einen Schweißtropfen. „Leeren wir einen Becher?‟ und ohne die Antwort zu erwarten, bog er nach wenigen Schritten in den offenen Hofraum eines klöſterlichen Gebäudes und warf ſich dort auf eine Steinbank, wo Graciosus in Züchten ſich neben ihn ſetzte. „Ich darf mich nicht weiter verziehen,‟ ſagte der Höfling, „als das Horn reicht, wann Herr Karl die Schule zuſammenruft. Auch liebe ich dieſes junge Geſchöpf,‟ ſcherzte er und zeigte auf eine Palme, welche in geringer Entfernung auf dem Vorſprunge eines Hügels, von leichten Windſtößen bewegt, ſich im blauen Himmel fächerte und etwa ſechzehn Jahresringe zählen mochte. „Hier heißt es ad palmam novellam und Pförtner Petrus ſchenkt einen herben. He, Petrus!‟ Dieſer, ein Alter mit struppigem Bart, feurigen Augen und zwei riesigen Schlüsseln am Gurte, brachte Kanne und Becher.

„Palma novella ist auch ein Frauenname," bemerkte Graciosus und netzte den Mund.

„Mag sein," versetzte Wulfrin. „In Hispanien, wenn mir recht ist, läuft derlei Getauftes oder Ungetauftes herum. Ich habe mich nicht damit befaßt. Ich mache mir nichts aus den Weibern."

„Deine rätische Schwester heißt auch nicht anders," sagte Gnadenreich unschuldig.

„Meine — rätische — Schwester?"

„Nun ja, Wulfrin, das Kind der Judicatrix, meiner Nachbarin auf Malmort am Hinterrhein. Du hast sie nie von Angesicht gesehen, die Frau Stemma, das zweite Weib deines Vaters?"

„Das dritte," murrte Wulfrin. „Ich bin von der zweiten."

„Das weißt du besser. Auch das jähe Ende deines Vaters weißt du, bei seinem Aufritt in Malmort. Palma ist nachgeboren."

„Es sei," versetzte Wulfrin verdrossen. „Warum auch sollte es nicht sein? Rührt mich aber nicht. Was mich kümmern konnte, hat mir der Knecht des Vaters, der Steinmetz Arbogast, umständlich berichtet. Ich habe es mit ihm beredet und erörtert mehr als einmal und noch zuletzt am Wachfeuer vor Pertusa, wenige Augenblicke bevor den treuen Kerl der maurische Pfeil meuchelte. Das ist nun fertig und abgetan. Wisse: als Siebenjähriger bin ich daheim ausgerissen — der Vater hatte mir das sieche Mütterlein ins Kloster gestoßen — und über Stock und Stein zu König Karl gerannt. Dorthin hat mir der Arbogast mein Erbe gebracht, das Wulfenhorn, dieses hier. Der Wulfenbecher, der dazu gehört, obschon er heidnisch ist — das Horn ist biblischen Ursprungs — blieb auf Malmort und mag dort bleiben, bis ich freie, und das hat Weile. Sie werden ihn aufgehoben haben. Du hast ihn wohl gesehen, wenn du dort ein- und ausgehst."

Graciosus nickte.

„Verstehe: beide, Horn und Kelch, sind zwei Altertümer, mit Tugenden und Kräften begabt. Den Becher gab einem Wölfling ein Elb oder eine Elbin von denen im Hinterrhein. Solang eines Wolfes Weib ihn ihrem Wolfe kredenzt und den darein gegrabenen Spruch ohne Anstoß hersagt, einmal vorwärts und einmal rückwärts, gefällt und mundet sie dem Wolfe. Über das Hifthorn sind die Meinungen geteilt. Nach den einen ist es gleichfalls ein elbisches Geschenk, und vor dem Burgtor bei der Rückkehr geblasen, zwingt es die Wölfin zu bekennen, was immer sie in Abwesenheit des Gatten gesündigt hat. Andere dagegen behaupten, daß ein Wolf im Gelobten Lande das Horn mit seinem Schwert aus dem erstarrten Pech und Schwefel des Toten Meeres grub. So ist es ein im Getümmel zur Erde gestürztes Harschhorn, von denen, welche die himmlischen Haufen bliesen zum Gericht über Sodom und Gomorra.“ Wulfrin blickte dem Räter ins Gesicht, der ihm — Schlauheit oder Einfalt — zwei gläubige Augen entgegenhielt.

Eben wurde vom Winde ein Bruchstück der Seelenmesse aus Ara Cöli hergetragen. Zornig und drohend sangen sie dort: „Dies irae, dies illa, dies magna et amara valde!“

„Schöne Bässe,“ lobte Wulfrin. „Um wieder auf den Becher zu kommen, so glaube ich nicht an seine Kraft. Sicherlich hat die Mutter nicht unterlassen, seinen Spruch herzubeten, vorwärts und rückwärts. Es hat nichts gefruchtet. Sie welkte und der Vater verstieß sie.“ Er tat einen Seufzer.

„Und das Horn?“ fragte Schelm Graciosus.

Der Höfling wog es in den Händen und lächelte. Graciosus lächelte gleichfalls.

„Übrigens ist es das beste Hifthorn im Heere. Das ruft! Höre nur!“ und er setzte es an den Mund.

„Um aller Heiligen willen, Wulfrin, laß ab!“ schrie Graciosus ängstlich. „Willst du die Stadt Rom in Aufruhr bringen?“

„Du hast recht, ich dachte nicht daran.“ Wulfrin ließ das Horn in die tragende Kette zurückfallen.

„Dieses Hifthorn", sagte jetzt Graciosus bedächtig, „wurde mir beschrieben. Auch hat es der Knecht Arbogast in Stein gemeißelt auf dem Grabmal im Hofe von Malmort, wo er den Comes deinen Vater abbildete und die Wittib daneben."

„So?" grollte Wulfrin. „Konnte der Vater nicht allein liegen?"

Graciosus ließ sich nicht einschüchtern. „An den Herrn des Hifthorns habe ich einen Auftrag," sagte er.

„Du bist voller Aufträge. Von wem hast du diesen?"

„Von der Richterin."

„Welche Richterin?" Entweder war Wulfrin von harten Begriffen oder seine Laune verschlechterte sich zusehends.

„Nun, die Judicatrix Stemma, deine Stiefmutter."

„Was hab' ich mit der Alten zu schaffen! Warum lächelst du, Männchen?"

„Weil du so mit ihr umgehst, die noch schön und jung ist."

„Ein altes Weib, sage ich dir."

„Ich bitte dich, Wulfrin! Dein Vater freite sie als eine Sechzehnjährige. Dein Geschwister ist nicht älter. Zähle zusammen! Doch jung oder alt, sie gab mir den Auftrag und ich darf ihn nicht unausgerichtet heimbringen."

Der Höfling verschluckte einen Fluch. „Du verdirbst mir den Krätzer, er schmeckt wie Galle." Erbost stieß er den Becher von der Bank und setzte den Fuß darauf. „So sprich!"

„Frau Stemma", begann Gnadenreich in bildlicher Rede, „will sich vor dir die Hände in ihrer Unschuld waschen."

„Ein Becken her!" spottete Wulfrin, als riefe er in die Gasse hinaus nach einem Bader.

„Wulfrin, stünde sie vor dir, du straftest deine Lippen! Keine in Rätien hat edlere Sitte. Was sie verlangt, ist gebührlich. Auf der Schwelle ihres Kastells, vor ihrem Angesichte, jählings ist dein Vater erblichen. Das ist schrecklich und fragwürdig. Frau Stemma läßt dir sagen, sie wundere sich, daß sie dich rufen müsse, sie habe dich längst, täglich, stündlich erwartet, seit du zu deinen mündigen Jahren gekommen bist. Nur ein Sorgloser, ein Fahrlässiger, ein Pflicht=

359

vergeſſener — nicht meine Worte, die ihrigen — verſchiebe
und verſäume es, ſie zur Rechenſchaft zu ziehen.“

Wulfrin blickte finſter. „Das Weib tritt mir zu nahe,“
ſagte er. „Ich wußte, was man einem Vater ſchuldig iſt. Er
hat an meiner Mutter gefrevelt und ſein Gedächtnis — die
Kriegstaten ausgenommen — iſt mir unlieb: dennoch habe ich
mir ſeine Todesgebärde vergegenwärtigt, den Augenzeugen
Arbogaſt, der das Lügen nicht kannte, habe ich ſcharf ins
Verhör genommen. Jetzt will ich noch ein übriges tun und
dir die gemeine Sache herbeten, vom Credo bis zum Amen.
Du biſt aus dem Lande und kennſt die Geſchichte. Mangelt
etwas daran oder iſt etwas zuviel, ſo widerſprich!

Der Vater kam aus Italien und nächtigte bei dem Juder
auf Malmort. Bei Wein und Würfeln wurden ſie Freunde
und der Vater, der, meiner Treu, kein Jüngling mehr war
— ich habe aus der Wiege ſeinen weißen Bart gezupft —
warb um das Kind des Richters und erhielt es. Beim Biſchof
in Cur wurde Beilager gehalten. Am dritten Tage ſetzte es
Händel. Der Räzünſer, deſſen Werbung der Juder abgewie=
ſen haben mochte, wurde zu ſpät oder ungebührlich geladen
oder an einen unrechten Platz geſetzt oder nachläſſig bedient
oder ſchlecht beherbergt oder es wurde ſonſt etwas verſehen.
Kurz, es gab Streit und der Räzünſer ſtreckt den Juder. Der
Vater hat den Schwieger zu rächen, berennt Räzüns eine
Woche lang und bricht es. Inzwiſchen beſtattet das Weib
den Juder und reitet nach Hauſe. Dort ſucht ſie der Vater, mit
Beute beladen. Er ſtößt ins Horn, der Sitte gemäß. Sie tritt
ins Tor, ſagt den Spruch und kredenzt den Wulfenbecher, den
ihr der Vater in Cur nach wölfiſcher Sitte als Morgen=
gabe gereicht hatte. Kredenzt ihn mit drei Schlücken. Der
Arbogaſt, der durſtig daneben ſtand, hat ſie gezählt: drei
herzhafte Schlücke. Der Vater nimmt den Becher, leert ihn
auf einen Zug und haucht die Seele aus. War es ſo oder war
es anders, Biſchofsneffe?“

„Wörtlich und zum Beſchwören ſo,“ beſtätigte Gracioſus.
„Von hundert Zeugen, die den Burghof füllten, zu be=

schwören! Soviel ihrer noch am Leben sind. Und solches ist geschehen nicht im Zwielichte, nicht bei flackernden Spänen, sondern im Angesicht der Sonne zu klarer Mittagszeit. Der Comes dein Vater war rasend geritten, hatte im Bügel manchen Trunk getan" —

„Und mit fliegender Lunge ins Horn gestoßen, vergiß nicht!" höhnte Wulfrin.

„Er triefte und keuchte" —

„Er lechzte wie eine Bracke!" überbot ihn Wulfrin.

„Er sehnte sich nach seinem Weibe," dämpfte Graciosus.

„Trunken und brünstig! unter gebleichten Haaren! pfui! Ist das zum Abmalen und an die Wand heften? Was will die Judicatrir? Mich schwören lassen, daß wir Wölfe gemeinhin am Schlage sterben? Was freilich auf die Wahrheit herausliefe."

„Es ist ihr Wille so und man gehorcht ihr in Rätien."

„Seht einmal da! ihr Wille!" hohnlachte Wulfrin. „Mein Wille ist es nicht und meine Heimat ist nicht ein Bergwinkel, sondern die weite Welt, wo der Kaiser seine Pfalz bezieht oder sein Zelt aufschlägt. Sage du deiner Richterin, Wulfrin sei kein Laurer noch Argwöhner! Sie rühre nicht an die Sache! Sie zerre den Vater nicht aus dem Grabe! Ich lasse sie in Ruhe, kann sie mich nicht ruhig lassen?" Er drohte mit der Hand, als stünde die Stiefmutter vor ihm. Dann spottete er: „Hat das Weib den Narren gefressen an Spruch und Urteil? Hat es eine kranke Lust an Schwur und Zeugnis? Kann es sich nicht ersättigen an Recht und Gericht?"

„Es ist etwas Wahres daran," sagte Graciosus lächelnd. „Frau Stemma liebt das Richtschwert und befaßt sich gerne mit seltenen und verwickelten Fällen. Sie hat einen großen und stets beschäftigten Scharfsinn. Aus wenigen Punkten errät sie den Umriß einer Tat und ihre feinen Finger enthüllen das Verborgene. Nicht daß auf ihrem Gebiete kein Verbrechen begangen würde, aber geleugnet wird keines, denn der Schuldige glaubt sie allwissend und fühlt sich von ihr durchschaut. Ihr Blick dringt durch Schutt und Mauern und das Ver-

grabene ist nicht sicher vor ihr. Sie hat sich einen Ruhm erworben, daß fernher durch Briefe und Boten ihr Weistum
gesucht wird."

„Das Weib gefällt mir immer weniger," grollte Wulfrin.
„Der Richter walte seines Amtes schlecht und recht, er lausche
nicht unter die Erde und schnüffle nicht nach verrauchtem
Blute."

Graciosus begütigte. „Sie redet davon, ihr Haus zu bestellen, obwohl sie noch in Blüte und Kraft steht. Vielleicht
sorgt sie, wenn sie nicht mehr da wäre, könntest du deine
Schwester in Unglück stürzen" —

„In Unglück?"

„Ich meine, sie berauben und verjagen unter dem Vorwande
einer unaufgeklärten und ungeschlichteten Sache. Darum, vermute ich, will sie dich nach Malmort haben und sich mit dir
vertragen."

Wulfrin lachte. „Wirklich?" sagte er. „Sie hat einen
schönen Begriff von mir. Meine Schwester plündern? Das
arme Ding! Im Grunde kann es nicht dafür, daß es auf die
Welt gekommen ist. Doch auch von ihr will ich nichts wissen."
Während er redete, zählte sein Blick die Jahresringe der
jungen Palme. „Fünfzehn Ringe?" sagte er.

„Fünfzehn Jahre," berichtigte Graciosus.

„Und wie schaut sie?"

„Stark und warm," antwortete Gnadenreich mit einem
unterdrückten Seufzer. „Sie ist gut, aber wild."

„So ist es recht. Und dennoch will ich nichts von ihr wissen."

„Sie aber weiß von nichts anderm als von dem fremden
reisigen fabelhaften Bruder, der sich mit den Sachsen balgt
und mit den Sarazenen rauft. „Wann der Bruder kommt"
— „Das gehört dem Bruder" — „Das muß man den Bruder fragen" — davon werden ihr die Lippen nicht trocken.
Jedes Hifthorn jagt sie auf, sie springt nach deinem Becher
und damit an den Brunnen. Sie wäscht ihn, sie reibt ihn, sie
spült ihn."

„Warum, Narr?"

„Weil sie dir ihn kredenzen will und dein Vater sich daraus den Tod getrunken hat."

„Dummes Ding! Du also wirbst um sie?"

Der ertappte Graciosus errötete wie ein Mädchen. „Die Mutter begünstigt mich, aber an ihr selbst werde ich irre," gestand er. „Kämest du heim, ich bäte dich, ein Wort mit ihr zu reden."

Wieder musterte Wulfrin den netten Jüngling und wieder klopfte er ihn auf die Schulter. „Sie hält dich zum besten?" sagte er.

„Sie redet Rätsel. Da ich neulich auf mein Herz anspielte" —

„Schlug sie die Augen nieder?"

„Nein, die schweiften. Dann zeigte sie mit dem Finger einen Punkt im Himmel. Ich blinzte. Ein Geier, der ein Lamm davontrug. Unverständlich."

„Klar wie der Morgen. ‚Raube mich.' Das Mädchen gefällt mir."

„Du willst sie sehen?"

„Niemals."

Jetzt trat ein Palastschüler mit suchenden Blicken in den Hofraum und dann rasch auf Wulfrin zu. „Du," sagte er, „die Messe ist aus, der König verläßt die Kirche." Der „Kaiser" wollte ihm noch nicht über die Zunge.

Wulfrin sprang auf. „Nimm mich mit!" bat Graciosus, „damit ich dem Herrn der Erde nahe trete und ihn reden höre."

„Komm," willfahrte Wulfrin gutmütig und bald standen sie neben dem Kaiser, vor welchem ein ehrwürdiger, aber etwas verwilderter Graubart das Knie bog. Gnadenreich erkannte Rudio, den Kastellan auf Malmort, und wunderte sich, welche Botschaft der Räter bringe, denn Karl hielt ein Schreiben in der Hand. Er reichte es dem Abte und Alcuin las vor:

„Erhabener, da ich höre, Du werdest von Rom nach dem Rheine ziehen, flehe ich Dich an, daß Du Deinen Weg durch Rätia nehmest. Seit Jahren haben sich in unsern verwickelten

Tälern versprengte Lombarden eingenistet unter einem Witigis, der sich Herzog nennt. Wir, die Herrschenden im Lande, unter uns selbst uneins und ohne Haupt, werden nicht mit ihnen fertig, ja einige von uns zahlen ihnen Tribut. Ein unerträglicher Zustand. Du bist der Kaiser. Wenn Du kommst und Ordnung schaffst, so tust Du, was Deines Amtes ist. Stemma, Judicatrix."

„Keine Schwätzerin," sagte der Kaiser. „Meine Sendboten haben mir von der Frau erzählt." Alcuin betrachtete die Handschrift. „Feste Züge," lobte er.

„Alcuin, du Abgrund des Wissens," lächelte Karl, „was ist Rätien? Welche Pässe führen dahin?"

Der kleine Abt fühlte sich durch Lob und Frage geschmeichelt, wendete sich aber nicht an den Gebieter, sondern, als der Höfling und der Schulmeister, welcher er war, an die Palastschule, die schon zu einem guten Drittel, den Blondbart inbegriffen, um den Kaiser versammelt stand.

„Jünglinge," lehrte er und zog die Brauen in die Höhe, „wer seinen Weg durch das rätische Gebirge nimmt, hat, ohne den harten aber in Stücke zerrissenen Damm einer Römerstraße zu zählen, die Wahl zwischen mehreren Steigen, die sich alle jenseits des Schnees am jungen Rheine zusammenfinden. Diese Wege und Stapfen führen im Geisterlicht der Firne durch ein beirrendes Netz verstrickter Täler, das die Fabel mit ihren zweifelhaften Gestalten und luftigen Schrekken bevölkert. Hier ringelt sich die Schlangenkönigin, wie verlockt von einer Schale Milch, einem blanken Wasser zu, gegenüber, aus einem finstern Borne, taucht die Fei und wehklagt."

„Lehrer, was hat sie für Gründe dazu?" fragte der Rotbart wißbegierig.

„Sie ahnt das ewige Gut und kann nicht selig werden. Dahinter, zwischen Schnee und Eis, in einem grünen Winkel, weidet eine glockenlose Herde und ein kolossaler Hirte, halb Firn halb Wolke, neigt sich über sie. Tiefer unten, bei den ersten Stapfen, verliert die harmlose Fabel ihre Kraft und menschliche Schuld findet ihre Höhlen und Schlupfwinkel. Hier raucht und schwelt eine gebrochene Burg, dort starrt, von Raben umflattert, ein Mörder in den zerschmetternden Abgrund."

„Wen hat er hinuntergeworfen?" fragte der Rotbart spöttisch.

„Eheu!" jammerte der Abt, „bist du es, Liebling meiner Seele, Peregrin, mein bester Schüler, dessen Knochen in der rätischen Schlucht bleichen?" Er trocknete sich eine Träne. Dann schloß er: „Gegen beides, Fabel und Sünde, hält Bischof Felix in Cur beschwörend seinen Krummstab empor."

„In schwachen Händen," scherzte der Kaiser.

„Er ist sehr schön gearbeitet," rief Graciosus mit der schallenden Stimme eines Chorknaben, „und in seiner Krümmung neigt sich der Verkündigungsengel mit der Inschrift: Friede auf Erden und an den Menschen ein Wohlgefallen."

Karl gönnte dem Bischofsneffen einen heitern Blick und wendete sich gegen die Schule: „Stammt einer von euch aus Rätien?"

Wulfrin trat vor. „Ich, Herr. Jung bin ich ausgewandert, doch kenne ich Sprache und Steige."

„So reite und berichte."

„Dir zu Dienste, Herr," verabschiedete sich Wulfrin, wurde aber von dem hartnäckigen Gnadenreich gehalten, der sich seiner bemächtigte und ihn vor den Kaiser zurückbrachte. „Durchlauchtigster," verklagte er ihn, „er soll auf Malmort bei der Richterin, seiner Stiefmutter, erscheinen, keiner andern als die dir den Brief geschrieben hat, und er will nicht. Sie besteht darauf, sich vor ihm zu rechtfertigen über das jähe Sterben ihres Gemahles des Comes Wulf."

„Jener?" besann sich der Kaiser. „Er hat mir und schon meinem Vater gedient und verunglückte im rätischen Gebirge."

„Vor dem Kastell und zu den Füßen seines Weibes Stemma, die ihm den Willkomm kredenzt hatte," erinnerte Gnadenreich.

Karl verfiel in ein Nachdenken. „Eben habe ich für die

Seele meines Vaters gebetet," sagte er. „Kindliche Bande reichen in das Grab. Mich dünkt, Wulfrin, du darfst bei der Richterin nicht ausbleiben. Du bist es deinem Vater schuldig."

Wulfrin schwieg trotzig. Jetzt griff der Kaiser rechts nach dem Hifthorn, um die ganze Schule zusammenzurufen und ihr seine Befehle zu geben. Es mangelte. Er hatte es im Palaste vergessen oder absichtlich zurückgelassen, um der Messe als ein Friedfertiger beizuwohnen. „Deines, Trotzkopf!" gebot er und Wulfrin hob sich sein Hifthorn über das Haupt. Karl betrachtete es eine Weile. „Es ist von einem Elk," sagte er, hob es an den Mund und stieß darein. Da gab das Horn einen so gewaltigen und grauenhaften Ton, daß nicht nur die Höflinge aus allen Ecken und Enden des Kapitols hervorstürzten, sondern auch, was sich ringsum von römischem Volke gehäuft hatte, erstaunt und erschreckt die Köpfe reckte, als nahe ein plötzliches Gericht. Karl aber stand wie ein Cherub.

Im Gedränge des Aufbruchs machte sich der Bischofsneffe noch einmal an den Höfling. „Auf Wiedersehen in Malmort: du gehorchst?"

„Nein," antwortete Wulfrin.

ZWEITES KAPITEL

Innerhalb der dicken Mauern eines wie aus dem Felsen gewachsenen rätischen Kastells sprudelte ein Quell in klösterlicher Stille. Durch die Zacken bemooster Ahorne rauschte der Abendwind mächtig über den Hof weg, und schon rückte das Spätrot hinauf an dem klotzigen Gemäuer. Am Brunnen aber stand ein junges Mädchen und ließ den heftigen Strahl in einen Becher springen, aus dessen von Alter geschwärztem Silber er schäumend empor und ihr über die bloßen Arme spritzte.

„Berg und Wetter sind gut," murmelte sie. „Mir brannten die Sohlen von früh an, ihm entgegen zu rennen. Kommt er

heute noch? oder erst morgen? oder übermorgen zum aller=
spätesten! Graciosus verschwor sich, der Bruder ziehe mit dem
Kaiser — nein, er reite ihm weit voraus! Und der Kaiser ist
nahe, was flüchteten sonst die Lombarden Hals über Kopf?
Bum!" machte sie und ahmte den dumpfen Schlag einer Laue
nach, dem bald ein zweiter und noch der dritte folgte, denn
im Gebirge, das in Gestalt einer breiten blanken Firn über die
Firste blickte, hatte es heute in einem fort gerieselt und ge=
schmolzen.

„Die ihr auf weißen Stürzen in den Abgrund schlittet, seid
ihm hold, bärtige Zwerge! Verberget ihm nicht den Pfad, ver=
schüttet ihm nicht die Hufen des Rosses! Sprudle, Flut! Spül'
aus den Hauch des Todes! Lust und Leben trinke der Bru=
der!" und sie streckte den schlanken Arm. Dann hob sie den
gebadeten Becher in die Höhe der Augen und buchstabierte den
Elbenspruch, welchen sie sich deutlicher in das Herz schrieb,
als er mit erblindeten Lettern in das Silber gegraben stand.
Der Spruch aber lautete folgendermaßen:

> „Gesegnet seiest du!
> Leg' ab das Schwert und ruh'!
> Genieße Heim und Rast
> Als Herr und nicht als Gast!
> Den Wulfenbecher hier
> Dreimal kredenz' ich dir!
> Erfreue dich am Wein!
> Willkomm..."

Hier schloß entweder der zaubertüchtige Spruch oder dann
kam noch etwas gänzlich Unleserliches, wenn es nicht zufällige
Male der Verwitterung waren.

Eigentlich wußte sie ihn schon lange auswendig. Sie sagte
ihn vorwärts, das ging, rückwärts, das ging auch. Dann sah
sie ihn darauf an — zum wievielten Male! — ob er ihr
mundgerecht sei und von der Schwester dem Bruder sich
sagen lasse, denn Graciosus hatte es erraten: sie liebkoste den
Wunsch, mit dem Wulfenbecher dazustehen und ihn Wulfrin

zu kredenzen. Ob es die Mutter erlaube? Diese machte sich mit dem Becher nichts zu schaffen, sie ließ ihn, wo er langeher seinen Platz hatte. Der Spruch gefiel dem Mädchen und es malte sich die Ankunft.

„Das Horn klingt! Oder wäre es möglich, daß er mich still beschliche? mit heimlichen Schritten? Aber nein, er will ja nichts von mir wissen — wenn Graciosus nicht seinen Scherz mit mir getrieben hat. Das Horn dröhnt! Ich ergreife den Becher, fliege der Mutter voran — oder noch lieber, sie ist verritten und ich bin Herrin im Hause — jetzt naht er! jetzt kommt er!" Ihr Herz pochte. Sie begann zu zittern und zu zagen. „Er ist da! er ist hinter mir!" Sie wendete sich zögernd erst, dann plötzlich gegen das Burgtor. In der niedern Wölbung desselben stand kein junger Held, aber lauernd drückte sich dort ein armseliger Pickelhering.

Das Mädchen brach in ein enttäuschtes Gelächter aus und trat beherzt der Fratze entgegen. Es war ein Lombarde, das erriet sie aus den ziegelroten Nesteln seiner schmutzig-gelben Strümpfe. In die schreiendsten Farben gekleidet, wie sie Armut und Zufall zusammenwürfeln, trug der Kleine einen langausgedrehten pechschwarzen Spitzbart, der mit den gezackten Brauen und dem verzerrten Gesichte eine possierliche Maske schuf.

„Wer bist du und was willst du?" fragte das Mädchen.

„Nur nicht gerufen, kleine Herrin oder vielmehr große Herrin, denn, bei meiner katholischen Seele! du hast die Mutter dreimal handbreit überwachsen. Wo ist sie?" Er schaute sich ängstlich um. Sein Blick fiel auf etwas Graues. In der Mitte des Hofes und im Schatten der Ahorne stand ein breiter Steinsarg, auf dessen Platte ein gewappneter Mann neben einem Weibe lag, das die Hände über der Brust faltete. „Ei, da hält ja unsere liebe Frau neben ihrem Alten stille Andacht," spaßte der Lombarde, „und trübt kein Wässerchen, während sie zugleich in ihrer grünen Kraft bergauf bergab reitet und hängen und köpfen läßt." Er blickte bedenklich zu dem prächtig gebildeten leuchterförmigen Ast eines Ahorns empor. „Hier würde ich ungerne prangen," sagte er. „In Kürze: ich bin Rachis der Goldschmied und habe ein Geschäftchen mit dir. Liebst du deinen Bruder, junge Herrin?"

Diese plötzliche Frage setzte das Mädchen kaum in Erstaunen, das sich heute und gestern mit nichts anderem als nur mit diesem selben Gegenstande beschäftigt hatte. „Wie mein Leben," sagte sie.

„Das ist schön von dir, aber wenig fehlt, so liebst du einen Toten. Wulfrin der Höfling ist in unsere Gewalt geraten."

„Er lebt?" schrie das Mädchen angstvoll.

„Zur Not. Herzog Witigis zielt auf sein Herz — aber wird uns die Richterin nicht überraschen?"

„Nein, nein, sie ist nach Cur verritten. Rede! schnell!"

„Nun, ich habe ein feines Ohr und weiß auch ein Loch in der Mauer, denn ich bin hier nicht unbekannter als der Marder im Hühnerhof. Also: dein Bruder ist in einen Hinterhalt gefallen. Er schlug um sich wie ein Rasender und unser Sechse wichen vor ihm, die einen verwundet, die andern, um es nicht zu werden. Doch sein Pferd rollte in den Abgrund und er selbst verirrte sich auf eine leere Felsplatte, wo wir ein Treiben auf ihn anstellten und ihm hinterrücks ein langes Jagdnetz über den Kopf warfen. Denn der Herzog wollte ihn lebendig fangen, um ihn über die Wege des Franken, unsers Verderbers, auszufragen. Der Trotzkopf aber verschwieg alles, auch den eigenen Namen. Da legte der Herzog den Pfeil auf den Bogen und". — Rachis tat einen grausamen Pfiff.

„Du lügst! er lebt!" rief das Mädchen mutig.

„Vorläufig. Der Herzog drückte nicht ab, denn — jetzt wird die Geschichte lustig — das junge Weib eines der Unsrigen, eine freigegebene Eigene der Richterin, wenig älter als du" —

„Mein Gespiel Brunetta, das Kind Faustinens" —

„Gerade diese sprang dazwischen. „Bei der durchlöcherten Seite Gottes," heulte sie, „der arme Herr trägt das Wulfenhorn und ist kein anderer als der Sohn des Comes, der im Steinbild auf Malmort liegt. Seine leibliche Schwester, Herrin

Palma, hat mir von ihm erzählt, von klein an und in einem fort ohne Aufhören. Du darfst nicht sterben," wendete sie sich an den Gebundenen, „das wäre ihr ein großes Leid und tötete ihr das Herzchen. Denn wisse, du bist ihr Herzkäfer, wenngleich sie dich noch nie mit Augen gesehen hat. Sende hin und sie löst dich mit ihrem ganzen Geschmeide. Es sind köstliche Sachen. All ihr Kleinod hat die Richterin dem Kinde, sobald es seinen Wuchs hatte, gespendet und dahingegeben."

So erfuhr Herzog Witigis den Namen seines Gefangenen und die blonde Rosmunde, die er um sich hat, das Dasein eines herrlichen Schatzes. Sie umhalste den Herzog und erflehte sich das Geschmeide von Malmort. Ihr Stirnband habe seine Perlen und ihr elfenbeinerner Kamm die Hälfte seiner Zähne verloren. Kurz, Goldschmied Rachis wurde an dich geschickt und bietet dir den Tausch. Wähle: Schmuck oder Bruder!"

Ehe noch der Lombarde geendigt hatte, stürzte das Mädchen gegen die Burg, die steile Treppe hinauf, verschwand in der Pforte und kam atemlos wieder, Schimmerndes und Klingendes in dem zur Schürze gefaßten hellen Oberkleide tragend. Dieses hielt sie mit der Linken, während die Rechte Stück um Stück wie aus einem Horte emporhob und den gekrümmten Fingern des Goldschmieds überantwortete. Spangen, Stirnbänder, Gürtel, Perlschnüre verschwanden in dem Sacke, welchen Rachis geöffnet hatte, auch für die blonden Flechten Rosmundens ein kunstvoller Kamm von Elfenbein mit dem Heiland und den Aposteln in erhabener Arbeit. Jedes durch seine Hände wandernde Stück begleitete der Goldschmied mit dem Lobe des Kenners, nicht ohne ein bißchen Bosheit, die dem begeisterten Mädchen seine Verluste fühlbar machen wollte. Sie zuckte nicht einmal mit dem Mund, sie leuchtete vor Freude bei der Hingabe alles ihres Besitzes.

Da kam ihr denn doch ein Zweifel. „Du bist redlich?" sagte sie. „Du schickst mir den Bruder? Es ist besser, ich begleite dich!" und sie machte sich wegfertig.

„Unmöglich, Herrin," widersprach der Lombarde, „das geht

nicht! Du entdecktest unsere Schlupfwinkel und gefährdetest mit dem Leben des Bruders auch das deinige. Die Richterin aber würde dich von uns geraubt glauben. Sei nicht unklug und gib dich nicht in fremde Gewalt!" Er belud sich mit dem Sacke. „Ein Schlummerchen, Fräulein! und wenn du die Augen wieder öffnest, hast du den Bruder, der dich Gold und Gut kostet. Das schwöre ich dir!" Er senkte die drei Finger mit einem grimmigen Blicke gegen den Erdboden. „Bei dem da unten!" gelobte er.

„Ein glaubhafter Schwur!" sprach eine weibliche Stimme. Nachis wendete sich erschrocken und bog das Knie vor einer behelmten Frau mit strengen Zügen, die den Speer, den sie in der Hand getragen, einem bewaffneten Knechte reichte. Die Richterin mochte aus Schonung für ihr ermüdetes Tier den steilen Burgweg zu Fuß erklommen haben. Sie faßte Palma schützend am Arm und blickte geringschätzig auf den Lombarden. „Schwürest du bei Gott und seinen Heiligen," sagte sie, „so schwürest du falsch; eher schwörst du die Wahrheit bei dem Vater der Lügen. Habet ihr euch nicht bei allem Göttlichen verpflichtet, ihr Lombarden, nie mehr in Rätien zu rauben und zu brennen? Und jetzt da ihr, wie alles Böse, vor den Augen des Kaisers flüchtet, schleudert ihr rechts und links verheerende Flammen! Ich komme von Cur und weiß um eure Taten, Eidbrüchige! Sage du deinem Witigis, die Richterin würde ihm nachjagen und ihn züchtigen, wenn nicht ein Höherer käme, und er ist schon da, dessen Hand ihn erreicht, flöhe er an die Enden der Erde!" Jetzt fielen ihre Augen auf den Sack des Goldschmieds. „Was trägst du da weg, Dieb?" fragte sie verächtlich.

„Ein ehrlicher Handel," beteuerte dieser und öffnete den Sack, während das Mädchen die Mutter stürmisch umarmte. „Ich kaufe den Bruder!" rief sie. „Er ist in die Gewalt des Witigis geraten, der auf ihn zielt, bis ich der Frau Herzogin" — das unschuldige Kind erhob die blonde Rosmunde in den Ehestand — „meinen Schmuck gegeben habe, und wie gerne gebe ich ihn!"

Die Richterin machte sich von ihr los und fragte Rachis: „Ist das wahr?"

„Bei meinem Halse, Herrin!"

„Ich würde dir nicht glauben, wüßte ich nicht, daß der Höfling Wulfrin dem Kaiser voranreitet, und hätte ich nicht selbst eben jetzt in Cur gehört, daß die Lombarden einen Höfling gefangen haben. Dennoch kann es eine Lüge sein, denn es ist kaum glaublich, daß ein Tischgenosse Karls dem Feinde seinen Namen nennt und zu einem Mädchen um Lösung sendet."

„Nein, nein, Mutter, so war es nicht!" rief Palma und erzählte den Vorgang.

„Ein eitles Weib, dem ein Leben feil ist für einen Schmuck, das hat mehr Sinn," meinte die Richterin. Sie schien zu überlegen. Dann warf sie einen Blick auf das Geschmeide. „Ich will den Höfling mit Byzantinern lösen," sagte sie.

„Das steht nicht in meinem Auftrag und würde der Rosmunde schlecht gefallen."

„Dann tue ich es nicht."

„Auch gut," grinste Rachis. „So lässest du eben den Wulfrin umkommen. Du magst deine Gründe haben. Ganz wie du willst."

„Das willst du nicht, Mutter!" jammerte Palma und stürzte auf die Kniee.

„Nein, das will ich nicht," sprach die Richterin mit nachdenklichen Brauen. „Warum auch? Nimm das Zeug!" und Rachis war weg.

Das jubelnde Mädchen fiel der Mutter um den Hals und bedeckte den strengen Mund mit dankbaren Küssen. Dann raubte sie ihr den kriegerischen Helm so ungestüm, daß die Flechten des schwarzen Haares sich lösten und niederrollend dem entschlossenen Haupte der Richterin einen jugendlichen und leidenden Ausdruck gaben. Die nicht enden wollende Freude Palmas ermüdete endlich die Richterin. „Geh schlafen, Kind," sagte sie, „es dunkelt."

„Schlafen? Wer könnte das, bis Wulfrin ruft?"

„So wirf dich wie du bist auf das Polster. Was gilt's, ich

finde dich schlummern? Zu Bette, Hühnchen! husch! husch!"
und sie klatschte in die Hände.

Palma flog die Stiege hinauf und die Richterin wendete
sich zu Rudio, ihrem Kastellan, der schon eine Weile ruhig
harrend vor ihr stand. „Was meldest du?" fragte sie.

„Eine Albernheit, Herrin. Ich sah die Tür zu unserm Kerker
sperrangelweit offen. Freilich hatte ich sie nicht verriegelt, da
gerade niemand sitzt. Ich steige hinab und auf dem Stroh liegt
ein Geschöpf, das ich in der letzten Helle mir nur mühsam
enträtsle. Es war die Faustine, welche, wie du dich erinnerst,
mit deiner Erlaubnis ihr Kind die Brunetta einem Lombarden,
einem leidlichen Manne, den du auf mein Fürwort unter
deinem Gesinde duldetest, zum Weibe gegeben hat. Jetzt da
das fremde Volk wandert, hat auch ihr Kind sein Bündel ge=
schnürt und das muß sie irre gemacht haben. Sie hat sich eine
Hand in den Kettenring gezwängt und ist übrigens guten
Mutes. „Meister Rudio," redete sie zu mir, „wetze dein Beil
am Schleifstein und tue mir morgen nicht weher als recht ist."
Ich schelte sie und will ihr den Arm aus der Fessel ziehen.
„Welche Posse!" sage ich, „du bist ja die ehrliche Armut am
Rocken und im Rübenfeld, die ihr Kind rechtschaffen großge=
zogen hat. Hier ist nicht dein Ort. Mit deinesgleichen habe ich
nichts zu tun." Sie sperrte sich und sagte: „Das weißt du
nicht, Rudio. Geh und rufe die Richterin. Die wird das Garn
schon abwickeln und mir armem Weibe geben, was mir ge=
hört." Sollte ich die Törin zerren? Du steigst wohl hinab
und bringst sie zurecht."

Die Richterin hieß Rudio eine Fackel anbrennen und ihr vor=
schreiten. In dem tiefen Gelasse saß ein gefesseltes Weib, das
der Kastellan beleuchtete. Auf einen Wink der Herrin steckte
er den brennenden Span in den Eisenring und ließ die Frauen
allein.

Stemma beugte sich über die freiwillig Eingekerkerte und
befühlte ihr als geschickte Ärztin den Puls der freien Hand,
welchen aber kein Fieber beschleunigte. „Faustine," sagte sie,
„was ficht dich an? was ist über dich gekommen? Dich ver=

wirrt der Schmerz, daß du dich von deinem Kinde trennen
mußtest. Willst du ihr folgen? Noch ist es Zeit. Ich gebe dich
frei. Du bist nicht länger meine Eigene. Der Kaiser wird den
Lombarden feste Sitze weisen und du behältst deine Brunetta."

Faustine schüttelte das Haupt. „Das fehlte noch," sagte sie,
„daß ich mich an die Sohlen der Brunetta heftete und auch
ihr zum Fluche würde! Richterin Stemma, nimm mir das
ab!" Sie wies auf ihren Kopf. „Du weißt ja wohl und langeher, daß ich meinen Mann ermordete."

Mit ruhigem Blicke prüfte Stemma das grellbeleuchtete
knochige Gesicht der gleichaltrigen Räterin. Dann ließ sie sich
auf eine Treppenstufe nieder und Faustine kroch zu ihren
Knieen, ohne diese zu berühren. Ihre Augen waren gesund.
„Herrin," sagte sie, „du weißt alles und wenn du mich ein
Jahrzehnt und länger gnädig verschont und meine Missetat
bedeckt hast, so war es, weil du nicht wolltest, daß die Brunetta, der unschuldige Wurm, zuschanden komme. Ich durfte
sie aufziehen und diese Gunst hast du mir erwiesen, weil ich
dein Gespiel gewesen bin. Jetzt aber, da die Brunetta einem
Manne folgt, ist kein Grund länger zu trödeln und zu tändeln.
Laß uns die Sache ins reine bringen. Gib mir mein Urteil!"

Die Richterin erkannte aus der ganzen Gebärde Faustinens,
daß diese bei Sinnen sei, und so sehr sie das schlimme Geständnis überraschte, so wenig gab sie den furchtbaren Ruf
ihrer Allwissenheit preis. „Lege Bekenntnis ab," sagte sie
streng. „Das ist der Anfang der Reue." Und Faustine begann:
„Kurz ist die Geschichte. Der Schütze Stenio umwarb mich" —

„Den der Eber, welchen er gefehlt hatte, schleifte und zerriß" —

„Jener. Hernach gab mich der Juder seinem Reisigen Lupulus zur Ehe. Ich bequemte mich und doch" — sie hielt inne,
um das reine Ohr Stemmas nicht zu beleidigen. Die Richterin
half ihr und sagte ernst und traurig: „Und doch warest du
das Weib des Toten."

Faustine nickte. „Dann, vor dem Altar, plötzlich, zu meinem
Entsetzen" —

374

„Fühltest du, daß du dem Toten gehörtest, du und ein Un=
gebornes," half ihr die Richterin.

Wieder nickte Faustine. „Das ist alles, Herrin," sagte sie.
„Lupulus, jähzornig wie er war, hätte mich umgebracht. Das
Ungeborne aber verhielt mir den Mund und flüsterte mir
Feindseliges gegen den Mann zu."

„Genug," schloß Stemma. „Nur eines noch: woher hattest
du das Gift?"

„Siehst du, Herrin," rief das Weib, „daß du weißt, wie
ich ihn tötete! Das Gift hat mir Peregrin gezeigt."

„Peregrin?" fragte die Richterin mit verhüllter Stimme.
„Das ist nicht möglich," sagte sie.

„Er zeigte es mir und warnte mich davor. Ich irrte ver=
zweifelnd unter den Kiefern von Silvretta. Da sehe ich ihn in
seinem langen dunkeln Gewande, der sich bückt und Wurzeln
gräbt. Blumen nickten mit braunen Glocken. Er ruft mich her=
bei und, eine dieser Blumen in der Hand, sagt er zu mir:
„Frau, hüte dich und die Kinder vor diesem Gewächs! Sein
Saft tötet außer in den Händen des Arztes." Er meinte es
gut mit seinem warnenden Blick unter dem braunen Gelocke
hervor und hauchte mir doch einen grimmig bösen Gedanken
an. Keine Schuld komme auf seine Seele! Doch ich rede töricht.
Er ist ja längst ein Engel Gottes, seit er nach der großen
Ebene wandernd im Gebirge unterging, wie sie sagen, und das
war nicht lange nach jener Stunde. Du erinnerst dich noch,
der Juder dein Vater, dem er die Wunde heilte, hatte ihn ab=
gelohnt, was dir unlieb war, da er dich als ein weiser Kleriker
noch vieles hätte lehren können."

„Schwatze nicht," gebot die Richterin, „und endige dein Be=
kenntnis. Am folgenden Tage bist du aus deiner Hütte nach
Silvretta gegangen und hast die Wurzeln gegraben?"

„Ja. Du rittest vorüber und ich duckte mich, damit du mich
nicht erkennen möchtest, aber du wendetest dich zweimal im
Sattel. Und nun sei barmherzig, Herrin, und gib mir mein
Teil." Sie ließ den Kopf auf die Brust fallen, sodaß ihr der
üppige schwarze Haarwuchs über das Gesicht sank.

Stemma sann, auf Faustinen niederblickend, und zog ihr mit zerstreuten Fingern einen langen Strohhalm aus dem Haar. „Faustine mein Gespiel," sagte sie endlich, „ich kann dich nicht richten."

Die ganze Faustine geriet in Aufruhr. „Warum nicht?" schrie sie empört, „du mußt es, oder ich schreie, daß alle Mauern tönen: Sie hat ihren Mann umgebracht!"

Stemma verhielt ihr den Mund. „Laß das Totengebein!" schalt sie, als drohe sie einem den verscharrten Knochen hervorkratzenden Hunde.

„Sei barmherzig!" flehte Faustine, „laß mir das Haupt abschlagen, nachdem es Gott gekostet und sein Kreuz geküßt hat. Dann wächst es mir im Himmel wieder an und, Stenio rechts, Lupulus links, sitzen wir auf einer Bank und geben uns die Hände. Danach verlangt mich," und sie streckte den Hals.

„Ich kann dich nicht richten, Törin," sagte Stemma sanfter. „Aus drei Gründen nicht. Merk' auf!

Als du deine Tat begingest, lebte und regierte noch der Judex mein Vater. Nach seinem Ende und dem des Comes, da ich das Richtschwert erbte, habe ich laut verkündigt: „Ab ist alles Geschehene! Von nun an sündige keiner mehr!" Aber auch wenn ich dieses nicht hätte ausrufen lassen, könnte ich dennoch dich nicht richten und du gingest frei aus, denn seit deiner Tat sind fünfzehn völlige Jahre in das Land gegangen und hier ist uralter Brauch, daß Schuld verjährt in fünfzehn Jahren."

„Verjährt? was ist das?" fragte Faustine verblüfft.

„Durch die Wirkung der Zeit ihre Kraft verliert."

Ein höhnisches Lachen lief blitzend über die weißen Zähne der Räterin. „Also zum Beispiel," sagte sie, „wenn ich gestern noch meinen Mann vergiftet hatte und über Nacht wird die Zeit völlig, so bin ich heute keine Mörderin mehr. Diese Dummheit!"

„Doch, du bleibst eine Mörderin," belehrte sie Stemma langmütig, „aber du hast mit dem irdischen Richter nichts mehr zu schaffen, sondern nur noch mit dem himmlischen. Sühne durch gute Werke! Du hast den Anfang gemacht: fünfzehn mühselige und rechtschaffene Jahre wiegen."

„Nichts wiegen sie!" zürnte Faustine. „Ich sehe schon, du willst meiner schonen! Du heißest die Richterin, aber du bist die Ungerechte, du machst Ausnahmen, du siehst die Person an!"

„Schweige!" befahl die Richterin. „Ich bin denn doch klüger als du und ich sage dir: deine Sache ist nicht mehr richtbar. Noch aus einem letzten Grunde. Ich kann dich nicht verdammen, auch wenn ich dir den Gefallen tun wollte, denn es steht kein Zeuge gegen dich als deine törichte Zunge. Aber weißt du was: gehe nach Cur und beichte dem Bischof. Er ist der Hirte und du bist das Schäflein. Er mag dir die härteste Buße auflegen: Fasten, schwere Dienste, härenes Hemde, blutige Geißelungen. Fordere sie, ist er dir zu milde! Dann aber gib dich zufrieden! Unterwirf dich ganz der Kirche: sie vertritt dich und du hast eine sichere Sache!" Sie sagte das mit einem überzeugenden Lächeln.

„Ich weiß nicht," schluchzte Faustine, „Gott sei davor, daß eine Missetäterin wie ich seiner heiligen Kirche nicht gehorche. Aber anders wäre es einfacher gewesen. Geplagt habe ich mich schon und im Schweiße meines Angesichtes zerarbeitet fünfzehn Jahre lang mit dem Trost und Vorsatz, sobald mein Kind in sein Alter und an den Mann gekommen, stracks in den Himmel zu fahren. Jetzt verrückst du mir die kurze Leiter und vertrittst mir den Weg."

„Der nach Cur ist kurz und der an unser Ende ist nicht lang. Gehorche, Faustine!" Sie ergriff die Fackel und schritt die Stufen vorauf. Faustine folgte wie eine Seele in Pein.

Unter dem Burgtor, das sich wie von selbst öffnete, denn der Wärtel hatte die wandernde Helle wahrgenommen, blickte die Richterin in die Nacht hinaus und sagte zu Faustinen: „Lege die Schuhe ab und laß die scharfen Kiesel deine Sohlen zerreißen, denn du bist eine große Sünderin!" Weinend trat Faustine ihren dunkeln Weg an.

Frau Stemma hatte recht gesagt. Da sie die hochgelegene Burgkammer betrat, schlief Palma. Neben ihren tiefen Atemzügen glomm auf einem Dreifuß eine hütende Flamme. Das Mädchen lag in ihrem ganzen Gewande auf dem Polster, die Hand über das Herz gelegt. Sie hatte das freudig pochende beruhigen wollen und war daran entschlummert. Die Mutter betrachtete die Gebärde und konnte sich der Erinnerung nicht erwehren.

Nach dem Tode des Vaters und des Gatten und nach der Geburt Palmas hatte die noch nicht zwanzigjährige Richterin die Regierung ihres Erbes mit entschlossener Hand ergriffen. Die dem jungen und schönen Weibe unter einem verwilderten, begehrlichen Adel von selbst entstehenden Freier und Feinde hatte sie mit einer über ihre Jahre scharfsinnigen Politik veruneint und der Reihe nach mit den Waffen ihrer Lehensleute gebändigt. Helm und Schwert und die gerechte Sache der mutigen Richterin wurden von dem friedseligen Bischof Felix in seinem festen Hofe Cur mit weit ausgestreckten Händen gesegnet. Nach einigen stürmischen Jahren war Stemmas Herrschaft befestigt und es trat eine große Stille ein. Jetzt rächte sich die überhetzte Natur und Stemma verlor den Schlummer. Wenn sie nicht selbst ihn verscheuchte mit brennenden Leuchtern und endlosen Schritten. Nicht weit von dem Lager ihres Kindes, auf einer schmalen Bank in der tiefen Fensterwölbung saß sie damals oft mit verschlungenen Armen oder dann konnte sie lange, lange mit zwei Fläschchen spielen, welche sie in der Mauer verwahrte, und die der arzneikundige junge Kleriker Peregrin auf Malmort zurückgelassen hatte, da er von dannen zog, um spurlos im Gebirge zu verschwinden. Beide waren von starkem Kristall und hatten über den gläsernen Zapfen goldene Deckel, auf deren einem das Wort „Antidoton" mit griechischen Lettern eingekritzt war, während auf dem andern ein winziges Schlänglein sich krümmte. Mit diesen Fläschchen zu spielen, bis der Tag anbrach, wurde Stemma zu einem Bedürfnis. Da geschah es einmal, daß sie darüber einnickte und, als das Frühlicht sie weckte, das eine Fläschchen, das unbe=

schriebene, aus ihrer halbgeöffneten Hand verschwunden war. Sie geriet in entsetzliche Angst und suchte und suchte. Endlich fand sie es in dem Händchen ihres Kindes. Die kleine Palma mochte, vor ihr erwacht, sie auf nackten Sohlen beschlichen, ihr das schmucke Spielzeug entwendet und mit ihm das Lager und den Schlummer wieder gefunden haben. Das Kind hielt den Kristall an das kleine Herz gepreßt und vorsichtig löste Frau Stemma Fingerchen um Fingerchen.

Jetzt holte sie, verlockt von der frühern Gewohnheit, die lange im Verschluß gelegenen Kristalle hervor. Nachdem sie dieselben eine Weile in den Händen gehalten und mit den Fläschchen, sie unablässig wechselnd, nach ihrer alten Weise gespielt hatte, legte sie das eine unter ihren mit Gemsleder beschuhten Fuß und zertrat es auf der steinernen Fliese mit einem kräftigen Drucke zu Scherben. Die ausströmende Flüssigkeit verbreitete einen angenehmen Mandelgeruch. Im Begriffe, den zweiten Kristall unter die Sohle zu legen, besah sie noch seinen goldenen Deckel und erkannte, daß sie sich zwischen den Fläschchen geirrt hatte. Sie glaubte das inschriftlose zuerst zermalmt zu haben und hielt es noch in der Hand. Kopfschüttelnd legte sie das Schlänglein unter die Ferse, doch das festere Glas widerstand hartnäckig. Sie ergriff es wieder und schon hob sie den Arm, um es an der Wand zu zerschmettern, da hielt sie inne, aus Furcht, mit dem klirrenden Wurfe den Schlummer des Mädchens zu stören. Oder mit einem andern Gedanken barg sie es sorgfältig in dem weiten Busen ihres Gewandes.

Frau Stemma wurden die Lider schwer und sie ließ sich betäubt in einen Sessel fallen. Da sah sie ein Ding hinter ihrem Stuhle hervorkommen, das langsam dem Lager ihres schlummernden Kindes zustrebte. Es floß wie ein dünner Nebel, durch welchen die Gegenstände der Kammer sichtbar blieben, während das blühende Mädchen in fester Bildung und mit kräftig atmendem Leibe dalag. Die Erscheinung war die eines Jünglings, dem Gewande nach eines Klerikers, mit vorhangenden Locken. Das ungewisse Wesen rutschte auf den Knieen oder watete, dem Steinboden zutrotz, in einem Flusse. Stemma betrachtete es ohne Grauen und ließ es gewähren, bis es die Hälfte des Weges zurückgelegt hatte. Dann sagte sie freundlich: „Du, Peregrin! Du bist lange weggeblieben. Ich dachte, du hättest Ruhe gefunden." Ohne den Kopf zu wenden und sich wieder um einen Ruck vorwärts bringend, antwortete der Müde: „Ich danke dir, daß du mich leidest. Es ist ohnehin das letzte Mal. Ich werde zunichte. Aber noch zieht es mich zu meinem trauten Kindchen."

„Seid ihr Tote denn nicht gestorben?" fragte die Richterin.

„Wir sterben sachte, sachte," antwortete der Kleriker. „Wie denkst du? Die" — er stotterte — „die Seele wird damit nicht früher fertig als der Leib vermodert ist. Inzwischen habe ich mir diesen ärmlichen Mantel geliehen." Der Schatten schüttelte seine Gestalt wie einen rinnenden Regen. „Ei, was war der irdische Leib für ein heftiges und lustiges Feuer! In diesem dünnen Röcklein friert mich und ich lasse es gerne fallen."

„Hernach?" fragte Stemma.

„Hernach? Hernach, nach der Schrift" —

Stemma runzelte die Stirn. „Zurück von dem Kinde!" gebot sie dem Schatten, der Palma fast erreicht hatte.

„Harte!" stöhnte dieser und wendete das bekümmerte Haupt. Dann aber, von dem warmen Atem Stemmas angezogen, schleppte er sich rascher gegen ihre Kniee, auf welche er die Ellbogen stützte, ohne daß sie nur die leiseste Berührung empfunden hätte. Dennoch belebte sich der Schatten, die schöne Stirn wölbte sich und ein sanftes Blau quoll in dem gehobenen Auge.

„Woher kommst du, Peregrin?" sagte die Richterin.

„Vom trägen Schilf und von der unbewegten Flut. Wir kauern am Ufer. Denke dir, Liebchen, neben welchem Nachbar ich zeither sitze, neben dem" — er suchte.

„Neben dem Comes Wulf?" fragte die Richterin neugierig.

„Gerade. Kein kurzweiliger Gesell. Er lehnt an seinen Spieß und brummt etwas, immer dasselbe, und kann nicht darüber wegkommen. Ob du ihm ein Leid antatest oder nicht. Ich bin mäuschenstille" — Peregrin kicherte, tat dann aber einen schweren Seufzer. Darauf schnüffelte er, als rieche er den verschütteten Saft, und suchte mit starrem Blicke unter Stemmas Gewand, wo das andere Fläschchen lag, so daß diese schnell den Busen mit der Hand bedeckte.

Da fühlte sie eine unbändige Lust, das kraftlose Wesen zu ihren Füßen zu überwältigen. „Peregrin,“ sagte sie, „du machst dir etwas vor, du hast dir etwas zusammengefabelt. Palma geht dich nichts an, du hast keinen Teil an ihr.“

Der Kleriker lächelte.

„Du bildest dir etwas Närrisches ein“, spottete die Richterin.

„Stemma, ich lasse mir mein Kindchen nicht ausreden.“

„Torheit! Wie wäre solches möglich? Was weißt du, Traum?“

„Ich weiß“ — der flüchtig Beseelte schien eine Süßigkeit zu empfinden, in sein kurzes und grausames Los zurückzukehren — „wie mich dein Vater überfiel, da ich von meinem Lehrer dem Abte weg über das Gebirge zog. Der Juder litt an einer Wunde und hatte von meiner Wissenschaft vernommen. Da hob er mich auf und brachte mich dir mit. Du warest noch sehr jung und o wie schön! mit grausamen schwarzen Augen! Dabei herzlich unwissend. Ich lehrte dich Buchstaben und Verse bilden, doch diese da mochtest du nicht. Lieber regiertest du in den Dörfern, schiedest Händel und machtest die Ärztin bei deinen Eigenen. Ich zeigte dir die Kräfte der Kräuter, lehrte dich allerlei brauen und du brachtest mir aus dem Schmuckkästchen zwei Kristalle“ —

Die Richterin lauschte.

„Stemma, du bist noch jung, und auch ich bin jung geblieben, wenig älter als da wir uns liebten,“ schluchzte Peregrin zärtlich.

„Wir liebten uns,“ sagte Stemma.

„Du lagest in meinen Armen!“

„Wo dich der Juder überraschte und erwürgte,“ sprach sie hart. Peregrin ächzte und Flecken wurden an seinem Halse sichtbar. „Er lud mich auf ein Maultier, zog mit mir davon und warf mich in den Abgrund.“

„Peregrin, ich habe geweint! Aber besinne dich: dein ist die Schuld! Bin ich nicht dreimal vor dich getreten, mein Bündel in der Hand? Habe ich dich nicht drohend beschworen, mit mir zu fliehen? Wer wollte Fuß neben Fuß in Armut und Elend wandern? Du aber erblaßtest und erbleichtest, denn du hast ein feiges Herz. Ich liebte dich und, bei meinem Leben! — warest du ein Mann — Vater, Heimat, alles hätte ich niedergetreten und wäre dein eigen geworden."

„Du wurdest es," flüsterte der Schatten.

„Niemals!" sagte Stemma. „Sieh mich an: gleiche ich einer Sünderin? Blicke ich wie eine Leidenschaftliche und Leicht= fertige? Bin ich nicht die Zucht und die Tugend? Und so war ich immer. Du hast mich nicht berührt, kaum daß du mir mit furchtsamen Küssen den Mund streiftest. Wo hättest du auch den Mut hergenommen?"

Da geriet der Schatten in Unruhe. „O ihr Gewalttätigen beide, der Vater und du! Er hat mich geraubt und erwürgt, du, Stemma, locktest mit dem Blutstropfen! Gib den Finger, da sitzt das Närbchen!"

Stemma hob die Achseln. „Es war einmal," höhnte sie.

Da wiegte Peregrinus, der sich gleich wieder besänftigte, die Locken und sang mit gedämpfter Stimme:

> „Es war einmal, es war einmal
> Ein Fürst mit seinem Kinde,
> Es war einmal ein junger Pfaff
> In ihrem Burggesinde.
>
> Am Mahle saßen alle drei,
> Da riefen den Herrn die Leute:
> „Herr Juder, auf! Zu Roß! Zu Roß!
> Im Tal zieht eine Beute!"
>
> Er gürtet sich das breite Schwert
> Und wirft mit einem Gelächter
> Den Hausdolch zwischen Maid und Pfaff
> Als einen scharfen Wächter.

Den Juder hat das schnelle Roß
Im Sturm davongetragen,
Zweie halten still und bang
Die Augen niedergeschlagen.

Stemma hebt das Fingerlein,
Sie tut es ihm zuleide,
Und fährt damit wohl auf und ab
Über die blanke Schneide.

Ein Tröpflein warmen Blutes quoll" —

„Stille, Schwächling!" zürnte die Richterin. „Das hast du
dir in deinem Schlupfwinkel zusammengeträumt. Solche
Schmach kennt die Sonne nicht! Stemma ist makellos! Und
auch der Comes, er komme nur! ihm will ich Rede stehen!"

„Stemma, Stemma!" flehte Peregrin.

„Hinweg, du Nichts!" Sie entzog sich ihm mit einer starken
Gebärde und seine Züge begannen zu schwimmen.

„Mein Weib, mein" — „Leben" wollte er sagen, doch das
Wort war dem Ohnmächtigen entschwunden. „Hilf, Stemma,"
hauchte er, „wie heißt es, das Atmende, Blühende? Hilf!" Die
Richterin preßte die Lippen und Peregrinus zerfloß.

Erwacht stand sie vor dem Lager ihres Kindes. Sie küßte
ihm die geschlossenen Augen. „Bleibet unwissend!" murmelte
sie. Dann glitt sie neben Palma auf das breite Lager und
schlang den Arm um das Mädchen, wie um eine erkämpfte
Beute: „Du bist mein Eigentum! Ich teile dich nicht mit dem
verschollenen Knaben! Dich siedle ich an im Licht und um=
schleiche dich wie eine hütende Löwin!" Der Traum hatte ihr
Peregrin gezeigt nicht anders als sein Bild in ihr zu leben auf=
gehört hatte. Längst war der Jüngling, dem sie sich aus Trotz
und Auflehnung mehr noch als aus Liebe heimlich vermählt, an
ihrem kasteiten Herzen niedergeglitten und untergegangen, und
der einst aus ihrer Fingerbeere gespritzte Blutstropfen erschien
der Geläuterten als ein lockeres und aberwitziges Märchen.
Schon glaublicher deuchte ihr der andere Bewohner der Unter=

welt, und da sie sich auf dem Lager umwendete und das Haupt in die Kissen begrub, ohne den Arm von der Schulter ihres Kindes zu lösen, erblickte die Entschlummernde den Comes, wie er an den Speer gelehnt verdrießlich im Schilfe saß und etwas Feindseliges in den Bart murmelte. Ein Lächeln des Hohnes glitt über ihr verdunkeltes Gesicht, denn Stemma kannte die Hilflosigkeit der Abgeschiedenen.

Im ersten Lichte weckte die zwei Schlafenden ein jäher Hornstoß und riß sie vom Lager empor. Der gewaltsame Tagruf beleidigte das feine Ohr der Richterin. Sie erriet, wen er meldete, und mit schnellem Entschluß und festem Schritte ging sie Wulfrin entgegen. Noch vor ihr, den rasch ergriffenen Wulfenbecher in der Hand, war Palma durch die Tür gehuscht.

In das von Rudio geöffnete Tor tretend, stand Stemma vor dem Höfling, der sie mit verwunderten Augen betrachtete. Das Antlitz gebot ihm Ehrfurcht. Er verschluckte ein unziemliches Scherzwort über sein durch vier Weiber gerettetes Leben. Bewältigt von dem ruhig prüfenden Blicke und der Hoheit der blassen Züge sagte er nur: „Hier hast du mich, Frau," worauf sie erwiderte: „Es hat Mühe gekostet, dich nach Malmort zu bringen."

„Wo ist die Schwester, daß ich sie küsse?" fuhr er fort und diese, die inzwischen den Becher gefüllt hatte, eilte ihm mit klopfendem Herzen und leuchtenden Augen zu, obwohl sie vorsichtig schritt und den Wein nicht verschütten durfte. Sie trat vor den Bruder und begann den Spruch. Da aber Stemma den Kelch, der dem Comes den Tod gebracht, in den Händen ihres Kindes erblickte und den frischen Mund über seinem Rand, empfand sie einen Ekel und einen tiefen Abscheu. Mit sicherm Griffe bemächtigte sie sich des Bechers, den das überraschte Mädchen ohne Kampf und Widerstand fahren ließ, führte ihn kredenzend an den eigenen Mund und bot ihn dem Höfling mit den einfachen Worten: „Dir und Dieser zum Segen!" Wulfrin leerte den Becher ohne jegliche Furcht.

Palma stand bestürzt und beschämt. Da hieß die Mutter sie die Glocke ziehen, die hoch oben in einem offenen Türmchen

hing und das Gesinde weither zum Angelus rief. Palma hatte
als Kind Freude gehabt das leichtbewegliche Glöcklein er-
schallen zu lassen und das Amt war dem Mädchen geblieben.
Sie fügte sich zögernd.

„Frau, warum hast du ihr die Freude verdorben?" fragte
Wulfrin. Stemma wies ihm die Inschrift des Bechers. „Siehe,
es ist der Spruch eines Eheweibes," sagte sie. „Davon lese ich
nichts," meinte er.

„Erfreue dich am Wein!
Willkomm.........!"

Der Finger der Richterin zeigte das Verwischte, aus welchem
für ein genauer prüfendes Auge noch drei Buchstaben leserlich
hervortraten, ein i, ein K, ein l. Wulfrin erriet ohne Mühe:

„Willkomm im Kämmerlein!"

„Du hast recht, Frau," lachte er.

Sie nahm ihn an der Hand und führte ihn vor das Grabmal. Da lag ihm der Vater, die Linke am Schwert, die Rechte
am Hifthorn, die steinernen Füße ausgestreckt. Wulfrin betrachtete die rohen aber treuherzigen Züge nicht ohne kindliches
Gefühl. Das abgebildete Hifthorn erblickend, hob er in einer
plötzlichen Anwandlung das wirkliche, das er an der Seite trug,
vor den Mund und tat einen kräftigen Stoß. „Fröhliche Ur-
ständ!" rief er dem in der Gruft zu.

„Laß das!" verbot die Richterin, „es tönt häßlich."

Sie setzte sich auf den Rand des Steinsarges, neben ihr
eigenes liegendes Bild, das die betenden Hände gegeneinander
hielt, und begann: „Da du nun auf Malmort bist, verlässest
du es nicht, Wulfrin, ohne mich — nach vernommenen Zeugen
— angeklagt oder freigegeben zu haben von dem Tode des
Mannes hier." Der Höfling machte eine widerwillige Gebärde.
„Füge dich," sagte sie. „Ist es dir keine Sache, so ist es eine
Form, die du mir erfüllen mußt, denn ich bin eine genaue
Frau."

„Gnadenreich wird dir ausgerichtet haben," versetzte der

Höfling aufgebracht, „daß ich dich nie beargwöhnte, weder ich
noch Arbogast, der mir das Zusammensinken des Vaters beschrieben hat. Ich bin kein Zweifler und möchte nicht leben als
ein solcher. Es gibt deren, die in jedem Zufall einen Plan, und
in jedem Unfall eine Schuld wittern, doch das sind Betrogene
oder selbst Betrüger. Der Himmel behüte mich vor beiden!
Hätte ich aber Verdacht geschöpft und Feindseliges gegen dich
gesonnen, jetzt da ich dein Antlitz sehe, stünde ich entwaffnet,
denn wahrlich du blickst nicht wie eine Mörderin. Wärest du
eine Böse, woher nähmest du das Recht und die Stirn, das
Böse aufzudecken und zu richten? Dawider empört sich die
Natur!“

Ein Schweigen trat ein. „Aber was ist das für ein dumpfes
Dröhnen, das den Boden schüttert?“ „Das ist der Strom,“
sagte die Richterin, „der den Felsen benagt und unter der Burg
zu Tale stürzt.“

„Wahr ist es, Frau,“ fuhr der Höfling treuherzig fort, „daß
ich dich nie leiden mochte, und ich sage dir warum. Dieser Greis
hier mein Vater war ein roher und gewaltsamer Mann. Ich
sage es ungern: er hat an meinem Mütterlein mißgetan, ich
glaube, er schlug es. Ich mag nicht daran denken. Ins Kloster
hat er es gesperrt, sobald es abwelkte. Da ist es nicht zu wundern, wie wir Menschen sind, daß ich von dir nichts wissen
wollte, die es von seinem Platze verstieß.“

„Nicht ich. Hier tust du mir unrecht. Da wir so zusammen-
sitzen, Wulfrin, warum soll ich es dir nicht erzählen? Ich habe
deiner Mutter nichts zuleide getan. Kälter und lebloser als die
steinerne war meine Hand, da sie gewaltsam in die deines
Vaters gedrückt wurde. Aus dem Kerker hergeschleppt, zu-
geschleudert wurde ich ihm von dem Juder, der mir einen zitternden und zagenden Liebling von niederer Geburt erwürgt
hatte. Nicht jedes Weib würde dir solches anvertrauen,
Wulfrin.“

„Ich glaube dir,“ sagte dieser.

„Einer Gezwungenen und Entwürdigten“, betonte sie, „gab

dein Vater sterbend die Freiheit. Und ich wurde Herrin von Malmort. Du hast Grund, Wulfrin, dir die Sache zu besehen. Sie ist dunkel und schwer. Betrachte sie von allen Seiten! Denn, du räumst mir ein, vernichtete ich deinen Vater, so bin ich oder du bist zuviel auf der Erde."

"Verhöhnst du mich?" fuhr er auf, "doch nein, du blickst ernst und traurig. Siehe, Frau, das ewige Verhören und Richten hat dich quälend und peinlich gemacht und wahrhaftig, ich glaube" — seine Augen deuteten auf den Stein — "auch eine Frömmlerin bist du." Er hatte rings um das Frauenhaupt die Worte gelesen: "Orate pro magna peccatrice." "Das hier ist großgetan."

"Ich bin eine kirchliche Frau," antwortete Stemma, "doch wahrlich, ich bin keine Frömmlerin, denn ich glaube nur, was ich an dem eigenen Herzen erfahren habe. Dein Knecht der Steinmetz Arbogast fragte mich in seiner einfältigen Art, was er mir um das Haupt schreiben dürfe. In seiner schwäbischen Heimat sei bei vornehmen Frauen die Umschrift gebräuchlich: Betet für eine Sünderin. "Schreibe mir," sagte ich, "Betet für die große Sünderin, denn, Wulfrin, du hast recht gesagt, was ich tue, tue ich groß."

"Hübsch!" rief der Höfling, aber nicht als Antwort auf diesen Selbstruhm, sondern das Haupt in die Höhe richtend, wo Palma stand und das helltönige Glöcklein zog. Sie hatte sich lange auf der Wendeltreppe gesäumt und aus den Luken nach dem ihr vorenthaltenen Bruder zurückgeblickt. In der weiten Bogenöffnung des von den ersten Sonnenstrahlen vergoldeten Turmes wiegte sich ein lichtes Geschöpf auf dem klingenden Morgenhimmel. Der Höfling sah einen läutenden Engel, wie ihn etwa in der zierlichen Initiale eines kostbaren Psalters ein farbenkundiger Mönch abbildet. Eine Innigkeit, deren er sich schämte, rührte und füllte sein Herz. Hatte ihn doch dieses lobpreisende Kind vom Tode errettet.

Inzwischen sammelte sich im Burghofe das Gesinde der Richterin, wohl einhundert Köpfe stark, Männer und Weiber, ein finsteres, sehniges, sonneverbranntes Geschlecht, das den

Behelmten eher feindlich als neugierig musterte. Dieser, die wieder zur Erde gestiegene Palma darunter erblickend, machte sich Bahn und als wollte er sich für die flüchtige Andacht rächen, welche er zu einem Geschöpf aus irdischem Stoffe empfunden, legte er ihr die Hand auf die Achsel und den blühenden Mund findend küßte er ihn kräftig. Sie zitterte vor Freude und wollte erwidern, doch schneller faßte die Richterin mit der Linken ihre Hand, die Rechte Wulfrin bietend, und führte die beiden in die Mitte ihres Volkes.

„Bruder und Schwester," verkündigte sie und sich auf die andere Seite wendend noch einmal: „Schwester und Bruder."

So ungefähr hatten es sich die Knechte und Mägde schon zurechtgelegt, denn die Ähnlichkeit Wulfrins mit dem steinernen Comes war unverkennbar, nur daß sich der Vater in dem Sohne beseelt und veredelt hatte, des Hifthorns an der Seite Wulfrins zu geschweigen, das anschauliches Zeugnis gab von seiner Abstammung.

Nur das runzlige stocktaube Mütterlein, die Sibylle, hatte nichts vernommen und nichts begriffen. Sie trippelte kichernd um das Mädchen, zupfte und tätschelte es, grinste zutulich und sprudelte aus dem zahnlosen Munde: „O du mein liebes Herrgöttchen! Was für einen hat dir da die Frau Mutter gekramt! Zum wieder jung werden. Von Paris ist er verschrieben, aus den Buben, die dem Großmächtigen dienen. Krause Haare, prächtige Ware!"

„Halt das Maul, Drud!" schrie dem Mütterchen der Knecht Dionys ins Ohr, „es ist der Bruder!" und sie versetzte: „Das sage ich ja, Dionys: der Gnadenreich ist ein tröstlicher und auferbaulicher Herr, aber Der da ist ein gewaltiger stürmender Krieger! O du glückseliges Pälmchen!" und so unziemlich schwatzte sie noch lange, wenn man sie nicht zurückgedrängt und ihr den frechen Mund verhalten hätte. Denn die Morgenandacht begann und von einer entfernteren Gruppe wurde schon die Litanei angestimmt. Wie von selbst ordnete sich der Frühdienst, einen Halbkreis bildend, in dessen Mitte die Richterin den schleppenden Gesang leitete, der, dieselben Rhythmen und Sätze immer dringender und leidenschaftlicher wieder= holend, den Himmel über Malmort anrief.

Wulfrin, welcher, er wußte nicht wie, an das eine Ende des andächtigen Kreises geraten war, erblickte sich gegenüber die Schwester. Alles hatte sich niedergeworfen, er und die Rich= terin ausgenommen. Seine Blicke hingen an Palma. Auf bei= den Knieen liegend, die Hände im Schoß gefaltet, sang sie eifrig mit den jungen rätischen Mägden. Aber das Freudefest, das sie in der vollen Brust mit dem endlich erlangten Bruder, dem neuen und guten Gesellen feierte, strahlte ihr aus den Augen und jubelte ihr auf den Lippen, daß die Litanei darüber verstummte. Die geöffneten gaben durch die Lüfte den Kuß des Bruders zurück. Und jetzt sich halb erhebend, streckte sie auch die Arme nach ihm. Nur eine flüchtige Gebärde, doch so viel Glut und Jugend ausströmend, daß Wulfrin unwillkürlich eine ab= wehrende Bewegung machte, als würde ihm Gewalt angetan. „Der Wildling!“ lachte er heimlich. „Aber die wird dem wak= kern Gnadenreich zu schaffen machen! Ich muß ihm noch das wilde Füllen zähmen und schulen, daß es nicht ausschlage gegen den frommen Jüngling! Warte du nur!“

Und um die Erziehung zu beginnen, wendete er sich, da die Richterin das Amen sprach und Palma gegen ihn aufsprang, von ihr ab, geriet aber an Frau Stemma, die seine Hand er= griff, ihn feierlich in die Mitte führte und mit eherner Stimme zu reden begann: „Meine Leute! Wer von euch, Mann oder Weib, so alt ist, daß er vor jetzt sechzehn Jahren hier stand, während ich den Comes empfing, der davon herkam euren er= schlagenen Herrn, den Juder, zu rächen — wer so alt ist und dabei gegenwärtig war, der bleibe! Ihr Jüngern, lasset uns, auch du, Palma!“

Sie gehorchten. Palma zog sich schmollend in den äußersten Burgwinkel zurück, eine halbrunde Bastei, die, ein paar Stufen tiefer als der Hof, über dem senkrechten Abgrunde ragte, durch welchen die Bergflut in ungeheurem Sturze zu Tale fiel. Sie setzte sich auf die breite Platte der Brüstung, blickte, den Arm vorgestützt, in den schneeweißen Gischt hinein, der ihr mit seinem feinen Regen die Wange kühlte, und hörte in dem Tumulte der Tiefe nur wieder den Jubel und die Ungeduld des eigenen Herzens.

Im Hofe hinter ihr ging inzwischen die rechtliche Handlung ihren Schritt, und Rede und Gegenrede folgte sich, rasch und doch gemessen, nach dem Winke der Richterin.

„Hier steht der Sohn des Comes. Ihr seid ihm die Wahrheit schuldig. Saget sie. Habet ihr das Bild jener Stunde?"

„Als wäre es heute" — „Ich sehe den Comes vom Rosse springen" — „Wir alle" — „Dampfend und keuchend" — „Du kredenztest" — „Drei lange Züge" — „Mit einem leerte er den Becher" — „Er sank" — „Wortlos" — „Er lag."

„Bei eurem Anteil am Kreuze?" fragte sie.

„So und nicht anders. Bei unserm Anteil am Kreuze!" antwortete der vielstimmige Schwur.

„Wulfrin, ich bitte dich, du blickst zerstreut! Wo bist du? Nimm dich zusammen!"

Hastig und unwillig erhob er die Hand.

Die Richterin faßte ihn am Arm. „Kein Leichtsinn!" warnte sie. „Frage, untersuche, prüfe, ehe du mich freigibst! Du begehst eine ernste, eine wichtige Tat!"

Wulfrin machte sich von ihr los. „Ich gebe die Richterin frei von dem Tode des Comes und will verdammt sein, wenn ich je daran rühre!" schwur er zornig.

Der Burghof begann sich zu leeren. Wulfrin starrte vor sich hin und vernahm, so überzeugt er von der Unschuld der Richterin war und so erleichtert, mit einer häßlichen Sache fertig zu sein — dennoch vernahm er aus seinem Innern einen Vorwurf, als hätte er den Vater durch seinen Unmut und seine Hast preisgegeben und beleidigt. So stand er regungslos, während die Richterin langsam auf ihn zutrat, sich an seiner Brust emporrichtete und ihm Kette und Hifthorn leicht über das Haupt hob. „Als Pfand meiner Freigebung und unsers Friedens," sagte sie freundlich. „Ich kann seinen Ton nicht leiden." Und sie schritt durch den Hof die Stufen hinunter und hinaus auf die Baſtei und ſchleuderte das Hifthorn mit ausgeſtreckter Rechten in die donnernde Tiefe.

Jetzt kam Wulfrin zur Beſinnung und eilte ihr nach, das väterliche Erbe zurückzufordern. Er kam zu ſpät. In den betäubenden Abgrund blickend, der das Horn verſchlungen hatte, hörte er unten einen feindlichen Triumph wie Tuben und Roſſegewieher. Sein Ohr hatte ſich in den Ebenen der lauten Rede entwöhnt, welche die Bergſtröme führen. Als er wieder aufſchaute, war die Richterin verſchwunden. Nur Palma ſtand neben ihm, die ihn umhalſte und herzlich auf den Mund küßte.

„Laß mich!“ ſchrie er und ſtieß ſie von ſich.

DRITTES KAPITEL

An einem Fenſter von Malmort, durch welches der Talgrund mit ſeinen Türmen und Weilern als duftige Ferne hereinſchimmerte, ſtand die Richterin mit Wulfrin und zeigte ihm die Größe ihres Beſitzes. „Das beherrſche ich,“ ſagte ſie, „und Palma nach mir. Dich aber, Wulfrin, habe ich ſchon ehevor dazu auserſehen — wie es auch deine brüderliche Pflicht iſt — der Schweſter, wenn ich ſtürbe, dieſes weite Erbe zu ſichern.“

„Planvoll, aber fernliegend,“ ſagte er.

„Fern oder nahe. Du biſt ihr natürlicher Beſchützer. Ich kann mein Kind keinem Mächtigen dieſes Landes vermählen, denn ſie ſind ein zuchtloſes und ſich ſelbſt zerſtörendes Geſchlecht. Ich bände ſie an den Schweif eines gepeitſchten Roſſes! Ringsherum keine Burg, an der nicht Mord klebte! Soll mir mein Kind in einem Hauszwiſt oder in einer Blutrache untergehen? Ja, fände ich für ſie einen Guten und Starken wie du biſt, dann wäre ich ruhig und könnte dich freigeben, du hätteſt weiter keine Pflicht an ihr zu erfüllen. Ich weiß ihr keinen Gatten als allein Gnadenreich, und der beſitzt das Land, nach der Verheißung, als ein Sanftmütiger, kann es aber gegen die Gewalttätigen nicht behaupten, deren Zahl hier Legion

ift. Erſt ſeine Söhne werden kraft meines Blutes Männer
ſein. Bis dieſe kommen und wachſen, wirſt du ſchon deine
gepanzerte Hand über Gnadenreich und Palma halten und die
Herrſchaft führen müſſen. Denn ewig reiteſt du nicht mit dem
Kaiſer. Vielleicht auch, wer weiß, erhebt er dich zum Grafen
über dieſen Gau, oder dann erhältſt du von mir eine Burg,
jene" — ſie wies auf einen Turm am Horizonte — „oder eine
andere, nach deinem Gefallen. Oder du hauſeſt hier auf meinem eigenen feſten Malmort." Sie legte ihm vertrauend die
Hand auf die Schulter.

„Aber, Frau," ſagte er, „du lebſt!" und ſie erwiderte:
„Solang ich lebe, herrſche ich."

„Dann hat es keine Eile," antwortete er. „Daß der Schweſter nichts geſchehen darf, verſteht ſich und gelobe ich dir. Doch
jetzt muß ich reiten, heute! in einer Stunde!"

„Zum Kaiſer? Du haſt ihm bereits meinen ortserfahrenen
Rudio geſchickt mit der ſichern Kundſchaft, daß die Lombarden
ſich am Mons Maurus befeſtigen und dort noch ein blutiger
Sturm wird gegen ſie geführt werden müſſen. Herr Karl ſitzt
in Mediolanum, wie wir wiſſen. So braucht es dir nicht zu
eilen."

„Ich lag ſchon zu lange hier, mich verlangt in den Bügel,"
ſagte der Höfling und die Richterin erwiderte nachgiebig:
„Dann ſchenkſt du mir noch dieſen Tag. Ich ſähe es gerne,
wenn du Palma verlobteſt. Warum Gnadenreich ſich hier nicht
blicken läßt? Er hält ſich wohl in ſeinem Pratum eingeſchloſ-
ſen, der Lombarden halber, vorſichtig wie er iſt, obſchon, wie
ich glaube, dieſe hier verſtoben ſind. Weißt du was? Geh und
bring ihn. Oder wüßteſt du deiner Schweſter einen beſſern
Mann?"

„Nein, Frau, wenn ſie ihn mag! Doch was habe ich dabei
zu raten und zu tun? Das iſt deine Sache und die des Pfaffen, der ſie zuſammengibt. Ich will den Rappen ſatteln gehen,
den du mir geſchenkt haſt."

Sie blickte ihn mit beſorgten Augen an. „Was iſt dir,
Wulfrin? Du ſiehſt bleich! Iſt dir nicht wohl hier? Und mit

Palma gehst du um wie mit einer Puppe, du stößest sie weg und dann hätschelst du sie wieder. Du verdirbst mir das Mädchen. Wo hast du solche Sitte gelernt?"

"Sie ist aufdringlich," sagte er. "Ich liebe freie Ellbogen und kann es nicht leiden, daß man sich an mich hängt. Sie läuft mir nach und wenn ich sie schicke, weint sie. Dann muß ich sie wieder trösten. Es ist unerträglich! Ich habe die Gewohnheit breiter Ebenen und großer Räume — auf diesem Felsstück ist alles zusammengeschoben. Das Gebirge drückt, der Hof beengt, der Strom schüttert — an jeder Ecke, auf jeder Treppe dieselben Gesichter! Verwünschtes Malmort! Hier hältst du mich nicht. Hier lasse ich mich nicht einmauern. Mache dir keine Rechnung, Frau."

"Du tust mir wehe," sagte sie.

Die harte Rede reute ihn. "Frau, laß mich ziehen!" bat er. "Und daß du dich zufrieden gebest, hole ich dir heute noch den Gnadenreich und wir verloben die Schwester. Wo haust er?"

"Ich danke dir, Wulfrin. Graciosus wohnt nicht ferne von hier, in Pratum." Sie deutete nach einer zerrissenen Schlucht, über welcher eine grüne Alp hoch emporstieg. "Ich gebe dir einen Führer. Den Knaben hier." Sie zeigte in den Hof hinunter, wo ein Hirtenbube sich damit beschäftigte, eine Sense zu wetzen. Palma stand neben ihm und plauderte.

"Gabriel," rief ihn die Richterin, "du führst deinen Herrn Wulfrin nach Pratum."

"Den Höfling? Mit Freuden!" jauchzte der Bube.

"Er träumt davon," erklärte die Richterin, "hinter dem Kaiser zu reiten. Besieh dir ihn."

"Darf ich mit?" fragte Palma und hob das Haupt.

"Nein," sagte die Richterin.

"Bruder!" bat sie und streckte die Hände.

"Schon wieder! Zum Teufel!" fluchte er. Ihre Augen füllten sich mit Tränen. "So komm, Närrchen!"

Da die dreie barhaupt und reisefertig in dem feuchten Tore standen, während ringsum die Sonne brannte, sagte die ge=

leitende Richterin zu Wulfrin: „Ich anvertraue dir Palma: hüte sie!"

„Halleluja! Voran, Engel Gabriel!" jubelte das Mädchen.

Unten am Burgweg sagte der Hirtenbube: „Herr, es gibt zwei Wege nach Pratum. Der eine steigt durch die Schlucht, der andere über die Alp." Er wies mit der Hand. „Wenn es dir und der jungen Herrin beliebt, so nehmen wir diesen. Oben schaut es sich weit und lustig und es könnte trübe werden gegen Abend. Es ist ein Gewitterchen in der Luft."

„Ja, über die Alp, Wulfrin!" rief Palma. „Ich will dir dort meinen See zeigen," und leichtgeschürzt schlug sie sich über eine lichte Matte, die bald zu steigen begann und immer steiler wurde.

Leicht wie auf Flügeln, mit frei atmender Brust ging das Mädchen bergan und blieb unter der sengenden Sonne frisch und kühl wie eine springende Quelle. Der Berg hatte an dem Kinde seine Freude. Glänzende Falter umgaukelten ihr das Haupt und der Wind spielte mit ihrem Blondhaar.

Wulfrin schaute um nach Malmort, das grau schimmernd kaum aus der Morgenlandschaft hervortrat. „Wie geschah mir", fragte er sich, „in jenem Gemäuer dort? Wie konnte mich dieses unschuldige Geschöpf beängstigen, dieses fröhliche Gespiel, diese behende Gems mit hellen Augen und flüchtigen Füßen?" Ihm wurde wohl und er mochte es gerne, daß der Knabe zu plaudern begann.

Gabriel erzählte von den Lombarden, welche er als Späher der Richterin beschlichen hatte. Sie seien überall und nirgends. Sie nisten in den Pässen, belauern die Boten und plündern die Säumer. Sie berauschen sich in dem geraubten heißen Weine von drüben, prahlen mit besiegten Waffen, fabeln von der Herstellung der eisernen Krone und leugnen oder lästern den Weltlauf. Sie beten den Teufel an, der das Regiment führe, „und doch", endigte der Knabe, „sind sie gläubige Christen, denn sie stehlen aus unsern Kirchen alles heilige Gebein zusammen, soviel sie davon erwischen können. Es ist Zeit, daß der

Herr Kaiser zum Rechten sehe und ihnen feste Bezirke und einen Richter gebe."

Da nun Gabriel bei dem Kaiser angelangt war, dessen erneuerte Würde ihren Schimmer bis in dieses wilde Gebirge warf, begeisterten sich seine Augen und er rief: „Diesen und keinem andern will ich dienen! Ich heiße Gabriel und schlage gerne mit Fäusten, lieber hieße ich Michael und hiebe mit dem Schwerte! Recht muß dabei sein und der Kaiser hat immer Recht, denn er ist eins mit Gott Vater, Sohn und Geist. Er hat die Weltregierung übernommen und hütet, ein blitzendes Schwert in der Faust, den christlichen Frieden und das tausendjährige Reich."

Nun mußte ihm Wulfrin den Kaiser beschreiben, die Spangen seiner Krone, den blauen langen Mantel, das tiefsinnige Antlitz, das kurzgeschorene Haupt, den hangenden Schnurrbart, „den wir Höflinge ihm nachahmen," sagte er lachend.

„Wie blickt der Kaiser?" fragte Palma und Wulfrin antwortete ohne Besinnen: „Milde."

Die Kinder lauschten andächtig und bestaunten den Mann, der mit dem Herrn der Welt Umgang pflog; sobald aber die Höhe erreicht war, wo sich der Rasen breitete, war es mit der Andacht vorbei. Gabriel jauchzte gegen eine ernsthafte Felswand, die den Knabenjubel gütig spielend erwiderte, und Palma lief, den Höfling an der Hand, einem gründunkelklaren Gewässer entgegen, das die Wand mit ihrem Riesenschatten noch immer vor der schon hohen Sonne verbarg. Sie umwandelten das mit Felsblöcken besäte Ufer bis zu einem bemoosten Vorsprung, der weiche Sitze bot. Hier zog sie ihn nieder und wie sie so lagerten, sagte sie: „Nun ist das Märchen erfüllt von dem Bruder und der Schwester, die zusammen über Berg und Tal wandern. Alles ist schön in Erfüllung gegangen."

„Haust hier unten auch Eine?" neckte Wulfrin den Buben. Gabriel blieb die Antwort schuldig, denn er mochte sich vor dem Höfling nicht bloßstellen.

„Dumme Geschichten," lachte dieser, „es gibt keine Elben."

„Nein," sagte Gabriel bedenklich und kratzte sich das Ohr, „es gibt keine, nur darf man sie nicht mit wüsten Worten rufen oder gar ihnen Steine ins Wasser schmeißen. Aber, Herr, wo hast du dein Hifthorn? Du trugest es an der Seite, da du nach Malmort kamst."

„Es ist in den Strom gestürzt," fertigte ihn der Höfling ab.

„Das ist nicht gut," meinte der Knabe.

„Heho, Gabriel!" rief es aus der Ferne und ein anderer Hirtenknabe wurde sichtbar. „Ein Fohlen hat sich nach Alp Grün verlaufen, kohlschwarz mit einem weißen Blatt auf der Stirn. Ich wette, es gehört nach Malmort."

Gabriel sprang mit einem Satz in die Höhe. „Heilige Mutter Gottes," rief er, „das ist unsere Magra, der muß ich nach! Lieber Herr, entlasse mich. Du wirst dich schon zurechtfinden. Ein Mensch ist vernünftiger als ein Vieh. Dort," er deutete rechts, „siehst du dort den roten Grat? Den suche, dahinter ist Pratum. Auch weiß die kleine Herrin Bescheid." Und weg war er, ohne sich um Antwort zu kümmern.

„Palma," lachte Wulfrin, „wenn da unten eine Elbin leuchtete?"

„Mich würde es nicht wundern," sagte sie. „Oft, wenn ich hier liege, erhebe ich mich, steige sachte ans Ufer nieder und versuche das Wasser mit der Zehe. Und dann ist mir, als löse ich mich von mir selbst und ich schwimme und plätschere in der Flut. Aber siehe!"

Sie deutete auf ein majestätisches Schneegebirge, das ihnen gegenüber sich entwölkte. Seine verklärten Linien hoben sich auf dem lautern Himmel rein und zierlich, doch ohne Schärfe, als wollten sie ihn nicht ritzen und verwunden, und waren beides, Ernst und Reiz, Kraft und Lieblichkeit, als hätten sie sich gebildet, ehe die Schöpfung in Mann und Weib, in Jugend und Alter auseinanderging.

„Jetzt prangt und jubelt der Schneeberg," sagte Palma, „aber nachts, wenn es mondhell ist, zieht er bläulich Gewand an und redet heimlich und sehnlich. Da ich mich jüngst hier verspätete, machte sich der süße Schein mit mir zu schaffen, lockte

mir Tränen und zog mir das Herz aus dem Leibe. Aber siehe!"
wiederholte sie.

Eine Wolke schwebte über den weißen Gipfeln, ohne sie zu
berühren, ein himmlisches Fest mit langsam sich wandelnden
Gestalten. Hier hob sich ein Arm mit einem Becher, dort neig=
ten Freunde oder Liebende sich einander zu und leise klang eine
luftige Harfe. Palma legte den Finger an den Mund. „Still,"
flüsterte sie, „das sind Selige!" Schweigend betrachtete das
Paar die hohe Fahrt, aber die von irdischen Blicken belauschte
himmlische Freude löste sich auf und zerfloß. „Bleibet! oder
gehet nur!" rief Palma mit jubelnder Gebärde, „wir sind
Selige wie ihr! Nicht wahr, Bruder?" und sie blickte mit
trunkenen Augen bis in den Grund der seinigen.

Es kam die schwüle Mittagsstunde mit ihrem bestrickenden
Zauber. Palma umfing den Bruder in Liebe und Unschuld. Sie
schmeichelte seinem Gelocke wie die Luft und küßte ihn traum=
haft wie der See zu ihren Füßen das Gestade. Wulfrin aber
ging unter in der Natur und wurde eins mit dem Leben der
Erde. Seine Brust schwoll. Sein Herz klopfte zum Zer=
springen. Feuer loderte vor seinen Augen...

Da rief eine kindliche Stimme: „Sieh doch, Wulfrin, wie
sie sich in der Tiefe umarmen!"

Sein Blick glitt hinunter in die schattendunkle Flut, die
Felsen und Ufer und das Geschwisterpaar verdoppelte. „Wer
sind die Zweie?" rief er.

„Wir, Bruder," sagte Palma schüchtern und Wulfrin er=
schrak, daß er die Schwester in den Armen hielt. Von einem
Schauder geschüttelt sprang er empor und ohne sich nach Palma
umzusehen, die ihm auf dem Fuße folgte, eilte er in die Sonne
und dem nahen Grate zu, wo jetzt eine Figur mit einem breiten
Hut und einem langen Stabe Wache zu halten schien.

„Grüß' Gott! grüß' Gott!" bewillkommte Gnadenreich die
Geschwister, ohne einen Schritt vom Platze zu tun. Er streckte
ihnen nur die Hände entgegen. „Ich habe es dem Ohm feierlich
geloben müssen," erklärte er, „solange die Lombardengefahr
dauert, die Grenze meiner Weiden hütend zu umwandeln, aber

nicht zu überschreiten, denn Pratum ist ein Lehen des Bistums und die Kirche hält Frieden. Sei willkommen, Wulfrin, und Palma nicht minder!" Seine Blicke liefen rasch zwischen dem Höfling und dem Mädchen: beide schienen ihm befangen. Er wurde es auch, denn er glaubte die Ursache ihres Weges zu wissen, und da sie schwiegen, begann er ein großes Geplauder.

„Sie haben dem guten Ohm böse mitgespielt," erzählte er. „Wir saßen zu dreien in der Stube beim Nachtische, denn die Richterin war nach Cur gekommen, um den Bischof gegen die Lombarden in die Waffen zu treiben, was er ihr als ein Kind des Friedens verweigern mußte. Frau Stemma und der Ohm stritten sich bei den Nüssen, wie sie zuweilen tun, über die Güte der Menschennatur. Nun hatten sich kürzlich zwei arge Geschichten ereignet. Jucunda, die junge Frau des Montafuners, welche Bischof Felix gefirmelt hatte" —

„Mit mir. Sie war sein Liebling," rief Palma, die wieder dicht neben dem Höfling schritt.

„Still!" sagte dieser ungebärdig und das Mädchen lief nach einer Blume.

— „wurde von ihrem Manne mit einem Edelknecht ertappt und durch das Burgfenster geworfen. Wenige Tage später schlug der Schamser mitten im Stiftshofe dem Vergüner nach kurzem Wortwechsel den Schädel ein und doch hatten sie eben auf die priesterliche Zusprache des Ohms sich geküßt und miteinander den Leib des Herrn empfangen. Solches hielt ihm Frau Stemma vor, doch der Ohm erwiderte: „Das sind Wallungen und augenblickliche Verfinsterungen der Vernunft, aber die Natur ist gut und wird durch die Gnade noch besser." Der Ohm ist ein bißchen Pelagianer, hi, hi!"

„Pelagianer?" fragte der Höfling zerstreut, denn sein Blick rief Palma, die ihm gleich wieder zusprang. „Ist das nicht eine Gattung griechischer Krieger?"

„Nicht doch, Wulfrin, es ist eine Gattung Ketzer. Also: Frau Stemma und der Ohm stritten über das Böse. Da sieht der Bischof, der kurzsichtig ist, auf Felicitas — diesen Namen hat er der nahen Höhe gegeben, wo ihm ein Sommerhaus steht — eine Flamme. „Wir feiern den Abzug der Lombarden," lächelte er. Frau Stemma blickt hin und bemerkt in ihrer ruhigen Weise: „Ich meine, sie sind es selber," und richtig tanzten sie auf dem Hügel wie Dämonen um den Brand.

Da lärmt es auf dem Platz. Ein Bösewicht fällt mit der Türe ins Haus und redet: „Bischof, tue nach dem Evangelium und gib mir den Rock, nachdem du seine Taschen mit Byzantinern gefüllt hast, denn deine Mäntel haben wir in der Sakristei drüben schon gestohlen!" Der Ohm erstarrt. Jetzt tritt der Lombarde auf Stemma zu, welche im Halbdunkel saß. „Die Frau da", höhnt er, „hat einen Heiligenschein um das Haupt, her mit dem Stirnband!" Da erhebt sich Frau Stemma und durchbohrt den Menschen mit ihren fürchterlichen Augen: „Unterstehe dich!" „Ja so," sagt er, „die Richterin!" und biegt das Knie. Da der arme Ohm endlich aufatmete, nach erbrochenen Kisten und Kasten, rief ihn der Höllenkerl wieder vom Domplatze her ans Fenster. Er ritt mit nackten Fersen den schönsten Stiftsgaul, dem er eine purpurne Altardecke übergelegt — sich selbst hatte er ein Meßgewand umgehangen — und zog dem Kirchenschimmel mit dem entwendeten Krummstab von Cur einen solchen über den blanken Hinterbacken, daß er bolzgerade stieg und der Stab in Trümmer flog. „Bischof, segne mich!" schrie der Lombarde. Der Ohm in seiner Frömmigkeit besiegte sie. „Ziehe hin in Frieden, mein Sohn!" sprach er und hob die Hände.

„Dich, Bischof," jauchzte der Lombarde, „hole der Teufel!"

„Und dich hole er gleichfalls!" gab der Ohm zurück. Ich hätte es eigentlich nicht erzählen sollen," endete Gnadenreich halb reuig, „es hat den Ohm schrecklich erbost."

Palma hatte gelacht, auch der Höfling verzog den Mund und Gnadenreich wurde immer gesprächiger und zutulicher.

„Wir haben uns eine Ewigkeit nicht gesehen, Wulfrin," sagte er. „Ich verließ Rom bald nach dir, aber was habe ich nicht dort noch erlebt! Welche Bekanntschaften habe ich gemacht! Ich ging dein Büchlein im Palaste holen und traf ihn selbst, der es geschrieben. Welch ein Kopf! Fast zu schwer für

den kleinen Körper! Was da alles drinnesteckt! Kaum ein Vier=
telstündchen kostete ich den berühmten Mann, aber in dieser
winzigen Spanne Zeit hat er mich für mein Lebtag in allem
Guten befestigt. Dann pochte es ganz bescheiden und leise und
wer tritt ein? — ich bitte dich, Wulfrin! — der Kaiser. Ich
verging vor Ehrfurcht. Er aber war gnädig und ergötzte sich,
denke dir! an deiner Geschichte, Wulfrin, die er sich von mir
erzählen ließ" —

Jetzt verstand Graciosus sein eigenes Wort nicht mehr, denn
sie gerieten zwischen die Herden und das grüne Pratum wurde
voller Geblöke und Gebrülle. Einer der magern und wolfähn=
lichen Berghunde beschnoberte den Höfling, sprang dann aber
liebkosend an ihm auf und beleckte ihn, wenn Graciosus dem
Tiere seine Ungezogenheit nicht verwiesen hätte. Palma aber
wurde von den Hirtenmädchen umringt und mit Verwunderung
angestarrt. Die junge Herrin von Malmort war leutselig und
frug alle nach ihren Namen und Herden.

„Ich bin gewiß kein Plauderer," sagte Graciosus, nachdem
er Raum geschafft hatte, „aber du begreifst, wenn der Kaiser
befiehlt — haarklein mußte ich berichten von Horn und Becher,
und zumal die erstaunliche Frau Stemma machte dem hohen
Herrn zu schaffen."

Der Höfling blickte verdrießlich.

„Welch ein Mann!" lobpries Gnadenreich. „Der Inhalt und
die Höhe des Jahrhunderts! Wer bewundert ihn genug? Und
doch, aber doch — Wulfrin, ich habe von den Höflingen, deren
Umgang ich nicht ganz meiden konnte, etwas vernommen, das
mich tief betrübt, etwas von einer gewissen Regine... weißt du
es?"

„Das ist seine Kebsin," fuhr Wulfrin ehrlich heraus.

„Schlimm, sehr schlimm! Ein Flecken in der Sonne! Kein
vollkommenes Beispiel! Und die Karlstöchter?"

„Alle Wetter und Stürme," brauste Wulfrin auf, „wer hat
mich zum Hüter der Karlstöchter bestellt?"

„Die Karlstöchter!" rief mitten aus den Herden Palma, die
in der Entfernung die schallende Rede Wulfrins verstanden

400

hatte. „Sie heißen: Hiltrud, Rotrud, Rothaid, Gisella, Bertha, Adaltrud und Himiltrud. Gnadenreich hat eine Tabelle davon verfertigt." Die rätischen Mädchen wiederholten die ihnen fremdklingenden Namen und zogen unter jubelndem Gelächter die junge Herrin mit sich fort.

Gnadenreich verlangsamte den Schritt. Traulich suchte er die Hand des Höflings. „Die Ehe ist heilig," sagte er, „und das sollte der Kaiser nicht vergessen, da er so hoch steht. Du hast erraten, Wulfrin, daß ich außer ihr geboren bin. Deshalb habe ich eine große Meinung von ihr und eine wahre Leidenschaft, in der meinigen ein Muster von Tugend zu sein. Ein gutes Mädchen führe nicht schlecht mit mir. Du kennst meine Neigung, an der ich festhalte, wenn mir auch Palma zuweilen Sorge macht. Jetzt sind wir allein — sie scheint heute lenksam — das könnte die Stunde sein — wenn es dein Wille wäre" —

„Sei nur getrost, Gnadenreich," ermutigte Wulfrin, „die Sache ist abgemacht."

Hätte einer der Gewalttätigen, welche auf den rätischen Felsen nisteten, begehrlich nach Palma gegriffen, Wulfrin möchte ihm ins Angesicht getrotzt und das Schwert aus der Scheide gerissen haben, aber Graciosus war zu harmlos, als daß er ihm hätte zürnen können. Und er selbst fühlte sich mit einem Male von einem dunkeln Schrecken getrieben, die Schwester zu vermählen.

„Abgemacht?" fragte Graciosus, „du willst sagen: zwischen dir und der Richterin? Doch wie meinst du — ist Palma nicht am Ende zu wild und groß für mich?"

„Sei nicht blöde und fackle nicht länger! Willst du sie?"

Die Schreitenden hatten eine Hügelwelle überstiegen und erblickten jetzt diejenige wieder, von der sie redeten. Sie hatte sich von den Hirtinnen getrennt und stand vor einem der tiefen und schnellströmenden Bäche, welche die Hochmatten durchschneiden. Neben ihr irrte ein blökendes Lämmchen, das die Herde verloren hatte, und am Uferrand sitzend löste sich eine kropfige Bettlerin blutige Lumpen von ihrem wunden Fuße und wusch ihn mit dem frischen Wasser. Rasch entledigte sich das Mädchen der Schuhe, stellte dieselben mit einem mitleidigen Blick neben die Kretine, hob das Lamm in die Arme, watete mit ihm durch die Strömung und ließ es seiner Herde nachlaufen.

Da kam über Gnadenreich eine Erleuchtung. „Ich wage es! Ich nehme sie!" rief er aus. „Sie ist gut und barmherzig mit jeglicher Kreatur!"

„So gehe voraus und richte das Brautmahl! Ich werde für dich werben. Das ist doch dein Kastell?" In einiger Entfernung stieg aus einem Bezirke von Hürden und Ställen ein neugebauter Rundturm, über welchem gerade der Föhn einen ungeheuerlichen Wolkendrachen emportrieb. Gnadenreich bog seitwärts die Brücke suchend, während der Höfling den reißenden Bach in einem Satze übersprang.

Wulfrin erreichte die Schwester. „Du läufst barfuß, Bräutchen?"

„Ich bin kein Bräutchen, und was nützen mir die Schuhe, wenn ich nicht mit dir durch die Welt laufen darf?"

„Du bist nicht die Törin, das im Ernste zu reden, und die Frau auf Pratum darf nicht unbeschuht gehen."

„Gnadenreich hat nicht den Mund gegen mich geöffnet."

„Er wirbt durch den meinigen. Nimm ihn, rat' ich dir, wenn du keinen andern liebst."

Sie schüttelte den Kopf. „Nur dich, Wulfrin."

„Das zählt nicht."

Sie hob die klaren Augen zu ihm auf. „Geschieht dir damit ein so großer Gefallen?"

Er nickte.

„So tue ich es dir zuliebe."

„Du bist ein gutes Kind." Er streichelte ihr die Wange. „Ich werde euch schützen, daß euch nichts Feindliches widerfahre, und bei eurem ersten Buben Gevatter stehen."

Sie errötete nicht, sondern die Augen füllten sich mit Tränen. „Nun denn," sagte sie, „aber wir wollen langsam gehen, daß es eine Stunde dauert, bis wir Pratum erreichen." Der Turm stand vor ihnen. Dem Höfling aber wurde es offenbar, jeßt da er die Schwester weggab, daß sie ihm das Liebste auf der Erde sei.

„Hier thronen wir wie die Engel," sagte Graciosus, nachdem er seine Gäste die Wendeltreppe empor durch die Gelasse seines Turmes und auf die Zinne geführt hatte, wo das Mahl bereitet war. Der Tisch trug neben den Broten eine Schüssel Milch mit dem geschnißten Löffel und einen Krug voll schwarzdunkeln Weines, ein bischöfliches Geschirr, denn es war mit der Mitra und den zwei Krummstäben bezeichnet. Die dreie saßen auf einer Bank, das Mädchen in der Mitte. Die ringsum laufende Brüstung reichte so hoch, daß sich kaum darüber wegblicken ließ. Nur der Himmel war sichtbar, und an diesem häuften sich unheimliche schwefelgelbe Wolken.

„Die Milch für mich, für dich der Wein, Wulfrin," sagte Graciosus. „Der verreiste noch glücklich aus dem bischöflichen Keller, ehe ihn die Lombarden leerten. Aber mit wem hält es Fräulein Palma?" „Mit dir," meinte der Höfling.

Graciosus sprach das Tischgebet. „Nun gleich auch den andern Spruch, frisch heraus, Gnadenreich!" ermunterte Wulfrin.

Da geschah es, daß der Bischofsneffe, so redegewandt er war, sich auf nichts besinnen konnte von alle dem Zärtlichen und Verständigen, was er sich für diesen entscheidenden Augenblick langeher ausgesonnen hatte. Ratlos blickte er in die warmen braunen Augen. Jeßt gedachte er des Lämmchens und der bloßen Füße und kam in eine fromme Stimmung. „Palma novella," bekannte er, „ich liebe dich von ganzem Herzen, von ganzer Seele und von ganzem Gemüte."

Das war hübsch. Das Mädchen wurde gerührt und reichte ihm die Hand. Auch Wulfrin mißfiel diese Werbung nicht. „Nun aber wollen wir ein bißchen lustig sein!" rief er aus. „Das bringe ich euch!" Er hob den Krug und trank. Graciosus schöpfte einen Löffel Milch und bot ihn dem Munde seiner Braut. Es war nicht der einzige auf Pratum, aber Gnadenreich wollte eine sinnbildliche Handlung begehen.

Sie öffnete schon die roten Lippen, da sagte sie: „Heute widersteht mir die Milch. Gib du mir zu trinken, Wulfrin." Er reichte ihr den Krug und sie schlürfte so hastig, daß er ihr denselben wieder aus den Händen nahm. Darauf schien sie ermüdet, denn sie ließ den Kopf auf die Schulter und allmählich in die Arme sinken und nickte ein. Die Föhnluft wurde zum Ersticken heiß. Wulfrin und Graciosus verstummten ebenfalls und dieser half sich, indem er seine Milch auslöffelte und nach ländlicher Sitte zuletzt die Schüssel mit beiden Händen an den Mund hob. Wulfrin betrachtete den jungen Nacken. Er enthielt sich nicht und berührte ihn mit den Lippen. Sie erwachte.

„Aber wir sitzen auf dem Turm wie die drei Verzauberten," sagte sie. „Geh, Gnadenreich, hole uns das Buch, wo der Bruder abgebildet ist, das aus dem Stifte — weißt du — welches du bei deinem letzten Besuche der Mutter, der ich über die Schulter blickte, gezeigt hast." Gnadenreich willfahrte ihr, aber sichtlich ungerne.

Palma suchte und fand das Blatt. Über dem lateinischen Texte war mit saubern Strichen und hellen Farben abgebildet, wie ein Behelmter den Arm abwehrend gegen ein Mädchen ausstreckt, das ihn zu verfolgen schien. Mit dem Krieger deuchte er sich nichts gemein zu haben als den Helm, doch je länger er das gemalte Mädchen beschaute, desto mehr begann es mit seinen braunen Augen und goldenen Haaren Palma zu gleichen. Um die Figur aber stand geschrieben: „Byblis."

„Erzähle und deute, Gnadenreich," bat Palma. Graciosus blieb stumm. „Nun, so will ich erklären. Das hier ist der Bruder auf Malmort, wie er anfangs war und mich wegstößt."

„Das ist nichts für dich, Palma!" wehrte Graciosus ängstlich, „laß!" und er entzog das Buch ihren Händen.

„Ihr seid beide langweilig!" schmollte sie. „Ich gehe lieber. Drüben am Hange sah ich blühende Rosen in dichten Büschen stehen. Ich will mir einen Kranz winden," und sie entsprang.

Ein blendender Blitz fuhr über Pratum weg und dem Höfling wie Feuer durch die Adern. „Warum hast du ihr das Buch weggenommen?" fragte er gereizt.

„Weil es für Mädchen nicht taugt," rechtfertigte sich Gnadenreich.

„Warum nicht?"

„Die Schwester im Buche liebt den Bruder."

„Natürlich liebt sie ihn. Was ist da zu suchen?"

Graciosus antwortete mit einer Miene des Abscheus: „Sie liebt ihn sündig! sie begehrt ihn."

Wulfrin entfärbte sich und wurde totenbleich. „Schweig, Schurke!" schrie er mit entstellten Zügen, „oder ich schleudere dich über die Mauer!"

„Um Gottes Willen," stammelte Graciosus, „was ist dir? Bist du verhext? Wirst du wahnsinnig?" Er war von Wulfrin und dem Buche weggesprungen, in welches dieser mit entsetzten Blicken hineinstarrte. „Ich beschwöre dich, Wulfrin, nimm Vernunft an und laß dir sagen: das hat ein heidnischer Poet ersonnen, leichtfertig und lügnerisch hat er erfunden, was nicht sein darf, was nicht sein kann, was unter Christen und Heiden ein Greuel wäre!"

„Und du liesest so gemeine Bücher und ergötzest dich an dem Bösen, Schuft?"

„Ich lese mit christlichen Augen," verteidigte sich Gnadenreich beleidigt, „zu meiner Warnung und Bewahrung, daß ich den Versucher kenne und nicht unversehens in die Sünde gleite!"

Die Hände des Höflings zitterten und krampften sich über dem Blatte.

„Bei allen Heiligen, Wulfrin, zerstöre das Buch nicht! Es ist das teuerste des Stiftes!"

„Ins Feuer mit ihm!" schrie der Höfling, und weil kein Herd da war als der lodernde des offenen Himmels, riß er das Blatt in Fetzen und warf sie hoch auf in den wirbelnden Sturm.

Es trat eine Stille ein. Graciosus betrachtete stöhnend das verstümmelte Buch, während Wulfrin mit verschlungenen Armen und unheimlichen Augen brütete. So beschlich ihn die zurückkommende Palma und setzte ihm den leichten von ihr gewundenen Kranz auf das belastete Haupt.

Er fuhr zusammen, da er das Geflechte spürte, zerrte es sich ab, riß es entzwei und warf es mit einem Fluche dem vom Laufe erhitzten Mädchen zu Füßen.

Da flammten ihr die Augen und sie streckte sich in die Höhe: „Du Abscheulicher! Tust du mir so?" Zornige Tränen drangen ihr hervor. „Nun nehme ich auch den Gnadenreich nicht, dir zuleide!"

„Palma," befahl er, „gleich kehrst du nach Hause! Über die Alp! Wende dich nicht um! Ich gehe durch die Schlucht! Läufst du mir über den Weg, so werfe ich dich in den Strom!"

Sie sah ihn jammervoll an. Seine Todesblässe, das gesträubte Haar, das unglückliche Antlitz erfüllten sie mit Angst und Mitleid. Sie machte eine Bewegung gegen ihn, als wollte sie ihm mit beiden Händen die pochenden Schläfen halten. „Hinweg!" rief er und riß das Schwert aus der Scheide.

Da wandte sie sich. Er blickte über die Brüstung und sah, wie sie in wildem Laufe durch die Alp eilte. Auch er verließ das Kastell und schlug, von dem nahen Tosen des Stromes geführt, den Weg gegen die Schlucht ein, die furchtbarste in Rätien. Gnadenreich gab ihm kein Geleit.

Da er in den Schlund hinabstieg, wo der Strom wütete, und er im Gesträppe den Pfad suchte, störte sein Fuß oder der ihm vorleuchtende Wetterstrahl häßliches Nachtgevögel auf und eine pfeifende Fledermaus verwirrte sich in seinem Haare. Er betrat eine Hölle. Über der rasenden Flut drehten und krümmten sich ungeheure Gestalten, die der flammende Himmel auseinanderriß und die sich in der Finsternis wieder umarmten. Da war nichts mehr von den lichten Gesetzen und den schönen Maßen der Erde. Das war eine Welt der Willkür, des Trotzes, der Auflehnung. Gestreckte Arme schleuderten Felsstücke gegen den Himmel. Hier wuchs ein drohendes Haupt aus der Wand, dort hing ein gewaltiger Leib über dem Abgrund. Mitten im weißen Gischt lag ein Riese, ließ sich den ganzen Sturz und Stoß auf die Brust prallen und brüllte vor Wonne. Wulfrin aber schritt ohne Furcht, denn er fühlte sich wohl unter diesen Gesetzlosen. Auch ihn ergriff die Lust der Empörung, er glitt auf eine wilde Platte, ließ die Füße überhangen in die Tiefe, die nach ihm rief und spritzte, und sang und jauchzte mit dem Abgrund.

Da traf der starre Blick seines zurückgeworfenen Hauptes auf ein Weib in einer Kutte, das am Wege saß. „Nonne, was hast du gefrevelt?" fragte er. Sie erwiderte: „Ich bin die Faustine und habe den Mann vergiftet. Und du, Herr, was ist deine Tat?"

Lachend antwortete er: „Ich begehre die Schwester!"

Da entsetzte sich die Mörderin, schlug ein Kreuz über das andere und lief so geschwind sie konnte. Auch er erstaunte und erschrak vor dem lauten Wort seines Geheimnisses. Es jagte ihn auf und er floh vor sich selbst. Schweres Rollen erschütterte den Grund, als öffne er sich, ihn zu verschlingen. Von senkrechter Wand herab schlug ein mächtiger Block vor ihm nieder und sprang mit einem zweiten Satz in die aufspritzende Flut.

Der Himmel schwieg eine Weile und Wulfrin tappte in dunkler Nacht. Da erhellte sich wiederum die Schlucht und auf einer über den Abgrund gestürzten Tanne sah er die Schwester mit nackten und sichern Füßen gegen sich wandeln und jetzt lag sie vor ihm und berührte seine Kniee.

„Was habe ich dir getan," weinte sie, „warum fliehst, warum verwünschest du mich? Bruder, Bruder, was habe ich an dir gesündigt? Ich kann es nicht finden! Siehe, ich muß dir folgen, es ist stärker als ich! Ich lief drüben, da sah ich den Steg. Töte mich lieber! Ich kann nicht leben, wenn du mich hassest! Tue, wie du gedroht hast!"

Er stieß einen Schrei aus, ergriff, schleuderte sie, sah sie im Gewitterlicht gegen den Felsen fahren, taumeln, tasten und ihre Kniee unter ihr weichen. Er neigte sich über die Zusammengesunkene. Sie regte sich nicht und an der Stirn klebte Blut. Da hob er sie auf mächtigen Armen an seine Brust und schritt ohne zu wissen wohin, das Liebe umfangend, dem Tale zu.

Er hatte die Klus hinter sich, da sauste es an ihm vorüber

und er erblickte einen Knaben, der ein scheues Roß zu bändigen suchte. „He, Gabriel," rief er ihm nach, „sage der Richterin, sie rüste den Saal und richte das Mahl! Tausend Fackeln entzündet! Malmort strahle! Ich halte Hochzeit mit der Schwester!" Der Sturm verschlang die rasenden Worte. Malmort mit seinen Türmen stand schwarz auf dem noch wetterleuchtenden Nachthimmel.

Mit seiner Last den Burgpfad emporsteigend, sah er oben Lichter hin= und herrennen. Dann begegnete er der geängstigten Mutter, die ihm halben Weges entgegengeeilt war. „Wulfrin," flehte sie mit ausgestreckten Armen, „wo hast du Palma?" „Da nimm sie," sagte er und bot ihr die Leblose.

VIERTES KAPITEL

Da Wulfrin am folgenden Tage erwachte, lag er unter den schwarzschattenden Büscheln einer gewaltigen Arve, während die Matten ringsum schon in der Mittagssonne schimmerten. Er hatte eben noch, den würzigen Waldgeruch einatmend, heiter und glücklich geträumt von dem Wettspiel in einer römischen Arena und im Speerwurf einen Lorbeerkranz davongetragen. Sein Blut floß ruhig und seine Stirne war hell.

Nachdem er gestern Palma der Mutter in die Arme gelegt, war er ins Dunkel zurückgewichen. Mit irren Füßen, in ruhelosem Laufe, kreuz und quer, hatte er das Gebiet von Malmort durchjagt, bis weit über Mitternacht hinaus, und war dann im Morgengrauen niedergestürzt und in einen bleiernen Schlaf versunken.

Er fand sich auf einer von leichtgeschwungenen Hügeln umgebenen Wiese, fernab von dem Geläute der Herdglocken, in tiefer Einsamkeit. Nur ein Specht hämmerte und zwei Eichhörner tummelten und neckten sich in der Mitte ihres grünen Bezirkes. Wulfrin rieb sich den Schlummer aus den Augen und schaute umher. Da entdeckte er über dem Hügelrande die

Giebel und Turmspitzen von Malmort. Er ließ sich auf dem Hange gleiten und sie verschwanden.

Allmählich schlich sich das Gestern an ihn heran, er wehrte es ab, er mißtraute ihm, er wollte, er konnte es nicht glauben. War er nicht der Starke und Freie, der Fröhliche und Zuversichtliche, der dem Feinde ins Auge sah und das Irrsal mit dem Schwerte durchschnitt? Was war denn geschehen? Eine rätselhafte Frau hatte ihn übermocht, zu beschwören, was er nicht bezweifelte. Ein Mädchen, das sich in der langen Weile eines Bergschlosses den vollkommensten Bruder ausgesonnen, war ihm zugesprungen und hatte sich närrisch ihm an den Hals gehängt. Ein tückischer Becher ungewohnten Weines, oder das freche Bild einer ausschweifenden Fabel, oder der heiße Hauch des Föhnes oder was es sonst gewesen sein mochte, hatte ihn betört und verstört. Und was er an den Felsen geschleudert, war nicht die Schwester — wie hätte sie den gähnenden Abgrund überschritten? — sondern irgendein Blendwerk der Gewitternacht.

„Und war es die Schwester und habe ich sie zerschmettert, so bin ich ihrer ledig," trotzte er und zugleich ergriff ihn ein unendliches Mitleid und die inbrünstigste Liebe zu dem jungen Leben, das er mißhandelt und vernichtet hatte. Er sah sie mit allen ihren Gebärden, jedes ihrer süßen und unschuldigen Worte nahm Gestalt an, er schaute in ihre seligen Augen und in ihre wehklagenden. Jetzt fühlte er sie, die sich weinend und schmeichelnd mit ihm vereinigte, und wußte, daß sie noch lebte und atmete. „Meine Seele! Blut meiner Adern!" rief er und wieder: „Palma! Palma!"

„— alma!" wiederholte das Echo.

„Palma mein Weib!" Das Echo entsetzte sich und verstummte.

Ein tödlicher Schauer durchrieselte sein Mark. Sich auf die Rechte stützend, hob er sich halb von der Erde und langte mit der Linken nach der blutenden Brust wie auf dem Schlachtfelde. „Es sitzt!" ächzte er. „Ich bin der Schrankenlose, der Übertreter, der Verdammte! Ich muß sterben, damit die

Schwester lebe! Doch womit habe ich den Himmel beleidigt? wodurch habe ich die Hölle gelockt?" Rasch übersann er sein Leben, er fand darin keinen Makel, nur läßlichen Fehl. "Nun, wen's trifft, den trifft's! Ich habe eben das schlimme Los aus dem Helme gezogen und verwundere mich nicht, kenne ich ja die Grausamkeiten der Walstatt. Es geht vorüber!" Da schien ihm denn doch das Dasein ein Gut, so leicht er es sonst wertete, jetzt da er, ob auch unter grimmigen Schrecken, seinen tiefsten Reiz und seine geheimste Lieblichkeit gekostet hatte. Er hob die starken Hände vor das Angesicht und schluchzte...

Mählich verlängerten sich die Schatten und es wurde still über der Wiese. Da legte sich ihm eine Hand auf die Schulter. Ohne das Haupt zu wenden, sagte er: "Ich komme," und wollte sich erheben, denn er wußte, es war der Tod, der zu ihm trat, um ihn an den jähesten Abgrund zu führen.

"Bleibe, Wulfrin!" sprach weich die Stimme der Richterin, "ich setze mich zu dir," und Frau Stemma ließ sich neben ihn auf das Moos gleiten in einem weiten langen Gewande, das selbst die Spitzen der Füße verhüllte.

"Berühre mich nicht!" schrie er und warf sich zurück. "Ich bin ein Unseliger!"

"Ich suchte dich lange," sagte sie. "Warum bliebest du ferne? Dir ist bange für Palma? Die wurde nur leicht verwundet, hat aber in tiefer Ohnmacht gelegen. Erwachend hat sie erzählt, wie euch gestern das Gewitter in der Schlucht überraschte, wie sie glitt und die Besinnung verlor. Auf deinen Armen hast du sie getragen."

Wulfrin blieb stumm.

"Oder redete sie unwahr und du warfest sie an den Felsen, um sie zu zerschmettern?"

Er nickte.

Sie schwieg eine Weile, dann hob sie die Hand und berührte wiederum seine Schulter. "Wulfrin, du hassest deine Schwester oder — du liebst sie!" Sie fühlte, wie der Höfling vom Wirbel zur Zehe zitterte.

"Es ist entsetzlich," stöhnte er.

„Es ist entsetzlich," sagte sie, „aber unerklärlich ist es nicht. Ihr seid ferne voneinander erwachsen, wurdet eurer Angesichter und Gestalten nicht gewöhnt, und so waret ihr euch frisch und neu, da ihr euch fandet, wie ein fremder Mann und ein fremdes Weib. Mutig! Rufe und rufe es deinen Gedanken und Sinnen zu: Palma und Wulfrin sind eines Blutes! Sie werden schaudern und erkalten und nicht länger die himmlische Flamme der Geschwisterliebe verwechseln mit dem schöpferischen Feuer der Erde."

Er antwortete nicht, kaum daß er ihre Worte gehört hatte, sondern murmelte zärtlich: „Warum hast du sie Palma novella getauft? Das ist ein gar seltsamer und schöner Name!"

Stemma erwiderte: „Ich habe sie die junge Palme genannt, weil sie aus dem Schutte des Grabes frisch und freudig aufsprießt und, bei meinem Leben! wer an dem schlanken Stamme frevelt, den richte und töte ich! Noch ist Palma unschuldig. Deine rasende Flamme hat ihr nicht ein Härchen der Wimper, nicht den äußersten Saum des Kleides versengt. Unglücklicher, wie ist ein solches Leiden über dich gekommen?"

„Wie eine Seuche, die aus dem Boden dampft! Aber mein Schutzengel warnte mich vor Malmort. Da du mich riefest, verschloß ich das Ohr. Ich bog ab und fiel in die Hände der Lombarden. Warum hast du den Pfeil des Witigis gehemmt?" Er starrte vor sich nieder. Dann schrie er verzweifelnd auf und ergriff und preßte den Arm der Richterin, die finstern Augen fest auf das ruhige Antlitz heftend: „Bei dem Haupte Gottes —"

„Bei dem Haupte Palmas," sagte sie.

— „ist sie meine Schwester?"

„Wie sonst? Ich weiß es nicht anders. Was denkst du dir?"

„Dann ist mein Haupt verwirkt und jeder meiner Atemzüge eine Sünde!" Er sprang auf, während sie ihn mit nervigen Armen umschlang, so daß er sie mit sich emporzog.

„Wohin, Wulfrin? In eine Tiefe? Nein, du darfst diesen starken Leib und dieses tapfere Herz nicht zerstören! Nimm dein Roß und reite! Reite zu deinem Kaiser! Mische dich unter deine Waffenbrüder! Ein paar Tagritte und du bist gesundet und blickst so frei wie die Andern!"

„Das geht nicht," sagte er jammervoll. „Wir leiden nicht den geringsten Makel in unserer Schar und ich sollte verräterisch die Schande unter uns verstecken?"

„So stahle dein Roß, reite Tag und Nacht, über Berg und Fläche, springe in ein Schiff, bringe ein Meer und ein zweites zwischen sie und dich, und wenn dich Delphin und Nixe umgaukelt, tauchen vor dir aus der Bläue Inseln und Vorgebirge, verwegenes Abenteuer und die Schönheit als Beute!"

„Was hülfe es?" sagte er. „Sie zöge mit mir, die Nixe trüge ihr Angesicht und ich umarmte sie in jedem Weibe! Denn ich bin mit ihr vermählt ewiglich. Nein, ich kann nicht leben!"

„Das ist Feigheit!" sprach sie leise.

Der Schimpf trieb ihm wie ein Schlag das Blut ins Angesicht. Er bäumte sich auf. „Du hast recht, Frau!" schrie er. „Ich darf nicht als ein Feigling umkommen, du selbst sollst mich richten und verurteilen. Am lichten Tag, unter allem Volke, will ich den Greuel bekennen und die Sühne leisten!" So rief er in zorniger Empörung, dann aber besänftigte sich sein Angesicht, denn er hatte die Lösung gefunden, die ihm ziemte.

„Unsinn!" sagte sie. „Solche verborgene Dinge bekennt man nicht dem Tage, denn du bist ein Verbrecher nur in deinen Gedanken. Die Tat aber und nur die Tat ist richtbar."

„Frau, das wird sich offenbaren! Vernimm, was ich tue. Ich wandere zu dem Kaiser und spreche zu ihm: Siehe, Wulfrin der Höfling begehrt das eigene Blut, das Kind seines Vaters! Es ist so, er kann nicht anders. Schaffe den Sünder aus der Welt! Und spricht der Kaiser: Die Tat ist nicht vollbracht, so antwortet Wulfrin: Ich vollbringe sie mit jedem Atemzuge!"

„Auf sündiger Geschwisterliebe", drohte Frau Stemma, „steht das Feuer."

Wulfrin lachte.

„Und du willst vor dem ganzen Volke dastehen in deiner Blöße?"

„Ich will dastehen", sagte er, „als der welcher ich bin."

„So mangelt dir der Verstand und die Kraft, das Geheimnis der Sünde zu tragen?"

„Das ist Weibes Art und Weibes Lust," sagte er verächtlich.

„Und du wirst mit dem Kaiser kommen und ich soll dich richten?"

„Du!"

„Das werde ich!" sagte sie und entfernte sich langsam.

Jetzt da Wulfrin sein Schicksal entschieden und vollendet glaubte, kam die Ruhe des Abends über ihn. Er blieb unter seiner Arve, bis die Sonne niederging und der Tag ihr folgte. Und wie sie mit gebrochenen Speeren sich legte und ihr Blut am Himmel verströmte, erlosch er mit ihr und sah sich die Schwester, wie das Spätlicht, im grünen Gewande und auf stillen Sohlen nachschreiten. Das aufgegebene Schwert reute ihn nicht. „Sie werden drüben einen Krieger brauchen," sagte er sich und wandelte schon unter den seligen Helden.

Wie es Nacht war und der Mond leuchtete, ging er sachte bergab, denn er gedachte ein Seitental zu gewinnen und seinen Kaiser zu erreichen, ohne daß er Malmort und die Stapfen der Schwester berühre. Beide wollte er nur am Gerichtstage wiedersehen. Er gelangte an den Strom, der hier ohne Gewalt und Sturz Klippen und Felsen breit überflutete. Das Mondlicht verlockte ihn, sich auf ein Felsstück zu lagern und wunsch- und schmerzlos mit den Wellen dahinzufließen. Er wurde sich selbst zum Traume.

Da sah er Elb oder Elbin tauchen. Es schwamm weiß im Strome, ein Nacken schimmerte und jetzt hob der blanke Arm ein Hifthorn in die Höhe, das der Mond versilberte. Er erkannte sein entwendetes Erbteil und trat ohne Hast und Erstaunen dem freundlichen Wunder nahe.

„Herr Wulfrin," jubelte eine Knabenstimme, „freue dich! Glück über dir! Ich halte dein Horn!" und Gabriel, der sein Hirtenhemde wieder umgeworfen hatte, sprang zu ihm empor.

„Schon heute mittag", erzählte er, „sah ich es beim Fischen auf dem Grunde. Ich kannte es gleich, doch war ich nicht allein und mußte die Nacht erwarten. Hat es schon lange gelegen?" Er schüttelte das Horn und ließ das Wasser sorgfältig aus der Bauchung abtropfen. „Wenn es nur nicht verdorben ist!" Er hob es an den Mund und stieß darein, daß die Berge widerhallten. „Hier, Herr!" sagte er. „Wahrhaftig, es hat ihm nichts getan. Ein wackeres Schlachthorn!"

Wulfrin ergriff es und hing es sich um. Als er sich aber einen Goldring — irgendein Beutestück — von der Hand ziehen wollte, um den Knaben abzulohnen, wehrte Gabriel. „Nein, Herr, lege lieber ein Wort für mich ein, daß mich der Kaiser mitreiten läßt! Doch jetzt muß ich heim! Ich habe noch in den Ställen zu tun. Kommst du mit? Ich weiß Stapfen an dem Felsen empor und wir gelangen durch ein Hinterpförtchen noch einmal so rasch in den Hof als auf dem Burgwege."

Und Wulfrin folgte. Die Handlichkeit und Herzlichkeit des Buben hatte seine Sinne und Geister erwärmt. Der Wiedergewinn seines Erbes weckte das Bild des Vaters und die kindliche Gesinnung auf. Und obwohl aus dem Elben ein Menschenknabe geworden war, zitterte doch über dem Strom ein Schimmer von Geisterhilfe. „Am Ende ist es der Vater," sagte er sich, „und er wird mir beistehen, wenn er kann. Wenn er noch irgend da ist, läßt er mich nicht elend umkommen. Ich will ihn rufen. Vielleicht antwortet er. Es ist ein Glaube, daß der Tote aus dem Grabmal mit seinen Kindern redet. Ich wage es! Ich blase ihn wach! Dann frage ich nichts als: Vater, ist Palma dein Kind? Redet er nicht, so nickt er wohl oder schüttelt das Haupt." Obschon der Höfling an Stemma nicht zweifelte, deren Wesen über ihn Gewalt hatte, focht ihn doch der Widerspruch zwischen dem Glauben an die Lebendige und der Frage an den Toten wenig an. Er fühlte einfach, daß er den Vater — wenn dieser zu erreichen sei — befragen und beraten müsse, ehe er sich anklage und sich richten lasse. Aber seine Ruhe war weg, sein Geist gespannt und er hörte kein Wort von dem, was der Knabe unterweges plauderte.

414

Ebenso unruhig schritt Stemma hinter dem erhellten Fenster, das der Emporklimmende über dem Burgfelsen aufsteigen sah. Aus der Ferne und Tiefe war ein Ton zu ihr hergedrungen, den sie haßte und den sie vernichtet zu haben glaubte. Während ihr Kind auf dem Lager schlummerte, ging sie rastlos auf und nieder. Sie vergegenwärtigte sich Wulfrin, wie er vor Kaiser und Volk eines seltenen, ja unglaublichen Frevels sich beschuldigte, und ihr wurde bange, daß sie und wie sie über ihn richten werde.

Mar es denkbar, daß sich die Natur so verirrte? daß ein so lauterer Mensch in eine solche Sünde verfiel? War es nicht wahrscheinlicher, daß hier Irrtum oder Lüge Bruder und Schwester gemacht hatte? So hätte die Richterin ohne Zweifel geforscht und untersucht, wäre sie nicht Stemma und Palma nicht ihr Kind gewesen. Aber sie durfte nicht untersuchen, denn sie hätte etwas Vergrabenes aufgedeckt, eine zerstörte Tatsache hergestellt, ein Glied wieder einsetzen müssen, das sie selbst aus der Kette des Geschehenen gerissen hatte.

Jetzt begann es mit einem Male vor ihr aufzutauchen, die Sünde des Unschuldigen sei das gegen sie selbst heranschreitende Verhängnis. „Gilt es mir? Wird ein Plan gegen mich geschmiedet? Ist eine Verschwörung im Werke?" rief sie ins Dunkel hinein.

Da hatte sie ein Gesicht. Sie erblickte mit den Augen des Geistes durch die dämmernde Wand, weit in der Ferne und doch ganz nahe, ein gewaltiges Weib von furchtbarer Schönheit. Diese saß in langen blauen Gewanden, eine Tafel auf das übergelegte Knie gestützt, einen Griffel in der Hand, schreibend oder zählend, irgendeine Lösung suchend. Nach einigem Sinnen ging ein stilles langsames Lächeln über den strengen Mund und schien zu sagen: So ist es gut und siehe, es ist so einfach!

Da glaubte die Richterin eine Feindin sich gegenüber zu sehen und trotzte ihr, Weib gegen Weib. „Das bringst du nicht heraus! Du findest keine Zeugen!" Die Fremde aber hob die Tafel mit beiden Händen empor über die sonnenhellen Augen und verschwand. „Du hast keine Zeugen!" rief ihr die

Richterin nach. Ihr antwortete ein erschütternder Ruf, der aus allen Wänden, aus allen Mauern drang, als werde die Posaune geblasen über Malmort.

Stemma erbebte. Sie sprang an das Lager ihres Kindes, um es fest in den Armen zu halten, wenn Malmort unterginge. Palma war nicht erwacht, sie schlief ruhig fort. Die Richterin besann sich. Hatte der grauenhafte Ton in Tat und Wahrheit diese Luft, diese Räume, diese Mauern erschüttert? Müßte Palma nicht aus dem tiefsten Schlummer aufgefahren sein? Es war unmöglich, daß der gewaltige Ruf sie nicht geweckt hätte. Frau Stemma war nicht unerfahren in solchen unheimlichen Dingen: sie kannte die Schrecken der Einbildung und die Sprache der überreizten Sinne. Sie hatte es erfahren an den Schuldigen, die sie richtete, und an sich selbst. „Das Ohr hat mir geklungen," sagte sie, die noch am ganzen Leibe zitterte.

Hätte sie durch Dielen und Mauern blicken können, so sah sie den bleichen Wulfrin, der an der Gruft des Vaters kniete, ins Horn stieß, ihn rührend beschwor, ihm herzlich zusprach, Rede zu stehen. Sie hätte gesehen, wie Wulfrin, da der Stein schwieg, das Horn zum andern Male an den Mund setzte und endlich verzweifelnd über die Mauer sprang.

Wieder schütterte Malmort in seinen Tiefen, stärker noch als das erstemal. Da war kein Zweifel mehr, es war das Wulfenhorn, das sie mitten in Gischt und Sturz geschleudert und in unzugängliche Tiefen hatte versinken sehen. Sie sann an dem ängstlichen Rätsel und konnte es nicht lösen. Sie sann, bis ihr die Stirnader schwoll und das Haupt stürmte.

Da fiel ihr zur bösen Stunde der Comes ein, wie er murmelnd im Schilfe sitze und mit dem schweren Kopfe unablässig daran herumarbeite, ob Frau Stemma ihm ein Leides getan. „Er besucht sein Grabmal und stößt in sein Horn! Er stört die Nacht! Er verwirrt Malmort! Er schreckt das Land auf! Das leide ich nicht! Ich verbiete es ihm! Ich bringe den Empörer zum Schweigen!" Und der Wahn gewann Macht über diese Stirn.

Ohne sich nach Palma umzusehen, stürzte sie zornig die Wendeltreppe hinab und betrat den Hof, wo der Comes und ihr eigenes Bild auf der Gruft lagen. Darüber webte ein ungewisser Dämmer, da eine leichte Wolke den Mond verschleierte. Der Comes ließ sein Horn zurückgleiten und die steinerne Stemma hob die Hände als flehe sie: Hüte das Geheimnis!

Aufgebracht stand die Richterin vor dem Ruhestörer. „Arglistiger," schalt sie, „was peinigst du mein Ohr und bringst mein Reich in Aufruhr? Ich weiß, worüber du brütest, und ich will dir Rede stehen! Keine Maid hat dir der Judex gegeben! Ich trug das Kind eines Andern! Du durftest mich nie berühren, Trunkenbold, und am siebenten Tage begrub dich Malmort! Siehst du dieses Gift?" Sie hob das Fläschchen aus dem Busen. „Warum ich leben blieb, die dir den Tod kredenzte? Dummkopf, mich schützte ein Gegengift! Jetzt weißt du es! Palma novella unter meinem Herzen hat dich umgebracht! Und jetzt quäle mich nicht mehr!"

So grelle und freche Worte redete die Richterin.

Durch ihr lautes Schelten zu sich selbst gebracht, betrachtete sie wieder den Comes, der jetzt im klarsten Mondenlichte lag. Die furchtbare Geschichte kümmerte ihn nicht, er lag regungslos mit gestreckten Füßen. Jetzt sah sie, daß sie zum Steine gesprochen, und schlug eine Lache auf. „Heute bin ich eine Närrin!" sagte sie. „Ich will zu Bette gehen."

Sie wandte sich. Palma novella stand hinter ihr, weiß, mit entgeisterten Augen, das Antlitz entstellt, starr vor Entsetzen. Der zweite Hornstoß hatte sie geweckt und sie war der Mutter auf besorgten Zehen nachgeschlichen.

Zwei Gespenster standen sich gegenüber. Dann packte Stemma den Arm des Mädchens und schleppte es in die Burg zurück. Sie selbst hatte ihrem Geheimnisse einen Mund und einen Zeugen gegeben und dieser Zeuge war ihr Kind.

FÜNFTES KAPITEL

Seit der Höfling aus Malmort verschwunden war, lastete auf den schweren Mauern Schweigen und Kümmernis. Das Gesinde munkelte allerlei und Knechte und Dirnen steckten die Köpfe zusammen. Die junge Herrin sei krank. Es sei ihr angetan worden. Irgendein Zauber — ob sie einer Drude begegnet oder ein giftiges Kraut verschluckt oder aus einem schädlichen Quell getrunken — habe die Ärmste der Vernunft beraubt. Ihr mangle der Schlummer, sie weine unablässig und lasse sich weder trösten noch auch nur berühren. Ihr widerstehe Speise und Trank und sie schwinde zum Gerippe. Die Laute und Wilde sei gar still und zahm und ihr Lebensfaden zum Reißen dünn geworden. Die bekümmerte Richterin folge ihr auf Schritt und Tritt und dürfe sie nicht aus den Augen lassen.

Zwei Mägde standen am Brunnen zusammen und flüsterten. Benedicta war der jungen Herrin unversehens im Flur begegnet und wollte ihr gebührlich die Hand küssen. Palma sei angstvoll zurückgewichen und habe aufgeschrien: „Rühre mich nicht an!" Veronica hatte durch das Schlüsselloch gespäht und was erblickt? etwas ganz Unglaubliches: die stolze Frau Stemma vor ihrem Kinde niedergeworfen, ihm liebkosend die Kniee umfangend und um die Gnade flehend, daß es den Mund öffne und einen Bissen berühre.

Die Mägde verstummten, hoben sich die Krüge zu Haupte und drückten sich, eine hinter der andern, während langsam die Richterin mit Palma aus der Pforte trat und die Stufen herunterschritt. Frau Stemma stützte das Mädchen, das, elend und zerstört, sich selbst nicht mehr gleichsah. Palma ging mit gebeugtem Rücken und unsichern Knieen. Groß, doch ohne Strahl und Wärme, traten die Augen aus dem vermagerten Antlitz. „Komm, Kindchen," sagte Frau Stemma, „du mußt Luft schöpfen," und sie öffnete ein Gatter, das auf eine zirpende und summende Wiese führte, die einen weiten leicht geneigten Vorsprung der Burghöhe bekleidete und über die

Grenzlinie der unsichtbaren Tiefe hinweg in eine lichte Ferne verlief.

Sie setzten sich auf eine Bank und Frau Stemma betrachtete ihr Kind. Da ergrimmte sie und weinte zugleich in ihrem Herzen über die Verwüstung des Einzigen, was sie liebte. Aber sie blieb aufrecht und gürtete sich mit ihrer letzten Kraft. „Wie," sagte sie sich, „mir gelänge es nicht, dieses Gehirnchen zu betören, dieses Herzchen zu überwältigen?"

„Mein Kind," begann sie, „hier sind wir allein. Laß uns noch einmal recht klar und klug miteinander reden" —

„Wenn du willst, Mutter."

— „miteinander reden von dem Wahne jener Nacht. Ich wachte, du schliefest. Da lärmt es im Hofe. Ich gehe hinunter, es war nichts, und ich lache über meinen leeren Schrecken. Ich wende mich. Du stehst vor mir nachtwandelnd, mit offenen stieren Augen. Ich ergreife dich und führe dich in das Haus zurück. Und du erwachst aus dem abscheulichen Traume, der dich jetzt peinigt und zugrunde richtet."

„Ja und nein, Mutter. Mich weckte ein Ruf, ich sehe dich hinauseilen und folge dir auf dem Fuße. Du standest im Hofe vor den Steinbildern und schaltest den Vater und erzähltest ihm" — sie hielt schaudernd inne.

„Was erzählte ich?" fragte die Richterin.

„Du sagtest" — Palma redete ganz leise — „daß ich nicht sein Kind bin. Du sagtest, daß ich schon unter deinem Herzen lag. Du sagtest, daß du und ich ihn getötet haben."

„Liebe Törin," lächelte Frau Stemma, „nimm all dein Denken zusammen und verliere keines meiner Worte. Ich hätte mit einem Steine geredet? als eine Abergläubische? oder eine Närrin? Kennst du mich so? Und du wärest nicht das Kind des Comes? Mit wem war ich denn sonst vermählt? Habe ich dir nicht erzählt, daß ich eine Gefangene war auf Malmort, bis mich der Comes freite? Und ich hätte den Gatten getötet? Ich, die Richterin und die Ärztin des Landes, hätte Gifte gemischt? Kannst du das glauben? Hältst du das für möglich?"

„Nein, Mutter, nein! Und doch, du hast es gesagt!"

„Palma, Palma, mißhandle mich nicht! Sonst müßte ich dich hassen!"

Palma brach in trostlose Tränen aus und warf sich gegen die Brust der Mutter, die das schluchzende Haupt an sich preßte. „Du bringst mich um mit deinem Weinen," sagte sie. „Glaube mir doch, Närrchen!"

Palma hob das Angesicht und blickte sich um. „Weidet hier am Rande ein Zicklein, Mutter?"

„Ja, Palma."

„Läutet dort Maria in valle?" Sie wies ein im Tale schimmerndes Kloster.

„Ja, Palma."

„Ebenso wahr, als ich jetzt nicht träume und das Zicklein weidet und das Kirchlein läutet, ebensowenig habe ich geträumt, daß du vor Wulfrins Vater gestanden und ihn angeredet hast. Es war so, es ist so. Du sprachest immer die Wahrheit, Mutter."

„Ich sage dir, Palma, es ist ein Traum. Und ich will, daß es ein Traum sei!"

Palma erwiderte sanft: „Belüge mich nicht, Mutter! Habe ich doch vorhin, da du mich an dich preßtest, den scharfen Kristall empfunden, welchen du aus dem Busen gezogen und dem Comes gezeigt hast."

Die Richterin schnellte empor mit einem feindseligen Blicke gegen ihr Kind, glitt aber langsam auf die Bank zurück und nachdem sie eine Weile in den Boden gestarrt, sagte sie: „Wäre es so und hätte ich so getan, so wäre es deinetwegen."

„Ich weiß," sagte Palma traurig.

„Habe ich es getan," wiederholte Stemma, „so tat ich es dir zuliebe. Ich tötete, damit mein Kind rein blieb."

Palma zitterte.

„Warum hast du dich in mein Geheimnis gedrängt, Unselige?" flüsterte Stemma ingrimmig. „Ich hütete es. Ich verschonte dich. Du hast es mir geraubt! Nun ist es auch das deinige und du mußt es mir tragen helfen! Lerne heucheln,

Kind, es ist nicht so schwer, wie du glaubst! Aber wo sind deine Gedanken? Du bist abwesend! Wohin träumst du?"

„Was ist aus Wulfrin geworden?" fragte sie leise, und eine schwache Röte glomm und verschwand auf den gehöhlten Wangen.

„Ich weiß nicht," sagte die Richterin.

„Jetzt verstehe ich, daß er mich verabscheut," jammerte Palma. „O ich Elende! Er stößt mich von sich, weil er Mord an mir wittert. Mir graut vor meinem Leibe! Läge ich zerschmettert!"

„Ängstige dich nicht! Wulfrin hat keinen Argwohn. Er ist gläubig und er traut."

„Er traut!" schrie Palma empört. „Dann eile ich zu ihm und sage ihm alles wie es ist! Ich laufe, bis ich ihn finde!" Sie wollte aufspringen, die Mutter mußte sie nicht zurückhalten, erschöpft und entkräftet sank sie ihr in den Schoß.

„Ich verrate dich, Mutter!"

„Das tust du nicht," sagte Stemma ruhig. „Mein Kind wird nicht als Zeugin gegen mich stehen."

„Nein, Mutter."

Die Richterin streichelte Palma. Diese ließ es geschehen. Darauf sagte sie wieder: „Mutter, weißt du was? Wir wollen die Wahrheit bekennen!"

Frau Stemma brütete mit finstern Blicken. Dann sprach sie: „Foltere mich nicht! Auch wenn ich wollte, dürfte ich nicht. Dieser wegen!" und sie deutete auf ihr Gebiet. „Würde laut und offenbar, daß hier während langer Jahre Sünde Sünde gerichtet hat, irre würden tausend Gewissen und unterginge der Glaube an die Gerechtigkeit! Palma! Du mußt schweigen!"

„So will ich schweigen!"

„Du bist meine tapfere Palma!" und die Richterin schloß ihr den Mund mit einem Kusse. „Aber Kind, Kind, wie wird dir?" Palmas Augen waren brechend und das Herz klopfte kaum unter der tastenden Hand der Mutter. Diese bettete die Halbentseelte und eilte verzweifelnd in die Burg zurück.

Sie kam wieder mit einer Schale Wein und einem Stücklein Brot. Sie kniete sich nieder, brach und tunkte den Bissen und bot ihn der Entkräfteten. Diese wandte sich ab.

Da bat und flehte die Richterin: „Nimm, Kind, deiner Mutter zuliebe!" Jetzt wollte Palma gehorchen und öffnete den entfärbten Mund, doch er versagte den Dienst.

Stemma sah eine Sterbende. Da starb auch sie. Ihr Herz stand stille. Ein Todeskrampf verzog ihr das Antlitz. Eine Weile kniete sie starr und steinern. Dann verklärte sich das Angesicht der Richterin und ein Schauer der Reinheit badete sie vom Haupt zur Sohle.

„Palma," sagte sie zärtlich und dieser warme Klang hob die Lider des Kindes, „Palma, was meinst du? Ich lade den Kaiser ein nach Malmort. Wir treten vor ihn Hand in Hand, wir bekennen und er richtet." Da freuten sich die Augen Palmas und ihre Pulse schlugen.

„Nimm den Bissen," sagte die Richterin und speiste und tränkte ihr Kind.

Sie führte die Neubelebte in den Hof zurück. In der Mitte desselben stand Rudio, noch keuchend vom Ritte. „Heil und Ruhm dir, Herrin!" frohlockte er. „Ich melde den Kaiser! Der Höchste sucht dich heim! Er naht! Er zieht mächtig heran und mit ihm ganz Rätien!"

„Dafür sei er gepriesen!" antwortete die Richterin. „Komm, Kind, wir wollen uns schmücken!"

Da Kaiser Karl mit allem Volke den Burgweg erstiegen hatte, hieß er Gesinde und Gefolge vor dem Tore zurückbleiben und betrat allein den Hof von Malmort. Stemma und Palma standen in weißen Gewändern. Die Richterin schritt dem Herrscher entgegen und bog das Knie. Palma hinter ihr tat desgleichen. Karl hob die Richterin von der Erde und sagte: „Du bist die Frau von Malmort. Ich habe deine Botschaft empfangen und bin da, Ordnung zu schaffen, wie du gefordert hast. Hier ist Freiheit in Frevel und Kraft in Willkür entartet. Ich will diesem Gebirge einen Grafen setzen. Weißt du mir den Mann?"

„Ich weiß ihn," antwortete die Richterin. „Es ist Wulfrin, Sohn Wulfs, dein Höfling, ein treuer und tapferer Mann, zwar noch leichtgläubig und unerfahren, doch die Jahre reifen."

„Ich führe ihn mit mir," sprach der Kaiser, „aber als einen, der sich selbst anklagt und dein Gericht begehrt, sich so großen Frevels anklagt, daß ich nicht daran glauben mag. Frau, heute ist mir unter diesem leuchtenden Berghimmel ein Zeichen begegnet. Vor deiner Burg hat mein Roß an einer Toten gescheut, die mitten im Wege lag. Ich ließ sie aufheben. Es ist deine Eigene. Sie harrt vor der Schwelle."

Er dämpfte die Stimme: „Frau, was verbirgt Malmort? Wärest du eine andere, als die du scheinest, und stündest du über einem begrabenen Frevel, so wäre deine Wage falsch und dein Gericht eine Ungerechtigkeit. Lange Jahre hast du hier rühmlich gewaltet. Gib dich in meine Hände. Mein ist die Gnade. Oder getraust du dich, Wulfrin zu richten?"

„Herr," antwortete sie, „ich werde ihn und mich richten unter deinen Augen nach der Gerechtigkeit."

Karl betrachtete sie erstaunt. Sie leuchtete von Wahrheit. „So walte deines Amtes," sagte er.

Dann ging er auf das knieende Mädchen zu. „Palma novella!" sagte er und hob sie zu sich empor. Sie blickte ihn an mit flehenden und vertrauenden Augen und sein Herz wurde gerührt.

„Rudio," gebot die Richterin, „bringe Faustinen her!" Der Kastellan gehorchte und trug die Bürde herbei, die er an den Grabstein lehnte. „Jetzt tue auf das Tor und öffne es weit! Alles Volk trete ein und sehe und höre!"

Da wälzte sich der Strom durch die Pforte und füllte den Raum. Die Höflinge scharten sich um den Kaiser, Alcuin und Graciosus unter ihnen, während die Menge Kopf an Kopf stand und selbst Tor und Mauer erklomm, ein dichter und schweigender Kreis, in dessen Mitte die Gestalt des Kaisers ragte, in langem blauem Mantel, mit strahlenden Augen. Neben ihm Stemma und ihr Kind. Vor den Dreien stand

Wulfrin und sprach, den Blick fest und ungeteilt auf Stemma geheftet: „Jetzt richte mich!"

„Gedulde dich!" sagte sie. „Erst rede ich von Dieser," und sie wies auf die entseelte Faustine, die mit gebrochenen Augen und hangenden Armen an der Gruft saß.

„Räter," sprach sie und es wurde die tiefste Stille, „ihr kennet Jene dort! Sie hat unter euch gewandelt als eine Rechtschaffene, wofür ihr sie hieltet. Nun ist ihr Mund verschlossen, sonst riefe er: Ihr irret euch in mir! Ich bin eine Sünderin. Ich, die das Kind eines andern im Schoße barg, habe den Mann gemordet" —

„Frau," schrie Wulfrin ungeduldig, „was bedeutet die Magd! Mich laß reden, meinen Frevel richte, damit ein Ende werde!"

„Nun denn! Aber zuerst, Wulfrin — nicht wahr, wenn diese hier" — sie zeigte Palma — „nicht das Kind deines Vaters, nicht deine Schwester, sondern eine andere und Fremde wäre, dein Frevel zerfiele in sich selbst?"

„Frau, Frau!" stammelte er.

„Kaiser und Räter," rief Stemma mit gewaltiger Stimme, „ich habe getan wie Faustine. Auch ich war das Weib eines Toten! Auch ich habe den Gatten ermordet! Die Herrin ist wie die Eigene. Hört! Nicht ein Tropfen Blutes ist diesen Zweien gemeinsam!" Sie streckte den Arm scheidend zwischen Wulfrin und Palma. „Hört! hört! Kein Tropfen gleichen Blutes fließt in diesem Mann und in diesem Weibe! Zweifelt ihr? Ich stelle euch einen Zeugen. Palma novella, das Kind Stemmas und Peregrins des Klerikers, hat das Geheimnis meiner Tat belauscht. Sie glaubt daran und stirbt darauf, daß ich wahr rede. Gib Zeugnis, Palma!"

Aller Augen richteten sich auf das Mädchen, das mit gesenktem Haupte dastand. Palma bewegte die Lippen.

„Lauter!" befahl die Richterin.

Jetzt sprach Palma hörbar den Vers der Messe: „Concepit in iniquitatibus me mater mea..."

Da glaubte das Volk und entsetzte sich und stürzte auf die

Kniee und murmelte: „Miserere mei!“ Wulfrin streckte die Arme und rief gen Himmel: „Ich danke dir, daß ich nicht gefrevelt habe!“ Karl aber trat zu Palma und hüllte sie in seinen Mantel.

„Nun richte d u , Kaiser!“ sprach Stemma.

„Richte dich selbst!“ antwortete Karl.

„Nicht ich,“ sagte sie, wendete sich zu dem Volke und rief: „Gottesurteil! Wollt ihr Gottesurteil?“

Es redete, es rief, es dröhnte: „Gottesurteil!“

Da sprach die Richterin feierlich: „Erstorbenes Gift, erstorbene Tat! Lebendige Tat, lebendiges Gift!“ und hatte den Kristall aus dem Busen gehoben und geleert.

Eine Weile stand sie, dann tat sie einen Schritt und einen zweiten wankenden gegen Wulfrin. „Sei stark!“ seufzte sie und brach zusammen. Rudio neigte sich über die Tote, hob sie auf seine Arme und trug sie zu Faustinen. Dort saß sie am Grabe, die Hörige aber neigte sich und legte das Antlitz in den Schoß der Herrin.

Jetzt enthüllte der Kaiser das Mädchen, das einen jammervollen Blick nach der Mutter warf, faltete die Hände und gebot: „Oremus pro magna peccatrice!“ Alles Volk betete.

Dann sagte er mit milder Stimme: „Was wird aus diesem Kinde? Ich ziehe nicht, bis ich es weiß. Wie rätst du, Alcuin?“

„Sie tue die Gelübde!“ rief der Abt.

„Ehe sie gelebt hat?“ schrie Wulfrin angstvoll.

„Dann weiß ich ein anderes. Graciosus“ — der Abt hielt ihn an der Hand — „Dieser hier, ein frommer Jüngling, hat ein Wohlgefallen an der Armsten“ —

„Herr Abt,“ unterbrach ihn der aufgeregte Gnadenreich, „das geht über Menschenkraft. Mir graut vor dem Kinde der Mörderin. Alle guten Geister loben Gott den Herrn!“

Wulfrin sprang in die Mitte. „Kaiser und ihr alle,“ rief er, „m e i n ist Palma novella!“

Da redete Karl: „Sohn Wulfs, du freiest das Kind seiner Mörderin? Überwindest du die Dämonen?“

„Ich erſticke ſie in meinen Armen! Hilf, Kaiſer, daß ich
ſie überwältige!"

Karl hieß das Mädchen knieen und legte ihr die Hände auf
das Haupt. „Waiſe! Ich bin dir an Vaters Statt! Begrabe,
die deine Mutter war! Dieſer folge mir ins Feld! Gott ent=
ſcheide! Kehrt er zurück und ſtößt er ins Horn, ſo freue dich,
Palma novella, fülle den Becher und vollende den Spruch!
Dann entzündet Rubio die Brautfackel und ſchleudert ſie in
das Gebälke von Malmort!"